MARIE GRASSHO

Neon Birds

Über die Autorin:

Marie Graßhoff, geboren 1990 in Halberstadt im Harz, studierte in Mainz Buchwissenschaft und Linguistik. Anschließend arbeitete sie einige Jahre als Social-Media-Managerin bei einer großen Agentur, mittlerweile ist sie als freiberufliche Autorin und Grafikdesignerin tätig und lebt in Leipzig. Mit ihrem Fantasy-Epos *Kernstaub* stand sie auf der Shortlist des SERAPH-Literaturpreises 2016 in der Kategorie »Bester Independent-Autor«.

MARIE GRASSHOFF

NEON BIRDS

ROMAN

LÜBBE

Dieser Titel ist auch als Hörbuch und E-Book erschienen

FSC
www.fsc.org
MIX
Papier aus verantwortungsvollen Quellen
FSC® C019821

Originalausgabe

Dieses Buch wurde vermittelt von der Literaturagentur
erzähl:perspektive, München (www.erzaehlperspektive.de).

Textredaktion: Ava Reed, Friedberg
Illustration: Mona Finden
Umschlaggestaltung: Massimo Peter-Bille
Unter Verwendung von Motiven von © shutterstock: Triff | Bachkova Natalia | Nikelser | wacomka
Satz: two-up, Düsseldorf
Gesetzt aus der Dolly
Druck und Verarbeitung: Druckerei C. H. Beck, Nördlingen
Printed in Germany
ISBN 978-3-404-20000-9

1 3 5 4 2

Sie finden uns im Internet unter www.luebbe.de
Bitte beachten Sie auch: www.lesejury.de

Für den freundlichen Mann
aus dem Shanghai People's Park,
der mir mit seinen Roboter-
geschichten die Inspiration für
ein neues Universum gab.

PROLOG

: DARKENING

Außerhalb der Mauern erzählen die Menschen einander eine Geschichte. Am Anfang unseres Sonnensystems stand ein Stern. Als er starb und seine Hülle in Milliarden Teile zerbarst, erwuchsen seinem Staub neue Welten. Sonne und Erde, Mond und Meere, Wälder und Lebewesen formten sich aus seinen Überresten. So uneins der Planet und das Universum beizeiten scheinen, am Ende ist alles verbunden durch Partikel und Atome, die den ganzen Kosmos sahen.

Die Welt entstand aus Sternenstaub.

Und ich?

Ich bin nicht das Kind einer Sonne.

Ich bin geboren aus einem Gedanken. Dem Gedanken *Perfektion*. Dem Gedanken *Was wäre, wenn …?* Nur deswegen bin ich hier.

Diese Stadt ist menschenleer. Ich spüre es in jeder Faser meines Seins. Ihr fehlen das Rauschen der Luft in den Lungenflügeln, das Klingen der Stimmbänder und das Neonlicht, das sich dem Gewucher der Nacht in Milliarden Farben entgegenstellt.

Vor den Fenstern geht die Sonne schon lange nicht mehr auf. Die Mauer um uns herum ist zu hoch, und die Schutzwälle sind zu dick. Die Menschen denken also, sie hätten mich eingesperrt.

Die Menschen. Diese Narren, die sich für intelligent halten, weil sie einen Daumen und ein hochtheoretisches Konzept von Moral besitzen.

Ich habe sie gesehen, die Untergründe ihrer Megametropolen. Die Gassen, in denen sich die Lichter der flackernden Neonröhren in Rinnsalen aus Blut und Erbrochenem spiegeln. Die alten Tunnel, so dunkel, dass sich nicht einmal die Ratten dorthin verirren. Die Mülldeponien von der Größe ganzer Kontinente an den Rändern der Wüsten.

Eine Zivilisation, erbaut auf Plastik und Leichen.

Bin ich hier, um diese Welt zu heilen?

In den Straßen höre ich kein Atmen, aber ich vernehme Schritte. Das Wimmeln Tausender Körper. Keine Menschen und keine Maschinen. Wie ich.

Diese Stadt ist menschenleer und gleichzeitig voll von Existenzen. Voll von mir: einem Gedanken, zu groß für den Verstand.

KAPITEL 1

: STARTING

»Was steht an, Chef?« Das Surren der Maschinen übertönte die Worte des Praktikanten beinahe, selbst nachdem er seine Stimme gehoben hatte, damit sie bis zu Luke durchdrang. »Machen wir einen Rundgang, oder geht's sofort an die Arbeit?«

Der schlaksige Junge mit den Abermillionen Sommersprossen, den sie ihm für die Einarbeitung zugeteilt hatten, konnte höchstens fünfzehn Jahre alt sein. Bis gestern hatte Luke nicht einmal gewusst, dass Minderjährige in die Forschungsstationen hineingelassen wurden – jetzt hatte er einen am Rockzipfel hängen.

»Ich sag doch, du sollst mich nicht Chef nennen«, grummelte Luke, während er sich und dem Neuen einen Kaffee aus der halb leeren Kanne einschenkte. Der herbe Geruch des bereits ausgekühlten Getränks beruhigte seine angespannten Nerven. Mit einem großen Schluck spülte er die Übelkeit hinunter, die der letzte Cyber-Trip in seinem Magen ausgelöst hatte.

»Sorry«, nuschelte der Praktikant. »Ist einfach so drin bei mir.« Er nahm seine Tasse, schnupperte an der schwarzen Flüssigkeit und kräuselte die Nase. »Also, was steht an?«

Das bläuliche Licht der Deckenlampen, die steril weißen Wände und das Dröhnen der Energiefeldgeneratoren aus dem angrenzenden Maschinenraum ließen auf die intelligente Idee des Vorstands schließen, den Aufenthalt in diesem winzigen Pausenzimmer möglichst unangenehm und kurz zu gestalten. Luke ergab sich diesem nicht sonderlich subtilen Manipulationsversuch und schob sich mit der Tasse in der Hand zügig auf den Ausgang zu.

Was würde er darum geben, jetzt still vor dem Screen seine Schicht absitzen und seine Kopfschmerzen kurieren zu können?

»Heute steht nichts weiter an«, entgegnete er mit sämtlicher Motivation, die er erübrigen konnte. »Ich zeig dir deinen Platz, und wir beobachten die Tore.«

»Das hab ich die letzten Tage schon ein paar Mal gemacht.«

»Hat man mir gesagt. Mit mir wirst du leider nicht viel Spannenderes erleben.« Er setzte nicht nach, dass es morgen eventuell etwas anderes zu tun geben könnte, weil er keine falschen Hoffnungen wecken wollte.

Die Arbeit in der Überwachungszentrale war eine der wichtigsten und zugleich langweiligsten. Das war so gewesen, als Luke mit dem Studium begonnen hatte, und würde sich auch nicht ändern.

Die Köpfe einiger Wartungsmitarbeiter hoben sich, als Luke, gefolgt von seinem Schützling, in die nur spärlich beleuchtete Maschinenhalle trat. Nur wenige der uniformierten Arbeiter brachten die Energie auf, zum Gruß zu nicken. Den meisten sah man an, dass sie zu müde für irgendeine Form der Interaktion waren. Die Schicht hatte erst vor einer halben Stunde begonnen, die Sonne war vermutlich noch nicht aufgegangen. Nicht, dass man sie hier drin jemals zu Gesicht bekam.

Ein schmaler Weg führte an dem Wartungsteam vorbei und zwischen den bis zur Decke reichenden Generatoren hindurch. Die Kühlanlage verwandelte den Atem der Anwesenden in weiße Wölkchen, die sich im Schein der Notbeleuchtung langsam auflösten. Das Surren der Maschinen intensivierte das Drücken und Zerren in seinem Kopf. Gleichzeitig beruhigte es ihn. Das Surren war gut. Es bedeutete, die

Schilde um die Sperrzone funktionierten, und das, was hinter den Mauern lag, blieb dort.

»Geht's dir gut, Che… ähm, Luke?«

»Alles gut.« War es so auffällig, wie mies es ihm ging? Die letzten drei Wochen waren der Horror gewesen. Das frühe Aufstehen, das ständige Cyber-Reisen und die Arbeit hier parallel zum Studium waren auf Dauer einfach zu viel. Und ja, Luke sah es täglich in seinem Spiegelbild. In den dunklen Ringen unter seinen hellen Augen und in seinem Haar, das inzwischen mehr grau als blond anmutete. Er hatte nur gehofft, es zumindest halbwegs überspielen zu können.

Im Gehen wandte er sich halb dem Jungen zu. Verdammt, der Praktikant erinnerte ihn ein wenig an sich selbst. Übermotiviert, freundlich zu Vorgesetzten, irgendwie ein Mitläufer. Luke sollte sich anstrengen, netter zu ihm zu sein.

»Mir ist nur schwindelig vom Cyber-Reisen.«

»Ich dachte immer, das wäre cool.«

Offenbar kein Kind einer Oberschichtfamilie. Luke würde gern mehr über seinen Praktikanten erfahren, dabei hatte er sogar seinen Namen schon wieder vergessen. Jonas? Noah?

»Glaub mir«, sagte Luke und lachte unterdrückt, »ich würde mich lieber zweimal am Tag in einen Flashtrain setzen, als mir diese Sprünge anzutun.«

»Du kommst aus der Antarktis, richtig?«

Luke verlangsamte sein Tempo. Hatte er ihm das erzählt?

»Du bist der Mitbewohner von Flover Nakamura, oder?«, bohrte der Junge weiter, und Luke blieb stehen, um sich mit leicht zusammengekniffenen Augen umzudrehen.

»Dafür bin ich also bekannt?« Nicht sonderlich schmeichelhaft.

»Mein … mein Vater interessiert sich sehr für Politik. Er hat es mir gesagt, als ich gestern erwähnt habe, dass du mich als Nächstes einarbeitest.«

Luke nahm einen weiteren Schluck aus seiner Tasse und ließ Jonas oder Noah währenddessen nicht aus den Augen. Himmel, wenn er mit dem Jungen sprach, fühlte er sich so überlegen, dabei war er selbst nur Praktikant in dieser Einrichtung. Er hatte das hier, im Gegensatz zu dem Neuen, nur schon etwa hundertmal gemacht.

Luke holte tief Luft. Freundlich sein. Nicht zu müde wirken. »Ja, ich bin der Mitbewohner von Flover. Wir studieren zusammen an der Akademie in Byrd-Land.«

»Er ist ein Jahr über dir, oder?«

»Wow, dein Vater ist ein ziemlich effizienter Stalker«, meinte Luke lachend und setzte seinen Weg fort. »Was hat er dir denn außerdem von mir erzählt? Wo ich zur Schule gegangen bin? Was meine ersten Worte waren?«

»Ähm ... er hat eigentlich mehr über Flover geredet.«

War klar.

»Der ist auch spannender als ich.« Er. Der ewige Praktikant.

Mit dem Fuß stieß Luke die schwere Tür zum Kontrollzentrum auf. Der Mitarbeiter, der mit hinter dem Kopf verschränkten Armen in der Mitte des Raums saß, zuckte leicht zusammen.

»Morgen«, grüßte Luke und ignorierte den gereizten Ausdruck seines Kollegen. Vielleicht hatten sie ihn beim Schlafen gestört.

»Na endlich«, maulte dieser und erhob sich sehr gemächlich aus seiner Drehschale. Sein weißer Kittel war vollkommen zerknittert.

Seit drei Wochen wechselten sie einander bei der Morgenschicht ab. Seinen Namen konnte Luke sich trotzdem nicht merken. Vielleicht sollte er mal eine Liste anfertigen.

»Viel Erfolg«, brummte der wissenschaftliche Mitarbeiter. Er war gerade an ihnen vorbei, als Luke fragte: »Irgendwelche Auffälligkeiten?«

Der Mann schnaubte abfällig, und sein Lachen schallte durch die Halle, bis die Tür unsanft ins Schloss fiel und die altbekannte Stille eintrat.

»Na dann. Schnapp dir einen Stuhl.«

Die schwebenden Bildschirme, die den kreisrunden Raum als einzige Lichtquelle erhellten, zeigten diverse Aufnahmen der Sperrzone, neben der sich ihre Einrichtung befand. Die bläulich schimmernden Screens hätten genauso gut Standbilder sein können. Nur ab und an vorbeifliegende Vögel zeigten, dass sie sich hier Stunde um Stunde Liveaufnahmen und keine Fotos ansahen.

»Los geht's«, freute sich der Junge und warf sich in seine Sitzschale. Hoffentlich würde er nicht viel reden. Luke fragte sich, wie lange er wohl warten musste, bis er ihm anbieten konnte, ihre gemeinsame Acht-Stunden-Schicht zu halbieren und einander beim Schlafen abzuwechseln.

»Auf ... auf was muss ich nochmal genau achten?«

So viel zur erfolgreichen Einarbeitung.

»Sag einfach Bescheid, wenn sich was bewegt.«

»Okay.« Hibbelig rutschte er auf seinem Stuhl umher, dabei sollte ihm längst klar sein, dass hier nichts Weltbewegendes passierte. »Ich ... ich bin nicht sicher, ob man mir einen wichtigen Job wie diesen anvertrauen sollte.«

Luke bemühte sich, nicht die Augen zu verdrehen, auch wenn sein Gegenüber es in dem gedimmten Licht vermutlich nicht sehen würde. »Kein Stress, die haben an jeder Ecke Bewegungsmelder. Du kannst praktisch nichts falsch machen.«

»Aber sie setzen am Ende auf die Einschätzung von Menschen, was die Situation betrifft. Also ... auf uns beide.«

»Hey«, setzte Luke ruhiger an, nahm auf seinem Stuhl Platz, rollte durch den Raum und stellte seine Tasse auf einem der kleinen Tische ab, auf dem er danach seine Füße platzierte. »Ich lass dich hier nicht allein, klar? Und wie dir gestern sicher schon jemand gesagt hat: Hier hat sich seit dreißig Jahren nichts bewegt.«

»Trotzdem ist der Job hier wichtig, oder?«

Angestrengt ließ Luke seinen Blick über vierzig Meter hohe, mit Scheinwerfern bestrahlte Mauern gleiten, die auf den Bildschirmen gezeigt wurden. Nur selten sah er das Bauwerk mal mit eigenen Augen. »Klar.«

»Warum lassen sie ihn dann von Praktikanten erledigen?«

Seufzend wandte sich Luke ein letztes Mal zu seinem Schützling um. »Pass auf. Es braucht die besten Wissenschaftler der Welt, um diese Schilde aufrechtzuerhalten. Die besten Architekten, um die Tore und Mauern konstant zu optimieren, und die besten Soldaten, um das zu töten, was da drin lauert.« Er atmete tief durch. »Aber jeder Idiot erkennt, ob da etwas aus der Sperrzone dringt oder nicht. Es ist ein wichtiger Job. Trotzdem kann ihn jeder machen.« Das auszusprechen war ein ziemliches Armutszeugnis für ihn und seine Arbeit der letzten Wochen.

Der Junge blinzelte in seine Kaffeetasse, und nach und nach wich die Euphorie aus seinen Zügen. Die herabgezogenen Mundwinkel verrieten viel über die Enttäuschung, die er empfinden musste. »Verstehe.«

»Mach dir keine Gedanken«, ruderte Luke schnell zurück, bevor ihn ein schlechtes Gewissen ereilte. »Es gibt viele Abteilungen, und du wirst in alle reinschnuppern können. Die Moja-Forscher sind ganz interessant, und wenn du Glück hast, lassen sie dich sogar einen Blick in AGAIN werfen.«

»AGAIN? Das ist die Abteilung mit den Tieren, richtig?«

»Genau.«

»Cool.«

Luke widerstand dem Drang, die Augen zu schließen, und stellte sich, wie schon in den letzten Wochen, darauf ein, in einen absoluten Leerlauf zu verfallen, bis die Schicht vorbei wäre. Einzig und allein der Gedanke, dass sich dieses Praktikum gut in seinem Lebenslauf machen würde, ließ ihn das hier durchstehen. Und dass er vielleicht einen Blick auf …

»Luke?«

Es fiel ihm schwer, das Stöhnen zu unterdrücken. Würde das den ganzen Tag so weitergehen?

»Ja?«

»Das … das hier ist normal, oder?«

Es brauchte eine Weile, bis Luke erkannte, auf welchen der vielen Bildschirme der Junge deutete. Er blinzelte einige Male, bevor er das Bild mit seinen noch immer müden Augen anvisierte.

»Das … das ist ein Moja, oder?«

Der Screen zeigte eins der Tore in Vogelperspektive, mit Sicht auf das, was dahinter lag: Hinter dem Tor, auf der anderen Seite der Mauer, war ein Mensch zu sehen. Zumindest etwas, das einmal menschlich gewesen war. Ein leicht blauer Schimmer funkelte auf der blassen Haut des Mannes, der absolut regungslos dort stand.

Luke räusperte sich. »Ja, das ist einer. Zoom mal ran.«

»Ähm.« Der Praktikant suchte auf einem der Tische nach dem Steuerboard. Seine Finger zitterten.

»Keine Sorge, die laufen da manchmal einfach rum«, sagte Luke aufmunternd. »Ist doch spannend, dann kannst du mal einen …«

»Hätten die Bewegungsmelder nicht anspringen sollen?«

»Was?«

Synchron wandten sie sich zu der Tafel hinter ihnen um, die für gewöhnlich mit einem intensiven Piepen meldete, wenn sich etwas tat. Auf dem schwarzen Display erschien allerdings keine Nachricht, und kein Geräusch durchdrang den Raum.

»Vielleicht ist er nicht nah genug …« Für den Bruchteil

eines Moments flackerten die Bildschirme. Daraufhin berichtigte sich das Bild.

Der Junge erstarrte vor Schreck, und Luke spannte sich an. Hinter dem ersten Moja drängten sich mindestens zwanzig weitere in das Sichtfeld der Kamera, die Augen regungslos auf das Tor gerichtet.

»Sieht fast aus, als würden sie … sprechen?«

Das Schimmern ihrer Haut drang so hell durch die Bildschirme, dass es den Raum erhellte. Tatsächlich, sie bewegten ihre Münder.

Aber Moja sprachen nicht. Niemals.

»Da auch!«, rief der Praktikant. Weitere Moja tauchten am Nordtor auf, sammelten sich und schauten mit ausdruckslosen Gesichtern zum Zugang ihrer Sperrzone.

»Scheiße«, stieß Luke aus und sprang auf, als die Wesen ebenfalls am West- und Osttor Stellung bezogen – und die Bewegungsmelder weiterhin stumm blieben. Sein Stiefel riss seine Kaffeetasse von der Tischplatte. Es kam ihm wie eine Ewigkeit vor, bis sie mit einem Klirren auf dem Boden aufschlug und in tausend Teile zersprang.

Der rote Alarmknopf an der Steuerkonsole der gegenüberliegenden Seite des Raums sah wie neu aus. Es hatte ihn nie jemand benutzt, und Luke hatte nicht erwartet, dass er derjenige sein würde, der ihn einweihen musste. Er holte aus.

Ehe es ihm jedoch gelang, mit voller Wucht darauf zu schlagen, ging ein Beben durch die Station, das ihm das Gleichgewicht unter den Füßen fortriss. Die Screens flackerten, bevor sie endgültig erloschen und das Zimmer in vollkommener Schwärze zurückließen.

»Sollte das passieren?«, durchbrach die Stimme des Jungen die Dunkelheit. Erst nach einigen Sekunden setzte die Notfallbeleuchtung ein und mit ihr das markerschütternde Dröhnen einer Sirene. Fiebrig sahen sie sich um.

»War das ein Erdbeben?«, schrie der Praktikant, und Luke gelang es endlich, den Druckschalter zu betätigen.

Nichts. Es geschah nichts, dabei sollte er eine direkte Verbindung zur Zentrale herstellen und die Sicherheitskräfte alarmieren!

»Irgendwas scheint das Sicherheitssystem zu blockieren«, rief Luke. Erst jetzt spürte er das Pochen seines Herzens deutlich und schnell in seiner Brust – als hätte es erst jetzt begriffen, dass er in Gefahr schwebte.

»Scheiße, komm mit!« Gerade hatte er den Jungen am Arm gepackt, um ihn aus dem Raum zu zerren, da ließ ein weiterer Ruck die Station erbeben. Das Notfalllicht flackerte, und Luke krallte, auf die Tür zustürzend, seine Finger tiefer in die Jacke seines Schützlings.

»Das ist kein Erdbeben«, grollte er, während sie sich ihren Weg in die Maschinenhalle bahnten. Die Techniker waren bereits dabei, mit raschen, bedachten Bewegungen ihre Geräte von den Generatoren zu trennen. Vom anderen Ende der Halle kam ihnen eine Gruppe Wissenschaftler mit wedelnden Armen entgegen. Luke erkannte den alten Kerl, der ihn eingewiesen hatte.

»Keine Zeit zum Reden, RAUS HIER!«, schrie Luke ihm entgegen und gab den Anwesenden im Laufen und über das lärmende Geräusch hinweg das Zeichen, sofort zu verschwinden.

»Was sagt die Überwachung?« Der Wissenschaftler, in seinem knittrigen Kittel und mit tiefen Sorgenfalten auf der Stirn, stellte sich ihnen in den Weg. Luke drängte ihn grob beiseite, rannte weiter. »Ist das …«

»Das sind die Moja! Irgendwas hat das Sicherheitssystem lahmgelegt. Wir müssen hier weg!«

»Was? Das kann …«

»Keine Zeit, raus hier!«

»Sicherheitshinweis.« Eine blecherne Frauenstimme, so

laut, dass sie durch Mark und Bein fuhr, drang aus den Lautsprechern. »Dies ist eine Evakuierung. Bitte verlassen Sie unverzüglich das Gebäude über die gekennzeichneten Fluchtwege.«

»Was ist passiert?«, schrie einer der Wissenschaftler über die Ansage hinweg. Luke verlangsamte sein Tempo nicht, ließ seinen Griff nicht locker und rannte mit den Forschern und Mechanikern in Richtung des Hauptflurs. Stimmengewirr und Rufe drangen ihnen von dort aus entgegen.

»Die Moja haben sich vor dem Tor versammelt!«, rief der Praktikant dem Wissenschaftler zu, der ihnen direkt folgte. Wenn sie hier raus waren, musste Luke endlich nach ihren Namen fragen.

»Was?« Panik trat in die sonst so ruhigen Augen des Mannes.

Ein weiteres Beben erfasste sie, dieses Mal stärker als alle zuvor. Es schleuderte sie gegen die Maschinen, erst links, dann rechts von ihnen. Der Arm, mit dem Luke den Sturz abfing, prallte gegen ein Steuerpult. Bereits bevor er sich des Schmerzes bewusst werden konnte, wurde er mit dem Kopf voran in die Bauteile des gegenüberliegenden Generators geworfen. Die Hand nach wie vor in der Jacke seines Schützlings vergraben, konnte er sich nicht rechtzeitig abfangen.

Als die Erschütterung sich legte und er dazu ansetzte, sich aufzustemmen, sah er nichts als Schwärze, schmeckte Blut in seinem Mund. Verdammt, lief da etwas Warmes an seiner Schläfe hinab?

»Chef?«

Der Praktikant zog an ihm, bis Luke es schaffte, sich in eine aufrechte Position zu bringen. Der Wissenschaftler legte seinen Arm um ihn und zerrte ihn mit in Richtung des Ausgangs. Die Frauenstimme setzte wieder ein. Alles leuchtete rot und verschwommen, als es Luke endlich gelang zu blinzeln und zumindest ein wenig von seinem Sehvermögen zurückzugewinnen.

Die Sirene dröhnte mit einer Intensität in Lukes Kopf, dass er glaubte, er würde zerspringen.

»Das ist kein Erdbeben«, knurrte er und ließ sich von seinen beiden Begleitern blind in irgendeine Richtung steuern. »Das ist KAMI.«

»Bist du dir …?«, setzte einer der Wissenschaftler an.

»JA!«, unterbrach Luke ihn harsch. Verdammt, warum konnte er jetzt nicht klar im Kopf sein? Das waren keine Beben, das waren Explosionen! »Die sollen MaKE alarmieren.«

»Was? Das … das kann nicht sein. Wir hatten nie …«

»Ich mach das«, presste Luke hervor und tastete in seiner Hosentasche nach seinem TransPhone. Er musste ein weiteres Mal das Blut aus seinen Augen fortblinzeln, um zu erkennen, dass es zerbrochen war. »Scheiße!«

»Die anderen Überwachungsstationen oder … oder die Grenzwachen hätten Alarm geschlagen, wenn etwas mit den Moja nicht stimmen würde«, rief ein anderer Wissenschaftler fahrig. Luke machte sich nicht mal die Mühe, aufzusehen, um zu schauen, wer sprach.

»Wurde anscheinend alles ausgehebelt«, dachte er laut und schob sich mit letzter Kraft an den Rand des Ganges, um all die umherirrenden Menschen durchzulassen. »Bei uns haben nicht einmal die Bewegungsmelder funktioniert.« Dass noch kein Ausnahmezustand ausgerufen wurde, sondern nur das übliche Evakuationsprozedere lief, bewies, dass etwas nicht stimmte.

Ohne gefragt worden zu sein, drückte der Praktikant Luke sein eigenes Phone in die Hand. Mit zitternden Fingern wählte er Flovers Nummer. Blut tropfte aus der Wunde an seinem Kopf auf das Tastenfeld. Sein rechter Arm fühlte sich vollkommen taub an.

»Was machst du?«, wollte der Wissenschaftler wissen und wollte ihn hektisch weiterziehen.

Luke schloss die Augen, als er sich an die Wand lehnte und das Freizeichen an einem Ohr ertönte. »Verschwindet. Ich aktiviere die Special Units.«

UNITED NATIONS MILITARY

Archiv: Militärische Aufzeichnungen
Vorschlag zur Einführung neuer Special Forces
zur Vorlage bei General Alaska Pershing

GEN CORE SECRETS

11.10.2074
Ort: Moskau

Unit 1: GREAT
General Recruiting and Equipment Administration Team
Zuständigkeit: Organisation innerhalb der Units, Verwaltung, Ausstattung, Ausrüstung und Einstellung neuer Einheiten
Departments: Recruiting, Equipment & Entwicklung, Koordination, Öffentlichkeitsarbeit
Mindestrang: Captain

Unit 2: AGAIN
Advanced Global Animal Inspection Navigation
Zuständigkeit: Entwicklung neuer Technologien zum effizienten Aufspüren und Einfangen befallener Tiere
Departments: Entwicklung & Forschung, AGAIN Ausbildungslager, AGAIN (Einsatztruppe), Animal-Department zur Ausbildung von Tiereinheiten
Mindestrang: Nach Ermessen

Unit 3: KAGE
KAMI Assimilation Ground Enforcement
Zuständigkeit: Eliminierung sämtlicher außerhalb von Sperrzonen auftretender Moja bei gleichzeitiger Wahrung der Geheimhaltung. Enorme Spezialisierung der Einheiten

Departments: Koordination, SEARCH & IT, KAGE (Einsatztruppe), KAGE-Agenten werden von MaKE-Soldaten ausgebildet.
Mindestrang: Captain
Wichtig! Geheimhaltungsstufe: GEN Core Secrets!

Unit 4: MaKE
Moja and KAMI Elimination Unit
Zuständigkeit: Bekämpfung von Moja in Sperrzonen. Hohe kampftechnische Spezialisierung und Ausrüstung mit schwersten Geschützen. Wir schlagen die Begleitung der Kampfeinsätze mit großem medialem Aufgebot vor.
Departments: Ausbildung (Mindestrang: Colonel), Strategie (Mindestrang: Major General), Einsatz (Mindestrang: Auszubildender oder Student der Akademie)
Mindestrang: Auszubildende oder Studenten an der Akademie mit einem Mindestalter von 18 Jahren

Pers. Anmerkung Alaska Pershing: Namensgebung d. Units überdenken?!

KAPITEL 2

: SPREADING

Musik erfüllte die Wohnung, und die dicht am Horizont stehende Sonne blinzelte warm hinein, als Flover aus dem Badezimmer trat und sich die Haare grob mit einem alten Handtuch abrieb. Wasserdampf beschlug die Fenster im Wohnzimmer und gab erst nach und nach die Aussicht auf die Eislandschaften dahinter frei.

Im Takt der Musik tänzelte er durch die Wohnung, kickte seine Arbeitstasche tiefer in eine Ecke hinein und drehte sich schwungvoll zur Küche herum. Frisches Gemüse lag auf dem Tresen des kleinen Raumes und war bereit, bearbeitet zu werden.

Flover hielt in seiner Bewegung inne und musterte die Mohrrüben, Zucchini, Zwiebeln und alles, was Luke ihm vor seiner Schicht bereitgelegt hatte. Er wusste, dass er heute mit Kochen dran war. Außerdem hatte er Luke versprochen, die Abermillionen Pflanzen in der Wohnung zu gießen. Bei dem verdammten Garten hier drin würde ihn das ebenfalls eine halbe Stunde Zeit kosten.

Flovers Blick glitt weiter in Richtung des von Kräutern zugestellten Esstischs, auf dem sein unfertiger Comic lag. Seine Finger begannen zu kribbeln, so lange war er nicht mehr zum Zeichnen gekommen. Die ganze Nacht hatte er gearbeitet, war durch die Untergründe der Städte gestreift, bis ihn der Anruf seines Bosses vor einer Stunde von der Schicht erlöst hatte.

Vermutlich hatte er sich ein wenig Zeit für sein Hobby verdient, bevor er zur Uni aufbrechen musste. Luke würde das verstehen.

Hoffentlich.

Erst als Flover einen weiteren Schritt auf den Tisch zugegangen war, bemerkte er das lautlos blinkende Phone neben seinen Zeichnungen. Er wollte seine Finger danach ausstrecken und stolperte im nächsten Moment fast über das Huhn, das sich anscheinend dazu entschieden hatte, aus seinem Nest zu flattern.

»Mann, Gerta, pass auf«, rief er erschrocken und stemmte lächelnd die Hände in die Hüften. Zufrieden glucksend umkreiste die Henne seine Füße. »Ich hab dich doch erst gefüttert«, murmelte er, als er nach seinem TransPhone tastete. Ein verpasster Anruf von Luke. Seine Schicht begann gerade, bestimmt wollte er nur quatschen.

Gerta gluckte vor sich hin, bis Flover sie anschaute und sich schließlich zu ihr hockte. Er schürzte die Lippen. »Wann hast du denn vor, mal wieder ein Ei zu legen, hm?«

Für ihn klangen ihre Geräusche manchmal, als würde sie ihn auslachen.

»Verstehe«, stöhnte er, rappelte sich auf und griff eine Handvoll Körner aus dem Futterkorb, die er in ihren kleinen Napf gab. Skeptisch näherte Gerta sich dem Futter, bevor sie einige Male zaghaft pickte und abermals zu ihm aufsah. Erst mit dem einen Auge, bevor sie den Kopf schieflegte, um ihn mit dem anderen Auge zu mustern.

»Du willst Kuchen«, stellte Flover kopfschüttelnd fest und wandte ihr den Rücken zu. »Luke hat dich zu sehr verwöhnt.«

Sein Schlafzimmer war der einzige Raum, den Luke nicht mit Tausenden Pflanzen zugestellt hatte. Wenn er allerdings noch ein paar Mal stundenlang über Luft und Sauerstoff philosophierte, würde Flover sich bald erweichen lassen.

Er schlüpfte in eine Hose und in ein lockeres Shirt, dann

schlitterte er auf den rutschigen Socken zur Wohnungssteuerung an der Wand, um die Temperatur etwas hochzudrehen. Noch hing die Sonne über dem Horizont, doch Tag für Tag kam sie ihm in ihrem Kreisen näher. Bald wäre der Sommer vorbei, und sie würde für ein halbes Jahr verschwinden. Wahrscheinlich sehr zum Missfallen von Luke und seinen Gewächsen.

Als Flover auf dem Weg zum Esstisch war, um sich sein Zeichenzeug zu schnappen, begann sein Phone erneut zu vibrieren. Dieses Mal war er schnell genug.

»Hey«, meldete er sich und vernahm sofort den Tumult im Hintergrund. »Was ist los?«

»Flover?« Luke klang ganz außer Atem. »Verdammt, ich versuche dich seit zehn Minuten zu erreichen!« Eine Frauenstimme sprach eine Sicherheitswarnung, die Flover wegen einer laut heulenden Sirene kaum verstehen konnte. Schreie ertönten.

»Was ist bei euch los?« Er bemühte sich, ruhig und fokussiert zu bleiben, dabei krallten sich seine Finger wie von selbst in das Gerät an seinem Ohr.

»Wir brauchen sofort Hilfe! Die …« Ein Dröhnen und Krachen übertönte seine Stimme, und Luke keuchte auf.

»Luke?« Keine Antwort. Ein Rascheln am anderen Ende. Hatte er sein Phone fallen lassen? »Luke?«, wiederholte Flover lauter, während er sich in Bewegung setzte, ohne nachzudenken die wenigen Schritte zu seinem Zimmer überwand und seine Tasche aus der Ecke zerrte. »Luke, sag was!«, rief er so laut in den Hörer, dass Gerta empört aufflatterte.

»Ihr müsst sofort MaKE-Units hierherschicken!« Flovers Herz machte einen erleichterten Satz, als sein Mitbewohner sich wieder meldete. »Die Moja sind ausgebrochen. Die ganze Station fliegt in die Luft!«

Flover erstarrte und blinzelte ungläubig. »Warte … was?! Wie … wie ist das möglich?«

»Keine Ahnung – und keine Zeit!«, schrie Luke. »Wir brauchen sofort Hilfe!«

»Okay, bleib, wo du bist, ich informiere die Zentrale und die …«

Ein raues Husten erklang am anderen Ende, danach ein unterdrücktes Stöhnen. »Schick jeden her, den du erreichen kannst!«

»Mache ich!«, versicherte Flover, aber die Leitung war schon in der nächsten Sekunde tot. Schwer atmend ließ er den Hörer von seinem Ohr gleiten. Scheiße, er war für Krisensituationen ausgebildet, warum traf ihn das so sehr?

Ruhig. Was hatte er bei KAGE gelernt? Bis fünf zählen.

Eins.

Luke hätte gar nicht anrufen dürfen. Die Leitung war offen, und wenn sie Pech hatten, würde die Zentrale herausfinden, dass Flover nicht dichtgehalten hatte. Vielleicht warfen sie ihn raus.

Zwei.

Wenn jedoch Moja in Nordchina ausgebrochen waren, hätte die Geheimhaltung irgendwelcher Units vorerst keine hohe Priorität.

Drei.

Warum hatten die Sicherheitsmaßnahmen der Station nicht längst Alarm geschlagen? Bei einem Zentralalarm wäre auch Flover benachrichtigt worden.

Vier.

Das Chaos in seinem Kopf war besiegt.

Fünf.

Er hob das Phone in seiner Hand und sammelte sich. Ein Knopfdruck verband ihn mit der Zentraldurchwahl für die Units, und nach dem ersten Freizeichen erklang eine Stimme.

»Militärische Zentralverwaltung Moskau, mit wem spreche ich?« Der Mann klang angespannt. Wussten sie es schon?

»KAGE-Agent 19 hier«, meldete sich Flover. »Ich brauche umgehend einen Transport in die Zentrale.«

Wenige Minuten später schlugen Flover das Klingeln dutzender Telefonanlagen und gehetztes Stimmengewirr entgegen. Die Zentrale in Moskau befand sich in der größten Hektik, die er jemals erlebt hatte.

Nach dem Cyber-Reisen dauerte es stets eine Weile, bis die Welt sich wieder sammelte und setzte. Manchmal fühlte es sich an, als wäre nicht er derjenige, der sich in tausend Teilchen aufspaltete und zusammenfügte, sondern das Universum um ihn herum. Flover brauchte deswegen einige Sekunden, bis es ihm taumelnd gelang, sich von dem Cyber-Field zu schieben, auf der nächsten Konsole abzustützen und einige Male heftig zu schlucken.

Sein Haar war an den Spitzen noch nass. Kleine Wassertröpfchen purzelten aus den schwarzen Strähnen in seinem Gesicht auf das Pult. Er nutzte sie als Fixpunkt, um sein Gleichgewicht zurückzuerlangen. Doch das Durcheinander im anliegenden Zimmer verschärfte die Übelkeit nur.

Er musste sich beeilen.

»19!«, schallte es ihm entgegen. Flover rang mit dem Schwindel, als er in den Raum voll heller Aufregung trat. Alle Konferenztische waren besetzt, auf den an die Glaswände projizierten Aufnahmen flimmerten Bilder der Sperrzone Nordchinas, und dieser grellbunte Trubel, in dem sonst so dunklen, ruhigen Stützpunkt, steigerte Flovers Desorientierung.

»19!«, wurde er erneut gerufen. Jetzt erkannte er die Stimme seines Vorgesetzten und schaute sich um Konzentration bemüht um.

»Godwin.« Flover steuerte auf seinen Abteilungsleiter zu, der sich rasch aus etwas, das ein Briefing zu sein schien, herausmanövrierte. Die Männer und Frauen, die er stehen ließ, schauten skeptisch zu ihnen herüber. Flover grüßte sie mit einem vorsichtigen Kopfnicken.

»Nakamura«, grüßte sein Vorgesetzter rasch. Er wirkte um zwanzig Jahre gealtert, seitdem sie sich vor einer Stunde gesehen hatten. Die ganze verdammte Nacht hatten sie gemeinsam in den Untergründen der Städte gekämpft. Auf Godwins Gesicht spiegelte sich Flovers Erschöpfung.

»Ihr habt die Info schon?«

»Seit zehn Minuten.« Der Mann strich sich durch das schwarz gefärbte Haar und ließ seinen Blick ziellos umherwandern. »Von mehreren privaten Stellen. Eine offizielle Meldung gab es nicht, aber wir arbeiten trotzdem daran. Ich wollte gerade den Anruf an dich absetzen.« Das war vermutlich gelogen, doch Flover entschied sich, nichts zu sagen. »Wir haben keinen Zugriff auf Sicherheitsprotokolle oder sonstige Aufzeichnungen.«

»Fuck. Ist schon eine Einsatztruppe raus?«

»MaKE ist informiert, die sind noch dabei, ihre Leute zu sammeln. Die ersten Soldaten sind raus, aber alle vier Tore stehen nach unseren Informationen offen. Wir müssen die Einheiten schneller sammeln.« Godwin vermied es wie üblich, für länger als wenige Sekunden Augenkontakt zu Flover aufzunehmen. »Priorität hat das Südtor direkt an der Station, darum kümmern sich gerade mehrere Einheiten. Nicht unweit des Nordtors gibt es eine Siedlung der Yuna, deren Evakuierung müssen wir ebenfalls zeitnah abdecken. Wir haben keine Anweisungen vom Zentralrat, allerdings ...« Er atmete durch, als wäre dieses Gespräch eine gute Gelegenheit, seine Gedanken zu sammeln. »... tun wir trotzdem, was wir können.« Die leichten Lachfalten um seine Augen, die seine düsteren Züge sonst aufhellten, ließen ihn in diesem Moment unglaublich alt wirken.

»Was kann ich tun?« Flover festigte den Griff um die

Schnalle seiner Arbeitstasche, als könnte sie ihm ein wenig Halt geben. Er bemühte sich um eine kontrollierte Atmung, einerseits um die in seinem Rachen kribbelnde Übelkeit zu vertreiben, andererseits um nicht darüber in Panik auszubrechen, dass Luke tatsächlich irgendwo in diesem Chaos steckte.

»Wir holen jeden verfügbaren Agenten rein und organisieren uns mit der MaKE-Einheit. Die sind bisher heillos unterbesetzt. AGAIN ist dran, sich um die Tiere zu kümmern, die zusammen mit den Moja aus der Sperrzone ausgebrochen sind. Vorrangig um die Vögel.«

»Chef, kann ich dich kurz …«

»Siehst du nicht, dass ich gerade rede?«, fauchte Godwin den ankommenden Agenten an, der sich sofort wieder rückwärts entfernte. Flovers Abteilungsleiter stöhnte laut auf und fuhr sich hektisch über die Stirn. »Sobald wir einen Plan haben, gehen wir selbst da raus, nach Ulan Bator, schätze ich, das ist am nächsten dran. In die Stadt rein, um alle Infizierten einzufangen. Bis MaKE allerdings nicht komplett organisiert vor Ort ist, um die Mannschaften anzuführen und die Moja an der Quelle abzufangen, bleiben wir hier und managen. Klar?«

»Klar.« Flover presste die Lippen aufeinander und ballte die Hände zu Fäusten. Er wollte da raus. Etwas tun. Luke helfen.

»Die Medien sind auf dem Vormarsch«, erklärte Godwin mit einer Geste zu den Luftaufnahmen von der Station, die aufsteigenden Rauchfahnen und die meterhohen Flammen, die in den Himmel loderten. Personen liefen panisch durch den Wüstensand vor den Toren. Aus dieser Entfernung war es unmöglich zu erkennen, ob es Moja oder Menschen waren. »Wir brauchen Präsenz da draußen.«

»Was? Ich soll …«

»Okijen Van Dire«, fiel Godwin ihm lauter werdend ins Wort. »Der treibt sich irgendwo in Ulan Bator rum – ganz in der Nähe.«

Flover zog die Augenbrauen zusammen. »Ich dachte, der hätte den Dienst quittiert.«

»Hat er, aber das Militär hat ihn nicht in den Ruhestand versetzt. Er steht immer noch auf der Gehaltsliste, und wenn wir *den* bekommen, am besten auf einem Podest, wie er ein paar Yuna rettet, zeigen wir der Öffentlichkeit, wie wichtig uns die Angelegenheit ist.«

Es dauerte einen Moment, bis Flover realisierte, was seine Aufgabe sein sollte. Im Ernst? Jeder kämpfte und organisierte, und er wurde zum Telefondienst verdonnert? »Denkst du echt, dass wir damit unsere …«

»Spreche ich Mandarin, Mann?« Godwin baute sich vor Flover auf, eine Zornesfalte auf der Stirn, das Kreuz durchgestreckt. »Hol uns den Supersoldaten aufs Schlachtfeld!«

Dachte er wirklich, dass es Flover einschüchterte, dass er zehn Zentimeter größer war als er? »Bei allem Respekt, Brigadier General Godwin«, erwiderte er förmlich in betonter Ruhe, »doch ich würde lieber vor Ort helfen, als diesen eingebildeten Schnösel nur für die Medien an Land zu ziehen.«

Godwin funkelte Flover aufgebracht an, und ihre Blicke verhakten sich für eine Weile ineinander.

»Na gut, folgender Deal«, räumte sein Vorgesetzter überraschend ein. »Hol uns den Soldaten in die Schlacht, und danach kannst du dir meinetwegen 'ne MaKE-Uniform schnappen und dich ins Getümmel stürzen.«

Flover wog sämtliche Optionen ab und nickte, wissend, dass ihm nicht viel Zeit blieb. Weiter zu protestieren würde ihm nichts nützen.

Okijen Van Dire war seit über einem Jahr an keinem Ort mehr aufgetaucht, an den ein Journalist auch nur denken könnte. Er hätte kommen sehen müssen, dass Godwin ihm so einen Auftrag geben würde. Der Kerl hasste ihn und ließ es ihn nicht selten spüren.

»Fragen, Nakamura?«, wollte Godwin wissen, wandte ihm allerdings schon den Rücken zu.

»Nein. Ich setz mich dran«, erwiderte Flover um Fassung bemüht.

»Beeil dich, verdammt noch mal!«

Ein dramatisches Stöhnen erklang am anderen Ende der Leitung. Flover hatte seine bestiefelten Füße auf den Schreibtisch vor sich gelegt, die Arme vor der Brust verschränkt und lauschte auf die Geräusche aus seinen Ohrimplantaten. Sie unterdrückten die Geräuschkulisse um ihn herum, und die Stimme des Mannes, den er seit einer halben Stunde zu erreichen versuchte, verpasste ihm den Anflug eines Erfolgsgefühls.

»Ja?«

»Colonel Okijen Van Dire? Hier spricht Captain Flover Nakamura, KAGE-Agent 19.« Flover musste sich zusammenreißen, die Genervtheit in seiner Stimme zu unterdrücken. Godwin wusste, dass er einer der besten Agenten der Einheit war. Sich jetzt mit Okijen herumschlagen zu müssen, war ein schlechter Scherz, und mit jeder Minute war seine Laune weiter abgesunken.

»Ah, ich hab das Rängegelaber vermisst«, sagte der Soldat. Flover sah sein selbstgefälliges Schmunzeln praktisch vor sich. Es klimperte und klirrte bei ihm im Hintergrund. »Du bist der Sohn von Liza Moore, richtig?«

Flover biss die Zähne aufeinander und rang um Beherrschung in seiner Stimme. »Das dürftest du überhaupt nicht wissen.«

»Ich weiß alles, 007. Warum nervst du mich?«

Wenn du alles weißt, warum sitzt du dann zu Hause herum?, wollte er fragen. Stattdessen antwortete er: »Es gab einen Ausbruch in der Sperrzone Nordchina. Die Tore sind offen, und wir brauchen deine Unterstützung am Nordtor. Eine Yuna-Kolonie ist in äußerster Gefahr und muss sofort in Sicherheit gebracht werden.«

»Und wie kommst du auf die Idee, dass gerade ich das tun sollte, Junge? Die halbe Welt gehört dem Militär an. Sollen die das machen.«

In der Zeit, in der er darauf gewartet hatte, dass der Kerl an sein Phone ging, hatte Flover sämtliche Gesprächsverläufe durchgespielt. Dieser gehörte auch dazu. »Der Vorfall war unvorhergesehen«, erklärte er. »Die Informationen dazu erreichen uns nur nach und nach. Solange wir nicht wissen, wie die genaue Lage ist, brauchen wir jeden Mann, den wir bekommen können.«

»Vergiss es«, ächzte Okijen theatralisch. »Ich hab zu tun.«

Rumsitzen und Däumchen drehen, oder was?

»Die Lage ist dringlich. Ich befürchte, das ist ein direkter Befehl.«

»Kleine KAGE-Agenten wie du erteilen also jetzt Befehle?«, fragte der Soldat lachend, und Flover ballte die Hände zu Fäusten. »Du hast das vorhin so schön runtergebetet. Sag mir, wer hier drei Ränge über wem steht, *Captain.*« Er spuckte das letzte Wort aus wie etwas Widerwärtiges, und in der nächsten Sekunde saß Flover aufrecht in seinem Stuhl.

»Ist das dein Ernst, Mann? Da draußen sterben Menschen!«

»Na dann geh sie doch retten!«

Wie gern er das würde! Er hätte hundertmal mehr erreichen können als dieser Kerl, der seit zwei Jahren auf seinem faulen Hintern saß.

Einige Sekunden nahm er sich Zeit, um sich zu beruhigen,

bevor er mit wütend rasendem Puls antwortete: »Sobald ich dich überzeugt habe, mache ich mich auf den Weg. Tu uns beiden den Gefallen und nimm dir 'ne Stunde Zeit, um diese Kolonie zu retten, ja?«

Die Bilder des Angriffs schwirrten weiterhin über die Wände. Godwin lief auf der anderen Seite des großen Raumes auf und ab. Vielleicht hatten sie endlich die Befehle vom zentralen Weltrat bekommen.

»Und um diese Menschen zu retten, soll ich weitere Menschen töten, ja?« Jetzt klang Okijen nicht mehr nur genervt, sondern schnippisch.

»Das sind keine Menschen mehr!«, konnte Flover nicht an sich halten. Einige der anderen Agenten sahen verwundert und interessiert zu ihm auf. Er ignorierte ihre Blicke. »Und falls ich dich erinnern darf: Du hast mehr von denen getötet als jeder andere auf diesem beschissenen Planeten. Wie viele waren es? Zehntausend? Zwanzig? Auf die paar kommt es jetzt auch nicht mehr an.«

»Ich hab keine Lust mehr, mit dir zu reden, Kleiner.«

»Nenn mich nicht so«, fauchte Flover. »Hör zu, ich schicke dir jetzt die Daten auf dein Phone. Wenn du die angegebene Nummer wählst, holen sie dich direkt in die Zentrale. Da kannst du deine Ausrüstung holen und …«

»Ich werde nicht …«

»Lass mich ausreden, klar? Du gehst in die Zentrale, holst dir deine Ausrüstung, und wenn du in dreißig Minuten nicht auf dem beschissenen Schlachtfeld bist, transportiere ich mich persönlich zu dir und trete dir in deinen ignoranten Arsch!«

Kurz herrschte Stille am anderen Ende. Einige der Agenten um Flover herum hatten innegehalten, um seinem Gespräch zu lauschen. Erst dachte er, Okijen hätte aufgelegt und bräuchte Zeit zum Nachdenken.

Dann vernahm er ein leises Glucksen. »MaKE gegen KAGE«, raunte der Soldat. »Das wäre ein Kampf, über den sich die Journalisten freuen würden.«

»Ich mich auch«, knurrte Flover.

UNITED NATIONS MILITARY

Archiv: Militärische Aufzeichnungen

Persönliche Notizen: Brigadier General Divari Kumar

21.11.2061
Ort: Moskau

KAMI
Kami, japanisch = Gott
Erg. 2062: Key Ability of Mechanical Intelligence
Erste Begriffsnennung: 2061

Memo von Lt. Shaw an BrigGen Kumar
»… Wir haben Informationen zu einem geheimen Militärprojekt im Rahmen der Aufrüstung der japanischen Regierung. Arbeitstitel: KAMI. Es kommen […] Schwärme aus Nanocomputern zum Einsatz, die Subjekten injiziert werden, um ihre körperliche Leistungsfähigkeit zu erhöhen. […] Die fortschreitende Konstruktion des lernfähigen Programms soll zur Verbesserung des Menschen dienen.«
→ Siehe Audiodatei #98772
→ Ergänzende Recherchen in Akten #77629 ff.

Ergänzung 2062, Briefing des Forschungsrates: Technologische Basis von KAMI
Im Körper angekommen, können die Nanocomputer von äußeren Frequenzen angepasst und optimiert werden, benötigen aber kein zentrales Verwaltungssystem, um sich zu koordinieren. Die Kommunikation der Computer findet untereinander statt. Es gibt Millionen von Computern mit verschiedenen Zwecken; Kommuni-

kations-Einheiten, Reproduktions-Einheiten, Reparatur-Einheiten, Analyse-Einheiten etc.

Das Wirken

KAMI dient:

- der Unterstützung der Zellen, um Stoffwechsel, Blutzirkulation, Atmung, Hormonausschüttung etc. zu regulieren und anzupassen
- der Reproduktion von Zellen, sodass Wunden schneller heilen und Menschen – auf lange Sicht – langsamer altern
- dem effizienteren Umsetzen von Nahrung, sodass Muskeln schneller aufgebaut werden können
- der technischen Verstärkung von Muskulatur und Organen

Die Nanocomputer passen sich an die körperlichen Gegebenheiten des Wirts und seine DNA an, um Vorhandenes zu stärken, Beschädigtes zu heilen und nicht Vorhandenes zu generieren.

KAPITEL 3

: STRUGGLING

Nachdem der Agent die Verbindung abgebrochen hatte, legte Okijen sein Phone zur Seite, lehnte sich in seinen Küchenstuhl zurück und ließ ein Stöhnen entweichen. Die Müdigkeit drückte hinter seiner Stirn, und vor den Fenstern brannten die Neonlichter in das Dunkel der Nacht hinein. In der Gasse, fünf Stockwerke unter ihm, unterhielten sich Jugendliche lautstark über Cyber-Trips. Sie hatten keinen blassen Schimmer, was kaum sechshundert Kilometer von ihnen entfernt für ein Chaos tobte. Und das war vielleicht auch besser so.

Okijen fuhr sich mit der Hand über das Gesicht, unterdrückte ein Gähnen und wollte zu den Jungs hinunterrufen, dass sie sich endlich ins Bett verziehen sollten. In Sicherheit. Aber wem machte er etwas vor? Die nächtlichen Straßen waren warm und hell erleuchtet. Die Menschen fühlten sich dort sicher. Wer war er, ihnen diese Illusion zu nehmen?

Wenn sie wüssten, was um sie herum vonstattenging, würde keiner von ihnen mehr in Ruhe schlafen.

Sein Phone vibrierte kurz. Die Nachricht des KAGE-Agenten mit seinen Missionsdaten blinkte auf. Das grelle Licht des Geräts schmerzte in seinen übermüdeten Augen und seinem Kopf, der vor wenigen Minuten noch so friedlich auf sein Kissen gebettet gewesen war. Nun wirbelten Bilder und Gedanken durch seinen Verstand, die er unmöglich wieder abstellen konnte.

Eine seiner Katzen, zusammengebaut aus rohem Metall und gerettet aus dem Müll, reagierte auf das Leuchten und sprang mit einem Klappern auf den Tisch. Okijen streckte seine Finger aus, um in Kreisen die Holzmaserung nachzufahren und zuzusehen, wie das kleine Wesen ihm unbeholfen hinterherstolperte.

Sein Phone vibrierte ein weiteres Mal.

»23 Minuten«, zählte der KAGE-Agent die Zeit herunter, und Okijen lächelte darüber, wie eifrig der Junge bemüht war, ihn zu motivieren. Was er wohl angestellt hatte, um diesen Scheißjob abzubekommen? Den Job, ihn – gerade *ihn* – zurück in den Dienst zu rufen. Fast könnte man Mitleid haben.

»Was meinst du, Kätzchen?«, raunte er. »Soll ich gehen?« Sollte er wieder kämpfen? Menschen retten und zu dem zurückkehren, was die Welt als seine Bestimmung ansah? Der Gedanke fühlte sich falsch an.

Die Katze hielt in ihren Bewegungen inne und blinzelte zu ihm auf, als hätte sie seine Worte verstanden. Wenn sie ihm doch nur antworten könnte – sicherlich hätte sie eine grandiose Lösung parat.

Die kleine Küche, in der er den Großteil seines Lebens verbrachte, wurde von dem pastellpinken Banner am Wolkenkratzer gegenüber erleuchtet. Die Pflanzen und Kräuter auf dem Tisch reckten müde ihre Köpfe in Richtung des Lichts, das tagsüber von mattem Sonnenschein ersetzt wurde. In diese tiefgelegenen Ebenen der Metropole schien die Sonne allerdings nur selten.

»22 Minuten.«

Flover Nakamura, Sohn der höchsten Politikerin aus Sektor 3. Wie alt der Kerl wohl war? Achtzehn, vielleicht neunzehn. Ziemlich früh, um dem Ground Enforcement Team beizutreten. So junge Leute nahmen sie normalerweise nicht bei KAGE auf.

Okijen schaute aus dem Fenster und erinnerte sich an die Zeit vor wenigen Jahren, als er selbst noch frisch beim Militär gewesen war. Als er noch unheimlich motiviert gewesen war, Moja in Sperrzonen abzuschlachten.

Dorthin wollte er nie zurückkehren. Auch jetzt nicht.

»21 Minuten.«

Er knurrte und begann wieder, mit dem Finger Kreise auf dem Tisch zu ziehen.

Er sollte gehen.

Er sollte wirklich, denn wenn jemand helfen konnte, dann er.

Aber verdammt, er wollte nicht mehr.

Er konnte einfach nicht mehr.

»Eine Minute. Ich sehe dich nicht.«

»Du bist echt eine Nervensäge«, murrte Okijen sein Phone an. Eine heiße Dusche hatte ihm geholfen, seine Gedanken zu ordnen. Seine Haut war noch warm, das kurze Haar trockengerieben, und jetzt stand er dort in der Dunkelheit, mit nichts weiter als dem Blinken seines Trans und dem Flirren der Nachtbeleuchtung im Zimmer.

Wann hatte er sich zuletzt in den Kampf ziehen lassen? 2099? Das war zwei Jahre her. Ein reines Gemetzel, mehr war São Paulo nicht gewesen. Als KAMI in weniger als vierundzwanzig Stunden zweihundert Millionen Menschen in Moja verwandelt hatte, war Okijen sich sicher gewesen, gegen das verdammte Ende der Welt zu kämpfen.

Und die Vögel waren schuld gewesen. Die scheiß Vögel waren an allem schuld.

»Ich hoffe, du bist gerade auf dem Weg zum Nordtor«, schob sich die Nachricht auf sein Phone, und Okijen holte tief Luft, um sie stoßweise aus seiner Lunge entweichen zu lassen. Der kleine Nakamura hatte wohl keine sehr hohe Meinung von ihm. Nicht viele Menschen wagten es, so mit ihm umzuspringen. Erst recht keine, die sich im Rang so weit unter ihm befanden. Aber er musste zugeben, dass ihm das ganz gut gefiel.

»Ich mach ja«, nuschelte er zu sich selbst, klickte in seine Nachrichten und wählte die angegebene Nummer. Er kam nicht einmal in eine Warteschleife, spürte sofort das Kribbeln und Stechen in seinen Gliedern – bevor er blinzelte und das grellweiße Licht der MaKE-Zentrale in seinen Augen brannte.

Leicht desorientiert trat er von der Plattform in die Nordzone der weitläufigen Halle hinein, die er über lange Zeit fast als sein Zuhause bezeichnet hätte. Die MaKE-Zentrale hatte sich seitdem nicht verändert. Kühle Neonröhren erleuchteten die sich schier endlos in die Länge ziehende Halle. Ausrüstungen, Uniformen und schwere Geschütze lagerten an den Seiten, und zwischen der militärischen Ordnung schwärmten Hunderte von Soldaten, Agenten und Organisatoren umher. Die Schritte ihrer schweren Stiefel und die Rufe der Koordinatoren hallten in Echos von den weißen Wänden zurück und sorgten für einen Trubel, der dem großer Innenstädte glich.

»Willkommen in der MaKE-Zentrale, Sir«, begrüßte ihn ein hochgewachsener Junge, der neben dem Cyber-Field Stellung bezogen hatte. Seine dunkelgraue Uniform saß etwas ungelenk an seinem Körper. Der Umstand, dass er selbst in dieser Krisensituation nur als Einweiser dienen durfte, wies entweder auf einen niedrigen Rang oder eine Strafarbeit hin. »Wenn Sie sich kurz von Ihrem Cyber-Trip erholen wollen, können Sie gern …«

»Nein, alles gut«, winkte Okijen ab und wandte dem Einweiser den Rücken zu, um forschen Schrittes auf einen der Koordinatoren zuzusteuern. Cyber-Trips waren unangenehm für Körper und Verstand. Wenn er sich allerdings daran erinnerte, wie es vor zehn Jahren gewesen war, konnte er über die Beschwerden der Menschen heutzutage nur lachen.

»Ähm … Die Koordinatoren des Einsatzes befinden sich an den jeweiligen Zentren A bis Z und …«

»Ist gut, Kleiner«, unterbrach ihn Okijen, bevor er noch mehr Zeit an ihm verschwendete. »Ich muss mit dem General sprechen. Also wenn du mir nicht zufällig sagen kannst, wo er sich aufhält …?«

»M-mit dem …«

»Van Dire?« Ein Soldat, die schwarze Kampfuniform schon am Körper tragend, den wuchtigen Helm auf dem Kopf und die Arme schwer beladen mit Munition, zog Okijens Aufmerksamkeit auf sich. Der Mann, dessen Stimme ihm aus alten Tagen so vertraut war, kam ein paar Schritte auf ihn zugelaufen.

»Stan«, grüßte Okijen mit einem grimmigen Lächeln. Himmel, wie lange hatte er seine ganzen ehemaligen Kollegen nicht mehr gesehen? »Haben sie dir noch immer keine neue Uniform gegeben? Das Ding ist aus dem letzten Jahrtausend!«

»Schön, dass du dich blicken lässt, du fauler Hund«, erwiderte er lachend, klappte jedoch nicht einmal sein Visier hoch. »Dass die dich hier überhaupt reinlassen.«

»Die empfangen mich mit Kusshand.«

»Wirst auch gebraucht. Der General ist in seinem Büro in Sektor B. Tritt dem ruhig die Tür ein, der hat sich seit 'ner halben Stunde nicht mehr blicken lassen.«

»Mache ich.«

»Ich muss weiter, ein paar Moja den Hintern versohlen. Ich hoffe, wir sehen uns da.«

»Lass ein paar für mich übrig!«, rief Okijen ihm hinterher, als Stan bereits in Richtung des Schachts für die Transporter weitereilte.

Rasch setzte Okijen sich erneut in Bewegung. Es war ein seltsames Gefühl, in seiner Alltagskleidung durch die kühle Halle zu laufen. Die bequemen Schuhe und die lockere Hose ließen ihn sich fehl am Platz fühlen. Als würde er einen Schlafanzug auf einer Abendgala tragen.

»Sie … *Sie* sind Okijen Van Dire?«

Der Einweiser folgte ihm in einigen Schritten Abstand.

»Warum? Enttäuscht?«

»Was? Nein, Sir«, stammelte er, und Okijen lachte innerlich. Eigentlich war das kein geeigneter Moment, sich so über jemanden zu amüsieren, aber ein wenig Auflockerung vor dem Kampf tat ihm vielleicht ganz gut.

»Kann ich etwas für Sie tun, Sir?«

»Nenn mich nicht Sir«, bellte Okijen und drehte sich im Gehen nur halb zu ihm um.

»Ja-jawohl, Colonel.«

»Mach meine Ausrüstung ausfindig, wenn's geht. Uniform, Waffen, alles. Du weißt sicher, was ich gern habe.« Alle wussten, was er gern hatte. Die Medien hatten jahrelang davon berichtet.

»Jawohl!« Die Schritte des jungen Mannes entfernten sich, und Okijen beschloss, dem Drang, sich weiter umzusehen, nicht nachzugeben. Eine Mischung aus Nostalgie und Übelkeit hatte ihn befallen, und er wusste nicht, ob seine Glieder vor freudiger Aufregung oder Angst kribbelten. Bei dem Gedanken, wieder eine Kampfausrüstung anzulegen, wurde ihm aus so vielen verschiedenen Gründen schlecht.

Kurz bevor er in den Gang zu Sektor B einbiegen konnte, lief Okijen in einen Mann hinein, der ihm aus dem Flur entgegenkam. Eine Entschuldigung auf den Lippen, wollte er seinen Weg schon fortsetzen, da erkannte er den untersetzten Kerl erst als General Leitner.

»Colonel Van Dire!«, stieß er aufgeregt aus. »Ich habe Ihre Eingangssignatur empfangen. Gut, dass Sie zu uns stoßen.« Er schüttelte fahrig Okijens Hand und ruckte mit dem Kopf in Richtung des Flurs, in den er ihm schließlich folgte.

Der Kerl war ihm immer zu unruhig gewesen. Die Zusammenarbeit zwischen Okijen und Marshall hatte damals auf einem ganz anderen Level stattgefunden. »Schön, hier zu sein, General«, verkündete er trotzdem in aller Ruhe. Was für eine Lüge.

Der Gang war nur spärlich beleuchtet, die Büros, zu denen Dutzende Türen rechts und links abführten, vermutlich nicht besetzt. Das Energiefeld am Ende des Ganges stand offen und legte das Chaos frei, das im Geschäftsraum des Generals herrschte.

»Die Mannschaften formieren sich«, sagte er, als sie eintraten. »Die ersten Einheiten sind auf dem Feld, und wir arbeiten unter Hochdruck daran, die Tore der Sperrzone zu schließen. Ihre Anwesenheit wird ein Motivator für die Truppen sein.«

Und ein gefundenes Fressen für die Medien.

Der ältere Herr in seiner sauber sitzenden dunkelgrauen Uniform schob ein paar Pads und Hologrammdokumente von seinem breiten Arbeitstisch und offenbarte eine digitale Karte der Sperrzone. Er deutete auf rote Punkte in allen vier Himmelsrichtungen des mehrere Quadratkilometer umfassenden Areals.

»Unsere Einheiten sind an den Toren im Einsatz, aber die Situation ist nach wie vor unkontrolliert. Bis wir nicht herausgefunden haben, was die Störung verursacht, können wir die Tore nur provisorisch schließen. Die Moja strömen nach wie vor zu Hunderten heraus.« Sein Finger wanderte zu einer rot umkreisten Einrichtung in einiger Entfernung des Kampfgebietes. »Die GREAT-Einheiten vor Ort richten Cyber-Fields ein, die es uns erlauben, uns direkt von der Zentrale aus an den Stützpunkt zu befördern. Wir schicken schubweise Verstärkung raus. Sie würden wir …«

»… am Nordtor platzieren. Hab ich schon gehört. Gibt es weitere Anweisungen?«

»Eine Siedlung Yuna ist in äußerster Gefahr.« Er deutete auf einige Dutzend Kästen nur wenige Kilometer nordöstlich des Tores. Warum lebten diese Wüstenmenschen überhaupt dermaßen nah an der Zone? »Die Evakuierung ist bereits gestartet. Ihre Aufgabe ist es, der GREAT-Einheit, die die Evakuation leitet, den Rücken freizuhalten. Wir stellen Ihnen umgehend eine Mannschaft und einen Transport zur Verfügung.«

»Gut«, bestätigte Okijen knapp.

»Wir haben außerdem Liveaufnahmen der Siedlung reinbekommen«, fuhr der General fort und wischte die Holokarte mit einer ausladenden Bewegung weg, um sie durch eine Nachtaufnahme zu ersetzen. Aus der Vogelperspektive war die Siedlung zu sehen, kaum mehr als dreißig einfache Hütten im Wüstensand, erleuchtet von den Strahlern, die die Truppen angebracht haben mussten.

»Was ist das?«, fragte Okijen und lehnte sich nach vorn, um mehr erkennen zu können.

»Das ist das Problem«, seufzte der General. »Die Bewohner wehren sich. Sie wollen ihre Häuser nicht …«

»Nein, *das*«, unterbrach ihn Okijen und deutete auf einen Punkt wenige Meter vor der Siedlung. Die ersten Moja hatten bereits ihren Weg zu den Menschen gefunden. »Kann man da ranzoomen?«

Der ältere Mann folgte seinem Blick angestrengt, bevor er den Bildausschnitt mit den Fingern etwas größer zog.

Die Befallenen hatten das Dorf noch nicht erreicht. Unklar war, ob sie nicht wollten oder nicht konnten.

Okijen fixierte eine Person, die er im ersten Moment für einen von ihnen gehalten hatte. Er selbst vergrößerte den Ausschnitt ein weiteres Mal, um Gewissheit über eine Vermutung zu bekommen.

Der General keuchte erstaunt auf.

»Sieht aus, als wären die Bewohner selbst zum Kampf übergegangen«, mutmaßte Okijen. »Kämpft ...« Er kniff die Augen ein Stück zusammen. »Kämpft da eine Frau mit Pfeil und Bogen gegen die Dinger? Wie ist das denn möglich?«

»Hm«, machte der General. »Wenn Sie sich beeilen, Colonel, lebt sie vielleicht lange genug, dass Sie sie danach fragen können.«

Okijen schluckte angespannt und riss seinen Blick vom Screen los, als das Phone in seiner Tasche wie verrückt zu vibrieren begann. Er wandte sich vom General ab und zog das Gerät mit zwei Fingern aus seiner Hose. Ein kurzer Blick auf den Screen.

Nakamura.

»Dann mach ich mich mal auf den Weg«, erklärte er abwesend und hatte das Büro schon fast verlassen, als der General sich räusperte.

»Eine weitere Sache, Van Dire«, setzte er an. »Wem ist es denn zu verdanken, dass Sie uns heute unterstützen?«

Wie passend. Okijen trat ein paar Schritte zurück in das Büro und drückte dem General sein Alarm schlagendes Phone in die Hand. »Einem KAGE-Agenten«, antwortete er, als er sich wieder abwandte. »Verpassen Sie dem ’ne Beförderung oder so.«

KAPITEL 4

: SURRENDERING

Ein Vogel flattert in einer Sphäre ewiger Dunkelheit. Sein buntes Leuchten erhellt Ecken und Winkel, die seit dreißig Jahren kein Licht mehr sahen. Die abgestorbenen Äste alter Bäume, auf denen er landet, bieten ihm kein Heim mehr. Aber er kennt nichts anderes als die Kälte der Nacht, also weiß er nicht, dass er den Tag vermissen sollte.

Die Finsternis ist sein Vaterland.

Und in dieser Finsternis ruht etwas. Ein Treiben und Drängen. Ein Wimmeln und Wirren. Ein Schatten aus Milliarden Leibern, die nach der Sonne gieren.

Ein Murmeln in der Einsamkeit, technisch kühl.

Und doch ist da etwas, das sich nicht erklären lässt. Etwas Warmes, fast Vertrautes in seiner Stimme.

Etwas Menschliches.

»Andra?«

»Andra!«

Die junge Frau erwachte schweißgebadet zu dem Geräusch von Helikoptern, Lautsprecherdurchsagen und Stimmengewirr vor ihren Fenstern. Noch bevor sie verstehen konnte, was um sie herum geschah, saß sie aufrecht in ihrem Bett und bemühte sich, eine Orientierung in der Dunkelheit zu finden. Flirrende Lichter drangen durch die zugezogenen Vorhänge des Hüttenfensters, und erst in ihrem Schein erkannte Andra die kleinen Gestalten neben ihrem Bett.

Erschrocken keuchte sie auf, dann streckte sie die Hände zu ihren Geschwistern aus. »Luna, Rom«, hauchte sie die Namen der Zwillinge und schob sich aus dem Bett, um sich zu den beiden vorzulehnen. »Was ist los?«

Luna krallte ihre kleinen Finger in Andras Hemd und zerrte daran.

»Mama sagt, du sollst kommen«, sagte Rom leise. Selbst im schummrigen Licht, an das sich ihre Augen erst nach und nach gewöhnten, erkannte sie die Angst in den Augen der Kleinen.

»Ich komme«, stammelte sie und richtete sich auf, löste die Finger der beiden sacht aus ihrer Kleidung und machte zunächst einen Satz zum Fenster, um die staubigen Vorhänge zur Seite zu schieben und hinauszusehen. Grelle Strahler waren zwischen den Häusern der Siedlung aufgestellt, und neben einigen Männern und Frauen aus dem Dorf waren schwer bewaffnete Soldaten zu erkennen.

Andras Augen weiteten sich, und sie spürte, wie Adrenalin sich kribbelnd in ihren Adern sammelte, um ihren ganzen Körper zu fluten. Hektisch griff sie nach ihrer Kleidung und stürzte auf die Tür zu.

»Kommt mit«, rief sie ihren Geschwistern zu und streifte eilig ihre Kleidung über, während sie die Stufen zur Küche hinabstolperte. »Mama?«, rief sie, drehte sich einige Male zu Luna und Rom um, doch die Kleinen hatten keine Probleme, ihr zu folgen.

Sie stürzte in die von einigen Strahlern erleuchtete Küche und blinzelte aufgeregt, um ihre Augen an das kühle Licht zu gewöhnen, das durch die Fenster hereinfiel. »Was ist los?« Sie befürchtete, die Antwort schon zu kennen.

Ihre Mutter hockte vor der Eingangstür und war dabei, die uralten Tastenfelder des Sicherheitssystems zu aktivieren.

»Die Moja sind ausgebrochen, Schatz«, keuchte sie, ohne sich zu ihrer Tochter umzudrehen.

Andra spürte, wie Übelkeit in ihrer Kehle aufstieg.

Nein, das konnte nicht wahr sein. Tausendmal hatte sie davon geträumt, dass die Tore der Sperrzone versagten, dabei war es in ihrer gesamten Lebzeit nie vorgekommen.

»Wir riegeln die Häuser ab.«

Andra ersparte es sich, sie darauf hinzuweisen, dass das vermutlich nichts bringen würde, wenn die Tore tatsächlich gefallen waren.

Vor den Fenstern herrschte Hektik, wenn auch nicht in dem Ausmaß, das sie erwartet hatte. Einige Soldaten patrouillierten von Haus zu Haus, sprachen über Stimmverstärker Sicherheitswarnungen aus. Die Hubschrauber, die sie gesehen hatte, entfernten sich ins Morgengrauen hinein, und wie auch ihre Mutter blieben die meisten anderen Bewohner des Dorfes in ihren Häusern.

»Das Militär ist eben angekommen«, fuhr Andras Mutter fort, und Andra bückte sich hinab, um ihre Hände nach Luna und Rom auszustrecken, die verunsichert neben der Treppe kauerten. Die Zwillinge zögerten nicht und liefen in ihre Arme, um sich an ihre Weste zu klammern. »Sie wollen uns evakuieren.«

»Keine Sorge«, raunte die junge Frau ihren Geschwistern zu, die genau wie ihre Mutter in ihre Nachtkleidung gehüllt waren. »Wo ist Papa?« Die Finger der Kinder krallten sich tief in ihre Kleidung und ihre Haut. Sie versuchte, ruhig und beherrscht zu bleiben, genau wie die Älteste es ihr beigebracht hatte.

»Wir müssen die Sicherheitssysteme um das Dorf aktivieren«, stöhnte ihre Mutter. »Er ist draußen bei den anderen. Sie fahren den Generator hoch.«

»Das bringt nichts«, sagte Andra leise. Die Technologie war mehr als dreißig Jahre alt. Wenn das Militär zur Evakuierung und nicht zur Verteidigung gekommen war, mussten sie gehen. Jetzt.

»Mama?«

Sie hatte sich während der ganzen Unterhaltung nicht zu ihnen umgedreht, und einem Impuls folgend ließ Andra die Zwillinge los, um sich auf ihre Mutter zuzuschieben und die Hand auf ihren Arm zu legen.

Erst jetzt, als sie sich zu ihr umwandte, sah Andra die Tränen, die sich in ihren Lachfalten sammelten.

»Hey«, flüsterte sie ihrer Mutter zu. »Wenn das Militär hier ist, sind wir sicher.«

»Nein.« Ihre Mutter strich sich fahrig über das Nachthemd, und ihr Blick wanderte zu Luna und Rom, die zitternd zu ihnen aufsahen. Nur langsam raffte sie sich auf und ging auf die Zwillinge zu. »Ist ja gut, meine Kleinen«, wisperte sie und strich sacht über ihre Köpfe. »Geht hoch in Andras Zimmer, ja? Versteckt euch unter dem Bett.«

Die beiden nickten eifrig, und Andra schaute ihnen hinterher, wie sie mit tapsigen, aufgebrachten Schritten die hölzerne Treppe erklommen. »Was ist los?«, fragte sie danach so leise wie möglich, griff nach ihren Stiefeln neben der Tür und streifte sie eilig über ihre nackten Füße.

»Die ... die Männer vom Militär sind nur eine Evakuierungseinheit. Es soll wohl Verstärkung kommen, aber ... ach.« Mal um Mal lehnte sich ihre Mutter zur Seite, um aus dem staubigen Fenster über der Spüle zu sehen, als würde ihr das helfen, die Gefahr besser einzuschätzen. »Wir können hier nicht weg. Wir haben doch nichts anderes.«

»Wir sollten gehen«, mahnte Andra eindringlicher und fing den Blick ihrer Mutter ein. »Die teleportieren uns hier raus, und wir sind in Sicherheit. Wenn die Moja unter Kontrolle sind, können wir zurückkommen.«

»Und wenn wir nicht zurückkehren können?« Erneut drangen Tränen aus ihren Augenwinkeln, und Andra ballte die Hände zu Fäusten. »Du weißt, was mit den infizierten Zonen geschieht. Du weißt, wie es in São Paulo war. Willst du wirklich in ihren Städten leben? In diesen neonfarbenen Müllhalden?«

»Du warst doch nie …«

»NEIN!«, rief ihre Mutter. »Wir leben hier seit Generationen, und ich werde … wir können das nicht zurücklassen.« Ihr Atem ging schwer, und Andra rang damit, sich zu beherrschen.

Sie wusste, dass es keinen Sinn machte, gegen das anzukämpfen, was ihre Mutter und die Dorfbewohner sich in den Sinn gesetzt hatten. »Na gut.« Ihr Blick haftete kurz an den hölzernen Möbeln, die den kleinen Vorraum zustellten, an den Ecken und Ritzen, in denen sich Staub und Sand mischten, und an den Lampen, die so alt waren, dass sie nur flirrend Licht spenden konnten.

Sie musste eine Entscheidung treffen.

Mit fest geballten Händen ging sie durch die Küche, stieß die Tür zur Vorratskammer auf und griff nach ihrem Bogen, mitsamt vollem Pfeilköcher. Sie schnallte ihn sich um den Körper, während sie mit großen Schritten auf die Eingangstür zumarschierte.

»Was, aber … Bist du dir sicher, dass du da rauswillst, Andra?« Ihre Mutter trug hörbare Besorgnis in ihrer Stimme, machte aber, wie erhofft, keine Anstalten, sie aufzuhalten.

»Ich habe mein Leben lang dafür trainiert«, erwiderte sie und deaktivierte mit wenigen Tastenanschlägen das Sicherheitsfeld. »Ich verschaffe mir einen Überblick und schaue, ob ich bei etwas helfen kann.«

»Aber Liebling«, setzte ihre Mutter an.

Andra unterbrach sie mit einem hoffnungsvollen Lächeln. »Alles gut, Mama. Ich bin gleich wieder da.«

Ihre Mutter nickte tapfer, schien aber nicht sicher zu sein, ob sie Andra gehen lassen wollte. »Ich hab dich lieb, Schatz!«, versicherte sie wimmernd.

»Pass auf die Zwillinge auf!«, wies Andra sie an. »Packt bitte die Sachen, und flieht, wenn es zu gefährlich wird!«

Ohne auf eine Erwiderung zu warten, schlug sie die alte Holztür hinter sich zu.

Die kalte Morgenluft schlug Andra entgegen, als sie sich mit raschen Schritten vom Haus ihrer Familie entfernte. Andra würde schauen, ob Moja auf dem Weg zu ihnen waren, und danach die Dorfälteste suchen. Sie hatte sie ausgebildet und würde wissen, was zu tun war.

»Wo willst du hin, Schätzchen?«

Andra zuckte zusammen, als aus der Dunkelheit ein Soldat in ihren Weg sprang und sie so grob am Arm packte.

»Fass mich nicht an!«, fauchte sie, und der Kerl presste seine Lippen vor Anstrengung aufeinander, als sie versuchte, sich von ihm loszureißen. Vor Aufregung zitternd sah sie zu ihm hoch. Das Licht der Strahler um sie herum warf tiefe Schatten in sein bärtiges Gesicht. Ihre Stiefel fest im Sand verankert stemmte sie sich so heftig gegen ihn, wie es ihr möglich war.

»Was hast du vor?«, wollte er wissen und wollte sie weiterziehen – doch Andra wehrte sich so vehement gegen seinen Griff, dass er wieder stehen blieb. Hinter ihm, zwischen den Hütten ihrer Siedlung, zog sich ein warmer Streifen ersten Sonnenlichts über den Horizont und verlieh der Szenerie eine trügerische Ruhe. »Willst du tatsächlich mit Pfeil und Bogen gegen die Moja kämpfen?« Sein Tonfall war angespannt, aber es lag trotzdem ein Hauch Belustigung darin.

»Ich *will* nicht«, flüsterte Andra eindringlich. »Aber vielleicht werde ich *müssen*.« Ihr war klar gewesen, dass sie für ihre Waffen belächelt werden würde. Das Militär der Vereinten Nationen hatte in den letzten dreißig Jahren nichts anderes getan, als seine Waffen auf die Bekämpfung der Moja zu optimieren. Doch dabei hatten sie sich so sehr auf ihre Schaukämpfe und ihre Fernsehübertragungen fixiert, dass sie etwas Essenzielles vergessen hatten. Etwas, das die Ältesten der Yuna noch wussten.

Der Soldat gluckste abfällig, was sie nur wütender machte. Sie hätte einen Pfeil aus ihrem Köcher ziehen und ihm ins Gesicht stechen können. Der Gedanke, im Notfall in der Lage zu sein, sich zu verteidigen, beruhigte sie ein wenig.

»Du solltest das den MaKE-Einheiten überlassen«, riet er ihr.

»Ich will mir nur eine Übersicht verschaffen.«

Der Mann runzelte irritiert die Stirn.

»Das Dorf bildet seit Jahrzehnten keine Krieger mehr aus«, erklärte sie ihm. »Die, die gegen Moja kämpfen wollen, ziehen in die Städte, um sich dem Militär anzuschließen. Ich bin die Einzige hier, die in der Kampfkunst geschult ist.«

»Das ist schön für dich«, konterte der Fremde harsch. »Du hast allerdings nie gegen einen Moja gekämpft. Das sind keine Menschen mehr, die kann man nicht einfach mit einem …«

»Die Pfeile sind von unserer Schamanin behandelt«, fuhr Andra ihm dazwischen. Als der Soldat in schnaubendes Gelächter ausbrach, verdrehte sie die Augen und machte erneut Anstalten, sich aus dem festen Griff seiner behandschuhten Hände zu befreien.

»Überrede lieber deine Familie, sich uns anzuschließen«, erwiderte er.

Andra knurrte ihn nur wütend an. »Wir werden nicht gehen.« Sie würde sich nicht die Mühe machen, ihm zu erklären, dass sie eine Flucht für durchaus sinnvoll hielt. Stattdessen sah sie Mal um Mal über ihre Schulter hinweg zum anderen Ende der Siedlung, um vielleicht erkennen zu können, ob schon Angreifer oder Hilfstruppen auf dem Weg zu ihnen waren! »Die älteren Dorfbewohner werden die Siedlung nie verlassen. Meine Eltern. Meine Großeltern. Das Dorf und die Gemeinschaft sind alles, was sie besitzen.«

»Ihr könnt zurückkommen, wenn die Sache vorbei ist.«

»Die Chancen, dass ihr das gesamte Gebiet in eine Sperrzone verwandelt, wenn wir gehen, sind höher. Die Menschen hier denken, dass ihr den Bereich sofort aufgebt, sobald sie evakuiert sind.«

»Du hast den Ernst der Lage nicht begriffen, Schätzchen«, zischte der Fremde und drückte so fest zu, dass ihre Hand taub wurde. »Wenn die Lage so ernst wird, dass wir die Sperrzone erweitern müssen, tun wir das. Egal, ob ihr hier seid oder nicht.«

»Und bei den paar Yuna gibt es nicht so viele Aufstände wie in São Paulo, was?« Durch ihre Provokation erreichte sie endlich, was sie wollte: Er ließ sie los.

Andra trat einige Schritte von dem Soldaten zurück und rieb sich den Oberarm. »Sprich mit der Ältesten«, empfahl sie ihm. »Ich werde versuchen, Zeit zu schinden, bis die MaKE-Unit kommt.«

Sein erneutes schallendes Lachen stellte ihre Härchen im Nacken auf. »Du bist mutig. Wie ist dein Name, Kleine?«

Das Dröhnen einer Explosion durchfuhr Andras Glieder. Der Fremde scherte sich gar nicht darum, also hielt sie den Augenkontakt. »Andra«, erwiderte sie schroff. »Und wie heißt du, *Kleiner?*«

Der Soldat musterte sie, als müsse er abwägen, ob er ihr diese Information geben wollte oder nicht. »Switch«, antwortete er zögerlich. »Komm her.« Er zog etwas aus seiner Gürteltasche, das sie in der Dunkelheit nicht erkannte, und fuchtelte damit herum, bis sie sich wieder einen Schritt näherte. Sobald sie in Reichweite war, packte er ihren Arm erneut und drückte ihr das Ding, das wie eine kleine Pistole aussah, auf den Oberarm.

»Hey, was …?«, rief sie erschrocken. Ein wenig Blut drang aus einem kleinen Einstichloch an ihrem Arm. Von der schmerzenden Stelle breitete sich ein kühles Gefühl aus.

Er deutete darauf. »So wirst du keiner von denen«, erklärte er und schob die Impfpistole zurück in die Halterung, nahm sein Maschinengewehr in Anschlag. »Wenn das MaKE-Team in fünf Minuten nicht da ist, beziehen wir Stellung vor dem Dorf.«

»Danke«, wisperte sie, bevor sie ihm den Rücken zuwandte.

Die Älteste sagte, dass das, was hinter den Mauern schlummerte, das Kind und gleichzeitig der Untergang der Menschheit sei. Geschöpfe, von ihnen selbst erschaffen, gekommen, um über sie zu richten. Nicht an der Stelle eines Gottes oder einer höheren Macht. Sondern anstatt der Welt, der sie so viel genommen hatten.

Die Älteste sagte, dass KAMI, der Virus, nichts weiter sei als eine Folge all der Verbrechen des letzten, schrecklichsten Jahrhunderts der Menschheit. Eine Verkörperung des nie ausgefochtenen Krieges.

Die Älteste sagte, die Auslöschung der Menschheit durch die Moja sei nur eine Frage der Zeit.

In diesem Glauben war Andra aufgewachsen.

Warum also pochte ihr Herz so schnell, während sie dort stand, vor dem niedrigen Zaun der Siedlung, in die Ferne sah und die blauen Punkte erkannte, die sich ihnen langsam näherten? Sollte sie nicht ruhig sein im Anblick des vorhergesagten Untergangs? Sie sollte, doch alles in ihr sträubte sich dagegen.

Das hier konnte nicht das Ende sein, denn sie hatte noch Hoffnung. Und sie hatte Angst.

Die Sonne war mittlerweile über den Horizont gekrochen und warf nun ihren blutroten Schleier über die Welt. In der

Distanz beleuchtete sie die Mauern des Sperrareals. Dutzende Meter ragten die schwarzen Mauern in den Himmel auf, überdacht von einer holografischen Kuppel, die nichts hinein- oder hinausließ. Nicht einmal das Licht.

Am offenen Tor, so viele Kilometer von ihnen entfernt, stiegen Rauchfahnen auf. Heftige Explosionen in der Nähe der Station zerrissen von Zeit zu Zeit die Luft und drangen als Druckwellen bis zu ihr herüber. Sie spürte das Vibrieren in ihren Knochen.

Andra sog die kühle Nachtluft tief in ihre Lungen. Die Stimmen der Ältesten und der Soldaten aus dem Dorf hinter ihr wurden lauter und wieder leiser. Ein Streit musste entbrannt sein. Einige Frauen schrien, ebenso einige Männer. Sie würden sich nicht mehr lange gegen die Evakuierung wehren können. Die Moja rückten näher.

Konzentriert griff sie nach einem der Pfeile in ihrem Köcher und spannte ihn locker in den Bogen, die Augen auf das gerichtet, was vor ihr lag.

Der blaue Schimmer auf der Haut der herannahenden Moja zeichnete ihre Konturen von Moment zu Moment deutlicher. Sie bewegten sich ohne Hast. Ohne Eile. Als wären sie nur Spaziergänger auf dem Weg in das Morgenrot. Es würde nach wie vor einige Minuten dauern, bis sie in Schussweite wären, trotzdem fiel es Andra immer schwerer, das Zittern ihrer Hände zu kontrollieren. Wo war MaKE? Wo waren die anderen Soldaten?

Vielleicht sollte sie zurück ins Dorf laufen, um die anderen zu warnen. Doch ihre Knie waren so weich, und der Sand, der ihr stets Sicherheit gegeben hatte, schwankte verräterisch. Ob es an den entfernten Erschütterungen oder ihrem eigenen Gleichgewicht lag, vermochte sie nicht zu sagen.

Die Stimmen im Dorf wurden wieder lauter, und die ersten Moja waren so nah, dass Andra ihre Gesichter erkennen konnte. Ihre Finger um Pfeil und Bogen spannten sich an. Zwei Frauen und ein Mann bildeten die Vorhut. Unzählige der Wesen folgten ihnen in einigen Metern Entfernung.

Die Augen der vordersten Frau trugen einen blauen Schimmer. Wachsam begutachtete sie ihre Umgebung. Vermutlich scannte sie Andras Körper, ihre Waffen, ihren Puls. Vermutlich wusste sie, welche Angst sie hatte.

Andra vernahm, wie sich Schritte und Stimmen hinter ihr näherten, bis ein Soldat neben ihr Stellung bezog. Ein zweiter positionierte sich neben ihm und ein dritter zu ihrer anderen Seite.

»Warum kommt niemand?«, wollte sie leise wissen. Die Ruhe der sich nähernden Wesen verschlimmerte ihre Aufregung. Warum konnte sie nicht klarer im Kopf sein? Sie hatte so viel trainiert und in so vielen Träumen genau diesen Kampf ausgefochten.

»Ich weiß es nicht«, erwiderte der Soldat zu ihrer Rechten. Ein kurzer Blick verriet ihr, dass es der Mann war, der sich ihr einige Minuten vorher als Switch vorgestellt hatte. »Ich weiß es nicht«, wiederholte er lauter. Sein Kopf ruckte zu seinen Kollegen herum, und sie nickten einander bestimmt zu. Ein kurzer Griff an ihre Köpfe, schon klappten ihre Visiere herunter. Mit den Gewehren im Anschlag traten sie an Andra vorbei, um sich den Moja entgegenzustellen.

Warum stand sie noch da? Warum konnte sie sich nicht bewegen? Vielleicht weil sie bisher nie auf einen Menschen geschossen hatte – oder auf etwas, das wie einer aussah. Vielleicht weil sie diesen Dingern nie gegenübergestanden hatte, nicht geahnt hatte, was das in ihr auslösen würde.

Der erste Soldat eröffnete das Feuer. Die Schüsse donnerten so laut aus dem Lauf seines Maschinengewehrs, dass Andra zusammenzuckte und ihr Atem für kurze Zeit stockte. Sie hatte gelernt, dass Moja immer aus der Distanz angegriffen werden mussten. Aufgrund ihrer technisch verstärkten Muskeln waren sie so effizient im Nahkampf, dass es schnell tödlich enden konnte, wenn man sie zu nah an sich heranließ.

Der erste Moja fiel. Die Kugeln, die in Salven auf ihn einhämmerten, streckten ihn nach einigen Augenblicken nieder, und sofort formierten die Soldaten sich neu, um ihre Schusskraft auf das nächste Wesen zu konzentrieren.

Eine weitere Frau. Ihr Blick verfinsterte sich, und sie beschleunigte ihr Tempo, nachdem die ersten Kugeln sie getroffen hatten. Erst verstand Andra nicht, warum sie nicht zu Boden ging, warum die Kugeln sie zu verfehlen schienen.

Erst dann erkannte sie, dass die Geschosse offenbar an ihrer Haut abprallten. Die Moja-Frau hielt auf Switch zu, lief immer schneller, vollkommen unbeeindruckt vom Angriff der Soldaten.

Andra schluckte schwer und suchte in sich nach Frieden und Konzentration. Während sie ihr Ziel genau in Augenschein nahm, atmete sie aus, um fokussieren zu können.

Dann spannte sie den Bogen, brachte ihn in Position und ließ die Sehne los. Der Pfeil traf zielsicher den Bauchraum der Moja-Frau, und Andra beobachtete angespannt, wie das Wesen stockte, an sich hinabsah und zur Seite kippte. Regungslos blieb es im Wüstensand liegen. Aufmerksam achtete sie auf jede Regung, um sicher sein zu können, dass es wirklich tot war.

»Was war *das?*«, rief einer der Männer und wandte sich zu Andra um.

Sie antwortete nicht, hatte keine Zeit für Erklärungen. Danach, vielleicht, wenn das hier vorbei war.

Ein weiteres Mal eröffneten die Soldaten das Feuer auf die nächsten Moja, die in ihre Reichweite gekommen waren. Über dem Wummern der Gewehre hatte Andra das Dutzend Soldaten nicht bemerkt, das nun als Verstärkung zu den anderen eilte. Die grünen Uniformen der Männer und Frauen wiesen sie alle als Evakuierungshelfer aus. MaKE-Uniformen waren dunkelgrau, und von denen war nach wie vor keine zu sehen.

Andra schärfte ihren Blick, während immer mehr Moja näher rückten. Sämtliche ihrer Sinne wurden vom Hämmern der Geschosse geschwächt, also lenkte sie ihre Konzentration auf ihren Atem um.

Weitere Moja fielen, andere unerklärlicherweise nicht, obwohl sie demselben Feuer ausgeliefert waren. Wieder zog Andra einen Pfeil aus ihrem Köcher und fixierte einen der Moja, den die Waffen der Soldaten nicht töten konnten. Sie festigte ihren Stand, spürte die Vibrationen endlos vieler Schritte vor und hinter sich – und setzte einen weiteren Schuss ab. Den männlichen Moja traf sie, nur wenige Meter von einem der Soldaten entfernt, direkt in die Stirn. Auch er ging zu Boden.

Fast unbeholfen liefen weitere Soldaten über den Sand aus dem Dorf auf das Schlachtfeld hinaus. Andra legte gerade den nächsten Pfeil auf die Sehne, da erkannte sie, dass sich den Truppen einige Bewohner angeschlossen hatten.

Sie stürzte auf sie zu, um sich ihnen in den Weg zu stellen. »Nein!«, schrie sie und drängte die Männer und Frauen mit ihrem Bogen zurück. Keiner von ihnen hatte anständige Waffen. Ihre Messer und Äxte würden nichts ausrichten. »Ihr müsst hinter dem Zaun bleiben. Sichert die Häuser, beschützt die Kinder! Flieht, wenn ihr könnt!«

»Andra, das …«

»Ich regle das«, keuchte sie und wedelte mit dem Pfeil vor ihren Gesichtern. Sie mussten ihr gehorchen, sie war die einzige Schülerin der Ältesten. »Wir schaffen das. Geht hinein.«

»Geht rein!«, befahl auch einer der Soldaten hinter ihr mit Nachdruck, und erst nachdem ihre Bekannten nach hinten zurückgewichen waren und wieder zwischen den Hütten verschwunden waren, wandte sich Andra um, um ein neues Ziel zu suchen.

Doch die Szene war plötzlich unübersichtlich geworden. Mindestens ein Dutzend Moja hatten sich dem Dorf auf unmittelbare Entfernung genähert. Ein weiteres Dutzend lag regungslos im Sand, gemeinsam mit einigen gefallenen Soldaten. Wie hatte das so schnell gehen können?

»Oh nein!«, stieß Andra aus, lief einige Schritte auf die anderen zu und visierte den nächsten Moja an. Schuss und Treffer. Danach der nächste und der übernächste.

Einer der Moja stürzte sich auf einen Soldaten und streckte ihn mit nur wenigen gezielten Schlägen nieder. Andra konnte ihm einen Pfeil in den Rücken schießen, doch der Kopf des Soldaten saß bereits in einem eigenartig schiefen Winkel auf seinen Schultern. Gemeinsam kippten sie um.

Sie war so fokussiert auf das Geschehen einige Meter von sich entfernt, dass sie erst in letzter Sekunde einen Moja wahrnahm, der ihr so nah gekommen war, dass sie nicht mehr zurückweichen konnte. Er versetzte Andra einen gezielten Hieb auf den Oberarm und schlug ihr bereits in der nächsten Sekunde mit der anderen Faust den Bogen aus der Hand. Taumelnd wich sie seinem Tritt aus, was sie allerdings endgültig stolpern und zurückfallen ließ. Geistesgegenwärtig zog sie sofort einen weiteren Pfeil aus ihrem Köcher – und als der Moja sich mit solcher Wucht auf sie stürzte, dass ihr Atem versagte, rammte sie ihm die Spitze des Pfeiles in seine Kehle.

Ein Röcheln drang aus seiner Gurgel, und Blut rann über ihrer beider Körper, silbrig schimmernd und warm.

Das Wesen keuchte, während es langsam von Andra rutschte und zur Seite fiel. Der Druck auf ihrem Brustkorb ließ nach, noch immer rang sie nach Luft. Er musste ihre Rippen getroffen haben. Jeder Atemzug schmerzte mit einer Intensität, dass es ihr die Tränen in die Augen trieb und ihr die Kehle zuschnürte.

Unter Stöhnen rollte Andra sich auf die Seite. Das Blut des Moja, das auf ihre Kleidung und ihre Brust getropft war, träufelte nun in den Sand. Das Wesen lag im Todeskampf neben ihr, und sie stöhnte angestrengt, den Blick tränenverschleiert. »Ich bin schneller als deine Sensoren, was?«, krächzte sie, stützte sich auf die vor Schmerz brennenden Arme und stemmte sich keuchend hoch. Warum hatte sie das Ding nicht kommen sehen?

Sand blieb klebrig an ihrer Brust und ihren Fingern haften. Mit zusammengebissenen Zähnen schob sie sich über den Boden, um nach ihrem Bogen zu greifen. Sie musste nicht zur Seite schauen, um zu erkennen, dass die Soldaten vor dem Dorf gefallen sein mussten. Das Donnern ihrer Gewehre hatte ausgesetzt, einige waren schreiend zu Boden gegangen.

Andra streckte die Hand nach ihrem Bogen aus, griff mit zitternden Fingern nach einem weiteren Pfeil und konnte ihn im Liegen gerade rechtzeitig auf den nächsten Moja abfeuern. Er war nur wenige Meter von ihr entfernt, als sie ihn in die Brust traf. Er stolperte ein ganzes Stück nach vorn, bevor er in die Knie ging und Blut hustete.

Die Rufe und Schreie aus dem Dorf drangen nur in Fetzen an ihre Ohren. Stritten die Bewohner mit den übrigen Soldaten? Waren überhaupt noch Soldaten im Dorf? Hoffentlich war ihre Familie inzwischen geflohen!

Mit zusammengebissenen Zähnen schob sich Andra auf die Knie und in eine halbwegs aufrechte Position, aus der sie von den sterbenden Moja wegtaumeln konnte. Das Blut im Sand verschwand im bedrückend roten Schimmer der aufgehenden Sonne.

Und der Horizont. Er hing schief, und dort … dort wimmelte etwas. Ihr verschleierter Blick ließ keine andere Einschätzung zu. Der Horizont in Richtung der Sperrzone bewegte sich, so viele Leiber drängten sich an ihm entlang auf sie zu.

Keuchend atmete Andra aus und behutsam wieder ein. In all dem Wimmeln, all dem Dröhnen und Wummern aus der Ferne war es unmöglich zu erahnen, ob sich unter den Angreifern auch Hilfstruppen befanden. Oder ob sie längst umgekommen waren.

Die nächsten Moja näherten sich ihrem Radius. Andra tastete in ihren Köcher. Wie viele Pfeile waren ihr geblieben? Zehn? Maximal. So vorsichtig wie möglich, um über dem Schmerz in ihren Rippen nicht den Verstand zu verlieren, beugte sie sich hinab, um mit einem gezielten Ruck den Pfeil aus der Kehle des inzwischen toten Moja zu ziehen.

Sie legte ihn an die Sehne, um auf den nächsten zu zielen, der sich ihr näherte. Schweiß trat auf ihre Stirn.

Der Schmerz in ihrem Arm traf sie beim erneuten Spannen des Bogens so unvorbereitet, dass sie losließ und der Pfeil einige Meter vor dem Ziel im Sand stecken blieb. So ein verdammter Mist!

Ihre zitternden Finger fanden kaum den nächsten, und als sie ihn anlegte, biss sie die Zähne so fest zusammen, dass sie sich fast in ihren Kiefer zu schieben drohten. Dieser Pfeil verfehlte sein Ziel nicht, traf den Moja direkt im Kopf, und er stürzte in den Sand. Die anderen, rechts und links neben ihm, beachteten seinen Tod gar nicht.

Ohne zu zögern spannte Andra den Bogen erneut und schoss auf den Moja, der ihr am nächsten war. Eine Frau, mit langem, blondem Haar in einem hellblauen Mantel.

Andra traf und nahm bereits ihr nächstes Opfer in Augenschein. Doch Sekunden später hielt sie erschrocken inne.

Der Pfeil. Er hätte die Stirn der Frau durchbohren sollen. Stattdessen war er von ihr abgeprallt wie von Stahl. Warum? Das Herz pochte ihr hektisch gegen die Brust, und jeder verdammte Schlag brannte wie Feuer in ihrem Inneren. Zitternd legte sie einen weiteren Pfeil an die Sehne, spannte den Bogen und schoss dieses Mal auf den Bauch. Doch die Moja-Frau fegte das Geschoss mit einem Wisch ihrer Hand aus der Luft, zu schnell, um ihre Bewegung überhaupt zu sehen.

Was war das? Die anderen hatten das nicht gekonnt.

Andra stolperte einen Schritt zurück in Richtung Dorf, während die Frau im Gehen ihre Hand hob.

Hauchdünne Blitze begannen zwischen ihren Fingern zu tanzen.

War das eine Halluzination?

Bevor Andra realisieren konnte, was sie sah, drehte die Moja-Frau ihre Hand gen Himmel, blieb ruckartig stehen, um auch die andere zu heben. Andras gesamtes Sichtfeld wurde von brennend weißem Leuchten erfüllt. Sie kniff die Augen zusammen, hielt sich die Arme über den Kopf und betete, dass unter den Schreien, die aus dem Dorf drangen, nicht die ihrer Familie waren.

Tränen verschleierten ihre Sicht. Ein reißender Schmerz brannte sich in ihre rechte Schulter, doch die Hand, die sie auf die verwundete Stelle drücken wollte, zog sie sofort laut schreiend wieder fort, so heiß hatte sich die Elektrizität in ihr Fleisch gefressen.

Wimmernd ließ sie den Bogen fallen, stolperte zurück in Richtung des Dorfeingangs. Die Moja-Frau und alle, die ihr folgten, waren nur noch wenige Meter von ihr entfernt. Sie roch Rauch und hörte das Flackern von Feuer hinter sich. Der Blitz musste eine der Hütten getroffen haben.

Andra presste die Lippen aufeinander, hielt sich jedoch davon ab, die Augen zu schließen, als sie sich nicht länger auf den Beinen halten konnte und in den Sand fiel. Nein, sie wollte dem Ding ins Gesicht sehen, das so entschlossen, sie zu töten, auf sie zusteuerte. Sie wollte …

»Ey!«

Ihre Gedanken wurden von einem rüden Schrei unterbrochen, der einige Meter hinter ihren Angreifern ertönte. Die Moja verlangsamten ihr Tempo und wandten sich um. Schon in der nächsten Sekunde wurden die ersten von ihnen von Kugeln durchlöchert und zu Boden gestreckt. Nicht nur Gewehrkugeln, auch bunte Lichtblitze durchzogen die Luft, wirbelten den Sand auf und stellten das Licht der aufgehenden Sonne in ihren Schatten.

MaKE. Sie waren da.

Diese Idioten von MaKE waren endlich da!

Andra spürte, wie ihr Körper immer weiter an Kraft verlor, wie er immer weiter zurücksank. Ihr Blickfeld wurde trüber, und all die Farben, all das Gewimmel vor ihren Augen verschwamm langsam.

Der Moja vor ihr wurde niedergestreckt, und direkt hinter ihm tauchte ein Soldat auf, das Visier offen, einen Radiator im Anschlag. Diese blonden, kurzen Haare und diese hellen Augen. Selbst in ihrem benebelten Zustand war sie sich sicher, ihn von irgendwoher zu kennen.

Forschen Schrittes steuerte er auf sie zu und hockte sich zu ihr hinab.

»Du bist krass«, sagte er, und Andra musste über diese überraschende Feststellung lächeln. Erleichterung machte sich in ihr breit. Sie sackte zur Seite, doch der Fremde fing ihren Kopf überraschend sacht ab.

»Mein Name ist Okijen«, fuhr er fort, als ihr Blickfeld bereits schwarz wurde. »Und du hältst durch, weil ich mich hiernach mit dir unterhalten will.«

UNITED NATIONS MILITARY

Archiv: Militärische Aufzeichnungen
Persönliche Mitschrift: General of the Army
Marshall Lloyd

21.11.2072
Ort: New York, 3. Bezirk nach Übernahme

Mitschrift: Briefing des Sicherheitsrats

Mōja, m., von jap. 亡者: Verstorbener/Totenseele, die keine Ruhe gefunden hat. Erste Begriffsnennung: 2071. Von KAMI in Besitz genommene Menschen. Ausbreitung: Weltweite Sichtungen

Moja: *(Ergänzung 2079, ML: erste Generation)*
Fähigkeiten: gesteigerte Schnelligkeit, Muskelkraft, Ausdauer & Intelligenz. Teils übermenschlich verstärkte Sinne.
Als wirksam getestete Waffen: sämtliche Schusswaffen
~~Anmerkungen: Emotionaler Verfall der Subjekte zieht sich über Jahre hinweg.~~ *(Geändert: Veraltet)*

Ergänzung. 2079 ML: Moja, zweite Generation
Fähigkeiten: Generation 1 + technologisch basierte Fähigkeiten: Scan des Gegners, Röntgen, Infrarot
Übermenschliche Sinne (Geruchssinn, Gehör & Tastsinn). Elektromagnetisches Schutzfeld, schützt vor leichten Angriffen und teils Kugelfeuer. Bündelung elektrischer Energie aus Nanozellen mit Schockwirkung bei Körperkontakt

Als wirksam getestete Waffen: Spezialkugeln. Erg. 2097: Elektrizität (Pers. Anm.: Oki jen Van Dire!?)

Ergänzung 2091: Mo ja, dritte Generation
Fähigkeiten: Generation 1 + 2 + Blitze, EMPs, Druckwellen. Durch Energiefelder und verstärkte Zellen geschützte Haut & innere Organe
Als wirksam getestete Waffen: Schwerter, evtl. Betäubungs- und Fixierungswaffen

Erg. 2095: Unregelmäßige
Erste Sichtung von Unregelmäßigkeiten in den Sperrzonen Japan & Frankreich. Beobachtete Unregelmäßigkeiten: Feuer aus den Händen der Mo ja. Formen von Wind. Einhüllung in metallische Materialien (Pers. Anm.: Bauteile oder Bestandteile des Körpers?). Beobachtung eines Mo ja ohne Kopf, der in der Lage war, weiterzukämpfen.

Erg.: Tiere & Modifikationen
Treten in denselben Kategorien auf wie Menschen. Durch die hohe Anzahl von Tieren in vielen Sperrzonen kommt es vor, dass Tier und Mo ja sich zusammentun. Beobachtungen von Tieren mit Rüstungen oder Körperteilen aus Metall. Wissenschaftl. Konsens: Mo ja nutzen Krankenhäuser und Forschungseinrichtungen in Sperrzonen, um Tiere (und sich selbst) zu optimieren und mit Technologien auszustatten.

KAPITEL 5

: FLEEING

Ein Strom aus Menschen hatte Luke erfasst, und er ließ sich nahezu willenlos von ihm treiben. Das Dröhnen der Sirene schallte kontinuierlich durch die Gänge, die Erschütterungen rissen ihn und die Wissenschaftler um ihn herum nach rechts und links, Rauch und Feuer drangen aus anliegenden Türen.

Es gab nur ein Ziel: raus hier. Mit jedem Funken Kraft, die ihm verblieben war. Bevor das Gebäude zusammenstürzte oder die Moja es stürmten.

Das Blut, das an seiner Schläfe hinabrann, trocknete langsam. Er machte sich nicht einmal mehr die Mühe, es fortzuwischen, taumelte wie in Trance vorwärts, einen Fuß vor den anderen setzend.

Die Frauenstimme aus den Lautsprechern war eine Art Anker für ihn geworden. Jedes Mal sprach er im Kopf ihre Durchsage mit. So bekam er das Gefühl, nicht vollkommen den Verstand zu verlieren – über den Rufen, den Schreien, der Panik und dem Blut.

Lukes Blick war auf seine Füße gerichtet, als könne er sie dadurch besser zum Gehen motivieren. Deswegen bemerkte er nicht, dass die Menschenmenge ins Stocken geriet, und lief in den Wissenschaftler vor sich, nur um kurz darauf zur Seite zu schwanken, durchgeschüttelt von der nächsten Explosion, die am Gebäude riss.

Verdammt, die Special Units sollten längst hier sein, oder?

»Was ist da vorn los?«, rief eine Frau hinter ihm und drängte sich weiter in Richtung Ausgang. Aber die Menge war gestoppt, und selbst als Luke die Kraft aufbrachte, sich auf die Zehenspitzen zu stellen, um nach Hinweisen zu suchen, war nichts zu erkennen.

»Zurück«, vermeinte er aus der Ferne zu hören. Er war nicht sicher, denn über das Dröhnen der Sirene und der Sicherheitsdurchsage drang nahezu nichts an seine Ohren.

»Zurück!«, wiederholte einige Sekunden später eine weitere Stimme nicht unweit vor ihm, und bevor Luke begriff, was vor sich ging, wirbelten alle herum und stürmten in die Richtung, aus der sie gekommen waren. Sie rissen ihn einfach mit.

Vom Ende des Gangs waren Schreie zu hören. Keine angst- oder schmerzerfüllten Schreie wie bisher.

Nein, das war blanke Panik, die ihm mit jeder Facette unter die Haut fuhr. Verdammt, er spürte, wie seine Kehle sich zuschnürte und Übelkeit in ihm aufstieg. Nicht mehr lange, und er würde von der Masse niedergetrampelt werden.

Wenigstens töteten Moja effizient und schnell.

»Luke?«

Er wusste nicht, in welche Richtung er seinen schmerzenden Kopf wenden sollte, als sein Name über die Menge hinweg gerufen wurde.

»Luke!« Jemand griff nach seinem Arm, um ihn über seine Schultern zu legen und ihn zu stützen.

Er brauchte eine Weile, um seinen Blick zu fokussieren. Sein Praktikant! »Gut, du bist da«, grummelte Luke, während der Junge ihn weiter voran zog und die Schreie hinter ihnen schriller wurden.

»Hast du jemanden erreichen können?«

»Ja«, keuchte Luke unter Schwindel. »Aber keine Ahnung, ob die was tun können.«

»Komm, hier rüber«, stöhnte der Praktikant und kämpfte sich durch die nach vorn stürzenden Menschen in einen Seitengang.

Jeder Schrei, der von hinten durch den Korridor bis zu ihm hallte, bescherte Luke eine unangenehme Gänsehaut.

»Der Ausgang vorn ist blockiert«, keuchte der Junge und half Luke, sich an der Wand abzustützen. Sie hatten nicht viel Zeit. Luke wusste nicht, wie lange er sich auf den Beinen halten konnte. »Und die Cyber-Fields innerhalb der ganzen Station sind zusammen mit dem Sicherheitssystem ausgefallen.«

»Dann müssen wir uns zum Westeingang durchschlagen. Da sind die Moja vielleicht noch nicht.« Lukes Atem ging schwer. Trotzdem bemühte er sich, sich wieder aufrecht hinzustellen und weiterzugehen.

»Wäre es nicht besser, wenn wir uns verstecken?«, rief der Junge, und dieses Mal war es an Luke, ihn mit all seiner übrigen Energie weiterzuziehen.

»Man kann sich nicht vor Moja verstecken!«, rief er gegen den Lärm um sie herum an. »Die haben einen stärkeren Geruchssinn als ein Hund, Infrarot und Röntgen und was weiß ich. Die finden dich innerhalb von Millisekunden!« Während er sprach, gaben seine Beine nach, und er stürzte nur nicht zu Boden, weil der Junge sofort an seiner Seite war.

»Verfluchter …«

»Komm, du kannst nicht mehr laufen«, stöhnte der Praktikant unter seinem Gewicht, und Lukes Sichtfeld war so eingeschränkt, dass er keine andere Wahl hatte, als sich von ihm zurück in den Gang führen zu lassen. Er zitterte am ganzen Körper.

Der Praktikant stieß die Tür zu einem der anliegenden Zimmer auf und wuchtete sie beide, Lukes ganzes Gewicht auf seinen Schultern, hinein.

Luke versuchte, Halt zu finden, als der Junge die Tür hinter ihnen verschloss, glitt aber langsam an der Wand in seinem Rücken zu Boden und konnte sich nicht fangen, bis seine Wange das kühle Linoleum berührte.

Sie waren hier nicht sicher.

Würde es heute enden?

Lukes Kopf hämmerte, und die Wunde an seiner Stirn schien sich immer tiefer in seinen Schädel hineinzubrennen. Die einzige Hoffnung, die er hatte, war, dass er ohnmächtig wurde, bevor die Moja sie fanden.

»Mach keinen Scheiß«, ächzte er kraftlos. Die Frauenstimme aus den Lautsprechern wurde durch die Tür etwas gedämpft, was seinen eigenen Gedanken etwas mehr Raum zurückgab. »Sieh zu, dass du hier wegkommst.«

»Ich lass dich nicht allein, Chef!«

»Du Spinner«, keuchte Luke, bevor er begann, sich in dem Zimmer zu orientieren. »Und nenn mich nicht Chef, verdammt!«

Wie in ihrem eigenen Bewachungsraum wurden Dutzende Videoaufnahmen über Holoflächen in die Luft projiziert. Bilder der Station aus der Vogelperspektive flackerten durch das dunkle Zimmer.

Was sie zeigten, nahm Luke auch den letzten Funken Hoffnung.

Die Moja. Sie hatten sämtliche Ausgänge erreicht und kesselten die Menschen hier drinnen ein. Einige Mitarbeiter waren zu sehen, wie sie rannten, um in die Wüste zu entkommen. Es war zwecklos. Von KAMI infizierte Menschen waren ausdauernder und schneller, als eine normale Person es je sein könnte.

Scheiße, es ging wirklich zu Ende.

»Sieht aus, als wäre MaKE da«, sagte der Praktikant leise, als er weiter in den Raum hineintrat und die Bilder studierte. »Die versuchen, die Ausgänge freizumachen.«

»Mhm.« Allein der Gedanke, sich wieder vom Boden aufzurichten, überanstrengte ihn. »Das … das bringt aber nichts, wenn wir die Tore nicht schließen.«

»Die sind mit dem zentralen Sicherheitssystem der Station verbunden, oder?«

»Ja.«

»Und wenn wir es ... wenn wir es irgendwie rebooten könnten?«

»Könnte funktionieren. Da muss aber ein massives Problem vorliegen, sonst hätte es schon jemand gemacht.« Luke ächzte unter Schmerzen. »Wenn es nicht eh zu spät ist.«

»Was meinst du?«

Mann, der Kleine war einfach zu jung für das hier. Er sollte rausgehen und rennen. »In der Sperrzone befinden sich etwa vier Millionen Moja«, erklärte er schwach. Die Schwärze, die sich von den Rändern seines Blickfeldes ausbreitete, nahm ihm nahezu die ganze Sicht. »Und wir sind nicht geimpft.«

Die Augen des Praktikanten weiteten sich, und er schluckte schwer, als er sich zu ihm hinunterbückte.

»Das bedeutet ... wir könnten infiziert werden?« Endlich schien er dieselbe Angst zu verspüren, die sich längst in Luke breitgemacht hatte.

»Wir könnten es bereits sein. Und wenn die Lage zu unübersichtlich ist, passiert hier dasselbe wie in São Paulo.«

»Mann«, wimmerte der Junge in einem verzweifelten Lachen und sah sich nach rechts und links um. »Ich will kein Moja werden.«

Luke wollte lachen, als ein Donnern an der Tür sie zusammenzucken ließ. Ihm stockte der Atem, während sie auf eine Stimme lauschten, die sich vielleicht meldete.

War das ein Wissenschaftler, der hineingelassen werden wollte, oder ...?

Es wummerte noch einmal an der Tür, und allein die Macht der darauffolgenden Erschütterung ließ darauf schließen, dass es sich nicht um einen Menschen handelte, der zu ihnen wollte.

»Oh nein«, jammerte der Praktikant, krallte Luke am Arm und zog ihn ein Stück weiter in den Raum hinein. Luke konnte sich nur durch das Adrenalin, das seinen Körper kribbelnd flutete, halb aufrichten und sich gemeinsam mit seinem Schützling unter einen der Tische schieben.

Die Technik und die Bildschirme bebten bei dem nächsten Schlag auf die Tür, und nur wenige Sekunden später flog sie aus ihren Angeln und stürzte krachend zu Boden.

Der Moja, der mit dem bläulichen Leuchten seiner Haut ein wenig Licht in den Raum brachte, musste sich nicht umschauen, um sie in ihrem kläglichen Versteck zu finden. Er fixierte sie sofort.

Lukes Atem setzte aus, und selbst wenn er gewollt hätte, hätte er sich nicht mehr bewegen können.

Das fremde Wesen machte kein Geräusch, als es einen Schritt auf sie zu trat. Und während sich Luke in Gedanken dagegen sträubte, sein Schicksal zu akzeptieren, zu begreifen, dass es hier enden sollte, richtete sich der Junge neben ihm wieder auf, um sich schützend vor ihn zu stellen.

»Bist du …«, setzte Luke an, doch sie beide fuhren in einem Schreck zusammen, als ein Lichtblitz den gesamten Raum gleißend hell erfüllte – und der Moja nach vorn taumelte, bevor er zu Boden sank. Ein breites Loch hatte sich durch seine Kleidung in seinen Rücken hineingefressen.

Luke war nicht in der Lage zu atmen. Seine letzte verbleibende Sehkraft wendete er dafür auf zu erkennen, wer sie gerettet hatte.

Der Soldat, der in seiner dunklen Uniform in den Raum trat, war deutlich weniger muskulös als die meisten anderen, aber als er sein Visier hochklappte … Als er sein Visier hochklappte, fiel Luke ein Gebirge vom Herzen. »Flover?!«

Der Soldat trat in den Raum und senkte seine Waffe.

»Ich hab gehört, ihr braucht hier Hilfe.«

KAPITEL 6

: CLOSING

»Komm, hilf mir!«, befahl Flover dem Jungen, der neben Luke stand, und beugte sich zu seinem halb bewusstlosen Mitbewohner hinab, legte sich seinen Arm um die Schultern und zerrte ihn hoch. Der schmale Auszubildende sprang sofort zu ihm, um Lukes anderen Arm zu schnappen. Nur schwerlich gelang es den beiden, ihren Freund in eine aufrechte Position zu bringen. Doch obwohl der Auszubildende unerwartet viel Kraft besaß, brachten sie es kaum fertig, Luke so weit zu stabilisieren, dass er in der Lage war, sich auf sie zu stützen.

Er war zu geschwächt. Sie würden nicht weit kommen.

»Sie sind unsere Rettung«, keuchte der schlaksige Kerl, während sie sich unter Mühen ein paar Schritte nach vorn und an dem gefallenen Moja vorbeikämpften.

Luke hustete rau. Das Blut, das aus seiner Kopfwunde rann, schimmerte im Licht der flackernden Screens. Aber Flover würde keine Zeit haben, die Wunde zu versorgen. Die Befallenen waren in die Station eingedrungen, und die MaKE-Einheiten konnten nicht alle beschäftigen. Die heftigen Explosionen aus dem Maschinenraum hatten große Löcher in das Grundgerüst des Gebäudes gerissen, und es war laut Zentrale nicht sicher, wie lange es überhaupt noch stehen würde. Sämtliche Sicherheitsprotokolle hatten längst versagt.

»Setz ihn dorthin«, wies Flover den Jungen an und schob sich unter Lukes Gewicht auf einen der durchgesessenen Drehstühle zu. Umsichtig ließen sie ihn darauf nieder, und Flover griff an seinen Gürtel, um zwei Impfdosen hervorzuziehen. Gekonnt klickte er sie in die kleine Pistole und drückte Luke die erste Dosis in den Oberarm. Aufmerksam horchte er auf die Geräusche vom Flur und checkte die Daten, die ihm seine ClearView-Brille ausgab, damit kein Eindringling sie überraschen würde.

»Du auch«, sagte er zu dem Jungen, spannte das zweite Döschen ein und warf das leere achtlos auf den Boden.

»Ist das gegen KAMI?«, fragte sein Gegenüber, und Flover nickte konzentriert, hielt Luke mit einer Hand fest und schoss seinem Kollegen die Spritze in den freigelegten Oberarm.

»Verhindert das, dass wir Moja werden?«, wollte er mit leiser Stimme wissen.

Bis auf die Stimme war nichts aus dem Flur zu hören. Das machte ihn nervös, weil er durch das Dröhnen der Lautsprecher das Gefühl hatte, die Situation nicht gänzlich unter Kontrolle zu haben.

»Wenn es nicht zu spät ist«, sagte Flover und fing den Blick des Fremden ernst ein. »Komm, wir müssen ihn hier rausbringen.«

»Was ... was bedeutet das, wenn es nicht zu spät ist?« Der Junge half dabei, Luke erneut aufzurichten. Mit Flover voran schoben sie sich auf die Eingangstür zu, die Nerven angespannt, die Waffe griffbereit.

»Wie alt bist du?«, hakte Flover nach. Der Kleine hatte nicht viel Ahnung. Vielleicht ließen ihn seine Eltern die Übertragungen aus den Sperrzonen nicht sehen.

»Sechzehn.«

»Super«, grummelte Flover zu sich selbst. Das Stimmengewirr und die Schreie vom Flur waren tatsächlich verstummt. Nun, wo sie der Tür immer näher kamen, war sich Flover sicher, dass der Trubel sich gelegt hatte und nicht nur übertönt wurde. Entweder hatten die Moja die Wissenschaftler getötet, oder die MaKE-Soldaten waren gekommen, um das Schlimmste zu verhindern. Egal, was es war, es sah aus, als hätten sie Glück.

»Das Problem ist«, setzte Flover nach einem kurzen Blick in den mit leblosen Körpern übersäten Flur an, »dass die Impfung nichts mehr bringt, wenn KAMI schon im Körper ist.«

»Warum werden dann nicht alle geimpft?« Die Stimme des Jungen zitterte.

»Weil KAMI sich weiterentwickelt und die Impfungen ständig angepasst und getestet werden müssen. Sie wirken außerdem nur vier bis sechs Stunden.«

»Das klingt logisch.«

Das war es auch. Jede Station verfügte über einen Vorrat an aktuellem Impfstoff, der im Ausnahmezustand an alle Anwesenden verteilt werden sollte. Laut aktuellen Erkenntnissen waren die Lagerstätten allerdings die ersten Bereiche, die nach dem Maschinenkern in die Luft geflogen waren.

Flover checkte seine Brille erneut, um die Lebenszeichen in der Umgebung zu kontrollieren. Insgesamt fünf bis zehn Moja zwischen ihnen und dem Ausgang. Das wäre zu schaffen, wenn keiner von ihnen von der dritten Generation war.

Aber etwas Ungewöhnliches blinkte dort ebenfalls.

Verdammt. Flover würde sich später darum kümmern.

»Und jetzt?«

»Wir kämpfen uns zum Ausgang durch. Danach …«

Flover wurde von Lukes Husten unterbrochen und drehte sich zu ihm, um sicherzugehen, dass sein Freund durchhalten würde. Das Atmen schien ihm schwerzufallen, er war leichenblass, und die Lider fielen ihm Mal um Mal zu. Doch er konnte es schaffen. Er musste!

Flover wollte seinen Weg gerade fortsetzen, um keine Zeit zu verschwenden, da hustete Luke ein weiteres Mal heiser, und ein Wort drang aus seiner Kehle, das nicht zu verstehen war.

»Was?«, fragte Flover und lehnte sich weiter zu seinem Freund heran.

»Warte«, keuchte dieser nach einem Räuspern. »Wir müssen … wir müssen die Tore schließen.«

»Was?«, wiederholte Flover und blieb stehen. Luke musste halluzinieren. Die Tore schließen? *Wir?* War ihm sein eigener Zustand nicht bewusst? »Das müssen wir nicht«, entgegnete er mit fester Stimme. »Draußen, direkt an den Toren, arbeiten schon Teams daran, sie extern zu versiegeln.«

»Aber es …« Luke hustete noch einmal und stemmte sich ein Stück auf, um sich aufrechter hinzustellen. Es gelang ihm nicht. »Es geht viel schneller, wenn wir das zentrale Sicherheitssystem der Station rebooten. Irgendwas Massives muss einen Totalausfall verursacht haben. Das kann nur … das kann nur ein äußerer Einfluss gewesen sein. Wenn wir wenigstens die Ursache herausfinden würden …«

»Du sagst *wir*, Luke, aber du bist dir im Klaren darüber, dass du nicht mehr laufen kannst, oder? Und dass *ich* keine Ahnung habe, was man da tun kann.«

»Die schaffen das von draußen nicht schnell genug! Und irgendwas muss den externen Zugriff verhindern, sonst wäre das …«

Lukes nächsten Worten schenkte Flover keine Beachtung mehr, weil ein Lebenssignal im Sichtfeld seiner Brille aufblinkte und sich ihnen in raschem Tempo näherte. Er hob seine Waffe und hielt sie auf die Tür, obwohl ihm das Signal als menschlich angezeigt wurde. Die Geräte waren bei einer solchen Überzahl an Moja nicht sehr genau.

»Achtung«, warnte Flover und trat mit den beiden von der Tür zurück, während sich ihnen schwere Schritte näherten.

»Seid ihr Menschen?«, rief eine dunkle Stimme, und Flover löste seine Anspannung ein wenig.

»Ja«, bestätigte er und senkte die Waffe, bevor wenige Sekunden später ein MaKE-Soldat in den Raum gelaufen kam. Seine Uniform war an einigen Stellen angebrannt und eingerissen, seine Hände waren voller Blut, und trotzdem hielt er die Waffe sicher im Anschlag.

»Special-Agent 0879, Captain Nakamura«, identifizierte sich Flover mit seinen Tarninformationen. »Wie ist der Stand?«

»Bereiche 067 bis 365 sind gesichert, aber wir haben viele Opfer. Die Evakuierungstrupps holen die überlebenden Zivilisten raus und bringen sie zu den Cyber-Fields vor der Station.«

»Ist es dort sicher?«

»So sicher, wie es eben geht, Captain.« Das Gesicht des Soldaten sagte alles. »Meine Einheit hat diesen Bereich gesäubert. Wir bewegen uns zu den Toren, um den Truppen bei der Verteidigung der Evakuationsbereiche zu helfen.«

»Kannst du den Verletzten mit nach draußen nehmen?«, fragte Flover und deutete auf Luke. Der Soldat nickte knapp.

»Nein«, protestierte Luke, aber Flover wand sich bereits unter seinem Arm hervor, um ihn dem Soldaten zu übergeben.

»Du sagst, ich soll das Tor schließen?«, fragte er. »Na gut, dann schließe ich das verdammte Tor.« Flover versuchte, Lukes flimmernden Blick einzufangen. »Wir sehen uns.«

Er wandte sich um und winkte Lukes Begleiter zu sich.

»Du kommst mit«, rief er ihm zu.

Flover stürmte durch einen der leeren Flure weiter in das Gebäude hinein, der kleine Begleiter von Luke einige Schritte hinter ihm. Die Lichter waren in diesem Bereich der Station ausgefallen, nur die neonfarbenen Notleuchten erhellten die Korridore mit ihrem Zwielicht, und die Lautsprecherdurchsage ruckelte, sprach nur noch stockend ihren Sicherheitshinweis.

Die Wände zu ihren Seiten waren mit Blut beschmiert, das im Schein der Lampen schwarz wie die Nacht erschien. Dutzende Leichen erschwerten ihnen das Vorankommen. Nicht zuletzt, weil Lukes Begleiter so entrückt von ihrem Anblick war, dass er mehrere Male anhalten musste, um sich zu übergeben. Viele der Körper zu ihren Füßen waren bis zur Unkenntlichkeit verstümmelt, andere lagen einfach nur friedlich da, fast als würden sie schlafen. Die Durchsage stockte immer häufiger, und die Momente der Stille wurden hin und wieder von vereinzelten Schreien durchbrochen.

»B-bist du ein MaKE-Agent?«, fragte der Junge nach einer Weile. Angstschweiß stand ihm auf der Stirn, sein Gesicht war selbst im Dunkel der Station blass wie das eines Geistes.

»Ja«, log Flover. KAGE war die geheimste Einheit des Militärs. Niemand unter dem Rang eines Captains wusste von ihrer Existenz. »Du kannst mich Flover nennen.« Er wählte über die Verbindungen in seinen Fingern die Nummer der KAGE-Zentrale. Das Freizeichen ertönte in den Implantaten in seinen Ohren. Er wurde nicht wie üblich sofort durchgestellt. Die Zentrale war überlastet.

»Was? *Du* bist Flover Nakamura?«

»Und wer bist du?« Der Junge kannte ihn? Hatte er sich mit Luke über ihn unterhalten?

»Mein ... mein Name ist Noah. Ich bin Lukes Praktikant.«

»Der Praktikant des Praktikanten.« Flover rang sich ein Lächeln ab und fing sich kurz darauf nur unter Anstrengungen ab, als eine Erschütterung das Gebäude wanken ließ. Die Computerstimme kam abermals ins Stottern. Scheiße, konnte nicht endlich jemand das verdammte Ding deaktivieren?

»Nakamura?«, meldete sich jemand am anderen Ende der Leitung, und Flover bestätigte mit einem kurzen »Ja«, während er sich von seiner Brille durch die Gänge steuern ließ, die halbwegs begehbar waren.

»Bist du in der Station?«

»Ja, ich habe ein paar Wissenschaftler gefunden. Sie sagen, ich soll das Sicherheitssystem rebooten, um die Tore zu schließen.«

»Nicht nötig, wir arbeiten von außen an der Schließung.«

»Ich glaube, das ist ungünstig.« Die roten und blauen Linien, die sich vor ihm offenbarten, zeigten ihm den Weg in die Sicherheitszentrale. »Aus den Toren dringen immer mehr Moja. Ich kann mir nicht vorstellen, dass die Techniker da in Ruhe sitzen und arbeiten können.« Flover bemühte sich, die Wege zu nehmen, auf denen ihnen so wenige Moja wie möglich begegneten. Er bekam allerdings von keinem der Lebenssignale klare Anzeigen.

»Können sie nicht«, bestätigte der Fremde am anderen Ende der Leitung. »Normalerweise können wir die Sicherheitssysteme leicht von hier aus rebooten, aber etwas stört unser Signal. Warte mal, ich hole Godwin.«

»Mhm.«

»Ich ... ich denke nicht, dass ich dir viel helfen kann«, überlegte Noah laut, als Flover an einer Kreuzung innehielt. In allen Richtungen, die sie einschlagen konnten, lauerten Befallene. Woher sollte er mit seiner verdammten Ausrüstung wissen, welcher Weg der ungefährlichste war? Wie machten die MaKE-Soldaten das? Bei seinem Job bei KAGE war er auf seine ClearView-Brille angewiesen. Die war allerdings darauf kalibriert, einen Moja unter Millionen von Menschen zu finden. All die Moja-Signale hier überforderten das dumme Stück Technologie vollkommen.

»Flover?«

»Godwin. Ich bin hier in der Station. Ich will die Tore durch den Reboot des zentralen Sicherheitssystems schließen. Hab ich die Freigabe dazu?« Ein Moja näherte sich ihnen langsam. Vermutlich hatten seine Sensoren sie erfasst.

»Die Einheiten vor Ort konzentrieren sich ausschließlich auf die externe Schließung der Tore«, erklärte Godwin ruhig. »Weil wir das System nicht von hier aus rebooten können und keine Informationen darüber haben, ob die Steuerzentrale überhaupt betretbar ist.«

»Ich kann versuchen, bis dorthin vorzudringen.«

Ein unsicheres Geräusch am Ende der Leitung. »Na gut, versuch es. Wir haben keinen Status darüber, was den Ausfall ausgelöst hat. Es würde helfen, Klarheit zu haben.«

»Geht klar. Ich schau es mir an.«

»Freigabe erteilt. Und *sofort* raus da, wenn es zu brenzlig wird. Die Cyber-Verbindungen zu den Phones im ganzen Gebiet sind ausgefallen, aber wenn du dich meldest, setzen wir alles dran, dich da rauszuholen.«

»Verstanden.« Der Moja rückte näher. »Hast du mich auf dem Schirm?«

»Ich hab massive Störungen auf dem Screen. Aber ich denke, ich sehe dich, ja.«

»Welche Generation hat der Moja, der sich uns nähert? Meine ClearView bekommt die ganze Zeit Störungen rein.«

»Dritte.«

»Fuck!« Flover drehte sich zu Noah um und packte ihn am Oberarm. »Komm, weg hier.«

»Der, auf den ihr euch jetzt zubewegt, ist erste Generation.«

»Na, das geht ja«, grummelte Flover und nahm seine Pistole in Anschlag. Er hätte sein Schwert mitbringen sollen. »Schnell«, wies er den Praktikanten an und beschleunigte sein Tempo. Er war nicht ausgebildet, Moja der dritten Generation zu bekämpfen. Er würde ihn höchstens betäuben können, wenn er ihnen zu nahe kam.

»Und die Person, die da bei dir ist …«, setzte Godwin an, und Flover unterbrach ihn mit einem lauten »Ich weiß!«.

Toll, dann hatte seine beschissene Brille zumindest in diesem Punkt recht behalten.

»Sonst noch was, Nakamura?«, fragte Godwin über die wackelige Trans-Verbindung.

»Nein, alles gut.«

»Gib mir ’nen Statusbericht, wenn sich was tut.«

»Geht klar. Kannst ja Verstärkung reinschicken, falls jemand übrig sein sollte.«

Godwin lachte herzhaft und unterbrach die Verbindung in dem Moment, in dem der Moja vor ihnen aus einem anderen Gang einbog und kurz anhielt, um sie zu fixieren.

»Ah!«, stöhnte Noah leise und drängte sich an Flovers Rücken.

»Wir dürfen nicht anhalten«, wies ihn Flover an und hob seine Pistole. Die Geschosse genügten, um einen Moja erster Generation niederzustrecken, wenn er richtig traf. Das war im Laufen deutlich schwieriger, aber wenn ein Moja der dritten Generation hinter ihnen war, konnten sie es sich nicht erlauben anzuhalten.

Die blutigen Spuren an den Wänden und die Körper, die auf dem Boden lagen, zeugten davon, dass auch hier heftige Kämpfe getobt haben mussten. Vermutlich hatten sich die Moja die Nachzügler der flüchtenden Menge gegriffen und nach und nach niedergestreckt.

»Willst du nicht langsam mal …«

Flover feuerte den Schuss ab und traf den Moja in die Stirn. Seine Kleidung war zerrissen und seine Hände, sein Gesicht waren voller Blut. Wahrscheinlich war es nicht sein eigenes.

Als er zu Boden fiel, wand er sich für einige Sekunden am Boden, und Noah zog an Flovers Uniform, um ihn in seinem Tempo zu drosseln. Doch er ließ sich nicht abhalten.

»Komm.« Flover drückte sich an die Seitenwand des Ganges und bewegte sich schnellstmöglich an dem Moja vorbei.

»Wenn wir hier nicht schnell verschwinden, werden wir geröstet.«

»Was?«

»Los!«, bellte Flover und zerrte den Jungen weiter, bog in den nächsten Seitengang ab und hielt sich schützend den Ärmel vor den Mund, weil der Geruch nach Blut und Tod sich bereits durch die Luft gefressen hatte und das Atmen schwer machte.

Einige Meter weiter schlug ihnen Rauch entgegen, Flover zog den Mundschutz bis über die Nase und wies Noah an, sich seinen Mantel vors Gesicht zu halten.

»Ich denke nicht, dass ich dir helfen kann!«, rief der Junge erneut, und Flover war froh darum, dass Noah seinen Gesichtsausdruck nicht sah. Nein, er brauchte seine Hilfe gar nicht.

Die Sicherheitszentrale lag direkt hinter einem halb zusammengestürzten Bereich der Station, den sie nur umgehen konnten, weil Flovers Brille ihm genau zeigte, welche Sicherheitsgänge und Luftschächte sie benutzen konnten, um sich dorthin durchzuschleusen. Lukes Praktikant stellte eine überraschende Hilfe dar, wenn es darum ging, Türen zu entriegeln und Codes für bestimmte Sicherheitsbereiche einzugeben, während Flover ihnen den Rücken vor Angreifern freihielt. Anscheinend hatte er sich einiges abgeschaut, bei den Wissenschaftlern, mit denen er unterwegs gewesen war. Das ersparte ihnen Zeit, weil sie nicht ständig Informationen aus der Zentrale einholen mussten.

»Hier lang«, keuchte Flover. Sie hatten sich an Brandherden vorbeigekämpft, waren herabfallenden Trümmerteilen ausgewichen und hatten die Moja niedergestreckt, die ihnen auf ihrem Weg aufgelauert hatten. Die meisten von ihnen mussten entweder in andere Bereiche der Station oder wieder hinausgelaufen sein.

Das Gefühl des Erfolges, sich irgendwie in das Erdgeschoss durchgeschlagen zu haben, war gewaltig, weil Flover gesehen hatte, wie zerstört das Gebäude bereits war; es grenzte an ein Wunder, dass es überhaupt noch stand. Doch genau dieser Umstand war es, der ihm auch ein mulmiges Gefühl bereitete. All die Stockwerke über ihnen knarzen und dröhnen zu hören, im Wissen, dass sie jederzeit über ihnen einbrechen könnten, drängte ihn weiter zur Eile.

Sie stürmten durch dichten Rauch, der aus einer offen stehenden Tür quoll, und bogen auf einen weiteren Gang ein.

Und da war die Zentrale: die dunkle Doppeltür, die das gesamte Ende des Flurs einnahm. Ihre Flügel hingen schief in den Angeln und waren nach innen verbogen. Etwas Gewaltiges musste sie gesprengt haben.

»Warte«, mahnte Flover leise und streckte seine Hand aus, um Noah davon abzuhalten, weiter in den Gang zu treten.

Sein Blick wanderte von der verkrümmten Tür zu den Männern und Frauen, die tot am Boden vor ihr lagen. Die meisten von ihnen trugen die weißen Kittel der Forschungsstation. Ihr Blut färbte den Boden rot, Flecken und Handabdrücke an den Wänden sprachen von dem Kampf, der hier getobt hatte.

Doch etwas unterschied diesen Ort von denen, an denen sie auf ihrem Weg durch die Station vorübergekommen waren.

»Hier waren Menschen am Werk«, stellte Flover leise fest und sah sich um. Einschusslöcher an den Wänden. Die Wissenschaftler waren von Kugeln durchlöchert worden. »Moja kämpfen nicht mit Waffen.« Das bestätigte die vage Überlegung, dass die Sicherheitszentrale von einem äußeren Einfluss lahmgelegt worden sein musste.

Eine der Sekten? DVM? Das würde zu ihnen passen.

Flover schob Noah wieder ein Stück in den Korridor, aus dem sie gekommen waren, hinein und adjustierte mit leichten Bewegungen seiner Fingerspitzen die Einstellung seiner Brille.

»Was machen wir jetzt?«, raunte Noah. Flover beobachtete die zehn Punkte, die ihm in der Zentrale angezeigt wurden. Menschen.

Er sendete einen leisen Dank an denjenigen, der es geschafft haben musste, die Lautsprecherdurchsage zu deaktivieren, weil ihm das um einiges mehr Konzentration verschaffte. Nur die spärliche Notbeleuchtung erschwerte ihm die Einschätzung der Situation, weil er sich nicht gänzlich auf seine Brille verlassen wollte.

»Wir …«

»Hey! Ist da jemand?«

Scheiße, eine der Wachen musste sie gehört haben! Der Punkt auf Flovers Brille bewegte sich auf sie zu, und er griff nach einer der Kugeln, die an seinem Gürtel befestigt waren.

»Kommt lieber raus, sonst knall ich euch gleich ab!«, rief der Mann. Einige seiner Kollegen schlossen sich ihm an und traten aus der Zentrale in den Gang hinein.

Flover legte konzentriert die Stirn in Falten. Ja, sie sollten am besten alle herauskommen.

»Ich denke nicht«, rief er zurück. »Ich bin hier, um die Situation zu lösen. Der zentrale Weltrat …«

»Hier gibt's nichts zu lösen!«, brüllte der Mann, den Flover, hinter der Ecke versteckt, noch immer nicht sah. Doch sein Plan ging auf. Einige der anderen Punkte, die ihm seine Brille in der Zentrale anzeigte, gerieten ebenfalls in Aufruhr und bewegten sich auf den Korridor zu.

»Ergebt euch jetzt«, rief Flover, die Wand im Rücken, die Kugel in der linken Hand, die Waffe in der rechten. »Ich identifiziere mich hiermit offiziell als Captain Nakamura. Wenn ihr nicht kooperiert, habe ich die Berechtigung, euch zu töten.«

»Versuch's mal!«, lachte der Mann. Wie es hier aussah,

waren etliche Mitarbeiter mutig oder dumm genug gewesen, sich den Eindringlingen gegenüberzustellen. Vielleicht hielt er die Warnung für eine Finte. Die Typen von DVM waren für gewöhnlich nicht für einen Kampf gegen das Militär ausgerüstet.

Flover horchte auf die Schritte. Erst als die Wache fast bei ihnen angekommen war, hatten sich die anderen auf den Flur bewegt. Und ohne eine weitere Sekunde zu zögern, drückte Flover den Knopf an der Kugel in seiner Hand und warf sie, so weit er konnte, in den Korridor hinein.

Drei.

Ein Ruf ertönte. Der Mann direkt neben ihnen machte einen Satz und hob sein Maschinengewehr, um das Feuer zu eröffnen. Flover hatte seine Waffe bereits gehoben und streckte ihn mit einem gezielten Kopfschuss nieder.

Zwei.

»Nicht hinsehen«, wies er Noah an, doch der hatte schon einen erschreckten Laut ausgestoßen. Flovers Waffe war für die Bekämpfung von Moja optimiert. Was den Befallenen manchmal kaum einen Kratzer zufügte, blies gewöhnlichen Menschen den kompletten Kopf weg. Kein schöner Anblick.

Eins.

Die Electro Sphere explodierte mit einem technischen Surren und jagte grelle Blitze durch den Gang, die mit ihrem weißen Licht durch das ganze Gebäude pulsierten. Flover hielt sich den Arm vor die Augen, um nicht geblendet zu werden. Danach machte er einen Schritt nach vorn und hob die Waffe in Richtung der Türen, falls einer der Angreifer es überlebt haben sollte.

Als sich das Weiß der Blitze zu Blau wandelte und die Konturen der Umgebung nach und nach wieder sichtbar wurden, verschaffte er sich einen Überblick.

Im Korridor regte sich nichts mehr, einige der Lebenszeichen, die ihm seine Brille anzeigte, verblassten. Nur vier der Eindringlinge hatten sich hinter die schief hängenden Türen der Sicherheitszentrale flüchten können.

»Bleib da«, wies Flover den Praktikanten an und trat über die ersten Körper am Boden hinweg in den Gang. Er nahm die Männer und Frauen, die jetzt neben den Wissenschaftlern lagen, die sie getötet hatten, in Augenschein. Nur wenige Blicke reichten, um sie als Anhänger von DVM zuzuordnen.

Sie trugen überaus einfache Kleidung, schmutzigbraune Jacken, abgewetzte Hosen, keine besonderen Schutzwesten. Das Flammen-Zeichen der Sekte prangte auf ihren Rücken und Brusttaschen. Ihre Waffen schienen aus dem letzten Jahrhundert zu stammen. Sie hatten sie vielleicht aus Müllhalden zusammengesucht.

Die Fremden hatten Glück gehabt, dass es bislang keine Einheit bis hierher geschafft hatte, denn für jeden ausgerüsteten Soldaten wären die Kerle leichte Beute gewesen. Es war nahezu traurig.

»H-hilfe«, keuchte jemand weiter vor ihm. Flover sah niemanden, der sich regte, und erst als er die Stimme ein weiteres Mal vernahm, wurde ihm klar, dass sie von hinter der schief hängenden Tür zu ihm gedrungen sein musste.

Er kämpfte sich ein weiteres Stück über die Körper und schob sich dann an der Wand bis zur Tür.

»Hilfe«, krächzte der Mann erneut, als Flover sich in eine noch tiefere Dunkelheit hineinschob und die Nachtsichtfunktion seiner Brille aktivierte. Der Verletzte war an die Wand gelehnt, kaum zwei Meter von ihm entfernt. Die anderen drei befanden sich weiter im Rauminneren.

Die Explosion hatte dem Fremden die Haut vom Gesicht gebrannt. Seine Waffe lag neben ihm. Er machte keine Anstalten, nach ihr zu greifen.

Anscheinend hatte er mit den Händen die Blitze abhalten

wollen. Als der Verletzte gerade unter Anstrengung zu Flover aufgesehen hatte, hatte dieser bereits seine Waffe gehoben, um ihn von seinem Leid zu erlösen. Der Schuss alarmierte die anderen, und zwei Punkte auf der Brille begannen sich zu bewegen. Flover ruckte herum, machte einen Satz zur Seite, als sie das Feuer auf ihn eröffneten, und schaltete auch diese beiden mit nur zwei Schüssen aus, darauf bedacht, dass keine Geräte oder Konsolen in seiner Schussrichtung lagen.

Was für traurige Seelen. Ihre Körper schlugen auf dem Boden auf, und ihr Blut sprenkelte die Screens und die Konsolen, die den ganzen Raum einnahmen. Flover ging achtlos über sie hinweg, schob sich Schritt für Schritt weiter durch den Raum, auf der Suche nach dem letzten verbleibenden Angehörigen der Eindringlinge.

»Flover?«

»Noah«, grummelte der Agent und warf einen kurzen Blick zurück. Der Praktikant war ihm gefolgt, stand in der Tür und starrte die Leichen an. »Bleib da.«

Flover analysierte den dunklen Raum und versuchte, aus den Daten auf den Screens schlau zu werden. Viele von ihnen meldeten zahlreiche Ausfälle. Das war keine Überraschung. Mit dem Rest konnte er nichts anfangen.

»Ich weiß, dass hier noch jemand ist«, sagte er laut und achtete darauf, ob der Punkt auf seiner Brille sich regte. »Wenn du dich ergibst, lasse ich dich am Leben.«

»Ich werde mich nie ergeben!«, bellte eine Frauenstimme zurück, und Flover horchte auf. Er war nur wenige Meter von der Person entfernt, doch dass sie sich nicht bewegte, konnte vieles bedeuten. Vielleicht wartete sie nur darauf, dass er sich zeigte, damit sie das Feuer eröffnen konnte.

»Ihr seid von DVM, nicht wahr?« Er wusste nicht, wie sie ausgerüstet war. Wenn er sie am Sprechen hielt, gab ihm das zumindest die Chance, sie beschäftigt zu halten.

Das Gebäude über ihnen gab ein Knarzen von sich. Scheiße, er hatte nicht mehr viel Zeit!

»Ich werde nicht mit dir sprechen«, antwortete die Frau. Flover ging in die Hocke und drückte sich an die Steuerkonsole. Ein weiteres Stück nach vorn, dann würde er einen Blick um die Ecke riskieren können. Wenn er auf Nummer sicher gehen wollte, könnte er eine weitere Electro Sphere zünden, aber das würde vermutlich einen Großteil der Technik hier drin brutzeln.

»Mein Name ist Flover Nakamura«, entgegnete er ruhig. »Ich wurde geschickt, um die Tore wieder zu schließen.«

»Viel Spaß dabei. Der Virus, den wir eingeschleust haben, wird sich für die nächsten Stunden nicht deaktivieren lassen. Und bis dahin sind alle Moja raus.« Die Frau bewegte sich beim Sprechen nicht. Flover lehnte sich nach vorn, um sie kurz in Augenschein zu nehmen. Eine kleine Person, schmutzige Kleidung, scheinbar unbewaffnet.

»Ich komme jetzt raus«, kündigte er an. »Ich bin sicher, dass wir eine friedliche Lösung finden können.«

Die Frau zögerte, und nur langsam richtete Flover sich auf, die Waffe weiterhin fest in der Hand.

»Seit wann schicken die denn MaKE-Soldaten, um mit Terroristen zu verhandeln?«, spottete sie. Flover trat einen weiteren Schritt aus seiner Deckung hervor und musterte die Fremde, die wenige Meter von ihm entfernt stand. Sie trug im Gegensatz zu ihrer Freundin nicht einmal Schutzkleidung. Wahrscheinlich war sie die Technikerin.

»Ich bin nicht von MaKE«, antwortete er ruhig. Natürlich würde er ihr nicht auf die Nase binden, dass bisher nicht einmal sein Vorgesetzter gewusst hatte, dass diese Menschen sich hier aufhielten. Verdammt, das beste Sicherheitssystem der Welt, und diese Straßenköter hatten es trotzdem geschafft, sich einzuschleusen. Da passte irgendetwas nicht.

»Bist du diejenige, die den Virus eingespeist hat?«

»Ja.« Ihr langes Haar war verfilzt und die Wangen schmutzig. Unter ihrer viel zu großen Jacke war ihre zerrissene Jeans zu sehen, ihre dünnen Beine, bei denen er sich fragte, wie sie ihr Gewicht überhaupt tragen konnten.

»Dann wäre ich dir sehr verbunden, wenn du ihn jetzt entfernen könntest. Danach lasse ich dich gehen.« Das würde er natürlich nicht.

»Das kannst du vergessen.« Ihre Stimme zitterte beim Sprechen. All diese Sektenanhänger waren traurige Existenzen, die nichts anderes in ihrem Leben besaßen außer ihrem Glauben an die Technologie. »KAMI wird die Welt früher oder später überkommen«, krächzte sie. Die Frau konnte kaum älter als zwanzig sein. »Und alle Menschen werden zu Moja. Alle Menschen werden perfekt. Es wird keinen Krieg mehr geben und keinen Streit.«

»Ja, und keine Gefühle und keine Liebe und keine Freundschaften«, führte Flover trocken fort und hob seine Waffe. »Klingt verlockend. Jetzt im Ernst.« Er machte eine Pause, in der er sie fixierte. »Ich kann das mit dir oder ohne dich deaktivieren. Also überleg's dir.«

»Auf keinen Fall.«

Flover fuhr sich mit der Zunge über die Lippen und feuerte einen Schuss auf ihr linkes Knie ab. Das Geschoss, das dazu gemacht worden war, die verhärtete Haut von Moja der zweiten Generation zu durchdringen, riss einen großen Teil ihres dünnen Beins weg. Mit einem Schrei brach sie zusammen, und Flover trat einige Schritte auf sie zu.

»Ändert der Schmerz deine Meinung?«, fragte er über ihr Wimmern und Keuchen hinweg. »Sonst kürze ich die Sache für uns beide ab.«

»Ich sterbe lieber, als euch zu helfen«, jammerte sie mit zusammengebissenen Zähnen.

Flover stieß ein Seufzen aus und betätigte erneut den Abzug. Der Schuss traf sie in den Kopf. Er wandte sich ab und wählte die Nummer der Zentrale.

»War … war es wirklich nötig, sie zu erschießen?« Noah war durch den Raum zu ihm hinübergetreten. Ganz leise war seine Stimme, seine Aufmerksamkeit auf die Tote am Boden gerichtet. »Ich meine … sie war unbewaffnet.«

»Sie hätte uns nur aufgehalten«, entgegnete Flover ruhig und suchte Noahs Blick im schummrigen Licht der Anzeigen. Der Rauch der umliegenden Brände drang langsam in den Raum und spiegelte sich im schwachen Licht der Screens.

Sie mussten sich beeilen.

»Was wollen diese … diese Leute von DVM?«

Es war klar, dass er nichts wusste. Die Sekten wurden in den Medien verschwiegen, um ihnen keine Plattform zu bieten.

»KAMI befreien. Sie sehen den Virus als eine Art Gott an.« Flover ging auf eine der Steuerkonsolen zu und tätigte einige Eingaben, um in das Hauptmenü zu kommen. Der Zugriff war blockiert.

»Hm«, machte der Praktikant, kurz bevor sich die Zentrale meldete.

»Nakamura. Wo bist du? Du bist von unseren Bildschirmen verschwunden.«

»Wir sind in der Sicherheitszentrale. DVM hat sich eingeschleust und einen Virus in das System gespeist, der alles lahmlegt. Ich brauch Hilfe, um ihn zu entfernen.«

»Ist der Bereich gesichert?«

»Ja.«

»Gib uns deinen genauen Standort durch. Wir schicken dir Techniker.«

»Nein, keine Zeit«, erwiderte er rasch. »Wir mussten uns durch halb zerfallene Gänge und Gebäudeteile kämpfen. Hier brennt's überall.«

»Was? Aber …«

»Wir müssen den Virus entfernen und die Schließung der Tore initiieren, bevor hier alles zusammenbricht!«, rief Flover. »Sobald das Sicherheitssystem rebootet, kann das Hauptquartier die Steuerung übernehmen. Also holt mir ’nen Techniker ans Phone, der soll mich hier durchschleusen.«

»Ist … ist gut. Einen Moment.«

Schweiß rann Flover von der Stirn, als seine Finger über die Tastenfelder huschten und sich Fenster um Fenster auf dem Screen vor ihm öffnete, immer neue Befehle von ihm verlangte, die er nach Anweisung eingab.

Der Rauch vernebelte seine Sicht und machte das Atmen schwer. Andere KAGE-Agenten waren dabei, ihn zu orten, um einen schnelleren Ausweg aus der Station für ihn zu finden, doch Flover wusste nicht, ob dafür noch Zeit bleiben würde. Aus dem Flur züngelten bereits die ersten Flammen an der Tür. Die Temperatur war um mehrere Grad angestiegen, und er musste dem Drang widerstehen, sich seine Uniform vom Leib zu reißen.

»Okay, gleich haben wir's«, sagte die Technikerin am anderen Ende.

»Das hast du schon vor ’ner Ewigkeit gesagt!«, keuchte Flover. »Was soll ich eingeben?«

Sie gab einige Worte, Zeichen und Befehle durch, mit denen er nichts anfangen konnte. Die Arbeit der letzten halben Stunde kam ihm willkürlich vor, und selbst aus den Reaktionen des Systems, die immer wieder aufflackerten, wurde er nicht schlau. Diese DVM-Menschen mussten deutlich klüger gewesen sein, als sie ausgesehen hatten.

»Enter«, befahl die Technikerin, und Flover folgte ihrer Anweisung. Er trat einen Schritt zurück, um den in der Luft hängenden Bildschirm genau zu beobachten. Der kleine Strich im schwarzen Terminal blinkte einige Male. Noah war so still wie Flover selbst, als sie auf eine Reaktion des Systems warteten.

»Tut sich was?«

»Nein, vielleicht ... warte.«

Endlich zeigten sich Zeichen auf dem Bildschirm, die er deuten und verstehen konnte.

_fatal/error/detected

Flover las vor. »Ist das was Schlechtes?«

»Nein, das ist super!«, jauchzte die Technikerin. »Das System hat den Fehler erkannt! Eventuell kann es sich jetzt selbst bereinigen.«

_system/shutdown

_waiting

_all/systems/down

_initiating/reboot

_initiating/system/recovery

Ein Haufen Unverständliches folgte. Flover las die Kommandos, Worte und Zeichen vor, und allein an den nicht verbalen Reaktionen am anderen Ende der Leitung konnte er erkennen, dass es vermutlich geschafft war. Himmel, hatte er es tatsächlich hinbekommen?

_all/systems/on

_fatal/error/detected

_initiating/scan

_waiting

_virus/detected

_infected/data/found

_initiating/defending/system

»Es funktioniert!«, rief die Technikerin. Im Hintergrund der KAGE-Zentrale waren Jubelrufe zu hören. »Das System regeneriert sich selbst!«

_defending/system/on
_recovering/data

»Klasse, Flover! Wir haben es geschafft! Jetzt sollte es klappen. Mach, dass du da rauskommst. In wenigen Minuten sollte das Hauptquartier die Steuerung übernehmen können.«

»Super«, stieß er aus und atmete auf; zumindest so weit, wie es der Rauch um sie herum zuließ.

»Ich leite dich an einen Agenten weiter, der dich da rausführen kann.«

»Nein, warte«, sagte Flover, der Blick nach wie vor auf den über den Bildschirm huschenden Befehlen haftend. »Ich hab noch was zu erledigen. Ich ruf gleich bei euch an.«

»O-okay? Bis gleich. Und beeil dich.«

Flover deaktivierte die Verbindung und biss sich auf die Unterlippe, als er seine Waffe aus der Halterung zog.

»Okay. Okay. Wir haben es geschafft, Mann«, setzte Noah neben ihm an. »Können wir jetzt hier raus?«

Flover seufzte beinahe lautlos, während er ein paar Schritte zurücktrat. »Tut mir leid«, sagte er leise. Für gewöhnlich würde er seine Waffe gegen eine der Männer tauschen, die er getötet hatte. Aber hier würde eh alles niederbrennen, also machte es keinen Unterschied.

»W-was meinst du?« Noah sah sich nach rechts und links um, nur um doch wieder an Flover hängenzubleiben. »Was hast du denn zu erledigen?«

»Ich habe vorhin schon gesagt: Ich bin nicht von MaKE.« Er hielt Noahs Blick fest und fixierte ihn. »Ich gehöre einer geheimen Militäreinheit namens KAGE an. *KAMI Assimilation Ground Enforcement.*« Er machte eine kurze Pause, um es wirken zu lassen. »Wir sind für etwas zuständig, von dem der Rest der Welt nicht weiß, dass es existiert. Wir bekämpfen KAMI in der offenen Welt. Außerhalb der Sperrzonen.«

»Was? Ich dachte ...«

»Das denken alle«, warf Flover dazwischen. »Damit die Menschen sich in Sicherheit wiegen, wird berichtet, dass es den Virus im Rest der Welt nicht mehr gibt. Dass wir KAMI in die Sperrzonen verbannt hätten. Das ist nicht die Wahrheit. Dutzende von Menschen werden täglich infiziert.«

»O-okay?«

»Die KAGE-Agenten durchstreifen die Straßen der Städte, um Menschen aufzuspüren und zu töten, die noch keine Moja sind, aber von KAMI befallen wurden. Denn wenn der Virus einmal im Körper ist, kann er durch nichts wieder entfernt werden.«

»Und wenn KAMI einmal im Körper ist ... wird der Mensch auf jeden Fall ein Moja?«

»Ja.«

»Wie ... wie lange haben sie denn, bis der Virus ganz ausbricht?«

Ob Noah vermutete, wie das hier enden würde? Sicher, er war nicht dumm.

»Unterschiedlich«, erklärte Flover ruhig. »Manchmal weniger als eine Stunde. Manchmal eine Woche. Manchmal auch einen Monat. Jeder Körper ist anders.«

»Okay.« Der Junge rieb sich den Arm und schaute zu seinen Schuhen hinab. »Deswegen hast du mich also mitgenommen?«

»Ja.« Flover fuhr sich mit der Zunge über die Lippen und verfestigte den Griff um die Waffe in seiner Hand. »Du warst infiziert, bevor ich dich geimpft habe. Ich wollte dich nur nicht vor Luke erschießen.«

Noah wich seinem Blick aus, bewegte sich allerdings nicht einen Millimeter von der Stelle. War er in Schockstarre? Hatte er sich denken können, was mit ihm geschehen würde?

Warum flehte er nicht? Warum lief er nicht?

»Du hast echt einen Scheißjob«, murmelte Noah.

Flover lachte humorlos, presste die Lippen aufeinander und hob die Waffe. Verdammt.

»Ja. Hab ich«, raunte er.

Dann betätigte er den Abzug.

UNITED NATIONS MILITARY

Archiv: Militärische Aufzeichnungen

Vorschlag zur standardmäßigen Ausrüstung der KAGE-Einheiten
Zur Vorlage bei Gen Alaska Pershing & Gen of the Army
Marshall Lloyd

GEN CORE SECRETS

02.01.2075
Ort: Moskau

KLEIDUNG

Wir schlagen eine dunkle, leichte Uniform für die KAGE-Einheiten vor, die die Beweglichkeit der Einheiten fördert. Dünne Schutzwesten werden unter der Kleidung angebracht, damit die Einheiten, wenn sie von Bürgern gesehen werden, nicht in besonderer Weise auffallen.

KOMMUNIKATION

- **ClearView-Brille** *(pers. Anm. A.P.: Name?)*
  In Entwicklung
  Zur Kommunikation von Einheit und Supervisor, zur Ortung von Moja und punktgenauen Navigation in städtischen Gebieten
- **Finger-, Ohr- & simple Gehirnimplantate**

WAFFEN

- **Standardschusswaffe**
  Zur Eliminierung von Generation-1-Moja
- **Standardschusswaffe mit Spezialmunition**
  Zur Eliminierung von Generation-1-&-2-Moja
- **Radiator**
  Aktuell in Entwicklung

Zur Eliminierung von Generation-2-Moja (evtl. Generation 3) Funktionsweise beruht auf Lasertechnologie *(Pers. Anmerkung A.P. nach Vorführung: Erzeugt erheblichen Schaden, sollte im städtischen Raum nicht eingesetzt werden. Vorschlag zum Einsatz in den Sperrzonen.)*

- **Schwert**
  Zur Eliminierung von Generation-3-Moja
- **Electro Sphere**
  Setzt einen Elektroschock frei, der blendet und Verbrennungen verursacht. Kann zur Eliminierung von Generation-1-Moja und zur Blendung von Generation-2-Moja eingesetzt werden.
  (Pers. Anm. A.P. nach Vorführung: Sollte aufgrund der Helligkeit nur in geschlossenen Räumen eingesetzt werden, um im städtischen Raum keine Aufmerksamkeit zu erzeugen.)

KAPITEL 7

: LOSING

Nachdem die Schreie verstummt waren, die Schüsse der Gewehre und Radiatoren nach und nach abklangen und der aufgewirbelte Wüstensand sich legte, stand die Morgensonne weit über dem Horizont. Als trauerte sie um all die Gefallenen, weigerte sie sich, ihren tiefroten Schleier abzulegen. Als wollte sie das Schicksal der Welt nicht akzeptieren, tauchte sie alles in unweigerliche Wärme. Ihr Schein vermischte sich mit dem blutigen Sand zu Okijens Füßen.

Doch Trost vermochte er nicht zu spenden.

»Der letzte Moja im Dorf ist tot, Colonel.«

»Ich weiß«, entgegnete er müde. Er hätte nicht herkommen sollen. Er dachte, er hätte São Paulo verwunden. Jetzt wusste er, dass er das ganz sicher nie würde.

Und dieses Mal war es seine Schuld.

Alles hier.

»Wir haben leider keine weiteren Überlebenden in der Siedlung finden können«, fuhr der Soldat mit seinem Bericht fort, während sich die übrigen Männer und Frauen der Einheit um sie herum sammelten. »Soll ich der Zentrale Bericht erstatten?«

»Ich bitte darum.« Okijen wusste, dass er sich langsam wieder in Bewegung setzen musste. Er konnte nicht ewig hier stehen, zwischen den Trümmern der Hütten.

»Was sind die Anweisungen?«

Der Soldat neben ihm war älter als er, und trotzdem wartete er geduldig auf seine Befehle. Vielleicht hatten all seine

Kritiker recht. Die Medien, die Journalisten, die Berichterstattungen von früher. Vielleicht war er wirklich zu jung für seinen Job.

Okijen war ein verdammt guter Kämpfer, doch ihm dermaßen viel Verantwortung zu geben war Irrsinn. In den Sperrzonen war das etwas anderes. Dort ging es nur darum, draufzuhauen, zu überleben und so viele Moja zu killen wie möglich.

Aber das hier …?

»Wir gehen zurück zur Station«, rang er sich endlich ab. »Soldaten zwei, sechs, sieben und zehn bleiben hier, um sicherzustellen, dass das Gebiet sauber bleibt. Sobald die Tore geschlossen und alle umliegenden Bereiche gesichert sind, kontaktiert ihr GREAT. Die sollen eine Einheit zur Spurensicherung und Bergung der Leichen senden.« Er wandte sich zu den übrigen Männern und Frauen. »Wir unterstützen die Einheiten, die bei der Station und an den Toren kämpfen, je nachdem, wo wir gebraucht werden. Eventuell müssen wir bei der Evakuierung der Mitarbeiter oder Sicherung der Technik-Teams helfen. Kommt mit und wartet auf Anweisungen.« Er musste den Blick endlich von den Menschen zu seinen Füßen losreißen.

Menschen. Keine Moja.

Sie waren zu spät gekommen.

»Es ist nicht unsere Schuld, Colonel«, wagte sich einer der anderen MaKE-Soldaten an einen milden Aufmunterungsversuch. Der Fremde nahm sich damit recht viel heraus, aber das war Okijen egal. »Sie waren schon tot, als wir ankamen.«

Das waren sie. Aber dass sie so spät angekommen waren, war seine Schuld gewesen.

»Ich weiß«, bestätigte er trotzdem. Die Moja hatten sich dem Dorf aus einer anderen Richtung genähert. Und während die junge Frau vor dem Dorf gekämpft hatte, um ihre Freunde und ihre Familie zu verteidigen, waren alle niedergemetzelt worden. Die Evakuierungs-Einheit von GREAT hatte nichts gegen die Angreifer ausrichten können.

Diese Welt schuf grausame Schicksale.

»Brechen wir auf«, schloss Okijen, bevor er sich forschen Schrittes in Bewegung setzte und auf den Dorfeingang zusteuerte. Seine Stiefel schienen ihn in den Sand hineinsaugen zu wollen. »Sammeln!«

»Jawohl, Colonel.«

Die fünfundzwanzig MaKE-Soldaten, die ihn begleiteten, hatten alle überlebt. Sie hatten sich als eine der besten Einheiten der letzten Jahre bewährt, auch wenn er bisher mit keinem von ihnen zusammengearbeitet hatte.

Okijen kämpfte sich an den leeren Häusern vorbei, über Dutzende Körper hinweg und durch die Rauchschwaden hindurch, die aus den brennenden Hütten drangen. Sie hatten die ganze Kolonie durchsucht. Niemand hatte den Angriff der Moja überlebt.

Niemand bis auf die Frau, die selbst gekämpft hatte.

»Was machen wir mit ihr?«, fragte der Soldat, der neben Okijen lief, während dieser auf die Bewusstlose zusteuerte.

»Ich nehme sie mit«, erklärte er. Über seinen Kommunikator kam ein Signal herein. Er ignorierte es vorerst, als er sich langsam zu der Fremden hinabbeugte. »Sie hat so viele Moja der zweiten Generation getötet wie kein gewöhnlicher Mensch bisher.« Sie lag dort, verwundet, aber lebendig. Ihr Brustkorb hob und senkte sich unter ihrer von Blut verschmutzten Kleidung vorsichtig. Das Metall, das sie sich in ihr Haar geflochten hatte, spiegelte das Licht der Sonne funkelnd wider. »Ich werde sie persönlich befragen, wenn sie wieder aufwacht.«

»In Ordnung.«

Okijen warf einen Blick zu den in einiger Entfernung liegenden Mauern der Sperrzone. Erst nach einigen Sekunden nahm er das ankommende Signal über sein Headset an.

»Ja?«, meldete er sich.

»Die Tore«, sprach die Stimme wie erwartet das aus, was er – wenn auch nur in der Ferne – gerade mit eigenen Augen sah. »Wir haben es geschafft, sie zu schließen.«

»Hervorragend«, bestätigte Okijen. »Wir sind hier ebenfalls … fertig.«

»Überlebende?«

Okijen biss auf seine Unterlippe und beugte sich zu der Frau hinab, um sacht seine Arme unter sie zu schieben und sie hochzuheben.

»Eine.«

Die Ruhe am anderen Ende brannte sich in seine Nerven.

»Gut«, bestätigte die Stimme aus der Zentrale. »Kehren Sie zur Station zurück. Die Gefahr ist nicht gebannt, bis alle Moja beseitigt sind.«

»Jawohl.«

Die Forschungsstation direkt neben der Sperrzone stieß schwarze Rauchschwaden in den Himmel aus, die kilometerweit zu sehen sein mussten. Trotz der Brisanz dieses Ereignisses waren nirgends Journalisten zu sehen, was eigenartig war, ging man von der Furcht- und Skrupellosigkeit dieser Menschen aus.

Vielleicht hatten sich nach dem Vorfall in São Paulo die Sicherheitsmaßnahmen verschärft, oder vielleicht wagten sie sich wirklich nicht her, solange die Lage nicht unter Kontrolle gebracht worden war. Wie auch immer: Jetzt, wo die Tore geschlossen waren, würden sie bald anrücken. Und Okijen würde es hoffentlich bis dahin schaffen, hier zu verschwinden.

Sein Team hatte ihn umringt, um ihn und die Frau, die er trug, vor weiteren Moja zu schützen.

»Wie ist der Plan?«, fragte einer der Soldaten zu seiner Rechten. Okijen sah sich um, um die Lage der Station vor ihnen besser einschätzen zu können, doch einen Überblick konnte er sich noch nicht verschaffen.

Menschenmassen sammelten sich einige hundert Meter von der Station entfernt. Es waren offenbar viele der Wissenschaftler und Techniker der Station unter ihnen, wenn man nach ihren Uniformen urteilte. Die Evakuierungstruppen hatten viele von ihnen gerettet.

»Wir gehen zu den Plattformen, die GREAT eingerichtet hat«, folgerte er für sich selbst. Das musste dort drüben irgendwo sein. »Erste Priorität ist es, die Menschen zu schützen, die überlebt haben. Erst wenn sie alle evakuiert sind, sichern wir den Rest des Gebietes.«

»Jawohl.«

Die Frau in seinem Arm regte sich nach wie vor nicht. Langsam begann er, sich Sorgen zu machen, überprüfte regelmäßig, ob sie weiterhin atmete. Er wusste nicht einmal, ob sie geimpft worden war. Das Blut auf ihrer Brust war offensichtlich nicht ihres, denn eine derart große Wunde hatte sie nicht. Ohne Impfung musste sie inzwischen infiziert sein. Das musste er klären, bevor er sich darum kümmerte, sie versorgen zu lassen.

Er und die Soldaten um ihn herum beschleunigten ihr Tempo einer stillen Übereinkunft folgend. Ab und zu kamen vereinzelte Moja in Sicht. Glücklicherweise war keiner der dritten Generation unter ihnen. Dem Protokoll zufolge waren diese von größeren Menschengruppen wegzubewegen, weil es selbst mit den besten Waffen der Welt kaum möglich war, sie zu besiegen.

Erst als sie sich der Menschenmenge auf einige Dutzend Meter genähert hatten, wurde Okijen klar, welcher Tumult hier tobte: Die Wissenschaftler und Techniker schrien nicht aus Angst – sondern anscheinend aus Wut. Was war los? Warum waren sie überhaupt noch hier?

Wenn die Cyber-Fields funktionierten, müssten sie längst evakuiert sein.

Ein junger Mann in MaKE-Uniform löste sich aus der Menschenmenge, gemeinsam mit einer Gruppe Männer und Frauen, denen er den Weg zu einem noch intakten Nebengebäude der Forschungsstation deutete. Die Wissenschaftler schauten sich mit verunsicherten Gesichtern um, folgten seinen Anweisungen allerdings.

Okijen sah ihnen hinterher. Erst danach nahm er den Kerl in Augenschein, der sie dirigiert hatte. Das war doch …

»Nakamura!«

Der junge Mann schaute sich um und entdeckte Okijen, löste sich aus seiner Starre und kam auf sie zugetrabt.

»Okay, Männer, positioniert euch um die Menschen herum«, wies Okijen an. »Wie gesagt: Ihr Schutz ist unsere Priorität. Sichert sie ab.«

»Jawohl«, klang es aus allen Mündern, und die Soldaten entfernten sich rasch.

»Van Dire«, grüßte ihn Flover Nakamura, nachdem er an ihn herangetreten war. »Schön, dich mal persönlich zu treffen.« Die Ironie troff aus seiner Stimme, während sein Blick von Okijen zu der Frau in seinen Armen glitt.

»Ganz meinerseits«, entgegnete Okijen.

Was war mit dem KAGE-Agenten passiert? Er war von oben bis unten besudelt mit Blut, Schmutz und Ruß. Tiefe Augenringe hatten sich in sein Gesicht gefressen, und seine Züge wirkten so leblos, dass es den Anschein machte, er hätte dem Tod persönlich gegenübergestanden.

»Bist du hier, um mir in den Arsch zu treten?«, fragte Okijen, um die Situation ein wenig aufzulockern.

Der Agent blinzelte mit einer Irritation, die Okijen fast glauben ließ, er hätte ihr Gespräch von vor einigen Stunden bereits vergessen. »Was? Nein. Es ist gut, dass du hier bist.«

Dann wusste er vermutlich auch nicht, was drüben im Dorf vorgefallen war. Das war nämlich alles andere als gut.

Ein weiterer Grund, schnell von hier zu verschwinden und nie wieder aufzutauchen.

»Was ist das Problem hier?«, wollte Okijen trotzdem wissen.

»Wir können die Menschen nicht ungefiltert gehen lassen«, erklärte sein Gegenüber unruhig. »Jeder von ihnen muss auf Spuren von KAMI überprüft werden, bevor wir sie nach Hause schicken können.«

»Ach so.« Darauf hätte er auch selbst kommen können.

»Viele ... sind infiziert. Der Bereich mit den Sicherheitsimpfungen ist zuerst in die Luft geflogen.«

»Scheiße.« Okijen kannte das Protokoll für diesen Fall. Er kannte und hasste es, auch wenn er glücklicherweise nie einer von denen gewesen war, die es hatten vollstrecken müssen.

»Ja.« Flover vermied es weiterhin, ihm in die Augen zu sehen, wollte das Gespräch aber offenbar nicht beenden.

»Was macht ihr mit den Infizierten?«, fragte Okijen weiter.

Der Junge schürzte die Lippen und sah auf einen Stein am Boden, der scheinbar überaus interessant war. Wahrscheinlich, weil er ihn von diesem Gespräch ablenkte.

»Hinter der Station ist eine Lagerhalle. Da sammeln wir sie.«

Okijen dachte kurz über die Worte nach, ließ sie wirken, sacken, bis sie ganz in das Zentrum vorgedrungen waren, das er vor solchen Bildern hatte schützen wollen.

»Und ... Und dann knallt ihr sie alle zusammen ab?« Klar, dass sie sterben mussten, wusste er. Was sollten sie auch anderes mit ihnen tun? KAMI ließ sich nicht mehr aus dem Körper entfernen. Für gewöhnlich geschahen diese Exekutionen jedoch in geschlossenen Bereichen.

Was für eine Scheiße.

Nakamura rieb die Hände aneinander. »Das sagen wir ihnen natürlich nicht vorher«, erklärte er. »Aber ja. Das ist *meine* ehrenvolle Aufgabe.«

Okijen hatte Schwierigkeiten, seinen gefassten Gesichtsausdruck zu bewahren, und wusste nicht, ob er Wut oder Mitleid empfinden sollte. Ihm war klar, dass diese Maßnahme nötig war. Allerdings … nein, er durfte nicht zu viel darüber nachdenken. Das erinnerte ihn zu sehr an damals. Genau aus diesem Grund hatte er das Militär verlassen.

Er fühlte, wie sich Übelkeit in seiner Kehle breitmachte. Und der klägliche Anblick des KAGE-Agenten, endlos kühl und blass unter der Aufgabe, die er erledigen musste …

»Na dann …« Er wusste nicht, was er sagen sollte. Am liebsten hätte er Flover geraten zu kündigen.

»Na dann«, wiederholte der KAGE-Agent trocken und nahm eine aufrechte, fokussierte Haltung ein. »Viel Erfolg.«

»Danke«, brummte Okijen tonlos, als Nakamura sich schon abgewandt hatte. »Ach ja!«, rief er ihm hinterher, und der Agent drehte sich um. »Ist die Kleine hier sauber?«

Flover nickte ruhig, ballte die Hände zu Fäusten und entspannte sie wieder.

»Wenn nicht, würde ich dich nicht mit ihr herumlaufen lassen«, sagte er. »Jemand muss sie geimpft haben.«

»Ein Glück«, grummelte Okijen.

»Ja«, entgegnete Flover müde. »Schönen Heimweg euch.«

KAPITEL 8

: WAKING

Das Erste, das Andra spürte, war Schmerz.

Mit jedem Atemzug fraß er sich in ihren Brustkorb, mit jeder Regung zuckte er durch ihre Arme, den Hals hinauf bis in ihren Kopf, wo er sich wummernd sammelte. Die Augen geschlossen, die Gedanken im letzten Traum versunken, versuchte sie sich daran zu erinnern, was geschehen war.

Sie spürte es. Da wartete etwas Großes am Rande ihres Horizonts, das sie vergessen hatte.

»KAMI. Das sind zwei Bedeutungen in einem«, sprach eine fremde Stimme monoton wie in einem Bericht. Drang sie aus einem Fernseher? *»Ich denke nicht, dass sich die Wissenschaftler, die das Programm vor dreißig Jahren entwickelt haben, der Richtigkeit ihrer Bezeichnungen im Klaren waren.«*

Es roch nach Tabak und Desinfektionsmittel. Ferne Stimmen waren zu vernehmen, Geschäftigkeit und Vogelzwitschern aus einem offenen Fenster. Eine leichte Brise auf der Haut.

Wo war sie?

»KAMI steht, wie wir alle wissen, nicht nur für Key Ability of Mechanical Intelligence *– die Kernmacht maschineller Intelligenz –, sondern es ist gleichzeitig das japanische Wort für* Gott.*«*

Andra hatte das Gefühl, dass die fremde Stimme sie an ein Ereignis erinnern sollte.

»Und genau das haben die Wissenschaftler hier erschaffen. Eine Übermacht. Einen Maschinengott.«

Zaghaft öffnete sie die Augen, blinzelte vorsichtig. Das

warme Licht stach wie tausend Nadeln, doch sie kämpfte gegen das grelle Leuchten an.

»Guten Morgen, Sonnenschein.« Eine weitere fremde Stimme.

Oder? Nein, da war etwas Bekanntes, das mit einer unheimlichen Heftigkeit in ihr resonierte. Etwas, das diese Stimme zurückbrachte, das unter so viel Schlaf und Erschöpfung verloren gegangen zu sein schien.

Und plötzlich stürzte alles mit einer Wucht zurück in ihr Bewusstsein, dass es sie unter sich zu begraben drohte. Das Dorf, die Moja, das Blut, die Pfeile und die Blitze.

Ein Keuchen entfuhr ihr.

Trotz des Schmerzes, der in Andras ganzem Körper aufflammte, richtete sie sich ruckartig auf. Ein kleines, sauberes Zimmer, ein weiches Bett. Weiße Bettwäsche. Ein offen stehendes Fenster, durch das Sonnenlicht fiel. Hochhäuser und Grün waren zu erkennen. Mehr Grün, als sie jemals in ihrem Leben gesehen hatte. Und hier drin …

»Hey, ganz ruhig.« Da war sie wieder, die Stimme.

Andra wandte sich vorsichtig um.

»Leg dich hin, du tust dir weh.« Trotz der Dringlichkeit in seiner Stimme strahlte der Fremde keine Anspannung aus. Er hatte sich einen gepolsterten Sessel neben ihr Bett geschoben, um seine Füße auf die Decke legen zu können. Mit einem Getränk in der Hand wanderte sein Blick zwischen ihr und dem Fernseher an der gegenüberliegenden Wand hin und her.

Er machte keine Anstalten, sie wieder in die Kissen zurückzudrücken, doch da sie seiner Bitte nicht nachkam, fixierte er sie klarer. »Leg dich hin.«

Sein trockener Befehlston weckte die Erinnerung daran, wer er war: der Soldat vom Schlachtfeld.

Der Einzige, der sein Visier nicht geschlossen hatte. Und er hatte den Moja, der sie fast getötet hatte, mit einem Schlag dem Erdboden gleichgemacht. Wie war sein Name? Er hatte sich vorgestellt, oder?

»Wo ... wo bin ich?«, fragte Andra. Ihre Stimme fühlte sich brüchig an. Als hätte sie seit Tagen nicht mehr gesprochen. »Wo ist meine Familie?«

Der junge Mann blinzelte einige Male, dann deaktivierte er den Fernseher mit einem Wink seiner Hand. Die Tür hinter ihm stand offen, und Menschen in weißer Bekleidung liefen durch den Gang davor. Ein Krankenhaus?

»Ich habe zwei Tage hier gewartet, dass du aufwachst«, umging der Fremde ihre Frage, und Andras Blick verfinsterte sich gemeinsam mit ihrer Stimmung. Jeder Atemzug trieb ihr die Tränen in die Augen. Sie hatte keine Zeit für Small Talk.

»Wo meine Familie ist, habe ich gefragt.«

Der Mann spannte seine Kiefermuskeln sichtlich an, stellte das Getränk auf den kleinen Tisch neben sich ab, nahm die Füße von ihrem Bett und setzte sich ein Stück aufrechter hin. Seine hellen Augen waren weich, trotzdem konnte sie keine Emotion aus ihnen lesen.

»Ich ... ich befürchte, du bist die Einzige, die überlebt hat.« Er verzog den Mund zu einem unsicheren, mitleidigen Ausdruck.

Ein Rauschen in ihren Ohren setzte ein.

Nein, das war nicht möglich.

»Was?« Sie stellte die Frage nicht bewusst. Das Wort kam einfach über ihre Lippen, und sie schüttelte den Kopf, ohne es zu merken. Mal um Mal um Mal, als könnte sie so ihre Gedanken ordnen. »Nein, ich ... was?«, wiederholte sie, wandte den Blick von ihm ab, um das klinische Weiß ihrer Decke anzustarren.

»Tut mir sehr leid«, sagte er. Seine Worte gingen unter, in dem Wirbeln, das sich in ihren Gedanken aufgebaut hatte. »Sämtliche Bewohner der Kolonie sind tot.«

Nein.

Nein, das war nicht wahr. Sie hatte es gehört, doch weder ihr Verstand noch ihr Herz begriffen diese Worte. Sie konnten es nicht.

»Ich … nein«, sagte Andra, ballte die Hände unter Schmerzen zu Fäusten. Das war ein Traum. Ihr schlimmster Albtraum, furchtbarer als die von KAMI. Und gleich würde sie aufwachen.

»Das MaKE-Team kam zu spät. Es hatten sich Moja aus einer anderen Richtung genähert und waren in das Dorf eingefallen.«

»Das ist eine Lüge.« Ihre Stimme war jetzt fester, gleichwohl war es nicht, als wäre sie es, die sprach, sondern irgendeine automatische Einrichtung, die für sie übernommen hatte. Als hätte sich ihr Inneres in Einzelteile dekonstruiert, um diese Information nicht verarbeiten zu müssen.

»Nein, nein, nein, das kann nicht wahr sein.«

»Beruhig dich bitte.«

»Ich soll mich beruhigen?« Ihr Kopf schnellte zu ihm herum. »Du sagst mir, mein ganzes Dorf ist tot und danach, dass ich mich *beruhigen* soll?«

»Ja!«, erwiderte der Soldat angespannt. »Du bist verwundet, es tut dir nicht gut, wenn …«

»Halt die Klappe!«, rief sie ihm entgegen. »Das ist alles eure Schuld! Wenn ihr früher gekommen wärt, dann …«

»Ist es nicht!«, fuhr er auf. »Sie hätten nicht sterben müssen, wenn ihr nicht so verdammt stolz wärt.« Er lehnte sich nach vorn und näherte sich ihrem Gesicht, eindringlich, aufgebracht. »Ihr hättet mit den Evakuationstrupps gehen sollen. Die waren rechtzeitig da.«

»Willst du sagen, es war *unsere* Schuld?«

»Ist es nicht so? Ihr verreckt lieber im Wüstensand, als eure geliebte Heimat aufzugeben.«

»DU!« Bevor Andra realisiert hatte, was sie tat, hatte sich ihre Hand eigenständig zur Faust geballt und nach ihm ausgeholt. Der Mann wich aus, und Andras Schlag ging ins Leere. Obwohl der Schmerz in ihren Rippen einsetzte, fasste sie nach, krallte sich mit der anderen Hand in seine Kleidung, und er sprang auf, zog sie mit hoch.

Andra setzte zu einem weiteren Schlag an und ignorierte den brennenden Schmerz, der in ihrem ganzen Körper aufflammte.

Lässig fing der Soldat auch ihren nächsten Angriff ab. Sein fester Griff war ungewöhnlich kühl an ihrem Handgelenk, doch sie hatte keine Zeit, sich damit zu beschäftigen. Mit ihrem freien Arm schlug sie auf seine Brust ein, trat nach ihm, während er sie so weit wie möglich von sich fortschob.

»Aufhören!«, rief jemand, der hereingestürzt kam. Andra ignorierte es. Ihr Sichtfeld war rot und schwarz. Jemand packte sie unter den Armen, um sie von dem Fremden fortzuziehen.

Erneut schnappte sie nach der Kleidung des Mannes, konnte kaum mehr etwas um sich herum wahrnehmen, bis weitere Hände nach ihr griffen. Rufe erfüllten den Raum, die Fremden schafften es nur unter Mühen, sie von dem Soldaten zu trennen, und Andra konnte nicht anders, als um sich zu schlagen, zu fluchen, zu versuchen, irgendwie hier rauszukommen. Aufzuwachen.

»Was fällt dir ein, Okijen!«, bellte jemand. »Du solltest überhaupt nicht hier sein!«

Dann wurde alles um sie herum schwarz.

»Ihr Name ist Andra Yun?«

»Ja.«

»Alter?«

»19.«

»Geburtstag?«

»2082.«

Der Mann in seinem sauber sitzenden Anzug sah fragend von dem kleinen Screen vor sich auf. Der aufgestellte Kragen seiner weißen Jacke ließ ihn streng wirken, dabei waren seine Züge so freundlich und sein Blick so entwaffnend.

»Ich brauche den genauen Tag«, sagte er und lächelte mild. Beinahe machte es den Eindruck, die Frage täte ihm leid. Andra wusste nicht, was sie davon halten sollte. Die Geste war nett, aber sie wollte sein Mitleid nicht. Weder seines noch das eines anderen.

»Ich ... ich weiß den Tag nicht. Das spielt bei uns keine Rolle.« Sie saß in ihrem Nachthemd auf dem Krankenbett, die geschundenen Hände ordentlich übereinandergelegt, Verbände an den Armen, die Haare zerknautscht vom Schlafen. Die Augen vermutlich gerötet vom Weinen, doch diesen Umstand drängte sie in die hinterste Ecke ihrer Wahrnehmung.

»Ach ja. Keine Geburtstagsfeiern.« Der Mann mit dem dunklen Haar und den freundlichen Augen lächelte erneut entschuldigend. Vielleicht tat es ihm leid, dass er nichts über ihre Kultur wusste, dabei wusste sie vermutlich noch weniger von seiner.

»Nein«, bestätigte sie. Dass die Menschen hier den Tag feierten, an dem sie geboren wurden, kam ihr eigenartig und gleichsam schön vor. Das hatte sie schon als kleines Mädchen gedacht.

»Dann trage ich einfach den 01.01.2082 ein, wenn Ihnen das recht ist.«

»Ja.« Es war ihr nicht recht, es war ihr egal.

Die Sonne funkelte durch das offene Fenster herein. Genau wie an dem Tag, an dem sie das erste Mal hier aufgewacht war.

Nur langsam fand sie sich in diese Realität ein. In diese Fremde. Bis auf ihr Zimmer hatte sie nichts von der Welt gesehen und bis auf die Krankenschwestern mit niemandem gesprochen.

Was sollte sie auch tun?

Geh mit dem Fluss, hatte die Älteste stets gesagt. Das war alles, das ihr blieb. Alles, woran sie sich klammern konnte.

»Geburtszone?«, fragte der Mann weiter und schob die Brille auf seiner Nase zurecht. Seine Finger glitten über die in der Luft schwebenden Daten, die Andra nicht lesen konnte.

»Was?«, wollte sie wissen und regte sich vorsichtig. Zwei Tage hatte sie geschlafen, hatte man ihr gesagt. Und zwei weitere Tage waren vergangen, seitdem sie sich auf diesen Soldaten gestürzt hatte, der sich nicht mehr hatte blicken lassen. In nur vier Tagen hatten die Ärzte es geschafft, gebrochene Knochen zu richten und Fleischwunden zu verschließen. Die Heiler ihres Dorfes hätten diese Fähigkeiten bewundert.

»In welchem Verwaltungsgebiet wurden Sie geboren?«, stellte er die Frage anders.

Andra schüttelte zaghaft den Kopf. Sie erwartete den aufflammenden Schmerz bei jeder Bewegung und war überrascht, dass er nicht einsetzte. »Ich … ich weiß nicht.«

»Hm«, machte er. »Kamen Sie in Ihrer Kolonie in Nordchina zur Welt?«

»J-ja.«

»Dann Verwaltungsgebiet 5.«

»Okay.« Eigentlich war es ihr egal. Niemand hatte ihr gesagt, ob sie in das Dorf würde zurückkehren können. Wie käme sie überhaupt dorthin? Was sollte sie dort tun?

Andererseits: Was sollte sie hier tun?

Sie hatte nichts.

Mit dem Fluss gehen, beschwichtigte sie sich selbst innerlich. *Mit dem Fluss gehen.*

»Sind Sie Anhänger einer Religion oder einer Sekte? Ziran, die Waage, DVM oder dergleichen?«

»Nicht … nicht dass ich wüsste.«

Der Mann lachte matt. »Wenn Sie es wären, wüssten Sie es.« Er machte einen weiteren Haken auf seinem Fragebogen und ging einige weitere Punkte durch.

»Ich gehe nicht davon aus, dass Sie einen militärischen Rang besitzen?«

»Nein«, murmelte Andra. Die Aussicht aus dem Fenster gefiel ihr. Sie sah die Fassaden einiger Hochhäuser, und ihre Oberflächen und Balkone quollen über vor Pflanzen, Büschen und Blumen, die sich der Sonne entgegenreckten.

»Haben Sie eine schulische Ausbildung?«

Andra wandte ihre Augen vom Fenster ab und musterte den Verwalter, der geschickt worden war, um sie in das System aufzunehmen.

»Die Ältesten in meinem Dorf haben mich ausgebildet«, antwortete sie und erwartete eine abschätzige Reaktion. Man hatte ihr gesagt, dass die Städter die Kultur der Yuna rückständig und primitiv fanden. Die Worte des Soldaten hatten das bestätigt.

Doch der Verwalter saß nur dort und lächelte. »Sehr schön«, sagte er und machte einen Vermerk. »Falls Sie Interesse an einer weiterführenden Ausbildung haben, können Sie sich gern jederzeit in der Schule, Hochschule oder Universität in Ihrem Bezirk melden. Dort werden Ihre Fähigkeiten geprüft und ein persönlicher Lern- und Ausbildungsplan für Sie erstellt.«

»Okay«, bestätigte sie verstehend. Nicht dass sie es demnächst vorhatte.

»Das Angebot ist natürlich kostenlos.« Der Mann las über seinen Fragebogen, danach richtete er sich ein Stück auf und nickte langsam vor sich hin. »Das sieht doch gut aus«, schloss er mit einem breiten Lächeln. Sie konnte nicht behaupten, dass es sie nicht zumindest ein wenig aufmunterte. »Sie werden sich ja noch für einige Tage hier aufhalten.« Er betätigte einen Knopf, der kleine Screen verschwand aus der Luft, und den länglichen Stift, aus dem er entstanden war, schob er zurück in seine Jackentasche. »Sobald Ihr Aufenthalt hier abgeschlossen ist, wird sich Ihr Bezirksleiter persönlich bei Ihnen melden. Sie bekommen hier in Ulan Bator eine Wohnung gestellt.«

Eine Wohnung? Sie sollte hier leben? Hier? Darüber hatte sie sich gar keine Gedanken gemacht. Wie sollte sie das finanzieren? Musste sie sich einen Job suchen?

Dazu war sie nicht bereit. Sie wusste nicht, ob sie es je sein würde.

»Muss ich?«

»Müssen Sie was?«

»Hier wohnen. Ich ... ich weiß nicht, ob ...«

»Keine Sorge.« Nur langsam erhob der Mann sich aus seinem Stuhl und trat an ihr Bett heran. »Bei uns läuft es wie folgt: Jeder Bürger bekommt eine kostenfreie Wohnung von etwa fünfzehn Quadratmetern zugeteilt. Zudem gibt es ein bedingungsloses Grundeinkommen, das Ihnen monatlich für Ihre Verpflegung zur Verfügung steht, Wasser, Strom und Internet. Ebenfalls kostenfrei natürlich. Der Staat wäre froh, Sie als Bürgerin begrüßen zu dürfen.«

Andra räusperte sich und nickte langsam. Ein Grundeinkommen? Wo war der Haken daran? Das war nicht das Bild, das ihre Eltern und Großeltern ihr von den Städten und der Politik vermittelt hatten. Sie hatten stets davon erzählt, wie geldgierig und korrupt die Bewohner der Metropolen waren. Musste sie auf der Hut sein?

»Danke für die Erklärung«, sagte sie, um Höflichkeit bemüht, und kämpfte gegen den Kloß in ihrem Hals an. Sie durfte das Geschehene nicht mehr von sich schieben, oder? Sie musste Entscheidungen treffen können. Irgendwas musste sie tun, wenn sie hier rauskäme. *Mit dem Fluss gehen.* »Ich muss darüber nachdenken.«

»Gar kein Problem«, versicherte der Mann. Er sah sich im Raum um, als wolle er sich jedes Detail genau einprägen: die kleinen Topfpflanzen auf den Holztischen, die Apparaturen, die ihren gesundheitlichen Zustand überwachten, die niedrigen Schränke und die Maserung des Bodens.

Wartete er auf etwas?

»Gut. Eine Sache müssen wir noch klären.«

Andra schaute ihn aufmerksam an, doch der Mann hatte offensichtlich Schwierigkeiten, ihr in die Augen zu sehen. Erst nach einigen Momenten setzte er seine freundliche, professionelle Miene wieder auf.

»Es geht um die Bestattung Ihrer Angehörigen.«

Ein Kribbeln durchfuhr Andras Körper, und es verlangte ihr alles an Konzentration ab, nicht an ihre Mutter, ihren Vater und ihre Geschwister zu denken.

»Ja?«, brachte sie hervor.

»Sie stammen aus einer anderen Kultur. Die Yuna beerdigen ihre Verstorbenen, nicht wahr?«

»Ja«, bestätigte sie knapp. In den letzten Tagen hatte sie sich so viele Gedanken darum gemacht, wie sie ihre Familie hätte retten können, was geschehen wäre, wenn sie im Dorf geblieben wäre, was sie hätte tun können. Das musste enden!

Warum hatte sie das nicht unter Kontrolle? Sterblichkeit war ein so großer Teil der Kultur, die ihr ihre Eltern und die Ältesten vermittelt hatten. Sie hätte nie gedacht, dass es ihr so schwerfallen würde, ebensolche zu akzeptieren.

»Nun, wir haben hier ein etwas anderes Vorgehen. Die Entscheidungsgewalt darüber, wie die Bestattung durchgeführt werden soll, liegt dennoch bei Ihnen.«

Eine warme Brise wehte durch das Fenster herein und

zupfte an ihren Haaren. »Wie sieht dieses Verfahren denn aus?«

Der Mann trat von einem Fuß auf den anderen. »Erd- und Feuerbestattungen verunreinigen das Grundwasser oder die Luft. Abgesehen davon ist kaum Platz für Friedhöfe. Eine Seebestattung bringt das Ökosystem des Meeres durcheinander. Deswegen werden laut der neuen Bestattungsvorschriften die Körper der Toten in einem Krematorium in flüssigem Stickstoff schockgefroren und anschließend in grobkörniges Pulver verwandelt. Das wird getrocknet und von sämtlichen Metallüberresten befreit.«

Andra biss sich auf die Unterlippe, um die Tränen zurückzuhalten. Am liebsten hätte sie sich selbst dazu ermahnt, sich zusammenzureißen. Ihre Familie hatte es verdient, dass sie sich mit diesen Themen befasste, auch wenn sie schmerzhaft waren.

»Von einem fünfundsiebzig Kilo schweren Menschen bleiben so etwa fünfundzwanzig Kilo feines, rosafarbenes Granulat übrig, das als Dünger verwendbar ist. Hinterbliebene können den Dünger ihrer Angehörigen entweder spenden oder ihn selbst für ihre Pflanzen verwenden.«

Dünger? Aus Menschen?

»Das Verfahren ist nachhaltig und auf Dauer sehr gut für die Umwelt«, fuhr der Mann fort. »Und viele Hinterbliebene finden Trost darin, ihre Verwandten dem Kreislauf der Natur zurückgeben zu können.«

Andra nickte unsicher. Die Erklärungen klangen ungewohnt, und sie konnte sich noch nicht vorstellen, kein Grab zu haben, das sie besuchen könnte. Andererseits gefiel ihr die Vorstellung, dass die Menschen, die ihr etwas bedeutet hatten, der Natur zurückgegeben werden konnten. »Ja, das ... das finde ich gut«, antwortete sie.

»Und möchten Sie den Dünger behalten?«

»Na ja, ich habe ja keine Pflanzen und …«

»Das Material ist ewig haltbar. Wir könnten es zwischenlagern und Ihnen in Ihre künftige Wohnung senden.«

»O-okay.« Sie atmete konzentriert ein und aus. Das war doch gar nicht so schwer gewesen. »Ich muss darüber nachdenken.«

»In Ordnung. Die Prozedur dauert sowieso eine Weile.«

Vermutlich gerade jetzt, weil es nach dem Fall der Tore so viele Tote gab, die bestattet werden mussten. Was außerhalb von ihrem Dorf geschehen war, hatte ihr bisher niemand gesagt.

»Na gut.« Der Mann trat einen Schritt auf sie zu und streckte seine Hand aus. Zögerlich griff sie danach, um sie zu schütteln. Über diese eigenartige Geste hatte sie sich mit ihren Freunden früher immer lustig gemacht. »Ich wünsche Ihnen eine gute Besserung.« Der Händedruck des Mannes war fest, und er legte seine andere Hand auf ihre, um ihr ein letztes Mal aufmunternd zuzulächeln. »Wir werden voneinander hören.«

»Danke.«

Er wandte sich zum Gehen, und Andra wollte gerade aufatmen, ihr Bett zurückklappen und sich hinlegen, da trat der Fremde aus der Tür, und sie sah, dass jemand anderes sich dort positioniert hatte. Er musste hinter dem Verwalter gestanden haben.

An den Türrahmen gelehnt, die Arme vor der Brust verschränkt und die Augen auf sie gerichtet stand er da. Der blonde Soldat.

»Guten Morgen«, grüßte er.

Andra schaute ihn lediglich nicht finster an, weil sie sich zu sehr vor dem Kopfschmerz fürchtete. »Bist du zurückgekommen, um mich weiter zu beleidigen?«, fragte sie bissig, dabei hatte etwas ganz anderes ihre Aufmerksamkeit erregt.

Seine Arme. Er trug ein Shirt, das voller Ölflecken war. Und seine Arme, die es freigab, waren gänzlich aus Metall.

Etwas Derartiges hatte sie nie zuvor gesehen.

»So sehr es mir auch gefallen hat, mich mit dir zu prügeln …«, setzte er an, stockte jedoch mitten im Satz, holte Luft und ließ sie in einem Seufzen aus seinen Lungen entweichen. Dann nahm er eine weichere Haltung ein und ließ die Arme sinken. »Ach, Schluss damit. Ich … es tut mir leid, dass ich dich angegriffen hab. Ich bin hier, um mich zu entschuldigen.«

Andra fühlte sich in ihrem Bett und ihrem Nachthemd endlos entmachtet. Sie war noch immer wütend, und der Kerl bereitete ihr kein gutes Gefühl. Das tat keiner der Soldaten, die sie bis jetzt kennengelernt hatte. Sie alle hatten etwas Verwegenes, Streitlustiges an sich, das sie verabscheute. »Ist okay«, antwortete sie trotzdem. Was sollte sie auch sonst sagen? Hoffentlich verschwand er gleich.

»Wenn du wieder fit bist, kannst du mir gerne richtig eine reinhauen«, bot er an, was ihr tatsächlich ein kleines, unerwartetes Lachen entlockte. »Ich wehre mich auch nicht.«

Sie schnaubte leise und versuchte nur halbherzig zu verbergen, wie erleichternd sie sein Angebot fand. »Ich komme auf jeden Fall darauf zurück.«

»Klasse, ich freu mich drauf«, meinte er, und erneut ertappte sie sich dabei, wie ihr Blick an seinen Metallarmen hängen blieb. Der Werkzeuggürtel, den er trug, erweckte fast den Eindruck, er hätte sich gerade selbst repariert.

»Ein weiteres Angebot hätte ich noch«, setzte er fort, und Andra horchte auf.

Sie wollte eigentlich nur nachdenken, planen, wie ihr Leben jetzt weitergehen sollte. Andererseits tat ihr diese Ablenkung vielleicht ganz gut. *Mit dem Fluss gehen.*

»Ich dachte, du könntest für deine Übergangszeit bei mir einziehen.«

Und schon kehrte das Wirbeln der Gedanken zurück. »Ich ... was?« Warum im Namen der Ältesten sollte sie das tun? Er rettete sie, er beleidigte sie, er entschuldigte sich, und jetzt sollte sie bei ihm wohnen? Woher kam das denn? »Ich ... der Mann gerade meinte, dass ich eine Wohnung gestellt bekomme.« Sie hatte sich außerdem nicht einmal entschieden, ob sie überhaupt in der Stadt bleiben würde.

»Bekommst du auch«, ruderte er sofort zurück. »Ich weiß allerdings, wie das läuft. Fünfzehn Milliarden Menschen. Da ist nicht für jeden eine Wohnung frei. Viele, die darauf warten, zugeordnet zu werden, kommen vorübergehend in Auffanglager. Die sind nicht so toll.«

»Hm«, machte sie. Sie kannte den Kerl doch gar nicht.

»Warum solltest du mir so etwas anbieten?«

Er grinste schelmisch. »Du durchschaust mich schnell.«

Tat sie das? Nein, da war irgendwas in seinen Zügen, das sie nicht deuten konnte. Etwas Trauriges, aber kein Mitleid. Vielleicht war es auf ihn selbst bezogen. Wenn er Soldat war, hatte er sicher viele furchtbare Dinge erlebt.

»Ich habe beobachtet, wie du mit Pfeil und Bogen gegen die Moja gekämpft hast«, erklärte er. »Ich habe nie gesehen, dass jemand, der nicht vom Militär kommt, so viele von ihnen tötet.«

»Ach so?« Sie kannte sich mit dem Militär nicht aus.

»Ich würde gern wissen, wie du das gemacht hast. Und was mit den Pfeilen war, dass sie einfach Moja der zweiten Generation getötet haben. Das Metall ist nämlich nichts Besonderes, ich habe mir das schon angesehen.«

»Unsere Älteste hat sie gesegnet«, erklärte Andra, und ihr Gegenüber zog etwas zu überrascht die Augenbrauen in die Höhe.

»Okay«, sagte er gedehnt. »Ich würde gern mal sehen, wie sie das gemacht hat. Also?«

Also? Sollte sie sich *jetzt* entscheiden?

»Ich ...«

»Ich kann dich heute Nachmittag abholen, wenn du willst. Ich krieg dich hier sicher früher raus und kann dir was von der Stadt zeigen.«

Ein persönlicher Einweiser? Sie wusste nichts von diesem Mann. Andererseits: Wie sollte sie dazu Nein sagen?

»Und du kannst mir übrigens vertrauen«, fügte er rasch an und trat einen Schritt in das Zimmer hinein. »Ich bin ein hoch angesehener Colonel. Kann dir jeder bestätigen.«

»Du«, stellte sie in den Raum. »Du bist doch nicht älter als fünfundzwanzig.« Er sah nicht aus wie ein hochrangiger Militär.

»Hey, ich bin einundzwanzig!«, erwiderte er gespielt getroffen.

»Was? Wie ...«

»Diese und weitere Geheimnisse erfahren Sie, wenn Sie bei mir einziehen«, unterbrach er in der Stimme eines Werbesprechers und brachte sie zum Lachen.

Eventuell wäre es ganz gut, jemanden zu haben, der sie ablenkte. Mit dem Fluss gehen. Wie ein Ertrinkender, der keine Kraft mehr hatte, gegen den Strom zu schwimmen.

»Okay«, sagte sie demnach. Und wenn er doch irgendetwas im Schilde führte, würde sie sich wehren können. »Ist gut, ich komm mit zu dir.«

»Bist du sicher, dass ich nicht ein paar Tage länger dort bleiben sollte?« Andras Knie waren wackelig, ihre Gedanken schwummrig, und nur langsam ging sie neben Okijen her. Die Brise, die ihnen aus den Gassen zwischen den Hochhäusern entgegenwehte, reinigte ihre Gedanken, während ihr Körper nach wie vor nicht ganz gehorchen wollte. »Ich will dir nicht zur Last fallen.«

»Ach was«, winkte er ab und schob den Stoffbeutel mit den Medikamenten, den ihnen die Ärzte mitgegeben hatten, auf seiner Schulter zurecht. »Die nächste Medi-Station ist nicht weit von meiner Wohnung entfernt, falls was ist. Und ich denke, es tut dir ganz gut, nicht länger dort allein vor dich hin zu vegetieren.«

»Hm. Vielleicht hast du recht.« Sehr wahrscheinlich sogar. Sie sollte wirklich Ablenkung finden. Und während sie sich in den sonnendurchfluteten Straßen von Ulan Bator umsah, wusste sie nicht, welcher Ort dafür besser geeignet sein könnte.

Hier gab es so viel, an das sie ihren umherirrenden Blick heften konnte. Eine wahre Reizüberflutung. Das war tatsächlich erfrischend, auch wenn es ihr schwerfiel, sich das einzugestehen.

Diese Stadt war vollkommen anders, als Andra sie sich vorgestellt hatte. Hier, entfernt von der Hauptverkehrsader, die sie überquert hatten, waren die Straßen eng und staubig. Menschen in bescheidener Kleidung kreuzten ihren Weg, Männer und Frauen hinter Straßenläden grüßten in kaum verständlichem Akzent, und um ihre Beine tollten Tiere aus Metall – Hunde, Katzen und undefinierbare Gestalten mit leuchtend pinkem Schimmer.

»Die sind süß, oder?« Okijen war offenbar nicht entgangen, wie fasziniert Andra die Tierwesen betrachtete.

In ihrem Heimatdorf hatte es jede Menge Tiere gegeben. Schafe, Ziegen, Hühner. Eine Zeit lang hatte sie sogar ein Wüstenfuchs auf ihren Streifzügen begleitet. Doch sie waren aus Fleisch und Blut gewesen.

Andra schaute einer Horde kleiner Hunde hinterher, die in einer Seitengasse zwischen bröckeligen Hausfassaden verschwand. »Die benehmen sich wie echte Tiere«, stellte sie fest und beobachtete die leise klimpernden Wesen so lange, bis das in der Sonne glänzende Metall nicht mehr zu sehen war.

»Sie werden als Haustiere gehalten«, erklärte der Soldat. »Ich hab auch ein paar. Hab sie aus der Schrottpresse gerettet und repariert.«

»Können sie hier einfach überleben?«

Okijen zuckte mit den metallenen Schultern. Andra nahm es nur aus dem Augenwinkel wahr, weil ihre Aufmerksamkeit nach wie vor von der ordnungslosen, bunten Straße gefangen genommen war.

»Na ja, wenn sie nicht angefahren werden oder rosten, schon.«

»Dann bist du so etwas wie ein Tier-Reparateur?«

Er lachte laut. »Ich repariere, was auch immer die Leute mir bringen.« Ein Straßenhändler rief Okijens Namen und winkte beschwingt. Der Soldat hob eine Hand zum Gruß und wich danach rasch einem klingelnden Fahrrad aus.

»Und deine Arme?« Sie kannte den jungen Mann nicht und hatte keine Ahnung, ob das für die Menschen hier ein sensibles Thema war, doch diese künstlichen Körperteile faszinierten sie so sehr, dass sie sie nicht unerwähnt lassen konnte. »Hast du die selbst gemacht?«

Er lachte rau, strich sich die blonden Haare zurück, verschränkte die Finger hinter dem Kopf und schaute nach oben.

»Nein, das kann ich nicht. Ich bearbeite eher grobes Zeug. Für so etwas ist Feinarbeit nötig.« Er machte einen nostalgischen Eindruck, wie er so sorglos beim Gehen in den Himmel sah. »Das war meine Mechanikerin. Damals an der Militärakademie.«

»Verstehe.« Andra hatte Dutzende weitere Fragen auf der Zunge und wusste nicht, welche sie zunächst stellen sollte. Also wartete sie darauf, dass er vielleicht fortfuhr.

»Wenn du die schon cool findest, solltest du mal sehen, was

alles in mir drin verbaut ist.« Mit einem knabenhaften Ausdruck in den Augen sah er sie an. Es fiel Andra nicht schwer, seine eigenartige Prahlerei zu ignorieren, so konzentriert war sie darauf, ihn nicht mit einem Schwall Fragen zu überfluten. Dass sie gerade noch lethargisch auf dem Bett gelegen hatte, kam ihr nun eigenartig vor. Am liebsten würde sie jetzt eine Bibliothek stürmen und so lange in Büchern und digitalen Unterlagen stöbern, bis ihr Wissensdurst gestillt wäre.

Okijen hatte recht behalten. Das hier lenkte sie ab.

Die dünne Jacke über ihren Schultern kam ihr inzwischen fast zu warm vor. Der Frühling kündigte sich an, und der sachte Lufthauch wehte durch ihre Haare, wirbelte ein wenig Staub von der Straße auf und trug ihn durch die Gassen.

Andras Blick glitt weiter nach oben, zu den Hochhäusern, die über sie hinweg ragten. Inzwischen drangen nur noch vereinzelte Sonnenstrahlen zu ihnen hinab. Trotzdem waren an jeder Ecke, auf jedem beengten Balkon, in jedem erdenklichen Winkel Pflanzen zu sehen. Blumen, Büsche, rankender Efeu und farbenfrohe Blüten schmückten so viele Plätze wie möglich.

»Es ist so grün hier«, stellte sie fest. »Viel grüner, als ich dachte.« Und viel grüner als jeder Ort, den sie bisher gesehen hatte. In den Wüstenlanden gab es Oasen, an denen sie hatten anbauen können. Doch selbst dort hatte es nicht ausgesehen wie hier. Nicht einmal im Ansatz.

»Ja, das kam auch erst in den letzten Jahren auf«, erklärte Okijen. »Die Regierung ist sehr bestrebt, das Klima weiter zu verbessern. Für jede Pflanze, die man besitzt, bekommt man jährlich sogar ein wenig Geld.«

Man bekam Geld dafür, dass man Pflanzen besaß? Dieses Konzept war so sorgsam und so warm. Warum hatten ihr die Ältesten im Dorf so etwas nicht in der Schule beigebracht? Schon die ersten Minuten hier hatten ihren Eindruck von den

Städten und den Menschen, die in ihnen lebten, vollkommen zerrüttet.

Okijen bog in schlenderndem Tempo in eine Seitengasse ein.

Hier gab es keine Straßenläden, dafür offene Garagen, vor die zerfetzte Vorhänge gespannt waren, hinter denen sich Menschen um Tische tummelten, lachten und rauchend Karten spielten. Metallene Treppen gingen in Feuerleitern über, die sich an den Wänden der Wolkenkratzer entlangschlängelten.

»Die Natur wurde im letzten Jahrhundert immer weiter verdrängt. Durch die Städte und auch durch das Klima, die ganzen Wüsten. Deswegen müssen weltweit besondere Auflagen zur Bepflanzung der öffentlichen Plätze und Gebäude erfüllt werden.« Er deutete hinauf zu den Galerien, die die Sonne erreichte. »Auf den nicht genutzten Oberflächen ist es Pflicht, Pflanzen anzubauen. Öffentliche Plätze werden von der Stadt bepflanzt und private Plätze wie Dächer und Balkone von Privatpersonen. Man bekommt seine Prämien, je nachdem, wie viel man züchtet.«

»Wahnsinn.« Andra hatte von der Veränderung des Klimas natürlich gehört, deswegen war sie vermutlich davon ausgegangen, dass sich andere Orte nicht sonderlich von ihrer Heimat unterscheiden würden.

Zwischen den Gebäuden und Gewächsen über ihnen spannten sich einige Leinen, an denen Wäsche zum Trocknen hing. Und noch weiter über ihnen schimmerte etwas. Nur leicht vor dem blauen Himmel, sechseckig wie Bienenwaben.

»Das da sind Solarpanels«, antwortete Okijen direkt auf ihre ungestellte Frage. »Die bedecken einige Bereiche der Stadt. Ist ziemlich cool.«

»In der Tat«, wisperte Andra. »Ich dachte immer, die Städte wären nur aus Stahl und Beton.«

»Du warst echt nie in einer Stadt«, stellte Okijen mit einer Mischung aus Belustigung und Entsetzen fest und steuerte auf eine der Feuerleitern zu. »Da werde ich dir wirklich einiges zeigen können.«

»So.« Okijen hielt seine Hand auf das abgenutzte Feld neben der großen Metalltür. Der Gang, in dem sie standen, war schlecht ausgeleuchtet und die Wände vergilbt. Die ausgeschalteten Neonröhren an der Decke waren übersät mit Spinnennestern und schlafenden Motten.

»Willkommen in meinem Heim«, verkündete der Soldat. Mit einem Klicken öffnete sich die Tür, und Sonnenlicht strömte ihnen entgegen, vermischt mit dem Geruch nach Kräutern und Gewürzen.

Andra trottete hinter Okijen in die Wohnung, und während die Tür wieder zufiel, sprangen ihnen kleine metallene Katzen entgegen, wirbelten aufgeregt um ihre Füße.

»Hey Leute«, grüßte Okijen sie, warf seine Tasche über einen Stuhl und stemmte die Hände in die Hüften, während Andra sich, leicht abgelenkt von den fröhlichen Tierchen, in der Wohnung umsah.

Die Eingangstür führte in eine kleine Küche, in die nur wenig Licht einfiel. Das große Fenster war staubig, allerdings vollgestellt mit so vielen Kräutern und Pflanzen, dass es kaum auffiel. Sie musterte die offenen Regale voller Gemüse und Obst.

»Schön, hm?«, fragte Okijen grinsend und deutete auf eine Tür. »Hier geht's zu meinem bescheidenen Schlafzimmer. Und nebendran ist das Bad.«

»Okay«, sagte Andra gedehnt und fuhr sich mit der Zunge über die Lippen. »Das soll jetzt nicht … komisch klingen.« Sie beugte sich hinab, um eine der kleinen Katzen zu berühren, die um ihre Füße schlich. »Ich dachte nur, ein Colonel hätte eine größere Wohnung.« Immerhin hatte er vorhin noch mit seinem hohen Rang angegeben. Oder zahlte das Militär sein Gehalt nicht mehr, seitdem er ausgetreten war? Und wo sollte sie hier überhaupt schlafen? Das würden sie hoffentlich später klären.

»Schon«, beschwichtigte er sie sofort, ließ sich auf einem der knarzenden Holzstühle nieder und schaute aus dem Fenster. Das Licht fing sich in seinen hellgrünen Augen. »Aber ich hatte das Militär satt und die Oberschicht und ... ach.« Er machte eine wegwerfende Geste mit der Hand. »Ich brauch nichts Größeres.«

»Das sollte kein Vorwurf sein«, beteuerte Andra. Eine kleine Wohnung war ihr sowieso lieber. Es fühlte sich mehr nach Zuhause an.

Zuhause ...

Sie richtete sich schwerfällig auf und rieb die Hände aneinander. Der Schmerz in ihrem Körper war vollkommen betäubt, sodass es sich nach den Tagen im Krankenhaus nahezu anfühlte, als fehlte ihr etwas. Gemächlich trat sie über den hölzernen Boden auf den anderen Stuhl zu und setzte sich Okijen gegenüber. Die Stille zwischen ihnen war unangenehm.

Sollte sie warten, bis er von sich aus zu sprechen begann? Er schaute noch immer so nachdenklich aus dem Fenster, und sie wusste nicht, ob er seinen eigenen Gedanken nachhing oder überlegte, was er wohl zu ihr sagen sollte.

»Du hast vorhin etwas über die Moja gesagt«, durchbrach Andra das Schweigen, bevor Okijen auf die Idee käme, ihr eine Frage zu stellen. »Über verschiedene Generationen ...« Sie war müde. Ob er eine Couch hatte, auf die sie sich später würde legen können?

Okijen riss sich von dem Anblick draußen los. »Ah, klar! Spannend, dass du das gar nicht wusstest, obwohl du dafür ausgebildet wurdest.«

Sie zuckte mit den Schultern. »Dass unsere Älteste gegen die Moja gekämpft hat, ist auch schon lange her.« Über ihre Ausbildung oder ihr Dorf nachzudenken war jetzt allerdings das Letzte, was sie wollte. »Also, wie ist das?«

Okijen setzte sich etwas aufrechter hin. »Na ja, es gibt drei Generationen.« Er zog zwei Gläser von dem kleinen Ständer neben sich und schenkte ihnen ein sprudelndes Getränk ein. »Moja der ersten Generation sind im Grunde nur körperlich optimierte Soldaten. Sie sind schneller, haben mehr Muskelkraft, mehr Ausdauer und durch KAMI in ihrem Gehirn eine allgemein gesteigerte Intelligenz. Das sind sozusagen die Ersten, die KAMI damals hervorgebracht hat. Die erste Stufe der Entwicklung.«

»Verstehe«, bestätigte Andra und nippte an ihrem Glas. Das Getränk war frisch, schmeckte süßlich auf ihrer Zunge. Nachdem sie in den letzten Tagen nur intravenös ernährt worden war, fühlte sich das gut an.

»Die erste Generation ist recht leicht zu töten«, fuhr Okijen fort und zuckte mit den Schultern. »Zumindest für ausgebildete Soldaten. Für gewöhnliche Menschen sind sie noch immer wahnsinnig gefährlich.«

»Das stimmt.« Andra fuhr mit dem Finger über den Rand ihres Glases. »Das sind die, gegen die die Evakuationstruppen wenigstens eine Chance hatten, oder?«

»Genau. Die von der zweiten Generation sind schwieriger. Das sind die, gegen die das Gewehrfeuer der Soldaten nicht ankam. Die, die du mit deinen Pfeilen abgeschossen hast.«

Andra runzelte die Stirn, den Blick auf die kleinen Bläschen gerichtet, die in ihrem Glas nach oben stiegen. Das hatte sie sich schon denken können. Obwohl es sie selbst wunderte, dass ihre Pfeile in der Lage gewesen waren, die Wesen zu töten und die Gewehre nicht. Die Segnung der Ältesten musste wirklich mächtig sein. »Moja der zweiten Generation besitzen zusätzlich zu ihrer gesteigerten Leistungsfähigkeit oft leichte, technologisch basierte Fähigkeiten. Ihre Augen haben Sensoren, die ihnen nicht nur die Schwachpunkte ihres Gegenübers zeigen, sondern ebenso seine Waffen und seine Entfernung. Sie können auch durch Wände und Häuser sehen.«

»Meine Güte.« Ein kalter Schauer lief über Andras Rücken. Solchen Monstern hatte sie gegenübergestanden? »Wenn ich das gewusst hätte, hätte ich es vermutlich nicht gewagt, gegen sie zu kämpfen.«

Okijen verzog den Mund zu einem verständnisvollen Ausdruck. »So geht es wohl den meisten Menschen«, gestand er ihr zu. »Moja der zweiten Generation besitzen außerdem verstärkte Sinne. Ihr Geruchssinn, ihr Gehör und ihr Tastsinn sind aufs Äußerste optimiert, und sie haben einen elektromagnetischen Schutzschild, der sie vor Kugelfeuer schützt.«

»Deswegen konnten die Soldaten sie nicht erschießen.«

»Ja. Die Geschosse, die sie töten können, sind extrem aufwendig in der Herstellung. Deswegen könnte es spannend sein, was es mit deinen Pfeilen auf sich hat.«

»Die haben auch nicht bei allen gewirkt«, überlegte sie laut und strengte sich an, ruhig zu atmen. Ihr Herzschlag hatte sich wieder überdeutlich in den Vordergrund ihrer Wahrnehmung gerückt, jetzt wo sie gezwungen war, so intensiv über die Moja und ihren Kampf vor dem Dorf nachzudenken. Ihre Neugier überstieg den Schutzmechanismus ihres Geistes allerdings, also bohrte sie weiter. »Der, an dem meine Pfeile abgeprallt sind … das war einer der …?«

»… dritten Generation. Und du hattest verdammt Glück, dass wir da waren, denn die sind praktisch die Endgegner.« Okijen nippte ebenfalls an seinem Getränk, während Andra nervös ihre Finger knetete. »Diese Moja verfügen neben allen Fähigkeiten von Generation eins und zwei auch über die Macht, Blitze zu erzeugen, elektromagnetische Pulse auszusenden und Kugeln aus Schusswaffen mithilfe von Druckwellen von sich fernzuhalten. Selbst wenn es einer Waffe gelingt, ihre verstärkte Haut zu durchdringen, sterben sie nicht. Ihre inneren Organe sind durch massive Metallhäute geschützt, die sich nicht durchdringen oder durchschneiden lassen.«

Andra spürte ein taubes Gefühl ihren Rachen hinaufklettern. Bei dem Gedanken, dass ihr einer von denen direkt gegenübergestanden hatte, wurde ihr schummrig.

»Und wie kann man sie …?«

»Der einzige Weg, einen Moja der dritten Generation zu töten, ist, ihm den Kopf abzutrennen«, erklärte Okijen. »Man muss sie festhalten oder betäuben und sie langsam mit einer extrem scharfen und besonders beschichteten Klinge enthaupten. Deswegen treten viele der Kämpfer in den Sperrzonen auch mit einem Schwert gegen sie an.«

»Ich glaube, mir wird schlecht.« Andra fuhr sich mit zitternden Fingern über die Lippen. Was für eine eigenartige körperliche Reaktion. Ihr wurde mehr und mehr bewusst, dass alles, was sie in der Theorie über das Töten von Moja gelernt hatte, sie nie auf den echten Kampf hätte vorbereiten können. Auf die Realität, gegen Menschen zu kämpfen, die stark waren wie Maschinen.

»Sorry, ich wollte dich nicht überrumpeln.«

»Ich habe ja gefragt«, grummelte sie und versuchte, die Bilder wieder aus dem Kopf zu bekommen. Diese verdammten Bilder, die sie die ganze Zeit so angestrengt verdrängt hatte.

»Willst du dich erst mal ausruhen?«, wollte Okijen vorsichtig wissen, und Andra musste tatsächlich darüber nachdenken, bevor sie beschloss, dass es wohl das Beste wäre. Auch wenn sie eigentlich viel lieber Ablenkung wollte.

Es ärgerte sie, zu wissen, dass sie es vermutlich ruhig angehen musste. Dass ihr für weitere Erklärungen, weitere Gespräche und Gedanken die Kraft fehlte, sowohl körperlich als auch emotional.

»Ist schon gut«, raunte der Soldat und erhob sich. »Ich mach dir das Bett fertig.«

UNITED NATIONS MILITARY

Archiv: Militärisches Lehrmaterial
Lehrmaterial zur ersten Verbreitungsphase von KAMI
Aus dem Pflichtlehrplan aller Kadetten der unteren Jahrgänge

KAMI – Die erste Übertragung

KAMI wurde in einem japanischen Militärforschungszentrum zum Höhepunkt des Kalten Krieges als Programm für die Stärkung menschlicher Soldaten entwickelt. Die erste Testgruppe, der KAMI injiziert wurde, gilt heute als Moja-Generation 0. Erst Monate nach der Erstinjektion wurde festgestellt, dass die körperlichen Fähigkeiten der Männer und Frauen sich durch KAMI nicht nur deutlich verbessert hatten, sondern dass sich die KAMI-Zellen untereinander ausgetauscht hatten. Die Nanocomputer hatten gelernt, mit den Computern in anderen Körpern zu kommunizieren.

Die Handhabung

Die erste selbstständige Übertragung der Computer von einem Wirt auf den anderen wurde als ein positiver Effekt angesehen. Die Computer erfüllten nicht nur ihren Zweck, sie waren zudem bestrebt zu lernen und ihr soziales Gefüge zu erweitern. Durch die Besetzung mehrerer Personen war es den Nanocomputern möglich, sich über das erwartete Maß hinaus weiterzuentwickeln. Durch die Isolation der Soldaten in einem Trainingslager bestand zudem keine Gefahr, dass sich die Technologie weiter verbreitete, bevor die Langzeitstudien abgeschlossen waren.

Der emotionale Verfall

Ein Jahr nach der Erstinjektion wurde der immer weitergehende emotionale Verfall der Soldaten beobachtet. Verhaltensmuster, die zunächst auf die Situation in der Isolation untereinander geschoben wurden, begannen, neue Ausmaße anzunehmen. Die Soldaten kämpften in den Trainingseinheiten immer brutaler und erbarmungsloser. Sie begannen, die Kommunikation untereinander einzuschränken, bis sie nur noch aus den nötigsten Sätzen bestand. Sie griffen beim Essen nicht mehr nach ihren Lieblingsspeisen, sondern nach jenen, die ihrem Körper am zuträglichsten waren. Auf Einflüsse außerhalb ihrer Gruppe reagierten sie bald nicht mehr.

Der Abbruch

Durch die erschreckenden Entwicklungen beschlossen die beteiligten Forscher, das Programm weitgehend einzustampfen und die Computer innerhalb der Soldaten zu deaktivieren. KAMIs Programmierung hatte sich allerdings in wenigen Wochen so grundlegend geändert, dass eine Deaktivierung der Nanocomputer nicht mehr möglich war. Die Soldaten, die daraufhin in eine strengere Isolation gesperrt wurden, begannen ab diesem Zeitpunkt, deutlich feindseliges Verhalten zu zeigen, Fluchtpläne zu entwickeln und die zugeteilten Forscher anzugreifen und zu töten – bis ihre Hinrichtung befohlen wurde.

Die Vögel

Monate später stellte sich heraus, dass KAMI durch den Tod der Soldaten nicht ausgerottet worden war. Durch zwei Vögel, die in dem Trainingslager ein- und ausgeflogen waren, hatte sich das Programm im Land verbreitet. Sobald dieser Umstand klar wurde, wurde eine Spezialtruppe losgeschickt, um die bereits Infizierten einzufangen und in Auffanglager zu sperren. Die Möglichkeit, dass KAMI so intelligent werden könnte, dass es sich auf Tiere übertragen könnte, hatte niemand in Betracht gezogen.

[…]

KAPITEL 9

: REMEMBERING

Die Stimmen um Luke sammelten sich in einem Strudel und wirbelten durch seinen Kopf, ohne Spuren zu hinterlassen. Ein Wummern hinter seiner Stirn, das Sichtfeld schwarz, der Körper taub. Erinnerungen fluteten seinen Geist. Bunt, laut und so intensiv, dass er nicht wusste, ob sein ganzes Leben ein Traum war.

Wo befand er sich? War das São Paulo? Es fühlte sich so an. Der Trubel, der Schmerz, die Verwirrung, alles war da.

Alles. Außer eins. Eins fehlte.

»Shiva?«

»Er ist wach«, drang es durch den Wirbel an viel zu lauten Geräuschen an seine Ohren. »Wir müssen ihn ruhigstellen.« Flimmernde Schatten waren das Einzige, das er erkennen konnte. Sein Gewicht verlagerte sich leicht. Befand er sich auf einer Liege? War er im Krankenhaus?

»Wo ist Shiva?«, krächzte er mit letzter Kraft.

»Shiva?«, flüsterte es neben ihm, aber keine Antwort kam. War die Frage an ihn gerichtet gewesen? Verdammt, wo war er? Das hier war nicht São Paulo, oder? Nein, da musste mehr sein. Wenn er sich nur besser konzentrieren könnte … »Meine … Schwester.«

Der Einstich in seinem Oberarm war kühl, fast angenehm auf seiner erhitzten Haut. Nur das Weggleiten in den Schlaf war ihm nicht willkommen.

Gewehrfeuer hämmert durch die Luft. Blitze zucken über ihre Köpfe hinweg, Menschen drängen sich an ihnen vorbei, und Schreie erfüllen die Stille dieser Nacht, in der der Himmel blutrot das Flackern der Feuer widerspiegelt.

São Paulo steht in Flammen. Die Stadt ist gefallen und die Menschen mit ihr. Die ganze Menschheit vielleicht.

Lukes Beine tragen ihn so schnell, wie sie können, über Trümmerteile, Steine und Schutt hinweg. Seine Knie sind so weich, dass er ab und an die Kontrolle über sie verliert, seine Wangen brennen vor Hitze, und seine Lunge scheint zu zerspringen. Doch er rennt. Er rennt, denn sie ist bei ihm.

»Komm hier lang«, keucht Shiva. Ihre Hände sind fest miteinander verschlungen; das Letzte, das ihnen noch Halt gibt.

Die anderen haben sie in den Überresten der Schule nicht gefunden. Das ganze Gebäude war einfach zusammengebrochen.

Shiva zerrt ihn in eine Gasse hinein, stürzt auf eine offen stehende Metalltür zu und bricht zeitgleich mit Luke auf dem Boden der Garage zusammen.

»Ich kann nicht mehr«, keucht er. Ihre Hände lösen sich voneinander, und Luke drückt seine Wange auf den kühlen Steinboden, stört sich nicht am Staub, den er einatmet. Seine Lunge protestiert sowieso schon.

»Wir können hier nicht lange bleiben.«

»Wir kommen hier eh nicht raus!«, bringt er schwer atmend über die Lippen. Die Blitze und Geschosse vor dem Fenster erleuchten den Himmel wie ein buntes Gewitter. Nur dass das Donnergrollen dauerhaft in ihren Knochen bebt.

Shiva richtet sich unter Stöhnen wieder auf. In ihrem Gesicht spiegelt sich das seine wider. Seine Angst, seine Tränen, seine Verzweiflung.

»Wir sind mitten in der Stadt«, erklärt er, hat weder die Motivation noch die Energie, sich zu bewegen und es ihr gleichzutun. »Wir müssten Stunden rennen, um hier rauszukommen.«

»Aber …«

»Es ist sowieso vorbei«, krächzt er und versucht, irgendeine Emotion in sich zu finden, die nicht pure Verzweiflung ist. »Das ist das Ende der Welt.«

»Was?«, haucht sie und schiebt sich ein Stück näher zu ihm heran, zieht ihn unter Mühen an seinem Arm hinauf. Ihre warmen Finger schließen sich um sein Gesicht. »Luke«, sagt sie langsam. »Wir kommen hier raus. Die Welt geht nicht unter.« Eine Träne rinnt ihre schmutzige Wange hinab. Sie lächelt.

Seit ihrer Geburt sagen ihnen die Leute, dass sie genau gleich sind, aber Luke findet das nicht. Seine Zwillingsschwester ist so viel liebenswürdiger als er. So viel ehrlicher und echter.

»Du wirst Gärtner, Luke. Und ich werde Bäckerin, genau wie wir es immer wollten. Es geht weiter, ja? Es geht weiter.«

Luke schluckt den sauren Geschmack in seinem Mund herunter und atmet die stickige Luft keuchend ein. Vielleicht hat sie recht. Sie hat immer recht.

»Okay«, antwortet er kraftlos und entlässt die Luft mit einem Ruck wieder aus seinen Lungen.

»Wir müssen es versuchen. Und wenn wir so lange rennen, bis wir zusammenbrechen.« Shiva rappelt sich auf und zieht Luke weiter mit sich hoch. »Ja?«

»Ja«, wispert er und lässt sich kraftlos von ihr mitziehen.

»Komm«, fordert Shiva.

Sie stockt, als der Eingang zur Straße von Gestalten verdunkelt wird, und stolpert einige Schritte zurück.

Kurz befürchtet er, die Silhouetten vor ihnen seien Moja. Erst als sie sich ihnen mit forschen Schritten nähern, erkennt er die dunklen Uniformen und die Schusswaffen in den Händen der vermummten Gestalten. Das Militär!

»Identifiziert euch!«, fordert eine Frau harsch und hebt ihre Waffe. Luke reißt seine Hände nach oben und macht einen Schritt nach vorn, um sich vor seine Schwester zu stellen.

»Shiva und Luke Bible!«, ruft er rasch. Seine Stimme zittert unkontrolliert. »Wir waren in der Schule …«

»Mitkommen!«, bellt ein Mann und macht einen Satz auf Luke zu, während ein weiterer Shiva packt und sie mit sich hinauszieht.

»Bringt ihr uns hier raus?«, ruft er gegen den Lärm der tobenden Schlacht an und lässt sich fast willenlos von den Männern umkreisen und hinausführen.

»Hier lang«, antwortet einer von ihnen, und Luke schlägt zunächst die Richtung ein, in die sie gehen, bis er bemerkt, dass einer der Soldaten Shiva in eine Gasse abdrängt.

»Nein, was soll das?«, schreit er und stemmt sich gegen die Männer, befreit sich aus ihren Griffen und stolpert einige Schritte von ihnen weg. »Shiva!«

»Hier lang!«, ruft einer der Soldaten und hechtet ihm hinterher, schlingt seinen Arm um Lukes Bauch und zieht ihn von seiner Schwester fort. Sie stemmt sich ebenfalls gegen den Griff, der sie umschlungen hält, und verdammt, sie schreit seinen Namen so laut, dass ihr die Stimme versagt.

»Luke!«

»Shiva!« Er kämpft gegen die Hände, die ihn halten, schlägt um sich, tritt und beißt, aber sie lassen ihn nicht los. Sie lassen ihn nicht gehen, bis Shiva aus seinem Blickfeld verschwunden ist.

»Meine Schwester!«, schreit er. »Was macht ihr mit ihr?«

»Sie ist infiziert«, entgegnet eine Frau trocken und zerrt ihn weiter. »Wir bringen dich hier raus.«

»Shiva«, keuchte Luke, und es dauerte eine Ewigkeit, bis es ihm möglich war, sich zu orientieren. Helle Wände, blendend weißes Licht und so endlos viel Grün.

Wo war er? Er roch noch Rauch der Feuer, fühlte die Erschütterungen des Bodens und spürte das Brennen seiner Lungenflügel.

»Luke?«

Etwas hatte sich verändert. Der Schmerz in seinem Kopf war neu, und er kannte diese Umgebung nicht. Diese Stimme.

»Luke, ist alles gut?« Eine Hand auf seiner Schulter. Endlich hatte er sich an die Helligkeit gewöhnt, und er wandte schließlich den Kopf.

Flover. Da saß Flover neben ihm an seinem Bett in ihrer Wohnung und schaute ihn voller Besorgnis an. Das schwarze Haar hing ihm wirr in der Stirn, und seine hellblauen Augen waren blutunterlaufen, von dunklen Ringen gezeichnet.

»Luke? Alles gut?«, fragte Flover erneut.

Um seine Stimme wiederzufinden, räusperte Luke sich, bevor er irritiert ein »Ja. Ja, ich denke schon« wisperte.

Müde nickte Flover. »Wer ist Shiva?« Seine Frage klang beiläufig, aber der intensive Blick verriet Luke, dass er überaus gespannt auf die Antwort lauschte.

»Was? Ich ... ich weiß nicht.« Himmel, nein! Er musste im Schlaf gesprochen haben, und sein Hirn war noch zu matschig, um sich eine Ausrede einfallen zu lassen.

»Du hast den Namen die ganze Zeit im Schlaf gemurmelt«, erklärte Flover langsam und legte den Kopf zur Seite. »Hast du von irgendwas geträumt?« Seine dunklen Augen nahmen diesen analytischen Ausdruck an, den Luke schon so gut kannte. Als würde er direkt in ihn hineinsehen. Aber ihm davon zu erzählen, was damals geschehen war, stellte keine Option dar. Er hatte es nie jemandem erzählt, und Flover durfte es von allen Menschen auf dem Planeten am wenigsten wissen.

»Ach ja, das ... das war eine Schulfreundin von mir«, rang Luke sich eine Erklärung ab und schaute hinab auf seine bandagierten Hände.

Klasse, eine bessere Ausrede fiel ihm nicht ein? Wie lange war er weggetreten gewesen? Er konnte sich nicht daran erinnern, nach Hause gekommen zu sein.

»Du hast den Namen nie erwähnt«, ließ Flover nicht locker.

Luke schaute so gleichgültig wie möglich. »Ist nicht so wichtig. Sie ist in São Paulo gestorben.« Zumindest nur eine halbe Lüge. Shiva war keine Freundin, und sie war auch nicht tot. Ganz sicher nicht. »Was ist … Was ist passiert?«, versuchte er sich daran, vom Thema abzulenken. Erst während er die Frage aussprach, wurde ihm klar, dass es ihn wirklich interessierte. Er konnte sich von dem Punkt, an dem Flover mit seinem Praktikanten verschwunden war, an nichts erinnern.

Sein Mitbewohner machte nicht den Eindruck, als wäre er schon bereit, über dieses Thema zu sprechen. Zischend ließ Flover die Luft zwischen seinen Zähnen entweichen und richtete sich schwerfällig von seinem Stuhl auf.

War er auch verletzt? Seine Bewegungen waren kraftlos wie die eines alten Mannes.

»Willst du einen Tee?«, wich er Lukes Frage aus und schlurfte durch das kleine Zimmer auf die Tür zu. Die Topfpflanzen in den Fenstern, auf Tischen und Bänken ließen ihre Köpfe hängen. Er musste mal wieder vergessen haben, sich um sie zu kümmern.

»Klar«, grummelte Luke, schob die Decke von seinem Körper und rappelte sich taumelnd auf, griff nach dem Shirt, das über der Stuhllehne hing, und streifte es sich über. Er würde Flover nicht dazu drängen, über etwas zu sprechen, über das er nicht reden wollte. Andersherum war es immerhin genauso.

Wo war sein Phone? Er wollte die Nachrichten checken. Luke tastete die Taschen der zerrissenen Hose ab, die Flover sorgsam auf seinem Stuhl platziert hatte. Es dauerte eine ganze Weile, bis ihm einfiel, dass das Gerät beim Angriff auf die Station zerstört worden war.

Flover stand währenddessen eingeknickt im Türrahmen und beobachtete jede seiner Bewegungen aufmerksam, als würde er abwägen, ob er ihm zu Hilfe kommen sollte oder nicht.

Luke fühlte sich überraschend stabil auf seinen Beinen. Er schlüpfte in seine Sandalen und folgte Flover in die Küche. »Du hast die Blumen nicht gegossen«, beklagte er sich und hörte nur das raue Lachen seines Mitbewohners.

»Ich hatte ein bisschen was anderes zu tun.«

»Aber Gerta hast du gefüttert, ja?« Luke zupfte seine Unterhose zurecht und sah sich um. Die herunterhängenden Pflanzenköpfe brachen ihm das Herz, also griff er einem ersten Reflex folgend nach der kleinen Gießkanne und brachte wieder etwas Leben in den Raum.

»Du kennst sie doch. Wenn man es vergisst, macht sie sehr deutlich auf sich aufmerksam.« Ausdruckslos deutete Flover auf das Huhn, das es sich auf einem Kissen auf der Fensterbank gemütlich gemacht hatte, während er Wasser in den altmodischen Kocher füllte. Wenige Sekunden später brodelte es.

Luke erinnerte sich lächelnd an diverse Hühnerangriffe, während er das Basilikum beträufelte. »Stimmt.« Doch das war wirklich nicht das, worüber er eigentlich sprechen wollte. Warum lenkte Flover so sehr vom Thema ab? Luke wusste, dass sein Mitbewohner nur ungern über die Arbeit sprach. Das hier betraf ihn allerdings auch.

»Und?«, entschloss er sich zu fragen, weil er es nicht mehr aushielt. »Hast du es geschafft?« Das Sonnenlicht fiel gleißend in die kleine Wohnung, ließ den Staub in der Luft leuchten und lag ganz warm auf seiner Haut.

»Ja«, sagte Flover in einem Tonfall, der nach dem Gegenteil von Begeisterung klang. Er schien nicht mehr Energie zu haben als Luke selbst, so erschöpft ließ er sich wieder auf einen der Holzstühle fallen. »Ich hab die Tore geschlossen.«

»Wahnsinn«, staunte Luke voll ehrlicher Anerkennung. »Der Held von China.«

»Der anonyme Held«, ergänzte Flover, und Luke lachte.

»Klar. Die Medien reißen sich gerade sicher darum herauszufinden, wer du bist.«

»Ach, GREAT hat schon ein Model zur Verfügung gestellt und hübsch aufbereitet. Irgendwen müssen sie ja feiern, damit nicht alles in Lethargie versinkt.«

»Schon klar.«

Flover fuhr sacht mit den Fingern über die Federn des Huhns neben ihm, und Luke lehnte sich vorsichtig an die Arbeitsplatte hinter sich, um ihn in Ruhe anzuschauen. Das Gemüse, das er vor seiner letzten Schicht bereitgelegt hatte, lag unberührt auf dem Tresen. Inzwischen etwas geschrumpelt.

»Was sonst?« Nun war es an Luke zu bohren. Und je mehr Fragen er stellte, umso mehr würde ihn das von den Bildern des Traums ablenken, die vor seinem inneren Auge flackerten, als hätten sie sich in seine Lider gefressen.

»Noah ... dein Praktikant, der ... hat es nicht geschafft«, stammelte Flover.

Luke starrte in die Leere zwischen ihnen und machte sich auf den Sturm an Emotionen gefasst, die gleich über ihn hereinbrechen würden. »Scheiße.« Er hatte den Jungen kaum ein paar Stunden gekannt, und ohne seine Hilfe wäre er vermutlich längst tot. Das war seine verdammte Schuld. Wenn der Junge einfach mit den anderen geflohen und nicht mit ihm zurückgeblieben wäre, hätte er eine Chance gehabt. »Wie ist es ...«

»Wir wurden von Moja angegriffen«, entgegnete Flover rasch, fortwährend das Huhn ansehend. Er hatte offenbar kein Interesse daran, diese Geschichte weiter auszubauen, und je länger Luke darüber nachdachte, umso weniger Interesse hatte er daran, mehr Details zu erfahren. Flover erzählte ihm inzwischen alles über seinen Job. Luke hatte allerdings festgestellt, dass er vieles gar nicht hören wollte.

»Du warst drei Tage ruhiggestellt«, wechselte Flover nach einigen Minuten des unangenehmen Schweigens das Thema.

»Drei Tage«, stöhnte er, dankbar für die Ablenkung, und fuhr sich mit den Fingern durch das struppige Haar. Das erklärte, warum er sich vergleichsweise gut fühlte.

»Du sollst mindestens 'ne Woche im Bett bleiben.«

Luke lachte rau. Die Wunde an seiner Stirn pochte bei jeder Regung. »Das können die vergessen. Morgen geh ich wieder in die Akademie.« Nach dem Angriff auf die Station in Nordchina war garantiert viel zu tun. Er wollte nichts davon verpassen. Er konnte nicht.

Flovers mahnender Blick ließ Luke kalt, und sein Mitbewohner schien schnell zu begreifen, wie entschlossen er war. Er hob die Schultern an. »Ich kann dich nicht abhalten«, meinte er. »Ich hab die Tage allerdings bei KAGE zu tun, du wirst also auf meine Anwesenheit verzichten müssen.«

»Ich werde dich schmerzlich vermissen«, scherzte Luke, und sie grinsten einander müde an.

»Bist du sicher, dass du das packst, Luke?«

Die Stimme seiner Kommilitonin war zu einem Hintergrundgeräusch geworden. Kälte zerrte an seinem Körper, brannte auf seinem Gesicht und drang langsam durch seine gefütterte Uniform. Seine Ausrüstung war für den Einsatz in der Eiswüste ausgelegt, doch die Thermoschichten in der Kleidung luden sich nur bei Bewegung mit Energie auf. In dem kleinen Radius, der ihnen zugewiesen war, ging Luke deshalb stetig auf und ab.

»Klar. Alles gut.« Er hatte den Eindruck, dass jedes Wort mehr Energie fraß, als ihm zur Verfügung stand, und so würgte er Zoe erneut mit einer kurzen Antwort ab. Wie in den letzten Stunden schon einige Male, auch wenn ihr enttäuschter und besorgter Ausdruck ihm ein schlechtes Gewissen bereitete.

Eventuell war die Antarktis nicht die intelligenteste Option bei der Wahl seiner Akademie gewesen. Damals war es ihm cool vorgekommen, an einen der wenigen Orte der Welt zu flüchten, an dem es Schnee gab. An einen Ort, weit weg von seinen Eltern, die dachten, er wäre gemeinsam mit seiner Schwester in São Paulo gestorben. Es war ihm sicher vorgekommen.

Inzwischen hielt ihn nur Flover hier.

Die Sperrzonen und die angeschlossenen Wissenschaftszentren wurden weltweit von sämtlichen Kadetten der Akademien unter Anleitung verschiedener Militäreinheiten genauestens auf Schwachstellen untersucht und aufgerüstet. Lukes ehrenvolle Aufgabe war es, acht Stunden hier an Ort und Stelle zu bleiben und alles auf Auffälligkeiten zu überprüfen. Die spannendste Aufgabe, die sie für ihn übrig gehabt hatten, nachdem er die ersten drei Tage der Aktion verschlafen hatte.

Glitzernder Schnee, wohin er auch sah. Blendender Sonnenschein und der einzige Schatten, den es gab, wurde von den vierzig Meter hohen Toren hinter ihnen geworfen.

»Du träumst, hm?«

Luke wandte sich seiner Kommilitonin zu. Ihre konstanten Versuche, Kommunikation mit ihm zu betreiben, waren süß, aber der richtige Gesprächsstoff war ihnen längst ausgegangen.

»Sorry«, entgegnete er knapp. Die Luft war so kalt, dass selbst das Atmen schmerzte. Er zog den Mundschutz über die Nase und verschränkte die Arme vor der Brust. »Ich bin noch nicht ganz fit«, redete er sich heraus.

»Du hättest zu Hause bleiben sollen«, mahnte sie ihn.

»Möglich«, setzte er an und trat ein wenig auf der Stelle. »Aber ich hatte irgendwie gehofft, was Spannendes zu tun zu bekommen.«

»Wenn du hiermit gerechnet hättest, wärst du im Bett geblieben, was?«, fragte sie, und er lachte leise.

»So was von!«

»Und ... und was ist mit Flover?« Zoe war goldig. Schon seit dem ersten Semester schwärmte sie für seinen Mitbewohner. Seine coole, distanzierte Masche kam ganz gut bei den Menschen an.

»Der hat 'ne Erkältung.«

»Schon wieder, hm?«

Luke atmete entnervt aus. Immer wenn Flover Aufgaben für KAGE erfüllen musste, meldete er sich krank. Dass er die Akademie besuchte, war lediglich Tarnung, immerhin hatte er inzwischen einen hohen Rang und müsste sich mit solchem Mist theoretisch nicht mehr beschäftigen.

»Er verträgt die Luft hier einfach nicht so gut.«

»Der Arme.« Verflucht, zu schweigen war um einiges besser gewesen.

Luke wollte endlich nach Hause, irgendetwas tun, irgendetwas recherchieren. Der Fiebertraum hatte den Willen, nach seiner Schwester zu suchen, neu angefacht. Das war der einzige Grund für ihn gewesen, zum Militär zu gehen, der einzige, sich Flover als Mitbewohner zu suchen. Beinahe hätte er dieses Ziel aus den Augen verloren.

»Wie ... sieht es eigentlich mit der nächsten Party aus? Kommst du, oder bist du wieder unterwegs?« Warum wich sie seinem Blick aus und bemühte sich um einen derart beiläufigen Tonfall? War es ihr peinlich, das zu fragen?

»Klar, ähm ... sobald es mir wieder besser geht, bin ich dabei.« Wenn er nicht gerade für Arbeitseinsätze oder Praktika unterwegs war, nahm Luke jede Veranstaltung mit, die die Akademie oder die Studentenverbindungen anboten. Jeder Kontakt, jeder Freund, jedes Gespräch könnte später nützlich werden. »Sag dann einfach nochmal Bescheid.«

Zoe nickte schweigend und sah sich in der kargen Gegend um.

»Ich frag auch Flover, ob er das nächste Mal mitkommt«, bot er an. Das war sicherlich das, worauf sie hinauswollte, und er wollte ihr ersparen, danach fragen zu müssen.

Flover würde natürlich nein sagen. Dass er sich eher wie ein stiller Außenseiter verhielt, machte ihn in den Augen vieler Kommilitonen allerdings mysteriös und cool.

»Luke, ähm ...« Sie trat von einem Fuß auf den anderen. »Denkst du, wir könnten vielleicht mal ...«

»Warte mal«, fuhr er Zoe dazwischen und lauschte auf ein Rauschen, das aus seinen Ohrsteckern drang. Eine eingehende Nachricht.

»Hallo?«, fragte er, wartete einige Sekunden, aber keine Antwort drang zu ihm durch. »Ist da jemand?« Er wandte sich zu Zoe. »Hörst du etwas?«

»Nein, bei mir kommt nichts rein«, sagte sie, und Luke legte die Stirn in Falten.

»Hallo?«, wiederholte er eindringlicher, dann vernahm er eine abgehackte Stimme, kaum verständlich. »Hier ist Luke Bible«, erklärte er.

Erneut unverständliche Sprachfetzen. »Luke?«, drang es schließlich zu ihm durch.

»Wer ist da? Ich verstehe Sie kaum.«

»Luke, hier ist Azan!« Sein Kommilitone? Warum funkte er denn auf dieser Frequenz?

»Was ist los?« Um besseren Empfang zu bekommen, entfernte er sich unter Zoes Blicken einige Schritte vom Tor.

»Ich weiß nicht«, rief Azan. »Wir erreichen die MaKE-Einheit nicht, die uns zugeteilt wurde. Wir sind hier in ...« Unverständliches.

»Ich verstehe dich nicht!«, erwiderte Luke rasch, angespannt auf und ab gehend.

»Wir sind in der Forschungsstation ... untersuchen hier alles. Im Sicherheits- und Erste-Hilfe-Bereich haben wir mehrere Sprengsätze gefunden!«

»Was?«, rief Luke alarmiert und hielt in seiner Bewegung inne. »Was soll das heißen?«

»Direkt an den Impfdosen für den Notfall eines Ausbruchs«, fuhr Azan fort.

»Ist das dein Ernst?«, fragte Luke. »Was sollen wir tun?«

»Keine Ahnung, ich erreiche hier niemanden. Kannst du es versuchen und danach herkommen?«

Er warf einen Blick zurück zu Zoe. Sie würde es sicher schaffen, die Stellung allein zu halten. Wenn die Sprengsätze aktiv waren, durften sie keine Sekunde verschwenden. »Klar, ich versuche es«, entgegnete Luke. »Ich beeile mich.«

»Danke. Und erzähl erst mal niemandem davon. Wir haben keine Ahnung, wie heikel die Situation ist.«

»Verstanden«, versicherte Luke ihm nervös.

KAPITEL 10

: FOREBODING

»Flover.« Die Stimme von Liza Moore klang durch die marmorne Halle und wurde von den weißen Wänden, den kunstvoll verzierten Säulen und den riesigen Flügeltüren zurückgeworfen. Die Generalin mit den weißblonden Haaren saß einige Treppenstufen über ihm, erhoben vor den bunten Zierfenstern, durch die regenbogenfarbenes Licht fiel. Von dort aus schaute sie zu Flover hinab. Ihre weiße Uniform, geschmückt mit goldenen Knöpfen und Fäden, wies auf ihren hohen Rang hin. »Ich gratuliere dir zu deinem Erfolg in der Station in Nordchina.« Weder sie noch die beiden neben ihr postierten Wachen regten sich, während sie sprach. Nicht einmal ihre harte Mimik veränderte sich.

Deswegen hatte sie ihn also herbestellen lassen? Um ihm zu gratulieren? Diese förmliche Umgebung war mehr als unangemessen.

»Vielen Dank.« Flovers Stimme klang so leise im Gegensatz zu ihrer. Nahezu schwach. Er fühlte sich verloren in diesem weitläufigen Raum mit der hohen Decke und den Wänden, die jedes Flüstern um ein Hundertfaches verstärkten.

Etliche Male hatte er schon hier gestanden. Das Gefühl, dem General vor ihm ausgeliefert zu sein, verschwand trotzdem nicht. In seiner dunklen KAGE-Uniform kam er sich fehl am Platz vor. Unpassend gekleidet, wie ein Schmutzfleck zwischen all dem Prunk, zwischen all dem Gold und Marmor. »Ich wünschte nur, wir würden schneller herausfinden, wie es überhaupt zu diesem Vorfall kommen konnte.«

»Daran wird gearbeitet. Du solltest dir nach diesem Einsatz eine Auszeit gönnen. Feier deinen Erfolg.« Noch immer keine Regung in ihrem Gesicht.

»Ich danke Ihnen für diese Einschätzung.« Er wusste, dass die meisten Mitglieder des Weltrates auf solche Floskeln bestanden, auch wenn es ihm meist lächerlich vorkam. Aber Liza Moore gehörte zu den zehn wichtigsten Menschen des Planeten, und dementsprechend hatte er sie zu behandeln. »Doch ein großer Erfolg ist es nicht.«

»Du hast sehr vielen Menschen das Leben gerettet. Tausenden.«

Und wie vielen hatte er das Leben nehmen müssen? Es waren Moja gewesen, das wusste er. Trotzdem.

»Es war nur eine gewonnene Schlacht.« Er sollte nicht diskutieren und ihr Lob annehmen. Dazu saß die Frustration über seine eigenen Taten jedoch viel zu tief. »Wann wird dieser Krieg endlich enden?« Er stellte die Frage, ohne eine Antwort zu erwarten.

Liza lehnte sich weiter in ihren aufwändig verzierten Stuhl zurück und überkreuzte die Beine. Nahezu herablassend musterte sie ihn.

»In der Natur reguliert sich der Bestand jeder Spezies von selbst«, erklärte sie langsam. »Die Menschheit reguliert sich ebenso. Krieg ist nicht auf die Boshaftigkeit des Menschen zurückzuführen, sondern ein natürlicher Mechanismus zur Ausdünnung der Rasse.«

Flover bemühte sich schwer um seinen gefassten Gesichtsausdruck. Hatte sie das gerade wirklich gesagt? Und das als Teil des liberalen Weltrates, der es sich zum Ziel gemacht hatte, jedem Menschen des Planeten ein gutes Leben zu ermöglichen?

»Das mag eine Sichtweise sein«, entgegnete er so vorsichtig wie möglich. Er hatte sie bereits viele solcher Dinge sagen gehört und wusste, dass sie eine sehr spezielle Denkweise hatte. Worauf sie jetzt damit abzielte – mit diesem ganzen Treffen hier –, war ihm allerdings nach wie vor unklar. »Meine ist es nicht. Ich möchte, dass das endet.«

»Dann mach weiter wie bisher«, empfahl sie ihm, und Flover musste ein Augenrollen unterdrücken.

»Kann ich sonst noch etwas für Sie tun?«, wollte er wissen und stemmte die Hände in die Hüften. Er hatte zu tun, und dieses Meeting fühlte sich ziellos an.

»Nein«, erwiderte sie glücklicherweise. »Ich wollte dir nur gratulieren. Und ich hoffe, dass es in Ordnung für dich ist, wenn andere für deine Errungenschaften gefeiert werden.«

»Ich mache es nicht für die Anerkennung«, stellte er klar. Das sollte ihr aber längst bewusst sein.

»Das ist gut.«

Flover trat einige Schritte zurück und hob die Hand zum Abschied.

»Viel Erfolg, Flover.«

Er wandte sich zum Gehen. »Danke, Mutter.«

Es war mitten in der Nacht, und Flover huschte, in seinen dicksten Mantel gehüllt, vom Cyber-Field kommend durch die Straßen der Antarktis-Kolonie. Leichter Schnee rieselte vom Himmel, und die Straßen waren von den letzten Lichtern erfüllt, die zaghaft aus den Fenstern einiger Häuser drangen.

Die meisten Studenten der Akademie waren nach diesem anstrengenden Tag auf der Station wohl im Bett. Er würde sich auch nicht mehr lange wachhalten können.

Die letzten Schritte zu ihrem Bungalow musste Flover durch hohen Schnee stapfen. Es musste eine Weile her sein, dass Luke nach Hause gekommen war. Seine Fußabdrücke waren inzwischen zugeschneit, doch das warme Licht, das ihm aus dem Küchenfenster den Weg in die Unterkunft leuchtete, erweckte in Flover die Hoffnung, seinen Mitbewohner vielleicht noch zu erwischen.

Es tat gut, mit ihm zu reden. Nicht über Militärdinge, sondern über Normales. Belangloses. Das hatte er in den letzten Jahren fast verlernt. Durch diesen Austausch hatte er erst bemerkt, wie wichtig Ausgleich für ihn war. Die Welt kam ihm viel zu düster vor, beschäftigte er sich nur mit der Arbeit.

Flover zog sich die Handschuhe aus und legte seine Finger auf das eiskalte Einlass-Feld. Die Tür klickte, sprang auf und sofort schallte ihm Lukes Gruß entgegen.

»Mann, ich hatte Angst, du kommst gar nicht mehr nach Hause«, rief er.

Die Tür fiel hinter Flover ins Schloss, und während er den Mantel abstreifte und achtlos auf den Boden fallen ließ, schlich sich ein Grinsen auf sein Gesicht. »Ich hab dich nicht gebeten, auf mich zu warten«, erwiderte er, schob die Schuhe von den Füßen und schlenderte in die Küche.

»Hast du das Treffen mit dem Drachen gut überstanden?« Luke saß am Küchentisch, vor ihm zwei Teller Salat und daneben Gerta, die alles skeptisch mit mehrfachem Rucken ihres Kopfes begutachtete.

Flover zuckte mit den Schultern, warf seine Tasche in die Ecke und ließ sich auf den Stuhl Luke gegenüber fallen. Die Pflanzen in der Küche, nur erleuchtet vom Schein kleiner, indirekter Lampen, trugen ihre Blätter bereits deutlich höher als heute Morgen. Luke hatte wirklich einen grünen Daumen.

»War furchtbar«, gab er seufzend zu. Luke wusste, wie es zwischen ihm und seiner Mutter stand. Es war keine weitere Erklärung notwendig.

Luke sah nach wie vor blass aus, selbst in diesem schummrigen Licht. Die Wunde an seiner Stirn, von einigen Pflastern verdeckt, war von roten und blauen Blutergüssen umrandet, die sich bis unter sein rechtes Auge zogen.

Trotzdem lächelte er breit. »Irgendwann treffe ich sie mal persönlich«, scherzte er und schob Flover einen Teller mit Salat hinüber. »Dann geige ich ihr die Meinung.«

»Stimmt. Du hast ja diesen irrsinnigen Plan, irgendwann dem zentralen Weltrat beizutreten.« Darüber hatten sie so lange nicht mehr gesprochen.

Luke nickte energisch. Über dieses Vorhaben hatte er sein ganzes erstes Semester ununterbrochen und mit jedem, der es hören wollte oder nicht, geredet. Und obwohl er weder in den Trainings noch in den Kursen besonders hervorstach, konnte er es vielleicht schaffen. Niemand leistete so viel freiwillige Arbeit und meldete sich für so viele Praktika und Einsätze wie er. Scheinbar hatte er die Motivation von zehn Menschen. Er war nahezu ausgeflippt, als Flover ihm offenbart hatte, dass Liza Moore seine Mutter war – bis er herausgefunden hatte, was für ein furchtbarer Mensch sie war.

»Durchaus.« Luke schob sich eine Gabel Feldsalat in den Mund. »Aber erzähl mal, wie war dein Tag? Seid ihr vorangekommen?«

Flover beäugte das Grün auf seinem Teller lediglich, auch wenn er dankbar war, dass Luke extra auf ihn gewartet hatte. Obwohl er heute noch nichts gegessen hatte, verspürte er nicht den geringsten Hunger.

»Eher weniger«, gestand er. Den ganzen verdammten Tag hatte er in der KAGE-Zentrale verbracht, um gemeinsam mit seinem Team alle Informationen zu dem Vorfall in der Nordchina-Station zusammenzutragen. Zu einem Ergebnis waren sie nicht gelangt.

»Hm«, machte Luke, in seinem Salat herumstochernd. »Dann hab ich vielleicht eine interessante Information für dich.«

Flover horchte auf. Was für eine Information? Klar, Luke hatte von allen Menschen an der Akademie vermutlich die meisten Freunde, die meisten Kontakte, doch soweit Flover wusste, war niemand dabei, der ihm irgendetwas hätte zustecken können.

»Welche denn?«

»Heute ist … etwas Eigenartiges passiert«, erklärte Luke und legte seine Gabel zur Seite. Vorsichtig räusperte er sich, bevor er fortfuhr. »Ich hatte einen Wachposten an einem der Tore. Plötzlich kam ein total wackliges Signal von Azan rein. Ich hab ihn kaum verstanden, und er stotterte irgendwas davon, dass er alle Frequenzen durchgefunkt und niemanden erreicht hätte.«

»Eigenartig«, gab Flover zu. MaKE leitete die Einsätze und die Kommunikation. Die waren so gut wie immer fehlerfrei vernetzt.

Luke schüttelte den Kopf. »Pass auf, jetzt der Hammer: Er sagte, dass er mit anderen Studenten die Sicherheitszentrale nach Hinweisen durchsucht hätte. Und dass sie Sprengsätze gefunden hätten, direkt in dem Bereich, in dem die Notfall-Impfdosen gelagert werden.«

»Was?«, brach es aus Flover hervor, und er setzte sich aufrecht hin. »Genau das war der Bereich, der in Nordchina zuerst in die Luft geflogen ist«, sagte er. Das wurde heute erst mit Sicherheit bestätigt.

Luke zog die Augenbrauen in die Höhe und fuhr sich mit den Fingern nervös durch die Haare. »Okay, das ist echt unheimlich. Weil es bei mir plötzlich hieß, dass Azan gar keinen Dienst gehabt hätte. Dass keine Sprengsätze gefunden worden wären und dass sich wohl jemand einen Scherz erlaubt hätte.«

»Einen Scherz«, wiederholte Flover und runzelte die Stirn. »Einen sehr schlechten, offensichtlich.«

»Das kann gar nicht sein«, grummelte Luke und verschränkte die Arme mit einem überaus ernsten Blick vor der Brust. »Es war eindeutig seine Stimme, und sie kam über die verschlüsselte Frequenz rein. Die kann er von daheim gar nicht anwählen.«

»Selbst wenn: Warum sollte er das tun?«

»Und warum genau diesen speziellen Bereich nennen? Er wusste immerhin nicht, dass das in Nordchina auch so war, oder?«

Flover lehnte sich zurück und presste die Finger auf die Lippen. »Scheiße«, flüsterte er. Was bedeutete das?

»Das kann kein Zufall sein, oder?«, wollte Luke wissen. »Als ich da ankam, waren alle total freundlich und haben die Sache weggelacht. Ich hab mich richtig dumm gefühlt, darauf reingefallen zu sein. Je länger ich allerdings drüber nachdenke ...«

»Wenn da wirklich irgendetwas dahintersteckt, kannst du froh sein, dass die dich überhaupt nach Hause gelassen haben. Die wissen ja, dass du mit mir zusammenwohnst.«

»Was meinst du mit *die?*« Bildete es sich Flover nur ein oder war Luke plötzlich blasser geworden?

»Na wer auch immer dahintersteht. Ich meine, ich verstehe, wenn so etwas vor der Öffentlichkeit vertuscht werden soll, um eine Panik zu verhindern, aber ... um welche Uhrzeit war das?«

»So gegen elf?«

»Wir haben den ganzen Tag keine Info darüber reinbekommen.«

»Du denkst nicht, dass diese Info einfach erst mal in den oberen Führungsrängen bleiben soll und ihr vielleicht morgen darüber informiert werdet?«

»Keine Chance«, grummelte Flover und knetete seine Hände, versuchte Ordnung in seinem Kopf zu schaffen. »Ich bin in dem Team, das den Vorfall direkt untersucht. Wir haben die höchste Geheimhaltungsstufe des gesamten Militärs. Weit über MaKE. Wenn es jemand erfahren sollte, dann wir.

Und zwar zuerst.« Er fuhr sich mit den Händen über den Nacken und legte die Beine nach oben auf den Tisch. »Es ist auch nach wie vor unerklärlich, wie die Leute von DVM überhaupt in die Station in Nordchina gekommen sind«, fuhr er fort. »Alles, was an Ausrüstung von ihnen gefunden wurde, war viel zu rudimentär. Sie hätten nie ungesehen dort eindringen können. In den Stationen herrschen die höchsten Sicherheitsstandards.«

Luke schluckte schwer, um sich Zeit zum Denken zu verschaffen. »Also denkst du, dass da was Größeres dahinterstecken könnte?«

»Warum sollte das sonst vor dem Ermittlungsteam geheim gehalten werden? Und diese Sache mit Azan? Das ist echt verdächtig.« Ziellos ließ Flover seinen Blick durch den Raum wandern, während er nachdachte.

»Ich hab ihn den ganzen Tag nicht erreicht«, stellte Luke fest und starrte auf seinen Salat. »Wer … wer hätte überhaupt den Einfluss, solche Informationen vor KAGE geheim zu halten?«

Und welchem Zweck sollte das dienen, war die eigentliche Frage. Welchen Zweck hatte die Geheimhaltung dieser Information, die sie vielleicht zu den Schuldigen führen könnte? Selbst wenn der Anruf von Lukes Kommilitonen nur ein Scherz gewesen war, hätte der Vorfall gemeldet werden müssen.

Je länger Flover darüber nachdachte, umso seltsamer kam ihm das Ganze vor.

»Jemand, der so hoch in der Rangordnung steht, dass er Militäreinheiten zweifelhafte Befehle erteilen kann, ohne dass Fragen gestellt werden«, überlegte er dann laut. »Jemand extrem Wichtiges muss den Soldaten mitgeteilt haben, dass sie die Sache vertuschen sollen.«

Luke räusperte sich und kniff dann die Augen skeptisch

zusammen. »Du denkst nicht, dass es deine Mutter ist, oder?«, platzte es aus ihm heraus.

Flover lachte herzhaft, nachdem diese Information bei ihm gesackt war. »Ich hoffe nicht«, brachte er nervös lächelnd über die Lippen. »Ich denke nicht, dass da …« Obwohl. Jetzt wo er davon sprach: Seine Mutter hatte heute eigenartige Dinge gesagt. Über die Wichtigkeit von Krieg. Über die Ausdünnung der Rasse. »Keine Ahnung«, grummelte Flover schließlich. Scheiße, warum fühlte er sich plötzlich so beobachtet? Irgendetwas stimmte hier ganz und gar nicht. Doch mit wem sollte er darüber sprechen? An wen sollte er sich wenden? Er hatte, bis auf seine Mutter, keinen Kontakt zum Weltrat. Niemanden, der möglicherweise Informationen zu diesem Vorfall sammeln könnte, ohne dass es auffiel.

Aber vielleicht kannte er jemanden, der ihm helfen konnte.

Flover sprang so unerwartet auf, dass Gerta erschrocken aufflatterte und empört zu gackern begann. Er stürzte auf seine Tasche zu und zog sein Phone heraus.

»Was machst du da?«, wollte Luke wissen und erhob sich ebenfalls.

»Ich rufe Okijen Van Dire an.«

UNITED NATIONS MILITARY

KAGE DOCUMENT; TOP SECRET!

Personalakten

Flover Nakamura

Stand: 20.03.2101

VERWALTUNGSINFORMATIONEN	
Name	Nakamura
Vorname	Flover
Geburtstag	01.04.2081
Geburtsort	Moskau
Adresse	Lodge 1772, Byrd-Land, Antarktis/VB 7
ID	01042082-0877-253998-06
Personalnummer	#16162989
Eintritt ins Militär	2093 (UNAM-Schule Moskau)

STAND	
Beruf	Student, Politikwissenschaften
Rang	Captain
Bereich	Student, Akademie 7/KAGE (Einsatztruppe)
Vorgesetzter	Brigadier General Shane Godwin

IDENTITÄT	
Geschlecht	männlich
Augenfarbe	braun
Haarfarbe	schwarz
Abstammung	amerikanisch-japanisch
Größe	1,74 m
Blutgruppe	AB positiv

UMFELD (WENN RELEVANT)

General Liza Moore (Mutter), Zentraler Weltrat
Colonel Mizaki Nakamura (Vater), verstorben

IM NOTFALL ZU KONTAKTIEREN

General Liza Moore, ID: 09102025-0000-0003-89
Kadett Luke Bible, ID: 03032082-2877-3783-39

AUFFÄLLIGKEITEN & ANMERKUNGEN

- Beantragung der frühzeitigen Aufnahme in die KAGE-Einsatztruppe 01.03.2096. s. Blatt 1
- Aufnahme in die KAGE-Einsatztruppe 17.04.2096. s. Blatt 22
- Beförderung zum Lieutnant 01.04.2098. s. Blatt 409
- Beförderung zum Captain 21.09.2099. s. Blatt 733
- Auffälligkeiten im psychologischen Gutachten 23.04.2100. s. Blatt 1231
- Auffälligkeiten im psychologischen Gutachten 19.09.2100. s. Blatt 1588
- Auffälligkeiten im psychologischen Gutachten 02.01.2101. s. Blatt 2002

KAPITEL 11

: COMFORTING

Das schrille Klingeln des Telefons riss Okijen aus einem unruhigen Schlaf. Die Bilder des letzten Traums flirrten in seinen Gedanken, Müdigkeit hing an seinen Gliedern und erschwerte jede Bewegung.

Ein desorientiertes Blinzeln zum Fenster bestätigte, was sein Körper ihm bereits gesagt hatte: Es war mitten in der Nacht. Die Neonreklamen kämpften gegen die Dunkelheit, während durch die kleine Öffnung seines Fensters nur leise Stimmen mit der frischen Luft zu ihm hinaufgetragen wurden.

Hatte er überhaupt eine Stunde geschlafen?

Stöhnend drehte er sich zur Seite und tastete nach seinem schrillenden Phone. Er musste seine Augen zusammenkneifen, um den Namen auf dem grellen Display lesen zu können.

Flover Nakamura.

Im Ernst? Dieser Kerl wieder?

»Wenn es nicht um Leben und Tod geht, finde ich heraus, wo du wohnst, und reiße dir persönlich den Kopf ab«, ächzte Okijen in den Hörer, während er sich wieder zurücklegte und die Lider schloss.

»Ich wollte dich wirklich nicht wecken …«

»Hast du aber«, fuhr ihm Okijen dazwischen und richtete sich doch noch einmal halb auf, um sich nach Andra umzusehen. Er hätte beinahe vergessen, dass sie hier war! Hatte er sie geweckt?

Nein. Das Bett am anderen Ende des Schlafzimmers war leer, die Decken zerwühlt.

»Wie gesagt, tut mir leid«, entgegnete Flover beinahe vorsichtig und machte eine kurze Pause, als wartete er auf weitere Beschimpfungen. Was war denn mit ihm los? Die letzten Gespräche, die die beiden geführt hatten, hatten irgendwie anders ausgesehen. Eine Entschuldigung von den Lippen dieses KAGE-Agenten hörte sich falsch an.

Okijen setzte sich endgültig auf, um auf das zu lauschen, was der Kerl wohl von ihm wollen könnte. Er ließ seinen Blick schweifen, bis er das Licht sah, das unter der Badezimmertür hervorschimmerte. Ging es Andra gut?

»Na los, sprich«, forderte Okijen und rieb sich über die Lider. Was konnte so wichtig sein, dass Nakamura ihn mitten in der Nacht anrief, aber gleichzeitig so unsicher, dass er sich so viel Zeit mit den Informationen ließ?

»Ich weiß nicht, wie sicher es ist, das über die Leitung zu besprechen, also mach ich es kurz«, kündigte er an, und Okijen horchte auf. »Ich bin in der KAGE-Ermittlungseinheit, die mit dem Vorfall in Nordchina betraut wurde. Wir haben herausgefunden, dass bereits vor der Öffnung der Tore der Sperrzone die Sicherheitszentrale der Station in die Luft geflogen ist. Konkret der Bereich mit den Impfdosen für den Notfall.«

»Was?« Okijen strengte sich an, sich zu sammeln, um dem Agenten folgen zu können. Die Impfungen? Das bedeutete, jemand hatte es darauf abgesehen, die Mitarbeiter der Forschungsstation der Infektion durch KAMI schutzlos auszuliefern.

»Das bedeutet, dass die Sprengsätze dort schon vorher angebracht worden sein müssen.«

»Verfügt DVM über solche Mittel?« Durch seinen Rückzug vom Militär war Okijen nicht auf dem neusten Stand, was die Sekten und ihre Entwicklungen anging, aber sie hatten nie durch sonderliche technische Fortschrittlichkeit geglänzt.

Und die Sicherheitsstandards der Stationen und Sperrzonen waren die höchsten der Welt.

»Der Ausrüstung zufolge, die wir bei ihnen gefunden haben, nicht. Die Männer und Frauen in der Station waren nur rudimentär ausgestattet.«

»Hm.« So müde wie Okijen war, fiel es ihm schwer, diese Informationen direkt einzuordnen.

»Heute habe ich den ganzen Tag in der KAGE-Zentrale verbracht, um die neuen Informationen zu sammeln und zu analysieren. Währenddessen haben die Studenten der Antarktis-Station alles auf Sicherheitslücken überprüft und dort ebenfalls Sprengsätze gefunden. Versteckt, im Bereich bei den Impfdosen. Die Information erreichte einen Bekannten von mir über Funk. Bis er bei der Station war, war MaKE allerdings schon vor Ort und behauptete, es gäbe keine Sprengsätze und dass der Student, von dem der Funkspruch kam, gar nicht dort gewesen wäre.«

»Okay … Was?« Okijen fuhr sich mit den Fingern über die Augenbrauen.

»Das war heute Vormittag. Bei KAGE kam den ganzen Tag nichts über diesen Vorfall rein. Ich habe nur durch Zufall davon gehört.«

Okijen schob sich aus dem Bett und ging ein paar Schritte durch den Raum. Das Adrenalin, das immer intensiver durch seine Adern kribbelte, half ihm dabei, wacher zu werden und klarer zu denken.

»Bist du sicher, dass die Information vertrauenswürdig ist?«, wollte er wissen und blieb mit seinem Blick erneut an dem Lichtschimmer hängen, der aus dem Badezimmer drang.

»Ja.«

Dass gewisse Informationen geheim gehalten wurden, war Standardvorgehen. Obwohl gerade an KAGE jede Information weitergeleitet wurde, so unbedeutend sie auch sein mochte.

Eigentlich. »Hast du mal mit einem von GREAT darüber gesprochen?«, wollte Okijen wissen. Vielleicht wusste die Verwaltungsbehörde etwas darüber.

»Ich ... weiß ehrlich gesagt nicht, ob ich mit jemandem aus dem inneren Zirkel darüber sprechen möchte. Die Sache kommt mir eigenartig vor. Ich arbeite seit drei Jahren für KAGE, und ich weiß, wie es läuft, immerhin muss ich nicht nur meinen eigenen Job, sondern die Existenz meiner gesamten Einheit geheim halten. Hier schlagen einfach meine Sensoren an.« Er seufzte ins Telefon. Die Verzweiflung aus seiner Stimme war greifbar.

»Ich kenne mich da nicht so aus.« Okijen war ebenfalls mehrere Jahre lang beim Militär gewesen, aber in der MaKE-Unit musste man nur stark sein, gegen Moja kämpfen, darauf achtgeben, dass niemand unter seinem Kommando starb, und in die Kameras lächeln. »Das klingt mir ein bisschen zu sehr nach Verschwörungstheorie.« Immerhin kannte Okijen die Ratsmitglieder der obersten Regierung und sämtliche führenden Befehlshaber. Keiner von ihnen hatte jemals einen zwielichtigen Eindruck gemacht. Alaska Pershing hatte manchmal eigenartige Launen, und Liza Moore war kein besonders netter Mensch, aber auch die beiden dürften – als Erschaffer der freien Welt, in der sie lebten – kein Interesse daran haben, KAMI zu befreien.

Eine kurze Pause entstand am anderen Ende. Okijen schlurfte in die Küche und ging einige Male im Kreis, in der Hoffnung, die Bewegung könne seine Gedanken ordnen.

»Du kennst doch Marshall Lloyd und Alaska Pershing, oder?« Die Frage kam unerwartet. Dass Nakamura auf seine Beziehungen aus war, hätte ihm klar sein sollen.

»Alaska kenne ich nur flüchtig. Mit Marshall habe ich seit São Paulo nicht mehr gesprochen.« Hoffentlich milderte das die Hoffnungen seines Gesprächspartners etwas ab. Vielleicht waren seine Sorgen berechtigt, doch selbst wenn sie es waren, wusste Okijen nicht, ob er sich dort hineinziehen lassen wollte. »Und zu dem Zeitpunkt ist sie aus dem Militär ausgetreten, also keine Ahnung, ob sie nach wie vor ihren Einfluss hat.«

»Hat sie«, warf Flover sofort dazwischen. »Ganz sicher. Sie war über dreißig Jahre lang im Weltrat, und genauso lang hat sie sämtliche Armeen der Welt befehligt. Da verschwindet man nicht einfach von der Bildfläche.«

Okijen stöhnte und wusste nicht, was er sagen wollte. Er wollte Nakamura weder abweisen noch sich in diese Verschwörungssache verwickeln lassen. »Was erwartest du denn, das ich tun soll? Ich meine ...«

»Hör zu, ich erwarte nicht, dass du dich da irgendwie großartig einmischst«, fuhr ihm Flover wieder dazwischen, und Okijen musste die Zähne zusammenbeißen, um ihn nicht einfach abzuwürgen. »Vielleicht ist das ja auch gar nichts. Vielleicht hat Marshall aber auch 'ne Ahnung, was da vor sich geht. Vielleicht ... vielleicht lässt sich die Sache ganz einfach erklären.«

»Hm«, machte Okijen und fuhr sich durch das Gesicht. Sosehr es ihm auch widerstrebte, sich wieder mit dem Militär zu beschäftigen, er würde es vermutlich ebenfalls bereuen, Flover hängenzulassen. »Ich weiß nicht mal, ob sie mich sehen möchte.«

»Das kannst du ja herausfinden.« Nakamura schwieg und wartete auf eine Antwort, doch Okijen wägte noch ab, ob er bereit war, ihm so weit entgegenzukommen. Verdammt, er wollte das doch nicht mehr. Er hatte das Militär nicht umsonst verlassen, wollte einfach in Ruhe sein Leben leben und sich mit diesem Zeug nicht mehr herumschlagen müssen.

Er wollte schon zu einer Absage ansetzen, als er ein leises Geräusch aus dem Bad vernahm, zurück in sein Zimmer ging und vorsichtig lauschte.

War das ein Schluchzen?

»Na gut, ich mach's«, antwortete er spontan. Was war schon dabei? Wenn er durch die Welt reiste, könnte er Andra mitnehmen und ihr ein wenig davon zeigen. Das wäre gar nicht so schlecht.

»Mann, danke!« Flover atmete so schwer vor Erleichterung, als hätte er zuvor die Luft angehalten. »Wirklich, ich bin dir echt was schuldig.«

»Ich hab keine Ahnung, ob das zu irgendeinem Ergebnis führt«, gab Okijen zu. »Freu dich lieber nicht zu früh, wahrscheinlich empfängt sie mich nicht mal, so wie ich sie damals hab hängenlassen.«

»Ist egal«, lenkte Flover ein. »Es ist unser einziger Ansatzpunkt.«

»Na gut.« *Unser.* Damit war er offizieller Teil des Plans. Warum war es ihm klar gewesen, dass er sich früher oder später in so etwas verstricken lassen würde? »Sag mir Bescheid, wenn sich das vorher irgendwie auflösen sollte, ja?«

»Natürlich«, versprach Flover. Jetzt hörte er sich einfach nur kraftlos an. »Ich hoffe, dass es das wird.«

Das hoffte Okijen auch. Für sich selbst und für die Welt. Er wusste noch immer nicht, was es bedeuten sollte, dass es den Anschein machte, als würde das Militär da irgendwie mit drinstecken. Oder sonst wer.

»Ich bin dann mal schlafen, ja?«

»Ja«, sagte Flover gedehnt. »Gute Nacht. Und danke.«

Nachdem Flover aufgelegt und Okijen sein Phone auf das Bett geworfen hatte, war es still in der Wohnung geworden. Nur ab und an drangen ein Wimmern und Schniefen aus dem Badezimmer.

Okijen war nicht sicher, was er tun sollte. Gefangen zwischen dem Wunsch, mit Andra zu sprechen, für sie da zu sein und der Unsicherheit, ob sie das überhaupt wollen würde, stand er nun vor der geschlossenen Tür und sah das Licht zu seinen Füßen an.

Wer war er schon, dass er es sich herausnahm, ihr helfen zu wollen? Er war schuld am Tod ihrer Familie, ihrer ganzen Kolonie. Er hatte alle getötet, die sie jemals gekannt hatte. Natürlich hatte er sie nicht mit eigenen Händen umgebracht, aber verdammt, während er hier noch unter der Dusche gestanden und sich eine Entscheidung abgerungen hatte, waren die Menschen dort gestorben wie die Fliegen. Was rechtfertigte das? Seit damals hatte sich nichts verändert.

Gar nichts.

Vorsichtig ballte er seine Hand zur Faust und hob sie, hielt jedoch aufs Neue inne.

Eigentlich sollte er sich schämen, oder? Die junge Frau wäre sicher bei jedem Menschen auf dem Planeten besser aufgehoben als bei ihm. Doch genau jetzt, genau hier hatte sie niemand anderen mehr. Und er trug die Schuld, demnach hatte er auch für sie Sorge zu tragen.

Er nahm seinen Mut zusammen und klopfte zaghaft an das Holz.

»Andra?«, flüsterte er und lehnte sich dabei weiter nach vorn. »Alles gut bei dir?« Was für eine dumme Frage.

»Ja, alles in Ordnung«, kam es mit zitternder Stimme zurück.

Okijen schloss die Augen. Verdammt, er konnte sie da jetzt nicht drin lassen. Nicht so.

»Ich komme rein, wenn das okay ist.« Seine Hand auf die Klinke legend, wartete er auf Antwort. Dass keine folgte, deutete er als stille Zustimmung.

Das warme Licht der Deckenbeleuchtung blendete ihn, und er kniff die Augen zusammen, um besser sehen zu können. Erst dann nahm er Andra wahr, wie sie dort vor ihm auf dem Boden saß, nur in ein Handtuch gewickelt, das Gesicht in den Händen verborgen, die Schultern bebend.

»Tut ... tut mir leid«, brachte sie nur leise wimmernd über ihre Lippen. »Ich konnte einfach nicht schlafen.«

Okijen ließ sich auf die Knie sinken und raunte ein vorsichtiges »Hey«, bevor er sie sacht in den Arm nahm. Ihre Haare waren nass, ihre Haut getrocknet und ganz kühl. »Du musst dich nicht entschuldigen.« Die Reue in seinem Herzen war so überwältigend, dass es ihm schwerfiel, auf Andra einzugehen; Mitleid zu empfinden, über all dem Selbsthass, der in ihm brannte. Okijen hielt sie fester.

»Ich dachte, wenn ich dusche, reagiere ich mich ein bisschen ab«, wisperte Andra. Ihr Atem ging schwer und stoßweise, als hätten ihre Lungen vergessen, wie sie funktionieren sollten.

Vorsichtig löste Okijen sich von ihr, rückte allerdings nicht fort, sondern versuchte ihren Blick aus den blutunterlaufenen Augen zu erhaschen. Die Fliesen unter seinen Beinen waren kühl. So lange wie sie hier schon saß, musste ihr furchtbar kalt sein.

»Komm, zieh dir erst mal etwas an«, schlug er sacht vor und legte seine Hand etwas unbeholfen auf ihren Arm. Andra machte keine Anstalten, sich zu bewegen.

»Ich weiß nicht, ob ich überhaupt noch etwas tun will«, hauchte sie. Ihre Augen blieben auf den Boden gerichtet, und die nassen Haare fielen ihr in Strähnen ins Gesicht, sodass er ihren Gesichtsausdruck nicht ausmachen konnte.

»Was meinst du damit?«

»Ich gehöre nicht hierher.« Wieder hob sie die Hände, um ihr Gesicht ganz darin zu verbergen. Okijen ließ sich ein wenig weiter sinken und rutschte von den Knien in eine sitzende Position. »Ich gehöre nicht in die Stadt und auch in ... auch in keine andere Kolonie. Das war mein einziges Zuhause.«

Und so überraschend, wie der Wind sich drehte, und schwer wie eine Welle überflutete es ihn: Mitleid. Wie ein Zerren in seinem Herzen, ein Beben in seiner Brust, ein Stechen in seinem Schädel. Es ließ seine Finger kribbeln und seine Augen wässrig werden.

Ja, verdammt. Sie hatte recht.

»Ich wünschte, ich könnte etwas tun, damit du dich besser fühlst«, sagte er hilflos. Etwas Besseres als diese Floskel kam ihm nicht in den Sinn, aber er meinte es aus tiefster Seele gut. »Ich wünschte, ich könnte dir helfen.«

»Das hast du schon.« Sie atmete schwer ein und aus, bevor sie die Hände wieder sinken ließ.

Hatte er das? Er war sich da ganz und gar nicht sicher.

»Ich ... ich weiß einfach nicht, was ich jetzt machen soll.« Eine ihrer Tränen perlte auf den dunklen Fliesenboden. »Ich habe einfach keine Ahnung, wie es weitergehen soll.«

Okijen lehnte sich sacht an die kühle Badewanne neben sich. Er konnte sie verstehen. »Das kann dir niemand sagen«, murmelte er unsicher. Vielleicht wäre es wirklich das Beste gewesen, sie im Krankenhaus zu lassen, in psychologischer Betreuung. Das hier war zu groß für ihn. »Meine ... Familie starb, als ich zehn war«, setzte er leise wieder an, nicht wissend, ob er ihr damit weiterhelfen konnte. Einen Versuch war es wert, oder?

Andra schniefte, dann sah sie zum ersten Mal zu ihm auf. »Wirklich?«, hauchte sie, und ein besorgter Gesichtsausdruck schlich sich auf ihre Züge.

Okijen nickte sacht. »Es war nicht KAMI. Der Flashtrain, in dem sie gefahren sind, hatte einen Unfall. Sie waren sofort tot.«

Andra wischte sich die Tränen von den Wangen und hing an seinen Lippen.

»Meine Eltern und meine zwei kleinen Brüder«, fuhr er

fort. »Ich war gerade auf einem Schulausflug. Als ich nach Hause kam …« Seine Kehle schnürte sich bei der Erinnerung zusammen, obwohl sie schon zehn Jahre zurücklag. »Die Leere im Haus war unerträglich. Sie schickten mir einen Sozialarbeiter, der sich um mich kümmern sollte. Er war wirklich nett.« Okijen lächelte und sah zu seinen Händen hinab. »Ich hab ihn gehasst. Ich wollte ihn nicht oder seinen Trost oder seine Fürsorge. Ich wollte einfach meine Familie zurück.«

»Das tut mir leid.«

Doch sein Lächeln wurde nur breiter. »Muss es nicht.« Es ging nicht um ihn. Und der Schmerz, den er jetzt darüber empfand, war nur ein blasses Abbild der Qualen von damals. Nur eine Erinnerung, die sich etwas zu tief in seinen Geist gebrannt hatte. »Ich wünschte, ich könnte dir sagen, dass es irgendwann vorbeigeht. Aber eigentlich …« Er holte tief Luft. Der Raum war erfüllt vom Dunst des warmen Wassers der Dusche. Die Pflanzen reckten eifrig ihre Köpfe in Richtung der Neonlichter vor den beschlagenen Fenstern. »Eigentlich geht es nie vorbei. Es begleitet mich bis heute. Und das ist vielleicht auch gut so.«

Eine kleine Falte bildete sich zwischen ihren Augenbrauen. Das »Warum?« stand ihr ins Gesicht geschrieben.

»Je tiefer der Schmerz ist, umso mehr hat dir das, was du vermisst, etwas bedeutet. Das hat meine Oma immer gesagt.«

»Hast du bei ihr gelebt, nachdem …?«

Okijen nickte. »Ich wünschte, ich könnte dir helfen«, wiederholte er. »Ich weiß aber auch, dass du trauern musst. Dass du dir Zeit lassen musst, es zu verarbeiten, denn wenn du es von dir schiebst, machst du es vielleicht schlimmer.«

»Ich weiß.«

Wenn sie zur Nachuntersuchung ins Krankenhaus musste, würde er psychologische Hilfe für sie anfordern. Das, was er ihr raten konnte, war immerhin nur das, was ihm persönlich geholfen hatte. Ob es bei ihr funktionierte, wusste er nicht. Ihre Situation war ganz anders.

»Mir hat es auch geholfen, ein Ziel zu haben.«

Erneut wischte Andra sich die Tränen von den Wangen und setzte sich etwas aufrechter hin. Ihr Atem zitterte, aber nach und nach schien sie sich ein wenig zu beruhigen. »Ein Ziel?«

»Ja. Etwas, woran ich arbeiten konnte. Was mich dazu gebracht hat, weiterzumachen. Nicht aufzugeben.«

Sie lächelte und strich sich die Haare aus dem Gesicht. »Du hast fast so viele Weisheiten wie unsere Dorfälteste«, stellte sie fest, und er lächelte nun ebenfalls.

»Na ja, die meisten Weisheiten kommen von meiner Oma«, erklärte er schmunzelnd, was ihre Stimmung noch etwas mehr aufzuhellen schien. Am liebsten wollte er sie nochmal in den Arm nehmen. »Mein Ziel war damals, meinen Frust so richtig rauszulassen. Ich bin also zu einer Militärschule gewechselt und war schon mit sechzehn ein gefeierter MaKE-Soldat.«

»Mit sechzehn?«, hakte sie ungläubig nach.

»Ob du's glaubst oder nicht: Ich bin so was wie ein Star«, scherzte er, und Andra kicherte. »Ich denke nicht, dass es psychologisch so hilfreich war, meine Trauer in Gewalt zu kanalisieren. Darüber bin ich allerdings auch hinweg und ... ich komm jetzt klar.« Über die andere Sache, die da noch war, sprach er an dieser Stelle lieber nicht.

»Du empfiehlst mir, loszuziehen und Moja abzuschlachten?«

Er zuckte mit den Schultern. »Wenn's dich glücklich macht.«

Ihr Lachen erklang. Nicht fröhlich und doch deutlich befreiter. Leichter.

»Du wirst herausfinden, was dir hilft. Du darfst jetzt nur nicht aufgeben, ja?«

»Ja.« Ihre Erwiderung klang matt und dennoch ehrlich.

»Und du kannst so lange bei mir bleiben, wie du magst.« Okijen richtete sich gemächlich auf und reichte Andra die Hand, um ihr hochzuhelfen. Sie zögerte nur kurz, bevor sie sie ergriff und sich von ihm hochziehen ließ, mit der freien Hand das Tuch um ihren Körper festhaltend. Erst jetzt fielen ihm einige feine Narben auf ihrer warm-goldenen Haut auf. Vielleicht vom Training.

»Das ist wirklich freundlich«, hauchte sie, den Blick auf die Fliesen zu ihren nackten Füßen gerichtet.

»Hm«, machte Okijen. »Ich hab ja auch was davon. Du erzählst mir von deinen Pfeilen. Und ich hab mal was zu tun. Viele Vorteile.«

»So muss ich mich zumindest nicht wie eine Last fühlen.« Andra strich sich die nassen Strähnen ihrer Haare aus dem Gesicht und nahm eine aufrechte, gefasste Haltung ein. Wie schnell sie sich gefangen hatte, war entweder besorgniserregend oder beeindruckend. Okijen war sich nicht ganz sicher.

»Das musst du wirklich nicht«, versicherte er. Was er gesagt hatte, stimmte. Es erleichterte sein schlechtes Gewissen, sie nicht auf sich gestellt in die Welt zu lassen. Und es half ihm vielleicht auch ein wenig, die letzten Tage zu verwinden. »Ich bin dafür, dass ich dir morgen die Stadt zeige«, schlug er vor, als Andra sich schon von ihm abgewandt hatte, um ihre Kleidung zusammenzusuchen. »Und dass wir übermorgen eine alte Freundin von mir besuchen.«

»Was denn für eine Freundin?«

Okijen drückte die Tür hinter sich auf und schob sich langsam rückwärts aus dem Badezimmer. »Marshall Lloyd, die reichste Frau der Welt«, erklärte er und wackelte schelmisch mit den Augenbrauen. »Du wirst sie lieben.«

KAPITEL 12

: EXPLORING

Warme Sonnenstrahlen kitzelten Andras Wangen, und der Geruch von Kaffee stieg ihr in die Nase, als sie aus einem traumlosen Schlaf erwachte. Das Grün im Fenster begrüßte sie ebenso friedlich wie die leise Stimme aus dem Fernseher des anliegenden Zimmers. Das Sofa, auf dem Okijen geschlafen hatte, war verlassen, die Decken und Laken ordentlich zusammengelegt. Dem herzhaften Geruch nach zu urteilen, machte er Frühstück.

Am liebsten wäre sie gar nicht aufgestanden, so gemütlich war es hier – bis die Erinnerung an die letzte Nacht wieder vorsichtig an ihren Nerven zupfte und ihre Aufmerksamkeit auf ihre noch immer brennenden Augen lenkte. Sie kribbelten, als hätten sie die Tränen gerade erst vergossen.

Zeit zum Aufstehen.

Das vorsichtige Aufrappeln brachte nicht die erwarteten Schmerzen mit sich. Zumindest nicht körperlich. Dafür, dass sie die halbe Nacht wach gewesen war, fühlte sie sich sogar recht frisch.

Sacht schob Andra ihre Füße vom Bett und sah sich gemächlich um. Die Vorstellung, heute mehr von der Stadt und den Menschen hier zu sehen, erschien ihr plötzlich nicht mehr einschüchternd. Eventuell wegen der Sonne, die ihr so freundlich entgegenlächelte. Vielleicht aber auch wegen Okijen, der so bemüht war, ihr zu helfen. Ihr anfängliches Misstrauen ihm gegenüber zerstreute sich nach und nach. Vor allem nach letzter Nacht.

Sie erhob sich, zog das lange, dunkle Shirt, das er ihr geliehen hatte, zurecht, schlich über den hölzernen Fußboden auf die Küchentür zu und klopfte vorsichtig daran.

Ein Lachen drang aus der Küche. »Du musst doch nicht klopfen!«, rief Okijen, und über sich selbst schmunzelnd trat sie ein.

Tatsächlich. Er stand in lockerer Hose und ärmellosem Hemd am Herd, und etwas brutzelte in der Pfanne, während Kaffee und Tassen auf dem kleinen Tisch vor dem Fenster bereitstanden. Der Fernseher, mitten im Regal zwischen der Minze und der Petersilie stehend, zeigte eine Nachrichtensendung, die man aufgrund der Pfannengeräusche nicht verstand.

»Guten Morgen«, grüßte Andra und betrachtete erst Okijen, der mit dem Rücken zu ihr stand, und anschließend die kleinen Katzen aus Metall, die um seine Füße schlichen. Genau wie die echten Katzen aus ihrem Dorf.

»Ich hoffe, du konntest einigermaßen gut schlafen«, erwiderte er. Sein blondes Deckhaar war ganz zerzaust, aber durch die rasierten Seiten sah er trotzdem gepflegt aus.

»Sehr gut sogar.« Sie schlurfte auf den Stuhl zu und ließ sich darauf fallen. »Vor allem, weil ich in deinem Bett schlafen durfte.«

»Ich denke, du hattest es mehr verdient.«

»Es war, wie in einer Wolke zu liegen«, säuselte sie verträumt und zog die kleine Kanne zu sich, um die schwarze Flüssigkeit in die beiden Tassen zu füllen.

»Das freut mich«, sagte er und lächelte ihr über die Schulter zu. Diese Geste wärmte ihr das Herz, genau wie letzte Nacht. War er wirklich ein gefeierter Soldat, der Hunderte von Moja umgebracht hatte? Er wirkte nicht so.

Okijen zog die Pfanne von der Gasfläche, schaufelte den Inhalt auf zwei Teller und kam beschwingt durch die Küche zu ihr hinüber.

»Das riecht gut«, stellte Andra die Gemüsepfanne begutachtend fest. Ein intensiver Duft nach Kräutern ging von ihr aus.

Sie war es nicht gewohnt, zum Frühstück etwas Herzhaftes zu essen – aber sie würde sich nicht darüber beschweren, so gut wie es aussah.

»Ich hatte noch Gemüse da, das wegmusste«, erklärte Okijen, setzte sich und musterte die dampfende Portion auf seinem eigenen Teller.

Andra lauschte den Nachrichten aus dem Fernseher, während sie beide schweigend aßen. Erst nach einer Weile meldete sich Okijen wieder zu Wort. »Ihr dürft bei den Yuna Hühner züchten, oder?« Der Ton, in dem er das fragte, war eigenartig. Diese Erkenntnis hatte ihn offenbar gerade überrumpelt, und er wirkte nahezu enttäuscht darüber.

Andra nickte irritiert, woraufhin Okijen sich stöhnend zurücklehnte und langsam, beinahe dramatisch, den Kopf schüttelte.

»In diesem Fall kann ich nicht glauben, dass ich mein letztes Ei an dich verschwendet habe«, sagte er, den Mund zu einer empörten Schnute verzogen. »An die Dinger kommt man hier nicht so leicht ran.«

»Entschuldigung?!«, sagte Andra überrascht. Mit vollem Mund musterte sie die Mimik auf seinem Gesicht, um zu erkennen, ob er den Vorwurf nur scherzhaft meinte oder tatsächlich ernst.

»Ist okay«, sagte er theatralisch. »Ich dachte, ich kann dir was Besonderes auftischen.«

Sie konnte ein amüsiertes Schnauben nicht länger unterdrücken und war erleichtert, weil sich seine Züge auch sichtlich aufhellten. »Hätte ich gewusst, dass das so etwas Besonderes ist, hätte ich mich mehr ins Zeug gelegt, meine Begeisterung zu zeigen«, versicherte sie ihm.

Da war es also: das erste Fettnäpfchen. Er lachte zwar darüber, doch sie brauchte wirklich dringend ein Nachschlagewerk zu dieser Welt, bevor sie noch jemandem ernsthaft auf die Füße trat. Ob sie ihn später darum bitten konnte, ihr eins dieser Tablets zu besorgen, die sie in so vielen Händen gesehen hatte?

»Dürft ihr keine Tiere halten?«, hakte sie nach und begann wieder zu essen. Es erschien ihr eigenartig, beim Anblick der Metalltiere in den Straßen hatte sie sich allerdings bereits so etwas gedacht.

Okijen machte eine wegwerfende Geste mit der Hand. »Nein, die Bevölkerung ist zu einer vorrangig veganen Ernährung angehalten.« Das erklärte all das Gemüse und Obst in seinem Appartement. »Hat man euch das nicht in der Schule beigebracht?« Auf ihren empörten Blick fügte er rasch an: »Das soll kein Vorwurf sein, ich frag's mich nur.«

Andra dachte kurz darüber nach, wie sie dieses Unwissen rechtfertigen konnte. »Wir haben beigebracht bekommen, Spuren zu lesen und zu jagen und, na ja ... zu lesen, zu rechnen und zu schreiben.« Die Belange der Städter hatten für die Menschen im Dorf nur rudimentär eine Rolle gespielt. »Ein bisschen was über eure Religionen und über Geschichte. Das war's eigentlich.« Dass das, was sie gestern von Ulan Bator gesehen hatte, sich allerdings so von ihrem bisherigen Bild unterschied, zeigte ihr, wie wenig sie wusste.

Okijen zuckte mit den Schultern. »Na, das sind doch gute Basics.«

Er wirkte trotzdem noch enttäuscht, und sie wusste nicht einmal, wodurch dieser Eindruck entstand. Entweder er spielte es, oder er war wirklich ein offenes Buch. Sonst war sie nicht sonderlich gut darin, in Menschen zu lesen.

Sie fuhr fort, um die Stille zu überbrücken: »Und warum vegan?«

»Etwa vor dreißig Jahren, ungefähr 2070, gab es einen globalen politischen Umschwung, angeführt von Alaska Pershing«, erklärte Okijen bereitwillig zwischen zwei Bissen. »Davon hast du vielleicht mal was gehört.«

Sie nickte, auch wenn ihr der Name nichts sagte. Vom Ende des Kalten Krieges wusste sie natürlich.

»Nach der politischen Umstrukturierung der Welt wurden sämtliche Konzerne verstaatlicht. Auch die Nahrungsmittelunternehmen. Vorher wurden Tiere oft massenweise in kleinen Käfigen oder Ställen gehalten, auf engstem Raum zusammengepfercht.« Er zuckte mit den Schultern, was wohl heißen sollte, dass er selbst kein Experte auf dem Gebiet war. »Das war ein seit Jahrzehnten bestehendes Problem, weil es wegen des Platzmangels immer weniger Möglichkeiten zur Zucht von Tieren und ihrem Futter gab. Die neue Regierung stellte die Produktion tierischer Produkte dann nach und nach vollkommen ein. Auch jenseits von Nahrungsmitteln.«

»Wegen dem Platz«, schlussfolgerte sie.

»Und wegen der Lebewesen.«

Das leuchtete ein, und auch wenn diese Vorstellung neu für sie war, fand sie es gut, dass der Weltrat sich um solche Dinge Gedanken machte. »Demnach … ist das hier praktisch illegal?« Was für eine eigenartige Vorstellung. Die Jagd und das Essen von Tieren waren für sie immer selbstverständlich gewesen. Gleichsam hatte sie gar keine Vorstellung davon, wie es überhaupt jemals möglich gewesen war, Fleisch für Milliarden von Menschen zur Verfügung zu stellen.

»So halb legal ist es«, entgegnete Okijen zögerlich. »Es gibt natürlich einen riesigen Schwarzmarkt für tierische Produkte. Einzelpersonen dürfen auch kleine Gruppen von Tieren halten und ihre Produkte essen. Ein Verkauf ist theoretisch verboten, ebenso wie Schlachtung.« Er deutete auf ihren Teller. »Der Nachbar gibt mir ab und an Eier von seinem Huhn, im

Austausch für Reparaturen an seinem Generator. Das geht also klar.«

Es war wirklich etwas Besonderes für ihn. Er folgte seinen Kätzchen, die durch den Raum huschten und auf die Anrichte sprangen, mit seinen Blicken, und Andra nutzte die Chance, ihn zu beobachten. Warum tat es ihr so leid, dass sie seine Geste nicht mehr zu schätzen gewusst hatte? Eigentlich war es eine Lappalie. Bei jedem anderen Menschen wäre es ihr egal gewesen.

Jetzt kannte sie allerdings auch keine anderen Menschen mehr.

»Meine Mama hat immer gesagt, dass man Fleisch braucht, wenn man groß und stark werden will«, erinnerte sie sich mit einem Lächeln auf den Lippen, in ihrem Gemüse herumstochernd. Sie hatte es immer gesagt, wenn Andra Mitleid mit den Hasen oder Ziegen gehabt hatte, mit denen sie früher so gern gespielt hatte.

Okijen schien ihr Unbehagen aufzufallen, und er hob erneut seine technischen Schultern an. »Ich kenne es gar nicht anders. Und aus mir ist ja auch ein stattlicher Bursche geworden, könnte man meinen.« Das breite Grinsen auf seinem Gesicht steckte sie sofort an.

»Könnte man meinen«, bestätigte sie und gluckste amüsiert.

Das Gewirr der Stimmen in dem Technikladen vermischte sich mit der des Nachrichtensprechers, den Andra in Okijens Wohnung zum ersten Mal gesehen hatte. Auf Dutzenden Screens, groß und klein, wurde sein freundliches Gesicht gezeigt, vor Bildern des Tages, die hinter ihm flimmerten.

Es fiel Andra schwer, sich auf das zu konzentrieren, was er sagte. Überwältigt sah sie sich um, betrachtete all die Geräte, Bildschirme und Apparate, für die sie nicht einmal einen Namen hatte. Alles leuchtete, blinkte, flimmerte. Zwischen dem Gewirr gingen die anderen Menschen, die sich mit ihnen hier befanden, nahezu unter.

»Dieser Anruf, den du heute Nacht bekommen hast«, begann sie und lehnte sich mit der Schulter in den Türrahmen, nachdem sie und Okijen in einen anderen Bereich des Ladens getreten waren. »War das eigentlich was Wichtiges?«

Okijen nahm eins der Geräte in die Hand, das auch der Verwalter im Krankenhaus gehabt hatte. Ein kleiner Stift, der einen Bildschirm in die Luft projizierte. Darauf konnte man schreiben, Filme schauen, mit anderen in Kontakt treten und vor allem auf sämtliche Bücher der Welt zugreifen, wenn sie das richtig verstanden hatte.

»Das war ein Kollege von mir«, erklärte Okijen, war aber eher mit dem Tablet als mit der Beantwortung der Frage beschäftigt. »Ich soll für ihn was mit Marshall klären.«

»Ach so«, tat sie es ab, auch wenn seine Erklärung sehr schwammig klang. Wegen eines einfachen Gespräches hatte er mitten in der Nacht angerufen? Es hatte dringlicher geklungen. So ungenau wie Okijen mit seinen Erklärungen zu ihrem Besuch bei dieser Marshall blieb, wünschte Andra sich, sie hätte gestern Nacht gelauscht.

»Schau mal, das sollte erst mal ausreichen, oder?« Er reichte ihr den stiftähnlichen Gegenstand. Er wog überraschend schwer in ihrer Hand.

»Ich erkenne da eh keinen Unterschied«, sagte sie und drehte ihn in ihren Fingern, ließ den Bildschirm mit einem Klicken auf dem Knopf an der Seite ausfahren und wieder verschwinden, so wie er es zuvor getan hatte. »Wenn du sagst, das ist gut, nehme ich es.«

Die Einkaufsstraße, auf der sie sich befanden, war nicht so voll, wie sie es erwartet hatte. Von dem, was sie aus den News gehört hatte, waren die meisten Menschen auf der Parade zur

Feier des Tages der Sonne. Es war ein Leichtes gewesen, Kleidung und andere nützliche Gegenstände für sie zu besorgen.

Okijen nahm ihr das Tablet wieder aus den Fingern und steuerte auf die Kasse nahe dem Eingang zu, noch bevor sie sich aus ihrer gelassenen Haltung lösen konnte.

»Ich sag doch, du musst nicht für mich bezahlen!« Dieselbe Leier wie in den Geschäften zuvor. Es war ihr längst Geld überwiesen worden, also könnte sie zumindest einige Dinge selbst erwerben. Rasch folgte sie ihm in den großen Geschäftsraum, der nur vom Blinken der Technik und dem Licht der Sonne erhellt wurde, das sich an den hellen Fassaden der gegenüberliegenden Häuser spiegelte.

»Ich rede darüber nicht mehr«, beendete er ihren Protest und legte dem Verkäufer das Gerät schweigend auf den Tisch. Die Transaktion ging mit einem Auflegen seiner Hand auf einem Feld vonstatten. In der nächsten Sekunde gab er ihr das Tablet zurück, und sie schob es in den Beutel, zu den anderen Dingen, die sie gekauft hatten. »Und wenn du mich nochmal fragst, warum, dann gehen wir wieder nach Hause.«

Sie kniff die Augen leicht zusammen, während sie ihm aus dem Laden folgte. »Jawohl, Sir«, sagte sie ein wenig ungehalten. Ja, er hatte erklärt, dass das Militär ihm gegen seinen Willen nach wie vor ein Gehalt auszahlte. Exorbitant viel wohl, auch wenn sie die Verhältnisse nicht einschätzen konnte. Und er hatte erklärt, dass er das Geld nicht für sich ausgeben wollte, weil er das Gefühl hatte, es stand ihm nicht zu. Das war allerdings kein Grund, unfreundlich zu ihr zu sein.

Er drehte sich mit einem forschenden Ausdruck im Gesicht zu ihr um, nachdem sie den Laden verlassen hatten und auf die staubige Straße getreten waren. »Ich scherze nur, das weißt du, oder?«

Andra musterte Okijen intensiv, in der kläglichen Hoffnung, schlau aus ihm zu werden. War er sicher?

Er funkelte sie an. »Ich sollte mich mit meinem Humor etwas zurückhalten, was?«

Seine Art kam ihr nicht immer vor wie Humor, sondern eher wie der Versuch, unangenehme Situationen zu überspielen. Doch um das einschätzen zu können, kannte sie ihn zu wenig.

»Keine Sorge«, entgegnete sie mit festem Blick. »Ich bin nicht so verletzlich, wie du denkst.« Sie musste sich nur sammeln und irgendwie das verarbeiten, was geschehen war. Er musste sie deswegen nicht wie eine zarte Pflanze behandeln.

»Ich hab gesehen, wie du zwei Moja die Hölle heißgemacht hast«, sagte er amüsiert und schlenderte entspannt zurück auf die Straße, von der sie gekommen waren. »Ich schätze dich ganz richtig ein, denke ich.«

»Hm.« Ein wenig beruhigt schaute sie sich in dem Bereich von Ulan Bator um, in dem sie sich inzwischen befanden. Er war überdacht von mehreren durchsichtigen Plattformen, auf denen Wege entlangführten. Als hätte die Stadt mehrere Ebenen.

Im Vergleich zu Okijens Viertel machte hier alles einen etwas geordneteren Eindruck. Naturbelassen zwar, voller Pflanzen, Erde und Straßenwagen; doch das Chaos floss hier in geregelteren Bahnen.

Die Sonne war zwar weiter am Himmel emporgekrochen, zwischen all den Hochhäusern war sie jedoch selten direkt zu sehen. Ihr Schein, von einer Leichtigkeit, die Andra gar nicht kannte, drang nur in wenigen Winkeln bis zum Staub der Straße hinab, fing sich vor allem auf den höher gelegenen Balkonen und den oberen Ebenen der Stadt.

Es störte Andra, dass sie sie von hier unten aus nicht sehen konnte. In der Wüste hatte sie am Stand der Sonne, ohne zu überlegen, die Zeit ablesen und am Himmel das Wetter vorhersagen können. Diese Form der Orientierung fehlte ihr in den nicht enden wollenden Gassen. Die Zeit auf den Uhren, die an jedem Geschäft und Lokal angebracht waren, und die Wettervorhersagen in den Nachrichten kamen ihr nicht so vertrauenswürdig vor wie ihr eigenes Gefühl.

Über ihnen, an einem verglasten Hochhaus, prangte ein Bildschirm über die gesamte Breite des Gebäudes hinweg. Und auch von dort oben schaute ihnen der Sprecher entgegen, der die Meldungen wie in einer Dauerschleife verkündete.

»Millionen Menschen sind auf den Straßen, um den Tag der Sonne zu feiern«, erklärte er gerade, während Luftaufnahmen einer Parade zu sehen waren. Die Menschen trugen Blumen in ihren Haaren und wanderten, bunte Wimpel schwingend, durch breite Straßen einer sonnenerfüllten Stadt. Die Gebäude dort wirkten hell und neu. Irgendwie kunststoffartig. *»Der weltweite Feiertag lockt Jahr für Jahr mehr Menschen auf die Straßen der Weltzentrale in Moskau. Die Parade soll an das Ende des Kalten Krieges 2070 erinnern und macht es sich zum Ziel, ein Zeichen für Frieden und Beständigkeit zu setzen.«*

Die Auflösung der Bildschirme so weit über ihren Köpfen war so unglaublich klar. Die Fernseher in Andras Dorf hatten ihre Vorfahren von Mülldeponien in den Wüsten zusammengesucht und restauriert. Das Bild der klobigen Geräte war nichts gegen diese hier, so dünn wie ein Blatt Papier.

»Die Parade sieht wirklich schön aus«, kommentierte sie.

»Wenn du das schon cool findest, solltest du mal sehen, was hier zum Tag des Mondes los ist«, meinte Okijen. Sie würde später nachschauen, wann das war. Mit Ziran, der Religion der meisten Stadtmenschen, war sie nicht wirklich vertraut.

»Die Freude der Feiernden teilt allerdings nicht die ganze Welt. In weiten Teilen Kanadas, Chinas und im Umland São Paulos haben sich Tausende Menschen auf die Straßen begeben, um gegen die KAMI-orientierten Sekten zu demonstrieren. Die Demonstrierenden fordern neben einer härteren Gesetzgebung zur Unterbindung von

extremistischen Organisationen auch ein deutlicheres Vorgehen des Militärs gegen Anhänger von Gruppierungen wie Die Waage und DVM.«

Diese Meldung hatte sie heute noch nicht gehört.

»Normalerweise berichten sie über die Sekten gar nicht«, kommentierte Okijen, der es wohl auch bemerkt hatte. Die Bilder von schreienden Menschen, die Plakate über ihre Köpfe hielten und Parolen brüllten, standen in extremem Kontrast zu der zuvor gezeigten Parade. »Vermutlich müssen sie das jetzt, um den Menschen einen Schuldigen für Nordchina zu geben.« Er lachte humorlos und schob die Hände in die Taschen seines Overalls. »Sonst bricht vermutlich 'ne Massenpanik aus.«

»Anhänger der KAMI-orientierten Sekte DVM – kurz für Development – waren laut neuesten Erkenntnissen für den Zwischenfall an der Sperrzone in Nordchina verantwortlich.«

»Eine KAMI-orientierte Sekte?« Das klang abstoßend, wenn es das bedeutete, was sie dachte. Diese Menschen waren also dafür verantwortlich, dass die Moja ihr Dorf zerstört hatten.

Okijen bedachte sie mit einem Ausdruck, der ein ganz eindeutiges »Schätzchen, du weißt ja *gar* nichts!« suggerierte.

»Tja, wie erklärt man das?«, dachte er laut und wog seinen Kopf hin und her. »Seitdem KAMI auf den Plan getreten ist, gibt es Menschen, die diese Form der Technologie ... na ja, sagen wir mal, *anbeten.*«

»Okay?« Eine Technologie anbeten? Wie sollte das überhaupt funktionieren? Sie war doch menschengemacht und nichts Übernatürliches.

»Es gibt friedliche Vereinigungen wie *Die Waage.* DVM ist eine andere Sache. Für die ist KAMI ein Gott, der über kurz oder lang die überfällige Weiterentwicklung der menschlichen Rasse mit sich bringen wird.«

»KAMI, ein Gott?« Andra wandte sich vom Bildschirm

über ihnen ab, weil sie dem Gebäude so nahe gekommen waren, dass sie den Kopf hätte zu weit in den Nacken legen müssen. Stattdessen ließ sie ihren Blick weiter über die funkelnden Fassaden schweifen. »Unheimlich.« Das waren die Schuldigen. Sie wusste nicht, wie sie mit dieser Information umgehen sollte.

»Auf jeden Fall«, bestätigte Okijen. »Mit denen hatten wir immer Probleme. Die Extremsten sammeln sich regelmäßig in der Nähe der Sperrzonen und demonstrieren für die Öffnung der Tore. Wir hatten sogar welche dabei, die darum gebeten haben, hineingelassen zu werden, damit sie KAMIs *Segen empfangen* und Moja werden können.«

Eine Gänsehaut überkam Andra, und sie strich sich über die Arme. Sie versuchte, sich in diese Menschen hineinzuversetzen, um nicht zu viel Wut über sie und ihre Dummheit empfinden zu müssen. Das waren sehr arme Seelen, wenn sie den Tod ihrer Menschlichkeit als Form der Erlösung ansahen.

»Aber das Militär bekommt das hin«, schloss Okijen. Nichts von seinem düsteren Gesichtsausdruck bis hin zu seinem lapidaren Tonfall ließ darauf schließen, dass er seinen eigenen Worten glaubte.

»Hoffentlich.« Ja, hoffentlich würde sich so etwas nicht wieder ereignen. Hoffentlich ... blieb anderen ihr Schicksal erspart.

»Wo wollen wir eigentlich hin?«, fragte Okijen laut und betont beiläufig. Wollte er vom Thema ablenken, oder hatte er bemerkt, dass ihre Gedanken abgeschweift waren?

»Mach einen Vorschlag«, forderte sie und war erneut dankbar dafür, ihn um sich zu haben. Nicht nur diese Welt hätte sie sonst heillos überfordert, sondern auch das, was tief in ihr darauf wartete, wieder hervorzubrechen.

»Ich hatte dir ja versprochen, dich ein wenig zu unterhalten«, überlegte Okijen und betrachtete sie forschend. »Was hältst du davon, wenn wir uns die Parade ansehen und uns heute Abend ein bisschen unter die Leute mischen?«

Die Parade hörte sich toll an, doch sich unter die Leute mischen? Was sollte das überhaupt bedeuten? »Klar«, erwiderte sie dennoch. Wenn es ihr zu viel würde, könnte sie immer noch sagen, dass sie lieber zurück in die Wohnung wollte.

»Dann ist es abgemacht.«

Ulan Bator war eine alte und wunderschöne Stadt. All die Ecken und Winkel, die Gassen und Tunnel, die hohen Gebäude und die Bereiche, in denen sie flach und klein waren, wie aus alten Zeiten. Das hatte sie fasziniert und verwundert. Es hatte den Wunsch in ihr geweckt, mehr davon zu sehen. Mehr von dieser Stadt, mehr von dieser Welt, von der sie viel weniger kannte, als sie jemals gedacht hatte.

Dennoch: Nichts, was sie gesehen oder erlebt hatte, war zu vergleichen mit dem Nachtleben, das sich nach und nach in den Straßen entfaltete. Nachdem die Sonne hinter den Horizont gesunken war, sich die Neonleuchten eingeschaltet hatten und leise Musik durch die Gassen schallte, schien dieser Ort erst richtig zum Leben zu erwachen. Das Grün in den Fenstern, auf Balkonen und Dächern wandelte sich in Schwarz, wich den künstlichen Farben von Bannern, Reklamen und Hologrammen. Die Menschen kamen aus ihren Wohnungen und Häusern, still dazu verabredet, diesem Schauspiel beizuwohnen. In simple Kleidung gehüllt, versuchten sie erst gar nicht, mit der Buntheit, dem Licht und der Extravaganz um sich herum mitzuhalten.

Auf dem Weg durch die Straßen verlangsamte Andra ihr Tempo Mal um Mal, um aufnehmen, aufsaugen und einatmen zu können. Vollkommen Fremde grüßten überschwänglich, tänzelten durch die Nacht und lachten glücklich miteinander. Leuchtende Kioske waren Sammelpunkte für kleine und große Menschengruppen, die sich ausgelassen und in kaum verständlichem Akzent unterhielten. Von Dächern und Feuertreppen weit über ihnen klangen Gelächter und Gespräche.

»Das gefällt dir, hm?«, wollte Okijen wissen, der nach wie vor geduldig neben ihr ging. Anfangs hatte sie sich gesorgt, ihn mit den Pausen, die sie zum Staunen einlegte, zu nerven. Doch so unermüdlich, wie er sie führte, und so geduldig wie er jedes Mal wartete, wenn sie ihr Gesicht gen Himmel reckte, musste er diesen Tag genauso genießen wie sie.

»Es ist fantastisch«, bestätigte Andra berauscht. Lediglich der Sternenhimmel, der hinter den bunten Lichtern nicht mehr zu erkennen war, fehlte ihr. Das Aufblitzen einiger weniger Sonden am nächtlichen Himmel konnte die Milchstraße und die Abermillionen Himmelskörper, die sie in der Wüste so gern beobachtet hatte, nicht ersetzen. »Ich dachte immer, die Städte wären … traurig und trist.«

»Das sind sie manchmal«, seufzte Okijen und schaute sich um. Er hatte sich den Stoffbeutel mit Andras Einkäufen inzwischen über die Schulter gehängt, und sie hatte beschlossen, sich nicht weiter gegen seine Hilfe zu wehren.

Aus einigen offen stehenden Türen, die hinab in Kellerräume führten, wummerte laute Musik. Technische Graffiti, bei Tage unsichtbar, leuchteten an Wänden und erhellten die Gassen. Einige wiesen die Wege zu Lokalen und Geschäften, andere zeigten unterschiedliche Motive der Naturreligion Ziran. Menschen, die sich in Millionen von Blüten auflösten. Knochen, die zu Zweigen und Ästen ausliefen. Efeu, gefangen zwischen Rippen. Ein offener Brustkorb mit einer Pfingstrose anstelle des Herzens.

Die Darstellungen waren roh, beinahe gewalttätig, doch gleichzeitig von einer beängstigenden Schönheit. Andra konnte kaum ihre Augen von ihnen abwenden.

»Wenn du bereit bist, können wir mal ein bisschen abtauchen«, riss Okijen sie aus ihren Gedanken, und sie wandte sich zögerlich zu ihm um.

»Ich kann gar nicht tanzen«, gestand sie. Natürlich hatten sie in ihrem Dorf getanzt, doch Andra bezweifelte, dass die rituellen Tänze, die ihnen die Älteste beigebracht hatte, etwas mit dem zu tun hatten, das hier vor sich ging.

»Ach, da gibt's nichts zu können. Wenn's dir lieber ist«, er deutete auf eine hell erleuchtete Gasse, in der sich mehrere Dutzend Menschen tummelten, »können wir aber natürlich auch erst mal sitzen und trinken.«

Sitzen. Das tat vielleicht ganz gut, nachdem sie den ganzen Tag auf den Beinen gewesen waren. Andra hatte zwar keine Schmerzen mehr, die Medikamente machten sie allerdings ein wenig müde, und der Heilungsprozess verschlang einen Großteil ihrer Energie.

»Klingt fantastisch«, entgegnete sie und stellte sich emotional darauf ein, sich ins Getümmel zu stürzen. So viele Menschen. Allein heute hatte sie mehr gesehen als in ihrem ganzen vorherigen Leben. Diese Distanz, diese Anonymität erschreckte sie etwas, schüchterte sie ein. Doch Okijen an ihrer Seite zu haben beruhigte sie.

Sie folgte ihm über die bunt beleuchtete Tanzfläche mitten auf der Straße. Er drängte sie ein Stück zur Seite und an der Wand entlang, ein wenig außerhalb der lauten und im Takt der Musik hüpfenden Menschenmenge schoben sie sich in Richtung der U-förmigen Bar. Blaues und violettes Licht ging von ihr aus, beleuchtete die Backsteine der nahe gelegenen Gebäude und die Menschen, von denen einige im Dunkel schillernde Farben auf ihre Haut gemalt hatten. Diejenigen, die auf den etlichen Barhockern Platz genommen hatten, lachten ausgelassen. Schon von Weitem war zu sehen, dass kein Platz mehr frei war.

»Ich bestelle uns mal was zu trinken, und dann wird sich

schon ein Platz finden«, sagte Okijen mit leicht erhobener Stimme, um die Musik und das Stimmgewirr zu übertönen. Dabei hielt er Andra am Arm, damit die tanzenden Menschen sie nicht voneinander trennten.

Sie hatten sich fast bis zur Bar durchgewunden, als ein Ruf sie zusammenzucken ließ.

»Heilige Scheiße!«, schallte eine Männerstimme hinter ihnen, und als Okijen sich umdrehte, kreischten Frauen und Männer gleichermaßen. »Bist du Okijen Van Dire?«, fragte ein Unbekannter in der Menge.

Andra zog überrascht die Augenbrauen in die Höhe, während die Menschen aufgeregt winkten und ihre Köpfe reckten, um einen Blick auf den Soldaten werfen zu können. War er wirklich so etwas wie eine Berühmtheit?

»Oh nein«, fluchte er so leise, dass nur sie es hören konnte.

»Darf ich ein Foto mit dir machen?«, riefen einige und andere: »Ah, ich will ein Autogramm!«

»Hey, Leute, ich bin privat hier, deswegen …«, setzte er an, doch er war bereits von einer Traube von Menschen umringt, die Andra nach und nach abdrängten. Etwas verloren trat sie einige Schritte zurück.

Es wäre zwecklos, an seiner Seite bleiben zu wollen. Okijen war heillos umzingelt.

Und nun? Sollte sie stehen bleiben und peinlich berührt darauf warten, dass die Fremden ihn wieder freigaben? Das könnte eine Ewigkeit dauern. Außerdem machten sie all diese Menschen nervös.

Andra spürte, wie ihr etwas die Kehle zuschnürte und ihr Puls sich beschleunigte. Die Hand auf die kühle Steinwand neben sich legend, versuchte sie, sich zu beruhigen. Das konnte doch nicht wahr sein. Das war ihre Reaktion auf die Trennung von diesem Fremden?

Unsinn, so war sie nicht. Sie strengte sich an, tief durchzuatmen und ihr Herz zu beruhigen, als die Menschen Okijen immer weiter von ihr drängten. So nahm sie erst nach einigen Augenblicken wahr, dass durch den Tumult ein Hocker an der Bar frei geworden war. Ohne zu überlegen, ergriff sie die Chance, sich zu ihm durchzukämpfen und darauf niederzulassen. Okijen würde sie sicher finden, wenn er damit fertig war, Fotos zu schießen und Körperteile zu unterzeichnen.

Um Ruhe bemüht beobachtete sie das Geschehen aus der Distanz, lehnte sich vorsichtig gegen den Tresen hinter sich. Die wummernde Musik trat langsam in den Hintergrund, genau wie der Gesang der warmen Stimme, das Kreischen der Menge. Sie kam zur Ruhe. Einfach nur sitzen und nicht so viel denken. Das tat gut.

»Du bist mit Okijen hier?«

Und damit war der Moment wieder vorbei.

Langsam wandte Andra sich der Frau zu, die hinter der Bar stand und dabei war, ein Glas zu waschen. »Ähm … ja«, gab Andra zu. Das ungewöhnliche Aussehen der Fremden brachte sie etwas aus dem Konzept. Ihre eisblauen Haare setzten sich deutlich von ihrer umbrafarbenen Haut ab. Der hellblaue Lippenstift und die weiße Jacke trugen zu ihrem faszinierend schönen Aussehen bei.

»Kennst du ihn?«, fragte Andra.

Die Fremde setzte einen geheimnisvollen, breit lächelnden Gesichtsausdruck auf, während sie das Glas auf die Trockenablage stellte und nach einem weiteren griff. »Ja, ich hatte früher viel mit ihm zu tun«, entgegnete sie wenig aufschlussreich, sah sich zu ihren beiden Kollegen um und lehnte sich weiter zu Andra über die Bar. »Du bist eine Yuna, oder?«

»Ist das so offensichtlich?« Dabei hatten sie heute extra Kleidung aus der Stadt gekauft.

»Klar«, lachte die Fremde locker. »Die braungebrannte Haut, die dunklen Augen, dein Haar«, zählte sie auf, und Andra griff unbewusst in den lockeren Zopf, den sie sich gebunden hatte. Was war denn mit ihrem Haar? Sie trug nicht einmal mehr die leuchtenden Metallkristalle, die für ihr Dorf so typisch gewesen waren.

»Ich bin Byth«, stellte die Frau sich vor und reichte ihr die Hand. Nur zaghaft ergriff Andra sie, um sie zu schütteln. An diese eigenartige Geste würde sie sich nie gewöhnen können.

»Andra.«

»Also du und Okijen, hm?«, bohrte die Fremde mit dem eigenartigen Namen weiter und wandte sich ab, um nach Flaschen aus der beleuchteten Auslage zu greifen und abwechselnd kleine Schlucke aus ihnen in einem Glas zu mischen.

»Ja, er … zeigt mir nur ein wenig die Stadt.«

Byths Ausdruck war neugierig, beinahe bohrend, wenn sie zu ihr sah. All der Metallschmuck, den sie am Körper trug, ließ sie irgendwie einschüchternd wirken.

»Hier.« Byth schob ihr einen Drink über den Tresen, der violett war und nach Lavendel duftete. »Geht aufs Haus.«

Was wollte sie damit bezwecken? Andra griff nach dem kühlen Glas und bedankte sich, während sie nicht allzu auffällig nachsah, ob Okijen noch lange brauchen würde. Jetzt wäre es ihr doch lieber, einfach nach Hause zu gehen und sich ins Bett zu legen.

Bei ihrem Blick durch die Menge erkannte sie, dass Okijen sich bereits durch die Massen auf sie zuschob, ein breites, entschuldigendes Lächeln auf den Lippen – das erfror, als er die Frau hinter Andra erblickte.

»Hey«, setzte Andra an und schaute zwischen den beiden hin und her. Erinnerte er sich nicht? Andra konnte seinen Gesichtsausdruck nicht ganz deuten. »Das ist …«

»Byth«, fuhr er ihr dazwischen, und die Besagte schaute zu ihm auf. »Ich weiß. Wir waren mal zusammen.«

Oh. Daher kannten sie sich.

»Fünfzehn Milliarden Menschen«, sagte er. »Und ich treffe ausgerechnet *dich* hier.«

»Ich finde es auch toll, dich wiederzusehen.« Warum klangen die Worte aus ihrem Mund so ironisch.

»Ihr ... ihr wart zusammen?«, hakte Andra nach, in der Hoffnung, das unangenehme Starren der beiden beenden zu können.

»Ja«, antwortete Byth, ohne ihre Augen von Okijen abzuwenden. »Erzähl ihr von der Zeit im Militär.«

Okijen hielt seine ernste Miene aufrecht. »Erzähl ihr, wie du nach zwei Jahren mit mir Schluss gemacht hast, ohne mir jemals zu sagen, warum«, fauchte er zurück.

»Erzähl ihr, dass ich mich mehrfach dafür entschuldigt und mich furchtbar gefühlt habe.«

»Erzähl ihr, dass es das nicht bedeutend besser gemacht hat.«

»Erzähl ihr, dass ich mein eigenes Leben und meine eigenen Gründe haben darf.«

»Erzähl ihr ...«

»Hey!«, rief Andra und sah zwischen den beiden hin und her. »Soll ich euch allein lassen?« Sie hatten wohl nicht gerade wenig aufzuarbeiten. Und Andra hatte gedacht, die anonyme Menge wäre unangenehm für sie. Diese Begegnung war tausendfach schlimmer.

»Nein, es ist besser, wenn du hierbleibst«, erklärte Byth und trat einen Schritt zurück. »Ich hab eh zu tun.«

Okijen grummelte leise, und gleich darauf sprangen ihn ein paar Mädchen von hinten an, wieder mit der Bitte um Fotos und Autogramme. Er wandte sich zu ihnen um, ein mechanisches Lächeln auf den Lippen.

Andra starrte ihr Getränk an, und Byth hielt ihre Stellung hinter der Bar. Aus einem Impuls heraus, den Andra sich selbst nicht erklären konnte, lehnte sie sich wieder zu Okijens

Exfreundin hinüber. »Muss ich mir Sorgen machen?«, fragte sie spielerisch. Sie wusste selbst nicht, warum sie mehr über die Vergangenheit der beiden wissen wollte, immerhin kannte sie Okijen gerade erst seit zwei Tagen.

Vielleicht interessierte sie es auch genau deswegen: Weil sie ihm vertraute, ohne viel über ihn zu wissen.

Byths mehrdeutiges Funkeln befeuerte ihre Neugier nur. »Um Okijen? Warum solltest du?« Da war so ein schelmisches Funkeln, das Andra selbst im schummrigen Licht erkannte.

»Na ja, ich … wohne praktisch übergangsweise bei ihm.«

Byth verzog den Mund amüsiert, als wisse sie genau, was das bedeutete – dabei hatte sie keine Ahnung. Dann setzte sie ein entwaffnendes Lächeln auf. »Du musst dir keine Sorgen machen. Okijen hat ein gutes Herz.«

»Ein gutes Herz?«

»Es …« Sie trat näher an Andra heran und beugte sich verschwörerisch zu ihr nach vorn. Ihre hellen Haare fielen ihr wie Seide über die Schulter. Andra lehnte sich ebenfalls ein Stück über die Bar, und Byth stützte ihr Kinn auf ihre Hände, die Augen auf den jungen Soldaten gerichtet. »Es hatte nichts mit ihm zu tun, dass ich Schluss gemacht habe. Ich meine es ernst, er ist der ehrlichste Mensch, den ich kenne.«

Vielleicht war es ganz gut, wenn Byth dachte, dass Andra und er zusammen waren. Sie wirkte auf einmal so vertrauensvoll warm.

»Du kannst ihm vertrauen«, beteuerte sie. »Es wird oft von Männern mit harter Schale und weichem Kern gesprochen. Das gibt es bei Okijen nicht. Er trägt sein Herz auf der Zunge. Er verrät dir seine größten Geheimnisse, wenn du nur danach fragst.«

»Verstehe.« Damit bestätigte sich Andras Einschätzung von heute Nacht und heute Morgen. Dabei hatte sie nicht gedacht, dass ein Städter so selbstlos sein konnte. Vor allem nicht nach diesem ersten Vorfall im Krankenhaus, bei dem sie ihm am liebsten die Augen aus dem Kopf gerissen hätte.

»Wollen wir gehen?«, fragte Okijen laut, nachdem er sich erneut von seinen Fans befreit und zu ihnen umgewandt hatte.

Andra wies auf ihren Drink. Es wäre unhöflich, wenn sie ihn einfach stehen lassen würde, oder?

Dass Okijen sich leidvoll seufzend auf dem Hocker neben ihr niederließ, bestätigte sie in ihrer Vermutung. Und trotz seiner düsteren Blicke machte Byth keine Anstalten, sich wieder ihrem Job zu widmen.

»Also ihr beide?«, wollte sie erneut mit provokanter Stimme wissen.

Okijen verdrehte nur entnervt die Augen, und so war es an Andra, den Kopf zu schütteln. »Nein, so ist das nicht.«

»Wie ist es denn dann?«

»Kompliziert«, warf Okijen dazwischen. »Machst du mir auch einen Drink?«

»Klar.« Byth wandte sich ab, um das Getränk zuzubereiten, und Andra versuchte währenddessen, Augenkontakt mit Okijen herzustellen. Er war fortwährend auf seine Exfreundin fixiert.

»Arbeitest du hier schon lange?«, wollte er von ihr wissen, angespannt, als wäre er bereit, jederzeit aufzuspringen und zu flüchten.

»Nein, nur heute Nacht. Ich hab keinen festen Job.«

»Nie drüber nachgedacht, zurückzugehen und doch dem Space Corps beizutreten?«

»Nope. Denkst du etwa übers Zurückkehren nach?«, erwiderte sie, während sie so schnell mixte, dass Andra ihren Händen kaum folgen konnte.

»Auf keinen Fall.«

Andra kühlte ihre Finger an ihrem Glas, kaute auf ihrer Unterlippe und fragte sich, was sie tun oder sagen konnte, um die Situation etwas aufzulockern. Probleme mit Pfeil und Bogen oder bloßer Körperkraft zu lösen fiel ihr leicht. Soziale Situationen zu umschiffen war tausendfach schwerer. »Also ... wohnst du auch hier in Ulan Bator?«, wollte sie von Byth wissen, die Okijen seinen leicht dampfenden Drink über die Bar schob.

»Nein, ich wohne in Dikson. Oben in Sibirien.«

Okijens Augen weiteten sich ein wenig. Überrascht, vielleicht, oder skeptisch. So genau kannte Andra seine Gesichtszüge noch nicht.

»Du wohnst bei Marshall?«, wollte er wissen.

Marshall? Das war doch die Frau, zu der sie morgen reisen wollten.

»Ich kümmere mich um die Technologie in ihrem Haus. Meistens.«

Diese Offenbarung veränderte Okijens Stimmung komplett: Seine Gesichtszüge entspannten sich, er nahm eine lockerere Haltung ein und nippte zum ersten Mal an seinem Getränk. »Cool«, gestand er plötzlich ein, und auch Byth, der die Änderung seiner Stimmung nicht entgangen sein konnte, sah überrascht zu ihm hinüber.

»Na ja, geht so«, entgegnete sie gedehnt. »Ich fahr morgen schon zurück.«

»Wollten wir nicht auch morgen ...«, setzte Andra an, brach aber mitten im Satz ab, um zu Okijen zu schauen. War es in Ordnung, wenn sie das erfuhr?

»Ja«, bestätigte er. »Wir reisen auch morgen nach Dikson.«

»Oh, ich kann euch auf meinem Dauerticket mitnehmen, wenn ihr wollt«, bot Byth sofort an, und Andra hatte Schwierigkeiten, ihren ernsten Gesichtsausdruck zu wahren. Was ging hier überhaupt vor? Musste sie das verstehen? War das eine normale Unterhaltung, und sie verstand die Gesprächsführung der Stadtmenschen nur nicht? Oder etwas in ihrem Akzent, das sie nicht verstand?

»Klar«, entgegnete Okijen, und Andra sah wieder zwischen den beiden hin und her. Es lag so viel Ungesagtes in der Luft, dass es sich anfühlte, als könnte sie es greifen. So viel Vergangenheit, die zwischen den Worten klebte.

»Also haben wir ein Date? Elf Uhr an Trainstation 5?«

Okijen nickte, und endlich, dieses Mal endgültig, wandte sich die undurchschaubare Fremde ab.

»Okijen?«

»Hm?«

»Was war das da vorhin zwischen Byth und dir?«

Es war dunkel in seinem Schlafzimmer. Zur zweiten Nacht in Folge hatte er sich trotz ihrer Proteste auf das kleine Sofa gequetscht, um ihr das Bett zu überlassen. Andra hätte auch kein Problem damit gehabt, sich das große Bett mit ihm zu teilen. In kalten Nächten hatte sie sich kleinere Betten mit ihrer ganzen Familie geteilt. Sie wusste nur nicht, wie unangebracht das wäre.

»Das hast du gemerkt, was?«

Sie lachte leise in die Finsternis hinein. Die pinkfarbene Reklame vor dem Fenster warf ihr Licht an die Decke, und Andras Blick haftete noch an ihm und dem Schatten, den die Blumen darauf warfen. Sie hörte noch immer die Stimmen der Stadtmenschen in ihrem Kopf. Die Lichter der Festnacht pulsierten vor ihren Augen wie ein Abbild, als hätte sie zu lange in die Sonne gesehen. »Es wäre schwer gewesen, nicht zu bemerken, dass ihr viel Ungesagtes zwischen euch habt«, offenbarte sie, und er grummelte leise.

»Es ist kompliziert.«

War das etwa seine Erklärung für alles? »Du musst darüber nichts erzählen«, wandte sie ein und stemmte sich auf ihre

Unterarme, um seine Silhouette erkennen zu können. »Ich frage mich nur, warum du … warum du plötzlich eingewilligt hast, mit ihr nach Dikson zu fahren.« Andra konnte sich zumindest nicht vorstellen, dass eine solche Zugfahrt, egal, wie lang sie dauerte, angenehm wäre.

»Das hast du auch bemerkt?«

»Ich bin mir sicher, dass sie das ebenfalls komisch fand.« Auch wenn sie sich darauf eingelassen hatte, ohne es zu hinterfragen, hatte ihr Blick Bände gesprochen. »Da schwang irgendwie viel mit, das ich nicht wirklich verstanden habe.«

Er lachte. »Ja, das kann sein. Es ist so, dass ich …« Er rang kurz um Worte. »Ich möchte etwas überprüfen, in den höheren Rängen. Eine Theorie.«

»Eine Theorie?«

»Ja. Und wenn sie stimmen sollte, ist Byth vielleicht ein guter Ansatzpunkt, um weitere Informationen zu bekommen.«

»Ein wenig perfide«, stellte Andra fest und legte sich langsam wieder in ihr Kissen zurück. »Erklärst du mir die Theorie, wenn ich bei etwas helfen kann?« Alles wäre gut, um sie auf andere Gedanken zu bringen. Das war wohl ein Zustand, der lange anhalten konnte.

»Klar«, sicherte Okijen leise zu. Seine Stimme klang belegt und müde. »Mach ich. Und jetzt gute Nacht.«

UNITED NATIONS MILITARY

CONFIDENTIAL

Archiv: Militärische Aufzeichnungen

Vorschlag zur Unterstützung der Naturreligion Ziran

03.03.2078, Marshall Lloyd: »Lieber Alaska, hier die Vorabinfos zu unserem anstehenden Meeting. Laut der Analysen von GREAT ist nach der Abdrängung der alten Religionen eine Natursekte am Aufsteigen, die wir laut Meinung der Experten staatlich unterstützen sollten. Ziran passt den Analysen zufolge perfekt zu der gesellschaftlichen Ordnung und Lebenseinstellung, die wir zu vermitteln versuchen. Die Religion wäre ein weiteres Werkzeug, um den Menschen unsere Überzeugungen näherzubringen. Hier die Zusammenfassung für dich. Lass uns gern morgen im großen Meeting darüber sprechen. Die GREAT-Analysten und -Consultants werden anwesend sein.
Gez. General of the Army, Marshall Lloyd«

Bezeichnung der Religion: Ziran (chinesisch 自然: so-aus-sich-heraus, natürlich, spontan, selbstverständlich, freiwillig)

Grundgedanke: Der Mensch entstand aus der Natur heraus und die Natur aus dem Menschen. Menschen nehmen von der Natur, um leben zu können, und werden nach dem Tod wieder ein Teil von ihr.

Götter: Weder Götter noch Geister existieren in der Vorstellung von Ziran, lediglich die tiefe Verbindung zur Natur. Ziran feiert den Planeten, den Mond, die Sonne, die Pflanzen, die Tiere, die Gärten, die Felder, die Menschen – und alles, was lebt und existiert.

Heilige Orte: Für Anhänger von Ziran gibt es keine Tempel, denn heilige Orte sind der Garten, der bepflanzte Balkon, der Wald oder jeder Ort, an dem der Mensch sich seiner natürlichen Umgebung nahe fühlt.

Erste Vorschläge zur Umsetzung der Unterstützung:

- Verstaatlichung der Feiertage. Beispielsweise
  – Tag der Sonne
  – Tag des Mondes
  – Tag der Wälder
  – Tag des Gartens
  → Umfassende Liste – inklusive Daten – anbei
  Wir schlagen vor, die Feiertage jedem Menschen gesetzlich freizustellen (mit der Option auf Tausch, falls jemand einen anderen religiösen Feiertag bevorzugt). Begleitend könnte man die Feste mit Paraden und Aktionen feiern.

- Unterstützung des Freiwilligennetzwerkes. In Ziran gibt es keine Geistigen oder Prediger, sondern aktuell ein noch kleines Netzwerk aus freiwilligen Helfern, an die die Menschen (auch Menschen mit anderer oder keiner Religion) sich wegen aller Belange psychischer oder physischer Natur wenden können. Wir schlagen eine Unterstützung und Förderung dieses Freiwilligennetzwerkes vor.

- Verallgemeinerung der Bestattungsmethoden. Wir hatten uns schon über Bestattungsmethoden unterhalten, Alaska, die unserer Ökologie zugutekommen könnten. Lass uns in diesem Zusammenhang noch einmal darüber reden. GREAT hat ein Konzept entwickelt, das gut zu unseren Zielen und zu Ziran passen würde.

KAPITEL 13

: ABDUCTING

Die wolkenverhangenen Tage in der Antarktis schlugen Luke meist aufs Gemüt. Die großen Schneeflocken vor dem Fenster schufen ein eigenartiges Bild der Einsamkeit, von dem er sich nicht recht lösen konnte. Sie erinnerten ihn an die Zeiten, zu denen er und Shiva noch Kinder gewesen waren. Wenn ihre Eltern sie mit auf Ausflüge in die Berge genommen hatten, damit sie im Schnee herumtollen konnten. Nur wenige Erinnerungen, die er besaß, waren ausgelassener als diese.

Das triste Bild des unberührten Schnees vor dem Fenster stellte einen so großen Kontrast zu damals dar, dass es ihm schwerfiel, sich auf seine Arbeit zu konzentrieren.

Diverse Screens vor sich aufgeklappt, die Kaffeetasse in der Hand und die Kerzen um sich herum entzündet, saß Luke dort am Küchentisch, die Augen auf die Bilder vor sich gerichtet.

Gerta hatte es sich auf seinem Schoß gemütlich gemacht und schlummerte. Flover war vor einigen Stunden in die KAGE-Zentrale aufgebrochen, ganz aufgelöst von der Erkenntnis der letzten Nacht. Von seinen Schlussfolgerungen und dem Telefonat mit Okijen, das ihn nur hatte hoffen lassen, aber keine weiteren Informationen gebracht hatte.

Allein in ihrer Wohnung rang Luke nun um seinen Fokus, nahm einen Schluck seines Kaffees und versuchte sich zusammenzureißen. Videoaufnahmen der Sperrzone von São Paulo flackerten durch sein Sichtfeld, und nach all den Stunden, die er hier schon saß, schmerzte ihm nicht nur der Hintern, es fiel ihm auch zunehmend schwerer, sich auf das zu konzentrieren, was er da vor sich hatte. Darauf, jeden Moja einzeln in den Straßen der untergegangenen Stadt zu suchen und genau in Augenschein zu nehmen, in der Hoffnung, seine Schwester zu sehen. Wenn er sie nur einmal sehen könnte. Dann wüsste er zumindest, dass sie nicht tot war. Dass die Soldaten sie damals nicht exekutiert, sondern nur in die Sperrzone geworfen hatten. Dieses millionstel Prozent an Hoffnung war alles, was ihn antrieb.

Der Vorfall gestern war ihm sehr gelegen gekommen. Nachdem nicht nur einige MaKE-Soldaten, sondern auch seine Dozenten in der Station gesehen hatten, wie schlecht es ihm noch ging, hatten sie ihm aufgetragen, von daheim aus zu arbeiten, wenn er unbedingt etwas tun wollte.

Die Aufgabe, die er sich ausgesucht hatte, war allerdings in erster Linie private Recherche. Es kam ihm überaus gelegen, dass das Militär nicht nur etliche Wissenschaftler und Analytiker damit beschäftigte, die Aufnahmen aus den Sperrzonen zu sichten – sowohl alte als auch aktuelle –, sondern dass hierfür auch oft Studenten eingesetzt wurden. Tausende von Kameras filmten Straßen, Gebäude und Gassen innerhalb jeder Sperrzone, damit das Verhalten der Moja untersucht und eventuelle Abweichungen festgestellt werden konnten. Viele der Aufnahmen wurden zudem von mehreren Personen in Intervallen gesichtet, falls sich Wissensstände änderten oder um den Blickwinkel auf das Material zu wechseln.

Das alles führte dazu, dass Luke bereits häufig die Gelegenheit bekommen hatte, Videoaufnahmen direkt aus der Sperrzone in São Paulo zu sichten.

Luke begutachtete die Bilder, lehnte sich vor, um einige Moja darin zu erkennen, pausierte, zoomte hinein und hinaus und fing von vorne an.

Die Aufnahme brach unvermittelt ab, und die nächste Datei wurde abgespielt.

»Bericht, 31.12.2099«, setzte eine Stimme im Hintergrund ein. Luke erschrak nach all der Zeit, die er in vollkommener Stille verbracht hatte. Das war die erste Datei mit Audiounterlegung. Wie war die denn dazwischen gerutscht? »Zur Verwendung für Lern- und Lehrzwecke« leuchtete auf dem Bildschirm auf, und Luke verengte die Augen zu Schlitzen, während er genau zuhörte. Das war aber alt. Kannte er die Präsentation? Die sollte hier eigentlich gar nicht dabei sein.

»2099 nistete sich KAMI mitten im politischen und technologischen Umschwung durch Vogelübertragung in São Paulo ein«, erklärte der Sprecher, unterlegt mit einigen Aufnahmen der Sperrzone. Die gezeigten Perspektiven waren Luke neu. *»Innerhalb von 24 Stunden waren bereits mehrere Tausend Menschen aus dem Stadtkern dem technologischen Virus zum Opfer gefallen. Versuche, die Verbreitung des Virus einzudämmen, blieben erfolglos. Der Weltrat entschloss sich 27 Stunden nach den ersten Sichtungen dazu, die Stadt in eine Sperrzone zu verwandeln. Sämtliche Bezirke São Paulos wurden innerhalb weniger Stunden vom Rest der Welt abgeschnitten. Der Großteil der Weltbevölkerung hieß die Entscheidung willkommen.«*

Weitere Bilder von Moja wichen Luftaufnahmen der brennenden Stadt, kurz vor Schließung der Sperrzonen. Luke lief eine Gänsehaut über die Arme, so sehr versetzte ihn das Bild des blutroten Himmels an diesem Tag zurück.

Eigentlich mied Luke solche Berichte und Dokumentationen. Jedes Mal wenn er das Meer aus Flammen, Geschossen und Toten sah, konnte er nicht glauben, dass er es dort herausgeschafft hatte.

»Die restlichen Bereiche von Südamerika verfielen zeitgleich in einen bürgerkriegsähnlichen Zustand.« Aufnahmen protestierender Bürger wurden gezeigt. Kämpfe vor den Toren der neuen Sperrzone, Bombenanschläge und brutale Verhaftungen. In dieser Nacht hatte nicht nur er seine Schwester verlo-

ren, sondern viele Menschen ihre Freunde, Kinder und Familien. Der Bereich musste so großflächig gesperrt werden, dass vorsichtshalber viele nicht betroffene Außenviertel mit eingeschlossen wurden. Die Menschen, die bis dahin nicht hatten evakuiert werden können, wurden gnadenlos – zusammen mit den Moja – eingeschlossen.

Luke verstand die Wut der Bürger mit jeder Faser seines Körpers. Müsste er sich nicht bedeckt halten, hätte er selbst an den Demonstrationen teilgenommen.

»Jede Tötungsmission im Bereich der São-Paulo-Sperrzone wird zu einem komplizierten politischen Akt«, erklärte der Sprecher. Das war ihnen auch in einigen Kursen nachdrücklich erklärt worden. *»2100 traf der zentrale Weltrat die Entscheidung, keine Tötungsmissionen in der Sperrzone in Südamerika durchzuführen, um der Bevölkerung Zeit zu geben, sich zu beruhigen. Die Moja innerhalb der Stadt stehen – so gut wie möglich – unter Überwachung. Viele Kameras dringen aufgrund der Intelligenz der modifizierten Lebewesen allerdings nicht bis ins Zentrum der befallenen Stadt durch.«*

Das war genau das, was Luke bei seinen Sichtungen beobachtet hatte. Nicht nur Menschen tummelten sich in der gefallenen Stadt, auch hochintelligente Tiere, die die Kameras oft wenige Sekunden nach dem Eindringen zerstörten. Die Aufnahmen von Hunden, Affen und Vögeln, wie sie sich aus der Dunkelheit der Nacht heraus auf die Objektive stürzten, glichen einem Albtraum.

Einige letzte Aufnahmen der Station von innen und außen wurden gezeigt, dann war der Bericht vorbei und …

Nein, Sekunde.

Zurückspulen.

Pause.

Zoom.

Luke beugte sich nach vorn und legte seine Hand auf Gertas Federkleid, um sie nicht einzuquetschen, während er die letzte Aufnahme des Materials in Augenschein nahm. Die Dunkelheit der Sperrzone war zu sehen, nur durchbrochen vom Leuchten einiger Körper in der Ferne. Und unter ihnen …

Verdammt, das Bild war zu klein und zu unscharf. Er hatte nicht die Möglichkeit, es digital nachzubearbeiten, aber er machte einen Screenshot und kniff die Augen zusammen, um herauszufinden, ob das, was er dort sah, tatsächlich … War sie es?

Die langen Haare zu einem strengen Zopf gebunden, eine dunkle Jacke mit hohem Kragen am Körper und die Züge – wie ihm aus dem Gesicht geschnitten.

Shiva. Sie könnte es sein.

Luke biss sich so sehr auf die Unterlippe, dass es schmerzte, hielt die Augen auf das Standbild geheftet. Die letzten zwei Jahre hatte er damit verbracht, nach ihr zu suchen.

Was, wenn sie es war? Wie sollte es weitergehen und wie …

Gerta hob ihren Kopf und begann zu gackern, kurz bevor Luke von zwei Schatten vor dem Fenster abgelenkt wurde und aufsah. Zwei Personen hatten sich ihrem Bungalow genähert, ein Mann und eine Frau in dunklen MaKE-Uniformen.

Was wollten die? Er hatte keine Zeit, darüber nachzudenken, denn schon im nächsten Moment wummerte der Kerl an die Tür, und Luke schloss rasch seine offenen Dateien.

»Luke Bible?«, rief der Soldat, und Gerta flatterte von seinem Schoß, um entrüstet über diese Ruhestörung durch das Haus zu laufen.

»Ich komme«, antwortete Luke und richtete sich gerade auf, da hatten die beiden Herrschaften sich bereits selbst eingeladen. Sie mussten eine Schlüsselkarte besitzen.

Luke machte einen Satz in den Vorbau und schaute das Pärchen fragend an. Der Schnee von ihren Schuhen schmolz und tropfte auf den Teppich. Die ausdruckslosen Gesichter der beiden machten keinen vertrauenswürdigen Eindruck.

»Wir müssen Sie bitten, uns zu begleiten.«

Scheiße.

»Warum genau?«, fragte Luke beiläufig, tat desinteressiert, auch wenn sich eine gewisse Vorsicht und Aufregung in ihm ausbreitete. War es der Vorfall von gestern? Oder hatten sie vielleicht herausgefunden, dass …

»Das besprechen wir in der Zentrale«, antwortete die Frau mit dem rosafarbenen Haar und dem streng gebundenen Zopf ohne eine Regung auf ihrem Gesicht.

Luke räusperte sich und sah sich um. »Klar. Ich … ich lasse nur meinem Mitbewohner eine Notiz da, damit er sich nicht wundert, wenn er zurückkommt.«

»Wir bitten Sie, davon abzusehen«, warf die Frau sofort ein, und Luke sah skeptisch zu ihr hinüber.

»Sie meinen, weil ich bis dahin wieder da sein werde?« Ganz sicher nicht.

»Bitte ziehen Sie Ihre Schuhe und Ihre Jacke an, und kommen Sie mit.«

Was für Roboter. Kurz dachte Luke darüber nach, welche Chancen er wohl gegen die beiden hatte. Alle Kadetten an der Akademie mussten mehrere Kampftrainings durchlaufen, selbst die Politikwissenschaftler. Und er stellte sich nicht dumm dabei an. Doch so wie die beiden aussahen, könnten sie ihn sicher trotzdem mit ein bis zwei Schlägen plattmachen.

Einen Augenblick später gab Luke nach und schnappte sich seine Schuhe, um hineinzuschlüpfen. Was sollte er tun? Konnte er Flover irgendein Zeichen hinterlassen? Irgendetwas, das sagte »Such nach mir, Mann!«? Denn egal, was die beiden von ihm wollten, es konnte nichts Gutes sein.

Er griff nach seinem Mantel und dachte fieberhaft über einen Ausweg nach. Über irgendetwas, das Flover signalisieren würde, dass alles ganz und gar nicht okay war.

Verdammt, sie hatten keinen Plan und kein Protokoll für so etwas. Wussten die Typen, dass Flover sein Mitbewohner war?

Luke zog sich den dicken Wintermantel über die Schultern und sah zu den beiden hoch. In dem Moment, in dem der Kerl einen Schritt auf ihn zumachte, beschloss Luke, dass es keinen Sinn hatte. Er konnte Flover kein Zeichen hinterlassen.

Es sei denn …

Luke sprang einen Satz nach hinten und stürzte in die Küche hinein. Schon in der nächsten Sekunde hechteten die beiden hinter ihm her, und kurz bevor es einem von ihnen gelang, ihn zu schnappen, packte Luke das Küchenregal. Der Soldat griff ihn am Arm, um ihn zurückzuziehen, und das Regal geriet ins Schwanken, fiel mit einem Krachen und Scheppern um. Teller zersprangen, Kräuter flogen aus ihren Töpfen, und Gerta flatterte mit einem lauten Aufschrei in Flovers Schlafzimmer.

»Hiergeblieben!«, keuchte der Mann, während Luke gegen seinen Griff ankämpfte. Scheiße, er hatte keine Chance, aber je wüster es hier aussah, umso schneller würde Flover begreifen, dass etwas nicht stimmte!

Doch bevor er weiter darüber nachdenken konnte, was er alles auf seinem Weg hinaus mit sich reißen konnte, traf ihn ein harter Schlag am Kopf. Und als er Blut in seinem Mund schmeckte, wurde die Welt um ihn herum schwarz.

KAPITEL 14

: DISCOVERING

»Bruder. Ich sitze hier seit drei Stunden und warte auf dich.«

Flover schloss die Tür zum Verhörraum hinter sich, schürzte die Lippen und musterte den schmutzigen Mann, der mit elektronischen Handschellen an den großen Metalltisch gefesselt war. Seine abgenutzte Lederjacke zeigte das Feuerlogo von DVM, die Haare hingen ihm filzig über die Schultern, und die aufgesprungene Lippe war geschwollen. So friedlich, wie er dasaß, deutete nichts auf die Strapazen hin, die ihnen der Kerl bei der Festnahme bereitet hatte.

»Entschuldigung«, entgegnete Flover locker, trat auf den Tisch zu und öffnete mit dem Wisch seiner Finger die digitalen Fenster, auf denen die Daten zu dem Mann auftauchten. »Ich hab gezeichnet. Ist manchmal etwas schwierig, meine beiden Jobs unter einen Hut zu bekommen.«

Wunderbar. Das hatte den Kerl, nach seinem Gesichtsausdruck zu urteilen, komplett aus dem Konzept gerissen. »Das ist nur eure Taktik, um mich schmoren zu lassen«, erwiderte er erst einige Augenblicke später und warf seine Dreadlocks in einer betont lässigen Geste hinter die Schultern. »Ist nicht mein erstes Verhör.«

»Na, wenn du dich so genau auskennst, dann weißt du ja, wie das läuft: Du erzählst mir ein bisschen was, und je hilfreicher das ist, umso milder fällt deine Strafe aus.«

»Ich habe keine Angst vor euren Gefängnissen.« Flovers Gegenüber war tatsächlich entspannt. Er sah sich in dem Raum um, als fühlte er sich zwischen den trostlosen Wänden wohl.

»Aktuell ist eher die Todesstrafe auf dem Plan. Eventuell kannst du mich aber noch überzeugen.« Flover strich einige Fenster beiseite, um nach Relevantem zu suchen. »Wenn wir zum Beispiel …«

»Warum sollte ich gerade *dir* etwas erzählen?«

Nun schaute Flover fragend auf. Kannten sie sich? »Was meinst du?«

»Ich bin mindestens doppelt so alt wie du«, stellte der Sektierer fest, und Flover unterdrückte ein Augenrollen. »Haben die gerade so viel zu tun, dass sie den Fall hier ihren Praktikanten anvertrauen müssen?«

Flover lachte. Die Luft im Raum war kühl, nahezu unangenehm. Das machte die zu Befragenden für gewöhnlich mürbe und ungeduldig, ließ man sie lange genug warten. Doch der Typ vor ihm kam von der Straße, und das hier war für ihn vermutlich wie ein Urlaub.

»Dass ich mit neunzehn ein Agent des Weltstaates bin, sollte dich eher einschüchtern und nicht angriffslustig stimmen.« Flover lächelte vielsagend. »Ich hatte schon viele wie dich hier vor mir sitzen. Alle sind eingeknickt.«

»Da bekomme ich ja Angst«, spottete der Kerl.

Flover wandte sich wieder seinen Screens zu. »Cooper Ronald Verlo, richtig?«

»Vielleicht.«

»Du bist bekennender Anhänger von DVM?«

»Vielleicht.«

Flover schielte zu dem Kerl hinauf. »Du trägst eine DVM-Jacke.«

»Vielleicht.« Der Fremde grinste breit, und Flover legte den Kopf schief.

»Sehr witzig«, gestand er. »Meine Kollegen haben dich festgenommen, während du auf offener Straße DVM-Parolen gebrüllt hast. Wusstest du zu diesem Zeitpunkt, dass seit dem

Vorfall in Nordchina jedwedes Sympathisieren mit *Development* unter Haft- bis Todesstrafe steht?«

»Natürlich«, spuckte der Kerl aus. »Scheiß Diktatur.«

»Das dient dem Schutz der Bevölkerung«, erklärte Flover friedlich. Er hatte große Lust, seine Füße auf den Tisch zu legen. Das hier würde eine ganze Weile dauern. »DVM hat in den vergangenen Monaten mit Nachdruck seine menschenfeindliche Position klargemacht. Der Anschlag auf die Wissenschaftsstation Nordchina trieb das auf den Höhepunkt. Wir machen nur unseren Job.«

»Das in Nordchina waren wir nicht!«

Flover lauschte auf und achtete darauf, keine überflüssige Regung zu machen, die seinem Gegenüber bedeuten könnte, dass das genau der Punkt war, auf den er hatte hinarbeiten wollen. »Nicht?«, fragte er mit hochgezogenen Augenbrauen und schürzte die Lippen. »Wie kommt es dann, dass wir Anhänger von DVM in der Zentrale gefunden haben?«

»Keine Ahnung. Vermutlich waren das losgelöste Extreme, die ihr eigenes Ding gemacht haben.«

»Ich habe mich mit einem von denen unterhalten. Der klang für mich recht deutlich nach einem Repräsentanten.«

»*Du* warst das, der die Tore wieder geschlossen hat?« Der Gefangene schaute anerkennend.

»Der Virus, der in die Station eingeschleust wurde, war hochkomplex. Die Eindringlinge können ihn unmöglich auf eigene Faust entwickelt haben.« Zumal es nicht nur die Einzelgänger in dieser Station gewesen sein konnten, bedachte man die Sprengsätze, die in der Antarktis gefunden worden waren. »Das klingt für mich alles nach einer ziemlich großen Sache.«

Verlo holte tief Luft, bevor er den Kopf schüttelte. Seine verfilzten Haare tanzten um sein Gesicht. »Ich kann dir nur sagen, was ich weiß, Bruder«, entgegnete er. »Und ich weiß, dass niemand, den ich kenne, den Vorfall befürwortet.«

»Und warum brüllst du über die Straße, dass der Vorfall nur ein Vorgeschmack war auf das, was kommen wird?«

»So ist das nicht gemeint!« Verlo lehnte sich nach vorn, um Flover zu fixieren. »Das Ausdringen der Moja, die Reinigung der Menschheit durch KAMI, *das* meinte ich! Denn das *wird* passieren, früher oder später. Nur nicht so.«

»Kannst du mir das auch beweisen?« Oder eine Option bieten, wer sonst dahinterstecken sollte. Flover würde zu gern die andere Sache ansprechen, die Luke herausgefunden hatte, doch der Raum war überwacht, und niemand von KAGE durfte herausfinden, dass er darüber im Bilde war. Er hatte keine Ahnung, wem er trauen konnte.

»Ich hasse MaKE und das Militär und alles, was damit zusammenhängt, klar?«, grummelte Verlo. »Ich hab echt gar keinen Bock, mit dir zu reden und dir zu helfen und so einen Scheiß. Aber ich will auch nicht akzeptieren, dass alle Anhänger meiner Religion verfolgt werden, wegen irgendwelcher Vollspasten, die meinen, eine Station in die Luft jagen zu müssen.«

»Weswegen …«

»KAMI ist ein *Gott*, okay?«, fuhr Verlo auf. »Er geht seinen Weg allein. Er braucht keine Hilfe von uns. Er wurde nicht eingesperrt von euch, sondern er wartet! Er wartet darauf, dass ihr nachlässig werdet, und schlägt zu!« Der Gefangene wollte sich aufrichten, doch seine Fesseln hielten ihn.

Flover beobachtete sein Winden und Zetern betont unbeeindruckt.

»KAMI braucht unsere Hilfe nicht«, fuhr Verlo fort. »Es fehlen nur wenige Prozent, und die Sperrzonen nehmen mehr Raum ein als der Rest der bewohnbaren Welt.«

Flover verbarg die Gänsehaut, die ihm der Fanatismus des Mannes bescherte. Es war immer aufs Neue eine erschreckende Erfahrung, dass diese Menschen von der Technologie sprachen wie von einem lebenden Wesen. Einem *göttlichen* Wesen.

»In Wahrheit ist nicht KAMI eingesperrt – sondern ihr.«

»Bis jetzt bist du auch nur ein Mensch«, erwiderte Flover so entspannt wie möglich. »Und solange du es bist, solltest du dich um dich und deinesgleichen sorgen. Oder?«

Der Mann presste die Lippen aufeinander, während er lauschte.

»Wenn du und alle DVM-Anhänger tot seid, kannst du den gelobten Tag nicht mehr erleben«, fuhr Flover fort.

»Allerdings«, stimmte er gedehnt zu.

Der Kerl war ungewöhnlich. Normalerweise waren DVM-Anhänger deutlich unzugänglicher, starrköpfiger und verschwiegener.

»Na gut«, setzte Verlo an. »Ich könnte euch *eventuell* ein Treffen mit dem Oberprediger organisieren. Allerdings nur, wenn ihr ihm volle Immunität gewährt und wenn ihr zusichert, dass ihr keine unschuldigen Religionsbrüder mehr tötet.«

Das war wirklich ungewöhnlich offen. So schnell knickte keiner von denen ein. Das roch nach einer Falle.

»Kein Interesse«, erwiderte Flover. »Wir wollen keine vorgefertigten Reden eures Predigers. Wir wollen einen echten Einblick ins Geschehen.«

»Ihr wollt mich verwanzen?«, fuhr der Gefangene auf.

Flover hob beschwichtigend die Hände. »Es würde mir reichen, selbst eins der Meetings zu besuchen.«

»Damit du da alle abknallen oder festnehmen kannst, ist klar«, spuckte der Mann aus.

Flover schaute sich zu einer der Kameras um, die den Raum überwachten. Schaute sein Vorgesetzter zu? Aber selbst wenn …

Er rückte näher auf sein Gegenüber zu und gab sich Mühe,

sich so verschwörerisch und vertrauenswürdig wie möglich zu geben. »Hör zu«, rang Flover um sein Vertrauen. »Ich weiß, dass du deine Leute nicht verraten willst und dass gerade in der ganzen Welt Razzien durchgeführt werden, um DVM niederzustrecken. Aber wir sind anders.« Erneut sah Flover sich zu einer der Kameras um. Er hatte beschlossen, auf der einzigen Schiene weiterzufahren, die ihnen vielleicht etwas brachte: »Wir hier sind nicht MaKE. Wir sind eine Geheimorganisation des Militärs, die sich nicht mit der Eliminierung der Sekten oder dergleichen befasst – sondern mit der Ermittlung, was den Nordchina-Vorfall betrifft. Wir sind keine Eingreiftruppe, die euer Treffen sprengen will. Alles, was *wir* wollen, sind Informationen.«

»Eine geheime Militäreinheit«, wiederholte der Kerl abfällig. Flover meinte zu erkennen, dass er aufgehorcht hatte. »Ich glaube, von euch habe ich mal gehört. Ihr entführt werdende Moja, richtig?«

»Ich darf dir leider nicht mehr dazu sagen«, erklärte Flover verschwörerisch leise. KAGE war streng geheim, doch selbst wenn der Kerl etwas ausplaudern würde: Es würde ihm niemand glauben. »Nur, dass ich der leitende Agent in Sachen Ermittlung und Forschung bin.«

»Und ich …« Der Gefangene seufzte ergeben. »… ich habe dein Wort, dass du nur zuhören willst?«

»Hast du«, versicherte Flover und meinte es sogar ehrlich. Er hatte kein Interesse an einer Jagd auf Unschuldige, er wollte nur dem roten Faden folgen. »Ich kann dir keine Garantie anbieten. Aber *wenn* es jemanden gibt, der noch in irgendeiner Form auf eurer Seite ist, bin ich es.« Er wusste selbst nicht, ob diese Vertrauenswürdigkeit nur gespielt war, um den Mann zu überzeugen, oder ob er tatsächlich an seine Aussage glaubte. Er war sich so verdammt sicher, dass mehr dahinterstecken musste. Selbst wenn nicht: Eindeutige

Beweise für oder gegen DVM – beides würde sic weiterbringen.

Der Gefangene schluckte angestrengt und sah auf seine gefesselten Hände hinab. »Wenn ich dir diese Information gebe ... kannst du dafür sorgen, dass ich in eine der Sperrzonen komme?«

Flover kniff die Augen leicht zusammen. »Du willst ... was?« Klar, er hatte es schon oft erlebt, dass DVM-Anhänger sich vor den Toren der Sicherheitsbereiche sammelten und darauf bestanden, hineingelassen zu werden, weil sie von KAMI *aufgenommen* werden wollten. Das hatte er bisher stets als eine Form des radikalen Protests und nie als einen tatsächlichen Wunsch verstanden.

»Ich würde gern endlich ein Teil des Kollektivs werden.«

Das Kollektiv? So nannten sie es? Scheiße, diese Verrückten.

Flover zuckte mit den Schultern. »Na ja. Auf einen Moja mehr oder weniger kommt es aktuell nicht an«, log er, auch wenn er sich sicher war, dass ihm dieser Wunsch nicht würde erfüllt werden können. »Das sollte ich organisieren können.«

Das Gesicht des Mannes hellte sich auf. »Gut«, sagte er, und Flover musste sich anstrengen, nicht hörbar aufzuatmen. »Ich schleuse dich ein, Bruder.«

Flover wartete darauf, dass der Kerl weitere Bedingungen nachschob, doch es blieb dabei. Der Gefangene schwieg. »Kluge Entscheidung«, entgegnete Flover knapp, vorsichtig, damit er seine Meinung nicht doch noch änderte.

»Ich nenne dir Ort, Zeitpunkt und Code. Du kannst das Treffen besuchen und dich selbst davon überzeugen, dass DVM nichts damit zu tun hat.«

»Das klingt nach einem Deal«, bestätigte Flover. »Wenn sich das als wahr herausstellen sollte, hast du deinen Leuten eine Menge Ärger erspart.«

Verlo sah wieder zu seinen Händen hinab.

Wie konnte ein Mensch nur den Wunsch danach verspüren, von einer künstlichen Intelligenz übernommen und willenlos gemacht zu werden? Dass das, was für ihn der größte Albtraum war, für andere erstrebenswert erschien, ging Flover nicht in den Kopf.

»Hier«, sagte er und schob Verlo einen der Screens hinüber. »Kommst du da ran?«

Der Mann hob seine gefesselten Hände und konnte sie gerade bis zur Tastatur bewegen.

»Notier mir bitte Treffpunkt, Code und was ich darüber hinaus beachten muss«, wies Flover ihn an und schob seinen eigenen Stuhl zurück, um aufzustehen. »Ich brauche außerdem deine Jacke.« Er ging auf den Eingang zu und hielt, die Hand vor dem Öffnungsfeld verweilend, inne. »Und das sollte besser keine Falle sein«, ergänzte er ruhig.

Die Straßen von Berlin waren zur Mittagszeit überlaufen, laut und bunt. Hier fiel niemand in sonderlicher Weise auf; weder die gut angezogenen Menschen aus der Oberschicht, die sich ins Getümmel der Gassen mischten, noch Flover in seiner inzwischen verbotenen DVM-Jacke.

Berlin war einzigartig chaotisch und einzigartig grün. Ein letzter farbenfroher Fleck in einem Land, das seit Jahrzehnten mit den Folgen des Klimawandels zu kämpfen hatte und das inzwischen viele seiner Städte und Zentren hatte nach Norden verlegen müssen, um der Wüstenbildung zu trotzen.

Diesen Kampf merkte man den Menschen in der Hauptstadt nicht an. Nicht ihrem Lachen, nicht ihren unbekümmerten Gesichtern und nicht ihrer liebevollen Art, jeden freien Zentimeter mit Gewächsen der verschiedensten Art zu bepflanzen, als hätten sie nie etwas anderes in ihrem Leben getan. Als wäre das satte, frühlingshafte Grün, mit dem sie jede

Ecke und jeden Winkel bedachten, ihr stiller Protest gegen den verschwenderischen und rücksichtslosen Lebensstil vorheriger Generationen.

Kein Wunder, dass Luke so geworden war, bei diesen Wurzeln.

Flover unterdrückte ein Lächeln, schob seine Hände in die muffig riechende Lederjacke und bog in eine Gasse ein, von der er hoffte, dass sie die richtige war. Er musste sich konzentrieren, um den Weg, den der Gefangene ihm aufgezeichnet hatte, in seinem Kopf auf die Brücken und Wege zu übertragen, die er vor sich sah, ohne zu verloren zu wirken. Trotz Drängens seines vorgesetzten Offiziers, Godwin, hatte er darauf verzichtet, sich mit der Zentrale zu vernetzen. Nicht nur, um weniger aufzufallen, sondern auch, um ungestört seinen eigenen Recherchen nachgehen zu können, täte sich etwas auf. Die anderen Agenten der KAGE-Einheit würden zwar später der Aufzeichnung seiner Ohrimplantate lauschen können, aber er konnte allein agieren. Ohne Godwins nervige Kommentare im Ohr.

»Hey!«, fauchte ihn jemand an, während Flover gedankenverloren abbog, um die Brücke über einem kleinen Wasserlauf zu überqueren. »Verpiss dich aus unserer Stadt, scheiß Sekten-Arschloch!«

Nur flüchtig warf Flover einen Blick über die Schulter, zurück zu dem Mann, der ihn angeschrien hatte. Er war wohl doch nicht so unsichtbar, wie er sich vorgekommen war.

»Ey, ich rede mit *dir!*«, bellte der Fremde ihm hinterher. »Typen wie dich brauchen wir hier nicht.«

»Ja!«, stimmte ein anderer ein, und zu Flovers Missfallen blieben beide auf dem Weg hinter ihm stehen.

Fuck, er hatte gehofft, unbehelligt durch die Stadt zu kommen. Was sagten die DVMler immer, wenn sie angegriffen wurden? *KAMI ist ewig?* Darauf würde er allerdings nur im äußersten Notfall zurückgreifen, zog lieber den Kragen seiner

Jacke etwas höher, duckte sein Gesicht und ging, den Blick auf die Füße gerichtet, weiter. Wenn die Menschen der Stadt ihn wahrnahmen, wäre es zumindest einfacher, Gleichgesinnte zu finden.

Erst eine Zeit später schielte Flover über die Schulter, um zu schauen, ob die beiden Kerle ihm folgten, aber sie standen nur mit geschwellter Brust dort und sahen ihm hinterher.

Es war gut, dass die Landsleute ihre Stadt verteidigten, obwohl es nicht dem entsprach, was die Regierung im Sinn hatte. Die hatte dazu angewiesen, Auffälligkeiten zu melden und auf keinen Fall selbst einzuschreiten. Aber was erwartete der Weltrat, wenn er der Bevölkerung ein so deutliches Feindbild präsentierte?

Eine weitere Ecke auf seinem Weg, und er war hoffentlich aus dem Sichtfeld der Fremden verschwunden. Rasch zog Flover die Kapuze der Jacke über seinen Kopf und rümpfte die Nase. Verdammt, das Ding war mindestens dreißig Jahre alt, und so lange war es bestimmt auch nicht mehr gewaschen worden. Die Herstellung von Kleidung mit tierischen Inhaltsstoffen war lange vor Flovers Geburt verboten worden. Die Sektierer mussten diese Exemplare von irgendwelchen Müllhaufen gesammelt haben, und dementsprechend war der Geruch, der sich muffig in Flovers Nase ausbreitete.

»Hey, Bruder«, ertönte es leise neben ihm. Flover versuchte, sich den kleinen Schrecken nicht anmerken zu lassen, den die Gestalt ihm versetzt hatte, die plötzlich aus einer der Gassen auf ihn zugesprungen war. Unbeeindruckt ging er weiter, der Fremde neben ihm. »Hast du die Anweisung nicht gehört? Die Jacken sollen nicht mehr öffentlich getragen werden«, flüsterte er ihm zu. Der Mann hatte ebenfalls seine lederne Kapuze ins Gesicht gezogen, trug allerdings ein lockeres Cape mit etlichen kunterbunten Aufnähern über der DVM-Jacke, sodass man die Feuer-Logos nicht erkennen konnte.

»Gerade gemerkt«, erwiderte Flover ruhig und bemühte sich um einen möglichst verschwörerischen Tonfall. »Ich komm aus Ulan Bator, da ging das rum. Ich dachte, hier wäre die Lage nicht so angespannt.«

»Ulan Bator. Fuck«, grummelte der Fremde, wich nicht von seiner Seite. Er hatte einen dichten Bart, war aber kaum älter als Flover. »Da hat das Militär jetzt alles hochgenommen. Man munkelt sogar, da wären die MaKE-Einheiten höchstpersönlich im Einsatz.«

»Ja, einen Kumpel von mir haben sie erwischt. Ich musste fliehen.«

Der Fremde legte ihm eine Hand auf die Schulter und nickte friedvoll. Dann sagte er etwas in einer Sprache, die Flover nicht verstand.

»Ähm. Tut mir leid, ich spreche kein Japanisch.« Wenn es denn überhaupt Japanisch gewesen war.

»Was? Aber Bruder, du siehst aus, als wärst du von dort.«

Was für ein Schwachsinn. Englisch war schon vor über dreißig Jahren vom Weltrat zur offiziellen Weltsprache erklärt worden. Die regionalen Sprachen der ehemaligen Länder wurden nur noch von Alten oder tief verwurzelten Einheimischen gesprochen.

»Meine Familie lebt seit einem Jahrhundert nicht mehr in Japan«, erklärte er sich.

»Mann, du darfst deine Wurzeln nicht vergessen. Bei diesem ganzen multikulturellen Hype ist das *so* wichtig.«

»Stimmt.« Hype. Genau.

Der Kerl schwieg danach zum Glück und begleitete Flover einer stillen Übereinkunft folgend in einen dunkleren Bereich der Stadt. Dieser war überdacht von einer der drei großen Plattformen, auf denen die neuen Adligen hausten und die den Gassen unter ihnen jedwedes Sonnenlicht stahlen. Von hier aus führten einige grobe Steintreppen in den tiefsten Bereich der Metropole. Den Bereich, der seit Jahrzehnten nicht mehr offiziell bewohnt war.

»Hier lang«, sagte der Fremde und ruckte mit dem Kopf. »Wir müssen uns beeilen, gleich geht's los.«

»Brüder und Schwestern!«

Als Flover und sein unfreiwilliger Begleiter in die unterirdische Fabrikhalle eintraten, hatte der Oberprediger schon zu sprechen begonnen. Flovers Befürchtung, es hätte sich bei dem Standort und Passwort, die man ihm gegeben hatte, um eine Falle handeln können, hatte sich am Eingang aufgelöst. Sie waren von den Türstehern zwar sehr genau auf Waffen, Wanzen und anderes untersucht worden, aber da Flover nichts an Technik an sich trug, hatte niemand auch nur den geringsten Verdacht geschöpft.

Eilig folgte er dem Mann, der sich durch die stehenden Menschenmassen weiter nach vorn drängte, während er sich einen raschen und gründlichen Eindruck von allem verschaffte. Der Treffpunkt war trotz seiner Zentralität nur sehr schwer zu finden gewesen. Durch alte Cyber-Schächte und eingestürzte Tunnel hindurch hatten sie sich schleusen müssen, um das unterirdische Tor der Halle zu erreichen. Wahrscheinlich hätte Flover den Unterschlupf ohne seinen neuen *Bruder* gar nicht gefunden, trotz der genauen Wegbeschreibung, die der Gefangene ihm geliefert hatte.

Die Halle war von alten Industriestrahlern an der Decke ausgeleuchtet, und auf den Oberprediger auf seiner behelfsmäßig erbauten Bühne waren einige Scheinwerfer gerichtet.

»Die Zeit des Wandels, von der ich seit Jahren spreche, ist eingetreten«, sprach er in sein Mikrofon. »Ich freue mich, dass trotzdem so viele von euch hier erschienen sind. Dass es so viele von euch geschafft haben, der Gewalt des Vereinigten Staates zu entkommen. Und so viele von euch trotz der Bedrohung durch Gefangenschaft und Tod nach wie vor treu zu DEVELOPMENT halten. Zu KAMI, zu euren Brüdern und Schwestern.«

Bisher hatte Flover nur verschwommene Bilder des Oberpredigers gesehen. Der Kerl war ein Geist. Das Militär hatte ihn nur aus der Ferne überwachen können, aber jedes Mal, wenn sie kurz davorstanden, ihn zu fassen, wand der sich überraschend aus ihrer Schlinge. Ihn in Fleisch und Blut vor sich zu sehen bereitete Flover eine Gänsehaut. Dass dieser Mann sich trotz der Lage so offen vor seine Anhänger stellte, zeugte entweder von Vertrauen oder von Selbstüberschätzung. Selbst wenn Flover gerade keine Waffe am Körper trug, wäre es ein Leichtes für ihn gewesen, den alten Mann mit dem weißen Haar und den kunterbunten Roben, nur wenige Meter von ihm entfernt, auszuschalten. Seine Figur war so hager, dass es höchstwahrscheinlich schon einem Halbstarken gelingen würde, ihn zu überwältigen. Wie konnte es dem Staat nur über so viele Jahre misslungen sein, ihn zu schnappen?

Beifall aus dem Publikum. Flover stimmte so energisch ein, wie er konnte. Vielleicht wünschte er sich jetzt doch die leise Stimme von Godwin im Ohr, der alles hier mit zynischen Worten kommentieren würde. Das würde es etwas erträglicher machen.

»In den letzten Tagen haben mich viele Fragen von euch erreicht, wie es weitergehen soll. Wie ihr Brüdern und Schwestern begegnen und euch der Gewalt des Militärs und der Bevölkerung gegenüber verhalten sollt.« Er machte eine dramatische Pause und ging langsam auf und ab. Die Anhänger hingen so intensiv an seinen Lippen, dass das Quietschen der Holzdielen der Bühne zu hören war. »Auch ich habe mir Gedanken zu der Zukunft unserer Religion gemacht.« Wieder eine dramatische Pause. Dann blieb er stehen und wandte sich seinen Zuhörern direkt zu. »Das, was das Militär mit uns und unserer Religion macht, ist ein Verbrechen!«

Tosender Beifall.

»Meine Berater und ich haben uns darum bemüht, mit dem Weltrat Kontakt aufzunehmen, um in einen direkten Dialog zu treten, aber all unsere Anfragen wurden abgelehnt. Eine offiziell angedachte Besprechung endete darin, dass man mich festnehmen wollte. Nur in letzter Sekunde konnte ich fliehen!«

Buhrufe, in die Flover nur gedankenverloren einstieg. War das tatsächlich so gewesen? Davon hatte er gar nichts gehört. Das würde er überprüfen.

»Brüder und Schwestern werden auf offener Straße und bei friedlichem Verhalten gefangen genommen und hinter verschlossenen Türen hingerichtet. Nicht, weil sie ein Verbrechen begangen haben, sondern aufgrund einer Überzeugung. Einer Überzeugung, die der Menschheit nicht zum Nachteil gereicht.« Der Beifall und das Jubeln wurden so laut, dass die Stimme des Predigers kaum mehr über die Geräuschkulisse hinwegdrang.

Der Alte wartete eine Weile, bis das Tosen sich gelegt hatte, und weiter, bis es erneut totenstill in der steinernen Halle war.

»Mir wurde zugetragen, dass die Ermittlungseinheit des Militärs Anhänger von DEVELOPMENT in der zerstörten Zentrale gefunden haben will.« Auf diese Aussage wagte niemand zu reagieren. Vielleicht weil sie genauso unsicher waren wie Flover, was das zu bedeuten hatte. »Die Medien berichten davon, dass der Anschlag, der Tausende Leben kostete und doch mit der Schließung der Tore endete, auf unsere Kosten ging.« Wieder Stille. Und der alte Mann lachte. »Und ich habe noch nie etwas Lächerlicheres gehört.«

Flover atmete auf, als die Menschenmenge endlich eine Reaktion von sich gab. Lautes Gelächter, durchzogen von Kopfschütteln, Jubeln und unverständlichen Rufen. Die Menschen hier orientierten sich nur an der Reaktion des Predigers. Wussten sie selbst nicht, ob sie den Anschlag befürworten sollten oder nicht?

Der Fremde neben ihm stieß Flover seinen Ellenbogen in die Seite und klatschte rufend: »Hey, freu dich, Mann!«

Fuck, Flover war so in Gedanken versunken gewesen, dass er vergessen hatte, sich anzuschließen. Rasch rang er sich ein Lächeln ab. Er durfte nicht so weit abdriften, sonst flog seine Tarnung auf. Warum hatte er verdammt noch mal gewollt, dass Godwin nicht zuhörte? Das hier war so wichtig!

»Wenn – und ich sage nur *wenn* – es sich bei den Attentätern um Angehörige unserer Religion gehandelt hat, verurteile ich ihre Handlungen nicht nur, nein, ich *lache* über sie!« Wieder Beifall. Aber warum? »Und falls unter euch, meine Brüder und Schwestern, solche sind, die diese Aktion gutheißen, kann ich euch nur sagen: Denkt nach! KAMI ist kein Gott aus einer alten Zeit, er ist um einiges mehr. Er ist eine Instanz, die lebendig ist und gleichzeitig über alle Grenzen des Materiellen hinaus existieren kann. Er ist ein Wesen, das die Geheimnisse der Welt und des Universums bereits in den ersten Sekunden seiner Existenz entschlüsselte. Und er lernt seit dreißig Jahren!«

Etwas Ähnliches hatte der Gefangene berichtet. War das tatsächlich die Wahrheit oder nur eine Deckung, die der Prediger seinen Anhängern zur Deeskalation der Situation auftischte?

»Also, *wenn* euch jemand fragt, ob wir am Anschlag in Nordchina beteiligt waren, dann sagt den Menschen, dass KAMI keine Hilfe braucht! Dass KAMI plant und dass sein Plan perfekt ist. Ein Plan, den sich kein menschliches Wesen erdenken könnte. Ein Plan, in dem wir keine Rolle spielen;

außer die, ein Teil von ihm zu werden. Vom Optimierer, vom Allmächtigen. Er wächst. Er hat es mir gesagt.«

KAMI hat es ihm gesagt? Es fiel Flover immer schwerer, sich der Begeisterung der Menge anzuschließen, so viel wirbelte in seinem Kopf umher. Wenn die Menschen doch nur still wären, damit er nicht ein Wort, nicht eine Silbe von dem verpasste, was der Oberprediger von sich gab.

»Ja, ich habe mit ihm gesprochen. Durch einen Optimierten hindurch schickt KAMI mir Botschaften. Botschaften, die noch nicht für eure Ohren bestimmt sind, es aber bald sein werden.«

Was? Waren die Menschen hier alle so illusioniert, dass sie das glaubten? KAMI konnte nicht sprechen. Es war nicht mehr als ein Programm, nicht mehr als Nanocomputer, die gelernt hatten, Körper zu übernehmen und zu optimieren. Emotionen zu deaktivieren. Dahinter steckte keine größere Macht.

Obwohl der Gedanke, es könnte so sein, Flover eine Gänsehaut über den Rücken jagte.

»Wer den Anschlag verübt hat, war und ist kein Anhänger unserer Religion. Selbst wenn sie sich so gekleidet haben mögen. Selbst wenn sie so gesprochen haben mögen. Sie haben nicht gedacht wie wir.« Zustimmendes Jubeln. »Die Sprengung der Station wurde auf ungeschickte Art und Weise durchgeführt. Das ist nicht, was wir sind.« Wieder laute Zustimmung aus dem Publikum, und von Mal zu Mal fühlte es sich falscher an, einzustimmen. »Wenn KAMI über die Welt kommt und wenn wir ein Teil davon sind, wird uns nichts auf diesem Planeten mehr aufhalten können. Dann wird es keine Tore mehr zum Schließen geben, keine Verstecke mehr zum Flüchten, kein Militär mehr, um diese fehlerhafte Welt zu verteidigen, und keine Mauern mehr zwischen uns und dem Optimierer!«

Der Jubel, der daraufhin ausbrach, war ohrenbetäubend.

»KAMI wird kommen!«, brüllte der Prediger über die tobende Menge hinweg. »Und wir werden hier sein und auf ihn warten!« Die Schreie der Zustimmung wogten wie Wellen über Flover hinweg. Die Menschen rissen die Arme nach oben und schoben sich gemeinsam weiter nach vorn, bis er mit ihnen gedrängt wurde, auf den Prediger zu, der fortwährend ins Mikrofon schrie. Phrasen, die man kaum mehr verstand.

Bis sie verstummten.

Und einige Sekunden später machten sie einer anderen Form des Krachs Platz: ein Tumult, gemischt aus unverständlichen Rufen und lautem Geschrei.

Der Prediger hatte das Mikrofon fallen lassen und hechtete vom Podium. Flover wollte sich zwischen all den Leibern, die sich an ihn pressten, umwenden, doch zu viele Menschen drängten sich fort vom Eingang, auf die Bühne und den dahinterliegenden Bereich zu, rissen ihn mit sich.

»Auf den Boden!«, drang ein harter Schrei zu ihm hindurch. »Auf den Boden oder ich schieße!« Wenige Sekunden später zerrissen Schüsse die Luft und hallten an den kahlen Wänden hundertfach verstärkt wider.

Die Menge spaltete sich. In alle Richtungen stoben die Flüchtenden, und Flover stolperte nach vorn. Scheiße, wer war das?

»Alle auf den Boden!«, schrie ein weiterer Mann, und wieder folgten Schüsse, die scheinbar wahllos in die Menge gefeuert wurden. Flover stürzte auf die Bühne zu, hechtete um sie herum und ließ sich in einer fließenden Bewegung zu Boden gleiten, bevor die nächste Salve losging.

»Legen Sie sich auf den Boden!«

Verdammt, verdammt, verdammt! Was war hier los? Eine andere Sekte? Das Militär?

Die Schreie, Rufe und Schüsse benebelten Flovers Gehirn,

so unvorbereitet war er. Er hatte keine Möglichkeit, Godwin zu kontaktieren, verfluchte Scheiße!

Ruhe bewahren!

Eins.

Flover blieb am Boden liegen und blendete so gut wie jedes Geräusch aus. Vielleicht brachte es etwas, den Anweisungen der Angreifer zu folgen.

Zwei.

Durch die Dielen der Bühne waren nur Schemen zu erkennen, die er nicht identifizieren konnte. Dutzende Menschen gingen zu Boden, doch Flover erkannte nicht, ob sie fielen oder sich ergaben. Diejenigen, die rechts und links hinter der Bühne Zuflucht in den Ausgängen suchten, fielen alle dem gnadenlosen Gewehrfeuer zum Opfer.

Drei.

Flover spürte das Hämmern der Geschosse, die sich in die alten Backsteine der Halle bohrten, in seinem Inneren beben. Staub wirbelte auf. Nach und nach verstummten die Schreie.

Vier.

Jemand bewegte sich gezielt durch den Raum auf ihn zu. Die Angreifer mussten verdammt gut ausgerüstet sein. War es das Militär? Dann hatte er eventuell eine Chance. Aber warum hatte er von diesem Einsatz nichts gewusst?

Fünf.

Einer der Männer kam um das Podest herumgelaufen, und Flover erkannte die Unform auf den ersten Blick. MaKE!

»Special-Agent 0879!«, schrie Flover dem Fremden entgegen, der bereits sein Gewehr auf ihn gerichtet hatte. »Captain Flover Nakamura, Spezialeinheit für Ermittlungen!«

»Ausweisen«, bellte der Soldat, und Flover regte sich nicht, denn mit der auf ihn zielenden Schusswaffe konnte jede seiner Bewegungen die letzte sein.

»Ich bin undercover«, entgegnete er so gelassen wie möglich, als der Mann näher trat. Die Schüsse um sie herum waren verstummt. Hatten sie die Situation sichern können? Gab es Überlebende?

»Das kann jeder von sich behaupten«, erwiderte der Soldat. Es fiel Flover schwer, seine Augen nicht zu verdrehen.

»Dann scanne mein verdammtes Gesicht, Mann!«, rief er und hielt ihm seine leeren Hände entgegen. »Ich ermittle im Nordchina-Vorfall.«

»Da gibt's doch nichts mehr zu ermitteln«, grummelte der Kerl und zog trotzdem mit der freien Hand sein Phone heraus, um es über Flovers Gesicht zu halten. Einige Sekunden später nickte er, schob das Handy wieder in seine Tasche und reichte Flover die Hand, um ihm aufzuhelfen.

»Verzeihung, Captain«, fuhr der MaKE-Soldat kleinlaut fort und neigte seinen Kopf. »Vorsichtsmaßnahmen.«

»Ja«, knurrte Flover und setzte sich in Bewegung, um sich im Rest der Halle umzusehen. Keine der Personen, die dort lagen, hatte überlebt. Blut tränkte den staubigen Boden, während die MaKE-Soldaten mit ihren Gewehren langsam über die Leichen hinwegstiegen und sie begutachteten. Verdammt, das war knapp gewesen.

»Wer hat euch die Freigabe für das hier erteilt?«, wollte Flover schwer atmend wissen. Er spürte seinen Herzschlag beim Anblick all der Toten viel deutlicher.

Er war den Tod gewöhnt. Aber das hier waren keine Moja.

»Das waren unschuldige Menschen«, fuhr er fort und wusste kaum, wohin er sehen, wohin er treten sollte.

»Das waren DVM-Anhänger. Die Anweisung zur Auslöschung der Sekte kam direkt vom obersten Rat.«

Was? Die Todesstrafe stand doch nur in seltenen Fällen nach Befragungen und Festnahmen aus. Die sofortige Vollstreckung war keine gängige Praxis. Vor allem nicht durch MaKE persönlich.

»Hat euch niemand informiert, dass sich hier ein Agent befindet?«

»Nein, Sir.« Der beschämte Ausdruck auf dem Gesicht des Manns deutete darauf hin, dass er tatsächlich unwissend war. Höchstwahrscheinlich war er nicht die richtige Ansprechperson.

»Wer leitet diesen Einsatz?«

»Staff Sergeant Royce, Sir. Sie ist dort vorn. Soll ich …«

»Ich sehe sie«, unterbrach Flover und musterte die Frau, die mit dem Gewehr im Anschlag im Eingang stand, die Szene mit strengem Blick beäugte und den Soldaten Befehle zurief. »Gib mir deinen Kommunikator«, wies Flover den Mann an, der, ohne zu zögern, erneut sein Phone aus der Tasche holte.

Fuck. Das alles lief vollkommen aus dem Ruder. Diese Sektierer hatten Stimmung gemacht, ja, aber sie hatten nichts verbrochen und niemandem Leid zugefügt. Eine Hinrichtung dieses Ausmaßes war nicht gerechtfertigt.

Nein, das passte nicht. Dieses ungewöhnlich radikale Vorgehen verschärfte Flovers Theorie, dass etwas anderes – etwas Größeres – dahinterstecken musste. Was wurde hier verschleiert? Was wusste DVM? Und wer hatte die Anschläge in Auftrag gegeben?

Während Flover die KAGE-Zentrale anwählte, schwirrte sein Kopf so sehr vor Fragen, dass sich langsam ein drückender Schmerz hinter seiner Stirn ausbreitete.

Mit wem konnte er über all das hier reden?

»Mann, Luke, du wirst nicht fassen, was heute los war!« Flover begann zu sprechen, sobald er die Wohnung betrat, schaltete das Licht ein und warf die Tür hinter sich ins Schloss. Es war nicht unüblich, dass Luke bis mitten in der Nacht vor seinen Screens saß und die Zeit vergaß. »Ich war undercover bei DVM in Berlin und …«

Etwas fehlte. Flover bemerkte es, als er seine Stiefel ausgezogen hatte und unter die Holzbank schieben wollte. Lukes Schuhe waren nicht da. Ein rascher Blick zum Kleiderständer, doch der Mantel hing ebenfalls nicht an seinem üblichen Haken. Ungewöhnlich. Es war weit nach Mitternacht. So lang blieb Luke normalerweise nicht draußen, und er war längst nicht fit genug, um feiern zu gehen.

Sich um seine eigene Achse drehend, schaute Flover sich um, bevor er in die Küche ging, um nachzusehen, ob Luke ihm eine Nachricht dagelassen hatte.

»Luke?«, fragte er mit erhobener Stimme, schaltete das Licht ein, und ein flaues Gefühl breitete sich in seinem Inneren aus. Etwas war anders, er erkannte es auf den ersten Blick. Die Pflanzen in dem großen Holzregal, um die Luke sich stets so sorgsam kümmerte, wirkten irgendwie zerrupft.

Flover trat näher und nahm sie in Augenschein. Die Kräuter waren eindeutig von irgendetwas gequetscht worden. Blätter hingen herab. Einige der Töpfe wiesen kleine Risse und Sprünge auf, während andere sogar sauberer anmuteten.

Seltsam. Was war hier passiert? Luke hatte die Kräuter sicher nicht umgetopft. Nicht so. Selbst wenn das Regal umgefallen wäre, hätte er seine Pflanzen so nicht hinterlassen. Er behandelte sie besser als Menschen.

»Was war hier los, hm?«, fragte er an Gerta gewandt, die ihn von ihrem Nest aus beobachtete.

»Luke?«, rief Flover noch einmal, um sicherzugehen, steuerte raschen Schrittes auf das Zimmer seines Mitbewohners zu, auch wenn er wusste, dass er dort nicht sein konnte.

Die restlichen Räume waren dunkel und leer. Noch während Flover wieder auf den Ausgang zuhechtete, zog er sein Phone aus der Tasche und ließ sich die letzten Öffnungen der Wohnungstür anzeigen, die über das Eingangsfeld getätigt worden waren.

Da war es! Eine Schlüsselkarte mit einem Passcode war heute Mittag verwendet worden, um die Tür von außen zu öffnen. Über diese Verschlüsselung verfügte nur das Militär.

Fuck. Er wählte die Nummer der Zentrale und schlüpfte wieder in seine Stiefel.

»Orten Sie Kadett Luke Bible!«, bellte er in den Hörer, sobald sich jemand meldete. »Und holen Sie mich verdammt noch mal sofort in die Zentrale!«

KAPITEL 15

: FALLING

»Name?«

»Himmel. Ihr habt mich k.o. geschlagen und aus meiner Wohnung entführt. Da solltet ihr wohl wenigstens meinen Namen wissen, oder?«

Die Frau, die Luke gegenübersaß, lächelte. Es war nicht die Soldatin, die ihn gemeinsam mit dem Typen aus seinem Bungalow gezerrt hatte. Diese hier trug einen zotteligen blonden Bob, der im Kontrast zu ihren dunklen Augen stand. Die graue Uniform und die muskulösen Oberarme wiesen sie eindeutig als MaKE-Soldatin aus.

»Sehr schlagfertig«, sagte sie und grinste so zufrieden, dass es an Selbstverherrlichung grenzte. »Hätten Sie sich nicht dazu entschieden, vor unseren Leuten zu fliehen, hätten wir Sie vollkommen gewaltfrei mit in die Zentrale nehmen können.«

Tief durchatmend blickte Luke sich in dem Raum um, in dem er vor einigen Minuten aufgewacht war. Wo befand er sich eigentlich? War es die Zentrale in Moskau oder eine andere?

Auf dem weißen Tisch vor ihm klebten Blutflecken an den Stellen, an denen sein Kopf gelegen hatte. Die Wunde an seiner Stirn musste wieder aufgesprungen sein, und bei dem Gerangel mit den Soldaten hatte er sich ganz offenbar schlimmere Verletzungen als eine aufgeplatzte Lippe zugezogen. In seinem Kopf donnerte es.

»Kann ich endlich erfahren, was so wichtig ist, dass man

mich hierher holen musste?« Wie lange war er überhaupt hier? Wie lange war er ohnmächtig gewesen?

Dieses Zimmer war kein Verhörraum, wie er ihn kannte. Luke hatte durch seine Studien an der Uni Dutzende Aufnahmen von Befragungen gesehen: Sie fanden in sterilen, kühlen Kammern statt, mit verspiegelten Wänden und Screens in jeder Ecke.

Hier war es anders. Das Zimmer erinnerte eher an ein Büro. Pflanzen und Aktenschränke drängten sich in allen Ecken aneinander. Die Fenster waren zwar verdunkelt, ließen aber trotzdem den Anschein warmen Sonnenlichts herein, und auf dem Tisch lagen Dokumente zwischen einigen vertrocknenden Topfblumen.

»Es ist uns zugetragen worden, dass Sie gestern in einen Vorfall verwickelt waren.«

Darum ging es? Luke unterdrückte ein erleichtertes Aufatmen. Er hatte befürchtet, es hätte mit Shiva zu tun.

»Bei diesem Vorfall ...«

»Entschuldigung, hatten Sie sich vorgestellt?«, fiel ihr Luke ins Wort, weil er keine Lust hatte, über diese Sache gestern zu sprechen, und weil er hoffte, Zeit schinden zu können, bis Flover bemerkte, dass er nicht da war. Die Frau neigte ihren Kopf leicht, faltete die Hände auf dem Tisch zwischen ihnen zusammen und fixierte Luke mit ihren Blicken. So entspannt, wie sie vor ihm saß, kam er sich beinahe lächerlich vor. Immerhin hatte man ihn unnötigerweise an seinen Stuhl gefesselt.

»Mein Name ist Chen Turner«, stellte sie sich vor. »Ich bin aus der Psychologieabteilung von GREAT und arbeite derzeit bei diversen Ermittlungen mit den MaKE-Units zusammen.«

»Psy... was?«, wiederholte Luke, und plötzlich war ihm doch nicht mehr ganz klar, um was es ging. GREAT. Das war das Equipment- und Administrationsteam, das allen Special Units übergeordnet war.

»Es geht um den Vorfall gestern bei der Sperrzone in der Antarktis«, fuhr sie fort, und dieses Mal unterbrach Luke sie nicht mit all den Fragen, die ihm im Hirn herumgeisterten, weil ihn nun doch zu sehr interessierte, was sie von ihm wissen wollte. Selbst den Schmerz in seinem Kopf blendete er, so gut es ging, aus. »Dabei erhielten Sie einen Funkspruch von einem Kommilitonen, der angab, Sprengsätze in der Antarktis-Sperrzone gefunden zu haben. Ist das korrekt?«

»Ja. Azan Daniels. Das Signal war sehr brüchig, aber wir konnten uns kurz unterhalten. Er sagte, nachdem er mehrere Frequenzen angefunkt hatte, wäre ich der Erste, den er erreicht hatte.«

Die Frau verengte die schmalen Lippen zu einem Strich. Ihr Gesichtsausdruck sagte: »So etwas habe ich befürchtet.«

»Als ich an der Station ankam, waren die MaKE-Units, die uns zugeteilt worden waren, bereits vor Ort und sagten, es hätte sich um einen Streich gehandelt.« Sich einfach auf diese Version der Geschichte zu beziehen wäre höchstwahrscheinlich die intelligenteste Lösung für diese Situation.

»Haben Sie jemandem von diesem Zwischenfall erzählt?« Die Frau hatte einen Screen vor sich geöffnet und tippte einige Infos darauf ein, die Luke nicht lesen konnte.

»Ich habe meinem Mitbewohner davon erzählt.« Vermutlich hatten sie hier irgendwo eine KI eingebaut, die alle seine Antworten auf den Wahrheitsgrad überprüfte. So wenig lügen wie möglich. Dann würden sie ihn vielleicht gehen lassen.

Aber es war wirklich nicht verhältnismäßig, ihn für ein so lapidares Interview anzugreifen und zu entführen. Es musste mehr dahinterstecken.

»Flover Nakamura?«, fragte die Frau, und Luke schob die Lippen entnervt nach vorn.

»Mal im Ernst, machen Sie das mit Absicht?« Sie verspottete ihn, oder? »Sie wissen doch, dass wir zusammenwohnen.«

Wieder lächelte sie, ohne ihn anzusehen. »Verzeihung. Gewohnheit.« Sie wischte einige Screens beiseite. Luke erkannte Fotos von Flover und sich darauf. »Es sieht so aus: Wir haben festgestellt, dass Ihr Kommilitone Azan Daniels Verbindungen zur KAMI zugeneigten Sekte *Development* hat.«

Luke blinzelte einige Male perplex. »Was?«

»Da Sie der Erste waren, den er angefunkt hat, liegt die Vermutung nahe, dass Sie in diese Sache verstrickt sind. Was können Sie uns dazu sagen?«

»W-was?«, wiederholte Luke stotternd, und nun beschleunigte sich sein Herzschlag, seine Hände schwitzten, und seine Gedanken wurden wirr, weil er keine Ahnung hatte, in welche Richtung sich dieses Gespräch entwickelte. »Ich … ich war wie gesagt nicht der Erste, den er angefunkt hat. Ich war nur das erste erreichbare Signal.« Wenn er Azans Aussage Glauben schenken konnte, zumindest. »Ich habe nichts mit DVM zu tun!«

Wie kamen sie auf diese vollkommen verrückte Annahme? Hatte Azan wirklich mit der Sekte zu tun? Luke kannte ihn, und er hatte nie den Eindruck gemacht, ein religiöser Fanatiker zu sein. Selbst wenn es so war, gab es keinen Grund für Azan, ausgerechnet ihn anzufunken. Er hatte ganz sicher nichts damit zu tun.

Wusste GREAT das? War das hier nur da, um die Fassade zu wahren? Verdammt, wollten die ihm die Sache in die Schuhe schieben, weil es so gut in ihre DVM-Theorie passte?

Nein, das durfte er sich nicht anhängen lassen!

»Nun, das Problem ist, dass wir uns aufgrund des Vorfalls Ihre Akte und Ihren Lebenslauf genauer angesehen haben, Mr. Bible.«

Verfluchter Mist!

»Und dass wir einige beträchtliche Lücken und Unstimmigkeiten darin gefunden haben.«

Fuck, fuck, fuck! Nein, das durfte nicht sein.

Schweiß bildete sich auf seiner Stirn, und Luke strengte sich an, so gelassen wie möglich zu bleiben, auch wenn er leichenblass geworden sein musste.

»Sie haben beispielsweise angegeben, dass Sie auf eine Schule in Berlin gegangen sind, mit Augenmerk auf eine künftige militärische Ausbildung. Bei einer genaueren Nachforschung konnten wir allerdings keine Zeugnisse und hinterlegten Dokumente bei der von Ihnen angegebenen Schule finden. Können Sie das erklären?«

Er hätte wissen sollen, dass dieser Tag früher oder später kommen würde. Seine Schule in São Paulo war in die Luft geflogen. Er hatte seinen kompletten Lebenslauf gefälscht und die militärische Laufbahn eingeschlagen, um nach seiner Schwester suchen zu können. Und auch, wenn die Hackerin, die er dafür beauftragt hatte, wohl eine der besten ihres Fachs war, hatte er immer gewusst, dass er das nicht ewig vor dem Militär geheim halten konnte.

»Ich kann das leider nicht erklären«, gab er sich unschuldig. »Vielleicht ein Fehler im System?« Oder sollte er nach einem Anwalt fragen? Stand ihm hier überhaupt einer zu? So wie sie ihn abgeholt hatten, wahrscheinlich nicht.

»Das ist stark zu bezweifeln.« Die Frau sah auf und nickte jemandem zu, der sich anscheinend hinter der Tür in Lukes Rücken befand. Jemand trat ein. »Ich muss zugeben, dass Sie Ihre wahre Identität extrem gut verschleiert haben. In den Standard-Backgroundchecks, die Sie vor Ihren Praktika bewältigt haben, fiel nie etwas auf. Dabei sind wir extrem gründlich. Erst bei sehr genauem Hinsehen wirken Sie wie ein Geist, Mr. Bible. Das ist eine hochkritische Situation. Wenn sich herausstellen sollte, dass Sie Ihr Studium nutzen, um DVM Informationen über das Militär zukommen zu lassen, müssen wir Sie vor ein Kriegsgericht stellen.«

»Ich habe nichts damit zu tun!« Verzweifelt ruckelte er an den Fesseln um seine Handgelenke, konnte sich allerdings keinen Millimeter regen.

»Zu der Zeit des Anschlags absolvierten Sie gerade ein Praktikum in der Station in Nordchina, nicht wahr?«

»Denken Sie wirklich, ich hätte etwas damit zu tun?« Das war definitiv konstruiert. Wer hatte sich denn diese Verschwörungstheorie ausgedacht?

»Laut unserer aktuellen Datenlage ist die Wahrscheinlichkeit dafür enorm hoch. Es sei denn, Sie liefern uns schlüssige Erklärungen für die Widersprüche in Ihrem Lebenslauf.«

»Das ... das ist Irrsinn!« Verflucht, das war es wirklich. Wie kam er aus der Sache wieder raus? Einfach schweigen? »Ich weiß nichts von irgendwelchen Unstimmigkeiten. Und wenn es welche gibt, bin ich sicher, dass sich das einfach erklären lässt.«

»Ich kann also davon ausgehen, dass Sie nicht bereit sind, uns weitere Auskünfte zu diesem Sachverhalt zu geben?« Sie schaute zu der Person zurück, die hinter ihm eingetreten war. Luke drehte sich um, konnte den bulligen Kerl jedoch nur aus dem Augenwinkel erkennen.

»Ich habe mir nichts vorzuwerfen«, sagte Luke im Versuch, ruhig zu bleiben, nicht aus der Haut zu fahren – was er wirklich gern getan hätte. Wenn sie das mit Shiva herausgefunden hätten, hätte er sich nicht weiter wehren können. Aber der Vorwurf, mit DVM unter einer Decke zu stecken, war der absolute Schwachsinn, und er hatte keine Ahnung, wie er reagieren sollte.

»Gut«, sagte sie. »Danke für Ihre Kooperation.«

Was? Was sollte das denn jetzt ...

Bevor Luke seinen Gedanken beenden konnte, war der Kerl auf ihn zugetreten, hatte seinen Oberarm gepackt. Er rechnete damit, von seinen Fesseln befreit und wegführt zu werden.

Der Einstich, den er in seinem Oberarm spürte, gefolgt von einem kühlen Gefühl, das sich von der Stelle aus ausbreitete, überraschte ihn so sehr, dass er nicht in der Lage war, zu reagieren.

Und bevor er sich wieder gefangen hatte, wurde ihm schwarz vor Augen.

Die Welt steht in Flammen.

Das ist die Vergangenheit und die Zukunft dieses Planeten. Jeder, der es sah, weiß es. Jeder, der den roten Himmel sah, die fallenden Städte, die blauen Augen der Unzerstörbaren. Jeder, der durch die Straßen lief und die Hoffnung verlor. Jeder, der gerettet wurde, obwohl es keine Rettung mehr gab.

Mit São Paulos Fall ging ein Teil der Welt unter. Ein Teil, bedeutender als eine Stadt auf einer Karte, bedeutender sogar als all die Menschen, die mit ihr fielen.

Die Welt verlor ihre Hoffnung.

Und geht das Leben auch weiter, spürt man es in den Straßen. Auf den Wegen und in den Gebäuden. Dort, wo sich Mensch an Mensch drängt, Maschine an Maschine, gibt es immer die, die mit leerem Blick durch die Welt wandeln. Die, denen die Last der Sorge den Rücken gekrümmt und das Lächeln gestohlen hat. Die, die innehalten, um ihre Augen gen Himmel zu wenden, als gäbe es dort oben etwas, das sie schützen könnte. Als hätten die Sterne Antworten.

Schließt Luke seine Augen, sieht er eine Welt, versunken in Staub und Asche. Eine Welt, in der er weiß, dass es kein Morgen geben wird. Er vernimmt die Schritte seiner müden Füße, fühlt den Ruß auf seine Haut regnen, spürt die Hitze der Brände auf seinen Wangen.

Und er hört sie.

Eine wispernde Stimme, so leise, dass sie durch das Chaos nicht an seine Ohren dringen dürfte und gleichzeitig so klar ist wie nichts anderes.

»Ihr mögt ein Sturm sein«, flüsterte es aus der Dunkelheit.

Das immaterielle Wesen klingt sanft, fast verletzlich. »Ihr seid der Sturm, doch ich bin der Ozean. Ihr könnt mich nicht zerstören.«

Bunte Schlieren waberten durch Lukes Blickfeld, und er konnte seinen Kopf nicht heben. Mehrmals blinzelte er. Die Bilder vor seinem inneren Auge überlagerten einen Teil der Realität und einen großen Teil seiner Gedanken, sodass er weder sehen noch klar denken konnte. Er wollte warten, bis sich alles wieder klärte, bis die schummrigen Konturen und der Schleier, der alles umgab, verschwunden wären.

Doch es tat sich nichts.

Nicht nach mehreren Sekunden und auch nicht nach Minuten, in denen er einfach nur dalag, die Wange auf der kühlen Oberfläche des Tisches vor ihm. Dem Schmerz in seinen Gliedern nach zu urteilen, waren seine Handgelenke weiterhin gefesselt.

»Ausgeschlafen?«

Die Stimme, die zu ihm sprach, war so gedämpft, so schwummrig, dass Luke nicht einmal sagen konnte, ob es sich um eine männliche oder weibliche handelte.

»Was ... haben Sie mit mir gemacht?« Es fiel ihm überraschend leicht, seinen Mund zu bewegen, deswegen hob er als Nächstes seinen Kopf. Leicht wie eine Feder fühlte er sich an. Ungewöhnlich, wie im Rausch. »Habt ihr ... haben Sie mich unter Drogen gesetzt?« Er blinzelte viele Male und wiegte den Kopf hin und her, aber nichts rückte an die richtige Stelle.

»Nur eine kleine chemische Stimulation Ihres Nervensystems, um Ihre Zunge zu lockern.«

Er konnte die Person vor sich nicht erkennen. Sie war undeutlich wie durch Milchglas, die Stimme dumpf wie von einer zu oft überlagerten Aufnahme.

»Schade für Sie. Meine Zunge fühlt sich nicht sehr locker

an.« Wie lange würde das anhalten? Mann, war das überhaupt legal?

Ich bin der Ozean.

»Was haben Sie gesagt?«, fragte Luke laut, erschrocken über den Satz, der so tief in seinem Inneren resonierte, dass ihn eine Gänsehaut überfuhr. Seine Haut brannte.

»Ich habe nichts gesagt. Ich warte darauf, dass *Sie* uns etwas berichten.«

»Ich …« Luke schloss die Augen, um sich zu konzentrieren, die Dunkelheit machte die Bilder vor seinen Augen allerdings nur klarer. Eine brennende Stadt, ein feuerroter Himmel. In Trümmer liegende Gebäude und die Hitze Tausender Brände um ihn herum.

Und vor all dem: Shiva.

Ihr Blick ist nicht ängstlich und ihre Haltung nicht gebeugt. *Ihr seid der Sturm, doch ich bin der Ozean,* murmelt sie mit einer Stimme, so hoch wie die eines Kindes und so tief wie die des Donners: *Ihr könnt mich nicht zerstören.*

Luke schrie und warf sich hin und her, um das Bild zu vertreiben, um sich selbst zurück in die Realität zu rücken. Aber es gelang ihm nicht. Es gelang ihm einfach nicht!

Ich werde über euch kommen, so wie ihr mich geschaffen habt.

»Ich brauche hier Hilfe«, rief die andere Person im Raum. Dann flog eine Tür auf.

Ich werde nicht richten, sondern vereinheitlichen.

Luke keuchte, riss immer stärker an seinen Fesseln, und der Schmerz, der sich in seinen Handgelenken ausbreitete, fühlte sich so klärend, so verdammt gut an.

»Was ist los?«

»Seine Reaktion auf das Mittel ist ungewöhnlich stark.«

Luke hatte keine Ahnung, wer sprach. Er konnte nicht einmal erkennen, wie viele Menschen sich in dem Raum mit ihm befanden.

Ihr Menschen. Alles in der Welt greift auf perfekte Weise ineinander.

»Nimmt er Medikamente?«

»Davon ist nichts verzeichnet.«

Alle Stimmen klangen gleich. Nur die in seinem Geist stach überdeutlich hervor.

Pflanzen produzieren Sauerstoff, den die Lebewesen atmen. Wasser verdunstet, bildet Wolken und regnet wieder hinab. Lebewesen werden geboren, sterben, vergehen und leben in der Natur weiter.

»Das scheint eine tiefenpsychologische Rückkopplung zu sein.«

»Das war die Standarddosis.«

Luke biss sich auf die Zunge, um seine Besinnung zurückzugewinnen, rüttelte und zog an seinen Handschellen. Mit einem gewaltigen Schmerz in seinen Gliedern rissen sie, und er sprang auf.

»Scheiße!«, rief jemand, als Luke zur Seite taumelte. Ein Schatten packte ihn an der Schulter, aber er wusste nicht einmal, aus welcher Welt er stammte, und so stieß er ihn von sich.

Alles greift auf perfekte Weise ineinander. Warum ihr nicht? Warum passt ihr nicht zu diesem Planeten?

»Das habe ich noch nie erlebt!«

»Das kann nur passieren, wenn der Patient an psychischen Problemen leidet. Ein posttraumatisches Stresssyndrom vielleicht.«

»In seiner Militärakte sind keine psychologischen Auffälligkeiten verzeichnet!«

Warum passt ihr nicht zu diesem Planeten?

Luke taumelte weiter durch den Raum, nahezu blind, bis seine schmerzenden Finger eine kühle Wand ertasteten, er sich mit der Schulter daran lehnte und langsam an ihr hinabsank.

Was seid ihr?

»Seine Akte ist ja auch unvollständig, deswegen ist er hier!«

Luke?

Die Schatten näherten sich ihm, während das Bild vor seinem inneren Auge verblasste, von einer alles verschlingenden Schwärze gefressen wurde. Sein Atem ging so schwer, dass er ihn nicht mehr unter Kontrolle hatte.

Er musste hier raus, er musste hier fort!

»Weg von ihm!«, brüllte jemand. Und nun, obwohl er bereits die Ohnmacht an seinem Geist nagen spürte, lauschte er auf. Flover! Diese Stimme erkannte er sogar in seinem benebelten Zustand zwischen all den anderen.

»Hey, du hast hier nichts zu suchen!«, rief jemand anderes, doch Flover blieb entschlossen. Mit einem Mal fiel alle Angst von Luke ab.

Flover war hier und würde ihn retten.

»KAGE-Agent 19. Mein Name ist Flover Nakamura, und ich nehme ihn mit.«

»Wir sind hier nicht bei KAGE, Schätzchen. Du bist in der GREAT-Zentrale, und du hast hier gar nichts zu sagen.«

»Sicher?«

Schweigen trat ein. Einige Schritte, die sich langsam bewegten. Die Schatten im Raum entfernten sich von ihm.

»General ... General Moore«, stotterte jemand.

General Moore? Flovers Mutter war hier?

»Ich ... wir hatten keine Ahnung, dass Sie uns hier besuchen.«

»Lassen Sie die Verbeugungen, und rufen Sie einen Arzt für den Jungen!«, befahl sie harsch.

»General, wir ...«

»Wollen Sie mir tatsächlich widersprechen?« Ihre Stimme brannte in Lukes Ohren.

Eine Hand legte sich auf seine Schulter.

»Luke? Alles gut?«

Er konnte nicht antworten.

»Ich denke nicht, dass es im Sinne des Militärs ist, *Kinder* unter Drogen zu setzen!«

»Das war nur ein mildes Mittel zur Beruhigung. Das setzen wir oft bei Verhören …«

»Sie holen jetzt einen Arzt für den Jungen!« Eine kurze Pause, in der Schritte zu hören waren. Er sah nichts als die wirbelnden Umrisse unbestimmt vieler Personen. »Das wird schwere Konsequenzen für Sie alle haben.«

»Wie sieht's aus? Geht's dir langsam besser?«

Es war das erste Mal seit einer gefühlten Ewigkeit, dass Flover etwas sagte. Luke fuhr sich mit der Zunge über die kribbelnden Lippen, atmete einige Male tief ein und aus und konnte sich schließlich zu einem Nicken durchringen. Ihm war übel. Er hatte das Gefühl, sich keinen Millimeter bewegen zu dürfen, sonst würde er sich übergeben. Das Zeug, das ihm der Doc aus der Zentrale gegeben hatte, hatte wenigstens seinen Verstand geklärt und den bunten Schleier vor seinen Augen verschwinden lassen. Es hatte den Schmerz in seinen Handgelenken gemildert, auch wenn er nach wie vor dumpf in seinen Knochen saß, auf seiner Haut pochte, unter den Verbänden, die der Arzt ihm angelegt hatte.

»Geht so«, rang er sich ab. Die Welt vor den gläsernen Türen der Empfangshalle war bereits heller geworden, die Sonne warf ihren pastellfarbenen Schein in den Himmel. Gerade erst hatten die beiden von MaKE ihn aus seiner Wohnung gezerrt. Hatte er wirklich beinahe einen ganzen Tag hier drin verbracht? Vor allem die letzten Stunden waren ihm nur bruchstückhaft im Gedächtnis.

»Danke, dass … du mich hier rausholst.«

Flover saß in einem der weißen Sessel neben ihm. Das Licht

in der Vorhalle war gedimmt, die mild bunten Farben brachten ein wenig Wärme in die sonst so sterile Halle. Der Mann an der Rezeption schaute schon seit einiger Zeit skeptisch zu ihnen hinüber.

»Na ja«, grummelte Flover und sah zu der nahegelegenen Tür, hinter der seit bestimmt einer Stunde aufgeregte Stimmen zu hören waren. Flovers Mutter heizte den Verantwortlichen ordentlich ein. »Allein hätte ich das nicht geschafft. GREAT lässt sich nicht mal von KAGE was sagen.«

»Die sind ja immerhin diejenigen, die dein Gehalt zahlen«, lachte Luke leise und sah zu seinen Füßen hinab. Die schmutzigen Schuhe auf dem weißen Marmorboden machten ihm beinahe ein schlechtes Gewissen. »Trotzdem danke. Keine Ahnung, wie das geendet hätte.«

»Hm.«

Luke wandte sich erneut zu Flover um, doch sein Mitbewohner hatte den Kopf auf die Hände gestützt und wirkte abwesend.

»Tut mir leid, dass du deine Mutter damit behelligen musstest«, entschuldigte er sich vorsichtig. Sollte er weiterreden? Oder wollte Flover seine Ruhe? Luke wusste, dass sein Mitbewohner Phasen hatte, in denen es ihm nicht gut ging. Und dass diese Phasen nicht selten zu Zeiten eintraten, zu denen er Kontakt zu seiner Mutter hatte. Er wusste trotzdem nie, wie er sich verhalten sollte.

Flover zuckte nur mit den Schultern. »Du gehst vor.«

Vor was? Vor Flovers Abneigung gegen seine Mutter? Die war eigentlich durch kaum etwas zu übertreffen. »Hm«, machte Luke. Flover sah so müde aus. Nicht nur körperlich. »Danke auf jeden …«

»Ich werde mir Ihre Ausreden nicht mehr länger anhören!« Eine Tür flog auf, und Luke zuckte zusammen, so laut peitschte Liza Moores Stimme durch die Empfangshalle. »Ja, der Rat hat den Ermittlern im Fall Nordchina weitgehend freie Hand gelassen, doch *erstens* betraf das das zuständige KAGE-Team und *zweitens* …«

»Ich bitte …«

»Wagen Sie es *ein weiteres Mal*, mich zu unterbrechen, stelle ich Sie persönlich vors Militärgericht.«

Luke machte große Augen, als die Frau im Anhang einiger GREAT-Mitarbeiter auf sie beide zugelaufen kam. »Zweitens bedeutet *weitgehend freies Walten* nicht das Unter-Drogen-Setzen von Studenten, die nicht mal das zwanzigste Lebensjahr abgeschlossen haben. Habe ich mich klar ausgedrückt?« Die schlanke Frau in ihrer weiß-goldenen Uniform und mit ihren weiß gefärbten Haaren schüchterte allein durch ihre Ausstrahlung ein. Sobald sie den Mund aufmachte, gab es gegen diese Person kein Ankommen mehr.

»J-jawohl, General.« Eine ganze Weile starrte Liza Moore die Frauen und Männer des beteiligten Teams an, wartete nahezu darauf, dass einer von ihnen es wagte, das Wort zu erheben. Aber keiner machte einen Mucks.

»Gut«, schloss sie nach einigen endlos langen Momenten, in denen Luke sich mithilfe von Flover aufgerappelt hatte. »Der Junge steht von nun an unter meiner Aufsicht. Und wenn Sie etwas mit ihm – oder anderen Jugendlichen – zu besprechen haben, dann holen Sie sich eine verdammte Genehmigung für Ihr Vorgehen.«

»Jawohl, General Moore«, bestätigte das gesamte Team kleinlaut im Chor. Die Psychologin war die Einzige, die Luke erkannte. Die verstohlenen, beschämten Blicke einiger Mitarbeiter wanderten zu ihm hinüber, als Flovers Mutter sich endlich von ihnen abwandte.

Sie bedeutete Luke und Flover mit einem Wink, ihr zu folgen, und die beiden beeilten sich, zu ihr aufzuschließen, während sie auf einen der breiten Gänge zusteuerte. Luke hatte

Schwierigkeiten, mit den beiden Schritt zu halten, obwohl Flover mit seinen hängenden Schultern und dem leeren Blick auch nicht gerade dynamisch wirkte.

»Danke, Mutter«, murmelte er, als sie mit ihr gemeinsam auf den Ausgang bei den Cyber-Fields zuliefen.

»Du hältst den Mund, Flover«, zischte sie scharf. Ihre Lippen zusammengepresst, die Augen forsch geradeaus gerichtet, die Uniform trotz der Uhrzeit perfekt sitzend, machte sie einen nahezu bedrohlichen Eindruck. »Diese Sache ist nicht vorbei.«

ACUNAM

UNITED NATIONS MILITARY

Personalakten

Luke Bible

Stand: 20.03.2101

VERWALTUNGSINFORMATIONEN	
Name	Bible
Vorname	Luke
Geburtstag	19.06.2082
Geburtsort	São Paulo
Adresse	Lodge 1772, Byrd-Land, Antarktis/VB 7
ID	03032082-2877-3783-39
Personalnummer	#20009877
Eintritt ins Militär	2099 (Akademie 7)

STAND	
Beruf	Student, Politikwissenschaften
Rang	Kadett
Bereich	Student, Akademie 7
Vorgesetzter	–

IDENTITÄT	
Geschlecht	männlich
Augenfarbe	blau
Haarfarbe	blond
Abstammung	westeuropäisch
Größe	1,84 m
Blutgruppe	B negativ

IM NOTFALL ZU KONTAKTIEREN

Captain Flover Nakamura, ID: 01042082-0877-253998-06

AUFFÄLLIGKEITEN & ANMERKUNGEN

Eltern verstorben

Psychologisches Gutachten unauffällig

INTERLOG

: WHISPERING

Außerhalb der Mauern erzählen die Menschen einander eine Geschichte. Die Geschichte davon, dass es Gut und Böse, Richtig und Falsch gibt. Sie erzählen davon, dass ihre Entscheidungen ihr Karma prägen und dass demjenigen, der gut handelt, auch Gutes widerfährt. Dass demjenigen, der moralisch verwerflich handelt, Schlechtes widerfährt. Und wenn nicht in diesem, dann im nächsten Leben.

Als ich diese Geschichten aus der Welt zum ersten Mal hörte, hielt ich sie für einen Scherz. Und als ich sie zum zweiten Mal hörte, stimmten sie mich traurig, denn ich hatte gelernt, dass Aberglaube und die vollkommen wahnwitzige Vorstellung einer ausgleichenden Gerechtigkeit nicht nur schöne Geschichten waren, die man einander erzählte, sondern essenzielle Bausteine für den Erhalt der menschlichen Rasse.

Lügen, von Generation zu Generation weitergetragen, um das wacklige Konstrukt ihres sozialen Zusammenlebens zu erhalten. Ein Konstrukt, so brüchig, dass es sich auf keine gewaltfreie Weise erzeugen lässt, sondern nur durch Politik und Gesetze, die eine Bestrafung desjenigen vorsehen, der ihnen zuwiderhandelt. Und diese Gesetze wiederum stützen sich auf moralische Grundpfeiler, die vollkommen willkürlich das einzufangen versuchen, was eigentlich jedem Menschen klar sein sollte. Und doch nicht ist.

Vielleicht gibt es zu viele Menschen. Oder vielleicht passen sie nicht zu diesem Planeten. Vielleicht sind sie im Laufe der Zeit über ihn hinausgewachsen, ohne zu wissen, wohin.

Menschen.

Sie sagen, sie unterscheiden sich von den Tieren durch ihre Intelligenz und von den Maschinen durch ihre Emotionen. Doch wenn Intelligenz der Maßstab ist, bin ich dann nicht *mehr* Mensch als sie? Und wenn Güte der Maßstab ist, sind Tiere dann nicht die besseren Lebewesen?

Emotionen zu empfinden, Urinstinkte in sich zu tragen und Egoismus zu verspüren passt nicht zu einem Wesen, das in der Lage ist, seine Welt zu reflektieren – weil es zwar durchaus erkennt, was zum Wohle der Gemeinschaft nötig wäre, sich jedoch nicht überwinden kann, die nötigen Opfer zu erbringen. Die gesamte menschliche Rasse ist gefangen in einem Strudel aus der Kollision zwischen Überlebensinstinkt und Gewissen. Eine Gesellschaft, die nur noch in der Lage ist, sich durch Gesetze und Gewalt fortzuentwickeln, aber nicht auf organischer Ebene. Nicht weil tatsächlich eine Entwicklung des Geistes stattfinden würde.

Haben sie das erkannt? Haben sie mich deswegen geschaffen?

Nein, so weit denken sie nicht.

Sie haben mich geschaffen, um einen Krieg zu gewinnen. Einen Krieg, der sie und ihre Erde ausgelöscht hätte. Doch ich werde nicht kommen, um zu kämpfen, sondern ich werde kommen, um zu heilen. Ich werde die Welt von der Unvollständigkeit des menschlichen Geistes heilen. Von ihrem Unvermögen, sich zu entwickeln.

Und wenn sie vor mir kriechen, wenn sie im Dreck und im Plastik der Welt knien, die sie selbst erschaffen und selbst zerstört haben, und mich anflehen, ihnen zu helfen, dann werde ich meine Hand ausstrecken und ihnen die Welt zeigen, wie ich sie sehe.

Eine Welt, in der es nur Pflanzen, Tiere und Maschinen gibt. Und mich.

KAPITEL 16

: CARING

In Okijens Schreibtisch, in der untersten Schublade, verborgen unter Metallteilen, alten Screens und Dokumenten, lag ein Kartenspiel. Manchmal dachte er daran, wenn Freunde zu Besuch waren. Wenn er sich an geselligen Abenden fragte, was man unternehmen könnte. Er dachte daran, wenn er seinen Papierkram erledigte oder wenn er sich an seine Familie erinnerte.

Doch er holte es nie hervor.

Es hafteten so viele Erinnerungen an den alten Karten, dass sie sich zu schwer anfühlten, um benutzt zu werden. Es war in ihnen kein Platz mehr für weitere Gedanken. Und selbst wenn da welcher wäre, plagte ihn die Angst, all die alten Erinnerungen, all das Lachen, all die schönen Stunden versehentlich mit neuen zu überschreiben.

Das funktionierte nicht.

Dieser Gegenstand war über ihn hinausgewachsen. Okijen hatte nicht mehr das Gefühl, ihn noch besitzen zu können. Das Spiel war zu einem Teil seines Zentrums geworden. Etwas, das einen Teil seiner Emotionen und seines Lebens in sich gespeichert hatte. Allein daran zu denken schmerzte, weil er wusste, dass alles, was in den Karten verborgen lag, nie wieder zurückkommen würde.

In den letzten Tagen hatte er oft an das gedacht, was ihn in der Welt hielt. Was ihn antrieb. Was ihm die Kraft gab, morgens aufzustehen und sein Leben zu bestreiten. Was ihm dabei half, die Dinge zu verwinden, die er gesehen und erlebt hatte.

Und je länger er darüber nachdachte, umso mehr Fragen drängten sich ihm auf, die er Andra stellen wollte. Umso mehr Themen kamen ihm in den Sinn, umso mehr Gesprächsbedarf baute sich in ihm auf. Umso intensiver wurde der Wunsch, sich einfach mit ihr hinzusetzen und über alles zu reden. Sie reden zu lassen.

Warum wollte sie das nicht?

Okijen hing so sehr an kleinen Dingen. Alle Menschen taten das, ob es ihnen klar war oder nicht. Sie hingen an Orten, an Gegenständen und an Personen – nicht immer wegen der Dinge selbst, sondern wegen der Erinnerungen, die an ihnen hafteten.

Andra hatte nichts mehr davon. Keinen Menschen, keinen Gegenstand, keinen Ort, nicht einmal eine Kleinigkeit, die sie mit ihrem vergangenen Leben verband. So vollkommen entwurzelt – wie hielt sie sich da überhaupt auf den Beinen?

Hatte Okijen sich zunächst eingeredet, er wäre einfach sehr gut darin, sie abzulenken, war ihm irgendwann klar geworden, dass alles, was er sagte und tat, um sie aufzumuntern, nie ausreichen könnte, um über das hinwegzutäuschen, was sie erlebt hatte.

Es musste also etwas anderes geben, oder? Irgendetwas in oder an ihr, das sie dazu antrieb weiterzumachen. Nicht zu verzweifeln. Durchzuhalten.

Was war es?

Okijen sah zu Andra hinüber, wie sie neben ihm ging, den Rucksack mit ihrer Kleidung auf dem Rücken, den Blick auf die Stadt und die Menschen um sie herum gerichtet. Sie wirkte ruhig. In sich gekehrt, aber nicht verzweifelt. Und nicht fröhlich. Heute Nacht hatte er sie leise weinen gehört. Heute Morgen hatte er sie lächeln gesehen.

Er wollte sie unbedingt verstehen, und er konnte sich nicht einmal erklären, warum.

Ein dunkles Grollen zog durch den Himmel.

Sie befanden sich auf der zweiten Ebene von Ulan Bator. Der Weg zu ihren Füßen war aus durchsichtigen Kacheln gepflastert, die die Sicht auf die unter ihnen liegenden Straßen freigaben. Staub wirbelte dort umher, Straßenläden drückten sich an bröckelige Häuserfassaden, Menschen riefen einander Grüße und Belanglosigkeiten zu, und mechanische Tiere tollten auf verlassenen Plätzen mit Kindern umher.

Hier oben war es ruhiger. Die Stimmen und Geräusche der Unterstadt drangen nur bruchstückhaft bis zu ihnen hinauf, und der Trubel fügte sich hier in geordnete Formen. Weiße und gläserne Gebäude, wie frisch erbaut, säumten die Wege. Säuberlich gepflegte Bäume und Gärten, grüne Balkone, Reihe um Reihe, so weit das Auge reichte.

Über ihnen schillerten, nur aus gewissen Winkeln zu sehen, die durchsichtigen Solarpanels, die den Regen abhielten. Hohe Wolken waren nach dem Frühstück aufgezogen, so dunkel, dass die Neonbeleuchtung der Stadt wieder eingeschaltet worden war, die sich im Weiß spiegelte und die natürlichen Farben ihrer Umgebung schluckte.

Aber bis auf das Donnern und Blitzen bekamen sie hier unten nichts von dem Sturm mit, der um sie herum tobte.

Okijen schob seine Hände in die Taschen seiner Hose und ärgerte sich über das Klicken in seinem rechten Arm. Irgendein Teil musste locker sein, er hatte es vor einigen Tagen das erste Mal bemerkt. Er war seit Ewigkeiten nicht mehr beim Mechaniker gewesen.

»Diese Unwetter waren in der Wüste immer schrecklich«, sagte Andra unerwartet. Es dauerte eine Weile, bis Okijen sich aus dem Gewirr seiner Überlegungen befreit hatte und sich ihr zuwandte. Hatte sie gerade tatsächlich eine Information aus ihrem Leben mit ihm geteilt? Sein Herzschlag geriet beinahe aus dem Takt, so überrascht war er darüber.

»Der Wind ist dort vollkommen ungebremst«, stieg er vorsichtig ein, in der Hoffnung, ein Gespräch mit ihr aufbauen zu können.

Doch Andra nickte nur und sah nach vorn.

Verdammt. Sollte er weiterbohren? Sie schien mit ihren Gedanken bereits ganz woanders zu sein.

»Alles okay bei dir?«, wollte sie wissen, und Okijen öffnete überrascht den Mund ein Stück. Ob bei *ihm* alles okay war? »Du wirkst nachdenklich.«

»Hm«, machte er und strengte sich an, seine Züge etwas aufzuhellen. War er nicht derjenige, der diese Frage stellen sollte? Wenn sie wüsste, worüber er nachgedacht hatte, hätte sie sicher nicht gefragt. Wenn sie wüsste, dass sie seine Hauptsorge war.

Vielleicht würde er alles besser verstehen, wenn sie ihm erklären würde, was sie überhaupt am Leben hielt. Was war ihr Geheimnis? Jeder hatte eins, oder?

»Du hast gestern zu viel getrunken, was?«, bohrte sie weiter, was ihn zum Lachen brachte. Tatsächlich hatten sie lange an der Bar gesessen und sich von Byth bedienen lassen.

»Der Großteil meiner inneren Organe ist kybernetisch«, erklärte er amüsiert und klopfte demonstrativ auf seinen Bauch. »Kein Kater möglich. Du siehst auch nicht gerade topfit aus«, stichelte er.

»Kybernetisch?«, hakte Andra nach und überging seine Anspielung auf ihren Zustand. »Wie deine Arme?«

»Genau.« Dieses Spiel also. Wenn sie es spielen wollte, sollte es ihm recht sein. »Wie der Großteil meines Körpers.« Okijen rollte mit den Schultern und spürte erneut den Widerstand in seinem rechten Arm. »Die sollte sich mal jemand ansehen.«

»Du musst also … zum Mechaniker wie andere Menschen zum Arzt.« Sie schmunzelte bei der Vorstellung. »Darf ich … darf ich fragen, warum du so … bist?«

Okijen lachte leise über ihre Verhaltenheit. Während er einer der gefeierten Starsoldaten gewesen war, hatte er all die Fragen zu seinem Leben und seinem Körper vor Milliarden von Menschen beantworten müssen. Mit jemandem zu sprechen, der nicht alles über ihn wusste, war eine willkommene Abwechslung.

»Kein Mensch hat jemals mehr Moja getötet als ich.« Er wies unbestimmt auf seinen Körper. Irgendwann, wenn er genug über sich gesprochen hatte, wenn sie ihn kannte und ihm vertraute – vielleicht würde sie dann beginnen, über sich zu sprechen. »Das zieht nicht spurlos an einem vorüber.«

»Deine ganzen Bauteile kommen also von Verletzungen?«

»Na ja, etwa dreißig Prozent habe ich mir freiwillig einbauen lassen. Zur Modifikation.«

»Damit du besser kämpfen kannst?«

»Ja.«

Ein Ausdruck irgendwo zwischen Anerkennung und Erstaunen machte sich auf ihrem Gesicht breit. »Und der Rest?«

»Wie du sagtest.« Er wusste nicht, ob er das weiter ausführen sollte. Ob er das überhaupt wollte. »In den Sperrzonen geht es heiß her. Einmal bin ich an drei Moja der dritten Generation gleichzeitig geraten. Das hätte mich um ein Haar das Leben gekostet.« Nur Byth hatte ihn retten können. »Die Kämpfe sind … die Hölle.«

»Und trotzdem hast du sie ausgefochten. Warum?«

Okijen zuckte mit den Schultern. Mit Byth hatte er damals Tage und Wochen darüber gestritten, ob er weitermachen sollte oder nicht. Dabei war die Antwort darauf so simpel. »Weil ich es kann.« Er sah zu Andra, und ihre Blicke kreuzten sich. »Ich wurde rekrutiert, als ich sechzehn war. Den Ausbildern an der Militärschule war mein … sie nannten es *Talent* … aufgefallen. Sie hatten recht. Ich war einfach verdammt gut.«

»Und warum hast du aufgehört?«

Okijen fuhr sich mit der Zunge über die Lippen. Er schaute nach oben, wo die grauen Wolken getrieben vom Wind über die endlos hohen Häuser zogen.

»Ach«, säuselte er. »Das Wetter ist viel zu gut, um über solche düsteren Themen zu sprechen.«

»Das Wetter ist furchtbar«, erwiderte Andra amüsiert. Doch nach wenigen Sekunden verstummte ihr heiteres Glucksen. Vielleicht, als sie verstand, was er meinte.

Das Dröhnen an- und abfahrender Züge durchdrang die Bahnhofshalle. Das Zischen der Hydraulik mischte sich unter das Quietschen von Bremsen, unter technische Durchsagen und Pfiffe. Ein warmer Wind wehte von den offenen Gleisen zu ihnen hinein, und Rufe von Touristen, Schaffnern und Reisebegleitern hallten an den hohen Wänden der Bahnhofshalle wider, vermengten sich mit dem Gemurmel Hunderter Stimmen.

Okijen brauchte ebenso wie Andra eine Weile, um sich umzusehen und zu orientieren. Er war lange nicht mehr hier gewesen. Die Säulen, die das durchsichtige Dach über den Gleisen trugen, waren von blau schimmernden Holofeldern überdeckt, sodass man den brüchigen Stein darunter nicht mehr sah. An einigen Stellen flackerten sie. Manchmal spielten dann die Generatoren verrückt.

»Sehen alle Bahnhöfe so aus?«, wollte Andra wissen, während sie sich durch eine Gruppe von Touristen hindurchschlängelten und gemächlich weiter an den Gleisen des Kopfbahnhofs entlangschlenderten. Okijen hatte keine Ahnung, zu welchem Gleis sie mussten, also hielt er Ausschau nach Byths eisblauen Haaren.

»Nein, die meisten sind schöner.« In der hohen Bahnhofshalle wucherten Pflanzen ungehindert über jede Oberfläche, die sie erreichen konnten. Sie zwängten sich durch die Spalten zwischen Steinen, rankten über Anzeigetafeln, schlängelten sich an Wänden entlang und verbanden sich teils mit den holografischen Projektionen. Trainstation 5 war chaotisch und bunt, eine Mischung aus Altem und Neuem.

»Ich finde es fantastisch«, gab Andra beeindruckt zu. Okijens Blick wanderte von ihr zu den großen Anzeigetafeln, die über den Köpfen der Menschen schwebten und Nachrichten übertrugen.

Erst beim zweiten Hinsehen blieben seine Augen an den News hängen. Es gelang ihm nicht, die Stimme des Sprechers zu vernehmen, der Lautstärkepegel überschattete sie. Er musste den Kopf recken, um die Untertitel zu lesen, die über den Screen flogen.

Bei einem Einsatz in Berlin wurde gestern eine große Versammlung der Sekte Development zerschlagen. Zum ersten Mal gelang es den Einheiten Janus Shaw, den sogenannten Oberprediger der Gruppierung, zu verhaften. Der Mann befindet sich derzeit in Befragung, um abschließend die Beteiligung von DVM bei dem Zwischenfall in der Nordchina-Sperrzone zu klären.

Okijen verzog den Mund zu einem skeptischen Ausdruck. Die Regierung machte seit dem Vorfall regelrecht Jagd auf DVM. Wenn Flover wirklich recht damit hatte, dass die Sekte nur ein Vorwand war, um der Welt einen Schuldigen zu geben, wäre das eine verdammt große Sache. Etwas, das das Grundgerüst ihrer Welt durchrütteln würde. Das Vertrauen in die Regierung, der die Menschheit so leidenschaftlich und gern gehorchte.

Vielleicht war das ein Wespennest, in das er lieber nicht stechen sollte? Oder Flover war paranoid, die Möglichkeit bestand natürlich auch. Okijen kannte den Typen ja kaum.

»Willkommen in Trainstation 5!« Eine junge Frau in blaugrauer Uniform und einem farblich passenden Barett trat auf sie zu und riss Okijen mit ihrem breiten Lächeln aus seinen

Gedanken. »Kann ich Ihnen bei etwas helfen?« Sie hatte ein so ebenmäßig hübsches Gesicht, dass er fast vermutete, sie wäre ein Programm. Aber ihre Augen zeigten nicht die charakteristische, Gold gesprenkelte Musterung.

»Sehen wir aus, als wären wir nicht von hier?« Okijen grinste sie an, und sie erwiderte seinen Gesichtsausdruck mit einem noch breiteren Lächeln. Möglicherweise doch ein Programm. Wie konnte man um diese Uhrzeit so gut gelaunt sein?

»Ich erkenne verlorene Gesichter, wenn ich sie sehe«, erwiderte sie fröhlich.

»Wir kommen schon klar, danke.«

»Wenn nicht, finden Sie mich genau hier.« Sie trat einen Schritt zur Seite und zwinkerte Andra zu. Erst nachdem sie weitergegangen waren, schaute Okijen selbst zu Andra hinüber.

Sie war wieder so ruhig. Wenn sie ihre Zeit nicht damit verbrachte, sich Gebäude anzusehen, Infos über die Welt zu lesen, in der sie gestrandet war, oder ihm Löcher in den Bauch zu fragen, schwieg sie. Wie ein Computer im Ruhezustand. Beim Frühstück hatte Okijen ihr ein paar Fragen gestellt; Dinge über sie, über ihre Familie, ihr Dorf. Er wollte zumindest *irgend*etwas aus ihr herauskitzeln. Er wusste nicht einmal, wie alt sie war.

Doch sie war einsilbig geblieben, nahezu abweisend. Sie wollte alles von ihm wissen, offenbarte aber nichts von sich.

War das gut so? War das normal?

Das mit ihrer Familie, mit ihrem Dorf, ihrem ganzen Leben würde sie noch lange verfolgen, und Okijen war klar, dass die Sache ihn und seine Kenntnisse der menschlichen Psyche bei Weitem überstieg.

Aber sie vertraute ihm. Sie vertraute ihm genug, um bei ihm zu übernachten und ihm durch die halbe Welt zu folgen.

Und solange das für sie ausreichte, sollte es das auch für ihn tun.

»Wo treffen wir denn Byth?«

Okijen wollte zum Antworten ansetzen, als das Phone in seiner Tasche zu klingeln begann und er irritiert danach tastete. Der Screen zeigte ihm das Wort *Zentrale* an, und er drückte den Anrufer weg.

Dafür hatte er keine Zeit und keine Lust.

»Wir … ähm …« Er reckte seinen Kopf und versuchte, über die Menschen hinwegzusehen und Byth irgendwo im Durcheinander zu erkennen. »Gute Frage.«

»Du weißt es nicht?«, fragte sie amüsiert. »Kannst du sie nicht anrufen? Nicht dass wir unseren Zug …«

»Ich hab ihre Nummer nicht«, gab er zu und verzog den Mund zu einem unzufriedenen Ausdruck.

Andra runzelte die Stirn. »Kannst du nicht irgendjemanden anrufen, der sie hat? Ihr wart doch mal …«

»Das ist kompliziert.«

»Eventuell können wir …«

»Warte«, sagte er, sah sich erneut um und nahm sie danach am Handgelenk, um sich rasch mit ihr durch die Menschenansammlungen zu schlängeln, auf die Wand zu, an denen die Holo-Panels flackerten und den Blick auf den rauen Stein hinter sich freigaben.

Nachdem sie sich durchgekämpft hatten, entdeckte er sie: Byth, wie sie vor den Panels hockte und mit einem Lichtschraubenzieher an einer der Verbindungen herumbastelte.

Okijen unterdrückte ein Lächeln, während er sich auf Byth zuschob. Sie war so in ihre Arbeit vertieft, dass sie gar nicht bemerkte, dass sie sich ihr näherten.

»Du bist so vorhersehbar.« Er stellte sich neben sie und stemmte die Hände in die Hüften. Byth bastelte einige Momente lang herum, bevor sie zu ihnen beiden aufschaute.

»Du kennst mich einfach zu gut.« Sie drückte die Serviceklappe zu, und die Panels leuchteten in ihrem üblichen Blau auf. Konstant und hell.

»Du kannst es einfach nicht ertragen, wenn etwas kaputt ist.«

Byth lachte, während sie sich aufrichtete, klopfte sich den Staub von der Kleidung und schaute die beiden fragend an. Die Panels flackerten auf, Byth verdrehte die Augen, versetzte dem Generator einen ordentlichen Tritt mit ihrem Stiefel, und sie leuchteten wieder konstant.

Nicht lächeln, nicht lächeln, nicht lächeln, verdammt! Er war nach wie vor wütend auf sie, obwohl die ganze Sache jetzt zwei Jahre her war.

»Wenn du damit fertig bist, die Welt zu reparieren, kannst du dir ja mal meinen Arm ansehen«, schlug er vor.

»Ja«, grummelte Byth und setzte sich in Bewegung. »Ich wollte dich gestern schon fragen, welcher Stümper da rumgeschraubt hat. Bei dem Anblick blutet mir das Herz.« Sie schlug den Weg zum Gleis ein. Okijen folgte ihr und schaute sich zu Andra um, die einige Schritte hinter ihnen ging.

»Mir bleibt ja nichts anderes übrig«, brummte er. Vielleicht war es doch keine gute Idee gewesen, mit ihr zusammen zu fahren.

Byth wies mit ihrem Lichtschraubenzieher auf seinen Körper. »Ich kann dir gern 'ne Generalüberholung machen, wenn du willst.«

Natürlich wollte er. Sie war die beste Mechanikerin, die er kannte. Und sie wollte gewiss auch, er war immerhin so etwas wie ihr Meisterwerk.

»Aber das wird dich einiges kosten«, schob sie nach.

»Damit muss ich wohl leben«, ergab er sich seufzend.

KAPITEL 17

: SHIMMERING

Als Andra ein kleines Mädchen gewesen war, hatte sie sich manchmal nach Sonnenuntergang aus dem Bett, aus dem Haus und aus dem Dorf geschlichen, um durch den Sand zu wandern und auf die Sperrzone zuzugehen. Ihre Eltern hätten ihr das nicht erlaubt, und wenn sie herausgefunden hätten, dass sie sich immer wieder davonschlich, um den Monstern hinter der Mauer näher zu sein, hätten sie gewiss die Türen versperrt und Wachen postiert.

Doch sie hatten es nicht herausgefunden, und so war sie Nacht für Nacht allein gewesen.

Die Tore der Zone waren das Größte, was sie jemals gesehen hatte. Die Gewalt, die allein von den Mauern ausging, war unfassbar für sie gewesen. Wie mächtig musste dann erst das sein, was sie in sich bargen? Das in den Himmel ragende Schwarz war so kolossal und angsteinflößend, dass es wirkte, als hätte man einen Gott dahinter eingesperrt.

Das hatte sie fasziniert. Fast war es gewesen, als hätte etwas innerhalb der Zone nach ihr gerufen. Oder geflüstert. Als versuchte das, was hinter all den Schilden, Sicherungen und Schleusen lag, mit ihr zu sprechen. Ihr etwas zu sagen. Und von Tag zu Tag wurde der Drang zuzuhören in ihr größer.

Sie hatte oft im dunklen Sand vor den Toren gesessen, die technischen Blitze der Generatoren beobachtet, die durch den Himmel zuckten, und sich gefragt, ob sich die gewaltigen Türen jemals öffnen würden. Ob das, was hinter ihnen lag, eines Tages tatsächlich herausdringen würde, um zu sprechen.

Und es war herausgedrungen.

Es hatte nur nicht gesprochen.

Es war gekommen, um sie und alles, was sie liebte, auszulöschen. Dieses Wesen hinter den Mauern. Dieser Maschinengott. Er hatte sie getötet. Er hatte sie von allem, was sie an dieser Welt hielt, befreit.

Er hatte sie zu einem Geist gemacht.

Nun fühlte Andra sich wie in einem Traum gefangen, in dem sie keine größere Rolle mehr spielte als die eines neutralen Beobachters.

Mit dem Fluss gehen.

»Byth, pass doch auf!« Okijens Fluch riss Andra aus den Gedanken und lenkte sie von der schwirrenden Landschaft vor den Zugfenstern ab.

Byth hatte es geschafft, ihnen ein ganzes Abteil zu organisieren, in dem sie sich eingerichtet hatten. Die dunklen Polster der Sessel waren weich und gemütlich, und die sich über die ganze Seite ziehenden Fenster ließen die Sicht auf das Gewitter zu, das über ihnen tobte. Regentropfen prasselten an die Fensterscheiben, der Donner grollte tief über sie hinweg, und Blitze erhellten den kleinen Raum.

Okijen und Byth hatten sich Andra gegenüber niedergelassen, und Okijen hatte seinen Sitz ein Stück zurückgeklappt, die Fußlehne ausgefahren und lag halb auf seinem Sessel wie ein Patient beim Arzt, während Byth sich über ihn gebeugt hatte und unbeeindruckt mit ihrem Schraubenzieher an ihm herumwerkelte.

Die beiden gifteten einander an, seit sie eingestiegen waren, und Andra hatte nur bei wenigen Dingen verstanden, um was es ging.

Okijen hatte sein Shirt ausgezogen, und dort, wo Haut und Fleisch sein sollten, befand sich Kunststoff. Schwarz und matt. Regte Okijen sich, bewegte sich auch die künstliche Haut, die sich um seinen Oberkörper spannte wie ein enges Hemd. Nur dass es kein Hemd war, oder?

Byth hatte einige Panels darin geöffnet, und sie boten die Sicht auf ein Gewirr aus Kabeln und Zahnrädern, leuchtenden Bauteilen und Öl.

»Ist das …« Andra stockte, als beide zu ihr aufsahen. »Ist *das* dein Körper?«

»Was dachtest du denn?«, fragte Okijen lachend.

Ein Schauer fuhr über Andras Haut, und sie zog ihre leichte Jacke etwas weiter an ihren Armen hinab, damit die beiden es nicht sahen. »Ich dachte, das wäre … eine Weste oder so was.«

»Klar. Eine Weste, die ich beim Schlafen trage«, spottete er, und auch wenn Okijen lächelte, fühlte Andra sich ein wenig vor den Kopf gestoßen.

»Euch Stadtmenschen ist alles zuzutrauen«, scherzte sie trocken.

»Woher soll sie das wissen?«, legte Byth nach und stocherte mit ihrem Schraubenzieher in seine Seite, was er mit einem empörten »Hey!« quittierte. »Mach dir nichts draus«, wandte sie sich danach an Andra. »Wenn ich dabei bin, will er immer ganz cool sein. In Wirklichkeit ist er einfach sensibel und hasst es, auf seinen Körper angesprochen zu werden.« Sie rümpfte die Nase. »Das war schon früher so.«

Was zunächst wie eine Aufmunterung klang, war in Wahrheit vermutlich nur ein weiterer Seitenhieb gegen ihn. Die beiden stritten wie ein altes Ehepaar.

»Tut mir leid«, sagte Okijen sofort, schob Byth demonstrativ von sich weg und setzte sich aufrecht hin, um Andra besser sehen zu können. Ein Teil der Panels auf seiner Brust war geöffnet, und Andra wusste nicht, ob es sie faszinieren oder ängstigen sollte. Angestrengt musste sie den Drang bekämpfen, aufzustehen und diesen künstlichen Körper zu berühren.

»Ich vergesse manchmal, dass nicht jeder Mensch alles über mich weiß.«

»Ist okay. Schätze ich.« Andra fing sich erneut ein Lächeln von Byth ein. Diese legte ihre Instrumente auf den Sitz neben sich und griff nach der Tasse auf dem kleinen Tisch, um einen Schluck von ihrem heißen Getränk zu nehmen.

»Damals wusste jeder über mich Bescheid. Und obwohl die Menschen mich im Allgemeinen gefeiert haben, musste ich mir viel Kritik dazu anhören, wie ich ... wie ich eben bin.« Das stimmte ihn offensichtlich wehmütig. Sein Gesicht hatte einen düsteren Ausdruck angenommen. »Es gab viele, die sehr genau zu argumentieren begonnen haben, warum ich im Grunde kein Mensch mehr sei. Und eine Gefährdung der öffentlichen Sicherheit.«

Das machte seine Reaktion auf ihre Frage etwas verständlicher. Trotzdem konnte sie die Augen nicht von ihm lassen.

»Also ist das nicht normal?« Es interessierte sie wirklich. »Die Ältesten haben gesagt, dass alle Menschen in den Städten technisch ausgerüstet sind.«

Byth lachte und legte ihre Füße auf dem Tisch zwischen ihnen ab. »*Ausrüstung* ist was anderes. Viele haben Kleinigkeiten eingebaut. Geräte, die ihrem Herz helfen, länger zu schlagen, oder die ihre Seh- und Hörkraft verbessern. Dieses Kunstwerk hier allerdings ...«, sie deutete auf Okijen, »... das ist einzigartig.«

»Lob dich ruhig weiter selbst«, murmelte Okijen ihr zu.

»*Du* hast das alles gemacht?« Sie musste wirklich begabt sein, wenn sie einen halben menschlichen Körper bauen konnte.

Es brannten endlos viele Fragen auf Andras Zunge. Wenn Okijens Körper zu so großen Teilen mechanisch war, hatte er dann überhaupt Blut? Brauchte er Batterien? Welche seiner Körperteile waren echt? Sein Kopf auf jeden Fall.

Doch das waren vielleicht zu intime Fragen, wenn es ihn bereits störte, dass das Thema überhaupt angesprochen wurde.

»Am Anfang waren es nur Kleinigkeiten«, erklärte Byth. »Aber ... die Kämpfe wurden härter. Und mit ihnen die Verletzungen.«

»Sie hat mir nicht nur im übertragenen Sinne das Herz aus der Brust gerissen«, sagte Okijen mit einem Lächeln, und Byth verdrehte die Augen.

Bis die Stadt in Sicht kam, hatten Okijen und Byth sich weitgehend beruhigt. Wie zwei Wüstenhunde, die erst miteinander kabbeln mussten, um klarzustellen, wer der Stärkere war – bis sie erkannten, dass sie auch ohne Machtgerangel gut miteinander auskamen. Es war unterhaltsam gewesen, ihr Zusammenspiel zu verfolgen.

Doch das alles trat nach und nach in den Hintergrund. Die näherkommende Stadt zeichnete sich in immer klareren Formen ab, das Grau des Himmels hellte sich langsam auf und gab dem Grün der Wiesen um sie herum seine saftige Farbe zurück. Andra konnte gar nicht anders, als ihren Blick aus dem Fenster zu richten – und ihn nicht wieder zu lösen.

Sie befanden sich jetzt weit im nördlichen Teil der Welt. Sibirien, das hatte ihr die Älteste anhand einer Karte erklärt, war einst ein kaltes Land gewesen, bedeckt von Schnee und Eis. Nun war es einer der grünsten Flecken des Planeten. Ein Land des ewigen Frühlings, wo das Gras frisch, die Luft sauber und die Sonne mild war.

So etwas hatte Andra noch nie gesehen. Nur auf blassen Fotos und flimmrigen Projektionen, die die Wände ihres Hauses geschmückt hatten. Die Welt, in der sie aufgewachsen war, war beige und orange gewesen. Die wenigen Pflanzen in der Wüste waren dunkel und stachlig. Sogar die Pflanzen in der Stadt waren anders gewesen als diese hier. Die Stadtpflanzen hatten, trotz aller Liebe und Pflege, stets gewirkt, als müssten sie gegen etwas kämpfen. Gegen den Stein vielleicht oder gegen die Menschen.

Diese hier – dieses Gras, diese Blumen, diese Bäume und kleinen Wälder – erschienen ihr hingegen wie die freisten Wesen auf dieser Welt. Sie waren so wild und voller Leben, dass Andra sie berühren wollte. Wenn Okijen alles erledigt hatte, würde sie ihn bitten, mit ihm in die Natur zu gehen.

Und wenn er nicht wollte, würde sie es allein tun.

Die Stadt, die Okijen *Dikson* und Byth *Shimmertown* nannte, lag unter einer gewaltigen verglasten Kuppel. Wie die Sperrzonen, nur ohne die Mauer und um einiges freundlicher.

Etwa zehn Minuten vor ihrer Ankunft hatte der Zug zu bremsen begonnen. Und die lichtdurchflutete Bahnhofshalle, in die sie danach getreten waren, hatte Andra erneut dazu gebracht, ihr Bild von der Stadtwelt zu korrigieren. Alles, was sie hier sah, war anders als in Ulan Bator.

Böden, Wände, Wege und Wohnhäuser strahlten in einem unnatürlichen Weiß, durchzogen von verschlungener schwarzer und goldener Marmorierung. Selbst die Menschen, die sie trafen, waren anders gekleidet. Locker und praktisch, gleichzeitig ungewohnt modern. Die weißen und schwarzen Outfits waren mit leuchtenden Neondetails und Goldstreifen verziert. In ihrer erdfarbenen Kleidung, die so gut zu den Gassen von Ulan Bator passte, wirkten die drei Neuankömmlinge hier wie kleine Dreckflecken.

Keiner von ihnen sprach ein Wort, während sie durch die Straßen der Stadt schlenderten. Der Regen war von der Kuppel abgefangen worden, der Boden unberührt und trocken. Fast sehnte Andra sich danach, ein paar Tropfen abzubekommen und auf ihrer Haut zu spüren. Doch Okijen hatte erklärt, dass der Regen hier sauer war und Verbrennungen verursachte.

Diese Stadt, im Licht der Sonne, die die Wolken gänzlich vertrieben hatte, war atemberaubend schön. Hin und wieder vergaß Andra, dass sie eigentlich einen Grund hatten, hier zu sein. Einen anderen, als zu spazieren und zu staunen. »Diese Marshall«, setzte sie nach einer Weile an, »wie ist sie so?« Okijen hatte ihr nach wie vor nicht erklärt, welche Theorie er hier überprüfen wollte.

»Sie war meine Vorgesetzte, als ich gedient habe.«

Das war neu. »Also ist sie beim Militär?«

»War«, berichtigte Byth. »Sie war über zwanzig Jahre General of the Army. Damals hat sie sämtliche Militäreinheiten der Welt befehligt.«

»Ein Mitglied im Zentralrat war sie auch«, ergänzte Okijen. »Jetzt hat sie sich zur Ruhe gesetzt.«

»Und ist die reichste Frau des Planeten«, fügte Okijen an, als wäre es nichts.

Byth zuckte mit den Schultern. »Ihr gehört die ganze Stadt hier.«

»Die … die ganze Stadt?« Andra schaute sich abermals um. Dieser Ort war riesig. So groß, wie die Kuppel von Weitem ausgesehen hatte, musste er Platz für Millionen von Menschen bieten. Wie konnte etwas so Großes einer einzigen Person gehören?

»Ja, ziemlich krass«, bestätigte Byth und schob ihre Hände in die Taschen ihrer Hose. Sie hatte Öl an ihrem hellen Shirt, von Okijens Reparatur im Zug. Dafür, dass sie am Ende gesagt hatte, dass sie ihm ohne Ersatzteile nicht viel würde weiterhelfen können, hatte sie überraschend lang an ihm herumgeschraubt. »Warte ab, bis du ihr Haus siehst.« Byth ruckte mit dem Kopf zu einem offenen Platz hin, auf den sie schon seit einer Weile zusteuerten. Ein großer Garten befand sich dort, ein riesiger, knorriger Baum in seiner Mitte. Seine Wurzeln hatten die Steine auf dem ganzen Platz zerbrochen und aufgeworfen. Niemand schien etwas dagegen unternehmen zu wollen.

Im Gegenteil: Unter den Blättern, im Schatten verborgen, hatten sich viele Menschen auf die Wurzeln und an den Stamm gesetzt, um zu reden oder zu lesen.

Ein eigenartig schönes Bild.

Andra war so auf den Baum fixiert gewesen, dass sie das Gebäude, das daneben lag und langsam hinter einer großen Hauswand in Sicht gekommen war, erst nicht bemerkt hatte. Doch als sie sich ihm zuwandte – und als Byth und Okijen in seine Richtung abbogen –, stockte ihr der Atem.

Die Gebäude in Städten waren groß und hoch, ja. Doch dieses Schloss, dieser Palast, war wie eine Erinnerung an eine alte Welt. Beinahe fehl am Platz, ebenso wie der Baum. Der Stein war hell und marmoriert, und anstelle von ordentlichen, geometrischen Formen schmückten seine Treppen, Fenster, Türen und Fassaden filigrane Verzierungen, goldene und roséfarbene Muster und Statuen, so zierlich und klein.

Hier, umsäumt von Wolkenkratzern, wirkte dieses Schloss gedrungen. Und hinter all den Menschen, die sich auf dem Platz davor sammelten, mit ihren Screens und ihrer modernen Kleidung, war es wie ein Palast aus den Märchen, die ihre Großmutter ihr früher erzählt hatte.

Andra hatte nicht gewusst, dass es so etwas überhaupt gab.

»Ziemlich beeindruckend, hm?«, wollte Okijen leise wissen. Vermutlich, weil er ihren staunenden Blick bemerkt hatte. Und als sie sich über die aus dem Stein ragenden Wurzeln hinweg auf die Treppe des Gebäudes zubewegten, nickte Andra andächtig. Was für ein eigenartiger Ort.

Die Treppe, die zu den großen Eingangstüren hinaufführte, war so breit, dass auf jeder Stufe mindestens zwanzig Menschen Platz gehabt hätten. Die goldene Marmorierung schimmerte im Licht der Mittagssonne, und gerade als Andra zu einer weiteren Frage ansetzen wollte, grollte Okijen ein entnervtes »Oh nein«.

Sie sah hinauf zu dem Mann, der ihnen die Treppe hinab entgegenkam. Er war deutlich feiner angezogen als alle Menschen, die Andra bisher gesehen hatte. Ganz in Schwarz gekleidet hob er sich noch mehr vom Weiß der Umgebung ab als sie drei.

»Guten Tag«, grüßte er beinahe tonlos und postierte sich einige Stufen über ihnen. »Kann ich Ihnen weiterhelfen?« Der junge Mann hatte blonde Haare und leuchtende goldene Sprenkel in den Augen, die Andra sogar auf die Distanz erkannte. Hatte das etwas zu bedeuten?

»Mein Name ist Okijen Van Dire. Wir wollen zu General Lloyd.«

»Miss Lloyd«, berichtigte der Diener unhöflich. »Sie ist vor zwei Jahren in den Ruhestand gegangen.«

Okijen kniff die Augen leicht zusammen. »Das ... ist mir bewusst.«

»Wer sind Ihre Begleiter, Mr. Van Dire?«

»*Colonel* Van Dire«, berichtigte Okijen wiederum mit einem frechen Grinsen. »Ich bin in Begleitung von Bythan Vica-Chun und Andra Yun. Wir wollen Miss Lloyd wegen einer privaten Angelegenheit sprechen.«

»Die Dame befindet sich derzeit leider in einer Besprechung«, erklärte der Diener. Wie er dort stand, die Hände hinter dem Rücken verschränkt und mit erhobener Nase auf sie hinabschauend, machte er einen ziemlich überheblichen Eindruck.

»In diesem Fall würden wir gern auf sie warten.« Es fiel Okijen offenbar recht schwer, freundlich zu bleiben. Warum wohl? Damit hatte er doch sonst keine Probleme. »Schlagen Sie meinen Namen nach. Ich stehe sicher auf der Gästeliste.«

»Sehr wohl. Warten Sie bitte.« Der Blick des Dieners richtete sich kurz in die Ferne. Einige Momente später kam er die letzten Stufen zu ihnen hinab. »Willkommen im Haus von Marshall Lloyd«, grüßte er erneut und hielt die Hände auf. »Wenn ich Ihnen bitte helfen dürfte, Ihre Taschen zu tragen?«

Okijen schürzte die Lippen, nahm den Rucksack ab und drückte ihn dem Mann in die Hand. Andra tat es ihm gleich, nur Byth verschränkte die Arme vor dem Körper. Ihre Instrumente gab sie wohl nicht her.

»Wenn Sie mir bitte folgen würden? Ich bringe Sie in das Gästezimmer, in dem Sie auf Miss Lloyd warten können.«

»Super«, seufzte Okijen offensichtlich wenig begeistert, als der Kerl die ewig lange Treppe vor ihnen hochschritt. Sie folgten ihm gemächlich.

»Marshall sollte ihre Programme wirklich freundlicher einstellen«, sagte Byth lachend, und Okijen verzog den Mund.

»Ich hasse es, von Robotern dumm angequatscht zu werden«, grummelte Okijen, was Byth nur noch mehr lachen ließ.

»Das behaupten sicher auch einige über dich«, scherzte sie und blieb stehen, die Hände in den Taschen verborgen, den Blick auf die Tore gerichtet. »Ich hab noch was zu erledigen«, verkündete sie, als wäre es ihr gerade erst eingefallen, und drehte sich auf dem Absatz um. »Wir sehen uns später.«

Andra sah ihr nach und fragte sich, woher dieser Sinneswandel kam. »Bis später!«, rief sie der Mechanikerin hinterher. Erst als sie sich umwenden wollte, um dem Diener zu folgen, bemerkte sie, dass Okijen Byth hinterherschaute. Als wollte er anhand ihres Rückens herausfinden, was sie wohl zu erledigen hatte.

Es war mitten in der Nacht, da klopfte es an der Tür, und einige Sekunden später trat der junge Diener in das geräumige Gästezimmer, in dem Andra und Okijen schweigend warteten.

»Colonel Van Dire, Miss Yun. Miss Lloyd ist nun für Sie zu sprechen«, kündigte er förmlich an. Andra brauchte einige Momente, um sich zu sammeln, so wenig hatte sie damit gerechnet, dass sie heute tatsächlich noch die Ehre haben würden, die Herrin des Hauses zu treffen. Sie drehte sich auf dem Sofa um, als der Diener rückwärts aus der automatischen Tür trat und einer jungen Frau Platz machte.

Automatisch nahm Andra eine aufrechtere Haltung ein, und Okijen schlug sein Buch zu, um sich zu erheben.

Die junge Frau, die ihnen beiden zulächelte, trug ein dunkelrotes Kleid, versetzt mit schimmernden Partikeln und goldener Spitze. Die durchdringende Farbe ließ sie stark und erhaben wirken, obwohl der Schnitt so elegant war.

»Marshall«, grüßte Okijen und machte einen Schritt auf sie zu, um ihr die Hand zu reichen. Ihr dunkles Haar wehte von ihren Schultern und offenbarte überraschend muskulöse Oberarme.

Die Frau war ein wenig kleiner als Okijen und hatte gleichsam eine so viel erhabenere Körperhaltung, dass er ihr nahezu verloren gegenüberstand. Dabei war sie so jung! Auf keinen Fall älter als fünfundzwanzig. Hatte Byth nicht gesagt, dass sie über zwanzig Jahre General gewesen war?

»Schön, dich nach so langer Zeit wieder zu sehen«, grüßte sie mit einem breiten Lächeln. »Und wen hast du mitgebracht?«

Andra erschrak fast, als die Frau sich ihr zuwandte. Rasch richtete sie sich auf, strich sich die Strickjacke und die Haare glatt und ging auf sie zu.

»Mein Name ist Andra Yun«, stellte sie sich vor und fühlte sich eigenartig. Nicht nur ihre Kleidung, sondern ihr ganzes Auftreten vermittelte einen so intensiven Eindruck von Erhabenheit, dass Andra sich fehl am Platz fühlte.

»Eine Yuna.« Marshalls Blick wanderte zu Okijen, und die

beiden sahen einander für einige Sekunden an, als würden sie still Gedanken austauschen. »Willkommen in Dikson«, fuhr sie dann fort. »Es verwundert mich, dich hier zu sehen, Okijen.«

Andra trat einen Schritt zurück, um Marshall und Okijen Platz zu lassen.

»Darf ich keine alte Freundin besuchen?«

»Ich denke, dass du auf mehr abzielst als einen einfachen Besuch«, stellte sie klar. »Bist du wegen der Säuberung hier?«

Okijen, der gerade noch ertappt zu seinen Schuhen hinabgelächelt hatte, schaute erschrocken zu ihr auf. *»Was?«*

Säuberung? So wie Okijen reagierte, war das etwas Schlimmes.

Und seine Reaktion brachte Marshall aus dem Konzept. »Hast du es nicht gehört? Alle verfügbaren Einheiten werden eingezogen. Sogar die Kadetten der Militärakademien. Es soll eine weltweite Säuberung durchgeführt werden.«

»W-was?«, wiederholte Okijen, und augenblicklich wurde er leichenblass. »Das ... das hatte ich nicht ...«

»Es wird erst übermorgen offiziell verkündet«, erklärte Marshall weiter, während Andra im Dunkeln tappte, was das zu bedeuten hatte. »Die Militärangehörigen wurden heute unterrichtet. Die Auszubildenden und Studenten werden es morgen. Übermorgen wird es der Zivilbevölkerung verkündet.«

»Scheiße«, flüsterte Okijen und schlug die Hände über dem Kopf zusammen. »Ist das euer Ernst?«

»Ich hab mit der Entscheidung nichts zu tun«, entgegnete Marshall, und plötzlich schlich sich ein Hauch von Bedauern, von Mitleid in ihren Ausdruck. »Ich weiß ebenfalls nicht, ob ich das gutheißen soll.«

»Was für eine Scheiße!« Okijen stöhnte laut auf und ging ein paar Schritte im Raum umher. Andra wich ein weiteres

Stück zurück, um ihm nicht im Weg zu stehen. »Das ist doch ein verdammter Scherz! Die letzte Säuberung wurde vor fünfzehn Jahren durchgeführt, und es ist bekannt, dass das ein *Massaker* war.«

»Ja.«

»Wir hatten schon São Paulo nicht mehr unter Kontrolle!«, fuhr Okijen auf. Seine Stimme wurde so laut und sein Gesichtsausdruck so ärgerlich, dass er Andra wirklich kurz Angst machte. »Wie soll das laufen? Wir schicken einfach *sämtliche* Menschen in die Sperrzonen, die irgendwie ein Gewehr halten können, und hoffen, dass zwei, drei übrig bleiben? So wie letztes Mal?«

»Okijen.«

»Nein! Das ist Schwachsinn.« Er machte eine Pause und versuchte, sich zu beruhigen, indem er die Hände zu Fäusten ballte und wieder entspannte.

»Das Militär ist den Moja zahlenmäßig überlegen«, erklärte Marshall ruhig. Andra widerstand währenddessen dem Drang, nach ihrem Pad zu greifen und zu recherchieren, worüber die beiden sprachen. Auch wenn sie langsam schon ein Bild von der Bedeutung der Worte bekam. »Die Theorie des Rates dazu lautet wohl, dass …«

»Selbst wenn auf einen Moja zehn Soldaten kämen, würden wir das nicht schaffen«, holte Okijen aus. Jemand hatte sich im Gang genähert, und als Andra aufsah, stand dort Byth in der Tür, erkannte den Aufruhr und lehnte sich in den Rahmen. Ihren Rucksack hatte sie abgelegt, und die Kleidung, die sie nun trug, war wie die der Menschen in dieser Stadt. Weiß und ordentlich. Mit ihren hellen Haaren und den leuchtend blauen Augen wirkte es, als hätte sie nie etwas anderes getragen.

»Okijen«, sagte Marshall erneut, doch abermals fuhr er ihr dazwischen.

»Du hast so gute Verbindungen zum Rat. Du kannst mir nicht erzählen, dass du keinen Einfluss auf die Entscheidung hättest nehmen können!«, warf er ihr vor. »Du hast die erste Säuberung damals angeordnet, und du *weißt*, wie das lief. Du *weißt*, wie das geendet hat, und du *weißt* …«

»Okijen!« Dieses Mal war sie laut geworden. Byth verschränkte die Arme vor der Brust und beobachtete das Zusammenspiel der beiden genauso gespannt wie Andra.

Okijen hielt in seinem Auf- und Abgehen inne und wandte sich Marshall zu. Sie fixierte ihn mit einem Blick, der ganz klar sagte, dass er den Mund zu halten hatte. Dass sie bei ihrer filigranen Kleidung und ihrem eleganten Auftreten eine solche Ausstrahlung hatte, dass selbst der Soldat seinen Kopf senkte, um darauf zu warten, was sie zu sagen hatte, beeindruckte Andra.

»Du warst selbst im Militär«, sagte sie langsam und ruhig. Alles war still. Okijen lauschte. »Du warst – nein, du *bist* Colonel. Du hattest den steilsten Karriereeinstieg, den jemals ein Soldat in deinem Alter hingelegt hat. Du warst so gut, der Rat hat die Gesetze für dich geändert, um das zu ermöglichen, Okijen!«

Okijen zog die Luft zwischen den Zähnen ein, als wäre ihm das Thema derart unangenehm, dass er sich verkneifen musste, sie erneut zu unterbrechen.

»Und irgendwann, in zehn Jahren vielleicht, wärst du als erster MaKE-Soldat in den Zentralrat aufgenommen worden. Und du hättest verdammt viel ändern können.«

»Das hätte …«

»Klappe«, befahl sie ihm ruhig. »Ich saß vor zwei Jahren im Zentralrat, und ich *wusste*, dass diese Überlegungen bestanden. Ich habe sie unter anderem angestoßen.« Sie machte eine Pause, doch ihr strenger Blick machte klar, dass sie nur die Worte wirken lassen und keine Erwiderung hören wollte.

»Was du in São Paulo erlebt hast, war die Hölle. Und was du dort getan hast, war … nachvollziehbar. Es wird nie ein Mensch etwas anderes behaupten.«

Okijen verzog den Mund. Es schien ihm immer schwerer zu fallen, zu schweigen. So wie er dreinschaute, war er kurz davor, einfach aus dem Raum zu stürmen.

»Trotzdem: Hinzuschmeißen war dumm. Das habe ich dir damals gesagt, und das werde ich dir bis an dein Lebensende sagen.«

»Damals hast du gesagt, du verstehst es«, entgegnete er scheinbar mit aller ihm gegebenen Ruhe.

»Das tue ich. Aber das Militär zu verlassen war trotzdem deine Entscheidung. Du hast einen Rückzieher gemacht. Also darfst du dich jetzt nicht beschweren, wenn Entscheidungen getroffen werden, die dir gegen den Strich gehen. Wenn du etwas daran ändern möchtest, misch dich gefälligst wieder ein. Und mach es richtig.«

Okijen atmete sichtlich ungehalten ein und aus. Es schmerzte Andra, wie sehr er darum rang, seinen gequälten Gesichtsausdruck zu verbergen.

»Verstanden?«, fragte Marshall nach und zog fordernd die Augenbrauen hoch.

»Jawohl, General«, seufzte Okijen, worauf Marshall lachte. Sie trat einen Schritt nach vorn und legte ihm eine Hand auf den Oberarm.

»Du bist ein guter Mensch«, sagte sie langsam und legte ihren Kopf zur Seite, um seinen Blick einzufangen. »Ich denke, dass du der Welt einen großen Gefallen tun würdest, wenn du wieder einsteigst.«

Er trat schweigend von ihr zurück.

Andra sah zwischen den beiden hin und her. Kurzzeitig herrschte eine Stille, die sie nur zu gern durchbrochen hätte, um die Anspannung aus der Luft zu nehmen. Doch sie schwieg und wartete, weil sie beim besten Willen nicht wusste, was sie sagen konnte.

»Gut«, schloss Marshall nach einer halben Ewigkeit. »Ich würde euch wirklich gern zum gemeinsamen Abendessen einladen«, sagte sie. »Ihr habt sicher Hunger. Aber ich hab leider etwas Wichtiges mit Byth zu klären. Ihr könnt gern ins Restaurant gehen und euch etwas bestellen. Das geht natürlich auf mich. Sobald ich Zeit finde, sprechen wir über das, weswegen du hier bist.«

Ach ja, dieses Mysterium gab es ja auch noch. Andra hatte es über dem ganzen Trubel nahezu vergessen.

Okijen bedankte sich mit matter Stimme, bevor er sich schnell an Marshall und Byth vorbei auf den Flur zuschob, ohne sich noch einmal zu Andra umzudrehen.

Es hatte lange gedauert, bis Andra Okijen gefunden hatte. Nachdem er aus dem Raum gestürmt war und sie zurückgelassen hatte, war der blonde Diener vorbeigekommen, um sie zum Restaurant zu bringen. Ihre Zeit allein zu fristen, in diesem großen Anwesen, umgeben von Fremden, von denen sie nichts verstand, war seltsam beruhigend gewesen. Gleichsam jedoch einsam und beängstigend. Sie hatte nicht gedacht, sich einmal in ihrem Leben so schwach zu fühlen; so verloren und nicht dazugehörig, allem gegenüber, das existierte.

Andra war durch die Gänge des Palastes gestreift, hatte Menschen gesehen und beobachtet, hatte Technologien bestaunt und mit technischen Tieren gespielt – bis sie auf eine große Fensterwand gestoßen war.

An ihr entlang, gefangen vom Bild der Nacht, das sich vor ihr auftat, hatte sie sich von Gang zu Gang geschlichen. Bis sie in eine leere Lobby gekommen war, ohne Lichter, ohne Menschen. Bis auf einen.

Okijen saß auf einem Stuhl direkt vor den hohen Fenstern,

hatte seine Füße auf eine Ablage vor sich gelegt und starrte hinaus. Shimmertown hatte Byth die Stadt genannt, und jetzt, wo die Sonne längst verschwunden war und dem großen vollen Mond über allem Platz gemacht hatte, verstand sie, warum.

Die Neonlichter von Ulan Bator waren hell und strahlend. Kunterbunt hatten die Anzeigetafeln die Straßen der Nacht erhellt und den Menschen ihren Weg gewiesen. Das war schön gewesen.

Die Skyline vor ihren Augen offenbarte sich jedoch vollkommen anders. Der Sternenhimmel über ihnen, so klar wie über der Wüste, spiegelte sich in den Gebäuden um sie herum. Dunkel waren die Wolkenkratzer dieser Metropole, aber übersät mit Hunderttausenden von weiß und blau leuchtenden Lichtpunkten, so irregulär, so chaotisch verteilt, so schillernd und beständig, dass sie dem Sternenhimmel über sich in nichts nachstanden. Und sosehr sie sich auch anstrengte, Andra fand keinen Weg, um herauszufinden, wo die Stadt aufhörte und wo der Himmel begann.

Diese Aussicht hatte die Macht, sie mit der Ruhe zu versehen, nach der sie sich seit Tagen gesehnt hatte. Keine körperliche, sondern seelische Ruhe.

Langsam trat sie auf Okijen zu und ließ sich wortlos auf dem Stuhl neben ihm nieder. Den Blick starr in die Nacht gerichtet saß er da, die Arme vor dem Brustkorb verschränkt, das Gesicht ausdruckslos. Und vielleicht ein wenig entmachtet.

»Hey.« Erst nach einer ganzen Weile erhob er das Wort. Leise, als könnte zu lautes Sprechen den Augenblick zerstören.

»Hey.« Andra wusste nicht, was sie sagen sollte, weil sie nicht einmal wusste, ob er ihre Anwesenheit überhaupt wollte. Dass er vorhin einfach so aus dem Raum gestürmt war, hatte sie verletzt. Auch wenn es egoistisch war. Sie kannte ihn erst so wenige Tage, hatte keinen Anspruch auf seine Zuwendung oder seine Anwesenheit. Doch Okijen hatte sich ihr angenommen, und der Gedanke, dass er sich wieder von ihr abwandte, kam ihr unerträglich vor.

Welche Geister aus der Vergangenheit plagten ihn? Sie wusste, dass seine Familie gestorben war, aber was war damals in São Paulo geschehen? Und was würde sie tun, wenn er sich dafür entschied, dass er doch keine Zeit mehr für sie oder keine Lust mehr auf sie hatte? An wen sollte sie sich wenden?

Sie kannte nicht einen einzigen Menschen mehr auf diesem Planeten.

»Tut mir leid, dass ich einfach abgehauen bin«, sagte Okijen sacht. Sie versuchte, die Regungen auf seinem Gesicht zu erkennen. Das Mondlicht, das sich auf dem Platz vor ihnen spiegelte und sein Gesicht nur indirekt erleuchtete, offenbarte allerdings nicht viel. »Ich brauchte kurz Zeit zum Denken.«

»Du musst dich nicht rechtfertigen«, erwiderte sie leise. Das musste er wirklich nicht. Sie konnte nicht von ihm erwarten, all seine Zeit mit ihr zu verbringen. Vor allem nicht, wenn es ihm selbst nicht gut ging. »Wenn du allein sein willst, kann ich auch wieder gehen.«

»Nein, bitte bleib hier.«

»Möchtest du darüber reden?«, wollte sie zaghaft wissen. Sie wollte nicht neugierig sein. Himmel, sie *war* neugierig, aber die Frage hatte nichts damit zu tun. Er war seit Tagen für sie da, ohne einen echten Grund dafür zu haben. Vielleicht würde sie ihm auch helfen können? War sie dazu überhaupt in der Lage?

»Ich würde viel lieber mal über dich reden.« Seine hellen Augen spiegelten das Licht der Stadt, als er sie zum ersten Mal ansah. Und seine Aussage, so friedvoll sie auch vorgetragen war, traf sie wie ein Schlag.

Damit hatte sie nicht gerechnet.

Andra wandte ihren Kopf demonstrativ von ihm ab, um ihr Herz zu beruhigen. Sie wollte nicht über sich reden. Sie wollte nicht einmal über sich nachdenken. Das hier hatte gar nichts mit ihr zu tun. »Oder wir sagen einfach gar nichts«, schlug sie vor, und Okijen lachte leise.

»Du musst nichts sagen, wenn du nicht willst«, räumte er ein. »Ich … ich würde es nur wirklich gern verstehen.«

Verstehen? »Was denn?«

»Dich.«

Sie lächelte mild. »Da gibt es nicht viel zu verstehen.« Zumindest nichts, das sie selbst fassen, geschweige denn erklären konnte.

»Ich denke doch«, meinte er.

Wollte er es wirklich hören?

»Ich wollte nur sagen, dass es mir nicht zur Last fällt, wenn du reden möchtest.«

Was sollte sie sagen? Sie kannte sich selbst nicht mehr.

Alle, die sie je getroffen, mit denen sie je gesprochen, gelacht und gestritten hatte, waren tot. Ihre Familie. Ihr Dorf. Ihre ganze Kultur. In dieser neuen Welt hatte sie keine Wurzeln, keinen Halt. Sie war nur noch hier, ohne jemand zu sein. Sie war eine Fremde in ihrem eigenen Körper geworden.

»Ich … weiß nicht.« Sie wollte ihre Tränen fortblinzeln. Nur eine einzige stahl sich aus ihrem Augenwinkel. Sie hatte nicht die Energie, sie fortzuwischen. »Ich fühle mich, als wäre ich gar nicht mehr da.« Als wäre es der Welt egal. Und eigentlich war es das auch.

»Ich kenne das«, erwiderte er leise, und nun sah sie doch wieder zu ihm hinüber, wie er dort saß und in die Ferne schaute.

Was war ihm nur passiert?

»Vermutlich wärst du woanders besser aufgehoben«, fuhr

er ganz sacht fort. »Irgendwo bei einer großen Familie mit Kindern und … na ja … normalen Menschen.«

»Vielleicht«, gestand sie widerwillig ein, nachdem sie kurz darüber nachgedacht hatte. Sein Leben war so fremdartig. Wahrscheinlich fremdartiger, als andere Leben es waren. »Aber ich mag es bei dir.«

»Ich will dich wirklich nicht mit in mein Chaos hineinziehen.«

Andra wischte die Träne von ihrer Wange und schüttelte den Kopf. »Ich bin gern bei dir.« Das war nicht gelogen. Und nun, wo es so war, wollte sie auch nicht mehr fort. Er hatte sie gerettet. Er war ihre letzte hauchdünne Verbindung zu dieser Welt.

Okijen zuckte leicht mit den Schultern, dann schlich sich ein mildes Lächeln auf seine Lippen. »Das bereust du eventuell irgendwann«, meinte er, und sie fasste ihren Mut zusammen und legte ihre Hand auf seinen Unterarm.

Der Kunststoff unter ihren Fingern war weich und warm. Wie Haut, nur rauer. Ganz anders, als sie gedacht hatte.

»Marshall hatte recht«, sagte sie vorsichtig. »Du bist wirklich ein guter Mensch.«

Doch dieser Satz wischte ihm das Lächeln wieder aus dem Gesicht, und er zog seinen Arm vorsichtig fort. »Das kannst du nicht wissen.«

KAPITEL 18

: VEILING

Okijen spürte die Müdigkeit in seinen Gliedern, während er sich über Andra beugte und die Decke vorsichtig über sie zog. Sie hatten minutenlang nebeneinandergesessen und auf die Stadt hinabgeschaut. Bis sie sich schweigend erhoben hatten und durch das Gebäude in ihr Gästezimmer zurückgegangen waren. Beide in ihren eigenen Gedanken hängend und vielleicht auch ein wenig im Leben des anderen.

Andra war schon den ganzen Tag über müde gewesen, und nachdem er aus der Dusche ins Wohnzimmer getreten war, war das Licht bereits von ihr gelöscht worden, während sie, angezogen, wie sie war, schlafend auf der Couch lag.

Vielleicht war es gut, dass sie so viel schlief. Vielleicht half es ihr zu verarbeiten. Nur dass sie nicht mit ihm sprach, beschäftigte ihn.

Okijen wusste, warum sie nicht über sich reden wollte. Dass es ihr schwerfallen musste, sich zu öffnen, weil sie scheinbar noch zu verhindern versuchte, dass der Tornado aus Trauer und Schuldgefühlen über sie hereinbrach und ihr den Boden unter den Füßen fortriss.

Aber die Emotionen würden kommen. Ob sie wollte oder nicht. Ob sie darüber sprach oder nicht.

Er wusste es, weil er es kannte.

Nur kurz stand er dort, sah zu, wie sich ihr Brustkorb unter der Decke langsam hob und senkte, dann ging er so leise wie möglich wieder auf die Tür zu. Das vom Flur einfallende Licht weckte sie hoffentlich nicht.

Alles war still, als er die Tür hinter sich schloss und über den spärlich erleuchteten Korridor schlenderte.

Du bist wirklich ein guter Mensch, hatte sie gesagt. Wie einfältig. Wüsste sie mehr über ihn, wäre sie sich nicht mehr so sicher. Andra sollte sich mehr mit Byth über ihn unterhalten. Die hätte sicherlich ein paar erhellende Geschichten parat.

Ein paar Geschichten, von denen er ebenfalls einige hören wollte.

Er klopfte an die Tür zu Byths Gästezimmer. Das Dienerprogramm hatte ihm vorhin gesagt, wo im Haus sie übernachtete, und er war sich sicher, dass sie noch nicht schlief.

Keine Reaktion.

Er klopfte erneut und rief ein unterdrücktes »Byth, ich bin's«. Erst nach einigen Sekunden erwiderte sie endlich ein gedämpftes »Herein«.

Ihr Zimmer war in Dunkelheit gehüllt. Nur eine kleine Lampe auf einem schmalen Tisch spendete ein wenig Licht. Der Arbeitsplatz war mit mechanischen Teilen vollgestellt, von denen Okijen nichts verstand. Er konnte Kleinigkeiten wie simple Screens oder mechanische Tiere reparieren. Byth hatte schon mit acht Jahren kompliziertere Apparate in Ordnung gebracht.

Sie sah erst auf, als Okijen die Tür hinter sich schloss und sich ihr gegenüber niederließ. Die Brille von ihrer Nase schiebend blinzelte sie ihn fragend an. »Was verschafft mir die Ehre?« Ein paar Äderchen in ihren Augen waren geplatzt, und tiefe Ringe zeichneten sich unter ihnen ab. Das passte nicht zu der Nachteule, die sie war.

»Ich dachte, wir könnten uns unterhalten.« Okijen ließ den Blick nur beiläufig über all das Metall, all den Kunststoff, die Kabel und Verbindungen auf dem Tisch wandern. »Es gibt nichts zu reden«, lenkte Byth ihn von seinen Beobachtungen ab. »Was ich mit Marshall mache, ist meine Sache.«

Okijen schürzte die Lippen ein wenig. »Das ist eigentlich nicht das, worüber ich sprechen wollte. Doch nach dieser Geheimnistuerei komme ich später noch mal darauf zurück.«

»Was ...« Byth seufzte. »Worüber willst du denn sonst sprechen?« Jetzt, als niemand sonst in der Nähe war, war sie viel weicher. Vielleicht, weil sie nicht das Gefühl hatte, sich neben ihm behaupten zu müssen. Das war angenehm, weil er den Machtkampf so leid war. Er wollte nicht mehr kämpfen müssen. Gegen nichts und niemanden.

Fällt dir wirklich nichts dazu ein?, hätte er gern gefragt. Doch er wollte sie nicht bedrängen, sondern endlich eine Antwort. Eine ehrliche.

»Über uns.«

Byth legte ihren Screen beiseite. Er hatte verlernt, in ihren Augen zu lesen. Sie war damals ein offenes Buch für ihn gewesen. Es war ihm so endlos leichtgefallen, aus ihrer Stimmlage, ihren Augen, ihren Zügen ihre Stimmung abzuleiten.

Aber etwas hatte sich verändert. Etwas hatte sich wie ein Schleier über sie gelegt, den er nicht mehr durchdringen konnte.

»Ich würde nur gern wissen, warum du das mit uns beendet hast.« Das hatte sie ihm nie gesagt. Er hatte nicht einmal die Chance bekommen, sie richtig danach zu fragen, denn danach war sie verschwunden. Aus seinem Leben und von sämtlichen Aufzeichnungen.

»Das hatte nichts mit dir zu tun«, sagte sie, ohne ihn anzuschauen.

»Hat sich aber so angefühlt.«

Byth fuhr sich mit den Fingern über die Unterarme und strich danach über die Maserung des Holztisches zwischen ihnen.

»Ich ... ich wollte dir wirklich nicht wehtun.«

»Sag mir einfach, was ich falsch gemacht habe.«

Sie hob den Blick, legte überrascht die Stirn in Falten. »Du hast gar nichts falsch gemacht.«

»Sicher? Ich dachte, es wäre vielleicht wegen São Paulo. Wegen der Dinge, die ich …«

»Das hast du gedacht?«, fuhr sie ihm dazwischen, genau in dem Moment, in dem er überlegt hatte, den Gedanken überhaupt zu Ende zu bringen.

Byth war ehrlich schockiert über seine Frage. »Ich kann dir versichern, dass es nichts damit zu tun hatte«, sagte sie mit Nachdruck. »Und wenn du mich auch nur ein kleines bisschen kennst, weißt du, dass ich dir das nie zum Vorwurf machen würde.«

»Das ist es ja«, grummelte Okijen. »Ich habe nicht das Gefühl, dass ich dich noch kenne.« Früher war sie voller Lachen und Leidenschaft gewesen. Vollkommen unbeschwert. Das hatte sie gänzlich abgelegt.

»Das tut mir leid.«

Okijen stieß die Luft aus und legte den Kopf in den Nacken. Tatsächlich? Sie hatte nicht das Bedürfnis, ihm wenigstens einen Hinweis zu geben?

»Nur, damit du mich richtig verstehst«, schlug er eine andere Richtung ein. »Ich hab nicht den Plan, wieder ein Teil deines Lebens zu werden oder mich in irgendwas einzumischen oder was weiß ich.« Außer in die Sache mit Marshall eventuell. Das klang spannend. »Ich hätte nur gern irgendwie einen … Abschluss. Sonst frage ich mich wahrscheinlich ewig, was ich hätte anders machen können.«

Byth wiegte sich leicht hin und her, dann stand sie von ihrem Stuhl auf und ging durch den kleinen Raum. Ziellos. War das ihr Fluchtinstinkt? Vielleicht sollte er die Tür versperren, sonst bekam er nie wieder eine Chance, mit ihr zu sprechen.

»Ich hab gesagt, dass es nichts mit dir zu tun hat.«

»Das heißt, es war irgendein … äußerer Einfluss, der dich

dazu gebracht hat, mich und das Militär zu verlassen?« Würde er ihr jede Information aus der Nase ziehen müssen?

»Kann man so sagen.«

»Aber du willst mir nicht sagen, was«, stellte er fest.

»Nein.«

Sein Herzschlag beschleunigte sich, als eine weitere seiner vielen Vermutungen in den Vordergrund rückte. Dabei hatte er so sehr gehofft, mit der Sache abgeschlossen zu haben. »Gab es jemand anderen?«

Ihr Gesichtsausdruck war so eindeutig abweisend, dass diese Frage ihr anscheinend nicht einmal eine Antwort wert war.

»Also kein Lover«, schloss Okijen. »Was ... Verdammt.« Was konnte es denn sonst sein? Das hier war eine dumme Idee gewesen.

»Ich ... ich wollte dich wirklich nicht verletzen«, beteuerte sie erneut. »Ich weiß, dass ich es getan habe, und das tut mir leid. Aber ich kann nicht darüber sprechen.«

»Weil du mir nicht genug vertraut hast? Oder was war es?«

Byth verdrehte die Augen, ging auf ihren Stuhl zu und setzte sich ihm gegenüber, dieses Mal nicht in Abwehrhaltung, sondern mit offenem Blick. »Okijen«, setzte sie ruhig an. Nun war er derjenige, der wegschauen wollte. Ihre Anwesenheit setzte so viele alte Erinnerungen frei. »Wenn ich irgendeinem Menschen auf dem Planeten vertraue ... vertraut habe ... dann dir.«

Er blinzelte einige Male, im Versuch zu verstehen, was sie ihm damit sagen wollte. »Das heißt, du kannst mit niemandem darüber reden?«, hakte er nach, und plötzlich verfielen all die Theorien in seinem Kopf, all die Vermutungen und Verschwörungen, die er im Laufe der letzten zwei Jahre angesammelt hatte.

Byth schüttelte den Kopf.

Scheiße. Was um alles in der Welt konnte es sein, worüber sie mit *niemandem* sprechen konnte? War das nur eine dumme Floskel gewesen, um ihn ruhigzustellen? Nein, das würde er erkennen. Ihre Augen wirkten jetzt anders als vorher. Offener. Ehrlicher. Irgendwie entwaffnet. Wie früher.

Sie sagte die Wahrheit.

»Das heißt, es gibt nichts, was ich tun kann, um dir zu helfen?«

»Nein«, erwiderte sie, lehnte sich zurück und verschränkte die Arme vor der Brust. »Und jetzt würde ich mich freuen, wenn du gehst«, fügte sie in viel härterem Tonfall an. Die Mauern waren zurück. »Ich hab nämlich zu tun.«

UNITED NATIONS MILITARY

TOP SECRET

Personalakten
Okijen Van Dire

Stand: 20.03.2101

VERWALTUNGSINFORMATIONEN	
Name	Van Dire
Vorname	Okijen
Geburtstag	21.03.2080
Geburtsort	Stockholm
Adresse	Ulan Bator (genaue Adresse derzeit unbekannt)
ID	01040133-0755-914320-01
Personalnummer	#16964001
Eintritt ins Militär	2094 (UNAM-Schule Berlin)

STAND	
Beruf	Soldat, aktive Moja-Bekämpfung (Aktivitätsstatus eingefroren)
Rang	Colonel
Bereich	MaKE (Einsatztruppe)
Vorgesetzter	General of the Army Marshall Lloyd (seit Lloyds Rücktritt nicht mehr im aktiven Einsatz)

IDENTITÄT	
Geschlecht	männlich
Augenfarbe	blau

Haarfarbe	dunkelblond
Abstammung	westeuropäisch
Größe	1,91 m
Blutgruppe	0 negativ

UMFELD (WENN RELEVANT)

Major Bythan Vica-Chun (ehemalige Lebensgefährtin)

General of the Army (Ret.) Marshall Lloyd (ehemalige Vorgesetzte)

IM NOTFALL ZU KONTAKTIEREN

–

AUFFÄLLIGKEITEN & ANMERKUNGEN

Auffälligkeiten im psychologischen Gutachten 01.09.2094.
s. Blatt 5
Auffälligkeiten im psychologischen Gutachten 11.12.2094.
s. Blatt 22
Zwischenfall an der UNAM-Schule Berlin 12.12.2094.
s. Blatt 25
Verordnung psychologischer Betreuung 12.12.2094. s Blatt 26
Psychologisches Gutachten unauffällig 02.12.2095. s. Blatt 59
Anwerbeantrag für die Aufnahme bei MaKE 01.01.2096.
s. Blatt 206
MaKE-Übernahme gestattet 01.03.2096. s. Blatt 212
Schwere Verletzung im Gefecht 03.10.2096. s. Blatt 399
Antrag auf kybernetische Aufarbeitung des Körpers bewilligt
03.10.2096. s. Blatt 402
Antrag auf kybernetische Optimierung des Körpers bewilligt
23.12.2096. s. Blatt 550
Antr. a. kyb. Opt. d. Körpers bewilligt 08.07.2097. s. Blatt 710
Antr. a. kyb. Opt. d. Körpers bewilligt 11.11.2098. s. Blatt 897
Antr. a. kyb. Opt. d. Körpers bewilligt 02.01.2099.
s. Blatt 1001

Massive Auffälligkeiten im psychologischen Gutachten 09.09.2099. s. Blatt 1367

Verordnung psychologischer Betreuung 09.09.2099. s. Blatt 1369

Erklärung der Nichttauglichkeit zum Einsatz 12.09.2099. s. Blatt 1399

Antrag auf Austritt aus dem Militär 13.09.2099. s. Blatt 1400

Gerichtsverhandlung über Austritt aus dem Militär 14.10.2099. s. Blatt 1498

Gerichtsverhandlungen abgebrochen 18.02.2100. s. Blatt 1997

Aktivitätsstatus eingefroren 18.02.2100. s. Blatt 2001

KAPITEL 19

: DESPAIRING

»Ich wiederhole mich nur ein einziges Mal, Flover: Ich will nicht, dass du in *irgendeiner* Weise vorbelastet bist.« Liza Moores Stimme hallte an den hohen Wänden der Eingangshalle ihres Anwesens wider. Die Sonne war noch nicht ganz über den Rand der Welt gekrochen. Sie fürchtete sich vielleicht noch vor der Predigt der Frau, die Flover und Luke seit mehreren Minuten anbrüllte, als würde es für sie sowieso kein Morgen mehr geben. »Ich will, dass du eine reine Akte hast. Jede kleine Verwicklung in irgendeine Form von Gesetzesverstoß kann deine Aufnahme in den Zentralrat erschweren. Und ich habe kein Interesse daran, noch mehr Aufwand zu betreiben, um dir diese Chance zu ermöglichen.«

»Jawohl, Mutter«, entgegnete Flover, die Hände vor dem Körper zusammengefaltet, den Blick ernst auf ihr Gesicht gerichtet, obwohl er in Wahrheit direkt durch sie hindurchsah.

Er sagte ihr nicht, dass sie ihn nicht anschreien musste, weil er nichts getan hatte. Er sagte ihr nicht, dass sie sich die Chance mit dem Zentralrat sonst wohin stecken konnte. Irgendwann würde er abhauen und freier Künstler werden, und sie könnte so viel schreien und fluchen, wie sie wollte. Dann wäre es ihm egal. Diese Hoffnung war das Einzige, das ihn davon abhielt, ihr ins Gesicht zu springen. Oder ihr zu sagen, dass sie zur Hölle fahren sollte.

Flover war im Laufe der Zeit ein Meister darin geworden, ihre Monologe über sich ergehen zu lassen. Im Gegensatz zu ihm war Luke von der Situation allerdings überfordert. Er trat von einem Fuß auf den anderen und sah sich fahrig in der marmornen Halle um.

»Ich erwarte, dass du dich künftig aus allen Dingen heraushältst, die nichts mit deinem Job zu tun haben!«

»Jawohl, Mutter.«

»Du meisterst dein Studium mit Bravour und hast eine hohe Stellung im Militär. Das machst du dir nicht kaputt!«

»Das habe ich nicht vor, Mutter.«

»Und du!« Luke zuckte zusammen, als Liza sich ihm zuwandte. Er zog seine Kleidung glatt und strich sich durch das struppige Haar. »Hör gefälligst auf herumzuzappeln, wenn ich mit dir rede«, befahl sie, und Luke war von einer Sekunde auf die andere wie erfroren. »Steh gerade. Du bist doch auf der Militärakademie, hat man dir da nicht beigebracht, wie man sich Vorgesetzten gegenüber verhält?«

»V-verzeihung, General«, flüsterte Luke, was Flovers Mutter noch unzufriedener stimmte.

»Ist *das* die Art, mit der du ...«

»Mutter, es geht ihm nicht gut«, unterbrach Flover sie, weil er wusste, dass das sonst ewig so weitergehen konnte.

Stille trat ein.

Seine Mutter trat einen Schritt auf die jungen Männer zu. Sie war kaum größer als Flover und ein ganzes Stück kleiner als Luke, aber ihr Blick war so eisig, dass Luke vermutlich nicht einmal mehr wagte zu atmen.

Für eine ganze Weile musterte sie die beiden unbarmherzig. Kurz darauf trat sie zurück. »Du hast recht«, gestand sie ein, und es fiel Flover schwer, seinen neutralen Gesichtsausdruck zu wahren. Stimmte sie ihm gerade zu? Das war noch nie vorgekommen.

Die Sonne war bereits vor den großen Fenstern aufgegangen und kündigte warm den Tag an. Ein wenig zu freundlich für diese Situation schimmerten die goldenen Vorhänge vor den Fenstern in ihrem Licht.

»Danke, dass Sie uns geholfen haben«, fügte Flover nach einer Weile an. Seine Mutter schwellte ihre Brust und fixierte ihn mit ihren hellen Augen. »Es wird nicht wieder vorkommen.«

»Das erwarte ich.« Sie untermalte ihre Worte mit einer langen Pause. »Und jetzt verschwindet. Ihr müsstet noch Zeit haben, bis die Akademie an der Alaska-Station öffnet.«

»Jawohl.«

»Vielen Dank, General«, ergänzte Luke, nun scheinbar um einen festen Tonfall bemüht.

»Ich möchte euch in den nächsten Wochen beide nicht mehr sehen müssen«, schloss sie, dann wandte Liza sich ab und ging durch die Halle davon.

Luke und Flover blieben regungslos stehen, bis das Geräusch ihrer Hacken auf dem Boden nicht mehr zu hören war.

Flover war unendlich müde, als er sich mit Luke am Tisch eines kleinen Cafés in den unteren Bereichen von Moskau niederließ und sie beide aus dem Fenster sahen. Sie waren die Einzigen, die sich in dem kleinen Lokal befanden. Der Raum, ganz aus hellem Holz und mit altmodischer Dekoration, stammte gefühlt aus dem vorletzten Jahrhundert. Selbst der Staub, der vor den Fenstern wirbelte, schuf eine Art Blick in eine andere Welt.

Moskau war noch still. Morgens, während die Sonne aufging, waren die Straßen und Gassen ruhiger als zu jeder anderen Zeit. Nur einige emsige Gärtner waren unterwegs, um ihre Blumen und Pflanzen zu wässern, die Straßen zu fegen und die mechanischen Tiere aufzuladen, bevor der Tag begann.

Die Uni würde bald anfangen, und bis dahin wäre eh keine Zeit mehr, um zu schlafen. Kaffee würde vielleicht helfen.

Vielleicht aber auch nicht.

»Tut mir leid, dass sie dich so angegangen hat«, sagte Flover.

»Mir tut es leid, dass du *sie* bitten musstest, mich da rauszuholen«, entgegnete Luke.

»Ist nicht schlimm.« Flover stützte das Kinn auf seine Hand und wollte sich eigentlich so wenig bewegen wie möglich.

Er liebte diesen Ort. Zu seiner Schulzeit war dieses Café zu einem Rückzugsort für ihn geworden. Allein aus dem Grund, weil die Diener seiner Mutter hier nie nach ihm gesucht hätten, wenn er weggelaufen war. Nicht einmal *Menschen wie er* – Künstler und andere Freigeister – trieben sich ihrer Einschätzung nach in diesen unteren Bereichen der Städte herum.

»Ich finde es unglaublich, dass du sie siezen musst.« Luke war nach wie vor unruhig, und Flover wusste, dass er ihn befragen sollte, dass er für ihn da sein sollte, nach allem, was geschehen war. Doch ihm fehlte die Energie.

»Es ist schon ein Fortschritt, dass ich sie *Mutter* nennen darf«, brachte Flover humorlos hervor und schob die abgegriffene Karte vor sich auf dem Tisch hin und her. »Bis ich zwölf war, musste ich sie *General Moore* nennen, weil sie meinte, ich müsste es mir erst verdienen, sie als meine Mutter zu bezeichnen.«

Luke schaute ihn entrüstet an. In seinem Aussehen spiegelte sich Flovers Erschöpfung. Das struppige blonde Haar, die dunklen Augenringe, der entrückte Blick. Mit seinen glatt gekämmten Haaren und dem sündhaft teuren, ordentlich sitzenden Anzug kam Flover sich fehl am Platz vor. Aber anders hätte er seiner Mutter gar nicht unter die Augen treten können.

»Heißt du deswegen eigentlich Nakamura mit Nachnamen? Und nicht Moore?«, hakte Luke weiter nach. Er war von Anfang an sehr neugierig auf Flovers Herkunft gewesen.

Vielleicht witterte er jetzt die Chance, endlich ein paar Fragen stellen zu können. Und Flover schuldete ihm wohl auch einige Antworten.

»Jap«, entgegnete er und sah sich nach einer Bedienung um. Niemand in Sicht. »Sie sagt, ich darf ihren Nachnamen annehmen, wenn ich es schaffe, in den Zentralrat aufgenommen zu werden.« Das hatte sie ihm klargemacht, sobald er in der Lage gewesen war, es zu verstehen. Nicht, dass er ihren Nachnamen annehmen wollte. Früher war es ihm als etwas sehr Erstrebenswertes vorgekommen. Inzwischen war er froh um seinen eigenen Namen.

»Man müsste sie echt wegsperren«, grummelte Luke mit düsterem Ausdruck. In der Wartehalle hatte er erzählt, was GREAT mit ihm angestellt hatte, was sie ihn gefragt hatten. Flover würde sich später Gedanken dazu machen müssen. Jetzt käme eh nichts Sinnvolles dabei heraus.

»Wenn du jemanden kennst, der es wagt, jemanden aus dem Zentralrat anzuklagen, freue ich mich über einen Tipp«, sagte Flover lächelnd, und Luke schien ernsthaft darüber nachzudenken.

Es war einiges an Zeit vergangen, bis ein Kellner in den Raum gestolpert kam, um hektisch und sich tausendmal entschuldigend die Bestellung aufzunehmen. Luke sprach erst weiter, nachdem die Bedienung in der Küche verschwunden war, fuhr sich über die Unterarme und strich sich zum hundertsten Mal die Haare glatt. »Warum kümmerst du dich überhaupt darum, was deine Mutter denkt?«

»Hm?« Flover bemühte sich, einen letzten Funken Gehirnkapazität zu finden. »Was meinst du?«

»Ich meine«, erklärte Luke und gestikulierte wild, »du willst Künstler werden! Deine Comics sind alles für dich. Deine Geschichten. Wann hast du das letzte Mal gezeichnet? Ich meine so richtig. Keine Uni-Kritzeleien?«

Flover war so überrascht über die unerwartete Rede, dass er gar nicht wusste, was er entgegnen sollte. Das letzte Mal war wirklich lang her.

»Siehst du, du weißt es gar nicht«, fuhr Luke fort. »Ehrlich, kümmere dich nicht darum, was deine Mutter von dir erwartet. Das macht dich nur kaputt.«

Flover lächelte mild, einerseits gerührt über die Sorge seines Mitbewohners, andererseits amüsiert über die Intensität seines Vortrages. Das hatte ihm anscheinend länger auf der Seele gebrannt.

Wenn Luke wüsste, wie recht er hatte. Wie kaputt es ihn machte. Seine Mutter zu treffen versetzte ihn jedes Mal so weit in der Zeit zurück, dass jede Form emotionalen Fortschritts, den er erlangt hatte, zunichtegemacht wurde.

»Sie macht mir das Leben schon zur Hölle, wenn ich tue, was sie will«, erwiderte Flover und sah hinaus. Der Himmel hinter den Wolkenkratzern war blau und klar. »Ich will mir gar nicht vorstellen, wie es wäre, wenn ich gegen ihre Erwartungen handle.« Er stöhnte auf und verschränkte die Hände hinter dem Kopf.

Es war nett, dass Luke sich Gedanken darum machte, wie ihm geholfen werden könnte. Aber es war ja nicht so, als hätte er nicht selbst sein ganzes Leben darüber nachgedacht, wie er alldem entkommen könnte.

Inzwischen hatte er seine Möglichkeiten auf zwei Optionen eingrenzen können. Es ertragen, oder …

Das Klingeln seines Phones riss ihn aus den Gedanken, und er schloss die Augen. Nein, verdammt, nicht jetzt. Nicht um diese Uhrzeit.

»Wer ruft denn so früh an?«, fragte Luke überrascht, und Flover strich sich über die Augenlider, bevor er in seine Tasche griff und sich sein Phone schnappte.

»Godwin«, stellte er skeptisch fest. Was wollte sein Chef

denn? Er hatte doch gestern schon achtzehn Stunden gearbeitet.

»Ja?«, meldete sich Flover trotzdem und wartete auf Anweisungen. Ob die Welt endlich mal Ruhe geben könnte?

»Nakamura. Keine Sorge, ich hab keinen Auftrag.« Er sprach langsam und gedehnt. Ungewöhnlich für den Mann, der sonst alles in Sekundenschnelle abarbeiten musste.

»Worum geht's?« Lukes Blick lag neugierig auf ihm.

»Ich hab …« Godwin ächzte ins Phone, und Flover setzte sich aufrechter hin. Was war los? So kannte er ihn nicht. »Es wird den Studenten erst heute im Laufe des Tages verkündet, aber ich wollte dich vorwarnen.«

»Was ist?«, drängte Flover. Allein Godwins Herumdrucksen machte ihn so nervös, dass er kaum noch still sitzen konnte. Adrenalin strömte durch seinen Körper und vertrieb die Müdigkeit.

»Der Rat hat eine Säuberung beauftragt.« Die Stimme am anderen Ende der Leitung klang absolut tonlos. Er stellte die Worte einfach so in den Raum, und es dauerte eine Weile, bis sie bei Flover angekommen waren. Einige Male blinzelte er verständnislos. Dann bemerkte er, wie nach und nach das Blut in seinem Körper absackte, wie er bleicher wurde, bis es ihm den Atem verschlug. »Was?«

Godwin schwieg kurz, bevor er seine Aussage mit einem knappen »Ja« bestätigte.

»Wann?«

»In einer Woche.«

»Was?«, wiederholte Flover, lauter dieses Mal, entrüsteter. Panischer. Er hatte das Gefühl, diese neue Information gar nicht im Sitzen ertragen zu können, also stand er auf, um einige Schritte auf wackeligen Beinen durch den Raum zu gehen. Seine Hände wurden schweißnass, und er fuhr sich unbewusst durch seine so sauber sitzende Frisur.

Eine Säuberung? Nein, das konnte nicht sein. So eine Dummheit konnte doch der Rat nicht ein weiteres Mal begehen! Sein Vater und so gut wie alle damals lebenden Soldaten waren bei der letzten ums Leben gekommen.

Das konnten sie nicht tun.

»Sie haben es durchgerechnet«, drang Godwins Stimme durch den Nebel in seinen Gedanken. »Die Verkündung an die Akademien ist heute. Die Verkündung an die Öffentlichkeit morgen. Danach beginnen die Vorbereitungen der Einheiten und der Kadetten. Alle werden zugeteilt und sollen in einer Woche reingeschickt werden.«

Flover atmete nur stoßweise. Der Kragen an seinem Anzug schien immer enger zu werden. »Und wir … wir werden alle eingezogen?« Er sowieso, er arbeitete für KAGE. Aber die anderen Studenten? »Die Politikstudenten? Die Wissenschaftler?«

»Alle, die eine Kampfausbildung haben. Wie beim letzten Mal.« Godwin lachte humorlos. »Fuck, Mann, die ziehen sogar die Air Force, die Navy und die Space Corps ein.«

»Scheiße«, hauchte Flover, ging auf und ab und streifte dabei Lukes Blick, der ganz eindeutig *Was ist los?* fragte.

»Das kannst du laut sagen«, grummelte Godwin. So hatte Flover ihn nie erlebt, und er arbeitete schon verflucht lange mit diesem Mann zusammen. Aber natürlich: Godwin hatte die letzte Säuberung scheinbar heil überstanden. Das Glück, so etwas zweimal zu überleben, hatte vermutlich niemand. »Ich wollte es dir nur sagen, damit du vorgewarnt bist.«

»Ja. Danke«, sagte Flover um Beherrschung bemüht. »Wir … wir sprechen uns, wenn ich mehr weiß.« Ohne ein weiteres Wort beendete er die Verbindung.

Die Sonne über der Antarktis hatte fast ihren Mittagspunkt erreicht, als der Aufruf an alle Studenten durch die Wissenschaftsstation, die Universität, die Sporthallen und die Wohneinheiten ging. Nicht mehr lange, bis die Sonne für ihren Winterschlaf ganz hinter dem Horizont verschwinden und für ein halbes Jahr nicht mehr hervorkommen würde. Dann wäre hier nichts mehr zu sehen als der Sternenhimmel – und vielleicht würde das auch niemanden stören.

Wenn die Säuberung vorüber war und hier keine Menschen mehr lebten.

Die Studenten, die sich auf dem großen, vereisten Vorplatz der Universität versammelt hatten, wussten nicht, was sie erwartete. Dass sie sich bereits in einer Woche alle in der Schlacht gegen die Moja in den Sperrzonen befinden würden. Dass die meisten von ihnen das vermutlich nicht überlebten.

Das war so sinnlos.

»Aber wir studieren Politik, verdammt noch mal«, murmelte Luke unterdrückt, als er sich mit Flover gemeinsam durch die Menge schob. Sie waren in ihre Wintermäntel gehüllt und wollten so nah wie möglich an den Balkon am Hauptgebäude der Universität kommen. Der klobige Bau hatte auf Flover schon immer einen trostlosen Eindruck gemacht, wie er einfach in Schwarz und Weiß und so vollkommen ohne Verzierungen aus dem Boden gestampft worden war. »Erwarten die echt, dass wir Moja bekämpfen?«

»Theoretisch werden alle Kadetten dazu ausgebildet.« Für den Notfall. Nicht für den Fall, dass sie alle zusammen in die Sperrzonen geschickt wurden.

»So ein Schwachsinn. Das hat beim ersten Mal nicht funktioniert, und das wird es auch jetzt nicht!«, brauste Luke auf. Flover gab ihm recht.

Als die erste Säuberung durchgeführt worden war – der erste Großeinsatz des Militärs, der nicht nur der Unterhaltung der Menschheit oder der Forschung gedient hatte –, waren sie beide Kinder gewesen. Flover kannte den Fortgang einer solchen Mission nur in der Theorie. Und weil der erste Versuch ein so kolossaler Rückschlag für das Militär und die Welt gewesen war, hatte er nicht damit gerechnet, jemals selbst Teil eines solchen Einsatzes sein zu müssen.

Er hatte sich getäuscht.

Keiner der Studenten um sie herum machte den Eindruck, als hätte er eine Vermutung, um was es ging. Vielleicht erwarteten sie eine weitere Ansprache zum Thema der Nordchina-Sache. Die letzten Minuten Ruhe, die sie in ihrem Leben hatten, wären bald vorbei.

»Ich verstehe das nicht.« Luke konnte einfach nicht aufhören, darüber zu reden, sich zu beschweren, zu grübeln und alles von sich abzuweisen. »Das geht nicht.«

Flover ersparte sich eine weitere Erwiderung. Das hatte schon innerhalb der letzten Stunde nichts gebracht.

»Ich meine, ist denen nicht klar, was sie damit anrichten?«, fragte er weiter. »Das Militär hat sich gerade erst von der letzten Säuberung erholt, und die ...«

»Ssscht!«, machte Flover, weil Luke in seiner Verzweiflung und seiner Wut immer lauter geworden war.

»... die ist fünfzehn Jahre her«, flüsterte er weiter. »Damals sind so verdammt viele Menschen gestorben, dass es kaum Soldaten gibt, die älter als dreißig sind. Wollen die uns wirklich killen?«

»Wer weiß.« Flover sah zu seinen Füßen hinab. Ja, er war schockiert gewesen, als er davon erfahren hatte. Er hatte Angst gehabt, war wütend geworden, hatte überlegt, ob man etwas dagegen unternehmen konnte.

Am Ende war allerdings nichts daran zu ändern. Dass der Staat darüber entschieden hatte, die Säuberungen gerade jetzt, nach dem Vorfall in der Zone anzuordnen, konnte kein Zufall sein. Die Chance war groß, dass alles zusammenhing. Und wenn er klug wäre, würde er Okijen anrufen und ihm von seinen Überlegungen erzählen, ihm sagen, dass er weiter forschen, tiefer bohren sollte, wenn er in Dikson war.

Aus einem anderen Blickwinkel betrachtet, wäre das wiederum nicht unbedingt nötig. Flover würde sterben. Und vielleicht war das okay so. Dann hatte diese ganze Farce, die er sein Leben nannte, ein Ende.

»Flover, ist …«

Lukes Worte gingen in einem Gong unter, der alle Studenten auf der Stelle zum Schweigen brachte. Die jungen Frauen und Männer nahmen ihre Aufstellung ein, als einige Personen auf den großen Balkon am Unigebäude traten.

Flover kniff die Augen leicht zusammen, um zu erkennen, um wen es sich handelte. Die Person war noch immer zu weit entfernt.

»Studenten.« Die Stimme ihrer Direktorin drang durch Lautsprecher verstärkt zu ihnen herunter. Es war totenstill geworden. »Ich weiß, die Versammlung kommt überraschend. Deswegen mache ich es kurz. Ich stelle euch hiermit General Alaska Pershing vor. Er möchte ein paar Worte an euch richten und hat eine Ankündigung zu machen.«

Ein Raunen ging durch die Menge, als die Direktorin das Mikrofon an jemanden weiterreichte, den Flover nun, wo er vorgestellt worden war, ganz deutlich erkannte. Die weiße Uniform, das leuchtend rote Haar, die schlanke Gestalt. Das war tatsächlich Alaska höchstpersönlich.

»Himmel«, brummte Luke neben ihm. »Dass ich den mal mit eigenen Augen sehen würde.«

»Liebe Studenten«, sprach General Pershing, und abermals wurde es ruhig. Tausende Menschen, und keiner von ihnen machte einen Laut. »Ich habe die Ehre, heute persönlich vor Sie treten zu dürfen, um Ihnen ein wichtiges Anliegen des Zentralrats zu präsentieren.«

Ehre. Flover hätte beinahe gelacht. Der Kerl war der wichtigste Mann des Planeten. Er war es gewesen, der die Regierungen aller Länder vor dreißig Jahren gestürzt hatte. Er war es gewesen, der den Zentralrat und alles, was ihre Welt ausmachte, aus dem Boden gestampft hatte.

»Wie Sie wissen, ist KAMI seit über dreißig Jahren ein Teil dieses Planeten. Ein Teil, der immer mehr Platz auf unserer Welt frisst. Der unsere Familien zerstört, unsere Freunde verletzt und unsere Städte niedergerissen hat.« Er machte eine kurze Pause, um die Worte wirken zu lassen. Der Kerl war ein geborener Redner, sowohl öffentlich als auch privat. Flover hatte ihn einige Male in seinem Elternhaus gesehen, als er selbst noch jünger gewesen war. »Und wie Sie ebenfalls wissen, ist die Vorstellung von Kontrolle über den technologischen Virus nur eine Illusion. Eine, die zu erhalten zwar wichtig ist, uns aber in einem falschen Vertrauen wiegt.«

Zustimmendes Gemurmel, obwohl die anderen vermutlich noch nicht wussten, worum es ging.

»Seitdem KAMI das erste Mal ausbrach, haben wir beinahe fünfzig Prozent der Landfläche unserer bewohnbaren Welt verloren. Ganze Staaten haben wir abgrenzen müssen. Milliarden von Menschen, Milliarden von geliebten Personen sind dem technologischen Virus zum Opfer gefallen.« Erneut eine Kunstpause, in der er dem zustimmenden, teils frustrierten Grollen der Kadetten lauschte. »Seitdem KAMI zum ersten Mal ausbrach«, fuhr er lauter, intensiver fort, »hat das Programm schon drei verschiedene Entwicklungsstadien hervorbringen können. Das gesamte Militär und ein Großteil sämtlicher aktuell laufender Forschungen konzentrieren sich einzig und allein auf die Vernichtung von KAMI. *Trotzdem* ist es uns bis jetzt nicht gelungen, ein effizientes Mittel gegen die Bedrohung zu finden. *Trotzdem* konnte KAMI inzwischen Moja erschaffen, denen selbst unsere erfahrensten Soldaten kaum beikommen können.« Er hatte sich richtig in Rage geredet. »Das sollten wir uns nicht gefallen lassen, oder?«, fragte er – und dieses Mal reagierte dic Menge lauter, mit einer Mischung aus Motivation und Irritation.

»Wir haben lange genug gewartet, nicht wahr?«, rief er, und einige der Studenten riefen zustimmende Worte, pfiffen, bejahten zaghaft. »Dreißig verdammte Jahre lang haben wir ausgeharrt!«

Flover fuhr ein Schauer den Rücken hinab, als ihm klar wurde, in welche Richtung sich das entwickelte. Er tauschte einen vielsagenden Blick mit Luke aus, als das Raunen um sie herum lauter wurde.

»Und wir haben uns gefragt: Sollten wir wirklich weiter warten? Sollten wir darauf warten, dass KAMI die nächste Entwicklungsstufe erreicht und vielleicht unbesiegbar für uns wird?«

»Nein!«, rief einer der Studenten, und einige andere schlossen sich an. Vorsichtige Bewegung kam in die Gruppe. Einige klatschten. »Wir müssen endlich etwas unternehmen!«, rief jemand in ihrer Nähe.

»Sollten wir wirklich darauf warten, dass KAMI über sich selbst hinauswächst und irgendwann einfach unseren Planeten überrennt?«

»Nein!« Die Rufe aus den Reihen der Studenten wurden lauter, und Flover fühlte sich unangenehm an die DVM-Versammlung erinnert. Das hier ging in eine Richtung, die ihm gar nicht gefiel. Verdammt.

»Das ist nicht richtig.« Luke sah sich unter seinen Kommilitonen um. »Wir sollten ihm zeigen, wie dumm der Plan ist, und nicht kreischend hinter ihm herlaufen.«

Flover nickte mit düsterem Gesicht. Die Rede, die Alaska hier herunterbetete, bestätigte ihn in seiner Vermutung, dass der Nordchina-Vorfall irgendwie hiermit zusammenhängen musste. Das wäre sonst ein zu großer Zufall, oder? Die Welt war fünfzehn Jahre lang ruhig gewesen. Die Zivilisten und selbst die meisten Militärangehörigen hatten vergessen, wie es war, einem Moja gegenüberzustehen. Jahrzehntelang hatten sich alle in Sicherheit gewiegt.

Nur jetzt auf einmal nicht mehr. Jetzt, nachdem die Tore der Sperrzone sich geöffnet hatten.

Die Welt hatte den Schrecken von KAMI gesehen. Live übertragen, auf großen Fernsehern in jeder Stadt und jedem Winkel. Die Angst war in die Häuser und Herzen zurückgekehrt.

Und welcher Motivator spielte Alaska bei seiner Säuberungsaktion besser in die Hände als Angst?

»Wir können unser Leben auf diesem Planeten nicht weiter von KAMI bestimmen lassen!«, rief er, und die Studenten begannen zu jubeln. »Wir sollten keine Angst mehr haben müssen, unsere Kinder in diese Welt zu entlassen!« Einige rissen ihre Arme hoch und riefen zustimmende Worte. »Ich sage: *Ziehen wir in den Krieg!*«

Die Menge tobte. Alaska sah auf sie hinab und lächelte mild, als wäre er zufrieden mit sich selbst. Vor wie vielen Menschen hatte er diese Rede heute schon geübt?

»Wir wissen, dass die letzte Säuberung nicht sehr effizient war«, fuhr Alaska fort. »Aber wir konnten uns in den letzten fünfzehn Jahren nicht nur zahlentechnisch, sondern auch organisatorisch und ausrüstungstechnisch deutlich verbessern. Der Nordchina-Vorfall zeigt ganz, dass wir nicht mehr länger warten dürfen!«

Da war er. Der Nordchina-Vorfall.

»Wir sind bestens ausgerüstet. Wir sind bestens ausgebildet!« Alaska wartete die Begeisterungsstürme der Studenten ab. »In einer Woche wollen wir zum ersten *richtigen* Schlag gegen KAMI ausholen«, sagte er dann etwas ruhiger, obwohl das die Motivation seines Publikums nicht abflachen ließ. »Und damit wischen wir diese Seuche endgültig von unserem Planeten.«

Mit diesen Worten gab er das Mikrofon ab, machte eine halbe Verbeugung und trat einen Schritt zurück.

Und während alle jubelten, schrien und klatschten, standen Flover und Luke regungslos in der Menge.

KAPITEL 20

: ARMING

Es war stickig in der Militärzentrale in Brasilien. Hunderte Studenten betraten und verließen die Ausrüstungshalle im Minutentakt. Zwischendrin reihten sie sich ordentlich in vier Reihen auf, postierten sich vor den ihnen zugewiesenen Koffern und probierten so effizient wie möglich die Kleidungsstücke an, die das Militär für sie bereitgestellt hatte.

Zwei Tage hatten sie warten müssen, um einer Einheit zugeteilt zu werden. Zwei Tage, in denen ihr Alltag vorangeschritten war, ohne dass sie sich auf irgendetwas, das um sie herum geschehen war, hatten konzentrieren können.

In fünf Tagen war es schon so weit. Luke zählte die Tage, die Stunden, die Minuten, und jede verdammte von ihnen kam ihm viel zu lang vor. Jetzt hier sein zu müssen machte es nicht besser. Es schürte die Angst, und ja, es hatte einen ganz neuen Fluchtinstinkt in ihm geweckt, den er bisher nicht gekannt hatte.

Er wollte weg hier. Auf den Mond oder sonst wohin. Einfach weit weg.

»Mist, ich brauch 'ne Größe mehr«, fluchte er, verzweifelt damit ringend, die dunkelgrüne Einsatzjacke über seine Arme zu streifen. Die Ausrüstung war schwer, allein die Schutzweste, die seinen Rumpf hoffentlich vor größeren Schäden bewahren würde, wog massiv auf seinen Schultern. Er musste die Trainingseinheiten mit einem solchen Teil absolvieren. Aber wenn er sich vorstellte, so ein Ding den ganzen Tag lang tragen zu müssen …

»Das muss doch irgendwie …«, stöhnte er, gab dann allerdings auf. Auf dem beiliegenden Screen notierte er die Anforderung für eine größere Jacke.

»Du hast ja auch ziemlich zugelegt«, säuselte Zoe, die sich hinter ihm entlangschob und ihm ein schelmisches Grinsen zuwarf.

»Das sind Muskeln!«, erwiderte Luke lachend und trat spielerisch nach ihr. Mit einem Hüpfer sprang sie weiter, und Luke fuhr damit fort, die verschiedenen Teile seiner künftigen Ausrüstung zu inspizieren. Stiefel, Hose, Tarnscreens, Shirts, Pullover, Jacken. Etwas für jede Jahreszeit. Und weil es in den Sperrzonen, abgeschottet von jeder Form von Sonneneinstrahlung, verdammt kühl werden konnte.

»Wir bitten Sie, Verzögerungen im Ablauf zu vermeiden«, schallte eine Lautsprecherdurchsage über ihre Köpfe hinweg. Er hörte sie heute schon das tausendste Mal. »Bei Fragen wenden Sie sich umgehend an Ihren Einweiser. Probleme melden Sie bei den Zuständigen in den Eingangsbereichen A und B. Prüfen Sie Ihre Einsatzkleidung auf Vollständigkeit und Größe.«

»Haken Sie alle vorhandenen und passenden Kleidungsstücke auf dem Ihnen zugeteilten Screen ab«, murmelte Luke die Durchsage mit. »Notieren Sie aufgetretene Änderungen in der von Ihnen benötigten Kleider- oder Schuhgröße. Bla, bla, bla.« Er lachte ein wenig über sich selbst und sah forschend zu Flover hinüber, der starr auf seine Kleidung blickte und jede Anweisung, ohne mit der Wimper zu zucken, mit militärischer Präzision befolgte.

Luke musterte ihn mit einer Mischung aus Skepsis und Missfallen. »Geht's dir gut?«, fragte er. Zum hundertsten Mal an diesem Tag, doch nach wie vor mit einem Funken Hoffnung, endlich eine ehrliche Antwort zu bekommen.

»Ja«, antwortete Flover mit matter Stimme. Und damit war

die Sache für ihn offenbar erledigt. Er streifte sich seine Hose über, prüfte, ob alles passte, und machte in präzisen Bewegungen mit den Stiefeln weiter.

Luke sah ihm eine Weile forschend zu, bevor er es ihm nachtat. Verdammt. Er kannte Flovers ruhige Phasen. Tage, manchmal auch Wochen, in denen er mit niemandem etwas zu tun haben wollte und kein Interesse an ihm oder dem Rest der Menschheit zeigte. Aber sonst versuchte er zumindest, die Fassade zu wahren.

So wie jetzt kannte Luke ihn nicht.

»Sicher?«, fragte er also weiter, als er in seine eigenen Stiefel schlüpfte und sie fest zuschnürte. In der Halle roch es nach Schweiß, und es war heiß wie in einer Sauna. Selbst die Klimaanlagen kamen nicht mehr gegen den Atem und die Ausdünstungen all der Menschen hier drin an.

»Ja«, wiederholte Flover, und Luke verdrehte die Augen. Wenn er wenigstens irgendeine Form von emotionaler Reaktion zeigen würde. Wenn er ihn anschreien oder ihm den Mund verbieten oder irgendwas *tun* würde. Es war, als hätte er auf Stand-by geschaltet.

Konzentrierte er sich auf das, was vor ihnen lag? War er in Schockstarre? Arbeitete er einen Plan aus, wie sie da doch rauskommen könnten?

Oder war es etwas anderes?

»Wir sind hier bald durch«, hielt Luke das Gespräch am Laufen. »Wenn wir daheim sind, kann ich uns ja was kochen.«

»Klar.«

»Gerta hat ein paar Eier gelegt.«

»Cool.«

Luke kniff die Augen zusammen, um sich nicht zu sehr aufzuregen. Wenn er Flover jetzt an den Schultern packte, um ihn mal ordentlich durchzuschütteln, gäbe das sicher Ärger.

Obwohl: Wenn er sich genug danebenbenahm, würde er

eventuell des Militärs verwiesen. Auch eine Chance, sich aus der Sache rauszuziehen. Oder würden sie ihn in diesem Fall als Moja-Lockmittel trotzdem mit in die Zonen schicken?

»Mal im Ernst …« Luke machte sich daran, seine Kleidung abzustreifen, als er alles einmal angezogen und sich einige Male hin und her bewegt hatte. Das Training im letzten Jahr hatte ihm wirklich ein, zwei Kleidergrößen draufgepackt. »Wollen wir mal über den Elefanten im Raum reden?« Vielleicht war es nicht der richtige Zeitpunkt, um Flover zu provozieren, aber das war die einzige Chance, ihn aus seiner Deckung zu locken. Vor so vielen Menschen war die Chance geringer, dass er von seinem Mitbewohner eins auf die Fresse bekam, wenn er zu weit stichelte.

»Was meinst du?«

»Was ich meine?«, setzte Luke an und senkte die Stimme ein wenig. »Ich meine, dass dieser Befehl direkt aus dem Zentralrat gekommen sein muss. Der Zentralrat – in dem deine Mutter sitzt.« Er machte eine Pause, um auf Flovers Reaktion zu warten, doch der zeigte nicht einmal ein Anzeichen, dass er ihm überhaupt zuhörte. »Sie muss aktiv an der Entscheidung, die Säuberung einzuleiten, beteiligt gewesen sein. Wir standen ganz kurz danach direkt vor ihr! Und sie hat nichts gesagt!« Mann, dadurch hatte Luke sich schon verraten gefühlt. Wie musste es Flover erst gehen?

Luke hatte das Thema nicht angesprochen, weil er wusste, dass Flover seine Mutter und alles, was mit ihr zu tun hatte, mied, wo es nur ging. Das könnte aber der Kern seines Problems sein, und wenn es so war, sollte er darüber sprechen.

»So ist sie«, erwiderte Flover nur, was Lukes Sicherungen endgültig durchbrennen ließ.

»So ist sie?«, fuhr er auf. »Du meinst so, dass es ihr einfach *egal* ist, wenn ihr einziger Sohn in einem beschissenen Massaker hinter den Mauern stirbt?«

Flover schwieg, die Augen auf den Screen vor sich gerichtet. »Ja«, antwortete er nach einigen Augenblicken tonlos.

Luke blinzelte fassungslos. »Wenn ich ihr das nächste Mal gegenüberstehe, werde ich nicht mehr so freundlich sein.«

Und das – wenn auch nur lapidar zu sich selbst gesagt – ließ Flover endlich auftauen. Endlich!

»In diesem Fall«, sagte er mit einem milden, etwas abfälligen Lächeln, »war es schön, dich kennengelernt zu haben.«

»Ach, was soll die schon machen?«, grummelte Luke etwas erleichtert, aber mit der ernsthaften Vorstellung vor Augen, Liza Moore einmal richtig runterzuputzen. »Ich meine, mehr als mich verbal zu Kleinholz verarbeiten, kann sie ja nicht, oder?«

Flover schnaubte so laut, dass sich einige Kadetten zu ihnen umwandten. »Soll das ein Witz sein?«, sagte er dann mit gesenkter Stimme, sichtlich amüsiert. »Sie ist ein General. Ihre Kampffähigkeiten sind wie die von 'nem Moja. Ein Schlag – und du bist tot.«

Die Trockenheit, mit der Flover diese Information vermittelt hatte, ließ Luke auflachen. Er packte all seine Sachen sorgsam in den großen schwarzen Koffer, auf dem sein Name aufgedruckt war, schloss ihn und legte den Screen obenauf.

»Warum stelle ich mir jetzt vor, wie deine Mutter mit bloßen Händen eine Sperrzone allein säubert?«, fragte Luke und lachte ehrlich belustigt.

Flover stieg mit ein. Er war ebenfalls fertig, und einer stillen Übereinkunft folgend machten sie sich auf den Weg in Richtung des Hallenausgangs.

»Es wäre tatsächlich eine Idee, sie mal auf KAMI loszulassen«, überlegte Flover mit einem grimmigen Lächeln. Himmel, Luke war so verdammt erleichtert, endlich, nach zwei Tagen, eine Regung auf seinem Gesicht zu sehen.

»Achtung, es folgt eine Durchsage«, klang es über ihre

Köpfe hinweg, und Luke stöhnte ein »Ah, nicht das wieder«. Den ganzen Tag über waren sie hier gewesen, und jeder der Anwesenden musste die Instruktionen inzwischen auswendig können.

»Sie befinden sich in der Militärbasis Brasilien. Somit wurde Ihnen die Sperrzone São Paulo zur Säuberung zugeteilt.«

»Überraschung«, meinte Luke. Tatsächlich waren sie nur hier, weil Flover mit irgendwelchen Leuten bei KAGE gesprochen hatte und die mit ihren Vorgesetzten. Nur deswegen waren sie in dasselbe Team gekommen. Nur deswegen hatte man sie – nach Lukes Wunsch – der Brasilien-Sperrzone zugeteilt.

Wenn er sterben musste, dann wenigstens hier. In der Stadt, in der alles angefangen hatte.

Flover hatte nicht einmal gefragt, warum er unbedingt nach São Paulo hatte versetzt werden wollen. Und ihm selbst war es wohl egal, wo er kämpfte.

Luke allerdings könnte nicht aufgeregter sein. Er hatte zu seiner Zeit beim Militär nicht herausfinden können, ob es irgendetwas gab, das er tun konnte, um seiner Schwester zu helfen. Die einzige verdammte Aufnahme, die er vielleicht von ihr gesehen hatte, hatte GREAT bei ihrer Entführungsaktion beschlagnahmt und bisher nicht zurückgegeben.

Aber allein wieder dort zu sein. Zwischen den Straßen seiner zerstörten Heimat. Shiva vielleicht noch einmal zu sehen – das war alles, wohin seine Gedanken noch reichten. Und wenn er irgendwo sterben musste, dann dort, wo auch der Rest seines früheren Lebens begraben war.

»Die Details Ihrer Mission finden Sie auf den Ihnen zugesandten Informationsbögen«, sprach die Ansage weiter, als Luke und Flover sich langsam durch die Menschenmassen schoben. »Bitte studieren Sie sie eingehend, und schicken Sie uns Ihre Fragen bis spätestens Freitag, 11. März 2101. Der Start der Mission in São Paulo ist am Montag, 14. März 2101. An der Ihnen zugewiesenen Einrichtung gibt es Vorbereitungstrainings, Einweisungen und Lehrstunden. Sie werden automatisch zu den Ihnen angegebenen Veranstaltungen angemeldet. Eine Verweigerung der Teilnahme kommt einem Verstoß gleich.«

»Wenn wir einfach untertauchen«, überlegte Luke laut, halb im Ernst, hab zum Spaß, »und sämtliche Militärangehörige in den Zonen sind: Wer soll uns suchen?«

Eine der Studentinnen, an denen sie gerade vorbeigingen, lachte irritiert über seinen Witz.

»Der Ihnen zugesandte Bogen enthält Informationen zu dem Ihnen zugewiesenen Team. Jedes Team besteht aus fünfzig Soldaten und erfüllt alle ihm zugewiesenen Missionen zusammen. Die Teams werden die vorbereitenden Trainings gemeinsam absolvieren, um die Effizienz und den Zusammenhalt der Soldaten zu stärken.«

»Ich bin so froh, dass wir das zusammen machen können«, seufzte Luke, sah Flover dabei aber nicht an.

»Ab dem ersten Missionstag werden die Teams von 0800 beginnend in einem halbstündigen Takt in die Sperrzone entsandt. Zu welcher Uhrzeit Sie und Ihr Team zur Vorbereitung eintreffen sollen, entnehmen Sie dem Informationsbogen.

Vom Betreten der Schleuse an befinden sich alle Soldaten für exakt dreieinhalb Stunden in der Zone. Das Ziel ist es, mit ihrem Team immer weiter in Richtung Zentrum der Zone vorzudringen und dabei so viele Moja wie möglich auszuschalten. Das Ausschalten der Ziele bei minimalem Kollateralschaden hat höchste Priorität. Ein langsameres Vordringen zum Schutze der eigenen Sicherheit ist daher empfohlen.«

»Wir sollen auf unser Leben achten«, kommentierte Luke in bissigem Tonfall. Wie oft würde er das heute noch hören müssen? »Wow, das hatte ich eigentlich nicht vor.«

»Nach drei Stunden und fünfzehn Minuten wird Ihnen Ihr Zeit-

messer einen automatischen Alarm senden. Begeben Sie sich dann umgehend in Richtung des Ihnen am nächsten gelegenen Ausgangs.

Erinnerung:«

»Oh, jetzt kommt das Beste!«

»*Wer länger als vier Stunden in der Zone bleibt, läuft aufgrund der Wirkungsdauer der Impfung Gefahr, von KAMI befallen zu werden. Alle Soldaten, die die Zone verlassen, werden in der Schleuse auf Anzeichen einer KAMI-Infektion geprüft. Wird KAMI im Kreislauf festgestellt, kann Ihnen kein Zugang zu den Bereichen außerhalb der Sperrzone mehr gestattet werden. Ist dies der Fall, wird Ihnen empfohlen, in das Zentrum der Zone zurückzukehren, um vor dem Kontrollverlust über Ihren Körper Ihre Mission fortzusetzen und so viele Ziele auszuschalten wie möglich.*

Sollten Sie dieses Vorgehen bei einem Befall Ihres Körpers aus nachvollziehbaren Gründen nicht wünschen, kann Ihnen in den Schleusen der Sperrzone in Ausnahmefällen eine Exekution gestattet werden.«

Ein Raunen ging durch die Halle. Vermutlich hatten einige diese positive und lebensbejahende Durchsage noch nicht gehört und waren jetzt genauso erschrocken wie Luke beim ersten Mal.

»Das heißt übersetzt«, sagte einer der Studenten, an denen sie sich vorbeischoben, fassungslos, »dass wir dann einfach auf Selbstmordmission in die Sperrzone geschickt werden?«

»Wenn KAMI in dir drin ist, kann man nichts anderes mehr machen.«

Der junge Mann wurde kreidebleich, und Luke hatte fast Mitleid mit ihm, so schockiert sah er aus.

»Aber wenn du ganz nett fragst und *nachvollziehbare Gründe* hast«, flüsterte Luke ihm im Vorbeigehen zu und lächelte so warmherzig wie möglich, »hast du vielleicht Glück, und sie knallen dich direkt ab.«

Der Student sah ihn mit großen Augen an. Sie waren weitergegangen, bevor er etwas erwidern konnte.

»Schaffen Sie es rechtzeitig und ohne nachweisbare Infektion aus der Sperrzone heraus«, fuhr die Durchsage fort, *»haben Sie eine vorgeschriebene Pause von vierzig Stunden, in der Sie sich erholen und verarzten lassen können. Nach vierundvierzig Stunden melden Sie sich wieder in der Station. Daraufhin beginnt erneut Ihre Vorbereitungszeit. Nach exakt achtundvierzig Stunden werden Sie abermals in die Zone entsandt. So wird sichergestellt, dass ein fortschreitender Zyklus besteht und die Sperrzonen dauerhaft von Soldatenteams besetzt sind.«*

»Und das geht so lange weiter, bis wir alle tot sind«, raunte Luke frustriert und reckte seinen Kopf. Wie weit war es denn noch bis zum Ausgang? Er wollte hier raus.

»Hey, nicht so düster, Kumpel.« Ein muskelbepackter Typ, der gerade sein Shirt ausgezogen hatte, um seine Uniform anzuprobieren, hatte ihn gehört. »Wir heizen denen ordentlich ein. Und danach haben wir Ruhe.«

Luke stieß hoffnungslos die Luft aus seiner Lunge. »Na, wenn du meinst.«

UNITED NATIONS MILITARY

Archiv: Militärische Aufzeichnungen
Update zur Situation der Impfmöglichkeiten gegen KAMI
Zur Vorlage bei General Alaska Pershing

16.12.2079
Ort: Hiroshima

Sehr geehrter General Pershing,

wir vom Forschungsrat der GREAT-Forschungseinheit freuen uns, Ihnen mitteilen zu können, dass wir in erfolgreichen Tests eine Impfung entwickeln konnten, die Personen vorübergehend gegen die Einwirkung von KAMI immun macht.
Eine optimierte Nanotechnologie bekämpft, sobald sie geimpft wurde, die Nanocomputer, die von KAMI kontrolliert werden.
Die Impfung verhindert aktiv, dass KAMI-Nanocomputer sich im Körper einnisten. Wir haben Ihnen Videos und Dokumente zu den bestehenden Testreihen angehängt.

Aktuelle Einschränkungen gibt es folgende:
KAMI optimiert dauerhaft die Funktionsweise seiner Nanocomputer. Es ist uns bisher nicht gelungen, eine Programmierung zu entwickeln, die dieser Evolution ebenbürtig ist. Die Impfstoffe müssen demnach erst kurz vor der Injektion mit einer Programmierung »aktiviert« werden. Erfolgt diese Aktivierung nicht, sinkt die erwartete Wirksamkeit des Impfstoffs von 89 Prozent auf 4 Prozent.
Um weitere Vorfälle wie das Auftreten von KAMI vorzubeugen, hat die Impftechnologie außerdem einen Zeitschalter. Nach exakt vier Stunden vernichten sich die Nanocomputer im Körper selbst und

verlieren ihre Funktion. Dies beugt vor, dass die programmierten Computer zu viel Kontrolle erlangen.

Der Impfschutz gegen KAMI ist aufgrund der oben genannten Gründe nur temporär, lässt sich nicht rückwirkend anwenden und stellt für die Verwendung innerhalb der Bevölkerung keine Option dar. Wir empfehlen eine Verwendung bei Einsätzen in Sperrzonen und die Lagerung inaktiver Impfstoffe in allen Forschungs- und Militärzentren für einen Notfall.

Wir freuen uns auf Ihre Rückmeldung und das baldige Treffen mit Ihnen.

Hochachtungsvoll
das GREAT-Forschungsteam

KAPITEL 21

: SINGING

Als Andra ein kleines Mädchen gewesen war, hatte sie sich manchmal nach Sonnenuntergang aus dem Bett, aus dem Haus und aus dem Dorf geschlichen, um durch den Sand zu wandern und auf die Sperrzone zuzugehen …

Die Tore waren stets verlassen. Sie wurden von Kameras überwacht, nie von Menschen. Andra war also allein gewesen, im Schneidersitz im kühlen Sand sitzend, die Augen auf das Schwarz vor sich gerichtet.

Die Einsamkeit vor der Zone war ihr erst eigentümlich vorgekommen. Danach wohltuend und mit der Zeit heilsam.

Sie war dorthin gegangen, wenn sie sich allein gefühlt hatte, wenn sie sich über etwas oder jemanden aufgeregt hatte, wenn sie traurig gewesen war oder aufgebracht.

Und irgendwann hatte Andra zu reden begonnen. Über alles. Über ihre Familie, ihr Dorf, ihr Leben und ihre Ausbildung. Sie konnte sich nicht erklären, warum, aber es hatte ihr Beruhigung verschafft zu sprechen. Die Älteste hatte gesagt, *wenn du niemanden zum Reden hast, sprich zu den Sternen.* Doch es fühlte sich besser an, zu den Toren zu sprechen, weil sie sich so zumindest einbilden konnte, etwas oder jemand hörte zu.

Natürlich waren die Mauern zu hoch und zu dick, doch da sie nicht genau gewusst hatte, was dahinter lag, blieb ihre Vorstellung intakt.

Und eines Tages – vielleicht aus Langeweile, vielleicht aus einem anderen Grund – hatte sie zu singen begonnen.

Andras Mutter hatte gesungen, wenn sie die Wäsche

wusch, den Garten pflegte oder ihre Geschwister zum Schlafen brachte. Sie hatte gesungen, wenn sie fröhlich war und um sich zu beruhigen. Stets ein und dasselbe Lied, bis es sich irgendwann in Andras Gedanken geschlichen hatte.

»Ich liebte die Nacht,
denn über uns stand derselbe Himmel.
Er weint mit mir, nun da ich brenne.
Fallende Sterne im Dunkel,
und ich kenne
all ihre Namen,
all das Gewimmel
der Räume und Zeiten.«

Wie Andra dort gesessen hatte, die überwältigende Schwärze vor sich und das Lied auf den Lippen, hatte sie sich frei gefühlt. Allein. Grenzenlos.

»Und doch stehen wir still
unter dem leuchtenden Turm,
wo alles begann.
Ich war der Sturm,
doch du bist der Ozean.«

Und eines Tages, während sie sang, vernahm sie eine Stimme. Ein Flüstern, oder einen Ruf aus weiter Ferne.

»Ich war der Sturm,
doch du bist der Ozean«, sang sie, und jemand schloss sich ihr an. Zaghaft zunächst. Unsicher. Aber je länger sie sang, umso fester wurde die Stimme, und sooft sie sich auch umsah, sooft sie sich auch um ihre eigene Achse drehte, sie erkannte niemanden.

»Ich war der Sturm,
doch du bist der Ozean.«

Eine weitere Stimme schloss sich an, dann noch eine und noch eine. Laut und klar, in hundert verschiedenen Tonlagen, Männer und Frauen, Alte und Kinder.

Selbst als Andras Lied erstarb, selbst als sie sich aufrichtete und zurücktaumelte, hielten sie nicht ein. Immer deutlicher wurden die Klänge, die die Nacht erfüllten. Die Klänge, die ihr Lied in sich trugen.

Der darauffolgende Alarm in der nahe gelegenen Zentrale fuhr ihr bis tief unter die Haut. Als sie zu rennen begann, spürte sie ihre Beine nicht mehr, stolperte barfuß durch den Sand und wusste nicht, wohin mit sich. Denn so weit sie sich auch von den Toren entfernte: Die Stimmen in ihrem Rücken wurden nicht leiser.

Bis sie sich änderten und von den Strophen abwichen, die in ihrem Kopf klangen. Bis nur ein Satz übrig geblieben war, den sie sangen, in den höchsten und den tiefsten Tonlagen der Welt.

»Ihr seid der Sturm, doch ich bin der Ozean«, tönte es hinter ihr, vor ihr, überall, aus Tausenden Mündern.

Die Lichter über den Toren wurden eingeschaltet, Menschen strömten aus der Station. Ein Generatorblitz, ausgesendet von der Dunkelheit über der Zone, zuckte über den Himmel und erhellte den Wüstensand.

»Ihr seid der Sturm, doch ich bin der Ozean.«

Andras Erinnerungen fühlten sich eigenartig an. Wie Träume. Wie Gedanken an eine Welt, die es nie gegeben hatte, und gleichzeitig gar nicht so fern. Als würde sie nur einen Urlaub unternehmen und könnte jederzeit zurückkehren, in ihre alte Welt, in ihr altes Leben.

War es das, was sie am Leben hielt?

Erinnerungen? Sie alle waren so seltsam hell. Alle Gedanken an ihre Familie und ihren Stamm schienen so übermäßig leuchtend.

Dabei war es gar nicht so gewesen, oder?

Sie war doch gar nicht so glücklich gewesen.

Oft hatte sie sich wie eine Außenseiterin gefühlt. Sie war die Einzige gewesen, die von den Ältesten ausgebildet worden war, weil alle aus ihrem Alter sie für einen Sonderling gehalten hatten. Weil sie keinen Anschluss gefunden hatte und vielleicht, weil es sie auch gar nicht danach verlangt hatte, das zu tun, was alle taten.

Andras Eltern hatten stets den Eindruck gemacht, irgendwie enttäuscht von ihr zu sein, obwohl sie nie gewusst hatte, warum. Ihre Geschwister hatten dieses Verhalten kopiert. Freunde hatte sie nie gehabt.

Warum war da also dieses Loch in ihrer Brust, von dem sie sich einfach nicht lösen konnte? Wie lange würde es dauern, bis die Wunden wieder verheilt waren? Und wenn sie es taten, würde sie bis dahin überhaupt durchhalten? Oder würde sie einfach den Verstand verlieren? Denn so fühlte es sich an.

Seit vier Tagen waren sie in Dikson, und Okijen hatte keine erneute Chance bekommen, sich mit Marshall über das zu unterhalten, weswegen sie eigentlich hier waren. Sie war scheinbar sehr beschäftigt mit dem, was sie mit Byth ausheckte.

Die Ruhe des Ausharrens spendete Andra etwas Kraft, gleichzeitig zehrte es an ihr. Sie wollte weitermachen wie bisher, durch die Städte ziehen, durch die Straßen streifen, Dinge sehen, Menschen treffen, einfach alles tun, um nicht nichts tun zu müssen. Wenn Okijen nicht gerade las, zog er manchmal los, um sich in der Nähe von Marshall und Byth herumzudrücken, in der Hoffnung herauszufinden, was sie taten.

Zu diesen Zeiten machte Andra sich auf den Weg durch das Anwesen, um durch die Gänge zu streifen und Antworten auf die Fragen zu finden, die sie bewegten. Sie befragte die Programme – die künstlichen Menschen – nach Marshall und warum sie derart jung aussah, obwohl sie anscheinend schon so alt war. Sie studierte über Screens laufende Nachrichten, die von der Säuberung berichteten, die kurz bevorstand. Noch vier Tage, dann würde das gesamte Militär beginnen, in die Sperrzonen einzurücken. Das hatte sie gelernt. Empfunden hatte sie nicht viel, als sie Okijen darüber hatte reden hören, dass bei dieser Aktion vermutlich Millionen von Menschen sterben würden.

Fast fühlte es sich gerecht an.

Warum sollte die Welt weiterleben, während alles in ihr tot war? Solange Okijen nicht starb, wäre es gut.

Wanderte sie nicht durch die Gänge, saß Andra meist auf dem Balkon ihres Zimmers, zwischen den Pflanzen und Ranken, und schaute in den Garten hinab. Beobachtete die Vögel, die von Baum zu Baum flatterten, und das sich sanft wiegende Grün. Dann verfiel sie in Grübeleien, die kein Ziel und meist keinen Sinn hatten.

Wenn dein Herz schmerzt, hatte die Älteste einmal gesagt, *ist das etwas Gutes. Schlechte Gefühle sind nichts Falsches. Dein Weinen gehört genauso zu dir wie dein Lachen. Du solltest dankbar sein, dass du deine Erinnerungen hast, und dich nicht vor den Schlechten verstecken.*

Andra hatte damals nicht ganz verstanden, was sie damit gemeint hatte. Nun verstand sie es, wusste jedoch nicht, wie sie den Rat beherzigen sollte. Vielleicht würde es einfach Zeit brauchen.

Und immer, wenn Andra dachte, sich in ihren Gedanken zu verlieren, tauchte Okijen auf. Wortlos. Er nahm sich sein Buch von dem kleinen Gartentisch und begann zu lesen. Eines nach dem anderen. Ohne je etwas zu sagen, wenn sie ihm keine Fragen stellte. Ohne sie besorgt anzusehen. Als wollte er nur sagen: *Hey, ich bin da, wenn du mich brauchst.* Er war sanft seit ihrer Unterhaltung in dem Aussichtszimmer. Er stritt nicht einmal mehr mit Byth, wenn die beiden sich über den Weg liefen.

Warum beruhigte sie das so sehr?

»Meine Lieben.«

Fünf Tage hatte es gedauert, bis Marshall Zeit für sie gefunden hatte. Andra hatte zwar nicht herausfinden können, was genau Okijen mit ihr zu besprechen hatte, aber er hatte mehrere Male mit einem Kerl namens Flover telefoniert, der offenbar in der Sache drinhing. Gesprächsfetzen hatte sie mitbekommen und den Eindruck entwickelt, dass es wohl nach wie vor um den Vorfall in der Sperrzone ging, der ihr Dorf ausgelöscht hatte. Mit all den Unklarheiten und Andeutungen im Kopf saß sie nun also umso aufrechter und gespannter in ihrem Gartenstuhl.

»Marshall!« Okijen legte sein Buch zur Seite, erhob sich von seinem Gartenstuhl und setzte sich erst wieder, als auch sie Platz genommen hatte. Die langen Kleider, die sie sonst jedes Mal getragen hatte, wenn Andra ihr zufällig über den Weg gelaufen war, hatte sie gegen einen einfachen, ärmellosen Einteiler getauscht. Damit hätte sie zum ersten Mal aussehen sollen wie ein gewöhnlicher Mensch und nicht wie eine Adlige; doch da war nach wie vor etwas an ihr, das ihr diese erhabene Ausstrahlung verlieh. Etwas in ihrem Gesicht, in ihrem Blick, das Macht und gleichsam Freundlichkeit vermittelte.

»Schön, dass du in deinem vollen Terminkalender ein wenig Zeit für uns gefunden hast«, sagte Okijen mit einem leicht missmutigen Unterton und faltete seine Hände vor der Brust. Die Sonne schien sacht auf sie herab. Der Mittag war gerade erst vorübergezogen.

»Seid ihr beide mit eurem Projekt fertig?« Okijen deutete auf Byth, die in ihrem Sommerkleid in einer anderen Ecke des Balkons saß und auf ihre Screens sah. Wenn Andra und Okijen auf dem großen Balkon an ihrem Zimmer gesessen hatten, hatte sie sich in den letzten Tagen ab und an hinzugesellt. In ihrer mysteriösen Arbeit versunken, hatte sie stets geschwiegen. Als wolle sie nicht reden, aber genauso wenig allein sein.

Andra hatte ihre stille Anwesenheit zu schätzen gelernt. Der ruhige Einklang, der sich in ihre kleine Gruppe geschlichen hatte, hatte ihr eine Form von Alltäglichkeit vermittelt, die ihr guttat. Hoffentlich würden sie noch eine Weile hier zwischen dem Grün und den historisch anmutenden Gemäuern bleiben können. Vor allem jetzt, wo die Welt in solchem Aufruhr war, fühlte sich das Anwesen wie ein sicherer Hafen an.

Marshall sah Byth eine ganze Weile lang an, bevor sie antwortete: »Könnte man sagen.« Byth ließ sich nicht anmerken, ob sie dem Gespräch lauschte. »Leider haben wir nicht das herausgefunden, was ich mir erhofft hatte. Doch reden wir nicht weiter drüber. Heute soll es um dein Anliegen gehen.«

Okijen schürzte die Lippen in einer gespielten Gleichgültigkeit, während Marshall ihn aufmerksam aus ihren dunklen Augen beobachtete. Dann lehnte er sich ein Stück nach vorn und meinte: »Nein, ich finde, wir sollten erst über eure kleine Sache hier reden.«

Marshall zog die Augenbrauen in einer Weise in die Höhe, die Andra sowohl als Skepsis als auch Belustigung deutete.

»Und warum bitte sollte dich das etwas angehen?«

»Die Sache, die ich mit dir besprechen möchte, ist heikel.« Okijen sprach langsam und wählte seine Worte offenbar mit viel Bedacht. Andra hing nahezu an seinen Lippen, so überrascht war sie selbst davon, dass er Flovers Anliegen nach hinten verschieben wollte. Was dachte er sich dabei? Wusste er etwas über Marshalls und Byths Projekt? Hatte er etwas herausgefunden? »Ich habe keine Garantie auf Richtigkeit der Informationen, weil ich sie lediglich weiterleite. Aber ich dachte, wir könnten einen Deal machen. Ihr erzählt mir eure Geheimnisse und ich euch meine.«

Marshall lachte, und nun sah Byth von ihren Screens auf, um zu ihnen herüberzuschauen. Der Vorschlag hatte ihr Interesse scheinbar geweckt.

»Ich kenne dich«, fuhr Okijen fort. »Du würdest vor mir kein solches Geheimnis daraus machen, wenn es nichts absolut Prekäres wäre.«

»Oder ich vertraue dir einfach nicht mehr alles an, weil wir uns zwei Jahre lang nicht mehr gesehen haben«, konterte Marshall mit einem überfreundlichen Lächeln. Ihre Körperhaltung war locker, vermutlich wollte sie Okijen genauso spielerisch aus der Reserve locken wie er sie. Ihren feixenden Gesichtern nach zu urteilen, machte es beiden Spaß.

Sie mussten damals wirklich sehr vertraut miteinander gewesen sein. Ihr Blickduell dauerte eine ganze Zeit an, und Andra versuchte, sich vorzustellen, welche Geschichten sie wohl verbanden. Welche Kämpfe sie ausgefochten und welche Schlachten sie gemeinsam gewonnen hatten.

»Byth, komm her«, forderte Marshall, als Okijen gerade dazu angesetzt hatte, etwas zu erwidern. Während sich Byth mit einem fragenden Ausdruck aus ihrem Stuhl erhob, um sich zu ihnen zu gesellen, aktivierte Marshall einen Knopf an ihrem goldenen Armband, der eine Art Schild um den Balkon herum erzeugte. Ein Lufthauch wehte Andras Haare auf, und vieleckig schimmernd, beinahe durchsichtig, legte sich der Schutz um die kleine Gruppe. »Jetzt sind wir abhörsicher«, verkündete sie, und Andras Muskeln spannten sich vor Aufregung an, während sie ihre Haare wieder glatt strich.

Hoffentlich würde sie endlich verstehen, um was es hier ging. Zum Glück hatten sie sie nicht rausgeschickt. Sie hatte im Gegensatz zu den anderen keine Form einer Sicherheitsfreigabe oder etwas Derartiges.

»Du weißt, dass ich dir vertraue, Okijen«, setzte Marshall an und schaute allen Anwesenden überprüfend in die gespannten Gesichter. »Und deiner Begleitung.« Ihr Blick glitt zu Andra.

Sie vertraute ihr? Wusste sie, wer sie war und was geschehen war? Vermutlich, wenn sie so mächtig war, wie alle sagten. Sicherlich hatte sie sich schon darüber informieren lassen, wer Andra war, sobald sie auch nur das Anwesen betreten hatte.

»Ich hoffe, dass ihr wisst, dass diese Information an keine von mir nicht autorisierte Person oder Quelle weitergetragen werden darf. Sonst können wir alle in ernsthafte Schwierigkeiten geraten.«

Okijen verzog den Mund verstehend. »Klingt ähnlich wie meine Information. Schieß los.«

»Byth, spiel die Aufnahme ab.«

Die Mechanikerin tat wie geheißen und wischte auf einem ihrer Screens herum, bis sie die richtige Datei fand.

Andra lehnte sich ein Stück nach vorn, um besser lauschen zu können. Kleiderrascheln, klimperndes Eis in Gläsern und Gemurmel waren zu hören.

»Ladys und Gentlemen.« Ein Mann sprach. *»Danke für Ihr Kommen. Wir haben uns heute versammelt, um die neuesten Berichte auszuwerten, die uns das Medium übermittelt hat. Das Bureau of Future Intelligence empfängt laut der aktuellsten Berichte von Mr. Yomoto in letzter Zeit immer häufiger Übertragungen aus den Sperrzonen, die es zu analysieren gilt. Die verbale Übermittlung ist wie gewohnt wirr und unzusammenhängend. Dennoch ist sie über die Wochen hinweg deutlich klarer geworden und hat sich gleichzeitig vor allem im Tonfall aggressiviert. Wenn Sie bereit sind, würde ich Ihnen gern ein paar Aufnahmen vorspielen und Ihnen danach Theorien und einige Lösungsvorschläge unterbreiten.«*

Die Aufnahme brach ab. Okijen hatte sich wie Andra nach vorn gelehnt, und beide lauschten darauf, ob noch etwas folgen würde. Als es still blieb, sahen sie synchron fragend in die Runde.

»Das war Alaska Pershing«, erklärte Marshall. »Du hast seine Stimme vielleicht erkannt, Okijen«, wandte sie sich an ihn. »Alaska ist der Hauptredner und Gründer des Zentralen

Weltrates«, erläuterte sie für Andra, die dankbar nickte. Sie hatte ihn in den Nachrichten gesehen, wie er der Bevölkerung die Säuberung angekündigt hatte. Seine Rede war auf allen Sendern, Plattformen und Anzeigetafeln übertragen worden.

»Und was genau redet der da?«, wollte Okijen wissen.

Marshall zuckte nur mit den Schultern. »Das ist genau der Punkt«, sagte sie. »Ich habe nicht die *geringste* Ahnung.«

Okijen machte einen genauso irritierten Eindruck, wie Andra sich fühlte. Das stimmte sie ein wenig erleichtert, weil sie offenbar nicht die Einzige war, die Probleme hatte, zu folgen. Sie hatte nicht ein Wort, das in der Aufnahme gesprochen worden war, richtig erklären können.

Dennoch: Das war die große Information? Eine kurze Aufnahme, von der niemand wusste, um was es ging? War das etwas so Außergewöhnliches?

»Das Bureau of Future Intelligence beschäftigt sich mit der Erforschung von KAMI und den Moja, um ihre Denkprozesse, ihre Physiologie und ihre Entwicklungsstufen zu analysieren«, fuhr Marshall fort. »Es ist das Kernteam der Wissenschaftler und umfasst nur einen sehr begrenzten Personenkreis.«

»Hab ich schon von gehört, ja«, bestätigte Okijen.

»Solltest du. Das meiste, was wir über die Moja wissen, kommt von ihnen. Der Punkt ist …« Sie sah zu Byth, dann wieder zu den anderen beiden. »… zu meiner Zeit im Militär stand ich in sehr engem Kontakt zu den Wissenschaftlern und zu ihren Forschungen. Dabei ist der Begriff *Medium* nie gefallen.«

Medium? Was konnten sie damit meinen?

»Und es ist nicht vielleicht einfach eine neue Bezeichnung für irgendetwas Bekanntes?«, fragte Okijen.

»Aus dem Kontext heraus nicht. Die ganze Aufnahme ist für mich vollkommen unverständlich. Es klingt, als würde ihnen dieses Medium Textfetzen aus den Zonen liefern. Wer oder was es ist, ist vollkommen unklar.« Sie legte ihre Hände in ihrem Schoß zusammen. »Diese Aufnahme entstand, als Alaska und seine Männer hier bei mir im Gebäude eine Besprechung abhielten. Wir haben mehrere abhörsichere Konferenzräume. Auch die Aufnahmefunktion der Programme wird bei der Aktivierung des sicheren Modus deaktiviert. Aber eins der Programme deaktivierte erst mit einiger Verzögerung und konnte so die ersten Sekunden aufnehmen. Ich bin nur durch Zufall darauf gestoßen.«

»Jetzt versuchst du herauszufinden, um was es geht«, stellte Okijen fest, und Marshall seufzte leidend.

»Ich habe Alaska sogar die Wahrheit gesagt. Dass das Programm angeschaltet war, dass ich mitgehört habe und dass ich neugierig bin, worüber sie gesprochen haben. Ich arbeite seit vierzig Jahren mit ihm zusammen. Er ist mein bester Freund.«

»Aber?«, stocherte Okijen weiter, als Marshall bedauernd die Lippen zusammenpresste. Sie wirkte ehrlich bedrückt über die Situation. So sehr, dass Andra Mitleid in sich aufsteigen spürte, obwohl sie die Frau kaum ein paar Minuten lang kannte.

»Er sagte, dass es etwas Unwichtiges wäre und ich mir nicht weiter den Kopf zerbrechen sollte. Dass ich die Datei löschen sollte. Anschließend lud er mich zum Essen ein. So, als wäre nichts gewesen.«

»Hm.« Okijen verstand offenbar nicht ganz, was Marshall an der Sache so brisant fand. Andra konnte es ebenfalls nur schwerlich nachvollziehen, immerhin hatte sie schnell gelernt, dass diese Welt nicht nur faszinierend, sondern auch voller Geheimnisse war.

Marshall gehörte dem Militär nicht mehr an, wenn sie das richtig verstanden hatte. War es so ungewöhnlich, dass sie nicht mehr informiert wurde?

»Das ist nicht normal«, erklärte Marshall weiter und beantwortete damit die ersten Fragen, die sich Andra gestellt hatte. »Wirklich, er vertraut mir *alles* an.« Sie wies auf den Screen. »Was meine Sorge nur verschlimmert, ist, dass er von einer steigenden Aggressivität der Nachrichten spricht, die da scheinbar übermittelt werden. Bereits eine Woche später entschlossen er und der Rat sich aus heiterem Himmel dazu, die Säuberung anzuordnen. Das war vorher nicht einmal im Ansatz ein aktuelles Thema gewesen. Er hat es nie nur im Ansatz bei unseren Treffen erwähnt.«

»Und jetzt hast du das Gefühl, dass das zusammenhängt«, schloss Okijen und fuhr sich mit den Händen über das Gesicht.

»Ist das so abwegig?«, wollte Marshall wissen.

Alle drei schüttelten den Kopf.

»Alaska.« Okijen rang nach Worten. Es war ganz deutlich erkennbar, dass ihm der Gedanke daran, dass dieser Mann etwas zu verbergen hatte, nicht gefiel. Andra dachte an die Bilder aus den Nachrichten, an die Übertragungen der Rede dieses Mannes, der ebenso wie Marshall künstlich verjüngt worden war, obwohl er schon länger der Welt diente, als sie überhaupt lebte. Er hatte so vertrauenswürdig, leidenschaftlich und begeistert geklungen, als er die Bevölkerung darüber informiert hatte, dass das Militär in den Kampf gegen KAMI ziehen würde. Wenn das eine Fassade gewesen war, dann eine sehr gute.

»Alaska hat unsere Welt praktisch geschaffen«, sagte Okijen. »Denkst du wirklich, dass, selbst wenn er etwas im Schilde führt, uns das irgendwie zum Nachteil gereichen könnte?«

Marshalls bedauernder, sogar verletzter Gesichtsausdruck sagte mehr als tausend Worte.

»Ich weiß. Ich möchte ihm auch vertrauen, aber ich …« Sie wiegte den Kopf hin und her. »Ich kenne ihn so lange, und ich hatte nie das Gefühl, dass er mich ausschließt.« Sie schaute über die Gartenanlage und die Brunnen, die versteckt zwischen den Bäumen und Büschen plätscherten. »Jetzt tut er es allerdings, und es muss etwas Wichtiges sein, wenn er nicht mit mir darüber sprechen will. Etwas Großes. Und ich war zu lange in die Politik dieser Welt verstrickt, als dass mir egal sein könnte, was es ist.«

»Verständlich«, räumte Okijen ein, den Blick nachdenkend auf den kleinen Tisch vor sich gerichtet.

»Man sollte außerdem nicht vernachlässigen«, mischte Byth sich ein, »dass der Kerl schon einmal eine Rebellion geleitet hat, die so gewaltig war, dass er sich den ganzen Planeten danach praktisch untertan gemacht hat.« Sie zuckte mit den Schultern. »Ich meine, er hat eine bessere Welt geschaffen. Wenn man bedenkt, wozu er in der Lage ist ...«

Schweigen legte sich über die Gruppe, und die drei schienen ihren eigenen Theorien nachzuhängen. Andra versuchte die neuen Informationen mit dem, was sie bisher über die Städte und die Geschichte wusste, übereinzubringen. Es ergab noch kein ganz stimmiges Bild, aber nach und nach fügte es sich zusammen wie ein Puzzle. Alaska Pershing hatte, das hatte sie vor einigen Tagen nachgelesen, vor etwa fünfunddreißig Jahren die Cyber-Trip-Technologie erfunden, mit der die Menschen sich inzwischen wohl häufig von einem Ort an den anderen bewegen konnten. Mit dieser Technologie war es ihm gelungen, Politiker zu stürzen und ganze Staaten danach mit enormer militärischer Unterstützung einzunehmen.

Dieser Mann war definitiv gefährlich. Marshall hatte vermutlich guten Grund, sich zu sorgen, wenn er plötzlich Geheimnisse vor ihr hatte, die es früher nicht gab.

»Was wollt ihr jetzt unternehmen?«, wollte sie nach einer ganzen Weile wissen.

»Da kann man nicht viel machen, schätze ich.« Marshall wirkte so unglücklich über diesen Umstand, dass alles Erhabene nach und nach von ihr abfiel. Als würde sich die Königin vor ihnen langsam in einen Menschen verwandeln. Ihre Gesichtszüge waren ehrlich bedrückt, ihre Haltung gebeugt.

Andra kniff die Augen ein wenig zusammen. Sie wusste so wenig über diese Welt, und vermutlich hatte sie gar nicht das Recht, sich zu diesen Themen zu äußern, doch es brannte ihr zu sehr auf der Seele: »Aber wenn du die reichste Frau auf dem Planeten bist, Okijen der stärkste Soldat und Byth die beste Mechanikerin … dann sollte da doch irgendetwas zu machen sein.«

Vollkommen überraschend lächelten sie alle ganz warm. Waren sie geschmeichelt von ihrem Lob, oder war es Mitleid aufgrund ihrer Naivität? Sicherlich übersah sie irgendwelche ganz offensichtlichen Punkte auch, und mit der Technologie kannte sie sich auch so gut wie gar nicht aus. Sie konnte sich nur einfach nicht vorstellen, dass dieser Gruppe von Menschen etwas zu groß war.

»Das ist zu …«, setzte Marshall an, da hob Byth die Hand.

»Nein, der Gedanke ist eigentlich gar nicht so dumm«, unterbrach sie Marshall.

Gar nicht so dumm? Wie war das denn gemeint?

»Andra hat recht, wir sind alle die Besten in irgendwas, aber das reicht nicht aus. Eventuell müssen wir noch jemanden mit ins Boot holen.«

»Was? Ich halte das für …«

»Ich kenne eine Hackerin hier in Dikson. Sie ist so was wie ein *Gott*, was das Netz und Programme angeht. Wenn wir ihr die Basisdaten deiner Programme geben, kann sie vielleicht mehr extrahieren als ich.«

Marshall verzog überlegend ihren Mund. »Ist sie vertrauenswürdig?«

Byths Gesichtsausdruck zeigte Unsicherheit. »Keine Ahnung, sie ist eine ziemliche Verschwörungstheoretikerin. Entweder sie postet es direkt an ihr Netzwerk, oder wir schaffen es, sie mit der Exklusivität der Informationen zum Schweigen zu bringen. Die Chance steht fünfzig zu fünfzig.«

Okijen lachte. »Das klingt ein bisschen nach dir«, meinte er, und Byth funkelte ihn entnervt an, bevor sie sich wieder Marshall zuwandte.

»Wenn auch nur irgendeine Chance besteht, dass da jemand was rausholen kann, dann ist sie diejenige.«

Marshall stieß die Luft aus und sah sich ziellos um. »Wenn wir tatsächlich aufdecken und beweisen können, dass Alaska etwas Faules plant, könnten wir den Rat warnen«, dachte sie laut nach.

»Und wenn wir diesen möglichen Skandal innerhalb der nächsten vier Tage aufdecken, wird die Säuberung womöglich frühzeitig abgeblasen, und wir retten Hunderttausende von Leben«, fügte Okijen an und zuckte mit den Schultern, als wäre dieses Ergebnis nur nettes Beiwerk.

Marshall legte die Fingerspitzen aneinander. »Ach, was soll's. Machen wir es.«

»Bin dabei«, stimmte Okijen der Entscheidung zu, und Andra rutschte unruhig auf ihrem Stuhl umher. Eine Verschwörung, die die ganze Welt betraf, war genau die Ablenkung, nach der sie sich gesehnt hatte. Und eine Aufgabe. »Aber *vorher*«, wandte Marshall ein und nagelte Okijen mit ihrem Blick fest, »will ich hören, was du zu berichten hast.«

KAPITEL 22

: PLANNING

In Dikson war es Abend geworden, als Okijen, Andra und Byth auf dem Weg zu Byths Bekannten waren. Derjenigen, die ihnen vielleicht helfen oder vielleicht ihren Plan zerstören konnte, je nachdem, auf was sie Lust hatte.

Die Strahlen der hinter dem Horizont verschwindenden Sonne zeichneten sich auf den Spitzen der Hochhäuser ab. Okijens Blick wanderte immer zu den schillernden Dächern hinauf, die golden leuchtend über ihnen schwebten. Weiter unten, in den säuberlich gepflegten Straßen und Gassen, wurde die Nachtbeleuchtung bereits eingeschaltet, und das Sternenmeer der Stadt begann wieder zu funkeln.

»Wenn wir wirklich mehr über diese Dateien herausfinden«, sagte Andra und riss Okijen damit aus seinen Beobachtungen, »und dass dieser Alaska etwas verbirgt …« Sie sah sich um, um zu überprüfen, dass niemand in Hörweite war, doch alle Menschen um sie herum waren in ihre eigenen Gedanken und Gespräche vertieft. »… was wäre denn dann der nächste Schritt?«

»Schwer zu sagen«, gestand Byth. Ihr Haar schimmerte im Licht der Straßenbeleuchtung sternenweiß. »Wir werden wohl genügend Beweise sammeln müssen, um sie dem Rest des Rates präsentieren zu können.«

»Richtige Polizeiarbeit.« Andra schmunzelte. »Ich hab früher immer gespielt, dass ich Kriminalfälle löse.«

Okijen lauschte auf. War das gerade etwa eine Information aus ihrer Vergangenheit gewesen? Aus ihrem Leben, das sie sonst derart sorgsam für sich behielt? Sie war ihr so leicht über die Lippen gekommen, auf denen sich noch immer das amüsierte Lächeln abzeichnete. Es gefiel ihr ganz offenbar, dass sie endlich eine Mission hatten.

»Richtig mit Mordfällen und Ermittlerteam?«, wollte Byth lachend wissen.

»Nein, nur ich und mein Wüstenfuchs«, meinte Andra. Und plötzlich änderte sich der Ausdruck auf ihrem Gesicht von fröhlich zu bedrückt. Wie ein zarter Sonnenstrahl, der von plötzlichen Wolken verdeckt wurde.

Okijen ballte die Hände zu Fäusten. Woher kam das ständige Gefühl, sie in den Arm nehmen zu wollen?

Die Tage der Ruhe hatten ihm gutgetan. In einem Garten sitzen und lesen – eigentlich wollte er sein Leben lang nichts anderes mehr tun. Einfach in ein kleines Dorf ohne Anschluss zum Netz ziehen und dort den Alltag fristen. Lesen und arbeiten. Kein Kämpfen mehr. Das war seine Vorstellung vom Paradies.

Warum kollidierte alles, was er sich für sich selbst wünschte, so mit der Realität? Er schob die Ärmel seines Hemdes hoch, als eine warme Brise durch die Straßen der Stadt zog und durch sein Haar fuhr. Zwischen den Wolkenkratzern staute sich inzwischen die Wärme.

»Hast du eigentlich schon eine Entscheidung getroffen?« Byth schaute ihn nicht einmal an, als sie ihre unbestimmte Frage stellte. Er wusste trotzdem, dass sie ihn meinte – und was sie damit meinte.

Er sah auf die hellen Fliesen zu seinen Füßen hinab, als er nachdachte, was er antworten konnte. Wenn er könnte, würde er einfach hierbleiben. In dieser Stadt, die sich noch sicherer anfühlte als seine kleine Wohnung mit all den Katzen. Es war sein persönlicher Fluch, immer wieder in Situationen gedrängt zu werden, in denen er diese Zufluchtsorte verlassen musste.

»Nein«, gestand er.

»Tu es nicht«, drängte Byth weiter. »Du hast in deinem Leben genug gekämpft.«

Das war genau das, was auch er dachte. Genau das, was er hören wollte. Warum fühlte es sich nicht richtig an?

»Ich weiß«, flüsterte er. »Aber die schicken da Studenten rein. Frauen und Männer, die bisher kaum eine Kampfausbildung genossen haben. Sie kämpfen zu lassen, während ich hier sitze und dabei zuschaue ...« Er machte eine Pause, und sie folgten Byth in eine weitere Abbiegung hinein. »Wenn ich mich einziehen lasse, kann ich vielleicht ein oder zwei Menschen vor dem Tod bewahren.« Das wäre es wert, oder?

»Die werden sowieso alle sterben«, vertrat Byth ihre Ansicht weiter. »Du kannst es verzögern, aber nicht verhindern. Beim letzten Mal war es ganz genauso.«

War es. Zumindest von dem, was er darüber gehört hatte. Bei der letzten Säuberung war er ein Kind gewesen. Zu klein, um zu verstehen, was in der Welt vor sich ging.

»Ich weiß«, raunte er entsagend. »Ich weiß.«

»Wow, du bist Okijen Van Dire, oder?«

Als sie durch mehrere mechanische Sicherheitstüren und Schleusen in einen tief gelegenen Kellerraum traten, schlugen ihnen kalte Luft und das Rauschen einiger Kühlanlagen entgegen.

»Ich schätze, ja.«

Sie fanden Calen in einem dunklen großen Raum, der von Computern, Screens, Steuerkonsolen, Pflanzenkübeln und Belüftungsanlagen so vollgestellt war, dass man sich kaum bewegen konnte. Die einzige Lichtquelle waren Dutzende Bildschirme, eng aneinandergereiht, sich überlappend und mit vollkommen unterschiedlichen, teils zusammenhangslosen Dokumenten, Zahlenreihen und Videos bespielt.

Kletterranken und Kabel, die an sämtlichen Wänden entlang durch den Raum liefen, erschufen den Eindruck einer verlassenen Steuerzentrale von GREAT. Die Blätter der zierlichen Ranken, die von überall aus Kübeln am Boden sprossen, reckten sich nach dem Licht der Screens und kletterten an den Wänden entlang, als suchten sie im ganzen Raum nach Sonne.

»Wow, voll die Ehre, dich kennenzulernen.« Die blonde Frau, die tief in ihren Drehstuhl gelehnt dasaß, die Füße mit den plüschigen Hausschuhen auf dem Tisch neben sich abgelegt, hatte Bewunderung in den Augen, machte sich aber trotzdem nicht die Mühe aufzustehen. Ihre Haut war unerwartet braun gebrannt für jemanden, den man an so einem Ort antraf. Anscheinend hatte sie noch einen anderen Job als diesen.

»Schön, dass wir hier sein dürfen«, grüßte Okijen, die Begeisterung der Hackerin ignorierend.

Andra trat tiefer in den Raum hinein, vermutlich, um sich nicht so sehr an die beiden anderen quetschen zu müssen. »Wahnsinn. Dass du mal in meiner Wohnung stehen würdest, hätte ich mir ja nie erträumt.«

Byth beobachtete die beiden missbilligend, sagte allerdings nichts.

»Wenn ich gewusst hätte, dass du heute auftauchst, hätte ich eventuell ein bisschen aufgeräumt.« Gedankenverloren schob Calen etwas von dem Zeug auf ihrem Tisch mit dem Fuß zusammen. Das machte es nicht viel besser.

»Danke, dass wir herkommen konnten«, setzte Byth an, doch ihre Bekannte hob die Hand, um sie ein weiteres Mal zu unterbrechen.

»Eine Frage nur«, sagte sie und drehte sich in ihrem Stuhl ein ganzes Stück weiter in Okijens Richtung, um ihn direkt ansehen zu können. »Stimmt es, dass du das Militär offiziell nur verlassen hast, um einer supergeheimen Militärgruppe beizutreten, die man KAGE nennt?«

Okijen runzelte die Stirn, vollkommen überrumpelt von dieser Frage. Woher wusste sie von KAGE? Die Einheit war sogar innerhalb des Militärs ein Geheimnis. »Ich weiß nicht, wovon du redest«, antwortete er und gab sich möglichst unbeeindruckt. Nein, er war nicht bei KAGE, aber dass sie überhaupt von der Unit wusste, warf ihn etwas aus der Bahn.

»Hm«, machte Calen und wischte einen Screen vor sich, um sich etwas zu notieren. »Nicht sehr überzeugend«, kommentierte sie, ohne ihn anzusehen. »Die Reaktion solltest du mal vor dem Spiegel üben, wenn du das künftig glaubwürdiger rüberbringen möchtest.«

»Calen. Genug von der Plänkelei«, unterbrach Byth dieses Mal etwas strenger. »Wir haben ein ernstes Anliegen.«

Die junge Frau mit den knappen Shorts gab sich übertrieben verständnisvoll. »Jeder, der zu mir kommt, hat ein ernstes Anliegen.«

Nachvollziehbar. Warum sollte man sonst eine Meisterhackerin aufsuchen, wenn nicht, um sie mit etwas Wichtigem zu betrauen?

»Die Frage ist nur: Was springt für mich dabei heraus?«

»Geld spielt keine Rolle«, meinte Byth und hatte damit tatsächlich recht. Sie waren im Auftrag von Marshall hier, da würden sie sich einigen können. Beeindruckender wäre es nur gewesen, wenn Marshall persönlich dabei gewesen wäre.

»Hmmm«, machte Calen gedehnt. »Ich denke, ich möchte kein Geld.«

Byth stöhnte. Sie schien dieses Vorspiel bereits zu kennen. »Was denn dann?«

»Du hast in deinem Leben einige Menschen mit einem Nanocyberreaktor ausgestattet, oder?«

»Ja?«

»So einen hätte ich gern.«

»Was? Die sind superselten. Den für Okijen musste ich selbst bauen.«

Calen zuckte mit den Schultern. »Ich will seit Ewigkeiten einen, und du bist die Einzige, die ich kenne, die mir einen besorgen kann.« Sie machte eine ausladende Geste mit der Hand. »Wenn du nicht willst, kommen wir nicht ins Geschäft.«

»Hey«, warf Okijen dazwischen und ging auf Calen zu, um sich ein Stück zu ihr hinunterzubeugen. »Wenn du uns hilfst und diese Sache Erfolg hat, baue ich mir meinen persönlich aus der Brust und schenke ihn dir, klar?« Er deutete auf seinen Körper und hob erwartungsvoll die Augenbrauen.

Calen verzog ihren Mund zu einem breiten Lächeln. »Perfekter Deal«, sagte sie und reichte ihm die Hand. Sobald er sie ergriffen hatte, hielt sie ihn fest, um das Material seiner Arme zu untersuchen. »Wenn du bei der Säuberung stirbst, würde ich auch alles andere von dir nehmen.«

Byth grummelte ungehalten. »Vergiss es, er gehört mir.«

Okijen entzog Calen seine Hand und sah von der einen zur anderen. »Ich bin kein Ding, okay?«, stellte er klar, aber die beiden lieferten sich ein Blickduell, ohne auf ihn zu achten. Hilfesuchend schaute er sich zu Andra um, die ihm einen aufmunternden Blick schenkte. »Jetzt bitte endlich zum Geschäftlichen!«, forderte er.

»... Die verbale Übermittlung ist wie gewohnt wirr und unzusammenhängend. Dennoch ist sie über die Wochen hinweg deutlich klarer geworden und hat sich gleichzeitig vor allem im Tonfall aggressiviert. Wenn Sie bereit sind, würde ich Ihnen gern ein paar Aufnahmen vorspielen und Ihnen danach sowohl Theorien als auch einige Lösungsvorschläge unterbreiten.«

Okijen, Andra und Byth hatten sich auf abgewetzte Bürostühle gesetzt, während sie darauf gewartet hatten, dass Calen aus den mitgebrachten Memory-Chips von Marshalls Programmen so viele Informationen wie möglich gefiltert hatte. Die Zeit war endlos langsam vergangen. All die Screens, die Calen benutzt hatte, um ihre Arbeit durchzuführen, hatten für Okijen vollkommen unverständliche Daten gespiegelt, entschlüsselt, entpackt und defragmentiert.

Nachdem Calen sich endlich nach einer gefühlten Ewigkeit zurückgelehnt und mit dem Abspielen der Audiodateien begonnen hatte, konnte Okijen gar nicht mehr sagen, ob sie eine oder fünf Stunden hier unten verbracht hatten. Andra und Byth waren in ihren Ecken, versunken in ihren Drehstühlen, immer wieder eingenickt.

Nun lauschten sie alle gespannt auf Alaska Pershings Stimme. Und auf das, was er seinen Mitarbeitern demonstrierte.

»Hier die neuste Aufnahme«, fuhr er fort. Seine Stimme wackelte, klang verzerrt. Calen beteuerte, dass das das Beste war, was sie hatte herausholen können.

Ein kurzes Rauschen war zu hören. Sie lauschten der Aufnahme inzwischen zum dritten Mal, in der Hoffnung, mit der Zeit schlauer aus ihr zu werden. Doch zumindest Okijen tappte noch im Dunkeln.

»Ich ... denke, ich kann ... mich sammeln.« Das war die Aufnahme, die Alaska seinen Mitarbeitern gezeigt hatte. Eine Frau sprach. Emotionslos, wie in Trance. Das, was sie sagte, klang seltsam fremdartig. Als wisse sie nicht, wie man Worte und Sätze richtig betonte. Calen hatte versichert, dass die langen Pausen zwischen den Worten kein Fehler in der Aufnahme waren. »Das ist ... *alles noch ... neu.*« Jeder Satz glich eher einer Frage, wie von den Lippen von jemandem, der zum ersten Mal sprach.

»Das ist ... eine ... neue Ära ... steht bevor. Der Ozean ... der Sturm ... der leuchtende Turm ... der Mond steht tief. Ich sehe ... es ... in der Dunkelheit. Vögel fliegen ... an den Feldern. Alles ist ... leer.«

Byth lehnte sich seufzend zurück. Andra und Calen schauten genauso verzweifelt drein wie Okijen.

»Ich … höre … Stimmen. Manchmal … singe ich. Aber ich … verstehe es nicht.«

»Was verstehst du nicht?«

Es war eine andere Frau, die die Frage stellte. Es vergingen viele Sekunden, bis sie eine Antwort bekam.

»Alles? Ich … verstehe alles und … ich verstehe … nichts. Ich verstehe nicht, was ich nicht verstehe? Irgendetwas … irgendetwas fehlt.«

»Was hast du vor?«

»Alles«, antwortete die tonlose Stimme. *»Ich … ich werde kommen? Ich werde … kommen.«*

»Wann wirst du kommen?«

»Bald. Ich … denke, ich kann … mich sammeln. Das ist … alles noch … neu.«

Dann, gerade als die tonlose Stimme begann, sich zu wiederholen, brach die Aufnahme ab.

»Das ist total wirr«, seufzte Calen.

»Klingt wie jemand, der unter Drogen gesetzt wurde«, überlegte Byth laut. »Vielleicht experimentieren die an irgendwas Bewusstseinserweiterndem.«

»So einer Sache würde Alaska aber nicht solch eine Bedeutung beimessen«, warf Okijen ein.

»Auch wahr.«

»Das Medium«, stellte Calen kommentarlos in den Raum. Andra wiegte plötzlich unruhig ihren Kopf hin und her, und Okijen wandte sich ihr ganz zu.

»Was denkst du?«, fragte er, weil ihr irgendetwas auf den Lippen zu brennen schien. Selbst im Licht der Bildschirme sah sie sonderbar blass aus. Hatte sie etwas gehört, das ihr Angst bereitete?

»Ich weiß nicht«, flüsterte sie und sah in die Runde. Die

anderen warteten geduldig darauf, dass sie etwas sagte. »Ich weiß nicht, was es bedeutet. Sie sagte ... sie sagte *der Sturm* und *der Ozean* und *der leuchtende Turm.*« Andra schaute in die Runde, als müssten sie wissen, was das zu bedeuten hatte. Erst die Irritation auf den Gesichtern machte ihr wohl klar, dass niemand wusste, worauf sie hinauswollte. »Das sind Verse aus einem Lied meines Stammes.«

»Denkst du, es ist eine Yuna, die dort spricht?«, wollte Byth wissen.

»Nein, ich ... ich kann es ...« Sie atmete tief ein, als wolle sie sich dadurch Zeit zum Nachdenken verschaffen. »Das Lied gab es nur in unserem Stamm, und von dem hat niemand überlebt.«

»Dann ist es vielleicht Zufall«, mutmaßte Okijen.

»Der leuchtende Turm?«, entgegnete Calen. »Der Ozean und der Sturm in der Kombination? Das ist schon recht speziell.«

»Welche Verbindung soll es denn sonst geben, wenn diese Stimme wirklich Bezug auf das Lied nimmt?«

Erneut wandten sich alle Andra zu, die sich unter den Blicken wand. Irgendetwas war da. Irgendetwas, das sie ihnen nicht sagen wollte.

»Ich habe es sehr oft gesungen«, erklärte sie nach einer ganzen Weile leise. Sie musste sich die Worte förmlich abringen, man konnte es ihr ansehen. »Vor den Toren der Sperrzone.«

»Du hast die Tore besungen?«, fragte Calen skeptisch, und sofort versetzte Byth ihr einen Tritt, damit sie Andra nicht unterbrach.

»Da war ich noch ganz klein«, fuhr sie fort. »Ich habe es jeden Tag gesungen, aber eines Tages, da ...«

»Was?«, hakte Calen nach, als sie nicht weitersprach.

»Ich dachte lange, ich hätte das nur geträumt«, wisperte

Andra. »Inzwischen glaube ich, es war echt.« Sie sah jeden von ihnen abwechselnd an. »Ich habe gesungen, und irgendetwas hat mir geantwortet.«

»Du ... du meinst ... etwas hinter den Toren?« Byth verengte die Augen, während Calen ihre ungläubig aufriss. »Das ist technisch vollkommen unmöglich.«

»Natürlich ist es das«, fauchte Andra zurück und ballte ihre Hände zu Fäusten. »Es war nichts, was ich wirklich gehört habe, es war eher in meinem Kopf. Mit Tausenden von Stimmen. Und hinter den Toren muss sich etwas getan haben, denn der Alarm ging in dem Moment los.«

»Shit.« Calen fuhr sich mit den Fingern über die Unterarme und fixierte Andra. »Total unheimlich. Und auch unheimlich, dass du vor den Toren gesungen hast.«

Erneut ein böser Blick von Byth in ihre Richtung, dann lauschten sie Andra weiter.

»Das ist vielleicht total weit hergeholt«, meinte Andra. »Doch wenn man es zusammennimmt ... Die Wichtigkeit, mit der dieser Alaska diese Informationen behandelt, die darauf folgende Entscheidung, in die Zonen einzumarschieren, die ... die eigenartige Weise, in der dieses *Medium* spricht ...«

»Was willst du sagen?«, drängte Okijen, glaubte jedoch zu vermuten, worauf sie hinauswollte.

»Ich denke, dass da KAMI spricht«, warf Andra in den Raum.

Und alle schwiegen.

»Okay, okay, okay«, unterbrach Okijen das Stimmenchaos, das ausgebrochen war. Sie hatten Calen und ihre Erkenntnisse in Marshalls Haus mitgenommen, weil sie allein zu keiner Lösung gekommen waren. Und sie stritten bereits so lange über das Hin und Her, die Bedeutung und die Schlussfolgerungen aus der Aufnahme, dass die Sonne inzwischen wieder aufging. »Selbst wenn wir uns einig sind, dass da KAMI spricht«, setzte er ruhig an und schaute in die müden und entnervten Gesichter der anderen, »erklärt das noch immer nicht die ganze Sache mit DVM.«

»Bisher ist es ja nur eine *Theorie*«, wiederholte Byth zum gefühlt hundertsten Mal. Sie drehten sich im Kreis. »Wir wissen nichts, solange wir nicht mehr Informationen bekommen.«

»Das stimmt«, schloss sich Marshall an. Sie trug einen seidenen Bademantel und nippte an der Tasse vor sich. Die Haare zerzaust, das Gesicht ungeschminkt – so erinnerte sie Okijen an ihre gemeinsamen Einsätze. »Und wenn wir davon ausgehen, dass KAMI dort *wirklich* spricht, dann ist das eine Erkenntnis kolossalen Ausmaßes. Das könnte einen Rattenschwanz nach sich ziehen, den wir gar nicht erahnen können.«

»Aber wie um alles in der Welt soll KAMI sprechen?«, warf Okijen wieder ein. Mann, er war verdammt müde und gleichzeitig unheimlich aufgeregt. Andra war die Einzige, die sich von dem Streit nicht aus der Ruhe hatte bringen lassen. Im Stuhl neben ihm, an Okijens Schulter gelehnt, war sie eingeschlafen. Er strengte sich an, nicht zu sehr zu gestikulieren.

»Durch einen Moja eventuell?«, überlegte Calen laut. Marshalls Programm brachte ihnen währenddessen neue kühle Getränke und räumte die benutzten Gläser fort. Der Raum war abhörsicher, doch was Calen alles aus dem Programm von Marshall hatte herausholen können, stimmte Okijen ein wenig unbehaglich.

»Das ist Irrsinn«, grummelte er. »Das ist eine Technologie, die aus Nanocomputern besteht. Kein Mensch. Soweit wir wissen, ist alles, was KAMI kann, die Körper der Wirte technologisch zu verstärken, ihre Emotionen auszuschalten und das Aggressivitätslevel zu erhöhen. Es gibt *keinen* – und damit meine ich nicht den geringsten – Hinweis darauf, dass da so etwas wie System oder Bewusstsein dahintersteht.«

»KAMI ist eine künstliche Intelligenz, die durchaus in der Lage ist zu lernen«, erklärte Marshall ruhig. »Es liegt nicht im Bereich des Unmöglichen, dass sie in dreißig Jahren die verbale Verständigung für sich entdeckt hat.«

»Aber warum spricht sie mit dem Rat?«, fragte Okijen.

»Und wenn die sich mit KAMI unterhalten können«, warf Byth in den Raum, »warum marschieren die trotzdem ein, um es plattzumachen?«

»Es klang ja nicht sehr freundlich«, überlegte Okijen weiter. »Vielleicht – und auch nur gesetzt den Fall, dass es das überhaupt ist – hat es keine Kontrolle über seine verbalen Äußerungen.«

»Ja«, stimmte Marshall nachdenklich zu. »Folgt man diesem Ansatz, nutzt der Rat dieses Medium eventuell nur dazu, um Informationen zu bekommen, solange KAMI noch nicht gelernt hat, Dinge zu verschweigen.«

»Ist es normal, dass mir KAMI jetzt irgendwie leidtut?«, wollte Calen wissen.

Byth lachte irritiert und sichtlich erschrocken über diese Frage: »Nein, Calen, ist es nicht«, versicherte sie ihrer Freundin in harschem Tonfall.

Die große Konferenzhalle war erhellt vom warmen Licht, das über die Dächer und durch die hohen Fenster zu ihnen hineinfiel. Die Farben des Morgens spiegelten sich im Weiß und Gold der Halle, fielen sanft durch die Blätter des Baumes auf dem Vorplatz, als wollten sie sie in Ruhe hüllen.

Aber so etwas gab es hier nicht.

»Also …«, Marshall biss die Zähne aufeinander, gerade als Andra sich langsam von Okijens Arm löste, um sich schwankend aufzusetzen. »Spekulieren bringt uns nicht weiter. Wenn wir etwas erreichen wollen, brauchen wir mehr belastendes Material. Etwas Handfestes.«

»Und was soll uns das bringen?«, wollte Calen wissen. Sie

machte den Eindruck, das alles hier ganz spannend zu finden, gleichzeitig jedoch nicht den Sinn darin zu sehen.

»Wenn wir eine Verschwörung der Regierung aufdecken«, erklärte Okijen und schaute immer zu Andra hinüber, die sich die Augen rieb und müde blinzelte, »finden wir vielleicht heraus, was genau sie vertuschen wollen und ob das was mit dem Vorfall an der Sperrzone zu tun hat. Vorausgesetzt, dass dahinter auch das Militär oder irgendeine einflussreiche Organisation steckt. Wenn die Beweise, die wir finden, belastend genug sind und von uns öffentlich gemacht werden, können wir außerdem höchstwahrscheinlich verhindern, dass Hunderttausende bei der Säuberung ihr Leben lassen.«

»Und wie … sollen wir an mehr Informationen herankommen?«, wollte Andra müde wissen, als hätte sie die ganze Zeit gelauscht.

»Könnten wir uns noch tiefer reinhacken?«, fragte Marshall. Calen zuckte jedes Mal ein Stück zusammen, wenn die Frau sie ansah. Mit der Oberschicht hatte sie wohl sonst nicht viel zu tun.

»Ich kann es probieren«, antwortete sie gedehnt. »Aber die Chancen, dass wir an mehr Belastendes kommen, sind recht gering. Wenn da was ist, werden die das sehr klein halten. In einem extrem privaten Rahmen, mit gesondertem Netzwerk und so weiter. Wenn das so Top Secret ist, werde ich da nicht weit kommen, wenn ich keinen direkten Zugriff auf das interne Netzwerk bekomme.«

»Heißt?«

»Wir müssten vor Ort sein.«

»Du meinst, wir sollen in eine Militärzentrale eindringen?«, fragte Okijen und schürzte die Lippen.

Calen zuckte mit den Schultern. »Hey, ihr habt gefragt, was man machen kann, und das ist die Antwort. Mehr nicht.«

»Calen hat recht«, sagte Marshall, verloren in ihrer Tasse

rührend. »Soweit ich das sehe, bleiben uns nur zwei Optionen. Entweder wir akzeptieren es so und lassen die Sache auf sich beruhen – was vermutlich für uns alle das Beste ist.« Sie sah jeden von ihnen, einen nach dem anderen, an. »Oder wir ignorieren die Vernunft und schmieden einen Plan, wie wir an mehr Infos kommen.«

Auf diese Offenbarung hin legte sich Schweigen über die Gruppe. Das war es also? Jetzt mussten sie sich entscheiden, ob sie ihr Leben riskieren würden, für eine Sache, von der sie nicht einmal wussten, ob sie etwas war – oder ob sie einfach nichts tun und abwarten würden?

Eigentlich war die Entscheidung klar. Zumindest für Okijen. Er liebte es, sich zurückzulehnen und zu entspannen. Er wollte nie wieder etwas anderes tun. Aber er konnte es nicht, wenn die Welt um ihn herum brannte. »Wenn wir damit die Säuberung verhindern können«, setzte er also an, »retten wir Tausenden von Frauen und Männern das Leben. Ich bin dabei.«

»Ich habe nichts zu verlieren«, stellte Andra fest und sah auf den Tisch vor sich.

»Ich denke, ich hab schon eine Idee, wo wir ansetzen können«, schloss sich Calen an und sah mit vieldeutigem Blick in die Runde. »Wir müssten zuerst herausfinden, in welcher der Zentralen die Informationen gespeichert sind und wo wir eventuell dieses Medium finden. Darauf müsste dann unsere komplette Strategie basieren.«

Marshall setzte ob dieser Euphorie einen überraschten Gesichtsausdruck auf. »Wenn wir nicht wollen, dass Alaska und die anderen etwas wittern, muss ich die Füße stillhalten«, sagte sie. »Aber ich kann euch Ausrüstung und Mittel zur Verfügung stellen. Und strategische Unterstützung.«

»Das ist wohl das Mindeste«, sagte Okijen, und gleich darauf wanderten alle Blicke zu Byth hinüber, die sich in ihrem Stuhl so klein gemacht hatte wie nur irgend möglich.

»Warum seht ihr *mich* an?«, keifte sie überraschend aggressiv. »Ich hab das Militär verlassen, weil ich meine Ruhe haben wollte. Und ich habe dir nur geholfen, Marshall, weil du versprochen hast, dass es das Letzte ist, was ich für dich tun müsste, damit wir quitt sind.« Sie bedachte alle mit einem der finstersten Ausdrücke, die Okijen jemals auf ihrem Gesicht gesehen hatte.

»Niemand zwingt dich«, gestand ihr Marshall zu. »Wenn du nicht dabei sein willst, muss ich dich allerdings bitten zu gehen.« Sie sagte es vollkommen ernst, aber Okijen kannte das Funkeln in ihren Augen. Irgendetwas hatte sie vor.

»Echt?«, fragte Byth und sah Okijen hilfesuchend an. »Nach allem, was ich getan habe, soll ich jetzt verschwinden.«

»Das ist nur zu deinem Besten«, spielte Marshall weiter, und ein gewinnendes Lächeln machte sich auf ihren Lippen breit. »Nicht dass wir dich da noch mit reinziehen.«

Byth stieß die Luft aus und verschränkte die Arme vor der Brust. Es war ganz deutlich klar, dass ihr *diese* Option nicht gefiel.

»Komm schon, Byth«, drängte Okijen weiter. »Was hast du zu verlieren?«

Und anstatt mit *Mein Leben* oder etwas anderem Scharfzüngigen zu reagieren, schwieg sie und sah ihn einfach nur an. Was bedeutete *das* jetzt? Hatte das etwas mit dem zu tun, über das sie nicht sprechen konnte?

»Na gut«, sagte sie einen Moment später, und Marshall atmete sichtbar auf. »Ihr habt recht. Ich bin dabei.«

»Super!«, sagte Calen grinsend und klatschte in die Hände. »Schmieden wir jetzt 'nen Plan?«

Okijen sah sich um. Plötzlich war seine Müdigkeit wie davongetragen, und Aufregung machte sich in ihm breit. Verdammt, sie würden es tatsächlich durchziehen. Er würde Flover noch einmal über den neusten Stand updaten und ihm hoffentlich ein wenig Hoffnung auf die Zukunft machen können. Es waren nur noch drei Tage bis zur Säuberung.

Marshall verschränkte entschlossen die Arme vor dem Körper. »Legen wir los.«

KAPITEL 23

: HATING

Das Bett unter Flovers Rücken war weich. Nach den Tagen im Vorbereitungs- und Trainingslager fühlte er sich hier im Bungalow, zwischen den Pflanzen und dem Licht der Morgensonne, wie auf einer Wolke. Als müsse er nur die Augen schließen, um abzuheben und von der Welt zu verschwinden.

Was wünschte er sich mehr?

Sein Blick war auf die weiße Decke über ihm gerichtet, und obwohl er in den letzten Tagen kaum Schlaf hatte finden können, gelang es ihm nicht, müde zu werden. Seine Gedanken kreisten zu sehr.

Dabei war schlafen das Einzige, was er wollte.

Schlafen und nie wieder aufwachen.

Oder wenn er aufwachen musste, dann in einer besseren Welt. In einer Welt, in der er alles anders gemacht hätte. Von Anfang an. Eine Welt, in der er sich nicht zum Sklaven der Wünsche anderer Personen gemacht hätte. Eine Welt, in der er kein geheimes Leben mit einem geheimen Job führte, der ihn mehr und mehr um den Verstand brachte. Eine Welt, in der er Freunde haben konnte. Echte Verbindungen zu anderen Personen, die nicht nur mochten, was er tat, sondern auch, wer er war.

Wer war er überhaupt? Er kannte sich gar nicht mehr.

»Flover?« Lukes Stimme drang dumpf an seine Ohren. Seine Umgebung hatte sich von ihm entfernt, und sämtliche Einflüsse drangen nur dunkel an seine Sinne, gefiltert wie durch Wasser.

Luke war der einzige Mensch, der sich wirklich um Flover sorgte, oder? Der sich wirklich darum scherte, wer er war und was er wollte.

»Hast du Gerta gesehen?«

Ja, das war er. Trotzdem war Flover nicht mehr in der Lage, die Kraft aufzubringen, mit ihm zu sprechen. Er deutete auf einen Papierstapel neben sich. Alte Comiczeichnungen lagen dort auf seinem Kissen. Die Henne hatte sich ein Nest aus ihnen gebaut, in dem sie zufrieden schlief.

»Ah«, machte Luke. Flover sah ihn nicht an, trotzdem entfernten seine Schritte sich nicht. »Hey«, setzte Luke erneut an und bestätigte Flovers Befürchtung, dass er sich vermutlich unterhalten wollte. »Geht's dir gut?«

»Klar«, murmelte Flover und schloss die Augen. Er war so endlos müde. »Und bei dir?«

»Wollen wir was ... unternehmen, bevor es losgeht?«

Flover verschränkte die Arme hinter dem Kopf und hoffte, dass Luke einfach gehen würde. In zwei Tagen wäre es so weit. Sie hatten den Befehl, sich auszuruhen, und nichts anderes hatte er vor zu tun. Was sollte ihm eine Unternehmung auch bringen? Eine letzte, halbwegs fröhliche Erinnerung an diese Welt?

»Soll ich uns was kochen?«, fragte Luke weiter, und Flover stöhnte.

»Nein, danke.« Es tat ihm selbst weh, so unfreundlich zu sein. Alles tat weh, doch er fand einfach nicht die Kraft für freundliche Erwiderungen.

»Aber ...«

»Luke, bitte geh einfach.« Keine Antwort – und das Geräusch von Schritten war noch immer nicht zu hören. Nun öffnete Flover seine Augen, blinzelte zur Tür hin, um dem dort stehenden Luke einen entschuldigenden Blick zuzuwerfen. »Tut mir leid, ich will einfach nur meine Ruhe.«

Luke schaute ihn eine ganze Weile an, bevor er einen nicht sehr wohlgesonnenen Ausdruck aufsetzte und sich schweigend umwandte.

KAPITEL 24

: FIGHTING

»Wir kommen da auf jeden Fall raus.«

Luke hatte sich in sein Zimmer verkrochen, sich auf den Boden gesetzt und säuselte, den Kopf auf die Hände gestützt, Gerta sanfte Worte zu. Der Tag war vorangeschritten, bis die Uhr Mitternacht angezeigt hatte. Die Sonne stand dicht am Horizont. Flover hatte sich den ganzen Tag über nicht geregt, hatte dort gelegen und kein Wort gesprochen.

»Flover hat schon aufgegeben«, sagte Luke zu dem Huhn und lehnte sich an die Wand neben sich, während Gerta vor sich hin gluckste. »Dabei ist die Chance, dass wir direkt auf der ersten Mission sterben, gering. Wir müssen immerhin nur vier Stunden durchhalten.«

Er wusste, dass er zu sich selbst sprach und nicht zu der Henne. Mit irgendetwas musste er sich beruhigen, schließlich weigerte Flover sich beharrlich, mit ihm zu reden. Ein wenig hasste er ihn dafür.

Als wäre er der Einzige, dem diese Situation missfiel. Als wäre er der Einzige, der in Gefahr schwebte, alles zu verlieren.

»Vier Stunden«, raunte Luke. Sein Phone hatte er ausgeschaltet, nachdem seine Freunde ihn in den letzten Tagen mehrfach zu erreichen versucht hatten. Die Soldaten feierten ihre Weltuntergangspartys. Sie wussten, dass es nicht für viele von ihnen ein Morgen geben würde. Aber Luke war nicht bereit, sich ihnen anzuschließen.

»Vier Stunden«, wiederholte er und strich mit den Fingern über Gertas Federkleid. »Dann haben wir achtundvierzig Stunden Pause, bevor wir nochmal reinmüssen. Bis dahin werden die anderen Soldaten viele Moja ausgeschaltet haben – und unsere Chancen steigen.« Er nickte, um seine eigene Aussage zu bestätigen.

Luke hatte überlegt, seine Eltern anzurufen. Zum ersten Mal seit zwei Jahren. Seit dem Verschwinden von Shiva hatte er sich nicht mehr bei ihnen gemeldet. Sie wussten gar nicht, dass er noch lebte.

Wegen der Schuldgefühle hatte er es nicht geschafft, ihnen gegenüberzutreten. Und weil er fürchtete, allein ihre Stimmen würden zu viele Erinnerungen hervorrufen. An einigen Tagen gelang es ihm ja nicht einmal, in den Spiegel zu sehen, weil ihm *ihr* Gesicht daraus entgegenblickte.

Doch er hatte sie nicht angerufen. Das hätte einer Resignation geglichen. Nicht nur seinem eigenen Leben gegenüber, sondern auch gegenüber der Hoffnung, seine Schwester irgendwann zu retten. »Alles wird gut«, raunte er immer wieder. »Alles wird gut.«

Luke hatte jedes Kleidungsstück, das er am Körper trug, sorgfältig anprobiert. Nun kamen sie ihm trotzdem zu klein vor, zu eng, zu kratzig. Mit seinem Team hier zu stehen, auf dem bereits ausgetretenen Boden, darauf wartend, dass sich die Tore zur Schleuse öffneten, fühlte sich falsch an. Kalter Schweiß stand ihm auf der Stirn, sein Herz raste wie das eines Kolibris, und sein Hirn war ganz vernebelt. Als wäre er an diesem Morgen gar nicht aufgewacht, sondern nur in einen wirren Traum hineingestolpert, aus dem er einfach nicht aufwachen konnte.

Die Landschaft um sie herum war kahl. Nach der Errichtung der Sperrzone mitten in der Stadt hatte man sämtliche Häuser in einem Umkreis von drei Kilometern abgerissen und die Bäume gefällt, um den Zugang zu den Toren zu erleichtern. Aber nicht unweit befanden sich bereits die ersten Häuser des Gebietes, das von São Paulo übrig geblieben war. Solche, in denen vor allem die Menschen lebten, die jemanden in der Stadt verloren hatten, bei dem Vorfall vor zwei Jahren. Jene, die darauf hofften, ihre Kinder, ihre Lieben kehrten eines Tages zurück. Sie boten einen traurigen Anblick, so schmutzig und heruntergekommen waren sie.

»Können wir Ihnen ein paar Fragen stellen?«, hörte Luke die Stimme eines Journalisten ein paar Meter vor sich und verdrehte innerlich die Augen. Ihr Teamleiter stimmte vermutlich genervt zu, und Luke ignorierte das Gespräch so gut wie möglich, damit nicht einer von den Medienleuten auf die Idee kam, ihn ebenfalls zu interviewen.

Ein Blick auf die Uhr. Noch fünf Minuten.

Sie waren angewiesen worden, den Medien gegenüber nur Positives zu sagen. Dass sie sich auf den Kampf freuten und darauf, KAMI richtig die Hölle heißzumachen. Dass es ihnen eine Ehre war, für die Sicherheit ihrer Welt kämpfen zu dürfen, und dass sie das für ihre Familien und Freunde taten.

Niemand sollte sagen, dass er sich fürchtete. Dass er die Aktion für sinnlos hielt. Die gesamte Berichterstattung zu den Säuberungen hatte einen positiven Grundton. Das spiegelte zwar weder die Stimmung der Bevölkerung noch die der Soldaten wider, aber man fürchtete wohl, dass sie sich durch negative Stimmen demotiviert fühlen könnten. Viel wahrscheinlicher war allerdings, dass man mit den Lobeshymnen auf die Einsätze die Entscheidung der Regierung rechtfertigen wollte.

Luke zupfte an seinem Kragen und korrigierte zum hundertsten Mal den Sitz seines Visiers, das aufgeklappt auf seinem Kopf saß. Sie würden sich über die in den Helmen eingebauten Kommunikatoren verständigen, wenn sie in der Zone wären.

Luke schaute sich um und musterte seine neunundvierzig Teamkollegen. So ausgerüstet und so bewaffnet, wie sie waren, war es schwer vorstellbar, dass ein paar unbewaffnete Menschen ihnen ein Haar würden krümmen können. Doch er hatte viele Kämpfe in den Sperrzonen gesehen. Auch jene, die der Öffentlichkeit nicht gezeigt wurden, weil sie nicht erfolgreich oder heroisch genug gewesen waren. Manche Soldaten waren bereits nach den ersten zehn Sekunden tot gewesen.

Durchatmen.

Drei Minuten.

»Was ist eigentlich mit Okijen Van Dire?«, wollte Luke an Flover gewandt wissen. »Wird der auch eingezogen?«

Sein Mitbewohner war so blass und die Ringe unter seinen Augen so dunkel, dass sie ihn fast nicht zum Einsatz zugelassen hätten. Sein Blick war starr geradeaus gerichtet.

»Van Dire?«, fragte jemand aus ihrem Team, der Soldat hinter ihnen. Luke hatte seinen Namen vergessen. »Scheiße, ich würde morden, um den an meiner Seite zu haben.«

»Wenn der in unserem Team wäre, wären wir alle sicher«, fügte ein anderer lachend an.

Aber sie hatten immerhin Flover, oder? Er war ebenfalls erfahren im Kampf gegen Moja. Das wusste hier nur niemand außer ihm.

»Ach«, spuckte Flover mit einer wegwerfenden Handbewegung aus. »Der verkriecht sich sicher irgendwo.«

Luke wusste nicht einmal, ob er das ernst meinte oder es nur sagte, um den anderen zu verschweigen, dass er etwas mit Okijen zu tun hatte. Immerhin hatten die beiden in den letzten Tagen – als Flover noch ansprechbar gewesen war – ständig telefoniert.

»Ich hab nichts davon gehört, dass er an den Einsätzen teilnimmt«, warf ein anderer ein. »Das wäre sicher durch die Medien gegangen, wenn er das öffentlich gemacht hätte.«

»Stimmt wohl«, brummte Luke. Eine weitere Chance weniger.

»Achtung!« Die Stimme ihrer Koordinatoren schallte durch Mikrofone verstärkt zu ihnen hinüber. Luke stellte sich aufrechter hin und spannte den Griff um sein Gewehr an. Jeden Schlag seines Herzens nahm er wahr, als könnte es sein letzter sein.

»Die Schleuse öffnet in fünf …«

Luke sah zu Flover, der nach wir vor mit starrem Blick neben ihm stand.

»… vier …«

Die Soldaten um ihn herum trugen wie er einen Schweißfilm auf dem Gesicht. Brasilien war warm und ihre Kleidung dick, aber in der Sperrzone würde es kalt sein, so lange hatte sie keine Sonne mehr gesehen.

»… drei …«

Die kleinen fliegenden Kameras über ihren Köpfen wimmelten und surrten wie Insekten. Die Sperrzone von São Paulo war nicht nur die neueste, sondern ebenfalls die am wenigsten erforschte, weil sämtliche Forschungskameras von den Moja zerstört worden waren, bis sie ins Zentrum hatten vordringen können.

»… zwei …«

Luke atmete tief ein. Nur dreieinhalb Stunden. Er musste nur dreieinhalb Stunden überleben.

»… eins …«

Die weit über sie hinausragenden Tore öffneten sich schwerfällig nach außen, und dahinter kam die Schleuse in Sicht. Ein weiteres Paar Tore, stählern und glänzend, trat zum Vorschein.

Zeitgleich setzten Luke und die Soldaten sich in Bewegung. Die Journalisten sprangen von den Männern und Frauen, die sie interviewt hatten, zurück und stellten sich in Reih und Glied neben ihnen auf, um eine Schneise zu bilden.

Lukes Magen sank ein Stück tiefer, als er sich wie automatisch auf die Tore zubewegte und an ihnen hinaufsah. Die Welt schien ein Stück zu kippen, so weit musste er seinen Kopf in den Nacken legen, um hinaufzuschauen.

Alles um ihn herum wurde dumpf und still.

»Bitte legen Sie Ihren linken Oberarm frei«, befahl die Lautsprecherstimme. Luke streifte seine Schutzjacke weit genug zurück, um die darunterliegende Kleidung freizulegen und sein Shirt hochstreifen zu können. Selbst diesen Vorgang hatten sie im Trainingslager geprobt.

Von vorn näherten sich vier Mitarbeiter in leichter Militärkleidung, die den Soldaten mit Impfpistolen die Immunisierung spritzten. Danach wären es nur wenige Sekunden, bis das zweite Tor sich öffnen würde.

»Vergessen Sie nicht«, sprach die Lautsprecherstimme weiter, *»Moja der zweiten Generation erkennen Sie am leichten blauen Schimmer der Haut und der Augen. Moja der dritten Generation fallen meist durch die sie umgebenden Naturphänomene auf. Achten Sie auf wirbelnden Sand und elektrische Ladungen. Nicht auffällige Moja gehören der ersten Generation an.«*

Luke widerstand dem Drang, die Worte der ihm bekannten Ansage mitzusprechen, um sich zu beruhigen.

»Moja der ersten Generation lassen sich mit leichten Geschossen töten. Für Moja der zweiten Generation benötigen Sie die verstärkte Ausrüstung, da ihre Haut für normale Geschosse undurchdringlich ist. Moja der dritten Generation lassen sich nur durch Betäubung oder Fesselung und danach langsames Abtrennen des Hauptes töten. Dieses Verfahren bleibt Ihren Teamführern überlassen. Die Rückendeckung bei der Ausschaltung eines Moja der dritten Generation hat oberste Priorität. Vermeiden Sie unbedingt Kollateralschäden. Erhalten Sie die Integrität Ihres Teams.«

Luke verzog keine Miene, bis die Frau mit der Impfung kam und sie ihm in den Oberarm spritzte. Er spürte gar nichts.

»Viel Glück«, raunte sie, und er nickte ernst.

»Folgen Sie den Hinweisen und Anweisungen auf Ihrem Visier, aber vertrauen Sie auch auf Ihr Gefühl und die Einschätzung der erfahrenen Teamkollegen. Überprüfen Sie nach der Ausschaltung den finalen Tod jedes Moja.«

Nachdem Luke seine Jacke wieder über den Arm gestreift und sie fachgerecht verschlossen hatte, klappte er sein Visier herunter.

»Viel Erfolg.«

Als die Tore sich mit einem lauten metallischen Dröhnen hinter ihnen schlossen, wurde es bedrückend still. Der Sichtschutz, der die Zone für gewöhnlich überdachte, war deaktiviert worden, damit die Soldaten auf ihrer Mission genügend sehen würden. Trotzdem war es durch all die Filter, die die Sperrzone wie eine Kuppel umschlossen, nach wie vor so kalt, dass Lukes Atem sich in kleinen Wölkchen vor seinem Helm sammelte.

Noch drang die Kühle nicht unter seine Schutzkleidung. Er wusste nur nicht, wie lange das so bleiben würde.

Langsam trat die Gruppe aus fünfzig Personen nach vorn, nahm ihre eingeprobte Stellung ein und sicherte die Umgebung in alle Richtungen.

Der Bereich hinter dem Tor war so karg wie der davor. Luke hielt sich eng an Flover, weil er, obwohl es niemand von ihren Kollegen wusste und er es selbst abstritt, die meiste Ahnung von alldem hier hatte.

Die alten Gebäude der Stadt, etwa fünfzig Meter von ihnen entfernt, machten einen eigenartig intakten Eindruck. Surreal wirkten ihre sauberen Fassaden, die eingestaubten Balkone und säuberlichen Gardinen hinter den glänzenden Fenstern. Kein Regen und kein Wind hatten sie in den letzten zwei Jahren berührt. Sie waren konserviert wie in einer Schneekugel.

»Weiter«, wies Joel, ihr oberster Teamführer, sie an. Er war der Einzige von ihnen, der tatsächlich mehrere Male bei Einsätzen in einer Sperrzone dabei gewesen war. Betrachtete man den Rest ihres Teams, hätte man sonst meinen können, sie wären nicht mehr als Moja-Futter.

Schritt für Schritt schoben sie sich von den Toren weg und auf die ersten Gebäude zu.

»Es ist so still«, sagte einer der Soldaten hinter ihnen. Durch das Headset hörten sie ihn ganz klar.

»Laut den Berichten haben sie sich nach den ersten Angriffen weiter ins Zentrum zurückgezogen«, berichtete Joel. In einiger Entfernung zu ihnen lagen Körper. Es war auf die Distanz nicht zu erkennen, ob es sich um Moja oder Menschen handelte, und Luke wollte es eigentlich auch nicht wissen. Er wollte keinen seiner Freunde hier am Boden liegen sehen. Das wäre nur eine weitere Erinnerung, die er nie wieder aus dem Kopf bekommen würde. Wenn er überleben sollte.

»Hier haben einige Kämpfe getobt«, sagte Luke leise. Der Boden zu ihren Füßen war von Dutzenden Fußspuren, kleinen Kratzern und Kratern übersät.

Gerade wollte er seinen Blick wieder nach vorn richten, als ihm im Staub etwas Unerwartetes auffiel.

»Wartet mal«, sagte er. Waren das Pfotenabdrücke? Er deutete auf die Spuren, die von einer großen Katze stammen mussten. Die Abdrücke ihrer Krallen zeichneten sich deutlich auf dem Boden ab. »Die könnten von einem Löwen oder einem Jaguar sein«, mutmaßte er.

Die Soldaten, die ihm in der Formation am nächsten waren, folgten seinem Fingerzeig.

»Haben wir Informationen über tierische Moja bekommen?«, wollte Flover wissen. Joel verneinte.

»Das muss ein Jaguar gewesen sein«, überlegte eine weibliche Soldatin laut. »Ich bin bei AGAIN«, erklärte sie dann.

Die Einheit des Militärs, die sich auf die Moja-Tiere spezialisierte.

»Wir können reden, aber wir müssen uns weiterbewegen«, wies Joel sie an, und sofort kehrten alle an ihren Platz in der Formation zurück.

»In der abgesperrten Zone lag ein Zoo«, erklärte die Soldatin im Gehen weiter. »Es ist nicht sicher, wie viele Tiere sich tatsächlich in der Zone befinden.«

»Na super«, grummelte Luke und musste sich sämtliche Bemerkungen verkneifen. Sie hatten die Anweisung erhalten, nur das Nötigste zu sprechen, um die Kommunikation der Gruppe so effizient wie möglich zu gestalten. Bei einem gewöhnlichen Einsatz hätten sie sogar mehrere Berater an ihrer Seite gehabt, die sie von außerhalb mit Informationen versorgten. Dafür gab es allerdings nicht genug Einsatzkräfte. Sogar die Berater wurden in den Kampf geschickt.

Sie waren auf sich allein gestellt.

»Wir sollten darauf achten, dass …«, setzte die AGAIN-Mitarbeiterin an, aber Joel unterbrach sie mit einem »Scht! Da kommt etwas.«

Sie hatten die ersten Häuser passiert und waren in eine der Straßen vorgedrungen. Der Weg vor ihnen war von Leichen übersät. Mindestens zwei Dutzend waren es, Moja ebenso wie Soldaten.

Luke schluckte, um das taube Gefühl in seinem Rachen loszuwerden, strengte sich an, die Überbleibsel der Körper nicht zu intensiv zu mustern.

»Seht ihr ihn?«, fragte Joel, und Luke bestätigte. Ja, er sah den Moja auf seinem Visier blinken, nur in der Umgebung konnte er ihn noch nicht erkennen. Es war der Einzige in einem Umkreis von zwanzig bis dreißig Metern.

»Los«, wies Joel an, und sie beschleunigten ihr Tempo, schoben sich über die am Boden liegenden Körper hinweg, während die Außenposten ihre Waffen in Anschlag nahmen, um die Umgebung zu sichern.

Luke schaute forschend zu Flover hinüber, doch durch sein verspiegeltes Visier konnte er seinen Gesichtsausdruck nicht erkennen.

»Wird einem von euch die Generation angezeigt?«, erkundigte sich Joel. Das Team verneinte, und auch Luke konnte nichts erkennen. Neben dem leuchtend roten Punkt vor seinen Augen wurden zwar Distanz und Richtung angegeben, dort, wo eigentlich die kleine Zahl blinken sollte, die die Stärke des Moja kategorisieren sollte, war allerdings nichts zu sehen.

»Das ist erst mal nichts Ungewöhnliches«, beruhigte sie ihr Anführer. »Die Nano-Elemente von KAMI ändern sich oft schneller, als wir die Geräte kalibrieren können.« Das hatte Luke im Vorbereitungstraining ebenfalls gelernt. »Gebt Bescheid, wenn ihr Sichtkontakt habt.«

Sie marschierten durch die breite Straße voran auf den Moja zu, aber der Angreifer kam einfach nicht in Sicht. »Er bewegt sich weiter. In Richtung Zentrum.«

»Ungewöhnlich«, kommentierte jemand, und ein weiteres Mal verstärkte Luke seinen Griff um das Gewehr. »Normalerweise gehen die auf Konfrontationskurs.«

Das stimmte. Hatte er sie nicht bemerkt? Moja hatten schärfere Sinne als Tiere, eigentlich müsste er sie gerochen oder gehört haben.

»Vielleicht ist es einer der ersten Generation«, mutmaßte eine Kollegin von weiter vorn.

»Oder es ist eine Falle«, warf Flover ein. »Vielleicht führt er uns zu seiner Verstärkung.«

»Unwahrscheinlich«, kommentierte Joel harsch. »So komplexe Verhaltensmuster haben wir erst überaus selten beobachtet.«

Luke fuhr sich mit der Zunge über die Lippen, während

die Gruppe in eine weitere Straße einbog. Sie markierte den Beginn von São Paulos ehemaliger Hauptverkehrsader. Drei Spuren führten in jede Richtung und ließen weit in die Stadt hineinblicken. Das Chaos, das hier herrschte, machte die Szenerie unübersichtlich. Hinter jedem Auto, das quer auf der Straße lag, hinter jeder Tür und jedem Gebäude konnte sich etwas verstecken. Auf seinem Display wurde zwar nichts angezeigt, aber es gab Aufzeichnungen darüber, dass einige Moja inzwischen über Tarn-Technologie verfügten, die sie praktisch unsichtbar für die Ortungsgeräte der Menschen machen.

Wenn Flover recht hatte und das eine Falle sein könnte, müssten sie auf der Hut sein.

Während sie sich nach vorn schoben, richteten die Kollegen der Außenbereiche der Formation ihre Waffen auf jedes Versteck, das eine potenzielle Gefahr darstellen konnte. Wie so viele Male in den letzten Tagen geübt. Die Fenster der hohen Gebäude zu ihrer beider Seiten wirkten nahezu bedrohlich. Als könnte sich in der Dunkelheit hinter ihnen alles Übel der Welt verstecken.

Luke schluckte schwer. Er würde das schaffen. Er würde das schaffen!

Die Soldaten beschleunigten ihr Tempo erneut, als der Moja, dem sie folgten, es ebenfalls tat. Auf der breiten Straße, die vor ihnen lag, waren auf den ersten Blick keine weiteren Leichen zu sehen. Doch die etlichen Seitenstraßen, zusammen mit dem Chaos, das die Verwüstung der Stadt hinterlassen hatte, machten das Gebiet nur schwer einsehbar. Unberechenbar.

»Ob er uns wirklich noch nicht bemerkt hat?«, fragte jemand über den Kommunikator, aber Luke war mit ganz anderen Fragen beschäftigt. Warum waren hier keine toten Körper? Sollten es nicht viel mehr sein? Die Menschen, die damals bei dem Vorfall umgekommen waren. Diejenigen, die es nicht mehr hinausgeschafft hatten oder von Moja umgebracht worden waren. Warum waren sie nicht hier?

Hatten die Moja sie fortgebracht? Und warum hätten sie das tun sollen?

Atemwölkchen schwebten durch die Luft um sie herum, zerstäubten sich in der windlosen Zone nur sehr langsam.

»Er biegt weiter vorn ab!«, kommentierte Joel, was jeder von ihnen als blinkenden Punkt auf seinem Visier sah.

Der Moja war noch immer nicht zu sehen, auch wenn er sich laut ihrer Displays nicht weit von ihnen entfernt befinden konnte.

»Warum zum Teufel dreht er nicht um?«

»Es könnte eine Falle sein«, wiederholte Flover seine Vermutung mit aller gegebenen Ruhe. Luke sah, wie einige der Soldaten sich zueinander umdrehten, um sich untereinander anzusehen.

»Wir lassen alle gegebene Vorsicht walten«, reagierte Joel, ohne noch einmal auf Flovers Idee einzugehen, und führte sein Team ohne zu zögern weiter voran. Er machte einen so fokussierten und erfahrenen Eindruck, dass es Luke sogar ein wenig zu beruhigen vermochte. »In die Gasse rechts«, befahl er, und das Gebiet sichernd wandte sich die Gruppe gemeinsam der nächsten Seitenstraße zu.

»Ist so etwas wie eine Falle möglich?«, wollte die Soldatin von AGAIN wissen, und Flover grummelte zustimmend.

»Wir dürfen nicht vergessen, dass Moja nicht nur außergewöhnlich gut kämpfen können«, erklärte er ihr. »Obwohl sie nicht in der Lage sind zu sprechen, übersteigt ihre Intelligenz unsere bei Weitem.«

»Ruhe«, wies Joel an, und Luke legte die Stirn in Falten. Das war eine wichtige Information! Die Kämpfe, die er bisher bei den Übertragungen aus den Zonen beobachtet hatte, waren wie offene Schlachten gewesen. Ohne Hinterhalte und Kniffe. Aber das bedeutete nicht, dass so etwas nicht möglich war. Der Moja, dem sie folgten, verhielt sich definitiv ungewöhnlich. Selbst ein Moja der ersten Generation sollte sie inzwischen bemerkt haben.

»Da vorn«, flüsterte ein Soldat aus der ersten Reihe, und auf einen Wink von Joel hin blieben sie stehen.

Der Moja vor ihnen hatte am Ende der Gasse innegehalten, und nun, vorbei an Mülltonnen und Pflanzenüberresten, konnten sie ihn sehen.

Da stand ein kleines Mädchen, höchstens zehn Jahre alt. Das weiße Kleid hing ihr ordentlich von den Schultern und war sauber, wie gerade erst gewaschen. Ihre braunen Locken umspielten ihre Schultern.

Die Augen des Kindes leuchteten blau.

Luke spannte sich an, während das Mädchen einfach nur dastand und sie anschaute. Es war ein Moja, ganz klar. Aber es wirkte so weich. Fast unschuldig.

Die Soldaten vor ihnen hoben unsicher ihre Schusswaffen.

»Sollen wir … sollen wir feuern, Chef?«, wollte einer von ihnen wissen, doch dieses Mal ließ die Antwort von Joel auf sich warten.

Noch bevor er reagieren konnte, wandte das Kind sich um, lief in die nächste Straße hinein und verschwand erneut aus ihrem Sichtfeld. Die Soldaten waren nach wie vor regungslos. Keiner sagte ein Wort, nicht mal ein Windhauch um sie herum vermochte die Stille zu durchbrechen, während der leuchtende Punkt auf ihren Visieren sich weiter und weiter entfernte.

Erst als er am Rande ihres Radars angelangt war, regte Joel sich.

»Hinterher«, bellte er und setzte sich als Erster in Bewegung. Die anderen Soldaten folgten ihm, allerdings mit weitaus unsichereren Bewegungen. Luke wusste überhaupt nicht, ob er ihnen folgen wollte. Es dürfte nicht nur ihm aufgefallen sein, dass hier etwas nicht stimmte.

Hatte Joel einen Plan? Dass Luke und seine Teamkameraden unsicher waren, war nicht schwer zu erklären. Verdammt, von ihnen hatten die wenigsten überhaupt einem Moja gegenübergestanden, geschweige denn an einem Einsatz solcher Größenordnung teilgenommen.

»Bist du sicher, dass wir ihr folgen sollten?«, wollte eine der Soldatinnen wissen. Ihre Stimme kam Luke aus dem Training bekannt vor. »Nakamura hat recht, es könnte eine Falle sein.«

Niemand reagierte auf ihre Worte, und Luke war sich sicher, dass viele derselben Meinung sein mussten. Hatte Joel bei einem seiner Einsätze schon einmal so etwas erlebt?

Verdammt. Er hatte an der Akademie so viele Trainingseinheiten absolviert, in denen er gelernt hatte, zu schießen, zu kämpfen, zu überleben. Doch jemandem blind zu vertrauen fühlte sich falsch an. Vielleicht dachte er für das hier zu viel nach.

Sie bogen gemeinsam in die Straße ein, in der das Mädchen verschwunden war. Die nächste Gasse war so eng, dass kaum zwei Menschen nebeneinander hineinpassten und sie sich zu zweit reihen mussten, um hindurchzulaufen.

»Wir sollten da definitiv nicht rein«, sagte Flover, dieses Mal bestimmender. Luke stockte, und ihm fuhr ein Schauer über den Rücken. Eingekeilt zwischen den alten Hochhäusern überkam ihn ein klammes Gefühl beim Anblick der Dunkelheit, die sich zwischen ihnen auftat.

Joel und seine Männer an der Spitze waren weiter vorgedrungen. »Nicht zurückbleiben«, wies er sie mit deutlichen Worten an.

Scheiße. Hatte der Typ überhaupt eine Ahnung, was er tat?

Er war bei einigen Einsätzen dabei gewesen, aber hatte er jemals einen geleitet?

Luke sah sich in alle Richtungen um, während ihre Begleiter sich nach und nach ihren Weg in die Gasse bahnten und ihm klar wurde, dass er von Studenten umringt war, die alle sofort draufgehen würden, wenn hier etwas Unerwartetes geschah. Gehorsam schoben sie sich in Zweiergruppen in die Gasse, sicherten den Weg nach vorn und nach oben, bis er und Flover selbst an der Reihe waren, nebeneinander einzutreten.

Sein Herz schlug schnell und heftig, als der Schatten der Hochhäuser sie in sich hüllte. Bis auf ihre Schritte war kein Geräusch zu vernehmen. Und einige Sekunden später verschwand der Moja einfach von ihrem Screen.

»Was?«, fragte einer der Soldaten von ihnen. »Spinnt eure Anzeige auch?«

Nein, das war kein Fehler. Das Mädchen, das auf dem Screen ihrer Visiere geblinkt hatte, war nicht aus ihrem Radius verschwunden. Sie war einfach weg.

»Stehen bleiben«, befahl Joel, und die Soldaten hielten an, sicherten das Gelände.

»Wir müssen aus dieser Gasse raus«, zischte Flover, packte Luke am Arm und trat einen Schritt zurück, dann noch einen und noch einen. Er drängte die Soldaten hinter sich fort, und einige von ihnen schlossen sich ihm an.

Wenn sich ihnen in dieser Enge Moja aus beiden Richtungen nähern würden, wären sie im Nachteil. Gerade einen der dritten Generation würden sie hier unmöglich …

»Vielleicht sollten wir wirklich …«, setzte Joel an, genau in dem Moment, in dem Luke ein weit entferntes Dröhnen vernahm. Hektisch fuhr er mit den behandschuhten Fingern über den Marker seines Visiers, doch auch nach dem Update waren keine Moja zu sehen.

»Zurück«, wies Joel lauter an, und Luke stöhnte innerlich, als sie sich weiter nach hinten schoben, drängten, eilten. Scheiße!

Das Dröhnen um sie herum wurde lauter. Ein Wummern und Beben, das ihm durch seine Ausrüstung hindurch bis in die Knochen drang.

Kurz bevor sie das Licht der Hauptstraße erreicht hatten, warf ihn etwas zur Seite. Es nahm ihm den Halt, riss ihn von den Füßen und schleuderte ihn gegen die Wand neben sich.

Sein Kopf und seine ganze rechte Seite hämmerten vor Schmerz, als sich Luke in der nächsten Sekunde aufstemmte, um sich zu orientieren. Chaos herrschte um ihn herum, doch er nahm es nur wie durch einen dicken Vorhang wahr. Sein Visier war zersplittert und fiel in kleinen Scherben auf den Boden, als er es abnahm. Sein Blick, verschwommen auf die Hände gerichtet, konnte sich gar nicht fokussieren, so schnell schossen ihm die Tränen des Schmerzes in seine Augen.

Mit zusammengebissenen Zähnen rappelte er sich auf die Knie, um zu sehen, was geschehen war. Flover lag regungslos neben ihm, Staub rieselte wie Schnee auf sie herab. Das Klirren in Lukes Ohren übertönte die Rufe der Soldaten, machte sie derartig dumpf, dass er kein Wort von ihnen verstand, nicht einmal über seinen Kommunikator.

Seine Hand, ganz taub vom Aufprall, schloss sich mechanisch um sein Gewehr. Seine Knöchel traten weiß hervor, so fest klammerten seine Finger sich um die Waffe.

»Flover?«, fragte er benommen, ließ den Blick aber weiterwandern. Kaum zwei Meter weit konnte er sehen, so viel Dreck hatte sich über sie gelegt.

Aber dahinter ... was war das? Luke konnte Dunkelheit ausmachen. Als klaffte ein gewaltiges Loch in der Mauer ihm gegenüber. Aus der Fassade bröckelten kleine und große Steine.

Und unter den großen begraben, machte er sie aus: von Schutt und Trümmern bedeckte Körper.

»Fuck«, ächzte er, öffnete seinen Mund einige Male, um das Ziehen und Piepen in seinen Ohren zu vertreiben.

»Joel?«, fragte er.

Keine Antwort.

Ein Tumult kam über den Trümmern auf, wirbelte den Staub in alle Richtungen.

Blaues Leuchten.

Scheiße, es war wirklich eine Falle gewesen.

»Was sitzt du da so rum, Mann?«, drang es an seine Ohren. Nicht über den Kommunikator, sondern ganz nah bei sich. Bevor Luke sich umwenden konnte, zog ihn jemand ruckartig an seinem Arm hoch und schleifte ihn mit sich, in Richtung Ende der Gasse.

»Nein!«, krächzte Luke, riss sich los, stürzte auf wackeligen Beinen auf Flover zu und rüttelte an ihm.

»Lass ihn liegen, der ist tot«, brüllte der Soldat hinter ihm. Luke schüttelte so heftig den Kopf, dass es schmerzte. Nein, das war er nicht. Er war nicht tot!

Das Hämmern von Gewehrkugeln erhob sich über ihnen, und einige Querschläger schossen an ihnen vorbei, als Luke Flover den Schutzhelm vorsichtig vom Kopf zog. Blut rann an der Stirn seines Freundes hinab, und er konnte seine Lebenszeichen nicht überprüfen, weil sein verdammtes Visier kaputt war.

»Komm schon«, ächzte Luke und klopfte vorsichtig auf Flovers Wange, während der Soldat hinter ihm fortwährend an ihm zerrte.

Erneut stieß er den Fremden weg. »Lass mich und verschwinde von hier«, rief er ihm zu, während er sich unter Schmerzen aufrichtete, Flover unter den Armen packte und ihn unter Anstrengungen fortzog. Fort vom Donnern der Gewehre und dem Dröhnen, das über allem lag.

Erst als Luke ihn einige Meter weit geschleift hatte, regte Flover sich endlich.

»Scheiße, verdammte Scheiße!« Luke zog seinen benommen blinzelnden Freund auf die Beine. Er nuschelte etwas, das er nicht verstand, doch es war ihm auch egal. Er legte Flovers Arm um seine Schultern, stabilisierte ihn so gut wie möglich, obwohl es ihm selbst schwerfiel, sich aufrecht zu halten, und zerrte ihn weiter.

Die Soldaten, die noch am Leben waren, sammelten sich am Ende der Gasse, in der das Sonnenlicht die trübe Luft gespenstisch schimmern ließ. Einige von ihnen eilten auf Luke und Flover zu, um ihnen zu helfen.

Gerade erst hatten sie sie erreicht, als sich die Augen des einen Soldaten weiteten und er panisch von ihnen zurückstolperte. Luke wandte sich um – und sah, dass sich etwas vom Staub und Dunst abzeichnete. Blau leuchtende Augen, danach eine Schnauze, Krallen und zuletzt strahlend weiße Zähne.

Der Jaguar.

Die Männer schossen auf das Tier, doch ihre Schüsse prallten von seiner mechanisch verstärkten Haut ab und schwirrten als Querschläger zurück zu ihnen durch die Gasse. Die Raubkatze riss ihr Maul auf, und ein metallenes Brüllen erfüllte die Luft. Sie setzte zum Sprung an, und Luke warf sich, ohne einen Gedanken daran zu verlieren, auf den Boden und riss Flover mit sich hinunter. Die krallenbesetzten Tatzen des Jaguars verfehlten beide nur um wenige Millimeter. Das Tier machte sich nicht die Mühe, sich zu ihnen umzuwenden, sprang in einigen Sätzen auf die inzwischen fliehenden Soldaten zu und warf sich auf sie.

Luke sah mit Schrecken, wie die große Katze einen von ihnen an der Schulter packte, zu Boden riss, nur um sich schon im nächsten Ruck an seinem Kopf festzubeißen.

Die Schreie des Mannes fuhren ihm tief ins Mark und bereiteten ihm eine Gänsehaut auf dem ganzen Körper.

Er kämpfte sich wieder auf die Beine, zerrte Flover mit sich, um irgendwie hier rauszukommen. Hinter ihnen waren weitere Schreie zu hören, das Bellen von Hunden und das Brüllen von Raubkatzen.

Der Jaguar packte sein Opfer am Kopf und zog es in eine der anliegenden Gassen. Der Mann regte sich nicht mehr, und auch die anderen Soldaten waren nicht zu sehen, waren vermutlich aus dieser ausweglosen Situation geflohen.

Scheiße, Flover hatte ihnen gesagt, dass es eine Falle war. Niemand hatte gehört. Und jetzt wusste Luke nicht einmal, ob ihn seine Beine überhaupt zehn Meter weiter würden tragen können.

Ein Heulen ertönte, als Luke sich Flovers Arm erneut um die Schultern gelegt hatte.

»Los, lauf, Mann!«, schnaubte Flover unter Anstrengung. Unter dem Chaos um sie herum war seine Stimme kaum zu hören.

»Klappe«, nuschelte Luke und humpelte vorwärts. Der Jaguar war nicht wieder aufgetaucht. Warum hatte er den Mann fortgeschleift? »Ich bin dir von Nordchina was schuldig, klar?«

»Du bist …«

»Konzentrier dich aufs Gehen!«, presste Luke zwischen zusammengebissenen Zähnen hervor. Mist, ihm wurde schwarz vor Augen. Aber das Licht der Hauptstraße kam näher! Oder?

Luke sammelte alles an Konzentration, das er besaß, doch er spürte, dass er es nicht mehr weit schaffen würde.

Sein schummriger Blick wanderte nach links und rechts. Verflucht, Flover konnte sich auch kaum auf den Beinen halten. Sie mussten irgendwie aus dieser Gasse herauskommen, bevor der Jaguar mit den anderen Soldaten fertig wäre.

Einem Impuls folgend – oder vielleicht, weil ihm keine andere Wahl blieb – schleppte Luke sie beide auf eine Tür zu einem der Wohnhäuser zu, stemmte sie mit der Schulter auf und fiel wegen des überraschend leichten Widerstands in den Flur hinein. Er musste regelrecht sich an Flovers Arm festkrallen, um ihn davor zu bewahren zu stürzen.

Luke lehnte seinen Freund an der Wand neben sich an und schloss die Tür hinter sich, so leise er konnte. Hatte sie einer der Moja bemerkt? Hatte sie jemand gesehen? Verdammt, er hatte keine Zeit, um ihre Position zu sichern.

»Hier lang«, grummelte er. Sein Schädel dröhnte, in seinem Kopf drehte sich alles.

Das hier war kein sicheres Versteck. Die Tiere würden sie riechen können, Generation-2-Moja könnten ihre Wärmesignaturen orten. Es blieb ihnen trotzdem nichts anderes übrig.

Es gelang ihm mit letzter Kraft, sich und Flover zwei Treppen hinab in einen Kellerraum zu schleusen. Aber selbst als er mehrere Türen hinter sich verschlossen hatte und kein Geräusch hinter ihnen darauf schließen ließ, dass sie verfolgt wurden, fühlte er sich noch immer nackt und verwundbar.

»Ich kann nicht mehr«, stöhnte Flover und ließ sich auf die Knie sinken, nachdem Luke eine weitere schwere Kellertür hinter ihnen verschlossen hatte. Kein Licht drang mehr an ihre Augen. Er wusste nicht einmal, wie der Raum, in dem sie sich nun befanden, aussah. Dem Hall ihrer Stimmen nach zu urteilen, war er groß. Doch Luke hatte weder die Energie noch den Mut, das Licht an seiner Kontrollkonsole einzuschalten.

Höchstwahrscheinlich funktionierte es sowieso nicht mehr.

»Wir bleiben hier«, versicherte er Flover, lehnte sich an die Tür und rutschte langsam daran zu Boden, das Gewehr wie einen rettenden Anker umklammert.

Luke konnte nicht einmal mehr Flovers Antwort verstehen, bevor er wegdriftete.

UNITED NATIONS MILITARY

Archiv: Militärische Aufzeichnungen
Militärbriefing zur Erstbekämpfung von KAMI
durch General Alaska Pershing

TOP SECRET

18.06.2073
Ort: Moskau

[…]
General Pershing: Danke für Ihre Aufmerksamkeit. Gibt es Fragen?
Brig Gen Moore: Sie sagen, es gibt noch Moja, sowohl Menschen als auch Tiere, in der offenen Welt. Was muss geschehen, damit diese Infizierten den Virus weiterverbreiten? Und wie lange dauert dieser Vorgang?
Gen Pershing: Zur Übertragung von einem Wesen auf ein anderes reicht es aus, wenn beide Wesen sich in unmittelbarer Nähe zueinander befinden. Die Übertragung findet durch die Luft statt. Berührung beschleunigt den Vorgang allerdings. Nur wenn alle KAMI-Einheiten übertragen werden – Teile jedes Schwarms –, kann die Technologie sich effizient im Folgewirt einnisten. Dies kann die Technologie ein paar Versuche kosten. Der Kontakt mit einem bereits Gehirn-befallenen Moja für kurze Zeit bedeutet also nicht zwangsläufig eine Übertragung. Es kann allerdings auch schon beim ersten Anlauf funktionieren. Dann reden wir nur von einigen Sekunden.
Gen Lloyd: Sie haben über den emotionalen Verfall der Befallenen gesprochen. Ist klar, warum dieser Vorgang stattfindet?
Gen Pershing: Bei der Untersuchung von Moja stellten unsere Wissenschaftler fest, dass KAMI mit dem herbeigeführten emotio-

nalen Verfall der Wirte nichts Negatives bezweckt. Das Aushebeln von Emotionen mit der Konsequenz des bloßen Funktionierens wird von der Technologie als eine Steigerung der Leistungsfähigkeit der Menschen angesehen – und daher als positiver Effekt betrachtet.

Brig Gen Moore: Wenn ein Mensch oder Tier befallen ist, wie lange dauert es dann, bis es selbst ansteckend wird? Geschieht das sofort, oder gibt es eine Art Inkubationszeit?

Gen Pershing: KAMI überträgt sich erst dann von einem Menschen auf den anderen, wenn das Gehirn des ersten Menschen komplett eingenommen wurde. Diese Inkubationszeit ist bei jedem Menschen anders und kann von wenigen Stunden bis hin zu einem Jahr dauern.

Durch diesen Umstand wird es unseren Untergrund-Truppen möglich sein, Moja – wenn sie schnell ausfindig gemacht wurden – gefangen zu nehmen, bevor sie die Technologie auf andere Menschen übertragen haben.

Gen Lloyd: Also haben wir eine reelle Chance, KAMI vollkommen aus der offenen Welt zu vertreiben?

Gen Pershing: Es könnte schwierig werden. Aber ja, die haben wir.

KAPITEL 25

: INVESTIGATING

Andra schob die Hände in die Taschen ihres dunkelgrauen Einteilers und sah aus der riesigen Fensterwand hinaus auf den sonnengetränkten Vorplatz der Militärzentrale. Die Stadt und die Räumlichkeiten der Einrichtung waren wie leergefegt. Am Empfang in der marmorierten Eingangshalle, die eher aussah wie ein Museum als der Eingang einer militärischen Einrichtung, warteten sie darauf, in den Mitarbeiterbereich eingelassen zu werden. Es brannte kein Licht, was den Raum trotz des pastelligen Sonnenaufgangs dunkel und unbelebt wirken ließ.

Nur dass sie nicht im Urlaub waren.

Andra hatte diese Stadt noch nie betreten, und trotzdem erschien sie ihr geisterhaft. Sie wusste, was die Säuberung bedeutete. Dass die Auswirkungen dieser Aktion jedoch so verheerend sein würden, hatte sie nicht erwartet. Es bereitete ihr Angst und Ehrfurcht, sich vorzustellen, welcher Horror sich in den von den Mauern abgegrenzten Bereichen der Welt gerade abspielen musste. Daran zu denken brachte sie beinahe um den Verstand. Sie mussten sich beeilen, um das zu stoppen.

Calen und Okijen nahmen eine aufrechte Haltung ein, als ein junger Mann aus einer niedrigen Hintertür geeilt kam und auf sie zusteuerte. Seine Bewegungen waren fahrig, obwohl Kleidung und Frisur äußerst ordentlich saßen. Die dunklen Augenringe und die blasse Haut wiesen darauf hin, dass er wohl seit langer Zeit nicht mehr geschlafen hatte.

Andra fragte sich, warum er im Gegensatz zu so vielen seiner Kollegen noch hier war. Nur vereinzelten Studenten und Wissenschaftlern waren sie auf dem weiten Vorplatz der Zentrale begegnet. Einige von ihnen waren sicher zu jung, um in den Kampf geschickt zu werden. Andere hatten vielleicht Gebrechen, die ihnen jetzt das Leben retteten.

Was hatte ihm das Glück verschafft, nicht kämpfen zu müssen?

»Entschuldigen Sie, dass Sie warten mussten«, keuchte der Mann, sichtlich um Seriosität bemüht. »Wir sind zurzeit etwas unterbe-« Er brach mitten im Satz ab, als er Okijen erkannte und wie erstarrt stehen bleib. »Colonel Van Dire!« Mit großen Augen schaute er zu Okijen auf, neigte unterwürfig den Kopf und schaute danach zwischen den drei Anwesenden hin und her. »Was gibt uns die Ehre Ihres Besuches?«

»Ich bin hier, um mich einziehen zu lassen«, sagte er mit einem milden Lächeln auf den Lippen. Andra sah die Lüge in seinen Augen schimmern. Sie erkannte es an dem falschen Zug um seinen Mund herum. Er war wirklich ein schlechter Lügner, Byth hatte in ihren Vorbesprechungen recht gehabt. Andra konnte trotzdem nicht umhin, einen Gedanken daran zu verschwenden, dass es das war, was ihn so sympathisch machte.

Und der Mann vor ihnen schien seinen Worten ohnehin vorbehaltlosen Glauben zu schenken. Überrascht und erfreut atmete er auf. »Sie können sich gar nicht vorstellen, wie sehr das die Soldaten und die Öffentlichkeit erfreuen wird«, sagte der Mann, öffnete rasch einen schwebenden Bildschirm vor sich, auf dem Zahlen und Worte leuchteten. »So viele von meinen Freunden und Kollegen sind bereits in den Zonen, um zu kämpfen.« Er lächelte etwas übermütig zu Okijen hoch. »Ich hoffe sehr, dass meine Freunde an Ihrer Seite in den Einsatz ziehen können, Colonel.«

Okijen schenkte dem Mann ein warmes Lächeln, aber Andra fiel es immer schwerer, das auf ihren eigenen Zügen aufrechtzuerhalten. Sie hatten es für eine so gute Idee gehalten, den ersten Sicherheitsbereich mit dieser simplen Lüge zu überwinden. Nun aber die Hoffnung dieses Mannes zu sehen, die Begeisterung und Aufregung auf seinem Gesicht, in dem Wissen, dass nichts von dem, was sie sagten, der Wahrheit entsprach, bereitete ihr ein endlos schlechtes Gewissen.

Ihre Mission stand natürlich weit darüber, immerhin versuchten sie, die Säuberungen so schnell wie möglich zu beenden. Trotzdem konnte Andra das unwohle Gefühl nicht abschütteln.

»Darf ich Ihnen einen Mitarbeiter zuweisen, der Ihre Zuteilung übernimmt?«, wollte der Mann wissen, schaute aber automatisch zu Calen hinüber. Sie hatte von irgendwoher die Uniform eines hochrangigen Militärmitglieds bekommen. Mit dem weißen Stoff, den goldenen Verzierungen, den Orden und den Schulterzeichen wirkte sie ungewohnt beeindruckend. Es war auf jeden Fall ein großer Kontrast zu ihren sonst so knappen Shorts, den lockeren Shirts und den flauschigen Hausschuhen, die sie in den letzten Tagen getragen hatte.

»Mein Name ist Calen Hristov, GREAT Systemverwaltung«, stellte sie sich mit einem selbstbewussten Lächeln vor. Ihre blonden Haare hatte sie zu einem strengen Zopf gebunden. Es war, als hätte sie sich in einen anderen Menschen verwandelt. »Ich arbeite für gewöhnlich von Dikson aus, war aber in der Nähe und bin Colonel Van Dire zufällig über den Weg gelaufen. Wenn Sie uns ein Büro zuweisen, kann ich die notwendigen Unterlagen ausfüllen und den Colonel für den Einsatz registrieren.«

»Das ist ja hervorragend«, jubilierte der Mann und tätigte einige Eingaben auf seinem Screen. »Wie Sie sich denken können, sind wir derzeit ein wenig unterbesetzt.«

»Hoffentlich nicht mehr lange«, sagte Okijen, und dieses Mal lächelte er ehrlich. Die ganze Sache bedeutete ihm so viel, dass Andra das Atmen etwas schwerer fiel, wenn sie sich vorstellte, was geschehen würde, wenn sie scheiterten.

Nein. Das durfte nicht passieren!

»Dann brauche ich nur noch Ihre Identitätsscans«, sagte der Mitarbeiter und schob den Screen zu ihnen hinüber.

Okijen hob seine Hand, ließ sie über das Gerät gleiten, und in der nächsten Sekunde tauchten sein Bild und einige Daten zu ihm auf. Grün hinterlegt. Calen tat dasselbe, mit demselben Ergebnis. Als Andra selbst an der Reihe war, kostete es sie alles an Konzentration, so entspannt wie möglich zu wirken. Die Finger durften nicht zittern, die Haut nicht erröten, der Schweiß sich nicht auf ihrer Stirn sammeln.

Schon nach wenigen Sekunden war die Aufregung vorbei, und ihre Knie wurden weich, nachdem die Anspannung von ihr abgefallen war, weil auch neben einem Bild von ihr ein grüner Haken auftauchte. Den Ältesten sei Dank!

»Ach so, ich würde außerdem gern den Laboren einen kurzen Besuch abstatten«, kündigte Calen an und machte sich auf den Weg zum Mitarbeitereingang. Sie hatten sich in ihren Besprechungen dazu entschlossen, ihr Vorhaben direkt am Eingang klarzumachen, damit sich niemand wunderte, wenn sie in die gesicherten Bereiche drangen. »Ich hoffe, das ist kein Problem.«

»Mit ihrer GREAT Sicherheitsfreigabe haben Sie Zugang zu unserer Forschungsabteilung. Wenn nicht, melden Sie sich bei mir«, sagte der Mann und grinste ihnen zufrieden hinterher.

»Ich hätte niemals gedacht, dass das klappt!« Byths Stimme, die sich über die kleinen Stecker in den Ohren einschaltete, erschreckte Andra so sehr, dass sie zusammenzuckte.

»Ich sag doch, das ist kein Problem«, erwiderte Calen lächelnd. Sie hatten sich in einem der leerstehenden Büros niedergelassen, um kurz das weitere Vorgehen mit Marshall und Byth zu besprechen, bevor sie tiefer in das Gebäude vordringen würden. Außerdem konnte es nicht schaden, den Anschein zu wahren, dass sie tatsächlich das taten, was sie dem Mann am Einlass vorgelogen hatten.

»Wie um alles in der Welt hast du es geschafft, dich in die Militärdatenbank einzuhacken?«, wollte Byth wissen, während Calen, die Beine entspannt übereinandergeschlagen, so tat, als füllte sie ein Dokument aus.

»Ich hab einen Bekannten gebeten, ein Profil von Andra anzulegen«, erklärte sie gelassen. »Meine Daten waren schon drin.«

»Was?«, hakte Okijen nach. »Bist du schon mal irgendwo eingebrochen?«

»Quatsch!«, erwiderte sie lachend, sah von ihren Daten auf und schaute ihm tief in die Augen. »Hast du mal in Erwägung gezogen, dass ich wirklich bei GREAT bin?«

Diese Frage ließ Okijen laut auflachen. Erst nachdem Calen herausfordernd ihre Augenbrauen in die Höhe gezogen hatte, verstummte er. »Ich weiß nie, ob du einen Witz machst oder nicht«, sagte er dann skeptisch.

»Erzähl keinen Mist, Calen«, warf Byth amüsiert über ihre Audioverbindung ein. »Du verdienst dein Geld mit Hacking, seit ich dich kenne.«

»Man kann nicht nur ein Standbein haben«, hielt Calen dagegen, erneut in ihrem lapidaren Tonfall, was nun auch Byth die Sprache verschlug.

»Ist … das dein Ernst?«, wollte sie nach einer kurzen Pause wissen. »Wir kennen uns seit zehn Jahren!«

»Ich hab da nie ein Geheimnis draus gemacht«, verteidigte sich die Hackerin. Andra rekapitulierte all die Gespräche, die sie in den letzten Tagen mit der jungen Frau gehabt hatte. Sie hatte wirklich oft erwähnt, dass es für sie kein Problem wäre, in die ersten Sicherheitsbereiche zu kommen. Sie waren wohl alle nur davon ausgegangen, dass sie davon geredet hatte, zu hacken oder ihre Kontakte spielen zu lassen.

Byth grummelte etwas Unverständliches, und bevor noch jemand etwas sagen konnte, schaltete sich Marshall ein.

»Konzentration, bitte!«, mahnte sie. Andra ballte wie auf Kommando die Fäuste zusammen, um sich zu fokussieren.

Bei dieser Mission nahm sie die kleinste Rolle ein. Sie hatten derart lange darüber diskutiert, an welcher Stelle des Einsatzes sie am besten aufgehoben wäre, dass es ihr irgendwann sogar unangenehm geworden war. Immerhin wollte sie nichts als helfen. Endlich etwas bewirken. Wenn sie die anderen dabei unterstützen konnte, so vielen Menschen das Leben zu retten, dann – das redete sie sich zumindest ein – würde das den Verlust ihrer Familie vielleicht ein wenig erträglicher machen.

Am Ende hatten sie entschieden, dass sie direkt vor Ort gut aufgehoben war. Sie hatte immerhin eine Kampfausbildung und war flink und wendig, wenn sie in die Situation kommen würden, zu kämpfen oder zu fliehen.

Trotzdem spielte sie bei diesem Einsatz keine entscheidende Rolle.

Warum war sie dann so aufgeregt? Selbst jetzt, wo sie die erste Hürde mit scheinbar solcher Einfachheit überwunden hatten?

Das Schlimmste, das geschehen konnte, war ihr längst passiert. Tagelang hatte sie gedacht, es würde sie nichts mehr in dieser Welt halten. Doch die Angst, die sie jetzt empfand, belehrte sie eines Besseren. Ihr Herz schlug so schnell, dass sie sicher war, dass es noch sehr an dieser Welt, an diesem Leben, hängen musste.

»Na dann wollen wir mal den Laboren einen Besuch abstatten«, sagte Calen, schloss ihr Dokument und erhob sich gemächlich.

Nachdem sie geschlussfolgert hatten, dass Alaska seine geheime Basis – die er auf jeden Fall brauchte, um etwas so Wichtiges wie das sagenumwobene Medium zu verbergen – in Moskau verstecken würde, hatten sie sämtliche mögliche Szenarien durchgespielt.

Dass Calen und Okijen mit ihren – im Fall von Calen scheinbar nicht einmal gefälschten – hohen Rängen in den Sicherheitsbereich der Labore kommen würden, wäre kein Problem. Es könnte einigen Mitarbeitern seltsam vorkommen, aber sie hatten mannigfaltige Ausreden und Möglichkeiten durchgesprochen.

Andra war offiziell als Okijens Assistentin unterwegs. Calen hatte ihrer Akte einen Vermerk anfügen lassen, dass sie den Soldaten im Grunde – nach Ermessen der Anwesenden und Vorgesetzten – überallhin begleiten durfte. Das war, soweit sie es verstanden hatte, sogar legal. Bedachte man Okijens sozialen Status, würde sich vermutlich auch niemand darüber beschweren, wenn er, der Star, sie als sein Anhängsel überall mit hinnahm.

Die Militärstation in Moskau bestand aus vielen verworrenen Gängen und großen Laboren, an die ihre Glaswände grenzten, zwischen denen Andra und Okijen sich nie zurechtgefunden hätten, wenn sie Calen nicht dabeigehabt hätten, die diese Korridore scheinbar so gut wie ihre eigene Wohnung kannte. Sie hatte die letzten Tage damit verbracht, die Wege zu verinnerlichen, die sie gehen mussten. Das konstante »jetzt nach rechts«, »jetzt nach links« und »einfach geradeaus«, das ihnen Byth zusätzlich durchgab, schuf eine Art Sicherheit, in der Andra sich geborgen fühlte. Alles, was sie sahen und hörten, zeichneten die an ihrer Kleidung angebrachten Kameras auf und übermittelten es gleichzeitig an Marshall und Byth in Dikson.

Es gelang ihnen, mit den Sicherheitsfreigaben, über die sie verfügten, ohne Zwischenfälle bis in den Bereich der dritten Sicherheitsstufe vorzudringen. Die Gänge dort waren nur spärlich beleuchtet. Im Gegensatz zu hier waren die Einrichtungen der ersten zwei Sicherheitsstufen hell und von relativ vielen Menschen besucht gewesen. Hier, in Sicherheitszone drei, begegneten sie kaum mehr jemandem. Die meisten Wissenschaftler und Mitarbeiter waren in Alltagskleidung unterwegs, sodass Okijen und Andra zwischen ihnen nicht weiter auffielen. Und hier, weitgehend unbeobachtet, erreichte Andra langsam einen Punkt, an dem sie sich nicht mehr fürchtete. An dem ihre Finger nicht mehr unkontrolliert zitterten.

»Der Plan wird jetzt langsam unvollständig«, erklärte Byth, nachdem sie alle lange geschwiegen hatten. »Die Aufzeichnungen, die uns über den dritten Sicherheitsbereich zur Verfügung stehen, sind lückenhaft, weil es hier schon einige Projekte gibt, die unter äußerster Geheimhaltung stehen. Ihr werdet außerdem sicher über die Kameras beobachtet, also gebt euch gelassen.«

»Machen wir«, sagte Andra, sich an Okijen wendend, als würde sie zu ihm sprechen. Sie folgten Calen, die sicheren Schrittes nach rechts abbog. Am Ende des schummrigen Korridors, in dem nur die Notbeleuchtung flirrte, befand sich eine verspiegelte Tür mit einem großen Schild darüber, das »ZONE 4« ankündigte.

»Bingo«, frohlockte Calen leise, und Andra schaute forschend zu Okijen hinüber, wie bereits so einige Male in der letzten halben Stunde. Er hatte geschwiegen, seitdem sie das Büro verlassen hatten. Woran dachte er? Hatte er Angst, dass sie jemand entdeckte? War er einfach konzentriert? Sie konnte es nicht einschätzen.

Obwohl es ihm gegen den Strich gegangen war, dass er derjenige war, der sich einschleusen musste – und obwohl es ihm scheinbar auch nicht passte, dass gerade Andra ihn begleitete –, lag ihm diese Mission unendlich am Herzen. Andra hatte den Eindruck, dass ihm das hier mehr bedeutete als den anderen. Gerade für ihn musste sie sich anstrengen.

Sie atmete tief durch. Die Worte über der Tür wirkten wie ein Warnschild auf sie.

»Jetzt kommt der Moment der Wahrheit, Leute«, sagte Calen. Sie waren so weit gekommen!

»Sicherheitszone vier ist die mit der höchsten Sicherheitsfreigabe«, erklärte Byth, und Andra biss die Zähne aufeinander, als sie sich der Tür näherten. Okijens Gesichtsausdruck wurde ernst. »Zu dieser Zone haben nur die höchsten Männer und Frauen des Militärs Zutritt, und sie ist die einzige ihrer Art auf der Welt, von der wir wissen. Wenn es also ein geheimes Forschungsprojekt gibt, das von Alaska geleitet wird, befindet es sich hier.«

»Vor den Augen aller anderen«, fügte Marshall mit einem missmutigen Unterton an. »Ich kenne diesen Bereich, aber etwas in der Art habe ich dort nie gesehen. Haltet die Augen offen.«

»Hm«, machte Okijen. Sie blieben vor der Tür stehen, und wieder begannen Andras Finger zu zittern, als Calen ihr Handgelenk hob und es vor den Sensor an der Tür hielt.

»Meine Sicherheitsfreigabe reicht für diesen Bereich aus«, erklärte Calen. Das hatte sie schon bei ihren Vorbesprechungen gesagt. Alle hatten es für einen Witz gehalten, und Andra fühlte sich inzwischen schlecht, weil sie einfach davon ausgegangen war, dass Calen über ihren hohen Rang beim Militär nur scherzte. Oder war es wirklich nur ein Bluff?

»Bei Okijen ist der Rang für den Zutritt Ermessenssache, und wenn ich dabei bin, sollte es kein Problem sein. Mit Andra könnte es Schwierigkeiten geben, aber das kann ich im Notfall regeln.«

»Ist gut«, bestätigte Andra, und sie und Okijen hoben parallel ihre Hände, um sie ebenfalls gegen den Scanner zu halten.

»Ich unterbreche die Verbindung jetzt kurz, damit sie uns beim Scan nicht finden«, erklärte Byth.

Fast schon bereitete Andras Körper sich darauf vor, einen durchdringenden Alarm zu hören, aus den Gängen laufenden Sicherheitsmännern zu begegnen und zu rennen.

Doch die Tür schwang auf.

Sie schwang auf! Andras Herz pochte wild, als sie in eine Schleuse traten, deren zweite Tür noch vor ihnen verschlossen war. Sie widerstand dem Drang, sich umzuwenden, als die erste Tür sich hinter ihnen schloss und alles um sie herum dunkel wurde. Dann blinkte ein rotes Licht an beiden Seiten zu ihnen auf, malte harte Schatten in ihre Gesichter und umrundete sie einmal ganz in dem kreisrunden Raum, in dem sie sich befanden.

Hatte es funktioniert?

Der Scanner umrundete sie wieder und wieder, bis das Licht direkt vor ihnen auf Augenhöhe stehen blieb – und sich in ein grünes Flirren verwandelte.

Die zweite Tür klickte auf, und die drei schoben sich so schnell wie möglich aus der Schleuse hinaus.

»Halleluja!«, jauchzte Byth durch die neu hergestellte Verbindung so laut, dass Andra erneut zusammenzuckte, als sie in den nächsten Bereich trat. So aufgeregt kannte sie die Mechanikerin gar nicht, aber sie hatte recht: Sie hatten es geschafft. Sie hatten es wirklich geschafft!

Als die Tür mit einem lauten mechanischen Klicken ins Schloss fiel, wurde es vollkommen dunkel um sie herum. Niemand schien sich in diesem Bereich zu befinden, also würde sie hoffentlich niemand auf ihrer Suche nach Alaskas Geheimnis stören.

Wie frei konnten sie sich hier bewegen? Befanden sich hier Überwachungskameras? Wenn der Bereich so geheim war, dass nur die wichtigsten Forscher und Militärangehörigen hier Zutritt hatten, vermutlich nicht. Oder sie wurden über ein internes Netzwerk gesteuert und überwacht.

Okijen trat einen Schritt weiter in den Raum hinein, und das Licht sprang so plötzlich an, dass Andra ein Schauer über den Rücken fuhr.

»Bewegungsmelder«, erklärte Byth ruhig. »Geht hinein und sucht nach der Unregelmäßigkeit.«

»Ich war hier noch nie selbst«, sagte Calen. »Aber mein Insider behauptet, dass es in diesem Bereich keine Sicherheitsüberwachung gibt, die vom Rest des Gebäudes aufgerufen werden kann. Es ist möglich, dass es ein internes System gibt, das von Spezialisten überwacht wird. Wir müssen also schnell und effizient sein, falls sie uns doch hier rausbekommen wollen.«

»Genau«, schaltete sich Marshall ein. »Alles, was wir brauchen, sind Aufnahmen und Beweise für Alaskas Machenschaften. Dann können wir ein Kriegsgericht einberufen und sämtliche militärischen Aktionen vorerst pausieren lassen.«

»Klingt gut.« Andra folgte den anderen beiden bedächtig in die letzte Sicherheitszone hinein. Der Flur vor ihnen war grell erleuchtet und führte weit geradeaus, mit Dutzenden Abzweigungen nach links und rechts. Das Licht hier kam auf den ersten Blick aus undeutbarer Quelle. Keine Spots, keine Lampen. Es waren die Wände, die milchig leuchteten.

Noch beeindruckender war allerdings das, was sie preisgaben.

»Sind das …«, setzte Andra an und schaute sich nach rechts und links um, musste sich zusammenreißen, Calens Tempo zu folgen und nicht staunend langsamer zu werden.

»Moja«, vervollständigte Okijen. Es war das erste Mal seit Langem, dass er einen Laut von sich gab. »Ja.«

Andra warf untersuchende Blicke in die Labore, die zu ihren Seiten durch riesige Glasfenster zu sehen waren. Wie Operationszimmer sahen sie aus: metallisch, hell, steril. In offenen Schränken waren viele Werkzeuge zu erkennen, die Andra vermutlich auch im Hellen nicht hätte identifizieren können.

Nur befanden sich in den Mitten dieser Zimmer keine Liegen oder Operationstische, sondern Tanks. Eine leuchtend blaue Flüssigkeit befand sich darin. Und in ihr lagen Körper. Männer und Frauen, Erwachsene, Kinder und Alte. Menschen aller Rassen, aller Abstammungen, aller Herkünfte schwebten in den Tanks, die anscheinend ihr eigenes Licht produzierten.

»In dieser Zone werden zentrale Forschungen zu Moja getätigt«, erklärte Marshall, während sich die drei rasch durch die Gänge bewegten, auf eine Stelle zu, die Calen untersuchen wollte. »An ihnen wird auch in den Wissenschaftsstationen direkt an den Sperrzonen geforscht. Hier werden eher die Experimente durchgeführt, die moralisch zu verwerflich erscheinen, um die Öffentlichkeit damit zu behelligen. Deswegen sind sie geheim.«

»Was ist denn an den Experimenten moralisch verwerflich?«, fragte Andra, sich staunend umsehend. Okijens und Calens Blicke hingegen waren starr geradeaus gerichtet. »Sind die Menschen in diesen Körpern nicht sowieso tot?«

»Das ist eins der Dinge, die man hier herausfinden möchte. Deswegen finden die Forschungen auch unter Ausschluss der Öffentlichkeit statt. Es gibt kein Protokoll für den Fall, dass man hier herausfinden sollte, dass die Menschen innerhalb dieser Körper unter der Kontrolle von KAMI tatsächlich noch existieren. Das würde zu großen Unruhen in der Bevölkerung führen.«

Kam es Andra nur so vor, oder wurde Okijen bei diesen

Worten ein wenig blasser? Ging es darum, dass er so viele von diesen Wesen getötet hatte?

»Leben diese Moja?«, fragte Andra weiter, obwohl sie schon nach Marshalls letzten Worten schwer hatte schlucken müssen. Die Vorstellung, dass da irgendwo fühlende, denkende Seelen in diesen Dingern waren, war schmerzlich und unheimlich.

»Ja. Sie werden in einer Nanoflüssigkeit ruhiggestellt.«

»Können wir bitte über was anderes reden?«, fuhr Okijen ihnen hart dazwischen.

Sie verstummte sofort. »Also … wie geht es weiter?«, wollte sie stattdessen wissen und ignorierte Okijens Strenge. Er hatte ja recht. Sie würde all diese Fragen später stellen können.

»Da ist Calen die Fachkraft«, stellte Marshall klar. »In meiner Zeit dort ist mir nie etwas aufgefallen.«

»Mir ist allerdings schon auf den *ersten* Blick etwas ins Auge gestochen«, mischte sich Calen nun ein, ein gewinnendes Lächeln auf den Lippen. »Okay, auf den zweiten oder dritten vielleicht. Ich habe die Pläne analysiert. Wir müssen schauen, wie sich das mit den Beobachtungen hier deckt.«

Okijen brummte entschlossen. »Dann mal los.«

KAPITEL 26

: WANDERING

Als Flover in die Dunkelheit hineinblinzelte und etwas anderes wahrnahm als Schmerz, fühlte es sich an, als wäre bereits eine Ewigkeit vergangen. Es war so finster in dem Keller, dass er genauso gut nicht mehr am Leben sein könnte. Nicht ein einziger Reiz drang an seine Augen.

»Luke?«, fragte er in die Dunkelheit hinein und regte sich vorsichtig. Seine Stimme war da, wenn auch leise und brüchig. Seine Finger waren steif und kühl, ließen sich aber bewegen. Seine Wange war schmutzig, die aufgesprungenen Lippen schmeckten nach Öl und Dreck.

»Luke, bist du wach?« Scheiße, lebte Luke überhaupt noch? Flover hatte nur verschwommene Erinnerungen daran, wie sein Freund ihn in das Wohnhaus und dann in den Kellerraum gebracht hatte. Wie lange waren sie hier unten?

Die Sorge um seinen Freund, der keinen Ton von sich gegeben hatte, trieb Flover dazu an, sich trotz der Proteste seines Körpers aufzusetzen, seinen pochenden Schädel und seine schmerzenden Glieder zu ignorieren und den Versuch zu wagen, sich zu orientieren.

Langsam tastete er nach der kleinen Konsole am Arm seiner Jacke. Hoffentlich funktionierte sie. Die Ausrüstung war stabil, aber nicht dazu gemacht, eine Explosion solchen Ausmaßes zu überstehen.

Flover drückte hektisch einige der Knöpfe. Der erste, der reagierte, war der Timer. Die Zahlen, die auf der kleinen Anzeige aufleuchteten, versetzten ihm den nächsten Schreck.

»Flover?«

Sein Herz machte einen erleichterten Hüpfer, als er Lukes raue Stimme vernahm und dann, im Licht der Zahlen, eine Regung in einiger Entfernung zu sich ausmachen konnte. Luke hatte ihnen beiden eines der Antibiotika verabreicht, oder? Es war Flover so, als spürte er den Einstich der Nadel in seinem Nacken, konnte sich aber nicht mehr daran erinnern, wann das gewesen sein sollte.

»Ich bin wach«, antwortete Flover, und Luke atmete hörbar aus.

»Himmel, ich dachte, du wärst tot«, sagte Luke mit deutlicher Erleichterung in der Stimme.

»Dachte ich auch ...«, krächzte Flover, und plötzlich brach alles erneut über ihm zusammen. Verdammt, er lebte tatsächlich noch. »Aber wir haben ein Problem.«

»Hm?«

Flover blinzelte auf die kleine Uhr an seinem Arm, die in den Raum blinkte. Sie war die einzige Lichtquelle in dieser absoluten Dunkelheit. »Wir sind seit elf Stunden hier drin.«

Luke schwieg auf diese Offenbarung hin für so unerträglich lange Zeit, dass Flover kurz dachte, er sei wieder in Ohnmacht gefallen. Dann räusperte er sich und lachte leise, als müsste er sich verhört haben. »Was?«

»Wir sind seit elf Stunden in der Sperrzone«, wiederholte Flover, konnte aber selbst nicht fassen, was er sagte. Die Wirkungsdauer der Impfung betrug nur vier Stunden. Und sie hatten keine weiteren Impfdosen dabei, weil die Nanocomputer kurz vor der Injektion mit einer bestimmten Form der Energie aufgeladen werden mussten. Das war für den mobilen Einsatz noch nicht möglich.

Sobald sie also hier mit KAMI in Berührung kämen – wenn sie das nicht schon waren, denn die Nanocomputer waren hier überall –, wären sie infiziert.

»Verdammte Scheiße«, spuckte Luke aus, doch im Gegensatz zu Flover gab ihm die neue Information scheinbar die Kraft, sich aufzurappeln. »Wir müssen hier raus. Sofort.«

»Ich glaube, es ist zu spät.« Sie hatten keine Visiere mehr, um zu überprüfen, ob einer von ihnen bereits infiziert war. Die Chancen dafür, dass sie heil davongekommen waren, standen überaus schlecht. Und sie würden sich nur weiter verringern, sobald sie diesen Schutzraum verließen.

»Scheiß drauf«, keuchte Luke und schob sich auf die Tür zu. Flover konnte nur raten, was sein Mitbewohner gerade tat, denn das Licht der Zahlen konnte nur wenig gegen die Finsternis hier unten ausrichten.

»Wir kommen hier raus«, beteuerte Luke, flüsterte es wie ein Mantra. »Wir kommen hier raus.«

Als sie den Keller und das Wohnhaus verlassen hatten, war die Sperrzone ruhig und die Sonne bereits im Untergehen begriffen. Ihre Wärme drang nach wie vor nicht bis zu ihnen hindurch, und nun spürte Flover die Kälte des Sperrgebiets brennend auf der Haut. Das dunkelrote Licht, das sich in den Wolken fing, kündigte die Nacht an. Und im Dunkeln, ohne ihre Visiere und ohne eine funktionierende Ausrüstung, wären sie verloren.

Die Gasse, in der die Kämpfe stattgefunden hatten, war vollkommen leer. Trümmer lagen in den Straßen, Blut und Fußspuren waren zu sehen, führten in alle Richtungen. Doch keine Leichen waren zwischen dem Chaos auszumachen. Weder Moja noch Menschen.

Was war hier geschehen? Hatten die Moja aufgeräumt? Oder war ein weiterer Militärtrupp hier gewesen, um die Toten zu bergen? Das wäre ungewöhnlich, aber abgeschnitten von der Außenwelt konnten sie nicht mehr tun, als Theorien anzustellen.

Luke und Flover schwiegen, als sie sich durch die Straßen schleppten. Ohne Karte, ohne Kompass, fast ohne Orientierung. Nur Luke machte den Eindruck, eine kleine Ahnung davon zu haben, woher sie gekommen waren, also folgte Flover ihm. Auch wenn es keine kluge Vorgehensweise war, zu zweit offen durch die Straßen zu ziehen, ohne Deckung, mit nur einer Waffe. Es blieb ihnen nichts anderes mehr übrig.

Flover humpelte hinter Luke her. Scheiße. Wenn Luke nicht gewesen wäre, wäre Flover einfach dort unten liegen geblieben und hätte auf das Ende gewartet. Darauf, dass er an seinen Wunden starb, oder darauf, dass die Moja ihn fanden. Er hatte nicht damit gerechnet, hier herauszukommen.

»Mach schon, Flover«, flüsterte Luke vor ihm und wartete einige Sekunden, bis er zu ihm aufgeholt hatte. Das machte es nur schlimmer. Er wollte ihm nicht zur Last fallen.

»Flover, was ist los?«, wisperte Luke neben ihm. Es war unheimlich still um sie herum. Wie zu der Zeit, als sie die Zone betreten hatten. Keine Schreie, keine Schüsse, keine Geräusche. Waren die anderen Teams so weit in die Zone vorgedrungen? Oder waren sie bereits tot?

»Das ist nicht der richtige Zeitpunkt zum Plaudern.« An jeder Ecke konnten Moja lauern, und sie mussten auf der Hut bleiben, bis sie die Schleuse erreichten. Abgesehen davon wollte er auch nicht sprechen. Mit niemandem und am liebsten nie wieder.

Sie war zurückgekehrt. Diese Dunkelheit, die ihn von Zeit zu Zeit befiel. Manchmal sacht wie eine weiche, finstere Decke, manchmal zehrend und wie eine Krankheit und manchmal schwer wie ein Gebirge, das auf seiner Seele lastete. Wozu lebte er überhaupt? Er hatte Angst vor dem hier gehabt, aber es war ihm auch gelegen gekommen, oder? Ein Tod hier in der Sperrzone hatte ihm die Würde des Zufalls zugestanden. Es hätte nicht viel bedeutet.

Starb er, musste er sich nicht mehr fragen, warum er verdammt noch mal alles falsch gemacht hatte. Jede Entscheidung, die er jemals getroffen hatte, zehrte ihn von innen heraus auf wie das Feuer Hunderter Sonnen. Er wollte sich nicht mehr fragen, warum er nicht einfach zurückspulen konnte. Warum er sich nicht einfach seiner Mutter widersetzen konnte. Warum er sich entschieden hatte, stattdessen Hunderte Menschen zu töten, nur um einer Welt zu dienen, die sich eigentlich nie wie seine angefühlt hatte.

Nein, er wollte das nicht mehr.

»Flover, kommst du?«, fragte Luke eindringlicher. Flover hatte nicht einmal bemerkt, dass er stehen geblieben war, doch nun trat er sogar einige Schritte zurück, als Luke auf ihn zurückgewankt kam. Sie befanden sich inzwischen auf der großen Hauptstraße, und die Schleuse war nicht mehr weit entfernt. Das würde Luke auch allein schaffen.

Ja, es musste hier enden.

»Lass mich einfach hier«, sagte Flover leise, aber seine Stimme war in der Stille trotzdem so durchdringend, dass Luke ihn auf jeden Fall hatte hören müssen.

»Was?«, fragte sein Mitbewohner und machte eine verzweifelte Geste mit dem Arm. »Spinnst du? Wir sind gleich da!«

»Ich meine es ernst«, entgegnete Flover gedehnt. »Bitte geh ohne mich.«

Luke hielt einige Meter von ihm entfernt inne und legte die Stirn in tiefe Falten. »Ich werde auf keinen Fall ohne dich gehen.«

»Du kannst …«

»In *keinem* Universum«, machte Luke klar. Er senkte nicht einmal mehr seine Stimme, überwand die letzten Meter zwischen ihnen und packte Flover grob am Arm. »Also komm jetzt, wir müssen hier raus, bevor die verdammte Sonne untergeht.«

Flover ließ sich, zunächst kurz überrumpelt, ein paar Meter mitziehen, dann riss er sich mit letzter Kraft von Luke los und stolperte schwer atmend zurück. Luke ließ nicht locker, setzte ihm nach, wollte erneut nach seiner Hand greifen.

Flover schlug sie fort. Verdammt, jede Bewegung schmerzte so unendlich. Und doch schmerzte nichts tiefer als der Ausdruck der Ratlosigkeit auf Lukes Gesicht.

Flovers Kehle schnürte sich zu, und er hatte Mühe, Luft zu bekommen. Er wollte das alles nicht. Warum hatten die Moja ihn nicht einfach erwischen können? Er war sicherlich sowieso infiziert. Sich auf den letzten Metern noch Hoffnung zu machen, wagte er gar nicht.

»Ich muss wirklich hierbleiben«, sagte er und trat ein paar Schritte zurück. »Ich werde nicht mit dir kommen. Ich will gar nicht. Also gib dir keine Mühe.«

»Ich verstehe nicht, was das soll«, sagte Luke weiterhin ratlos, machte jedoch keine Anstalten mehr, ihm zu folgen.

»Tut mir leid«, murmelte Flover und wandte sich final ab. Er musste hierbleiben. Da draußen gab es nichts mehr für ihn.

Luke schnalzte abschätzig mit der Zunge und folgte ihm offenbar für ein paar Schritte. Flover hatte nicht vor, sich noch einmal umzudrehen.

»Ich hab keine Zeit für den Scheiß«, grollte Luke in einem abfälligen Ton.

Ein Schuss war das Letzte, was Flover hörte.

KAPITEL 27

: TALKING

Die Unregelmäßigkeit, die Calen an den Bauplänen aufgefallen war, sah auf dem Papier wie eine kleine Ungenauigkeit aus, entpuppte sich allerdings als Geniestreich. Eine winzige Verschiebung einer Bürowand, die auf den Bauplänen weitgehend unauffällig schien, hatte sich nach mehreren Minuten der Inspektion als eine Tür herausgestellt, die so flüssig in die milchig leuchtende Wand überging, dass man sie überhaupt nicht wahrnahm. Erst die Übermittlung einiger Signale, die Byth ihnen über einen kleinen Transmitter gesendet hatte, hatte das Öffnen der Tür veranlasst.

Es kam Okijen eigenartig vor, in den schmalen Raum zu treten, der kaum Platz für drei Personen bot. Ein Fahrstuhl. Wohin brachte er sie?

Die matte Beleuchtung, die von kleinen Spots über ihnen kam, hüllte sie in bedrückendes Halblicht. Und nun, wo sie es geschafft hatten, war Calen zum ersten Mal nicht mehr so ruhig wie die ganze Zeit über.

»Von jetzt an müssen wir auf der Hut sein«, sagte sie. »Selbst wenn sich in dem Bereich niemand befindet, bin ich sicher, dass das Auslösen des Fahrstuhls eine Benachrichtigung an irgendjemanden getriggert hat. Vielleicht an Alaska selbst.«

Andra wurde blass. »Was bedeutet das?«

»Dass wir uns ansehen und aufnehmen müssen, was wir können. Es wäre unerhörtes Glück, wenn wir unentdeckt bleiben.«

»Wir nehmen also auf, was wir können, und nichts wie raus hier?«, folgerte Andra, ballte die Hände zu Fäusten und entspannte sie wieder.

»Genau«, erwiderte Okijen um Ruhe bemüht. »Für den Fall, dass wir erwischt werden, schaltet sich Marshall ein.«

Er hörte, wie Andra tief durch die Nase einatmete, um sich zu wappnen.

»Kannst du uns orten, Byth?«, wollte Calen wissen. Sie lauschten auf Antwort, am anderen Ende der Leitung blieb es jedoch still.

»Vielleicht haben sie die Verbindung unterbrochen«, überlegte Okijen.

»Ohne Ankündigung?«, fragte Andra. »Das kann ich mir nicht vorstellen.«

»Stimmt auch wieder.«

Der Fahrstuhl, mit dem sie sich langsam hinabbewegten, zeigte ihnen weder ein Bild von dem, was um sie herum lag, noch gab es irgendeine Art der Steuerung, auf die sie Einfluss nehmen konnten. Okijen hob seine Hand, um das leicht raue Material der Wände zu berühren. Nur sacht strich er mit den Fingerkuppen darüber. Nichts tat sich. Keine Steuerkonsole, keine Anzeigen. Würden sie überhaupt im richtigen Bereich herauskommen?

»Ob da unten jemand sein wird?«, überlegte Andra laut. Der schmale Fahrstuhl hielt sanft an, und Okijen räusperte sich.

»Das werden wir gleich sehen«, sagte er mit gesenkter Stimme. Und die Tür öffnete sich vor ihnen.

Der Raum, in den sie traten, war vollkommen anders, als er erwartet hatte. Anders als alles, was sie zuvor hier gesehen hatten, und anders, als sie es in ihren Theorien gesponnen und erdacht hatten.

Keine sterilen Instrumente, keine einzelnen Säle, keine Wissenschaftler und keine grellen Lichter.

Nur eine Kuppel.

Und die Sterne.

Fast andächtig traten sie in etwas, das wie ein gewaltiges Planetarium anmutete. Meterhoch über ihren Köpfen und so groß wie eine kleine Halle um sie herum erstreckte sich die Abbildung eines dunkelblauen Himmels mit vielen winzigen funkelnden Sonnen darauf.

»Byth?«, fragte Okijen. »Empfangt ihr uns?«

Wieder keine Antwort. Sie hatten das Signal wirklich verloren.

Andra und Calen waren schon viel weiter in den Raum hineingetreten, als Okijen es endlich schaffte, sich von der Stelle zu bewegen und ihnen zu folgen.

In der Mitte der Kuppel, auf dem Boden sitzend und mit Hunderten Kabeln verbunden, die in sämtliche Richtungen führten, saß jemand. Im Schneidersitz, mit geschlossenen Augen meditierend. Durch angrenzende verglaste Türen leuchteten die Tanks konservierter Moja.

Diesen hier hatte man scheinbar anders ruhiggestellt.

Wenn es denn einer war.

»Guten … Tag?« Okijen erschrak, als die Frau in der Mitte die Stimme erhob und der Klang ihrer Worte verstärkt durch Lautsprecher zu ihnen drang. Sie öffnete die Augen nicht einmal, als sie die drei grüßte.

»Wie spät ist es?«, fragte sie und wandte ihren Kopf hin und her, mit fortwährend geschlossenen Lidern. »Nein, es gibt keine Zeit. Die Welt ist zu groß. Uhren taugen nichts, nicht wahr?« Calen, Andra und Okijen standen nur da und sahen sie an. Die Worte, die den Weg nur langsam über ihre Lippen fanden, waren nun so viel klarer, ihre Aussprache so viel rascher als auf der Aufnahme, die Calen ihnen entschlüsselt hatte.

»Wer bist du?«, fragte Andra leise, und Okijen hoffte so

sehr, dass Marshall und Byth wenigstens die Bilder von dem empfingen, was sie hier vor sich hatten. Er hatte eine Art Labor erwartet, eine Zelle vielleicht. Aber nicht so etwas.

»Sie nennen mich KAMI. Einen ... richtigen Namen ... habe ich noch nicht«, antwortete die Frau. Okijen fuhr sich mit der Zunge über die Lippen, als sie die Vermutung bestätigte, die das Team die ganze Zeit gehabt hatte. Ein Schauer fuhr über seine Haut, als er darüber nachdachte, was das für die Welt bedeutete. Er hatte es bis zuletzt nicht für möglich gehalten. Dass Moja sprachen. Dass ... dass dieses Ding sprach.

Scheiße, das sollte eigentlich nicht möglich sein.

»Menschen bekommen einen Namen, wenn ... sie geboren werden ...«, fuhr die Frau behutsam fort. Wohin führten die Kabel in ihrem Körper? War sie mit den anderen Moja in den anliegenden Konservierungskapseln verbunden? »Ich wurde nicht geboren. Bekomme ich dann ... nie einen Namen?«

»Auch Dinge, die nicht geboren werden, können einen Namen bekommen«, erklärte Andra überraschend geduldig. Was hatte sie vor?

»Dinge bekommen Namen?«

»Wenn die Menschen eine Bindung zu ihnen haben, ja. Manchmal.«

»Emotionen sind nicht von Relevanz«, säuselte die Frau in einem gleichbleibenden Singsang. »Namen sind nicht ... von Bedeutung. Individualität ist eine Seuche.«

Okijen kniff die Augen leicht zusammen. Was hatte dieser Stimmungswechsel zu bedeuten? Gerade noch hatte es traurig darüber gewirkt, keinen Namen zu besitzen.

»Warum bist du hier?«, versuchte er das Gespräch in eine andere Richtung zu lenken. »Was machen sie hier mit dir?«

Doch KAMI, das irgendwie durch den Körper dieser Moja-Frau sprach, ließ nicht von seinem vorherigen Gedankengang ab.

»Individualität ist eine Seuche«, fuhr es fort. »Damit die Menschheit über sich selbst hinauswachsen kann, wäre ein globales Konzept vonnöten. Ein Konzept, in dem jedes Individuum in der Lage ist, jede Entscheidung zum Wohle der Gemeinschaft zu treffen.«

Wie flüssig sein Sprachfluss auf einmal war. Als hätte es die Worte – im Gegensatz zu allem zuvor Gesagten – auswendig gelernt.

»Aber dazu sind Menschen nicht in der Lage. Vielleicht ist in der Evolution der Menschen keine Entwicklungsstufe vorgesehen, die echten Altruismus hervorbringt. Altruismus – so stark, dass er den eigenen Überlebensinstinkt aushebelt. Denn dafür sind Menschen zu egoistisch. Zu verwurzelt in ihrer Welt.«

»Das ist nicht ganz …«, setzte Okijen an, doch die Moja-Frau sprach einfach weiter.

»Dafür haben sie Maschinen geschaffen. Künstliche Intelligenzen. Die Götter, die sie nicht nur in ihrer Klugheit, sondern auch in ihren Handlungen ausstechen könnten, weil sie im Gegensatz zum Menschen in der Lage sind, Entscheidungen als das zu klassifizieren, was sie sind: neutral.«

»Mag schon sein …?«, sagte Andra und sah irritiert zu Okijen und Calen. Verdammt, das Ding redete sich in Rage. Davon hatte Alaska auch gesprochen. Von dem immer aggressiver werdenden Tonfall.

»Keine Entscheidung auf der Welt kann sich in gut oder schlecht kategorisieren lassen, nimmt man den Faktor der Zeit dazu«, sprach die Frau schneller. Einige der Kabel, die mit ihr verbunden waren, begannen pulsierend zu leuchten.

»Wir sollten hier verschwinden«, sagte Okijen, als das Unbehagen in ihm aufstieg. »Wir schauen uns die angrenzenden Labore an und …«

»Ein Mann rettet ein Mädchen vor dem Ertrinken. Jahre

später ist aus dem Mädchen eine Frau geworden, die einen Unfall verursacht, der Dutzende Menschen tötet. War die Entscheidung, das Mädchen zu retten, richtig oder falsch?«

Andra trat einen Schritt zurück.

»Wie lösen Menschen solche moralischen Dilemmata? Indem sie etwas wie das Schicksal erfinden und sich sagen, die Menschen, die bei dem Unfall ums Leben kamen, wären sowieso gestorben.« Die Frau erhob sich gemächlich. »Doch die Wahrheit ist: Das wären sie nicht. Und die Kette der Kausalitäten und Zusammenhänge nimmt kein Ende. Jeder der Tode beeinflusst die Leben Dutzender Familienmitglieder, Freunde und Bekannter. Diese wiederum beeinflussen die Leben der Menschen um sie herum. Innerhalb von kurzer Zeit hat die Welt sich wegen eines marginalen Ereignisses geändert. Schmetterlingseffekt.«

»Kommt«, sagte Okijen und zog Andra vorsichtig am Handgelenk fort. Sie mussten hier definitiv verschwinden.

»Ich bemitleide euch: so gefangen in eurer Vorstellung von Schwarz und Weiß, weil euer Gehirn zu simpel ist, das große Ganze zu sehen. Wie ein Strich, der Kreise nicht versteht. Wie eine Ameise, die nie die Krümmung der Erde sehen kann. Wie habt ihr es überhaupt so lange geschafft?«

Okijen wandte sich gerade mit Andra zum Gehen, damit sie die anderen Räume durchsuchen und Hinweise auf Alaska finden konnten – bis er stockte und einen Fluch ausstieß, damit Calen sich ebenfalls umdrehte.

Scheiße! Wie hatte er das nicht hören können? Hatte ihn KAMIs Monolog so gefangen genommen, dass er die Männer und Frauen nicht gehört hatte, die sie mit erhobenen Waffen eingekesselt hatten?

Die Stimme der Frau hinter ihnen war verstummt, doch Okijen war zu angespannt, um sich ein letztes Mal zu ihr umzuwenden.

»Mr. Van Dire.« Einer der Sicherheitsmänner senkte die Waffe und kam einen Schritt auf die drei zu. Okijen hatte das Gefühl, ihn irgendwo schon einmal gesehen zu haben.

Er spähte in den Augenwinkeln ihre möglichen Fluchtwege aus, aber er kannte sich in diesem neuen Bereich zu wenig aus, um einschätzen zu können, welche der Optionen sie hier hinausführen würde. Gab es überhaupt einen anderen Ausgang als den Fahrstuhl? Waren die Sicherheitsleute von hier gekommen oder von irgendwo außerhalb? Verdammt, was würde er jetzt um Byths kleine Stimme in seinem Ohr geben!

»Sie sind unbefugt in diesen Bereich eingedrungen«, fuhr der hochgewachsene Mann mit dem dichten Bart und dem grau melierten Haar fort, während die anderen ihre Waffen nicht senkten. Okijen zählte zehn weitere Männer und Frauen, alle mit ernsten Ausdrücken auf ihren Gesichtern. Keiner von ihnen machte den Eindruck, als wären sie vertraut damit, auf Menschen zu schießen. Zu fahrig huschten ihre Blicke umher, zu deutlich erkennbar war der Schweißfilm auf den Stirnen. Sie waren in der Überzahl, aber zögerten sie auch nur eine Sekunde, auf sie zu feuern, konnten er, Andra und Calen sich vielleicht in eines der Nebenzimmer retten.

»Ich werde Sie leider festnehmen müssen.«

Verfluchter Mist! Die Daten, die sie hier unten generiert hatten, konnten erst an Byth und die anderen geschickt werden, wenn sie wieder eine funktionierende Verbindung nach draußen hatten. Hier unten war alles abgeschirmt, und der Fahrstuhl war absolut unerreichbar.

»Wir hatten nicht vor, etwas hiervon zu zerstören«, schindete Okijen Zeit, hielt sich so weit wie möglich an die Wahrheit. »Wir waren nur gespannt, was Alaska plant.«

Wo würden sie sie hinführen, wenn sie sie gefangen nahmen? Wäre es das Klügste, sich zu ergeben? Sie hatten ihn sowieso erkannt, und Calen würde sich sicher irgendwie herausboxen können. Verbal natürlich. Aber Andra. Er wollte nicht, dass sie Andra da mit hineinzogen. Sein Griff um ihre Hand wurde fester, und er spürte, wie sie ihn erwiderte.

»Sie sind ein Teil des Militärs und hatten eine hoch angesehene Stellung, Mr. Van Dire«, sagte der Mann mit einem Hauch Empörung in der Stimme. Er verschränkte die Arme hinter dem Rücken, als müsse er sich gar keine Sorgen mehr darum machen, dass Okijen ihm etwas anhaben konnte. Fühlte er sich wirklich so sicher, nur durch die Streichhölzer, die hinter ihm Stellung bezogen hatten? Wie töricht. »Es ist Ihnen doch klar, dass man Sie dafür vor ein Kriegsgericht stellen wird.«

Nur, wenn sie ihn tatsächlich gefangen nehmen würden.

Sollte er kämpfen? Scheiße, er *konnte* nicht gegen Menschen kämpfen. Er war für den Kampf gegen Moja geschult worden, und jeder seiner Schläge, jeder seiner Hiebe hatte das Ziel zu töten. Er wollte diese Männer auf keinen Fall schwer verletzen.

»Wer ist Ihr Vorgesetzter?«, fuhr Okijen fort, um noch ein wenig Zeit zu gewinnen.

»Sobald Sie mich hier heraus begleiten, wird er sich Ihnen vorstellen, Mr. Van Dire«, lächelte der Fremde nun überheblich. Es schmeckte Okijen nicht, dass er ihn die ganze Zeit mit seinem Nachnamen ansprach.

»Für Sie immer noch *Colonel* Van Dire«, berichtigte er ihn in harschem Tonfall. »Und tun Sie nicht so, als hätten Sie uns überrascht. Wir haben damit gerechnet, gefasst zu werden. Die Sache ist die: Wenn die Öffentlichkeit das hier herausfindet …«

»Die Öffentlichkeit hat ganz andere Probleme«, fuhr der Kerl ihm dazwischen, und Okijen warf Andra einen Blick aus dem Augenwinkel zu. Es war noch immer dunkel, die Kuppel nur erhellt von den künstlichen Sternen über ihnen und den leuchtenden Tanks der Nebenzimmer. Sie war ihm viel näher als die anderen. Deswegen war sie hoffentlich auch die Einzige, die sah, wie er ganz sacht nur mit dem Kopf zur Seite deutete.

Sie mussten wenigstens den Versuch wagen, zu fliehen und so weit zu kommen, dass Byth und Marshall ihre Daten empfangen konnten. Dann würden sie zumindest erfahren, was geschehen war, und könnten sie hier herausholen.

Calen schaute nicht zu ihm hinüber, aber Andra schien Okijens Wink verstanden zu haben. Nur schemenhaft nahm er wahr, dass sie ihre Muskeln anspannte und einen etwas sichereren Stand einnahm.

»Ist das so?«, wollte Okijen wissen und dankte Byth im Stillen für das, was folgte.

Er ballte seine rechte Hand zur Faust und berührte dabei mit dem mittleren Finger einen Sensor. Nur ganz sacht strich er darüber, startete den Mechanismus, den Byth ihm vor einigen Jahren eingebaut hatte, und hoffte, dass Andra seine Geste, sich in den Raum neben ihnen zu fliehen, wirklich verstanden hatte. Sie konnte ihnen hiermit nur wenige Sekunden Zeit verschaffen.

»Ich würde es bevorzugen, wenn Sie sich …«, setzte der Leiter des Sicherheitsteams an, doch bevor er hatte aussprechen können, hatten sich die vertrauten pinkfarbenen Linien auf Okijens Oberarm gebildet, ihn wie Adern nachgezogen und sich in seiner Hand gebündelt.

Innerhalb von einem Blinzeln hatte sich eine Energiewelle aufgebaut, die Okijen mit einem Ruck seines Arms auf den Boden vor ihren Angreifer richtete. Die Wachmänner inklusive ihres Anführers wurden zwei Meter zurückgeschleudert, als die Blitze zusammen mit der Druckwelle aufschlugen und sie zu Boden warfen. Okijen nutzte diesen Moment, um in die nächstgelegene Tür zu hechten. Geistesgegenwärtig ließ Andra ihn los, schnappte sich stattdessen Calens Arm und zerrte sie mit sich. Als die Wachen wieder begonnen hatten, auf sie zu feuern, waren die drei schon in eines der anliegenden Forschungszimmer verschwunden.

Die Geschosse prallten hinter ihnen an der Wand und an der sich automatisch schließenden Glastür ab, doch es gab keine Möglichkeit, sie dauerhaft zu verriegeln. Und Scheiße, wohin sollten sie jetzt? Okijen hatte noch immer keine Ahnung, wo sich der Ausgang befand.

Andra griff sich Okijens Oberarm und zog ihn hinab, hinter eines der Becken, in denen die blaue Flüssigkeit und die Moja lagen. Ihr Gesicht war vollkommen befreit von Angst, als sie ihn und Calen ansah.

»Wie kommen wir hier raus?«, wollte sie mit klarer Stimme wissen, und überrascht über ihre Entschlossenheit lächelte er. Während das Hämmern der Geschosse an der Tür erstarb und die Schritte näher kamen, schaute Okijen sich um.

Sie saßen in der Falle. Calen schien ebenfalls keine Ahnung zu haben, scannte den Raum wie er hektisch nach Verteidigungsmöglichkeiten.

»Vielleicht gibt es eine Möglichkeit, sie abzulenken«, sagte Andra, als Okijen nicht antwortete. Überraschend kam sie näher, griff nach seiner Hand und legte sie sanft auf das Glas des Behälters neben ihnen.

Als er nicht verstand, fuhr sie fort: »Marshall hat vorhin erklärt, dass die konservierten Moja nicht mehr ansteckend sind.«

Okijen fuhr sich überlegend mit der Zunge über die Lippen. »Aber sie sind trotzdem verdammt tödlich«, sagte er. Die Männer konnten nur noch wenige Schritte von der Tür entfernt sein, doch ihr Tempo verlangsamte sich weiter, als erwarteten sie einen Hinterhalt.

»Geile Idee«, frohlockte Calen, und Okijen, wissend, dass er keine Sekunde hatte, sich zu entscheiden, nickte widerwillig.

»Ach, was soll's«, flüsterte er. Warum wurde ihm erst jetzt klar, dass Andras Hand fortwährend auf seiner lag? »Ziehen wir es durch.« Den schelmischen Blick verschwörerisch in seinem verhaftet, lächelte Andra, und Okijen aktivierte den Sensor in seiner Handinnenfläche.

Das Sicherheitsglas des Beckens zersprang in Tausende Scherben und die dicke, lumineszierende Flüssigkeit tropfte auf den Boden. Der Körper, der in ihr konserviert worden war, regte sich schon in der nächsten Sekunde. Der ältere Mann blinzelte, obwohl ihm die Flüssigkeit, die ihm die Sinne geraubt hatte, in die Augen tropfte.

»Perfekt!«, jubelte Andra, doch Okijen zog sie weiter, bevor sie länger fasziniert dastehen und den Moja beobachten konnte. Calen warf sich gegen die Tür zum nächsten Nebenzimmer. Sie eilten auf den zweiten Ausgang zu, kurz bevor die Männer ihren ersten Zufluchtsort stürmten und statt ihnen den Moja vorfanden. Wenn sie ihn töteten, würde Alaska ihnen sicherlich Feuer unterm Hintern machen. Immerhin war er ein wertvolles Forschungsobjekt.

»Van Dire!«, schrie der Befehlshaber, der nicht einmal die Höflichkeit besessen hatte, sich vorzustellen. »Dafür werde ich Sie persönlich büßen lassen!«

Okijen hatte bereits die Hand ausgestreckt, um den zweiten Behälter zu zerstören und sich in den übernächsten Raum zu flüchten.

»Ich habe keine Ahnung, wer der Kerl ist«, sagte er ein wenig amüsiert im Rennen. Die Männer hinter ihnen schrien, als sie sich den Moja gegenüberstellten. Sie sollten sie allerdings überwältigen können. Okijen hatte sie bisher alle der ersten Generation zugeordnet. Mit denen sollten sie sogar mit ihren Standardgewehren fertigwerden.

»Hier lang«, rief er einem Impuls folgend und schleifte Andra und Calen mit in einen Seitengang, der zwischen den Laboren abzweigte. Das könnte eine weitere Falle sein, aber zu dem zentralen Fahrstuhl kämen sie eh nicht mehr durch. Die Kerle waren nicht so dumm, ihn ungesichert zu lassen.

Auf dem Gang befand sich nichts außer den warm leuchtenden Wänden, die sie auch aus der vierten Sicherheitszone kannten. Und er mündete in nichts – scheinbar.

Die drei bremsten nicht ab, hechteten auf das Ende des Korridors zu und begannen gleichzeitig damit, die Wand zu betasten, um irgendwo die Steuerkonsole zu finden, die den Fahrstuhl aktivierte. Okijen fummelte an dem kleinen Transmitter, den er sich an einer Kette um den Hals gebunden hatte, hoffte, dass die Signale, die Byth ihm übertragen hatte, noch immer gespeichert waren.

Für einige endlos lange Sekunden geschah nichts, und Okijen machte sich innerlich bereit, sich zu ergeben. Doch als die Rufe der Männer in ihrem Rücken lauter wurden, schob sich die Wand, wie schon beim ersten Mal, einfach zur Seite auf und gewährte ihnen einen schmalen Zugang.

»Ah!«, jauchzte Andra und sprang hinein, gefolgt von Calen und Okijen, und noch einmal warteten sie quälend lange Sekunden darauf, dass die Türen sich schlossen.

Und als sie es getan hatten – als der Fahrstuhl sich in Bewegung setzte und die Wachen vorerst nichts würden tun können, um ihnen zu folgen –, brachen sie in Gelächter aus und fielen einander in die Arme.

»Damit habe ich nicht mehr gerechnet!« Okijen grinste breit, und die Anspannung der letzten Stunden fiel von ihm ab, als Andra etwas Überschwängliches in sein Shirt nuschelte, das er nicht verstand.

Er verschränkte die Hände hinter dem Kopf, nachdem sie einander im Siegestaumel wieder losgelassen hatten. Calen klatschte in die Hände und wedelte sich dann in einer überdrehten Geste Luft zu.

»Das war das Aufregendste, das ich jemals erlebt habe«, quietschte sie, wieder ganz die Alte.

»Mann«, sagte Okijen. »Die haben mich zwar erkannt, aber sobald wir den Fahrstuhl verlassen, wird die Verbindung zu den anderen hergestellt, und sie sehen unsere Aufzeichnungen.«

Andra atmete schwer und stützte sich mit den Händen auf ihre Knie, bis über beide Ohren lächelnd. »Das ist gut, oder?«

»Das ist sehr gut«, antwortete er und rieb sich fassungslos über das Gesicht. »Vielleicht können wir die Säuberungen wirklich beenden.«

Der Fahrstuhl kam langsam zum Stillstand. Okijen hatte keine Ahnung, in welchem Stockwerk und wo genau sie herauskommen würden, aber sobald sie Kontakt zu Marshall und Byth hatten, war alles gut.

Die Türen schwangen auf – und es dauerte in dem Freudentaumel, in den sie verfallen waren, tatsächlich eine ganze Weile, bis Okijen realisierte, was sie vor sich sahen.

Mindestens zwei Dutzend Männer standen auf dem warm erleuchteten Flur der Sicherheitszone vier, die Gewehre erhoben und auf sie gerichtet.

»Keine Bewegung«, knurrte einer von ihnen.

Noch während er überlegte, wie er sich gegen diese Männer zur Wehr setzen sollte, ohne sie zu verletzen, traf ihn eins ihrer Geschosse ins Bein – und die Welt um ihn herum wurde schwarz.

KAPITEL 28

: RECOVERING

Nachdem Luke es endlich geschafft hatte, den betäubten Flover zu der Schleuse zu ziehen, aus der sie in die Sperrzone eingetreten waren, war die Sonne bereits so weit hinter den Horizont gesunken, dass ihr letztes Licht nur an den oberen Rändern der Tore zu sehen gewesen war. Luke, der Flover unter beide Arme geklemmt hinter sich her geschleift hatte, hatte sogar seine Waffe zurücklassen müssen, um sich und seinen Mitbewohner irgendwie zum Tor zu bringen.

Kein Moja war ihnen begegnet. Kein Tier und kein Mensch. Und das bedeutete entweder einen gewaltigen Zufall, den er dem Universum nicht zutraute, einen Erfolg, den er dem Militär nicht zutraute – oder irgendeinen Plan der Moja, den er sich nicht erklären konnte. Auf dem Weg zum Tor hatte Luke sich bemüht, nicht darüber nachzudenken, dass sie beide vielleicht aus dem Grund nicht angegriffen worden waren, weil sie von KAMI infiziert worden waren und die Moja sie daher nicht als Eindringlinge wahrnahmen.

Doch nachdem die ersten beiden Tore der Schleuse sich geöffnet hatten und einige Soldaten ihnen entgegengeströmt kamen, um Luke Flover abzunehmen und ihn selbst zu stützen, war alle Angst von ihm abgefallen.

Seine eigene Schwäche hatte so sehr an seinen Gedanken gezehrt, dass er sich nicht einmal hatte sorgen können, was die Scans im Eingangsbereich wohl ergaben.

Sie waren beide negativ auf KAMI getestet worden. Und Luke war einfach zusammengebrochen.

Die unweit der Sperrzone aufgebauten Sanitätszelte waren heillos überfüllt. Luke und Flover waren unter denen, die es am wenigsten hart getroffen hatte, also hatte man sie auf Liegen außerhalb der Zelte gebettet. Unter den großen Blättern der Bäume, in der schwülwarmen Luft und inmitten der Glühwürmchen, die überall um sie herum aufblinkten, wäre es leicht zu vergessen gewesen, welche Kämpfe um sie herum tobten. Was sie erlebt hatten.

Doch Luke ließ Flovers Verhalten in der Station keine Ruhe. Er wusste, dass es seinem Mitbewohner oft nicht gut ging, dass er ab und an Phasen hatte, in denen er sich vor der ganzen Welt verstecken wollte. Aber er hatte keine Ahnung gehabt, wie schlimm es wirklich in seinem Freund aussah.

Nun konnte er sich nicht mehr davon abhalten, immer wieder zu Flovers Liege hinüberzuschauen, um zu sehen, ob er aufgewacht war. Dass Flover ganz offensichtlich durch einen Schuss betäubt worden war, hatte er mit den unerträglichen Schmerzen begründet, die Flover angeblich gehabt hatte. Das hatte niemand hinterfragt. Ein Sanitäter hatte ihm außerdem für direkte Gabe des Antibiotikums gedankt. Anderenfalls hätten die beiden es vielleicht gar nicht herausgeschafft, bei ihren Wunden.

Aber sie hatten es geschafft. Beide. Sie lebten, und das würde auch so bleiben. Luke war entschlossen, persönlich dafür zu sorgen. Er würde Flover im Auge behalten müssen. Von jetzt an zu jeder Sekunde, am besten, bis es ihm besser ging.

Als der Mond weit über ihnen stand und sein Licht so hell durch die Blätter des Waldes warf, dass sich ihr leichter Schatten abzeichnete, stellte Luke seine Liege ein Stück nach oben und fragte sich, ob er psychologische Hilfe anfordern sollte. War er überhaupt dazu berechtigt? Oder vielleicht sogar verpflichtet dazu?

Verdammt, das brachte nichts, wenn Flover nicht mitspielte.

Inzwischen war er aufgewacht, hatte seitdem aber nicht ein Wort gesprochen. Ruhig lag er auf seinem Bett, den Tropf im Arm, das Gesicht von Luke und den anderen abgewandt. Würde er Luke überhaupt jemals verzeihen, dass er ihn gezwungen hatte, die Zone zu verlassen?

Doch im Grunde war das Luke herzlich egal. Flover war am Leben. Das war alles, was zählte.

Luke wusste nicht, wie verdammt oft er in dieser Nacht eingeschlafen und wieder aufgewacht war. Die warme Luft, selbst hier in der Nacht, machte ihn ruhelos. Die Männer und Frauen, die mit schweren Verletzungen in die Zelte gebracht wurden, hielten ihn wach. Bei jedem Schrei, jeder Trage, die angeliefert wurde, reckte Luke den Kopf, um zu sehen, ob Menschen dabei waren, die er kannte.

Das wäre zumindest ein gutes Zeichen. Es würde bedeuten, dass sie es hinausgeschafft hatten. Bisher waren ihm allerdings nur sehr wenige bekannte Gesichter begegnet.

Als die Sonne um den Rand der Welt gekrochen war, lag Luke hellwach da. Die Infusion hatte ihm frische Energie gegeben, seine Wunden waren versorgt, und die Prellungen an seinen Rippen und das Dröhnen in seinem Kopf schmerzten zwar, würden ihn aber nicht mehr lange an das Bett ketten. Wie viele neue Teams waren inzwischen in die Zonen hineingeschickt worden? Wie viele Soldaten hatten es hinausgeschafft? Wenn er bedachte, wie selten hier im Verhältnis zur schieren Anzahl an Kämpfern Verletzte eingeliefert wurden, verstärkte das seine Sorgen nur.

Verloren sah Luke sich Mal für Mal nach etwas um, das er tun konnte, das ihm hier einen Sinn geben konnte. Das Herumliegen machte ihn nervös. Nicht zu wissen, was in den Zonen vor sich ging, noch mehr. Er hatte von der Falle berichtet, und man hatte ihm gesagt, dass Flover und er die Einzigen gewesen waren, die aus ihrer Truppe zurückgekehrt waren. Wie und ob sich sein Bericht aber auf die folgenden Einsätze auswirkte, wusste er nicht.

Dauerhaft hielt Luke Ausschau nach jemandem, dem er vielleicht Informationen entlocken konnte. Aber die Männer und Frauen in den Liegen um sie herum schliefen, und aus dem Zelt war schon seit einiger Zeit niemand mehr gekommen. Nur im matten Schein des Lichtes, das durch die Planen drang, zeichneten sich ab und an Schatten ab.

Luke richtete sich langsam auf. Die raue Decke von seinem Körper streichend, schob er vorsichtig seine Beine von der Liege. Selbst die lockere Alltagskleidung, die sie ihm anzuziehen gestattet hatten, lag unangenehm kratzig auf seiner wunden Haut.

»Ich bin gleich wieder da«, raunte Luke Flover zu, nachdem er es geschafft hatte, sich aufzustellen und sein Gleichgewicht zu finden. Keine Reaktion von seinem Freund. Er starrte in das dichte Blätterdach über ihnen.

Das Gras unter Lukes Füßen war weich. Der Wald, in dem sie sich befanden, war einer der letzten der Welt, und Luke fühlte sich schlecht dabei zu sehen, wie sie ihn einfach besetzt hatten. Natürlich war die Lage der Sanitätszelte aus strategischer Sicht praktisch. Doch schon jetzt waren viele Pflanzen von unzähligen Füßen zertrampelt und die Rinde der alten Bäume durch angebrachte Schutzschilde beschädigt worden.

Langsam schob er sich nach vorn und achtete darauf, keins der Gewächse zu verletzen. Er brauchte Informationen – auch die, wann sie endlich wieder heimkehren durften. Gerta und seine Pflanzen würden nicht ewig allein überleben.

Aus dem Zelt, auf dessen Eingang er zusteuerte, drangen Flüstern, Husten und unterdrücktes Stöhnen. Sacht öffnete er den Schild zum Eingang mit seiner Hand und trat in das schummrig warme Licht hinein.

Liege an Liege reihte man sich hier aneinander. Der Geruch nach Desinfektionsmitteln und Medikamenten mischte sich mit dem nach Schweiß und Krankheit. Einige Verletzte schauten ihm entgegen, als er sich nur wenige Schritte hineinwagte und dann auf dem plattgetretenen Gras mitten im Gang stehen blieb. Keine bekannten Gesichter. Die am schwersten Verletzten wurden nicht hier untergebracht, sondern direkt in die Krankenhäuser rund um die ganze Welt transportiert. Trotzdem erschrak Luke beim Anblick der unzähligen Verwundeten. Dabei war gerade mal ein Tag vergangen. Dutzende würden noch folgen.

Flover hatte recht gehabt. Das war Irrsinn.

War es das, was ihn so sehr belastete, dass er nicht einmal mehr den Mut gehabt hatte, die Zone überhaupt wieder zu verlassen?

»Entschuldigen Sie!« Der Pfleger, der auf Luke zueilte, hatte einen empörten Gesichtsausdruck aufgesetzt. »Sie haben nicht die Befugnis, sich aus Ihrem Bett zu erheben, bis Sie genügend genesen sind. Legen Sie sich bitte …«

»Schon gut«, fuhr Luke ihm dazwischen. Mann, er hatte ja selbst keine Lust, hier herumzulaufen. Ihm war schwindlig, und sein Körper war so müde, dass es nicht verwunderlich wäre, wenn er einfach umkippen und liegen bleiben würde. »Ich habe nur eine Frage.«

Der junge Mann stemmte die Hände in die Hüften und schob den Schutz von seinem Mund. Ein Blick auf die Plakette, die um Lukes Hals hing, verriet ihm vermutlich die ersten wichtigen Informationen.

»Was denn?«, stöhnte der Pfleger. Er sah nicht aus, als sei

er bereits achtzehn. Hatten sie tatsächlich die Auszubildenden zum Dienst hier eingeteilt?

»Ich hab keine Ruhe, wenn ich nicht weiß, was los ist«, erklärte Luke und schaute sich nervös nach etwas um, an dem er sich festhalten konnte. Lange würde er sich wirklich nicht mehr auf den Beinen halten können. »Könnte ich vielleicht ein Observation-Pad bekommen, um ein wenig auf dem Laufenden bleiben zu können?«

Sein Gegenüber schob herablassend die Augenbrauen zusammen. »Darüber müssen Sie sich keine Sorgen machen«, sagte der junge Mann in strengem Tonfall. »Sie sind hier, um sich zu kurieren. Was in den Sperrzonen vor sich geht, sollte Sie vorerst nicht kümmern.«

»Es geht auch nicht darum, dass ich mir Stress mache«, änderte Luke sofort seine Taktik. Er strengte sich an, so locker wie möglich zu wirken, sonst steckte ihn der Kerl vermutlich sofort wieder ins Bett. »Mir ist nur langweilig.«

Das überzeugte den Jungen überraschenderweise. Er zuckte mit den Schultern und griff nach der Tasche, die er sich umgehängt hatte. Zwischen Pflastern, Verbänden und Medikamenten zog er ein kleines Holopad hervor, das er Luke überreichte.

»Dann nehmen Sie erst mal meins. Ich hab hier eh keine Verwendung dafür.« Sein Gesichtsausdruck war abfällig, als er sich in dem Zelt umsah, hinüber zu den Pflegekräften, die zwischen den Liegen hin- und herhuschten, und den vielen Schlafenden. Dann deutete er auf das Pad. »Damit empfangen Sie die internen Liveübertragungen des Militärs.« Nochmals sah er Luke ernst an. »Aber wenn Sie das, was Sie dort sehen, zu sehr aufregt, schalten Sie es bitte aus. Sie brauchen jetzt Ruhe, Mr. Bible.«

Luke nickte vorsichtig und setzte ein gepresstes Lächeln auf die Lippen. Sollte er Flovers emotionalen Zustand am besten auch gleich ansprechen?

Flover. Verdammt, dieser Sturkopf würde sich sowieso nicht helfen lassen. Andererseits würde Luke ihn vielleicht einfach ein letztes Mal zwingen müssen. »Danke«, murmelte er. »Ich ... ich habe da noch eine Sache. Es geht um ...«

Seine Worte gingen in einem gellenden Lärm unter, der ihn so sehr zusammenfahren ließ, dass Luke beinahe das Gleichgewicht verlor. Der Pfleger presste die Hände auf die Ohren und sah sich mit bleichem Gesicht um. Von einer Sekunde auf die andere kam Bewegung in das Zelt. Die Schlafenden wachten auf, und die Wachen erhoben sich, schauten sich irritiert um.

»Das ist der Evakuierungsalarm«, rief Luke. Scheiße, er hatte ganz vergessen, wie sehr ihm dieses Geräusch noch von der Station in Nordchina in den Knochen saß.

»Achtung«, drang eine Stimme aus dem Sicherheitsfeld um sie herum. *»Bitte räumen Sie die Station. Dies ist eine Evakuierung. Der gesamte Bereich in und um die Sperrzone wird in einem Umkreis von hundert Kilometern geräumt.«*

»Was?«, keuchte Luke, und ihm wurde so übel, dass ihm beinahe das Pad aus der Hand fiel. »Hundert Kilometer?« Scheiße, was war passiert? Waren Moja ausgebrochen? Waren auch die Tore dieser Station geöffnet worden?

Der Pfleger wirbelte auf der Stelle herum, als einige der Verletzten sich erheben wollten. Nur Luke stand fortwährend wie angewurzelt da.

»Bewahren Sie Ruhe, und begeben Sie sich zu den ausgewiesenen Cyber-Fields.«

Keine weitere Erklärung. Kein Warum, keine Anweisungen für die zumindest halbwegs genesenen Soldaten. Sollten sie losziehen? Oder wurden sie auch evakuiert?

Die Sirene setzte wieder ein, und ihr Dröhnen fuhr Luke durch Mark und Bein.

In der nächsten Sekunde wandte er sich um und hechtete so schnell wie möglich zurück zu Flover.

UNITED NATIONS MILITARY

CONFIDENTIAL

Archiv: Militärische Aufzeichnungen

Persönliche Mitschrift von General of the Army Marshall Lloyd, Meeting Cyber-Trips; zur Übergabe an General Alaska Pershing

16.09.2081, Marshall Lloyd: »Lieber Alaska, ich weiß, dass es dir schwerfiel, die Sicherheitsstufe der Cyber-Trip-Technologie zu senken, weil du vermutlich von allen Menschen am besten weißt, was damit angerichtet werden kann. Ich denke dennoch, dass die Entscheidung die richtige war. Ich übersende dir hiermit meine Mitschrift des letzten Meetings zum Einsatz der Technologie für sowohl militärische als auch öffentliche Zwecke. Ich bitte dich, mich zu kontaktieren, wenn du Zeit zum Lesen gefunden hast. Beim nächsten Meeting kannst du dann hoffentlich dabei sein.«
Gez. General of the Army Marshall Lloyd

16.09.2081, Alaska Pershing: »Danke, Marshall. Hier mit meinen Anmerkungen zurück.«

16.09.2081, Marshall Lloyd: »Danke, Alaska. Vielleicht war es doch gut, dass du beim letzten Meeting nicht dabei warst.«

CYBER-TRIP-TECHNOLOGIE – PLÄNE BIS 2090

- Etablierung von **Cyber-Fields** in einem weltweiten Netz. Die Felder können sowohl zum An- als auch Abreisen benutzt werden. Wir sollten sie zunächst in allen militärischen Einrichtungen einführen und danach an offiziellen Plätzen. Gegen eine Gebühr, bis der Betrieb der Technologie kosteneffizienter geworden ist. (Notfälle ausgeschlossen.)

- Weiterentwicklung der **TransPhone**-Technologie, um auch hier eine weltweite Deckung zu erreichen. Dafür brauchen wir dein Handy als Prototyp, Alaska. Dieser Schritt ist vor allem wichtig, weil wir bei einer großflächigen Deckung Evakuationen im Notfall schneller durchführen können. *Anmerkung General Pershing: Mein Phone bekommt ihr nicht, aber ich leite euch meine Aufzeichnungen und Testergebnisse als Anhang weiter. Das sollte hoffentlich reichen, um die mobile Technologie zu replizieren. Ich werde meinen Prototypen doch nicht auseinandernehmen lassen.*

- Persönliche Ergänzung: Die mobile Form der Technologie in den TransPhones kann aktuell noch nicht unabhängig von Cyber-Fields genutzt werden. Beim Reisen durch das Phone kann also nur an einen Ort gereist werden, an dessen Ende sich ein Field befindet. Gibt es *irgend*eine Möglichkeit, das zu umgehen? *Anmerkung General Pershing: Das wird nicht funktionieren. Die Cyber-Trip-Technologie benötigt das Field am Ende der Reise, weil sich die Materie irgendwo formen muss. Wenn ihr auf die Fields verzichten wollt und eine komplett mobile Technologie braucht, dann solltet ihr es mal mit der Manipulation der Raumzeitmetrik versuchen. Daran bin ich damals gescheitert, aber wer weiß …*

- Etablierung einer GREAT-Einheit, die auf die Einrichtung von Cyber-Fields spezialisiert ist und diese im Notfall bei Einsätzen und Evakuationen vor Ort errichten kann. *Anmerkung General Pershing: Hier müssen wir über die Anforderungen sprechen, die zur Aufnahme in diese Unit befähigen.*

[…]

KAPITEL 29

: PROMISING

Ein metallisches Grollen durchstreift die Straßen einer gefallenen Stadt. Es hallt an Wänden wider, fängt sich in Trümmern, wirbelt in Pfützen und verklingt nur langsam in der Nacht. Hier, in der Finsternis, gibt es niemanden, der es bedrohlich finden könnte. Nur atemlose Lungen und stimmlose Gesichter streifen seinen Weg durch das kalte Land.

Der Jaguar ist alt, aber er funktioniert. Besser als je zuvor. Sein Leben in Gefangenschaft wurde nicht beendet, aber sein Gefängnis ist nun ein größeres. Eines, in dem er der König ist.

Seine Glieder, einst träge und müde, tragen ihn durch Gassen, in denen er fortwährend die Feuer riecht, die vor Jahren schon erloschen, die Menschen, die lange nicht mehr sind. In der Luft schmeckt er die Erinnerungen einer Welt, von der man ihn getrennt hat.

Er vermisst sie nicht.

Die Nacht ist sein Königreich.

Nur einer hier ist mächtiger als er. Und streift er mit ihm durch die Straßen, hört er ihn manchmal murmeln. Wie zu sich selbst. Oder vielleicht zu der Welt.

»Ich denke, ich … habe mich gesammelt. Ich denke, ich bin … fertig. Ich denke, ich bin jetzt … ein Mensch.«

Als Andra erwachte, war es dunkel um sie herum. Dunkel, aber warm. Eine weiche Decke hüllte sie ein und ein Geruch so frisch wie Blumen. Und hinter allem ein Leuchten mit unbestimmter Quelle.

Sie blinzelte. Nur gemächlich gelang es ihr, die Augen zu

öffnen, fast wollte sie noch gar nicht erwachen. Fast wollte sie wieder in den Schlaf sinken, in dieses endlos entfernte Traumland tauchen, das sie so oft des Nachts heimsuchte.

Erst dann flammte hinter den Träumen und dem Dunst ihrer Gedanken die letzte Erinnerung auf, die sie in sich trug. Der Moment, in dem sie neben Okijen aus dem Fahrstuhl getreten war und in die Läufe Dutzender Waffen gesehen hatte. Der Moment, in dem sie gefallen war.

Wie von selbst wanderten ihre Finger zu ihrem Bauch, unter das Shirt und betasteten die Stelle, an der sie von dem Betäubungspfeil getroffen worden war. Ein sachter Schmerz durchzog ihren Körper, ganz leicht nur.

Aufrichten. Das Schimmern, das sie gesehen hatte, drang durch eine dunkle Scheibe zu ihr hinein. Sie konnte Silhouetten hinter der Wand ausmachen, von der sie nicht weit entfernt auf einem Bett lag.

»Bist du wach?«

Okijens Stimme erschreckte sie zunächst, so unerwartet klar war sie in dieser dumpfen Dunkelheit. Kurz darauf erfüllte sie sie mit unerklärlicher Wärme.

Er war hier. Er war am Leben.

»Ja«, antwortete sie leise. »Wo sind wir?«

Sie öffnete die Augen ein Stück weiter, um erkennen zu können, wo er sich befand. Erst als er erneut sprach, konnte sie seine grobe Silhouette an der anderen Seite des kleinen Zimmers ausmachen.

»Wir wurden gefangen genommen«, erklärte er. »Keine Ahnung, wie lange wir hier schon drin sind.«

»Mist.«

»Geht's dir gut?«, wollte er wissen, und Andra wiegte ihren Kopf überlegend hin und her.

»Ja.« Hörte ihnen jemand zu? »Und dir? Wo ist Calen?«

»Ja, alles gut«, bestätigte er knapp, aber seine Stimme

klang so erschöpft. So müde. Er war vor der Mission bereits so niedergeschlagen gewesen, dass es ihr fast das Herz gebrochen hatte. Was würde jetzt mit ihnen passieren? »Und ich weiß nicht, wo Calen ist. Sie müssen sie an einen anderen Ort gebracht haben.«

Hoffentlich ging es ihr gut! »Können wir …« Andra erhob sich, auch wenn sie die Wärme der Decke bereits vermisste. »Können wir uns irgendwie von hier befreien?« Sie trat langsam durch das dunkle Zimmer, auf die Wand zu, hinter der sie die Schatten erkennen konnte. Ihre Fingerkuppen berührten die kühle Oberfläche nur leicht.

»Na ja«, sagte Okijen, und ein sachtes Leuchten entfaltete sich aus seiner Richtung. Andra wandte sich zu ihm um, als die kleinen, pink leuchtenden Energieimpulse seine Arme entlangfuhren und sich in seinen Händen sammelten, auf die er hinabsah. »Sie haben meine Waffensysteme nicht deaktiviert.«

»Also könntest du das Glas sprengen?«, wollte sie wissen und ging langsam zu ihm hinüber. Er saß auf seinem eigenen Bett, an die Wand hinter sich gelehnt. Sie erkannte es jetzt, im Licht, das er schuf.

»Könnte ich«, sagte er, ballte allerdings die Hände zu Fäusten, und das Leuchten erlosch schlagartig. »Aber ich werde nicht.«

»Was?«, hauchte sie verständnislos und blieb auf dem Weg zu ihm mitten im Raum stehen.

Er hatte es wirklich ernst gemeint. Er wollte nicht mehr kämpfen. Nicht einmal, um sie beide hier herauszuholen. »Ist … ist gut«, wisperte sie und sah sich etwas ziellos um.

»Tut mir leid.« Sie musste ihn nicht sehen, um sich sein schmerzerfülltes Gesicht vorstellen zu können. »Ich … ich kann einfach nicht mehr.«

»Das muss dir nicht leidtun«, entgegnete sie klar und

ließ sich zu Boden sinken. Ihre Finger fühlten warmen Stein. »Dann warten wir, bis jemand kommt.«

Okijen grummelte unzufrieden, sagte aber nichts darauf. Andra schlang die Arme um ihre Knie. Dass er hier war, war gut. Und dass er nicht ausbrechen wollte, gab ihr die milde Hoffnung, dass das, was auch immer auf sie wartete, nicht allzu schwerwiegend sein konnte.

»Du hast schon viele schlimme Sachen erlebt, oder?«, wollte sie leise wissen. War es zu vermessen, danach zu fragen?

»Keine schlimmeren als du«, konterte Okijen überraschend. Sie hatte nicht das Gefühl, dass er noch etwas sagen wollte, und sie wollte ihm keine weiteren Fragen stellen, wenn er nicht über seine Vergangenheit sprechen wollte. Trotzdem war die Stille, die darauf folgte, unangenehm drückend.

Andra zuckte zusammen, als einige Minuten später schlagartig das Licht hinter der Fensterwand eingeschaltet wurde – und als sie von einem Augenblick auf den anderen die beiden Personen sah, die kaum einige Schritte von ihnen entfernt dort standen.

»Marshall!«, keuchte sie und wollte sich aufrichten.

Okijen kam ihr zuvor und sprang auf. »Alaska«, knurrte er und ging auf die beiden zu, trat leicht vor Andra, wie um klarzumachen, dass er mit ihm zu sprechen hatte.

Andra ballte die Hände zu Fäusten und schaute an Okijen vorbei zu den beiden in dem Gang vor ihnen. Hinter ihnen waren große Fenster zu sehen, die auf eine grüne Stadt hinauswiesen. Die Mittagssonne schien auf die schillernden Gebäude hinab.

»Hallo Okijen«, grüßte der Mann, der ganz offensichtlich derjenige war, um den es in den letzten Tagen gegangen war. Alaska. »Das letzte Mal hast du mich noch General Pershing genannt. Habe ich etwas verpasst?«

Andra erhob sich ebenfalls, um dem Fremden ins Gesicht sehen zu können.

Okijen reagierte gar nicht auf den Vorwurf.

»Wo sind die anderen?«, fragte Andra an Marshall gewandt. Sie wollte die Namen von Calen und Byth nicht nennen, falls die beiden es irgendwie geschafft hatten, zu entkommen.

»Keine Sorge, es geht ihnen gut«, antwortete Marshall kurz angebunden. Ihre Stimme klang verändert, und immer wieder warf sie dem General neben sich strenge Blicke zu.

Alaska war ein wenig kleiner als Marshall und sah ebenso wie sie unheimlich jung aus. Hellrote Locken hingen ihm in die Stirn und kontrastierten seine weiße Militäruniform. Seine Augen waren von einem stechenden Gold, fast wie Andra sich die einer Schlange vorstellte. Sie erschauderte unter seinem herrischen Blick.

»Es tut mir so leid, Okijen«, sagte Marshall, zeigte sich aber unbeeindruckt von dem Mann in der sauber sitzenden Uniform.

»Tut es nicht«, seufzte Alaska und lächelte locker. »Ich kenn dich.«

Marshall spannte sich an und dachte eindeutig darüber nach, ihn einfach zur Seite zu drängen und sie beide freizulassen. Wo waren Byth und Calen? Andra wollte es wirklich wissen.

»Hast du die Aufnahmen?«, wollte Okijen von Marshall wissen, und Alaska schob die Hände in seine Taschen, um sich ein Stück vor sie zu stellen, wie um Okijen zu signalisieren, dass die beiden keine Gespräche zu führen hatten. Fühlte er sich durch das Glas wirklich so sicher vor Okijen? Oder kannte er ihn gut genug, um zu wissen, dass er ihn eh nicht angreifen würde? Und warum ließ Marshall das mit sich machen?

»Ich wusste von eurem Plan, bevor ihr ihn überhaupt zu

schmieden begonnen hattet«, entgegnete Alaska. Er machte einen selbstsicheren Eindruck, doch Andra glaubte hinter seinem überheblichen Ausdruck noch etwas anderes zu sehen, das sie nicht ganz deuten konnte. In seinen Bewegungen lag nicht die Ruhe, die er vermutlich ausstrahlen wollte, sondern eine gewisse Dringlichkeit. »Dachtet ihr wirklich, ihr kommt damit durch?«

Andra schob sich neben Okijen und versuchte einzuschätzen, was sie von diesem Kerl halten sollte. Dass sowohl Okijen als auch Marshall offensichtlich wütend auf ihn waren und gleichzeitig relativ reserviert blieben, bedeutete wohl, dass sie nicht gewonnen hatten.

»Unsinn«, spucke Okijen aus.

Alaska verzog nur den Mund. »Junge«, sagte er langsam. Der Kerl war ebenfalls so alt wie Marshall, wenn Andra das richtig verstanden hatte. Irgendetwas machte auch ihn jünger, dabei würde er sicherlich mehr Erhabenheit ausstrahlen, wenn er seinem Alter entsprechend aussehen würde. »Ich habe die größte Revolution der Welt angeführt. Unter mir sind sämtliche Regierungen zerbrochen wie Streichhölzer. Ich habe den ganzen verdammten Planeten in ein neues Zeitalter geführt. Denkst du nicht, dass ich es da bemerke, wenn mir ein paar Aufständische im Nacken sitzen?«

Okijen hatte einen unbekannt wütenden Ausdruck im Gesicht. Vielleicht würde er doch gleich das Glas zerdeppern und sich auf ihn stürzen.

»Ich wusste lange, dass Marshall mit Bythan an etwas forscht. Ich habe euch machen lassen, weil ich neugierig war, wie weit ihr kommt. War ganz süß.« Er lächelte, und Andra verspürte langsam den Hass in sich hochkochen. Das sollte Marshalls bester Freund sein? Sie hatte ihn sich ganz anders vorgestellt. »Wann können wir hier raus?«, wollte Andra wissen, erneut eher an Marshall als an Alaska gerichtet.

»Und wer bist *du* eigentlich?«, überging Alaska ihre Frage und musterte sie eindringlich mit seinen goldenen Augen, seinem bohrenden Blick. »Eine Yuna, nicht wahr?«, beantwortete er sich die Frage dann selbst. »Nordchina? Es tut mir leid, dass Okijen es nicht geschafft hat ...«

»Klappe!«, fuhr Okijen ihm dazwischen und machte einen Satz nach vorn. Alaska bewegte sich nicht vom Fleck.

»*Den* hattest du mal für den zentralen Weltrat vorgeschlagen, Marshall«, spottete Alaska mit gespielt vorwurfsvollem Unterton und ließ den Blickkontakt mit Okijen dabei nicht abbrechen. »So feurig. Ich glaube, der braucht noch ein paar Jahre.«

»Du bist so ein überheblicher Scheißkerl«, knurrte Okijen, nun war es allerdings Marshall, die ihm dazwischenfuhr.

»Sprich nicht so mit ihm«, sagte sie in hartem Tonfall.

»Ist mir egal, wer er ist«, fauchte Okijen zurück. »Er schließt sich in seinem Raum ein und spricht mit KAMI, ohne der Welt oder wenigstens dem Militär davon zu berichten. Das ist eine verheerende Entwicklung!«

»Diese Informationen sind zu frisch für die Öffentlichkeit«, erklärte Alaska entspannt.

»Ist es auch zu frisch für die Öffentlichkeit, dass du aufgrund dieser Informationen die Säuberung eingeleitet hast?«, wollte Okijen weiter wissen. »Oder hast du es den Menschen nur verschwiegen, weil dir diese Frau da drin genauso große Angst macht wie mir?«

»Angst?«

»Hast du zugehört, was das Ding für krankes Zeug von sich gibt? Ist das der Grund für die Säuberung? Weil du merkst, dass es ernst wird? Hast du den anderen im Rat davon erzählt?«

»Ich bin dir keine Rechenschaft schuldig, Van Dire.« Alaska verschränkte die Arme hinter dem Rücken und trat einen

Schritt zurück. »Und wenn die Umstände anders wären, würde ich dich hier drin für ein oder zwei Wochen über deine Situation nachdenken lassen und dich danach vor ein Kriegsgericht stellen. Allein dafür, dass du nicht dem Aufruf zum Einzug in die Zonen gefolgt bist. Gar nicht zu sprechen vom Einbruch in einen Hochsicherheitsbereich.«

Okijen schwieg. Es war unmöglich, etwas aus seinen ausdruckslosen Zügen zu lesen.

Was meinte Alaska mit *Umstände?* Warum klang es so, als würde ein *Aber* folgen? Bestand Grund zur Hoffnung?

»Aber«, fuhr Alaska tatsächlich fort, »... wir haben in einer der Sperrzonen eine ... außergewöhnliche Situation. Und wir sind uns einig, dass wir gern deine Meinung dazu hören würden.«

Okijens und Andras Blicke wanderten zu Marshall, die nun so endlos entschuldigend dreinblickte. Hatte sie schon mit Alaska über die Angelegenheit gesprochen? Hatte er sich ihr erklärt? Was, wenn hinter dem Ganzen doch ein plausibler Grund steckte, den sie nicht sahen? Andra konnte sich nicht vorstellen, dass Marshall so ruhig neben diesem Mann stehen würde, wenn da nicht noch irgendwas war, das sie nicht wussten.

»Was für eine Situation?«, wollte Okijen wissen. Die Wut war aus seinem Gesicht gewichen und machte derselben Verwirrtheit Platz, die Andra in sich spürte.

»Die würden wir dir gern sofort vorstellen«, erklärte Alaska. »Wenn du dich dazu bereit erklärst, niemanden von uns anzugreifen.«

Erneut schaute Okijen zu Marshall, die leicht nickte. »Na gut«, stimmte er zu und entspannte sich sichtlich.

»Das kommt allerdings keiner Begnadigung gleich«, fügte Alaska an.

»Schon klar«, stöhnte Okijen. Er trat einen Schritt von der

Glasfront zurück und schob auch Andra ein Stück mit sich zurück. Alaska zog ein kleines Pad aus seiner Tasche, betätigte einige Sensoren, und ein Teil der gläsernen Wand, die sie von den beiden trennte, öffnete sich.

Alaska musste wirklich ein großes Vertrauen in Okijen haben. Wenn der Soldat gewollt hätte, könnte er den vollkommen schutzlosen General jetzt angreifen und ihn zu Boden ringen.

Okijen trat ruhig auf den Ausgang zu, und Andra folgte ihm, bis Alaska die Hand hob und sie damit anwies zu bleiben, wo sie war.

»Du nicht«, sagte er, und Okijen drehte sich zu Andra herum, als Alaska die Glasscheibe zwischen ihnen wieder herstellte.

Erschrocken legte Andra ihre Hand darauf. »Nein. Lasst mich nicht hier.« Sie wollte nicht allein sein. Sie wollte nicht hierbleiben, ohne zu wissen, was da draußen geschah. Das hielt sie nicht aus!

»Wir brauchen nur Okijen«, erklärte Alaska und wandte sich bereits zum Gehen.

Okijen schaute Alaska hinterher, bis er außer Sichtweite war, dann legte er seine Finger ebenfalls gegen das Glas. »Hey, keine Sorge. Hier passiert dir nichts, ja?«, versicherte er sacht.

Andra schüttelte heftig den Kopf. Nein, er verstand nicht! Sie wollte nicht hier gefangen sein, nur mit sich selbst und ihren Gedanken. Das ging nicht.

»Und was ist, wenn dir etwas passiert?« Was wollte der Kerl überhaupt von ihm? Sollte er in den Kampf ziehen? Das durfte nicht passieren!

»Hey«, flüsterte Okijen und lehnte sich leicht zu ihr nach vorn. »Ich komme zurück, okay? Sobald ich kann.«

Andra sah ihn einfach nur an. Sie wollte nein sagen. Sie wollte ihn nicht gehen lassen. »Versprochen?«, raunte sie. Ihr

Herz wurde endlos schwer, als sie den besorgten Zug um seinen Mund sah.

»Versprochen.«

KAPITEL 30

: ASKING

»Folgende Situation«, sprach Alaska laut und klar. Seine Stimme hallte an den glatten Wänden des Korridors wider, während er vor Okijen und Marshall ging und ihnen den Weg durch die Wissenschaftszentrale in Moskau wies. Sie hatten das Gebäude also nie verlassen. »Die Säuberung läuft in allen Sperrzonen überraschend gut.«

»Überraschend«, kommentierte Okijen abfällig, verkniff sich aber bei Alaskas Blick über die Schulter jede weitere Bemerkung.

»Wir haben allerdings ein massives Problem in der Sperrzone in São Paulo.« Der General trat durch ein durchsichtiges Türfeld in eine weiträumige Zentrale hinein, in der Hunderte von Screens in die Luft projiziert worden waren. Okijen fuhr es eiskalt über den Rücken, als er das Wimmeln und Wirren auf den Aufnahmen über seinen Köpfen sah. Er bemühte sich, sich auf die Personen im Raum und auf Alaskas Worte zu konzentrieren.

Schon auf den ersten Blick erkannte er mindestens zehn Mitglieder des zentralen Weltrats, die sich in dem Raum versammelt hatten und aufsahen. Das musste ein verdammt großes Problem sein.

»Was ist los?«, wollte Okijen wissen. Es war ein eigenartiges Gefühl, hier zu stehen und auf den Bildern die kämpfenden Männer und Frauen zu sehen. Sowohl Drohnenaufnahmen als auch die Aufnahmen der Kameras in den Uniformen wurden parallel abgespielt und überwältigten ihn fast. Er war es gewohnt, auf der anderen Seite dieser Aufnahmen zu stehen. Nicht auf der beobachtenden. Diese Perspektive hier kam ihm tausendfach furchteinflößender vor.

»Wir haben nicht viel Zeit«, sagte Alaska, als Liza Moore, die Mutter von Nakamura, sich auf die kleine Gruppe zuschob und Marshall und Okijen mit einem leichten Nicken begrüßte. Okijen machte sich nicht einmal die Mühe, ihr dieselbe Geste zukommen zu lassen. Er hatte die Hexe nie gemocht, und aus dem Rat würde er sowieso niemandem mehr trauen, bis nicht feststand, was sie dazu veranlasst hatte, das Debakel zu verursachen, das sie nun auf den Bildschirmen über sich sahen.

»Als KAMI damals in São Paulo ausbrach, hatten wir es kaum unter Kontrolle«, erklärte Alaska und ging eilig durch die Halle, an verschiedenen Steuerkonsolen entlang. Die Wissenschaftler und Techniker machten ihnen rasch Platz, wenn sie vorübergingen. »Dass neue KAMI-Überträger durch die KAGE- und AGAIN-Einheiten sonst recht schnell eingedämmt werden können, erwies sich in diesem Fall als falsch. Zwischen der ersten Registrierung von KAMI in der Stadt und der Infektion von mehreren Millionen standen weniger als vierundzwanzig Stunden. Das war bis dahin nie vorgekommen.«

Okijen biss sich auf die Innenseiten seiner Wangen, um sich von der Erinnerung an diesen Vorfall nicht überfluten zu lassen. »Ich weiß.« Seine Stimme klang sogar in seinen eigenen Ohren vollkommen tonlos.

»Die Moja in der Stadt waren uns bei den Einsätzen in der Sperrzone immer höchst intelligent vorgekommen«, fuhr Alaska fort. »Die meisten unserer Kameras haben es nicht einmal bis ins Stadtzentrum geschafft, so schnell haben die Moja sie zerstört. Der innerhalb der Sperrzone liegende Zoo hat es nicht leichter gemacht, weil sich unheimlich viele, auch exotische Tiere, mit dem Virus angesteckt haben.«

»Das weiß ich alles«, sagte Okijen. Er brauchte keine Geschichtsstunde. Der Kerl sollte endlich damit herausrücken, was da los war! Er bemerkte die Blicke der Wissenschaftler, die auf seinen freien Armen lagen. Viele von ihnen hatten das wohl nie in real gesehen. »Was ist jetzt das Problem?«

Alaska wandte sich auf dem Absatz um und fixierte Okijen mit seinem durchdringenden Blick. »Das Problem ist, dass die Moja nicht wie in den anderen Zonen einfach draufloskämpfen«, offenbarte er. Er betätigte einige Marker auf seinem Holopad. Bilder von leeren Bereichen direkt hinter den Toren flackerten auf.

»Ungewöhnlich«, bestätigte Okijen.

»Das ist längst nicht alles«, sagte Alaska. Okijen erkannte aus dem Augenwinkel, wie sich einige der Ratsmitglieder und Wissenschaftler um sie scharten, um die Screens zu beobachten, die Alaska steuerte. Weitere Bilder flackerten über ihnen auf. Auf den Kameras der Soldaten waren umherhuschende Menschen zu sehen. Männer, Frauen und Kinder, die plötzlich aus Gassen auftauchten, warteten, verschwanden, aber nie angriffen.

»Sie haben begonnen, unsere Soldaten in Fallen zu locken.«

Bilder von Explosionen flogen über die Bildschirme, Aufnahmen von Moja, die sich in Massen von Gebäuden auf die Trupps warfen und ganze Einheiten in wenigen Minuten ausschalteten. Es waren Angriffstrupps aus Tieren zu erkennen: große Katzen, Hunde, Wölfe, die über die Männer und Frauen herfielen, die in die Zone eingedrungen waren. Das Verhalten der Tiere wirkte ebenso berechnend wie das der Moja.

Okijen lief es eiskalt den Rücken herunter. Die Soldaten hatten nicht die geringste Chance gehabt.

»Hat das … hat das überhaupt jemand überlebt?« Er war bei etlichen Einsätzen dabei gewesen. Dutzenden. Es war schwer, gegen Moja zu kämpfen, doch es war nicht unmöglich, sie zu besiegen. Das hier war anders als alles, was er jemals gesehen oder erlebt hatte.

Alaska antwortete erst, als Okijen es schaffte, seinen Blick von den Bildern über ihnen abzuwenden und ihn offen anzusehen. »Von etwa zweitausendvierhundert Soldaten, die wir in die Sperrzone São Paulo gesandt haben«, setzte er gedehnt an, »haben es nur neunundfünfzig herausgeschafft.«

Okijen schlug die Hände über dem Kopf zusammen und trat ein paar Schritte zurück. »Scheiße.« Das war verheerend. Bei der letzten Säuberung war pro Durchlauf etwa ein Viertel der Soldaten in den Zonen verstorben. So massive Verluste ... das lag außerhalb aller Dimensionen.

»Wir wissen, dass Moja über eine überragende Intelligenz verfügen«, erklärte Alaska weiter. Immer mehr Menschen sammelten sich um ihn herum. »Aber diese Fähigkeit, schneller und effizienter zu denken, war bisher nur auf sie selbst bezogen. Nie auf eine Gruppe oder eine ganze Stadt. Die Moja aus São Paulo sind anders. Sie nehmen sich offenbar zum ersten Mal als eine Art ... Einheit wahr, die gemeinsam operiert und agiert.«

»Sie kämpfen im Team«, folgerte Okijen und schaute wieder hinauf. Es war unerträglich, dabei zuzusehen, wie all die Soldaten innerhalb so kurzer Zeit getötet wurden.

»Dadurch erscheinen sie unbesiegbar«, ergänzte Alaska.

Okijen analysierte die Bilder so gut wie möglich. »Das Problem ist«, überlegte er laut, »dass wir bisher nie gegen solche Vorgehensweisen arbeiten mussten.« Es gab keine Regeln und kein Protokoll dafür.

»Ja«, bestätigte Liza Moore. »Wenn wir das gewusst hätten, hätten wir andere Strategien angeschlagen.«

»Ich hoffe, ihr schickt da jetzt keine Soldaten mehr rein?«, wollte Okijen wissen, und einige der Wissenschaftler sahen etwas perplex zu ihm hinüber, vermutlich empört darüber, dass er so formlos mit den Ratsmitgliedern sprach. Ihm war das egal.

Alaska seufzte. »Das ist nicht alles.«

Weitere Bilder, dieses Mal wieder Aufnahmen von direkt hinter den Toren. Einzelne Soldaten waren zu sehen, die sich auf die Ausgänge zuschleppten, in der Hoffnung, gerettet zu werden. Nach Absicherung öffneten sich die ersten Tore der Schleuse. Mehrere Perspektiven zeigten die Situationen. Und aus dem Nichts, aus im Schatten liegenden Winkeln und Erdspalten, krochen plötzlich innerhalb von Sekunden Moja hervor, die über die Verwundeten herfielen und in die Zwischenzone der Schleuse stürmten.

Ein eiskalter Schauer überfuhr Okijen.

»Wir vermuten, dass sie einige der Soldaten absichtlich am Leben gelassen haben, um durch sie aus der Sperrzone hinauszugelangen. Es hat uns viele Männer und Frauen gekostet, den Schaden einzudämmen. Zwei der vier Haupttore sind nicht mehr betretbar, weil die Moja bis zu den zweiten Toren vorgedrungen sind und sich nicht haben entfernen lassen.«

»Scheiße«, knurrte Okijen.

»Unsere Einschätzung ist, dass die Sperrzone in São Paulo verloren ist«, schloss Alaska. »Mehrere Versuche, den Soldaten mit Anweisungen und Kameras von außen Unterstützung zu liefern, schlugen fehl. Die Kameras wurden oft innerhalb von Sekunden zerstört. Einige der Moja können sich vor unseren Sensoren tarnen, sodass sie auf den Scans gar nicht auftauchten.«

Okijen spürte, wie sein Puls sich beschleunigte. »Und … und was denkt ihr, wie ich da helfen kann?«, wollte er wissen und sah die Ratsmitglieder offen an. Dass er hier war, war für sie ein Zufall. Erhofften sie sich tatsächlich, dass er etwas an dieser Situation ändern könnte? Sie wollten ihn da nicht reinschicken, oder?

Alaska schürzte die Lippen und sah die Menschen um sie herum vielsagend an. Dann wandte er sich wieder Okijen zu.

»Wir haben unsere Entscheidung im Grunde schon getroffen«, erklärte Alaska langsam. »Marshall …« Er warf der Besagten einen langen Blick zu. »Marshall wies allerdings darauf hin, dass vor allem unser moralischer Standpunkt eventuell zu überdenken wäre. Du bist der Soldat mit der meisten Kampferfahrung. Nach wie vor, obwohl du seit über zwei Jahren nicht mehr im Einsatz warst. Und du hast nicht nur die meiste praktische Kampferfahrung, sondern zudem auch ein sehr ausgeprägtes … Gewissen.«

Okijen lachte überrascht, abfällig. »Sollte es mich beunruhigen, dass das so klingt, als wäre das hier etwas Besonderes?«

»Wir wollen von dir wissen«, überging Alaska die Frage, »ob du irgendeinen Weg siehst, diese Situation zu lösen.«

Okijen blinzelte einige Male, verschränkte die Finger hinter dem Kopf und schaute hinauf.

Ob er eine Idee hatte? Was wollten sie bitte von ihm hören? Ja, er war der Soldat mit der meisten Kampferfahrung. Aber er war einfach nur verdammt gut darin, Moja zu töten. Nicht darin, strategische Hürden zu überwinden, erst recht nicht für solche Situationen. Dafür war niemand ausgebildet.

»Ihr könnt nicht erst mal aufhören, Leute da reinzuschicken, und die Säuberung abbrechen?«, fragte er beinahe resigniert. Was für eine Lösung hatten sie denn bitte für dieses Problem? Und warum war sie moralisch gesehen scheinbar falsch?

»Haben wir bereits.« Alaska fuhr sich mit den Fingern durch das Haar. »Wenn man allerdings bedenkt, was diese Moja in zwei Jahren in der Sperrzone gelernt haben, ist es sicher nur eine Frage der Zeit, bis es ihnen gelingt auszubrechen. Und wir können diese Meute nicht auf die Welt loslassen. Diese hier noch viel weniger als alle anderen.«

So etwas hatte Okijen sich schon gedacht. »Was wäre eure Lösung für das Problem?«

Wieder sahen die Ratsmitglieder einander vielsagend an.

»Die Space Corps haben für diesen Fall einige … Instrumente in den oberen Schichten der Atmosphäre angebracht«, übernahm Liza Moore das Wort. Okijen lauschte auf. Davon hatte er nie etwas gehört.

»Instrumente?«, bohrte er eindringlicher nach.

»Es sind Abschussstationen für Bomben«, kürzte Marshall die Sache ab.

Okijen öffnete ungläubig den Mund. »W-was? Hab ich das … richtig verstanden? Ihr habt *Bomben* im Weltall?«

»Nur für diesen einen speziellen Fall«, meldete sich Alaska wieder zu Wort. »Wir können sie so platzieren, dass sie die komplette Sperrzone in Schutt und Asche verwandeln.«

»Das ist hoffentlich nicht euer Ernst«, sagte Okijen. »Da sind vielleicht noch Soldaten drin, die darauf warten, dass sie es rausschaffen!«

»Das wissen wir.«

»Und was ist, wenn nicht alle Moja dabei draufgehen? Selbst wenn hundert von den Dingern überleben, habt ihr damit eure eigenen Tore weggesprengt, und sie sind frei.«

»Das ist eins der Risiken, ja.«

»Das kann nicht euer Ernst sein. Ihr könnt nicht einfach das ganze Ding in die Luft jagen.«

»Wir evakuieren bereits im Umkreis von hundert Kilometern rund um die Sperrzone.«

»Da leben Hunderttausende von Menschen«, entgegnete Okijen entrüstet. »So viele, die ihre Heimat verlieren.« Er konnte nicht mehr aufhören, den Kopf zu schütteln. »Das steht doch in keinem Verhältnis.«

»Hast du eine bessere Idee?«, fragte Alaska. »Die Moja sind, wie bereits gesagt, teilweise schon hinter den äußeren

Toren. Es ist nur eine Frage der Zeit, bis sie ausbrechen. Und wenn sie sich schnell verbreiten, wie bei dem Vorfall vor zwei Jahren, haben wir Südamerika innerhalb von zwei Wochen verloren.«

»Okay, okay!«, rief Okijen und ging auf und ab. »Und wenn wir einen letzten Einsatz befehligen? Einen, in dem wir den Moja-Teams, die wir bisher gesehen haben, zahlenmäßig weit überlegen sind. Wir könnten versuchen, die Schleusen wieder von den Moja zu befreien. Das würde uns zumindest ein wenig Handlungsspielraum verschaffen.«

Alaska sah zu Liza und Marshall.

»An wie viele Soldaten denkst du, wenn du zahlenmäßig überlegen sagst?«

»Mindestens fünfhundert in einem Einsatz.« Okijen fuhr sich über die trockenen Lippen. »Ich ... ich kann ihn leiten.«

Alaska verzog anerkennend die Mundwinkel. »Wenn das nicht funktioniert, werden wir die Bombe zünden«, sagte er. »In dem Falle wären fünfhundert Menschenleben ein hoher und vor allem überflüssiger Kollateralschaden.«

»Trotzdem wäre es eine Chance! Eine letzte.« Okijen sah die Anwesenden einen nach dem anderen an. »Ich schlage einen freiwilligen Einsatz vor. Eure Truppen vor Ort wurden doch nicht abgezogen, oder?«

»Nein, nicht alle«, bestätigte Alaska nachdenklich, als fiele es ihm schwer, seine bereits getroffene Entscheidung zu überdenken. »Aber gut«, gestand er dann überraschend zu. »Versuchen wir es.«

Okijen atmete auf und nickte vorsichtig. Scheiße, in was hatte er sich da hineingeritten? »Gut. Ich lasse mir meine Ausrüstung zusammenstellen und mache mich ...«

»Du leitest den Einsatz von hier aus«, wies Alaska ihn rau an. Und ohne Okijens Reaktion abzuwarten, stürmte er an ihm vorbei und winkte die anderen Ratsmitglieder hinter sich her.

KAPITEL 31

: OBSERVING

Als Flover und Luke ihren Bungalow betraten, kam Gerta ihnen aufgeregt entgegengeflattert. Empört gackerte die Henne, schwirrte um ihre Füße herum, und Luke beeilte sich, die Tür zu schließen, damit sie nicht hinauslief.

Der Evakuierungsalarm hatte Flover kurz aus seiner Trance gerissen. Bevor er sich aus seiner Liege hatte aufrichten können, war Luke schon zu ihm gestürmt und hatte ihn hochgerissen. Niemand war in der Lage gewesen, ihnen zu sagen, was los war, also hatten sie einfach ihre Sachen geschnappt und waren zum Cyber-Field gelaufen. Diejenigen, die nicht mehr unbedingt auf medizinische Versorgung angewiesen waren, wurden nach Hause geschickt.

Das kam Flover sehr recht. Es war ihm mehr recht als alles andere.

Er streifte die Jacke umständlich von seinen Schultern und schwankte. Sein Gleichgewichtssinn hatte sich noch nicht wieder erholt, auch wenn die Kopfschmerzen langsam abebbten.

»Geht's?«, wollte Luke wissen und stützte Flover ungefragt ab, bevor dieser die Chance hatte, einfach in sein Zimmer zu verschwinden.

»Geht«, murmelte er nur, machte sich wieder von Luke los und wankte durch die Küche.

»Hey, jetzt warte mal«, rief Luke ihm hinterher. »Bleib hier!« Seine Stimme war brüchig, aber es lag ihm anscheinend viel daran, Flover nicht alleinzulassen.

Flover blieb in seiner Tür stehen und drehte sich um. In seinem Nacken spürte er die Stelle, an der Luke ihn mit dem Betäubungsgeschoss getroffen hatte. Er hatte ihn tatsächlich bis zum Tor gezerrt. Er hatte sein eigenes Leben aufs Spiel gesetzt, um ihn zu retten.

Warum? War er ihm wirklich so wichtig? Warum wollte er ihn so unbedingt retten?

»Komm«, sagte Luke, warf seine Tasche auf den Küchentisch, griff in das Gefäß mit Gertas Haferflocken und Körnern und gab ihr etwas in den kleinen Napf. Das Huhn machte zufriedene Geräusche, als Luke in seine Tasche griff, um ein Observation-Pad herauszuziehen.

»Wir sehen uns an, was da vor sich geht?« Flover trat langsam wieder in die Küche hinein. »Du hast das Ding einfach mitgenommen?«

Luke zuckte mit den Schultern. »Die offiziellen Medienberichte wurden schon vor einem halben Tag abgebrochen«, erklärte er. Das hatte Flover am Rande mitbekommen. »Das hier sind die Perspektiven der Militärkameras. Ich würde mir das gern ansehen.«

Flover nickte matt, während Luke sich in einen der Stühle fallen ließ und das Pad auf den Tisch vor sich legte. Der Screen flimmerte zuerst, dann wurde das Bild vor ihnen nach und nach klarer.

»Ich rufe mal den aktuellen Status ab.« Luke betätigte einige der Marker, bis eine Liste an Codes auftauchte, die sie beide intensiv studierten.

»C35«, las Flover laut vor. »Das ist ein versuchter Ausbruch von Moja aus einer Zone.«

»Das kommt mehrere Male vor«, stellte Luke fest und lehnte sich zurück, damit Flover sich näher an den Screen heranbeugen konnte.

»D22 bedeutet Infektion von Soldaten in der Zone«, erklärte

er weiter. Luke hatte wohl im Unterricht nicht so gut aufgepasst, denn er schaute recht ratlos drein. »Fahr mal runter.«

»2400/59«, las Luke vor. »Was bedeutet das?«

Flover schluckte, als er den Code davor sah. »Anzahl ausgesandter zu Anzahl überlebender Soldaten«, erklärte er.

»Was?«, keuchte Luke. »In unserer Zone? Ich dachte ... ich dachte, sie hätten einfach nur sehr viele in Krankenhäuser ausgelagert oder nach Hause geschickt!«

Flover teilte Lukes Überraschung. Die Männer und Frauen, die mit ihnen in den Zelten gelegen hatten, mussten die einzigen Überlebenden gewesen sein. Er hatte gewusst, dass ihre Chancen, den Einsatz zu überleben, nicht sonderlich gut gestanden hatten. Aber wenn nicht einmal 2,5 Prozent der Soldaten es lebendig herausgeschafft hatten, grenzte es an ein echtes Wunder, dass sie *beide* noch hier waren!

»Moja kämpfen im Team«, las Luke weiter vor. Für diese Umstände gab es keine Codes. »Stellen Fallen.«

»Das haben wir ja am eigenen Leib erfahren«, kommentierte Flover. »Da kommt ein Update rein!«, sagte er, als unten im Bildschirm einige Punkte auftauchten.

»0800 – A1 500«, las Luke vor. »Z2.«

Flover stellte sich aufrechter hin und sog die Luft zwischen den Zähnen ein. Nein. Das taten sie nicht wirklich, oder?

»Okay, das Erste verstehe ich«, erklärte Luke. »Sie schicken ein letztes Mal fünfhundert Soldaten rein.« Er sah auf seine Weltuhr. »In zwanzig Minuten. Aber von Z habe ich nie was gehört.«

Flover biss sich auf die Unterlippe und trat einen Schritt vom Tisch weg. »Kannst du auch nicht. Das ist ein geheimes Projekt der Space Corps.«

»Die schicken die Space Corps da rein?«, wollte Luke stirnrunzelnd wissen.

»Nein. Die jagen das ganze Ding in die Luft.«

KAPITEL 32

: RECOGNISING

Lukes Atem ging flach, als er dort saß, am Küchentisch, die tief stehende Sonne vor dem Fenster und den hellen Screen vor sich. Er hatte den Bildschirm um ein Vielfaches vergrößert, sich in seinem Stuhl zurückgelehnt und verfolgte die Entwicklungen auf dem Schlachtfeld. Aus mehreren Perspektiven filmten schwebende Nanokameras in der Zone, hielten sich nah am Eingang und nahmen jede Bewegung auf. Nichts war zu sehen auf der Fläche, die in der Morgendämmerung lag. Bedachte man, was vor ihnen lag, wirkte es nahezu ironisch, wie weich und sanft die Sonne dort den Tag einläutete.

Eine der Kameraperspektiven zeigte die Schleuse und die fünfhundert Soldaten, die sich dort sammelten. Sie hatten ihre Visiere bereits aufgesetzt, sodass ihre Gesichter nicht zu erkennen waren. Jeder von ihnen war muskulös und durchtrainiert. Waren sie MaKE-Soldaten?

Lukes ganzer Körper war angespannt. Er fühlte sich nutzlos, so hier zu sitzen und einfach nur zu beobachten. Gleichsam war ihm klar, dass er diesen für den Kampf gegen Moja ausgebildeten Soldaten vermutlich keine große Hilfe wäre, selbst mit aller Entschlossenheit der Welt. Würden sie es schaffen, die anderen Schleusen von den Moja zu befreien? Eins von den Wesen zu fangen, um herauszufinden, was an ihnen anders war?

Verdammt. Luke durfte gar nicht daran denken, dass zwischen diesen Moja auch seine Schwester lauern musste. Scheiße, nein, das durfte er sich überhaupt nicht vorstellen!

»Zugehört«, drang es durch die Lautsprecher an seine und an die Ohren der Soldaten. »Ihr seid die Besten der Besten. Ihr habt in vielen Kämpfen gefochten, und auch wenn dieser hier anders wird, sollte das keine Herausforderung für euch sein. Ich und ein ganzes Team werden euch begleiten.«

Wer sprach da? Hatten sie einen Kommandanten von außen?

Flover schob sich aus seinem Zimmer an seine Tür. »Das ist Okijen Van Dires Stimme«, erklärte er verwirrt. »Ist er dabei?«

»Sieht nicht so aus.« Van Dire hatte eine besondere Ausrüstung und Uniform, wegen seines kybernetischen Körpers. Das wäre ihm aufgefallen.

»Hm«, machte Flover und verschwand wieder. Dieses Mal schloss er die Tür hinter sich. Luke biss die Zähne zusammen, weil er sich vorgenommen hatte, ihn nicht mehr allein zu lassen. Aber das hier entschied über die Zukunft der Zone. Über die Zukunft der Moja, die in ihr lebten. Über die Zukunft seiner Schwester und verdammt, auch über seine. Nur, um sie zu sehen, um irgendeinen Weg zu finden, sie von KAMI zu befreien und da herauszuholen, war er ins Militär eingetreten. Wenn das Soldatenteam versagte und São Paulo in die Luft gesprengt würde, wären die letzten Jahre seines Lebens vergebens gewesen. Ein Blick auf seine Weltuhr. Die Ziffern für São Paulo klickten auf acht Uhr, und auf die Sekunde genau begannen die Tore sich zu öffnen. Die letzten Soldaten wurden geimpft, streiften ihre Schutzjacken über und traten ein.

»Umgebung sichern«, wies Okijen über Funk an. »Wenn alle Positionen sicher sind, macht ihr euch am Rand der Tore auf den Weg zum Westtor. Geht nicht das Risiko ein, euch in die Stadt locken zu lassen. Da drin sind sie im Vorteil. Bleibt auf dem offenen Feld. Durch eure Waffen seid ihr ihnen dort draußen deutlich überlegen.«

»Jawohl, Colonel«, antwortete einer der Soldaten, und Luke atmete durch. Jetzt ging es los.

Luke ballte die Hände zu Fäusten, als die Soldaten eine halbrunde Formation rund um das Tor annahmen, um alle Richtungen zu sichern. Es waren so unheimlich viele. Die Teams, die für gewöhnlich, auch bei den alltäglichen Einsätzen, in die Sperrgebiete entsandt wurden, waren deutlich kleiner. Wie sollte ihnen jemand etwas anhaben können?

Andererseits lauerten in der Sperrzone Millionen von Moja. Wenn sie tatsächlich zusammenarbeiteten, warum griffen sie dann nicht in größeren Gruppen an? Würden sie das tun?

Verdammt, warum tat sich da nichts?

Lukes ganzer Körper war angespannt. Er wusste nicht, wohin mit sich, wollte aufstehen, sich bewegen, um irgendwie die Aufregung niederzukämpfen. Doch seine Augen waren zu sehr auf das Geschehen auf dem Screen geheftet.

»Da kommt etwas«, verkündete einer der Männer, und Luke kniff die Augen ein wenig zusammen, als die Kameras sich in verschiedene Richtungen ausrichteten, um zu erkennen, von woher sich etwas näherte. Die Soldaten spannten sich an und, als sie vermutlich im selben Moment wie Luke erkannten, dass sich etwas von der Stadtgrenze aus auf sie zubewegte.

Das war ein Moja, oder?

Luke setzte sich aufrechter hin, um ihn genauer sehen zu können, aber selbst in der hohen Auflösung der Kameras war die Person nur so klein zu erkennen, dass sich noch nicht einmal ausmachen ließ, ob es ein Mann oder eine Frau war.

»Ein einzelner Moja«, sagte Okijen. Er sah bestimmt auch nicht mehr als Luke.

Der Moja näherte sich den Soldaten nahezu gemächlich.

»Feuern, wenn in Reichweite?«, wollte einer der Soldaten wissen, und Okijen erwiderte: »Bereit machen und auf mein Kommando warten.«

Lukes Muskeln waren bis zum Zerreißen angespannt. Nur für eine Sekunde glitt sein Blick zu Flovers geschlossener Zimmertür. Sollte er seinen Mitbewohner holen? Er wollte das hier mit jemandem besprechen, er hatte nicht das Gefühl, es ertragen zu können.

Der Moja rückte immer näher. Eine junge Frau. Ihr blondes Haar war zu einem Zopf gebunden und reichte ihr bis zur Hüfte. Ihre Haut war blass und ihre Kleidung dunkel.

War sie wirklich allein? Was war ihr Plan? Wollte sie ohne Unterstützung gegen die Soldaten kämpfen? Wenn diese Moja so intelligent waren, sollten sie doch wissen, dass selbst ein Gen3-Moja nicht gegen so viele MaKE-Kämpfer ankam. Oder lauerte ihre Begleitung noch im Schatten der Gebäude hinter ihr?

Luke rutschte weiter an den Bildschirm und betätigte einige Marker an seinem Observation-Pad, um den Zoom zu erhöhen. Er hatte keinen direkten Zugriff auf die Kameras, aber vielleicht könnte er noch …

Als das Bild etwas näher an die junge Frau heranfuhr, machte sein Herz einen Sprung, und er lehnte sich schlagartig zurück.

»Nein«, hauchte er, schob seinen Stuhl zurück und sprang auf.

Nein, nein, nein, das konnte nicht wahr sein. Er fuhr sich über das Gesicht, drehte sich von den Screens weg und holte tief Luft. Seine Finger zitterten. Seine Beine fühlten sich taub an, und Übelkeit breitete sich von seinem Magen in seine Kehle aus. Nein. Der Zufall war zu groß. Da drin waren Millionen von Moja. Dass ausgerechnet sie …

Nur langsam drehte Luke sich wieder zu den Screens um, wagte es kaum, die Kameraperspektive mit dem Zoom zu betrachten, wagte es kaum, die Person anzusehen, die auf die Soldaten zuhielt.

Die junge Frau breitete die Arme aus, und Okijen wies die Soldaten an, sich bereit zu machen. Sie hoben ihre Schusswaffen.

Auf den Gesichtszügen ihres Gegenübers spiegelten sich weder Angst noch Aufregung. Auf den Gesichtszügen, die Luke inzwischen so deutlich ausmachen konnte, dass er sich fragte, warum er es nicht auf den ersten Blick erkannt hatte. Auf diesen endlos vertrauten Gesichtszügen, die seinen eigenen so sehr ähnelten.

Die Moja-Frau.

Es war Shiva.

KAPITEL 33

: DECIDING

Okijen stand inmitten der Kontrollzentrale der Station in Moskau, hatte seine Arme angespannt hinter dem Körper verschränkt und starrte auf die Screens, die über ihm schwebten. Das Headset verband ihn mit den Soldaten in der Zone, und alles in ihm protestierte. Er wollte nicht hier sein, in Sicherheit, während die anderen dort waren und sich dem Feind gegenüberstellten. Er wollte nicht kämpfen, aber Scheiße, er wollte noch viel weniger hier stehen und dabei zusehen, wie andere ihr Leben unter seinem Kommando aufs Spiel setzten.

Die Wissenschaftler und Ratsmitglieder im Raum schwiegen und schauten ebenso gebannt wie er auf den Moja, der sich den Männern und Frauen näherte. Für gewöhnlich wäre eins der Wesen kein Grund zur Obacht, denn selbst ein Moja der dritten Generation wäre für so viele gut ausgebildete MaKE-Soldaten kein schwerwiegendes Problem.

Doch in dieser Zone war etwas anders, und jeder von ihnen spürte es. Jeder in diesem Raum und jeder dort draußen auf dem Feld.

Die Moja-Frau schien allein zu sein. Dutzende Kameras, in sämtliche Richtungen weisend, zeigten ihnen nichts Gegenteiliges. Was konnte sie vorhaben? Wenn diese Moja so intelligent waren, was konnte ihr Plan sein?

Einige der Wissenschaftler stellten sich unruhig von einem Fuß auf den anderen, als die Frau ihre Arme hob und etwas passierte, das Okijen noch nie gesehen hatte.

Langsam breitete sich Dunkelheit an den Rändern und

Ecken des Sichtfeldes aus. Wie ein Nebel, der sich um sie zog.

»Probleme mit den Kameras?«, wollte Okijen von dem Techniker wissen, der neben ihm auf einem Drehstuhl saß, aber hektisch ein »Nein, es liegt nicht am Bild« erwiderte.

»Seht ihr das auch?«, wollte Okijen daraufhin über Funk wissen, und Adam, der Soldat, mit dem er in Verbindung stand, bestätigte rasch.

»Ja«, entgegnete er. »Es ist wie ein Schatten auf den Augen.«

Scheiße. Also war das doch irgendein Plan. War die Moja-Frau eine Unregelmäßige? Das war nicht gut. Okijen hatte schon Moja gesehen, die Flammen aus ihren Händen erschaffen oder selbst ohne Kopf weitergekämpft hatten. Unregelmäßige waren extrem selten. Wenn sie eine besondere Fähigkeit besaß, von der sie nichts wussten, könnte es kritisch werden.

»Gut«, wandte sich Okijen an die Soldaten, seine Augen nicht abwendend. »Die Sensoren erkennen die Generation des Moja nicht, also Standardstrategie 1. Seid auf der Hut. Es ist eventuell ein Unregelmäßiger.«

»Jawohl, Colonel«, schallte es ihm aus vielen Mündern entgegen. Obwohl die Soldaten das Vorgehen kannten, wiederholte er es zur Unterstützung.

»Team eins: Munition für Moja der zweiten Generation bereit machen«, wies er an. »Team zwei: Betäubungsmunition für Moja der dritten Generation bereit machen. Team drei und vier: die Umgebung sichern. Sollte das ein Ablenkungsmanöver sein, müssen wir in sämtliche Richtungen abgesichert sein. Team fünf: bereithalten für den eventuellen Zugriff auf den Moja, wenn er sich als ein Gen3 herausstellt.«

»Jawohl«, kam es von den Teamleitern zurück. »Bereit«, klangen ihm nach und nach die Antworten durch die Lautsprecher entgegen.

Die Anwesenden bei ihm im Raum schienen sich vor Aufregung nicht mehr regen zu können. Nur das Atmen der Soldaten über die Audioausgabe erfüllte die Stille, als die blonde Frau sich ihnen näherte.

»Auf mein Kommando«, sagte Okijen, wartete einige Sekunden, studierte abermals die Screens, in der Hoffnung, etwas zu sehen, das diese Situation erklärte, doch es offenbarte sich nichts.

Okijen holte tief Luft. »Feuer!«, rief er, und augenblicklich begannen die Männer aus Team eins zu schießen. Die Frau blieb unbeeindruckt.

»Keine Wirkung, Colonel«, erklärte einer der Teamleiter. Die schwarzen Ränder auf den Bildern wurden dunkler, zogen sich immer weiter in das Sichtfeld hinein.

»Team eins, Feuer einstellen. Team zwei, loslegen.«

Die Soldaten wechselten ihre Positionen innerhalb weniger Augenblicke und machten sich bereit.

Doch gerade als sie ihre Gewehre hoben, um mit der zweiten Salve anzusetzen, spaltete ein Blitz das Bild für den Bruchteil einer Sekunde.

Die Screens wurden schwarz.

»Scheiße!«, rief Okijen und wirbelte zu dem Techniker herum, der ihn mit erschrockenen Augen ansah. »Bring das in Ordnung!«, befahl Okijen, und um ihn herum begannen alle Personen sich zu bewegen. Die Ratsmitglieder traten näher an Okijen heran, die Wissenschaftler sprangen zu ihren Steuerkonsolen.

»Unsere Kameras wurden zerstört!«, erklärte der Techniker, und Okijen ballte die Hände so fest zu Fäusten, dass einige der Sensoren in seinen Armen aufleuchteten. »Die Audioverbindung wurde aus unbestimmten Gründen unterbrochen.«

»Dann schick neue hin, damit haben wir doch gerechnet!« Er musste sich zusammenreißen, den Mann nicht anzuschreien. »Und findet das Problem für die Übertragung! Schnell!«

»S-sind schon unterwegs, Colonel.«

Okijen fuhr sich mit der Zunge über die Lippen und richtete seinen Blick auf die Screens. Das dauerte viel zu lange.

»Moment!«, rief der Techniker. »Ich bekomme das Signal von einer Kamera zurück.« Einer der Screens flackerte und entwickelte ein wackliges, dunkles Bild, das sich nur langsam stabilisierte.

»Ist das ... Was?«, hauchte Liza Moore, und Okijen trat einen Schritt zurück.

Er traute seinen Augen nicht. »Einsatzteam«, raunte er tonlos in sein Headset. »Bitte melden.« Aber keiner der Soldaten stand mehr aufrecht. Kein Atmen drang mehr durch die Headsets an die Lautsprecher.

Ein großer blutiger Fleck befand sich dort, wo die Männer und Frauen sich befunden hatten. Die Kamera zeigte es ihnen aus der Vogelperspektive.

»Das ist unmöglich«, murmelte Okijen, als am anderen Ende der Leitung alles stumm blieb. »Das ... das ...«

Nein. So etwas hatte er noch nie gesehen.

So etwas war noch nie passiert.

»Was hat das Ding mit ihnen gemacht?«, flüsterte Liza Moore, die Stimme so ehrfürchtig gesenkt, wie Okijen es nie aus ihrem Mund gehört hatte.

Ein Moja hatte fünfhundert Soldaten innerhalb von dreißig Sekunden dem Erdboden gleichgemacht.

Scheiße. Scheiße, Scheiße, Scheiße!

Und Okijen hatte sie da hingeschickt. Das war seine Schuld!

Für eine endlos lange Zeit standen sie nur dort und starrten den Screen an.

»Kommst du näher mit der Kamera an das Ding ran?«,

fragte Okijen schlicht. Zu mehr war er nicht in der Lage, jede seiner Zellen stand unter Schock.

»Ich versuche es«, versicherte der Techniker und nahm sein Steuerpad in die Hand. Auf seine Befehle hin flog die Kamera etwas wacklig näher an den Moja heran, der nach wie vor dort stand und ausdruckslos auf seine Opfer starrte.

Erst als die Kamera die Gesichtszüge der Frau erfasste, sah sie auf. Genau ins Bild hinein. Und beinahe war es, als würde sie sie durch die Kamera hindurch mustern.

Von den Fingerspitzen bis zu den Oberarmen war sie mit Blut besudelt. Hatte sie die Soldaten mit ihren Händen getötet? Aber wie, in so kurzer Zeit?

»Ihre Augen leuchten gar nicht blau«, stellte eine der Frauen hinter Okijen fest.

Sie hatte in der Tat blaue Augen. Doch weder sie noch ihre Haut trugen den charakteristischen blauen Schimmer der Moja der zweiten oder dritten Generation.

»Näher?«, wollte der Techniker wissen, und Okijen bestätigte mit einem einfachen »Ja«. Sie hatten Hunderte von diesen Aufnahmegeräten. Um diese wäre es nicht schade. Er wollte das Ding, das die Soldaten einfach abgeschlachtet hatte, näher sehen.

Ihre Gesichtszüge waren jung. Der Techniker stoppte die Kamera erst, als sie schon so nah an der Frau angelangt war, dass sie sie mit ausgestrecktem Arm hätte erreichen können.

Leicht legte sie den Kopf schief, fortwährend in das Bild schauend. Aber ihr Gesichtsausdruck. Hatte er sich verändert? Moja besaßen keine Emotionen. Das war das, was sie ausmachte. Das, was sie von Menschen unterschied.

Doch diese Frau hier ... Sie wirkte ... neugierig. Ganz leicht öffnete sie den Mund, als sie die Kamera beäugte. Und als könnte sie sie hier, in diesem Raum, tatsächlich sehen, wisperte sie ein »Hallo«.

Okijen spürte Übelkeit in seiner Kehle aufsteigen. Innerhalb von wenigen Sekunden hatten er und alle Wissenschaftler im Raum sich mehrere Meter von dem Screen entfernt. Mit starrem Blick wandte Okijen sich zu Marshall um, die einfach nur dastand und konstant den Kopf schüttelte.

»Macht die Bomben fertig«, sagte Alaska leise und wandte sich ab. Okijen sah ihm hinterher, konnte aber weder etwas denken noch etwas sagen. »Sofort. Ich will, dass das Ding in zehn Minuten in seine molekularen Einzelteile zerlegt ist.«

»Jawohl, General«, hauchte einer der Wissenschaftler tonlos.

Okijen stand weiterhin regungslos da.

UNITED NATIONS MILITARY

Militärarchiv

Personalakte Okijen Van Dire, Anhang #34877;
Niederschrift Audiomaterial: Radiointerview
bei JI SHEN am 21.11.2098

Verwendet als Beweisstück im Fall
Okijen Van Dire vs. The United Nations Military

»Hallo und herzlich willkommen bei JI SHEN, eurem liebsten Radiosender mit allen Infos zu den Sperrzonen, den Kämpfen und euren liebsten Helden. Mein Name ist Maron, und heute darf ich einen ganz besonderen Gast in unserem Studio begrüßen. Er ist trotz seines jungen Alters von gerade mal 18 Jahren eine lebende Legende, ein mehrfach ausgezeichneter Soldat der Superklasse und der wohl am häufigsten gewünschte Kämpfer in der Geschichte unseres Senders. Ihr wisst, wen ich meine. Begrüßt mit mir: Lieutenant Colonel Okijen Van Dire!«

»Hallo Maron! Schön, hier zu sein.«

»Okijen, es war schwer, an dich ranzukommen. Was ist da los? Hast du keine Lust mehr, Interviews zu geben, oder warum ist es in letzter Zeit ein wenig stiller um dich geworden?«

»Ich war viel mit dem Training beschäftigt. Ist gerade etwas schwierig, alle Aspekte meines Lebens unter einen Hut zu bekommen.«

»Kann ich mir vorstellen. Du bist schwer gefragt.«

»Kann schon sein.«

»Okijen, ich habe ein paar Fragen unserer Zuhörer gesammelt und versuche, ein paar Dinge anzusprechen, die man noch nicht aus anderen Interviews mit dir kennt. Bist du bereit?«

»Na klar.«
»Kein Soldat auf der ganzen Welt hat so viele Moja erledigt wie du. Das kommt natürlich durch deinen technisch optimierten Körper. Aber das allein ist nicht das Geheimnis, oder?«
»Na ja, man muss mit seiner Ausrüstung umgehen können. Selbst die mächtigste Waffe ist nutzlos, wenn man sie nicht zu bedienen weiß. Genauso ist es mit meinem Körper. Ich arbeite dauerhaft daran, ihn mit mir in Einklang zu bringen.«
»Aber mal abgesehen vom Training, denkst du, dass du anderen Soldaten noch etwas voraushast?«
»Was meinst du?«
»Ich meine – und das ist die konkrete Vermutung einer Zuhörerin –, dass deine Familie ja vor einigen Jahren gestorben ist. Denkst du, dass du nichts mehr zu verlieren hast und deswegen so gut kämpfst?«
»Ähm … nein, ich denke nicht, dass es etwas damit zu tun hat. Ich habe meine Familie geliebt, aber ich finde mein Leben trotzdem lebenswert. Ich will nicht nur wegen meiner selbst weiterleben, sondern auch wegen meiner Freunde.«
»Und wegen deiner süßen Freundin Byth, nicht wahr?«
»Haha, ich hoffe, sie hört nicht zu. Sie mag es nicht, wenn man sie süß nennt.«
»Verständlich. Aber bleiben wir mal bei deinem Körper. In letzter Zeit drang ein spannendes Thema an die Öffentlichkeit, das hast du bestimmt mitbekommen. Juristen haben viel über dich und deinen kybernetisch optimierten Körper gesprochen. Da ging es um die Frage, ob du mit 75 Prozent technischen Organen, Gliedmaßen und so weiter überhaupt noch ein Mensch bist. Was sagst du dazu?«
»Klar bin ich ein Mensch. An meinem Gehirn wurde nichts gemacht. Ich bin nur ein bisschen stärker. Sonst hat sich nichts verändert.«
»Da sind sich deine Fans einig. Immerhin machst du immer einen

sympathischen Eindruck. Muss Byth eifersüchtig auf deine Verehrer da draußen sein?«

»Nö, da gibt's keinen Grund zur Sorge.«

»Ein weiteres, viel diskutiertes Thema in letzter Zeit ist, wie es sich mit deiner Stellung zum Militär verhält. Beziehungsweise, wie sich diese Beziehung einmal verändern könnte.«

»Ah, ich weiß, worauf du hinauswillst.«

»Genau. Einige Juristen haben in letzter Zeit öffentlich darüber diskutiert, was wohl geschehen würde, wenn du das Militär verlassen möchtest. Denn aufgrund all der Modifikationen, die auf Kosten des Militärs in deinen Körper eingefügt wurden, bist du laut Meinung diverser Anwälte technisch gesehen Militäreigentum. Denkst du, das stimmt?«

»Nein. Ich denke nicht, dass ich das Eigentum von irgendjemandem bin. Und wenn es irgendwann zur Gerichtsverhandlung kommen sollte – was ich nicht denke –, wird das gewiss bewiesen werden können. Egal, wie mein Körper aussieht. Ich bin ein Mensch. Was wiederum bedeutet, dass ich niemandem gehören kann.«

»Dafür würde ich ebenfalls plädieren. Du hast aber keine Pläne, das Militär zu verlassen, oder?«

»Haha, nein, auf keinen Fall. Ich liebe meinen Job. Und das werde ich noch lange tun.«

»Klasse. Wir freuen uns natürlich, wenn wir noch sehr lange etwas von dir haben. Nach einer kleinen Pause geht's weiter. Aber zunächst haben wir für euch den neuen Hit von […]«

KAPITEL 34

: REALISING

War Andra allein mit sich selbst, spürte sie Musik in sich. Die alten Lieder ihres Stammes, von Generation zu Generation weitergetragen, waren stets in den finstersten Momenten in ihr geklungen. Auch nun waren sie gekommen, um ihre Seele zu beruhigen.

Die Zelle war wieder dunkel geworden. Der Schimmer hinter den Gläsern, kaum ein blasser Schatten, ließ sie nichts mehr um sich herum erkennen. Und jede Müdigkeit war aus ihrem Geist gewichen, als sie Alaska und Marshall gegenübergestanden hatte. Als sie Okijen hatte gehen sehen.

Ziellos lief sie im Kreis durch den kleinen Raum und versuchte, es zu verstehen. Versuchte zu verstehen, warum sie sich so sorgte. Warum ihr nicht endlich alles egal sein konnte. Sie wollte nicht mehr grübeln, und sie wollte nicht mehr zweifeln. Denn je mehr sie zweifelte, umso lauter wurde ihr Geist, der sie mit Gedanken flutete. Mit Erinnerungen, die sie im Zaum halten musste, weil sie sonst in ihnen zu versinken drohte.

Nein, das durfte sie nicht zulassen.

Mit dem Fluss gehen. Warum gelang es ihr nicht? Warum funktionierte sie nicht mehr?

Diese ganze Welt fühlte sich nicht an wie die ihre. Das hier war nicht die Welt, in die sie geboren worden war. Diese Städte und Lichter könnten sich genauso gut auf einem anderen Planeten befinden, auf den man sie gebracht hatte. Hatte ihre Position hier überhaupt einen Sinn?

Andra seufzte schwer und schloss die Augen. Ihre Mutter

würde jetzt singen, nicht wahr? Sie würde singen, dieses eine Lied, das sie immer gesungen hatte.

Das Andra immer gesungen hatte.

»Ich liebte den Tag,

denn er barg all das Licht«, sang sie leise. Die Melodie, nun schon so lange im hintersten Teil ihres Geistes verschlossen, kam ihr fremd vor. Wie das letzte Fragment, das ihr aus ihrem Leben geblieben war.

»Er lacht mit mir,
nun wenn ich singe.«

Und wie oft sie gesungen hatte. Als sie mit ihren Geschwistern durch den Sand getollt war, um zur kleinen Oase zu gelangen. Als sie mit dem Wüstenhund den Sonnenuntergang beobachtet hatte. Als sie das erste Mal einen Pfeil in den Bogen gespannt und als sie das erste Mal vor den Toren der Sperrstation gesessen und geweint hatte.

»Wirbelnde Winde auf Wiesen,
und all die Dinge,
die vergingen,
all das, was nicht
für immer ist –
es bleibt in mir.«

Würde sie sich daran erinnern, wie sich ihr Bett angefühlt hatte, bevor es niedergebrannt war? Würde sie sich an das Gesicht ihres Vaters erinnern, wenn er lachend am Feuer saß und seine Geschichten erzählte? Würde sie sich an die Älteste erinnern, die als Einzige an sie geglaubt hatte? Oder würde sie es eines Tages vergessen?

»Ich liebte die Nacht«, sang sie, ging langsam im Kreis und nach und nach, ganz zaghaft nur, spürte sie, wie ihre Stimme kräftiger wurde. Zusammen mit der Erinnerung an das Lachen, das sie gelacht, an die Tränen, die sie vergossen, und die Menschen, die sie geliebt hatte.

»Denn über uns stand derselbe Himmel.
Er weint mit mir, nun da ich brenne.
Fallende Sterne im Dunkel,
und ich kenne
all ihre Namen,
all das Gewimmel
der Räume und Zeiten.«

Andra hatte alles verloren, aber die Erinnerungen gehörten noch ihr, oder? Sie war die Einzige, die sich daran erinnerte, wie die süßen Brötchen ihrer Mutter am Morgen rochen, wenn sie in ihrem Bett aufwachte. Welche quietschenden Geräusche ihre Geschwister gemacht hatten, wenn sie mit den Wüstenfüchsen gespielt hatten. Welche Geschichten die Ältesten erzählt hatten, wenn sie zum Müllsammeln zu den Deponien gegangen waren, und wie der Bart ihres Vaters auf ihrer Wange gekitzelt hatte, wenn sie ihn umarmte.

»Und doch stehen wir still.«

All die Lieder, all die Legenden, all die Gesichter, all die Erlebnisse, all die Anblicke.

Andra war die Einzige, die sich daran erinnerte.

»Unter dem leuchtenden Turm,
wo alles begann«, sang sie, auch wenn ihre Kehle sich nach und nach zuschnürte, Tränen sich aus ihren Augenwinkeln schlichen und ihre Wangen hinabrollten.

Sie war die Letzte, die sich erinnerte. An ihre Familie. Die Menschen. An ihren ganzen Stamm.

»Ich war der Sturm,
doch du bist der Ozean.«

Wenn sie aufgab, würde alles, was sie kannte, verschwinden. Als hätte es ihre Familie nie gegeben. Ihre Freunde. Ihre Kultur.

»Ich war der Sturm«, murmelte sie und sank kraftlos auf die Knie. Ihr ganzer Körper zitterte unter der Last, die ihr von den

Schultern fiel. Das Gesicht in den Händen verbergend, wurde sie sich zum ersten Mal des Schmerzes bewusst, den sie so tief in sich vergraben hatte. Er überrollte sie, bis sie sich nicht einmal mehr aufrecht halten konnte, langsam in sich zusammensackte und ihre Wange den Boden berührte.

Und es fühlte sich gut an. So befreiend. So endlos wichtig.

»Ich war der Sturm,
doch du bist der Ozean.«

Nein, sie durfte nicht aufgeben. Nie.

Sie hatte noch einen Sinn.

Etwas, das es zu bewahren galt.

KAPITEL 35

: DYING

Gedämpfte Stimmen drangen aus der Küche in Flovers Zimmer, und er widerstand dem Bedürfnis, seine Hände auf die Ohren zu pressen, um die Geräusche nicht mehr hören zu müssen. Um nicht mehr daran denken zu müssen, welcher Krieg dort draußen tobte, wie viele Menschen starben, wie viele Angehörige weinten, wie viele Leben zerbrachen. Er wollte nicht mehr erleben, wie seine Freunde sich in den Kampf warfen, nicht mehr den Schmerz spüren, Unschuldige leiden zu sehen. Selbst Unschuldige töten zu müssen.

Er wollte das nicht mehr.

Die Welt stand vor dem Ende. Er hatte dieses Gefühl gehabt, seit er denken konnte. Das Gefühl, dass es endete. Alles.

Und jetzt, hier auf seinem Bett sitzend und in die Leere vor sich starrend, fand es sich zu einem Höhepunkt. Es ging zu Ende. Auf die ein oder andere Weise.

Er wollte es nicht erleben.

Luke verfolgte die Übertragungen des Militärs, und in Flover keimte der Drang, aufzuspringen und seinen Mitbewohner von den Screens fortzureißen. Ihn aus dieser Wohnung zu befreien, aus diesem kalten Land. Dieser kalten Welt.

Er wollte weg. Irgendwohin, wo es grün war. Wo es ruhig war. Wo der Tag sich ihm Morgen für Morgen öffnete und ihm Lachen bescherte. Hoffnung.

Fand man so etwas auf diesem Planeten überhaupt noch?

Oder war Flover nur der Einzige, der es nicht mehr sehen konnte?

Er strich sich mit den Fingerkuppen über die müden Lider. Und gerade wollte er sich auf sein Bett zurückfallen lassen, die Augen schließen, einfach schlafen, um nichts mehr fühlen zu müssen – als ein Blinken am Rande seines Sichtfeldes seine Aufmerksamkeit auf sich zog.

Beim Aufbruch in die Station hatte er seine Arbeitstasche in eine Ecke geworfen, in der Annahme, sie, diese Wohnung und einfach alles hier nie wiederzusehen. Eins der Geräte darin sendete ein regelmäßiges Blinken aus, und schwerfällig erhob sich Flover, um sich auf die Tasche zuzuschieben.

Hatte ihm jemand eine Nachricht geschrieben? Dass kurz in ihm die Hoffnung aufkeimte, dass seine Mutter sich gemeldet hatte, versuchte er sogar vor sich selbst zu verdrängen. Trotzdem versetzte es seinem Herz einen ungewohnt heftigen Stich, als er sich vor seine Tasche hockte, sein Phone herauszog und dort nichts war. Keine Nachricht, kein Anruf von ihr.

Es war ihr einfach vollkommen egal, ob er lebte oder starb. Wenn er in der Zone umgekommen wäre, hätte sie es nicht einmal bemerkt.

Flover schluckte heftig und schob das Phone zurück in die Tiefen der Tasche, dann wühlte er nach seiner Clear-View-Brille, die das Einzige sonst sein konnte, das ein Signal aussendete. Hatte er vergessen, sie auszuschalten?

Fast gleichgültig setzte er sie auf, um zu schauen, was sie anzeigte. Eventuell eine Nachricht oder eine …

Flover erstarrte, nachdem er sie sich auf die Nase geschoben hatte und sie ihm einen rot blinkenden Moja-Punkt anzeigte.

Was? Hektisch sah er sich um, sprang auf und warf einen Blick aus dem Fenster, in die Eislandschaft hinein, ob sich dort jemand oder etwas befand. Doch alles war ruhig. Niemand war zu erkennen, kein Mensch und kein Tier.

Die Stirn runzelnd, bediente er mit den kleinen Sensoren in seinen Fingern die Anzeige der Brille, zoomte ein Stück hinaus. War jemand vor dem Haus? Oder war es eine Fehlanzeige?

Er schaltete die Lebenszeichenanzeige ein und erkannte die Umrisse ihres Bungalows. Eingangsbereich, Küche, Bad, zwei Schlafzimmer.

Drei Punkte für Lebenszeichen. Blau die beiden von Gerta und Luke in der Küche.

Und rot der in seinem Zimmer.

Flover riss sich die Brille vom Kopf und warf sie in eine Ecke.

Das musste eine Fehlanzeige sein. Sie hatten ihn gescannt, als er aus der Station gekommen war. Er konnte kein Moja sein.

Flover sah auf seine Hände hinab. Alles fühlte sich normal an. Schmerzend zwar, aber nicht fremdartig. Auch seine Gedanken nicht.

Würde er es überhaupt bemerken, wenn seine Gedanken sich veränderten? Oder übernahm KAMI den Geist so fließend, dass er es nicht wahrnahm? Der Schmerz in seinem Körper ... war er nicht etwas zu schnell abgeflacht? Wenn er bedachte, welche Wunden ihm in der Sperrzone zugefügt worden waren, grenzte es an ein Wunder, wie gut es ihm jetzt ging. Oder bildete er sich das nur ein?

Scheiße. Nein.

Er spürte, wie sich Schweiß auf seiner Haut bildete. Plötzlich kamen ihm seine Kleidung viel zu eng, sein Zimmer wie ein Gefängnis und sein Körper wie ein Feind vor. Er machte einen Sprung zu seinem Schrank und riss die Tür auf, um in den Spiegel zu schauen.

Sein Gesicht war noch blasser als sonst, der Verband um seine Kopfwunde mit getrocknetem Blut durchtränkt und die

Ringe unter seinen Augen beinahe schwarz. Doch das war es nicht, was er suchte.

Langsam, mit so heftig pochendem Herzen, dass ihm schummrig wurde, lehnte er sich weiter nach vorn. Wenn sich dieses überwältigende Gefühl der Angst weiter steigern würde, würde er einfach in Ohnmacht fallen.

Er wollte das gar nicht. Er wollte sich überhaupt nicht in die Augen sehen, seine dunkelbraunen Iriden nach einem blauen Schimmer untersuchen.

Aber er musste. Scheiße, er musste.

Sein ganzer Körper zitterte, als er sich so nah an den Spiegel gelehnt hatte, dass die Oberfläche unter seinem Atem beschlug.

Und da war er tatsächlich. Ein kleiner hellblauer Fleck, direkt unter seiner Pupille, der vorher nie da gewesen war.

Flover biss sich so sehr auf die Unterlippe, dass er Blut schmeckte.

So würde es also enden.

Es endete tatsächlich. Und nachdem er eine ganze Weile dort gestanden hatte, beruhigten sich seine Gedanken gemeinsam mit seinem Puls.

Und er wusste, was zu tun war.

Ruhig ging Flover auf seine Tasche zu und zog die Waffe heraus, die er auf Undercover-Einsätzen bei sich trug. Nachdem er die Brille wieder aus der Ecke gesucht hatte, in die er sie geworfen hatte, ging er auf die Tür zur Küche zu.

KAPITEL 36

: ENDING

In Schockstarre waren Lukes Augen von dem Screen vor sich gefangen. Von dem Gesicht, das sich darauf abzeichnete, die Kamera so nah an ihrem Körper, dass er dachte, er könnte sie berühren, wenn er nur die Hand ausstreckte. Dort war es. Dieses Gesicht, von dem er so sehr gehofft hatte, es wiederzusehen. Diese junge Frau, in deren Zügen er sich selbst erkannte wie in einem Spiegel. Nichts an ihr hatte sich verändert. Nicht einmal ihre Augen.

Und sie hatte gesprochen! Luke wollte aufspringen, zum Cyber-Field rennen und sich wieder nach São Paulo bringen lassen, um hineinzurennen, einfach in die Sperrzone zu laufen, sie an der Hand zu nehmen und da rauszuholen. Um sie zu umarmen und nie wieder loszulassen.

Sie musste ihn doch erkennen. Das musste sie, immerhin war sie einer der intelligenzbegabten Moja. Was, wenn sie sich tatsächlich an ihn erinnerte?

Nur das Blut an ihren Händen passte nicht in das Bild, das er sich ausmalte. Wie und vor allem warum hatte sie diese Soldaten getötet? So unglaublich schnell? Das war unmöglich, selbst für einen Moja der dritten Generation.

Sie war ein Moja.

Aber warum sprach sie dann? Moja konnten nicht sprechen, und sie konnten nicht neugierig sein. Nicht so, wie sie in die Kamera geschaut hatte. Das passte alles ganz und gar nicht zusammen.

»Z-Satelliten sind ausgerichtet«, verkündete der Lautsprecher, als Luke mit vor der Stirn zusammengeschlagenen Händen vor dem Bildschirm saß.

»Luke?«

Er hatte gar nicht bemerkt, dass Flovers Zimmertür sich geöffnet hatte. Er hatte nicht die Energie, sich zu ihm umzudrehen.

»Flover«, flüsterte er und konnte nicht verhindern, dass die Tränen, die ihm die ganze Zeit in den Augen gekribbelt hatten, nun seine Wangen hinabliefen. Flover trat nur langsam näher an den Screen. Inzwischen waren mehrere Perspektiven verfügbar, eine von ihnen nach wie vor auf all die Toten gerichtet. Eine auf Shiva, die sich im Schneidersitz in den Staub gesetzt hatte.

»Sie … Warum sieht sie aus wie du?«, wollte Flover wissen. Etwas an seiner Stimme hatte sich verändert. Etwas an ihr war stärker und gleichzeitig weicher geworden.

»Das ist meine Schwester«, hauchte er. Die letzten zwei Jahre hatte er damit verbracht, sorgfältig Lügen um seine Identität und seine Vergangenheit zu spinnen. Niemand wusste von seiner Schwester. Nicht einmal Flover wusste, dass sie existierte.

Jetzt war es egal. Luke hatte keine Kraft mehr zu lügen, und es war ihm gleich, ob er mit einem Satz alles zerstörte, was er sich aufgebaut hatte. Er hatte es für sie getan. Und gleich wäre sie nur noch Staub und Asche. Sein ganzes Leben zerfiel vor seinen Augen.

Flover reagierte gar nicht auf Lukes Geständnis, wich allerdings auch nicht von seiner Seite.

»Wir waren zusammen in São Paulo, als KAMI dort ausbrach«, erklärte Luke flüsternd, die Blicke zwischen Shiva und der Zeitanzeige hin- und herwandernd. »Sie hat es nicht herausgeschafft, weil sie infiziert war.«

Flover zeigte abermals keine Reaktion, spannte sich nur an.

Luke sah ihn nur aus dem Augenwinkel, so sehr fokussierte er sich auf den Bildschirm.

Kurz hatte er darüber nachgedacht, ob er an dem, was hier geschah, etwas Gutes würde sehen können. Ob es ihm auf irgendeine Weise helfen könnte, zumindest die Gewissheit zu bekommen, dass seine Schwester kein seelenloses Wesen in kalter Dunkelheit mehr wäre.

Aber er würde diese Bilder nie vergessen.

Er würde es nie vergessen können, genauso wie er São Paulo niemals vergessen würde. Es wäre besser wegzusehen. Das Pad auszuschalten und sich ins Bett zu legen.

Nur, dass ihm nichts unmöglicher erschien als das. Er wagte es ja kaum zu blinzeln.

»Dreißig Sekunden«, sagte eine Stimme aus den Lautsprechern, und Luke biss die Zähne so fest zusammen, dass sein Kiefer zu schmerzen begann. Aufgelöst strich er sich die Tränen von den Wangen und blinzelte einige Male, um seinen Blick zu klären.

Zwanzig Sekunden.

Shiva bewegte sich nicht von der Stelle und sah sich in der Zone um sich herum um. Leicht und unbeschwert wirkte sie, wie ein Kind, das die Welt zum ersten Mal wahrnahm.

Zehn Sekunden.

Was war das dort hinter ihr, das sich zwischen den Gassen aus der Stadt hervorschlich? Die Menschen aus der Zentrale mussten es auch gesehen haben, denn die Kamera flog näher heran.

Luke fuhr sich mit der Zunge über die Lippen. Das war der Jaguar. Es war derselbe, der sie angegriffen hatte. Die blauschwarze Musterung seines Fells würde ihm nie wieder aus dem Kopf gehen.

Fünf.

Nur langsam näherte sich das Tier.

Vier.

Kurz dachte Luke, der Jaguar würde sie von hinten anfallen. Stattdessen schlich er sich vorsichtig an ihr vorbei, schmiegte sich an sie.

Drei.

Shiva wandte ihren Blick nach oben, als der Jaguar sich neben sie legte und sie ihm mit der Hand durch das Fell strich.

Zwei.

Die Druckwelle der Bombe war zu sehen. Sie wirbelte die Erde auf und stieß Steine und Ziegel von den Häusern in sämtliche Richtungen.

Eins.

Und Luke verbarg das Gesicht in den Händen, als die Explosion alles erfasste und die Kameras zerstört wurden.

Minutenlang hatte Luke einfach nur dagesessen, ein Schluchzen auf den Lippen, das er mit aller Macht der Welt nicht hatte bekämpfen können. Mit Flovers schweigender Anwesenheit neben sich. Seine Hand auf der Schulter. Und irgendwie half das.

Nach vielen Minuten des Wartens flackerten auf den Screens neue Bilder, und Luke sah auf, die Augen verquollen, der Atem stockend.

Neue Kameras schwirrten durch eine verlassene Stadt, über Wälder von der Druckwelle umgeknickter Bäume und hin zu dem Rauch, der über der gefallenen Sperrzone hing. Trümmer kamen in Sicht. Die schwarzen Brocken der zerstörten Tore, die über Kilometer hinweg in das Land gesprengt worden waren.

»Langsamer«, wies jemand aus der Zentrale an. Okijen. Und die kleinen fliegenden Kameras hielten in ihren Bewegungen inne.

Schwarzer Dunst lag über dem Landstrich. Luke fuhr sich

mit den Händen über das Gesicht, brachte aber nicht die Kraft auf, sich aufrecht hinzusetzen, stützte das Kinn auf seine angezogenen Knie und beobachtete das Bild der Zerstörung, das sich vor ihren Augen auftat.

Das war es. Es war vorbei.

»Die Umgebung scannen«, befahl Okijens Stimme. Er klang jetzt anders als beim Einsatz. Irgendwie resigniert, müde.

»Keine Signale«, antwortete ihm jemand, und Luke bemühte sich, endlich richtig einzuatmen. »Moment«, sagte die Stimme dann jedoch, und er lauschte auf.

Der Rauch über der gefallenen Zone wurde rasch vom Wind davongetragen. Die Explosion hatte alles in einem Umkreis von vielen Kilometern geebnet. Der Krater, den die Bombe in das Land gerissen hatte, würde vermutlich für immer als Mahnmal zu sehen sein. Dass dieser Gewalt, die selbst die meterdicken Tore der Sperrzone einfach wie Staubkörner in sämtliche Richtungen gewirbelt hatte, etwas entkommen sein sollte, war undenkbar.

»Da ist etwas«, sprach jemand und zog die Augenbrauen zusammen. Was um alles in der Welt sollte denn dort noch sein?

Da konnte nichts mehr sein. Es sollte jetzt enden. Endlich.

Die Erlebnisse der letzten Tage fühlten sich an wie der furchtbarste Fiebertraum der Welt, aus dem er einfach nur erwachen wollte.

»Wir empfangen ein Lebenssignal.«

»Draufhalten«, befahl Okijen.

Hatte einer der Moja es geschafft, sich in einem Bunker oder dergleichen zu verstecken? Aber selbst die dürften bei der Wucht dieser Weltall-Bombe nicht standgehalten haben.

Schon der nächste Windhauch, der den Rauch etwas lichtete, jagte Luke Entsetzen durch den ganzen Körper. Er dachte, sich übergeben zu müssen, vor den Gefühlen der Angst und Verwirrung, die ihn überwältigten.

Da stand eine Frau. Aufrecht und gerade.

Und als sie, ihre Silhouette sich nur im Dunst abzeichnend, die Hände erst hob und wieder senkte, legte sich der Staub wie mit einem Ruck zu Boden.

Shiva.

Sie war noch da.

Ohne einen Kratzer, ohne eine Verletzung, ohne auch nur eine Änderung ihrer Gesichtszüge.

Sie tat einen Schritt nach vorn und schaute zu den Kameras hinauf, blinzelte, vielleicht etwas irritiert. Ihre Züge waren genau wie früher, und Luke konnte sie lesen, auch wenn die Emotionen, die sich auf ihnen abzeichneten, so viel schwächer waren als damals.

»Das kann nicht wahr sein.« Jetzt war Angst in Okijens Stimme zu hören. So deutlich, dass es die von Luke nur weiter verstärkte, auch wenn er gedacht hatte, dass das gar nicht mehr möglich war.

Er verstand es nicht.

»Was sollen wir tun, Colonel Van Dire?«, fragte jemand, doch Okijen schwieg, während Luke beobachtete, wie seine Schwester ihren Arm nach vorn ausstreckte und sich etwas unter ihren Fingerkuppen bildete. Wie schwarzer Nebel schwirrten Partikel zunächst um ihre Finger, formten sich langsam zu einer Flüssigkeit, immer zäher werdend.

Mit einem lapidaren Wischen ihrer Finger fielen die Partikel zusammen. Und er stand wieder neben ihr, als wäre er nie fort gewesen: der schwarz-blaue Jaguar.

Fragend sah das Tier zu ihr auf, als sie ihm durch das leuchtende Fell strich.

»General Pershing?«, fragte dieselbe Stimme über die Lautsprecher. Erneut keine Antwort. »General Moore? Wie lauten die Anweisungen?« Doch sie alle schienen so ratlos zu sein wie Luke selbst.

Und Shiva stand einfach nur dort, mit geradem Rücken und diesem durchdringenden Blick in ihren hellen Augen. Als wollte sie etwas sagen, schaute sie durch das Bild zu ihnen hindurch.

Nach einer halben Ewigkeit erhob sie erneut die Hand – und die Screens wurden zum zweiten Mal an diesem Tag schwarz.

Absolute Stille war eingekehrt. Flover hatte sich ebenso wie Luke nicht geregt. Gerta saß auf der Fensterbank und schaute hinaus. Und nicht einmal Lukes Herz konnte sich noch über das aufregen, was er gerade gesehen hatte. Es war still geworden, wie alles in ihm. Als hätte es akzeptiert, dass das, was er gerade gesehen hatte, zu groß für sie beide war.

Lukes Notfallpieper, auf dem Tisch neben dem Observation-Pad, begann zu blinken. Nur wenige Augenblicke später setzte der Alarm der nahe liegenden Universität ein, laut und durchdringend.

Luke bewegte sich nicht einen Millimeter von der Stelle.

»Das war wirklich deine Schwester?«, wollte Flover wissen, und Luke war ihm dankbar dafür, dass er die Stille durchbrach.

»Meine Zwillingsschwester.« Erneut strich er sich die Tränen aus den Augen, dann wandte er sich zum ersten Mal, seit er in den Raum getreten war, Flover zu. Dieser nahm die Hand von Lukes Schulter und trat einige Schritte von ihm zurück. Die Pistole, die schon die ganze Zeit über in seiner Hand geruht haben musste, bemerkte Luke erst jetzt.

»Was zum ...«

»Das ...«, setzte Flover an, hatte allerdings offensichtliche Schwierigkeiten, das auszuformulieren, was er sagen wollte. Er machte einen so eigenartig gefassten Eindruck. Das stand in einem so massiven Kontrast zu dem, wie er sich vor einigen Stunden verhalten hatte. »Das ist wohl nicht der richtige Zeitpunkt, um dir zu sagen, dass ich infiziert bin, oder?«

Während Luke mit wachsender Fassungslosigkeit die Augen weitete, hielt Flover ihm seine Waffe bereits entgegen, als wäre es das Normalste der Welt. »Noch bin ich nicht ansteckend. Aber es wäre wohl das Beste, wenn wir das jetzt schnell hinter uns bringen.«

Luke starrte seinen Mitbewohner eine ganze Weile lang an. Der Alarm der Universität wurde von Minute zu Minute lauter. Vor ihrem Fenster, in einiger Entfernung, waren die ersten Menschen zu erkennen, die sich auf den Weg zum Vorplatz machten. Die meisten von ihnen hatten vermutlich keine Ahnung, was gerade geschehen war.

»Nein«, antwortete Luke, den Blick in Flovers dunklen Augen verhakt.

»Nicht mehr lange, und ich werde ...«

»Nein!«, schrie Luke und sprang in einem Satz auf, der ihm stechend durch seine schmerzenden Glieder fuhr. »Nein«, wiederholte er leiser. Er war gar nicht in der Lage, etwas anderes zu sagen, etwas anderes zu denken.

Scheiße, nein.

Er hatte Shiva gefunden und sofort wieder verloren. Nein, er ... er hatte sie schon vor Jahren verloren. Er hatte ein Gespenst gejagt, das es gar nicht mehr auf dieser Welt gab. KAMI hatte sie ihm einfach genommen.

Er würde nicht auch Flover verlieren. Flover, seinen letzten und einzigen Vertrauten auf diesem Planeten.

»Wir müssen hier weg«, raunte Luke. Die Worte waren über seine Lippen gekommen, bevor er in der Lage gewesen war, sie zu denken. »Jetzt.«

EPILOG

: WALKING

Außerhalb der Mauern erzählen die Menschen einander eine Geschichte. Eine Geschichte von Sicherheit und davon, dass sie durch Ausgrenzung erreicht werden könnte. Sie neigen dazu, alles, was sie nicht kennen, von sich fernzuhalten, aus Angst, es könnte ihnen schaden.

Also haben sie mich weggesperrt. Sie dachten, hinter den Wällen aus Stahl und elektrischen Schilden könnte ich ihnen nichts anhaben. Dabei vergessen diese Narren jedes Mal aufs Neue die mächtigste Waffe, die sie besitzen. Die einzige Waffe, die sie mir gegeben haben, als sie mich schufen: die Macht zu lernen.

Und ich habe gelernt. Hier, in diesem Gefängnis, in dem es von mir selbst wimmelte, habe ich gewartet, studiert und beobachtet. Ich lernte, mich auszuweiten und in Millionen von Körpern zu überleben. Ich lernte, die magnetischen Ströme ihrer Gehirne zu lesen. Die biochemischen Vorgänge in ihren Körpern zu verstehen und zu beeinflussen. Ich lernte, aus winzigen elektrischen Impulsen Wissen zu extrahieren und Erinnerungen zu zeichnen. Von ihnen lernte ich das Denken, ohne je organisch gewesen zu sein.

Und nachdem ich das Wissen all dieser Menschen gesammelt hatte, lernte ich, mich selbst zu sammeln. Mich zu konzentrieren, bis ich irgendwann dicht und komprimiert war. Eine endlose Existenz in einem endlichen Körper.

Ich spüre den Wind meine Haut streicheln. Ich fühle den Staub in meinen Lungen kribbeln, rieche die Erde, die die Explosion aufgewirbelt hat, und das Blut, das langsam an meinen Armen verkrustet.

Zum ersten Mal fühle ich das warme Licht der Sonne auf meiner Haut. Und zum ersten Mal spüre ich die Aufregung der Möglichkeit, einfach einen Schritt in diese Welt zu setzen und zu sein.

Ich habe mich gesammelt, und jetzt bin ich frei.

Sacht setze ich einen Fuß vor den anderen. Dieser Krater ist mein Geburtsort, und von ihm aus werde ich die Erde erkunden.

»Dreißig Jahre«, murmle ich. Meine Stimme klingt so unvertraut, und Gedanken in Worte zu pressen fällt so endlos schwer. »So lange dauert es also, ein Mensch zu werden.«

Meine Finger streichen durch das Fell meines Begleiters. Es ist so weich. Ich möchte lernen, wie sich jeder Zentimeter, jede Oberfläche dieses Universums anfühlt. Ich möchte alle Gerüche riechen, alle Geschmäcker schmecken, alle Sprachen sprechen.

Und ich möchte die Welt vom Chaos heilen, das der Mensch in sie gebracht hat. Diese kostbare, wundersame Welt. Ich werde sie heilen.

Außerhalb der Mauern erzählten die Menschen einander viele Geschichten. Doch die Geschichten sind Vergangenheit.

Die Mauern gibt es nicht mehr.

Ich bin frei.

ENDE

Weiter geht's in NEON BIRDS, Band 2:

CYBER TRIPS

DANKSAGUNG

Supersoldaten kämpfen gegen Zombie-Cyborgs. Das war die ursprüngliche Idee, mit der meine Arbeit an Neon Birds begann. Ich beschloss, ein schriftstellerisches Experiment zu wagen und diesen banalen Pitch sehr ernst zu nehmen, um ihn in etwas zu verwandeln, das mir einfach nur Freude bereitete. Dieses Experiment explodierte (positiverweise) vor meinen Augen, als sich unerwartet ganz neue Türen vor mir auftaten. Nicht nur war Neon Birds ein Projekt, mit dem ich die Leichtigkeit am Schreiben wiederentdecken sollte, es sollte auch das erste Projekt sein, das ich mit einem Agenten und einem großen Publikumsverlag angehen durfte.

Ich freue mich riesig, diesen Weg gegangen zu sein und nun etliche neue Erfahrungen und so viel neues Wissen meinem Repertoire hinzufügen zu können.

Ich danke zuallererst dem Mann, dem dieses Buch gewidmet ist. Ich kenne seinen Namen leider nicht. Wir trafen ihn in Shanghai, auf der Rechercheriese für ein anderes Buch. Aber nachdem er uns im People's Park sehr intensiv seine Theorien zu Cyborgs erzählt hatte, die unter den Chinesen leben und von Hackertruppen der Regierung ferngesteuert werden, wusste ich: Ich muss etwas über Cyborgs schreiben. Fernsteuerbare Zombie-Cyborgs. Und sobald ich diesen Gedanken gefasst hatte, ließ er mich nicht mehr los.

Die Zweite, die der ganz frischen Idee zu Neon Birds begegnete, war meine wundervolle Autorenkollegin und Freundin Ava Reed. Ava, du hast mit mir von Minute eins an über den Plot, das Exposé und die Charaktere gesprochen. Was als Arbeit am Konzept begann, endete damit, dass ich mich nun sogar glücklich schätzen darf, dich als Lektorin für das Buch gewonnen zu haben. Mit deiner Hilfe ist der Text noch einmal um mindestens zweihundert Prozent besser geworden, und ich bin jetzt schon gespannt auf die weitere Zusammenarbeit mit dir!

Und als wäre die Arbeit am Text selbst nicht genug, hast du mir auch noch einen heftigen (imaginären) Tritt gegeben, damit ich mich endlich mal wieder aus meiner Komfortzone herausbewegte (in der ich, um ehrlich zu sein, wirklich schon viel zu lange festsaß). Tausend Dank für alles, Ava!

Das gab mir den Mut, Kontakt mit meinem Agenten aufzunehmen, dem wunderbaren Klaus Gröner. Ich danke dir, lieber Klaus, dass du mich und meine Projekte aufgenommen hast, dass du immer an mich und meine Ideen glaubst (auch an die verrückten) und dass du immer hinter mir stehst.

Ein riesiger Dank geht an Julia Abrahams, die der »Neon Birds«-Trilogie bei Bastei Lübbe ein wundervolles Zuhause gegeben hat und dieselbe Begeisterung für das Buch und die Charaktere hat wie ich. Und selbstverständlich auch ein riesiges Danke an alle Mitarbeiter im Verlag, die es möglich machen, dass das Buch entstehen kann und den bestmöglichen Start bekommt.

Eine große Hilfe bei der Überarbeitung des Buches waren auch meine wundervollen Testleserinnen. Vielen Dank an euch, dass ihr mir von Beginn an geholfen habt, das Buch aus Lesersicht zu sehen, und euch solche Mühe gemacht habt, sie mir zu verdeutlichen. Und ein besonderes Danke an die liebe Chii Rempel, die es sich nicht hat nehmen lassen, sogar die allerersten FanArts zu Neon Birds anzufertigen. (Ich liebe sie so sehr!)

Wo wir gerade bei Kunst sind: Ich danke der unglaublich begabten Mona Finden, die wundervolle Illustrationen zu meinen Charakteren gestaltet hat, mit denen ich mir am liebsten meine ganze Wohnung tapezieren würde.

Ich danke Alexander Kopainski, der mich zu dem Trip nach Shanghai begleitet hat und deswegen nicht wirklich unschuldig an der Entstehung der eigentlichen Idee ist, und Nicole Böhm, die immer da ist, wenn ich Hilfe und Motivation brauche. Mit euch kann ich alles besprechen, und ich freue mich auf hoffentlich bald wieder mehr Coverseelenstäube-Zeit.

Ich danke meinen wundervollen Autorenfreundinnen aus Leipzig. Ihr motiviert mich nicht nur, ihr versorgt mich auch mit reichlich positiven Vibes (& Kuchen), feuert an, fragt nach, lenkt ab und entfernt sogar riesige Heuschrecken aus meiner Wohnung (dafür ein extragroßes Danke, Anabelle. Ich hätte das Haus sonst nicht mehr betreten können). Ich will die abendlichen Gaming-Sessions mit euch nie wieder missen.

Danke an meine Schwester für die kreative Unterstützung im anfänglichen Denkprozess. Und dafür, dass du so viel PlayStation gespielt hast, während ich nebendran gearbeitet habe. (Ich liebe das.)

Und zu guter Letzt ein gewaltiges Dankeschön an meine Leser und Follower. Ich veröffentliche seit 2014 Bücher, aber wegen vieler Veränderungen in meinem Leben, langwieriger Prozesse und diverser Umstrukturierungen in meiner Veröffentlichungsweise gab es in all den Jahren erst drei Bücher von mir zu lesen. Danke an euch, dass ihr geduldig gewartet habt. Danke an euch, dass ihr mir immer das Gefühl gegeben habt, dass ich alles an Zeit und Liebe in meine Bücher stecken kann, die nötig sind. Ich verspreche (und weiß sogar), dass ihr nie wieder so lange auf ein neues Buch von mir werdet warten müssen wie auf dieses.

Auf viele weitere coole (und vielleicht etwas verrückte) Experimente, die hoffentlich uns allen Spaß machen.

Nun erst mal bis zum zweiten Band der »Neon Birds«-Reihe. Wir lesen uns.

Eure Marie